新编
杨慈灯文集

夏正社 主 编
陈实 副主编

③

辽宁人民出版社

新编杨慈灯文集

1940

童话之夜

自序

我是一个初学写作的笨虫，产出来的东西不消说，一定是幼稚甚至于是可笑的。可是我在军队里混饭吃已经有十来年了，脸皮厚，胆子也大。什么丢脸不丢脸全不管。

所以，实业洋行的经理薛吉纯先生写信问我愿不愿意把这些东西印出来，我马上说愿意，这样，就印出来了，真的一点儿不撒谎。

《泰东日报》的薛连城先生，为了印这本书，不知道跑了多少腿，电车费花了个无数，每天晚上到书局去校对，焦急的汗水不知付出了多少把。

还有《泰东日报》的林明海先生，废寝忘食的为这本书画封面，我怎能不深深的感谢呢？

慈　灯

金丝鸟的幻想

月夜——

静静的，一点风也没有，树叶在黑影里悄悄的谈着话，蝴蝶在花叶底下舒舒服服的睡着觉，有一大队蚂蚁顺着平静的溪边游行，在溪水里倒映着草叶的上半身，有两条活泼的幼小的鲫鱼从石板底下慢慢的渡出来，奇怪的是看着水里反映的月光，在一个院落深远的人家的房檐底下挂着精致的鸟笼，这里面住着太平的金丝鸟，她的羽毛光滑，小嘴尖尖的，圆圆的小眼睛像宝石似的放光，这时，已经是深夜了，她还没有睡觉，因为她苦闷，她已经厌倦了狭小的笼中的生活，只有这么一小块地方，不能高飞，只能勉勉强强的慢慢的跳跃。要想到树林里和那些快活的小鸟谈天，这简直等于梦想，希望飞到溪边看看小鱼游戏也办不到，啊！多么苦闷，在这狭小的屋里四面八方全部是密密的栏杆，好像囚犯一样。金丝鸟很羡慕木星的光，她时常想，木星里的世界一定比人类的地球好得多？

——如果我能到木星里去……

这样一想，好像是真的一样，金丝鸟啄碎了竹棍，用着全力飞出庭院，飞在树的上方，在溪水顶上经过，又穿过平静的原野。

有几个和星的光差不多明亮的萤火虫在坟地里飞着，高大的松树里有几只黄雀，听见金丝鸟的扇动翅膀声音奇怪的说：

"那是谁？在这样的深夜要飞到什么地方去？"高傲，本是金丝鸟的脾气，她理也不理，从高岗上面飞过，一只母的白兔立在高岗上——她的丈夫出去一天还没有回来，她很忧虑的盼望着。

金丝鸟用力的往上飞，她敏活的扇动着翅膀，很快活的离开了大地，越出高峻的山峰，接近了层云，不停的飞着，有几颗盘踞在低空的星星被她抛在下面，她一直的对着明亮的木星，木星的位置她终于达到了。

多么奇怪的世界！

木星里没有人类的建筑物，这里面全是自然的生长、发展而且有着悠久的历史，她一到就看出来木星的世界比人类的美好多了。

——人类的地球，进步迟缓，文化像停顿了一样，多么讨厌啊！

木星里没有人这种可诅咒的东西。

金丝鸟欢欢喜喜的落下，她有点疲乏，这一段长长的路途她能够一气飞到实在想不到，她很有些为她自己的这种本领吃惊并且骄傲。

她落下的地方正是一片丰肥的菜园，菜花的芬芳四散，蝴蝶成群，颜色鲜艳，雪花似的活泼的飞着，好像肥皂泡一样五光十色的辉煌，有两只蓝色的野兔忙着栽种。

金丝鸟四面一看，非常吃惊，多么美丽动人的世界呀！这么好的世界她连在梦中也没有见过，蓝的野兔发现了她，暂时的不说话，默默的望着她，稀奇的，但是并不吃惊也不厌烦。

金丝鸟休息好翅膀，轻轻的踱到野兔跟前。

"你是——谁？"野兔亲切的问她。

金丝鸟一时答不出来：

"我是……是的，我是金丝鸟。"

"金丝鸟？"

他们不了解，好像没有见过，"那你是从哪里来的？"听到他们诚恳的声音，金丝鸟没有勇气撒谎：

"我从地球来的……"

"地球？人类的地球么？"

"是的，不错。"

"啊！辛苦辛苦，我们的祖先从前也是从地球来的，这没有关系，最近，有许多从地球来的，在这里，大家都是一样的身份，没有区别，你可以选定你欢喜的工作好好的生活，不过你要换一件衣服，不单是外表，连内心也是，你可以去，从这里往北走，不远的地方，有一个池，你到那里去就会明白。"

金丝鸟不知有多么感激，她在路上碰见四只狐狸，都是蓝色的皮毛，态度庄严，温和，都拿着书，一面走一面热心的读，她问过路，迅速的走去，终于找到那面池水。

这池水的位置在花园中间，鲜艳的红色的树身盛开着金色的美丽的小花，浅蓝色的草叶上端浮着一层银的果实，香气扑鼻，好像进了香水店。

有个老年的健康的卜鸽安安静静的坐在池边的石凳上，两手捧着书本，戴一副非常小的眼镜，从书页里稍稍的一抬头看看金丝鸟，向她招招手：

"到这里来吧！"

又问她：

"从金星来的么？"

"不是。"

"那么是……？"

"从地球来的。"

老卜鸽满意的点一下头，把书本放在膝头上：

"好！你在地球里生活好么？"

"不好，我是被锁在笼中。"

"那更好，所有的生物必须有这种经验和教训，不然，他的头脑不会清晰——哎！跑到哪里去了？"

从放光的草堆里跳出一只鸭子，她在嘴里含着书，这鸭子的颜色也是蓝色，金丝鸟奇怪的想——莫非说，木星里的生物全是蓝色的么。

老卜鸽命令鸭子说：

"把她的衣服和心换一换吧！"

鸭子把书本放在草叶上，对金丝鸟笑一笑：

"跟我来吧！"

"在池水附近，隔着一层树林的岩石的旁边，放着一个长方形的石做的箱子，鸭子从草叶底下找出铁的小小的钥匙，把石箱的盖打开：

"进来吧！"

金丝鸟有点害怕，后退：

"要做什么？"

"在这里面改换你的衣服和心。"

"这怎么能？……"

金丝鸟踌躇的张着嘴。

"我们……"鸭子说，"在这里，所有的生物，都是在这宝贵的箱子里换好衣服和心的,而你怎么,不愿意?"

"不……是……"

金丝鸟踌躇了好久,寻思了好久,最后,下了决心,进去了。

鸭子在外面,把石箱的盖锁好。

金丝鸟在石箱里什么也看不见,在石箱的后面有个小小的,还没有米粒大的洞穴,她想,这大概是通空气的,停了一会,她觉着热,石箱的外面好像生了火似的,里面渐渐的热起来,她流着滴滴的汗水,不安的走动着,但是越走,汗水越多,显然的,这石箱里面,好像在火上烤着一般,一刻比一刻难熬,她受不住,想出去,可是办不到。石箱发红了,她的羽毛烤焦,渐渐的变成黑色,弯曲着,很快的融化,痛得厉害,她喊起来,大声叫着救命,没有应声,她发昏了几次,痛得死去活来,她非常后悔,为什么要听信鸭子的话,明显的她是受了骗,悔恨和悲哀,痛苦和伤心,死灭的恐惧包围着她,她相信自己是没有活的希望了。

她悲痛的昏过去——

等她醒来的时节,石箱的盖已经打开,鸭子哈哈的大笑着立在旁边,老年的卜鸽微笑着在那里看着她,她全身的羽毛已经脱光了,老卜鸽说:

"太无能。"

又吩咐鸭子:

"你把她背起来吧?"

鸭子把她背到池边,推她下水,她觉得羞耻难当,可是,看,多么奇怪!一进水里,她觉着痛楚完全失去,连痛过的事也忘记,更奇怪的是,她全身的羽毛又很快的生长出来,比原来的还美丽坚实,她从水里出来一看,喂!浑身上下全是蓝的,和野兔的,狐狸的,老卜鸽的,鸭子的颜色全都一样,这使她非常欢喜。

老卜鸽给她一本书:

"你读读这个,以后怎样的生活这里面写着。"

从这以后,金丝鸟就生活在木星的世界里。

她在一处开遍了野花的沙岗下面,选择了一片田动手耕种起来,野兔的一家和她很亲密,时常往来。她又认识了松鼠兄弟,蛤蟆姊妹,还有云雀。

空中的掠夺者鹰，在这里是非常温和的，他的鹰钩嘴，已经修直，爪子已经不像从前那么样锋利了，欢喜讲笑话，唱起忏悔歌来总是汹汹的流眼泪，是个聪明可爱的怪物。

金丝鸟学会了许多新的悲壮的歌，又学会许多种有意义的跳舞，更可喜的是她改变了头脑的内容，有一回，她去参加跳舞会，在这里她看见许多快活的友伴，年轻的虎最有趣，他让大家骑在他的背上，他满不在乎的舞起来，群众鼓掌，无论谁都高兴，金丝鸟在地球上养成的高傲的习惯在这里完全消灭了，她谦虚，和蔼，有理性，有十足的集体的性格，向上发展的基础磨炼得很深……

金丝鸟在笼子里，幻想到这里，越发的兴奋，怎也睡不着觉了。

明亮的月光慢慢的从一团散漫的云影里穿过，大地暂时的朦胧了一下，等月光出了云影，世界又光亮了。

金丝鸟苦闷的想着：

"如果我真的能够到那可爱的木星里……"

然而狭窄的笼的事实铁一般摆在面前，她用翅膀碰碰竹竿，坚硬，又用尖嘴啄啄笼底，结实栏杆是密的，上下全是不通空隙的木板，挂在房檐上的钩子是钢的，连接着房檐是铁钉并且环着粗铁丝，她如果用嘴啄竹棍，啄不断，用肩头碰，碰不碎，用头，用屁股，这更不成了！

用足吧？金丝鸟的足是瘫软的，唯一的本事是立在横杖上，她的声音震不碎竹笼，她没有力量，飞不出笼子。

多迷恋人的心灵，那木星里的光景，生物的皮毛全是蓝的，金的树，银的果实，没有刀或剑，鹰的嘴是直的，脾气是和蔼亲切，大家是自由的生活着，愉快的唱歌，欢乐的跳舞，随心所欲的工作，真理的书，这些这些，啊！金丝鸟能不能真的飞向木星里去呢？

她不能，不能够，因为笼子的事实比什么都强硬，她没有踹碎竹棍的足力，没有撞断栏杆的勇气，她的肩头软弱，声音细微，这是铁一般的事实呀，金丝鸟又幻想起来了，幻想她那幻想的木星里的美好。

这时候，树叶已经不谈话，他们是疲乏了，都睡熟了。花叶底下有只蝴蝶从梦中醒来，翻了一个身，打一个哈欠，又睡过去……

一切都是寂静的，美丽、凉爽的夏夜轻轻的接续着……

饱　餐

老婆子要出门，屋子里是乱七八糟的，她也没有心思收拾，因为她独一无二的宝贝女儿逃跑了。早晨起来，她发现女儿的床上是空的，等了一个早晨，总不见女儿回来，她各处寻找全没有，她决定出去追赶——急急忙忙的锁了门，慌慌张张的跑出去……

屋里剩下黑猫，他蹲在门后，疲乏困倦，想着他一夜的梦，他梦见和花猫小姐结婚，这情景是美丽的，热闹的，他还想重入梦乡，老婆子走后，他跳到床上，心满意足的闭着眼，很快的，他又睡了。

在鼠的穴里，仅仅露出鼻尖，观察了好久的老鼠，这时，赶紧的跑进去报告她的发现，所有的老鼠都集合，唧唧吱吱的开会议，年老的祖母是一只有经验而且学问高深的老鼠，她简简单单的说明了她的计划和实施要领，马上就指挥鼠们开始干。

四只有力气的老鼠悄悄的爬到高大的花瓶后面埋伏着，一只灵敏的老鼠立在花瓶前面高高的大叫一声。

黑猫惊醒了，他瞪圆了炯炯的黄眼珠一看，胡须直立起来：

"噢！混东西！胆子真大，跑到那上面……"

从床上一跃而下，像箭似的跳到桌上，正对着叫唤的老鼠，在这一瞬间老鼠急忙飞跑到花瓶后面，那四只老鼠飞快的把花瓶一推，正巧，把猫的头压在下面，所有的老鼠都从洞里跑出，从四面包围，狠狠的下口咬猫。

猫已经昏了，他挣扎着不能起来。

胜利的老鼠们快活的大叫，鼓掌，跳舞，把尾巴像手巾似的耍起来，有两只老鼠跑到碗柜上，争抢着大嚼，最年老的有学问的老鼠发现这个十分生气的大叫：

"可恶！赶紧给我滚下来！"

哪敢不滚下来？一面拼命的大嚼，一面急急忙忙的离开碗柜，还恋恋不舍的回头望，年老的鼠分配年轻的鼠，叫他们收集食物，全都搬到洞里。

年轻的鼠们不大欢喜这种苦工，他们看见食物早就动了心，眼睛发红，食欲燃烧着。

一个一个，不满意的离开，到四处寻找好东西。年老的鼠不放心，他立在发昏的猫的身旁，用前腿碰碰猫的屁股，大声问：

"蠢奴！你怎么样？完蛋了吧？"

黑猫一声不响，动也不动。

年老的鼠非常满意的哈哈大笑说：

"这畜生，终于死了！大害已去，还怕什么？"

有一只瘦小的鼠，他病了好久，刚好，很想东西吃，他跑到厨房，在榀板上寻到一碗残余的白米饭，旁边还有几块丰肥的，落满了尘土的咸萝卜头。

"哎呀！这真是好东西！"

他四面看看，没有什么危险，舒舒服服的坐下，用两只前足捧着碗，张开大嘴，欢欢喜喜的吃起来。

先头立在花瓶前面高叫的老鼠，他本来是很灵敏的，很容易的就发现了米包，这是在厨房邻壁的黑屋子里，这地方他来过两回，是冒着很大的危险的，总没有得到机会饱嚼，都是因为有那猫畜生，现在，猫已经丧命，什么也不怕，他径直的奔着这个目标，心满意足的坐在米口袋中间，不慌不忙的大吃起来，一面吃还一面在嗓门里哼哼呀呀的唱。

这是一只母鼠，她吃饱了肚子，各处游荡着，无意中走到姑娘的闺房，在床边的小桌上发现了好多东西，镜子，雪花膏，扑粉，口红，还有一些别的精致的好看的小东西。

她跳上小桌，立在镜子前面——吃惊不小，因为她从来没有见过镜子这东西，镜子里，有只老鼠的嘴脸和她的貌相一模一样，她瞪大了眼睛看，镜里的老鼠也瞪大了眼睛，她跑到镜后，什么也没有，只有墙壁，这真使她纳闷。

她的母亲，一只肥胖的老鼠从后面来了，远远的喊她：

"丫头，你在这干什么呀？"

她头也不回的说：

"妈，你快来看！这东西一定是宝贝！"

母亲明白这东西，她看见过，并且知道它的用处。

"从这里面，你可以看见你自己的脸……"这样给女儿解释。

"是呀！我看见，那么……"

"你听我说，这东西，人间的女人是喜欢的。"

"这个呢？"女儿指着扑粉质问。

"把这东西抹在脸上是会美丽的。"

"是么？那么，让我来点吧！"

还没有经过母亲许可，她急忙掀开扑粉的盒盖，把尖形的面孔在粉盒里滚了两滚，这么一来，她的头脸变成了白的，对镜子一照，非常吃惊，连鼻孔里面也变成白色的了，母亲看着，情不自禁的捧着肚子大笑……

碗架里有两只老鼠因为争抢一碗菜汤竟相互的争打。

"这是我先发现的……"

"什么？你不能全吃！"

"该死！你快给我滚！"

"我不！"

"我咬死你，混蛋！"

"你敢？"

勇猛的跳起来，果敢的碰在一起，用嘴咬，用肩头撞，滚倒，爬起，用力的厮打，菜汤的碗倒了。直等到此刻，总不见搬来食物的年老的老鼠实在不耐烦再等了，她大声呼喊，召集她的子孙，所有的老鼠都吃饱了，忘记了任务，他们快快活活的来集合，年老的老鼠一见他们却是空手，火山似的吼叫起来：

"你们这些没有出息的东西！做什么去来的？可恶！非惩罚不可……"

老鼠们都害怕，胆怯的望着年老的鼠的愤怒的眼光。

压在花瓶下面的黑猫渐渐的苏醒了，他轻轻的动着身子，有一只老鼠看见这，急忙示意给大家，黑猫已经把花瓶弄翻，抬起头来，他还不十分清醒，挣扎着，受苦的，用力的摇头并且摆动着受伤的后半身。

年高的鼠直立起来，焦急的指示众鼠：

"快散开，伪装起来。不要忘记我对你们说的话，去去去！"

病刚好的鼠钻进床底下的鞋里，把鞋盖着身体，年高的鼠把扔在地下的一件短衣扔在头上，用嘴从里面咬住，四面全盖好，立起来走动，摇摇摆摆，拖着衣服，好像怪物。

打架的两只鼠把一个洋铁桶扣在身上，两只鼠在里面撑持着铁桶，用力的不使它翻倒。

猫清醒了，他痛苦的咬着牙齿，仇恨的往四面看，后来没有见过屋子里有这么多妖怪，黑猫大惊失色，他慌慌张张的看着，从桌上跌下，赶紧爬起来后退，因为年老的鼠正对着他扭扭搭搭的走过来，好像要吃了他似的。他赶紧跑开，打算逃走，刚跑到门口，身后有个东西碰了他一下，回头一看，原来是铁桶，铁桶也成了妖怪。他跑到床底下，一只破鞋从后面撞他一下，正撞在他的伤处，他疼痛，他疼痛的跳开，但是他看见鞋的妖怪的腿，有点熟悉了似的，他聚精会神的看着。

他这么一看破鞋的腿好像害怕似的，哆哆嗦嗦的往后退，黑猫灵机一动，好像有谁在身后指示他一样，他领悟的咬咬牙，前进着，直对着破鞋走去，破鞋越发的害怕，显然的，他是支持不住了，他喊起来，为的是求救：

"叽……叽……叽……"

这样的喊声把原形暴露了，黑猫闯过去把破鞋推翻，一口咬住病瘦的老鼠：

"哼！你这个混蛋！可恶！往哪跑？"

藏在铁筒里面装妖怪的两只老鼠一看这光景，把铁筒一扔就往穴里潜走，年老的鼠大声呐喊：

"不要跑，不要跑，和他干！"

但是这有什么用呢？藏在坛子里的，盖在桌布下面的，头上蒙着口袋的，都抛弃了防身武器，迅速的，像飞一样慌慌张张的往洞里逃命，黑猫放了病瘦的老鼠，对着衣衫的怪物跳过去，用力的咬住高的，突出的部分。

病瘦的老鼠差不多是死了，他还能够奔跑，带着痛，拖着身子，拼命的奔向唯一能够维持生命和安全的老家，只剩下年老的鼠，而她的头被咬住了，她知道要糟糕，不得不高呼救命：

"你们，出来，出来和他干，快点儿，快点儿救命呀！救命呀！救……救……救命……"

猫已经闭住牙齿，年老的鼠的头被咬碎了。

其余的鼠都逃进洞里，谁也不敢出来救命，他们算走运，饱餐了一顿，虽然在最后受了一场惊慌——这算什么呢？

可是病瘦的老鼠被咬了一口，他跑进洞里，呼吸经困难，躺着，不能动了，不到五分钟就断了气，他生身的母亲在旁边看他断了气，非常的伤心，悲痛的哭着：

"可怜哪！我的孩子，苦命……"

蝇的对话

夏天，在一个厕所的墙壁上，有几只吃得饱住得舒服的苍蝇，一面欢欢喜喜的晒着温暖的太阳，一面快快活活的谈着话：

有一只立在最上层的苍蝇骄傲的说：

"今年夏天，我真幸福，……"他暂时的沉默了一下，得意的思索着。

"我父亲的买卖，特别发财，他赚了十万块钱，这是整，零数还不算……"

立在他左面的一只苍蝇摸一下脸，轻蔑的哼了一声……

"这算得什么幸福！和别位我不敢，和你，我敢比一比，你的幸福并算不上什么大幸福，我的幸福才算得上真正的幸福呢！"

立在上层的苍蝇生气的瞪他一眼：

"胡说八道！你明白什么？我父亲，发了这么大的财，可以说是很有本事的，我无论问他要多少钱花，他决不拒绝我，上月里，他给我新买了十件衣料，都是最上等，最美好的衣料……"

轻蔑他的苍蝇急忙噘嘴说：

"这也值得大夸张？"

"那么，你父亲给你买了衣料么？"

"衣料，我一点儿不喜欢，你可知道，我母亲给我订了婚啦？"

在他右面正闭着一只眼的苍蝇问道：

"你的未婚妻是怎样一位天仙呢？"

"哼！我可不是吹大牛，至少和你们的比，她是高出一等的，她在外国留了六年学，就拿外国话说吧，外国人也没有她说得漂亮，她的学问实在高深，她的穿戴非常讲究，全是外国式，一举一动也是外国式。"

立在他下面的是一只瘦小的苍蝇，快活的赞美着："真好，真好，你真有福，不知几时结婚？"

"现在，还没有一定，因为——这是很重要的事情，人生没有比这件事更重要的了，必须我和她好好的商量妥当才能决定！"

羡慕他的苍蝇温和的说：

"我真羡慕你，朋友，你所说的实在是至理名言。人生没有再比婚事更重要的事，我前年春天订了婚，可是我瞎了眼睛，看错了人，唉！"

得意的苍蝇稀奇的望望他：

"怎么看错了人？"

"唉！说起来我很伤心，她本来是规规矩矩的女子，老老实实的在学校里读着书，后来她去学打字，从这以后，她就学坏了，浪荡，奢侈，像野马一样，不分昼夜的乱跑，名誉很坏，学成打字，找不到职业，她又去当招待，在饭馆里给人家当畸形的丫鬟，从这以后，她就不可救药的荒唐下去了，唉唉！我的命实在不好……"

立在最下面，头部圆大，屁股尖细的一只苍蝇是在苍蝇之中最出名的，因为他的学问很不小，从苍蝇到蛆，以及蛇和螳螂的事全都知道，这时他忍无可忍似的发了话：

"你，朋友，不应该说命不好，你的未婚妻并不是荒唐，这是你思想的本质错误的结果，她去学打字，当招待，或者是如你所说的'荒唐'这一切都建设在发展的基础上。我们苍蝇族的女性压迫在石头底下已经有好几千年了，她们现在正是苦闷的寻找出路，打算在黑暗里抓到光明，她们现在是对着发展的路迈出第一步了，这一步的方向也许是错误的，然而这无妨，错误的本身不能全是坏的，朋友，你了解么，你应该和她结婚！"

"我不！"这一只苍蝇坚决的说，

"她不是处女我怎么能和她结婚。"

可以说是学者的苍蝇不满的摇摇头：

"从这一点看，就知道你的脑筋有多么陈旧了。处女，是的，这正是我们苍蝇种族压迫女性最重的一块大石头，此外还有经济的锁链，'处女的石头'和'经济的锁链'，如果不赶紧的打碎铲断，我们苍蝇种族的妇女的人格，永远独立不起来呀！朋友，不单是我们苍蝇，就是螳螂、蛇、蝎子、臭虫、蚊子，以及其他的生物全是如此，我说的是真话，你想想吧！"

父亲是财主的苍蝇得意洋洋的叫道：

"所以你们都是可怜虫呀！比较起来，我是最幸福不过的，我父亲说，今年秋天，他要立一个支店，现在正准备建筑大楼。"

轻蔑他的苍蝇冷笑着说：

"你父亲建筑大楼，就等是你父亲有本事，于你有什么关系呢？"

离开这几个苍蝇稍远一点，正活活泼泼的动着翅膀的苍蝇往前走了两步，举起右前足摸摸额角，又用左前腿擦一下嘴，正正经经的说：

"我姐姐，快要和一个大学生结婚了！"

很有学问的苍蝇感叹的说：

"光荣啊！实在光荣！你是大学生的小舅子，这比什么都值得夸耀，应该在报纸上用头一号大铅字登出来宣扬出去！"

伤心自己婚事的苍蝇夸口的说：

"这算什么大灿烂？我妹妹考上了电影明星！不信你看看，各报上都有！"

"我父亲说，他要建筑七层大楼，用电梯，多雇女店员，楼上设一个餐堂。"

"我的未婚妻既是外国留学生，并且是崇拜外国式的，那么——我现在正计划着，我们结婚的仪式，一定遵照外国式……"

"唉！我的未婚妻，已经荒唐到不可救药的地步了，我呢，我不能和这样的东西结婚，我正想办手续，赶紧和她脱离婚姻关系……"

"七层大楼并不算什么，实际上，还有八层、九层十层乃至更多层的大楼，你顶好的告诉你父亲建造一百层的大楼，除了餐堂之外，还要设立图书室这个设备，一般青年一定欢迎，外国式的结婚仪式并不算太高，我说，你顶好是订一个连外国也没有的结婚仪式，至于办手续离婚的事，可以不必，你顶好是再考虑一下，想想我对你说的话吧……"

"我父亲还说，他雇用女店员，要给她们优厚的待遇，这样便可以满足她们物质的欲望，决用不着半夜三更在十字路口受冷风了！"

"我的未婚妻会说外国话，而我不会，我立定了志气，努力学学。"

"我姐夫是大学生，等他和我姐姐结婚以后，我要借用他的四角帽戴上在大街走一趟。"

"我妹妹……"

"我……"

进来一个人，一边走一边解裤带，这是个"民装改造"的中年妇人，她一进厕所，把几个正在谈得兴高采烈的苍蝇吓飞了！

他们飞到什么地方去了呢？——我不知道……

蜂 的 彷 徨

这只蜜蜂是谁家养的可不知道，只知道是一只雌性的，具有美丽头面和细身段的蜜蜂。

但是这个蜜蜂，却无论几时都不愿意和别的蜜蜂在一起游戏，很有点儿厌恶蜜蜂的生活似的，总是独自一个飞到远远的，没有蜜蜂的地方去徘徊，她所以厌恶蜜蜂的生活，大概是由于天性使然，其次年龄大了，很希望找一个心满意足，什么地方都合理想，都和条件的好女婿，这个目的不能达到也是她的苦闷的原因之一。

说起女婿，在蜜蜂的队里是很多的，只要肯嫁，马上就有娶的，可是这只蜜蜂——是的，上面已经说过，她厌恶别的蜜蜂，不愿意嫁给那些庸庸碌碌成天到晚只会嗡嗡的蜜蜂。

起初，她和一只雄性的，穿着高贵的黄衣服的蝴蝶做了亲密的朋友：

"嗳，我很喜欢你！"

刚一见面，很会奉承的蝴蝶就表示亲密。

蜜蜂很高兴，她活泼的立在海棠花的花蕊里：

"你最喜欢什么？"

蝴蝶亲亲热热的回答她说：

"我最喜欢蜜蜂。"

"为什么呢？"

"因为蜜蜂聪明，他们的住所美观，造出来的蜜又香又甜。"

"还有什么？"

"蜜蜂不惧怕别的生物，比较起来，蜜蜂很勇敢，无论什么时候总带着武器，很注重尚武精神。"

"你呢？"

"我没有力气打仗，我只会躲避。"

这一点，和蜜蜂的性格不合，但是这没有关系，武器不是用在友人身上的，她认为蝴蝶在大体上不算是愚笨的，可以说可爱，如果有这么一个女婿也可以吧？

——她欢欢喜喜的这样想，一直注视着蝴蝶的面孔。

分手时是恋恋不舍的，约定以后会面的日期时间和地点。

但是蜜蜂很不幸，触犯了小人，蝴蝶有位朋友是个细瘦的黑家伙，他的衣襟上有六个金黄色的圆点子，欢喜在路边或者是随时地停住，他很严重的说，蜜蜂这些东西，决不可以接近，他的外表和内容不一致，他举出一个证据，在这不久以前一只蝴蝶因为和蜜蜂接近，结果挨了一枪，成了半死之身。

这个可怕的忠告蝴蝶领受了，他立定志气以后不和蜜蜂相交接。

可怜的蜜蜂，她辛辛苦苦的无论飞到什么地方总寻不见她的朋友，她不知道是什么原因，慢慢的她怀疑到蝴蝶的薄情，这样想，在她是很悲哀的，她错交了朋友，她认为这是自己瞎眼不能埋怨谁。从得到这次的教训以后，在蜜蜂，可以说是有大益处，她没有上当，她可以多寻觅，多认识，只看见一个便抓住了不放，结果非弄错不可，只看一面，不看多面，这种错误不是稀奇的。

有了智慧似的蜜蜂，她在各处遨游，也就认识了螳螂。

螳螂是个年轻的绅士，他穿着整洁的礼服，裤子很合体，有清楚的叠纹，戴着宽边眼镜，很有点学者的风度。实质上，他是假装，肚子里全是大粪，然而蜜蜂在一起头却并没有看这重要的一点。

"螳螂先生，我很佩服你！"

得到意外的赞美的螳螂说不出有多么快活得意。

蜜蜂接着说：

"您是最有智慧的一位！"

螳螂更快活了，他活泼的绕着三角形的脑颅，满意的看看蜜蜂：

"你的工作很忙吧？"

蜜蜂回答他："不！我没有什么事。"

这样，蜜蜂和螳螂就成了好朋友，好像新婚的夫妻似的亲密的在一起谈话。

有一天，地上照着微笑的阳光，柳树的细叶在池上面轻轻的摇动着。有一只苍蝇落在石台上，正落在螳螂的身前，他敏捷的拳掌一打就轻易的逮住了苍蝇，他的掌力很大，苍蝇立刻就粉身碎骨成为数段。

蜜蜂惊奇的发出哀声：

"啊！多可怜……"

"什——么？"

"这苍蝇……"

"没有什么，这只苍蝇是该死！"

"为什么你不放跑他呢？"

"放跑他有什么用？苍蝇是很多的。"

"你这么弄死他该多残忍？"

"在我却不以为如此。"

"他死得这样的悲惨，难到说你不同情么？"

"什么叫同情？"

"宇宙间的生物相互必须有同情，这也是爱。"

"不能够，我以为宇宙间没有同情，也没有所谓爱的东西，全是假的，全是骗局。"

"无论什么都是么？"

蜜蜂失望的问他。

"我以为无论什么都是！"

螳螂这样的回答一面把抓碎的苍蝇夹在嘴里嚼着："苍蝇这种东西就是个个全抓碎也应该，不吃他们，我得不到营养！"

螳螂的性格和嗜好，以及他全部的兴趣和倾向，甚至连他骨子里的血，先天的遗传，他的顽固和偏见，苛毒和残忍，蜜蜂全都——从头到尾把他观察透了！

从这以后聪明的蜜蜂便用敬而远之的态度离开他，这种时候蜜蜂的失望和悲哀是容易想象出来的，但是她接续追求着。

没有多久，她又认识了蚊子，一只肥大的蚊子，嘴尖尖的，腿细长，翅膀很薄而且瘫软，可是很健康，飞起来很快，直率豪爽是他的特征。

刚熟识，蜜蜂就探问他：

"你爱好什么？"

"爱吃人的血。"——这便是答复。

"人的血，啊！多可怕？你怎么能吃人的血？"

"到夜晚，人类一入了睡乡便什么也不知道，我飞进他们的屋子，寻找可口的家伙，咬一口就跑，很痛快。"

"你不怕人类么？"

"怕什么？人都是最蠢笨的东西。"

"他们不打？"

"这，我从来也不放在心里，不单如此，我还吹着萧笛奏凯旋的歌。"

"怎样的歌呢？"

"让我吹给您听一听……"

说着，蚊子从袋里掏出箫笛，呜呜的吹起来。

蜜蜂静静的听着，并且想：

——这个家伙，坦白豪爽，可是太轻狂，还有点儿可怕！

蚊子吹了一个歌，快活的放下箫笛，得意的微笑表现了一脸，他咧着嘴问：

"我吹的可好听？"

蜜蜂有意无意的回答：

"不错！"

她想了一想又问：

"除了这些以外，你还爱什么？"

"什么也不爱。"

"并且什么也不想？"

"除了又香又甜又有滋补的人的血，和又美妙又好听的我这支箫笛以外，我是什么也不想啊！"

"真的么？"

"真的呀！"

"你有伴侣么？"

"多得很！"

"你爱他们么？"

"有时爱，有时讨厌。"

"一个永远的伴侣你不需要么？"

"要这个有什么用？"

"安慰……"

"这，我不懂得。在我呢，我已经说过，除了人的血和我这支箫笛，在这世上我是什么也不需要，人的血和我这支箫笛便是我永远少不得的伴侣，也是至死离不开的安慰。"

"除了这些——请你说实话，无论什么你都不爱？"

"我不是说么？无论什么，无论什么，所有的'一切''一切的一切'我全不喜欢呀！"

暂时是沉默，这谈话的终点是单调。

蚊子又拿出箫笛，呜呜的吹起来……

而蜜蜂，却感不到兴趣，她无精打采的点点头，扇动着翅膀飞开了。

后来她这样回想：

——比较起别的，尤其是那些好撒谎的生物，蚊子的性格，有些优点，但是很愚笨。

过了些日子，她又结交了在潮湿的泥土里随时随地的挖洞没有一定的住处的蚯蚓，在生物界没有大地位的这只软体的细爬虫，看着好像是非常的蠢笨，事实上，却是很有智慧的。

"你是谁？"

蜜蜂客客气气的回答他："我是——蜜蜂！"

"可恶！"蚯蚓生起气来，同时想逃跑，"要来咬我？"

他焦急的寻找着，忘记了洞口。

蜜蜂急忙把他喊住：

"先生，我不是为咬你而来的，我不咬！"

"不咬？"

"是的，不咬……"

"不说谎？"

"不！一定！我敢发誓……"

蚯蚓放了心，回过头来，像念咒似的讲着：

"创造这地球的神，当初的本意是叫所有的生物嘴吃泥土的，而生物怎么样？把神的意旨忘记了，现在嘴吃泥土的，除了我们蚯蚓之外还有谁呢？"

蜜蜂看他，觉着可怜，住在潮湿的泥土里面，和黑暗寂寞为邻，这样的生活能有什么意思呢？

她难受的问：

"你永远是住在泥土里，看不见阳光，不苦闷么？"

"当初，创造地球的神的意旨是如此的，我尊奉着神的命令生活着，这本是一切生物生活的原则，有些生物他们把神的意旨忘记了，自己创造出生活的原则，这是犯罪的，现在，神不管，而将来，神非要惩罚不可的……"

这样的话，老实说，蜜蜂不会感到兴趣，她寻找的目标是适宜、舒服、幸福和安慰，不是枯燥的信仰或歪谬的理论。

她想，和这么个可怜的生物再谈也得不到什么好处，便悄悄的，一句话也不说，高高的飞走了。

蚯蚓还不知道她飞走，接着讲：

"造地球的神，他的恩惠超过一切的，我们可能报答他的恩德于万一，只好遵奉他的意旨安安静静的生活。"

休息了一会儿又说：

"地球的球，当初的本意是……"

他谈了好久，只有空气听他……

追求了不少，蜜蜂全失望。

但是她的运气不坏，最后遇见了萤火虫。

这个小东西，蜜蜂一下就看中了。

是在夜里，他们在月光下，在森林里的高岗上谈话。

"你喜欢我么？"萤火虫一开始就豪爽的问她。

"是的……"

"可惜！"萤火虫正经的说，"你是出生在那种地方，看见了于自己有益的就用力的抓取，收藏起来，永久的保存着……"

蜜蜂明白，这是说他们全部的生活的形式和内容。

"保存着，对你们自己是有好处的，是不？"

"是……"蜜蜂不能不这样诚实的答。

"你可明白这地球上的生物为什么不能安安稳稳的生活着么？"

"……不知道！"

"不知道？你这回答倒非常容易而且简单。"

萤火虫想了一下，他那明亮的光，暂时的闪了一下。

"告诉你吧！完全是因为地球上有这种生物，看见好的，对自己有益处，于是就用着全力，有的单独，有的集体，用力的去抓取，去争夺，为了达到这个目的，就是疲乏到死，什么也得不到，也甘心情愿……"

蜜蜂聚精会神的听着，觉着这话似乎是有理。

"有的呢，牺牲了性命去咬，去撕，这本来是并不算怪事，从有生物以来就演着这样的活剧，直到当代还是丝毫也没有改变的，这样接续，而且这种原始的，蛮横的性格反在所有的生物的骨子里，犹如气球饱吞了风力一样，渐渐的膨胀，发挥到非常圆满，这个，是事实呀！你明白么？"

蜜蜂默默的在萤火虫的光里点一下头。

"正因为这样，所以这地球是弄到很糟的地步了！"

萤火虫大有所思的又减了一下亮光。

"你是生在那种地方，虽然你的意识不坏，可是你必须从基本修养做起来。"

蜜蜂忧愁的说：

"我不知道怎样……"

萤火虫冷笑了一下。

"这就是因为你生在那种地方呀！"

并没有说别的，好像是有什么忙事似的，萤火虫也不打招呼，风快的飞跑了，在黑暗的森林里划出一条流星一样的亮光。

抛下蜜蜂一个，她觉着孤独，凄凉，忧愁，烦恼，追求所得到的仅仅是这些，对"一切"都灰了心，她想回到她的老地方，还是和那些她厌恶的嗡嗡嗡在一起生活。

可是这目前的悲哀的事实使她昏了脑，她不知道到什么地方去能如意。

月光被黑云遮住，是真正的黑了！

鸡和鸭的辩论

嘎！嘎！嘎！嘎！嘎……

鸭子很快活的在水里游玩，一面很高兴的大声叫着，有一只肥胖的母鸡悠闲的在平坦的池边油滑的草地上轻轻的迈着步，有意无意的寻找吃的东西。

鸭子望望鸡，得意的打招呼，对鸡说：

"你不愿意到水里来玩玩么？"

母鸡走到水边：

"你不知，我最爱陆地，而最厌水的。"

鸭子轻蔑的笑了一下：

"陆地上是干燥乏味的，没有水里有趣。"

母鸡骄傲的摇摇头：

"水，总是一样的水，陆地却是千变万化的，有树林有沙滩，有高岗，有树，还有别的，最好的当然是草丛里幼稚的虫，又香又甜，还有田边的谷类……"

鸭子厌恶的张开扁嘴说：

"那些地方，我都去过，总没有水里好。"

"这是你的偏见。"

"你没有本领下水，你是嫉妒。"

"我讨厌水，也讨厌在水里的东西！"

"你不讨厌你自己么？"

"什——么？"

"你不会游水，不觉着羞歉么？"

"下蛋是我最得意的成绩。"

"那算什么？我也会！"

"你的蛋的颜色没有我的好看……"

"比你的大，这是事实吧？"

"你的蛋的颜色是青白的，好像大烟鬼的面孔，非常讨厌，那有什么得意的呢？"

"你的蛋的颜色枯叶似的，好像将死的老太婆的面皮，又如憔悴的落叶，看去有点儿可怜，小，轻，瘦弱……"

母鸡生气的大声的叫起来：

"我的丈夫，公鸡哥哥是美丽的，他的嗓门高，圆滑，好听，像人类唱'落子大鼓'一样，你的丈夫会什么？他是个笨东西，你们都是混蛋，走起路来，摇摇摆摆，好像一只拙笨的船，难看极了！"

"你的丈夫是个懒东西，和你一样，只会在干燥的陆地苦闷彷徨，不能下水来快活的遨游，你有什么值得夸嘴的地方？真是不要脸，不害羞……"

"你上来，我们比一比，看谁跑得快？"

"你下来，我们比一比看？我让你在头前二十步你敢么？尖尖嘴？"

"扁扁嘴，你用不着骄傲，你的本领，也不过是这一点点。"

"这一点点的本领你还没有呢！"

母鸡气红了脸，她狠狠的望着水里的鸭子，恨不能一下跳到水里把扁扁嘴咬死，而鸭子呢，得意洋洋，快活异常，在水里很舒服的绕一个圈，又把头伸进水里拨动一下，伸出来在肩上擦，故意的，享受着快乐，用这来气煞鸡。这时节，鸡在草堆里获得一个蛤蟆，含在嘴里，高高举起，慢慢的咬碎，心意满足的吞吃了。

鸭子看看她，笑一笑，恶意的，轻蔑的，还摇摇肩膀，她把头伸水里，找了半天，捕到一尾细小的鲫鱼，也像鸡似的高高的举起，慢慢的吞吃了，吃完就说："嘿！好吃好吃！"

母鸡还想捉个癞蛤蟆，鸭子家里的女主人忽然出现了，她是个矮矮的，粗短的中年妇人，两手捧着盆子，里面全是衣服。

她把衣服放在池边，挽起袖子，动手安置石板，看了鸭子一眼，又看了鸡一眼，自言自语的说：

"快过节了，你们这些东西，没有多少日子活头了！"

鸭子抢前的叫起来：

"不是！她说的是你呀！你这个扁扁嘴……"

女主人举起木棒用力的槌衣服：

——砰！砰！砰！砰……

这声音很大，鸭子，鸡，吓跑了！

女主人接续敲着：

——砰！砰！砰……

学高尔基

读完了《高尔基的生活》这本书的父亲，很忧愁的想：

——这位世界出名的伟大的文豪，他的生活的艰苦，是使他成功的唯一的因素！

——我的小子，今年十三岁了，他从幼小，一直到现在，总是娇生惯养，在学校里读书，成绩很不好，在家里，不知道用功……

——这一切，不是因为太舒服的生活害了他的么？

——如果叫他像高尔基从小一样的，去给人家干各种苦工，多受些打击，对于他的将来，一定是有好处，我相信……

这么样左思右想的父亲很坚决的合上了书本，放在精致的玻璃橱里，把丫鬟喊过来，对她说：

"快上街去把少爷找回来，有要紧的事情！"

少爷找回来，他告诉他：

"我要好好的教训你，把你教育成一个有名望的大人物，你往前一点来，我对你讲……"

他把书里所描写的，高尔基从幼小到青年，怎样在染房店里挨外祖父的痛打，怎样在圣像作坊里学徒，怎样学画图样挨打受骂，怎样在街道上和那些褴褛的小朋友拾废物换钱；在林中，怎样和外祖母捕鸟卖，怎样在船上打杂，学做面包，在伏耳加河沿岸流浪，各处漂泊着给人家做苦工，一直到高尔基结束了长途旅行，在高加索小报上发表处女作为止，全部，详详细细的对儿子讲了。

最后的结论着说：

"我要你也学高尔基，从现在起你就去，——可是，我想一想，应该先叫你做什么……"

少爷很欢喜，他觉得父亲的这个教育法非常有趣，比束缚在学校里读书好多了！

聪明的父亲是这样决定的，先送他在朋友的杂粮店里当学徒，临别的时候，很热心的嘱咐儿子：

"遗灵！你要好好的学习，听见么？"

这样，少爷就留在杂粮店里。

头一个早晨，他睡迟了，别的伙计把他打起来，告诉他应该做的事。他大模大样的走到掌柜寝室，推门大用力，把掌柜惊醒了，掌柜看看他，笑一下，问他："做什么？"

"我不知道，你告诉我吧！"

掌柜又笑一笑：

"叫你倒屎倒尿壶，你能干么？"

"能！"

"那么，在这里，你拿去吧！"

他拿走之后，掌柜自言自语的说：

"这个人，简直是发疯，把少爷送这来，算是怎么回事呢？"

这里干了三天，无论如何也接续不下去了，他和别的小同事打架，欺负人家，捣乱，吃东西的时节抢前，苦重的工作躲闪，糟蹋东西，没有礼节，掌柜看看不成，把他送回家去。

父亲感到失望：

"遗灵，你怎不好好的做呢？"

"我好好做，他们笑我，说我不是真正学徒的，我打他们！"

"别人无论说什么，你不要管，好好的干下去才成，不然……"

父亲又托人送他到鞋铺，这一回，父亲告诉介绍人，不要说是他的儿子，这么一来，掌柜和伙计们是非常厉害的了！

头一天遗灵就挨了重重的打。

掌柜要喝水，命令他：

"给我倒杯水！"

他反问着：

"你自己不会么？"

掌柜惊奇的看看他，跳起来，狠狠的打了他一巴掌：

"你说什么呀？"

他摸摸挨打的头，毫不怯阵的瞪视着掌柜：

"你为什么打人？"

"怎么的……"

掌柜的又打了他两巴掌，他用脚踢掌柜的腿，这把掌柜弄火了，把他按倒，脱下硬底鞋，咬着牙齿，狠狠的抽打他的屁股。

"你这个小兔羔子，头一天就要造反，这还了得，我收拾收拾你……"

不管挨打的人怎样的叫喊，掌柜一概不管，用力的压住遗灵的身子，不停的毒打，用着全力，好像，恨不能一下打死似的。遗灵咒骂着，挣扎着用两脚踢，掌柜的火越弄越大，他命令两个年纪大的伙计按住他，找了一个棍子，三五下就把遗灵收拾老实了，因为他屁股和大腿的皮肉已经裂开，只能够呻吟，不能动了。

养了十来天，他才能勉强的立起，这几天，他不断的喊着爸爸，在梦中还说着梦话。有一回他咒骂掌柜，被听见了，两个大耳光子打开了他的嘴，有一夜他哭得太响，掌柜打了他十几拳，眼睛打肿了，嘴角流出鲜血。

当然，遗灵是想不到的，竟会受到这么苛毒的罪过，他以为父亲有钱，无论谁都怕，不消说也是怕他的，然而这个掌柜却可恶极了，他起誓发愿等伤处养好，一定偷跑去报告父亲为他复仇。

他的伤好了，得到一个机会，逃跑了。

父亲有点儿难受的想了好久，后来坚决的说：

"是的，这正是使你将来成一个大人物必不可缺的条件，你要忍受，好好的去学习……"

送他到理发铺——

理发铺掌柜有个调皮捣蛋的儿子，他看不起遗灵，骂他，唾弃他，这使他不能忍耐。有一天他提着一壶热水，不小心在门槛上绊了一跤，热水烫了他的脚，幸亏不重，但是夜里很痛，他哭起来。白天扫地，他不会扫，因为没有扫过，不得法，掌柜打了他一巴掌。他想反抗，想起父亲的话，父亲说，如果能够忍耐这些痛苦，将来会成一个大文豪，于是就忍耐了。

放假的一天，遗灵回家。

父亲问他：

"怎么样？"

把他的好成绩报告父亲之后，父亲非常欢喜，把最高贵的点心拿出来给他吃，抚摸着他的头。老妈子、丫鬟，以及别的人都用异样的眼光惊奇的望着他，他吃了点心，吩咐丫鬟：

"给我碗水！"

丫鬟服从的敬水给他，他心满意足的喝了，那滋味是和从前不同的。从前丫鬟伺候他不觉着怎么，而现在因为他是在伺候别人，又得到别人的伺候，觉着滋味两样。他又吩咐丫鬟给他糖果，凡是他爱吃的东西都吃了。到晚上，父亲对他说：

"你——快回去吧！"

他在理发铺里学徒，——好好的干了一个星期，那掌柜的儿子总是欺负他，这使他气恼，他忍无可忍，反骂他：

"你算什么？我在家里吃的点心，你连见过都没有！"

掌柜儿子扔石头打他，他追上去，踢了他两脚，又举起拳来。

掌柜的夫人看见了，她悄悄的从后面过来，偷偷的举起巴掌，狠狠的给了他一个耳雷：

"兔崽子，你胆子真不小！……"

他几乎昏过去，头迷眼花，头顶上朦胧的冒着金星。女人举起巴掌，接连二三的又是几下，他踉踉跄跄着，几乎跌倒。等他清醒过来，看见女人手里握着棍子，他想夺过来打她，用仇恨的眼光瞪他。女人举起棍子，他跑开了，跑到窗跟前，拾起一个铁筒和她干。

——一直闹到天黑才完，因为掌柜和女人一齐动手收拾他，虽然没有把他打死，皮肉可很受了一番苦，他滚着爬着跑回家。父亲看见，这难受了老半天，请医生来看，给他在受伤的部位上了药绑上绷带，把他安置在明亮的铜床上嘱他静静的休养，有个穿白衣的看护妇鼓鼓捣捣的在跟前守着。

聪明的父亲想着：

——现在，他受到这样的打击，是很有意义的，将来，他有了文艺修养，把这些故事，巧妙的写出来，一定会动人。遗灵的伤养好以后，父亲给了他很少的几个钱——当然这是有用意的——叫他到各处流浪些日子。

这使他非常高兴，他可以"随便的"到各处游逛了。

邻居有个小子，听他说到这消息，很欢喜和他同去，于是这两个人就同行。

同伴大他两岁，什么都懂得，矫正他，批评他，指导他，带的钱，没有几天就花完了。

同伴给他想出一个办法，叫他到亲戚家里去求借，这使他成功了。

他和同伴在外面混了二年，什么都学会了，抽烟，喝酒，年纪虽然不大，而学习吃喝嫖赌却没有什么艰难，这些知识，本来并不深奥，很快的就学会了。

他回家见父亲，报告这二年来在外面的经过。

撒谎，也学得很高妙，他说着二年来在各处做苦工，什么苦都尝到了，父亲相信他，很高兴，鼓励他，教训他，打发他重新出去，叫他远一点儿走。

他又胡混了二年，这二年他花了不少钱，这些钱全是同伴借给他的，立着字据。他父亲只有他这么一个儿子，财产多得很！

这一次，更使父亲欢喜了。

他对父亲说，在路上遇见个同伴，他做苦工赚钱养活他，无论走到什么地方去总没有离开他，一直把他送到故乡，并没有收他一丝一毫的报酬。

父亲非常快活的想：

——这一节，很有点儿像伟大的文豪高尔基在艰难的长途旅行中的那时期的生活。

儿子又对他说：有一回，他们睡在破庙里，不知怎么起了火，他冒着很大的危险闯进火窟里，把同伴救出。

父亲越发的快活了。

——这更像高尔基那时期的生活了，不过，高尔基和他的旅伴是船翻了水，但是这有什么关系呢？水和火都是危险的……

儿子还撒了许多别的谎，而从来没有停止的吃喝嫖赌的事实和拉下了一批债务的事实却一个字没有讲。

聪明的父亲手舞足蹈的快乐，他拖过椅子来，叫儿子坐下，备好了纸，预备好了笔，命令儿子：

"你，——把过去这些生活故事都描写出来，全部的……"

儿子傻呆呆的看看父亲的嘴脸，又忧愁的看看纸和笔。这些东西，从离开小学校，到粮店"玩票"以后，这许多年来，他简直没有见过，他已经忘记字是怎样写的了！

然而那可爱的父亲却心满意足的走出去关了门，舒服的躺在沙发上，喝着啤酒，不慌不忙的等着儿子把一本伟大的半自传的小说创作出来……

人和蚯蚓的头和泥土

没有一个人类不希望人类的世界是应该赶紧的美好起来的。

也说不上是怎么回事，我也是这样的希望，甚至是非常热烈的希望——这大概是因为我也是一个人类的缘故吧？

要怎样才能使这世界赶紧的美好起来呢？

古往今来，不知有多少学者绞心熬血的埋头研究这个问题，这是应该深深的感谢的，而且，除了感谢之外，凡是人类都不应该像猪似的躺着昏睡。我虽然不是学者，然而我是个人，对于世界的事不能没有一丝一毫的意见。

我这意见可不是闭眼研究说昏话，我也曾在许许多多不能安睡的夜考虑过，考虑的结果虽然成绩不大好，可是我总算考虑过，而且也得到了结论，我以为世界各国的人都能够本照我这篇童话中所说的那么样，这世界会马上美好起来的。

你留心的体味一下这篇童话的调子吧——

第一，我们得去拜访蛰居在泥土里的蚯蚓。

在所有的动物之中蚯蚓是被认为最低等的，其实这个观念完全是错了！

蚯蚓是有学问的，他在泥土中成天到晚的啃着泥土，这也和埋头在图书馆的情形是一样。而蚯蚓是天生的聪明，有无限的高超的才能，他在泥土里只消闭着眼睛一想，无论什么事都会明白。

他对我说过：

"这地球，本来是很美好的，因为所有的生物忘记了啃泥土——他们不知道啃泥土，便是消化一切智慧的基础。有了啃泥土的决心，马上到泥土里来，老老实实的在泥土里居住几世纪，啃泥土的根本的习性养成以后，那么，这地球的事业用不着你去怎样的跑腿，它会自然而然的美好起来的，不信，你好好的想一下看吧！"

我好好的想了一下——认为这是非常明显而且有力的启示，他这番训话，有如铁犁的在我头里耕下，种下了觉悟的种子。

这样，我就把脑袋放在泥土上，用力的往里进。但是，我出的力不算小，而泥土却没有裂开口子让我进去，疲乏的立起身来用两手一摸头，一直到耳朵，全是泥。

我非常奇怪的呆呆的想，为什么我不能像蚯蚓那样轻而易举的潜进泥土里呢？莫非说我的头缺乏气力吗？如果和蚯蚓的头比，我这头要算是硬实的了，然而和泥土战斗，我的头却不及蚯蚓。

好久好久的我什么也不想，只是一心一意的想着这个奥妙无穷的难题，直到最近的不久以前我才想明白。

——原来，这一切都是谎话，现在，你可明白了吗？

成神的老婆子

活到八十四岁的老婆子，虽然还想活下去，可是不成了，死已经接近。在一天很早的早晨，永远的离别了子孙，她把两眼一直，眼珠一翻，就算万事全休，和人类完全脱离了关系。

她在活时对于神佛的信心很深，所以天国里的尊神就把她的灵魂招到天国里，最高的一位尊神问别的神：

"怎么样，她可有在天国里居住的资格吗？"

专门管理人类行为这本流水老账的一位神很客气的答道：

"让我查一查账簿吧！"

他把自来水笔夹在耳朵上，搬出一本很厚的大账簿，很细心的翻了老半天，好容易查到了。

他问老婆子：

"你是二十三岁出嫁的对么？"

老婆子恭恭敬敬的回答：

"是的！"

神接着问：

"在你没有出嫁以前是住娘家，对么？"

"不错！"

"你的嫂子时常和你打架，她脾气暴躁，像一只母老虎，动不动就生气，摆出冷而无情的面孔，对公婆不讲孝道，所表现的一点儿尊敬全是虚情假意，对你很蛮横的，对丈夫却很温柔。"

"对呀！对呀！这东西才坏呢！她时常偷鸡蛋吃。"

"偷鸡蛋的事，这里特别的记得清楚。"所说鸡蛋是她偷吃的事完全是错的，你妈妈偷过，你也偷过，有几回你把鸡蛋偷出去换糖块，还有一回你把鸡蛋藏在褥子底下，你妈妈不知道，把鸡蛋坐碎了，把褥子弄脏了，这些事，你还记得么？"

"没有！没有！……"

老婆子很害怕的摆摆手还为她自己辩护。

神，笑一笑，聚精会神的看着账。

"时常在后园鬼头鬼脑的探望着的那个小伙子他叫什么？"

老婆子非常吃惊的张大了没有牙齿的嘴：

"谁？——我不知道呀！……"

最高的尊神不满的问：

"他的名字没有记载么？"

查账的神很抱歉的说："忘……忘写了！"

最高的神生了气，大声的教训着说：

"像这么重要的事为什么不清清楚楚的写详细呢？亏你说得出，忘记了，哼……"

查账的神连连的几个是，一面细心的看着账：

"这个小伙子和你的事账里是记得很清楚的，从起头到终局没有一丝一毫差错，你们在草堆里——这于问题没有关系，为什么你们要狠狠的用石头，驱逐跟前的狗呢？这是一只品行高尚的狗，懂得礼义廉耻这四个字，它到你们跟前为的是规劝你们，而你们却打它，这是大错的，现在，你坦白的讲吧！那个孩子为什么要扔在河里不好好的养活呢？"

"这些事……我不知道呀！"

"好！"神豪爽的点点头，"就算你不知道，你出嫁以后，丈夫很不满意你，当时给你气受，对吧？"

"是……"

"为了这件事你偷偷的在背地伤心伤意的流过悲酸的眼泪，丈夫知道了，质问你，你不答，他骂你，后来又想动打……"

老婆子想起这些事，有点儿难受，在她干枯的眼角里有明亮的泪水。

"他……他……他和我的八字不对，当初瞎子算命，没有算对，他弄错了我生身的时辰，唉！唉！我……我……我的命好苦啊！……"

最高的神严厉的拍拍桌子：

"在天国神的办公处是不准哭的！"

老婆子赶紧的擦净眼泪水。

查账的神摘下自来水笔在账上画了一下，接着问：

"从那以后，你丈夫常喝酒，喝醉了酒耍酒疯，摔碎茶碗，折断筷子，打破茶壶，抛弃水瓢，踢翻桌子，你呢——是的，你为什么不规劝？"

"他不听我的话……"

"你从四十岁，娶了儿媳妇之后，丈夫对你更坏，这个老头子简直是越长越糊涂了，他在儿媳妇面前骂你一些下流话，你为什么不打他的耳光？"

"唉！我怎么好这样……"

"儿媳妇是洋学堂出身，瞧不起你，对么？"

"这个东西真可恶，我无论说什么她总不听，她有她自己的主意。"

"从这以后你就崇敬神佛？"

"是的！"——这个回答很得意。

"每天总是上香烧纸，不论是起来的时候和睡下的时候总忘不了神佛，儿子儿媳的嘲笑和讽刺全不理会，一心一意的走着你的路，这是很好的！"

最高的神欢喜的插嘴说：

"这种信心很好，在现在的人类之中这个信心尤其高贵，因为地球本是神一手造成的。在开天辟地的当时，神就造成了像现在地球上那么些生物，而没有出息的人类却渐渐的把尊敬神的心忘记，甚至有叫学者的这些可恶的捣乱的东西竟明目张胆的发表他们的浅见，说什么神是不存在的，而地球上的生物是渐渐的进化的，这真是胡说八道，非常可恨的瞎说，那些大愚人竟有一大部分相信了这种欺骗。于是现在地球上的人类的心，对于神的恩惠仅仅用一种单纯的仪式来表示感激，那内心，却是一点儿也没有神的地位，一面祷告着神，一面想着金钱怎样可以多多的到手。这简直是人类走到末路，他们不知道，金钱正是神所赐予他们给他们，做惩罚的工具的——你，能够不忘神的恩惠，日夜叩拜，这应该赞美！"

老婆子听到这番话，说不出有多么欢喜，感恩的泪从鼻子两旁流下。

最高的神问：

"账里还有别的么？"

查账的神赶紧的回答：

"还有。"——他接着审问老婆子，

"你上香烧纸，这是好事，神是欢喜的，但是你为什么把绞心熬血积得的二十块钱放在外面呢？"

"为的是得点儿利钱那！"

"得利钱做什么？"

“买香买纸。”

最高的神夸奖着说：

“这很好！”

最高的神又问：

“还有别的么？”

查账的神简单的答：

“还有一些人类所犯的相似的罪恶！”

最高的神豪爽的立起，摆摆手：

“得！用不着再质问了，这个老婆子，有资格住在天堂，就叫她住在天堂里！”

最高的神说完这话就离开办公室，到后园去找仙女们玩乐去了。当然，老太婆是非常欢喜的，她蹦着，跳着，拍手，唱……别的神们退出办公室的时节叽叽咕咕的用着小声互相的耳语：

“从今以后，天堂里变成恶魔的故乡了！”

这样，老婆子就住在天堂里，也是一个了不得的神，除了没有牙齿之外，没有别的难看……

掌自己耳光

我做了一个梦。

——请你不要奇怪，为什么我是常做梦，你不做梦么？你也是时常做梦啊！我这梦真好，这样的梦不是随随便便可以梦见的，我梦见我自己变成了一个无所不能的神。

为了不使大愚人们看出我是神起见，我就穿着邋遢的衣服，头上脚下全是破片，扛着筐篮，挂着木杖，和街头上的花子完全没有两样，甚至比花子还难看几倍，无论谁见了我，没有不觉着讨厌而远远的躲开的。

在一个大愚人荟萃的城市里，我顺着街边慢慢的走着，走到一个大富翁门口，坐在石台上，用着疲乏和饥饿的嘎声呼喊：

"可怜可怜我老头子吧！老爷太太们……"

从里面出来一个横眉竖目的汉子，咬着生气的灰嘴唇，不耐烦的对我摆摆手：

"滚蛋！滚蛋！快滚！"

我举起木杖敲敲他的腿：

"用不着这么苛毒，有就给，没有拉倒！"

他非常生气的瞪我一眼：

"你说什么？我打死你！"

"你敢打我？喂！你这个蠢奴，你不过是人家的愚奴罢了！还这么威风，该死该死……"

他真气极了，三步两步走到我跟前，举起巴掌来要打我，我把木杖对着他的鼻子一指，他那举起的巴掌狠狠的打着他自己的耳光，左一掌，右一掌，一双手不够又用两只手，因为力气不够用，一面跳着一面打，嘴角流出鲜血，他大声的哭起来。

"唉呀！打死我啦！"

"他这么一喊，惊动了屋子里，正在吃喝玩乐的老爷、太太、姨太太、小姐、少爷以及许多高贵的客人，他们惊骇的跑出来看，不知是怎么回事，我爬起来，打算到他们的屋子里弄点儿东西吃，老爷威吓我：

"可恶！出去，出去……"

我不理他，拖着木杖往里闯。

他从后面抓住我的肩膀，举起巴掌来要打我。

我把木杖对着他的鼻子一指，和那门房一个样，他也打起他自己的耳光，一面打一面呼喊：

"唉呀！痛！痛！"

别人都觉着奇怪，不知这是怎么回事，少爷性急，过来踢我，我把木杖一指，他也打起他自己的耳光且叫喊，我又把木杖对着所有的人指点，他们都跳起来，狠狠的打他们自己的耳光。

太太、姨太太，以及别的女人的小巴掌打在脸蛋儿上的声音非常清脆，

1140

好像过年放小鞭，他们蹦着跳着，旋转着，哭着，喊着，眼睛里发红发青，牙齿间流出鲜血，女人的头发都散开，好像夜叉，还不停的打着自己的耳光，用着全力，狠狠的，门房已经完全的成了疯人，他躺在地下打滚，一面滚一面打他自己的耳光，翻来覆去的打，他那脸已经不像人的脸了。

老爷的脸已经打碎，像裂口的松树皮一样，鲜血流了满脸，和他眼泪混在一起，他的手掌粗胖有力，打耳光的声音是沉闷的，瘫软的，这是最痛的声音。

太太和姨太太以及别的女人都咬破了嘴唇，眼睛突出，好像一群疯狂的野兽，少爷也躺倒了，和门房一样的滚动着打自己的耳光。

小姐跳得最高，她的高跟鞋丢掉，光着脚跳，两只小巴掌像风车一样，迅速的舞着，拼命的打她自己的耳光。

这种卑贱的人生的戏剧用不着太仔细的来描写，只要悄悄的一想那情景就知道有多么丑恶。

老实说，我看不下去这场面，赶紧拖着木杖到客厅里。

两张圆桌面上满满的摆着食物，银的杯盘放着光。放下筐篮我坐在软椅上，先喝一口玫瑰色的葡萄酒，接着来一口菊花茶。

我把肚子吃饱，躺在沙发上休息一下。

外面打耳光的声音，蹦跳的声音，哭喊的声音，呻吟的声音比先前更响亮，我扛起筐篮到外面去，坐在他们中央。

门房快死了。

我笑着对他说：

"蠢奴！你还傲慢么？用力打！"

他加倍的用力。

老爷的衣服滚得粉碎，也快死了。

"混东西！打耳光的滋味明白了没有？用力打！"

他挣扎着爬起，用力的打，闭着眼睛，咬紧了流血的嘴唇。

少爷的身体完全擦破，像皮球似的滚来滚去，一面打一面哭。

"王八羔子！你怎么样？用力呀！用力！"

我看看所有的女人，她们都成了疯子，又好像夜叉，又好像野兽。

"你们这些寄生虫！现在你们可明白你们的本体有多么难看么？用力打耳光！用力！对对！就这么用力的打吧！从今以后直到地球摔破为止，这样的打耳光便是你们最好的生活！用力呀！用力……"

他们都高高的跳起，拿出所有的力气打。

我把筐篮套在木杖上，两脚轻轻一点就飞身上天。而下界的大愚人们还在那里打他们自己的耳光……

小 羊

王二奶奶家里有一匹小羊，和别的羊完全不同，没有天生的温驯的性格。

时常的，不是和公鸡吵嘴，就是和母猪打架，王二奶很讨厌这只小羊，常和别人说：

"这个小东西真可恶，非赶紧的杀掉不可……"

不管杀掉不杀掉，小羊仍是接着吵嘴和打架。

王二奶奶生了气，把他关在圈里不放，但是他和同伴吵嘴打架并且闹得更凶，王二奶奶实在没有办法，后来就不管他，随他的便去做。

在这只古怪的小羊的眼里要算公鸡最讨厌。

"你为什么在大清晨不等人家睡醒就喔喔的叫呢？"

公鸡吃惊的看看他：

"这关你什么闲事？"

"我要问一问。"

"我不愿意来管，你这么骄傲，难道说我怕你么？"

"不是怕不怕的问题，不应该说这个，我的意思不过是问问你……"

"你问我，应该客气，像你这种严厉的声气能算是合理的么？"

"也许不算，但是，现在不要讲这个，你说吧……"

"我说，——我是尽我的职务。"

"为谁？"

"为人。"

"人对你有什么好处？"

"给我东西吃，给住处。"

"此外还有什么？"

"吃和住便很够了，这原是我生活的全部，此外也不需要别的什么。"

"有意义么？"

"什么意义？"

"你——觉着满足么？"

"为什么不满足？"

小羊厌恶的看看公鸡，狠狠的瞪他一眼，跳起来，把头对着鸡，大声的骂着：

"你们是蠢奴，傻子，没有进步的东西，而退步却很明显，你那翅膀做什么用的？为什么从来不飞一飞呢？难道说……"

"我不愿意！"

"你不愿意？这是该死，一刀就把你杀了，把你嗓子割断以后你才会跳着，跑着，用力的扇动翅膀，为什么你不早一点儿扇动呢？你呀？你是糊涂虫，最糊涂的糊涂虫！"

"滚蛋！你这个两角兽……"

小羊愤怒的向公鸡冲去，打算用两角铰断鸡的身体，公鸡自知不是对手，赶紧的跳开，远远的跑去，怨恨的咒骂着，脖子伸得直直的，脸气得通红。

王二奶奶看见小羊的无理，帮着公鸡咒骂他：

"这个小东西是怎么的，要疯么？可恶……"因为有别的事情忙，没有功夫追问和审判，王二奶奶骂了两句就去忙着自己的工作，过后呢，这事件也忘记了。

其次，小羊最讨厌的是母猪：

"你是个懒惰的东西！"

"什——么？"

"懒惰，你懂得么？包含着全部的命运的事实！"

母猪狠狠的从眼角里厌恶的瞪他一下，用力的喘口粗气，并不爬起，仍是舒舒服服的在墙角里躺着，这地方正照着快活的阳光。

"你的腿太短了！"

"你的腿美丽么？"

"问题并不在腿，你这个蠢东西，你的理解力太不成了，你知道，老虎的腿怎么样？那是尽够健壮的吧？但是健壮并不能征服智慧，而你这个懒家伙，你把生命糟蹋了！"

"你说些什么？"

"你要醒一醒！"

"我知道。""我不是说睡觉啊！你这个蠢材，你不会理解，你的头不小，然而无用，你是块死的石头呀！"

就连咒骂猪也是不大在乎的，因为在猪的思想，一切都是包含在懒惰的里面，懒惰乃是生命的因素。

小羊可怜他，为了可怜，就咒骂一阵，对他的蠢头蠢脑吐口唾沫，把屁股掉给他，这算是敬意。

小羊和猫的争闹要算最凶猛了。

"猫这牲畜！"

"可恶！你觉着身体比我大么？我一跳就上了房。"

"你就是一跳上了天我也不佩服，你那两只眼是夜叉的眼。"

"你那两只角像象牙。"

"你无论走到什么地方总是拖着尾巴，好像拖一条毒蛇一样！"

"羊羔子，你为什么骂人？"

"我骂你，完全是因为爱你，这意义你也许是不会明白的。"

"胡说！"

"我说的是真理，而你不了解，所以你，始终负着野兽的灵魂，野兽的价值决不在身体的大和小，粗和细，有力或微弱，是在精神的改装，猫这牲畜，你明白么？"

猫眯眯眼睛寻思一下：

"你所说的全是废话，什么灵魂不灵魂，你有好精神，却不能不啃草。"

"非常的感谢你，猫牲畜，你正好把问题提出来了，啃草这件事，本是我的本能，我这本能是好的，为了饱腹，我并不像你似的残害别的生物。"

"你瞎说，我是尽我本分，这是最高尚的，伟大的本分，人最欢喜……"

"这样你就是觉着夜郎自大，才能高超么？你这本分，是宇宙最下贱，最卑陋，最无耻，最可恶的本分，为了你自己，便抓取别的生物加以残害，这是生物界的大仇敌，我告诉你，你的灵魂是顶上等的丑恶！"

"我和你有什么仇？"

"你和老鼠有什么仇？"

"老鼠是人间最厌恶的东西，而我是尊奉人的意旨，因为人是'万物之灵'我服从这是没有错误的！"

"你觉着没有错误么？啊！猫牲畜呀！你这遗传的毒，到几十世纪才能洗清呢？"

忍无可忍的善良的小羊迅速的跳过去，想抓着猫，但是猫的生性狡猾，他跳到墙上，高高的立在上边，咒骂着，噢噢的叫着。

古怪的小羊无论对谁，总是冲突，谈不到一起，仇恨，甚至相咬。

年月来的来，去的去——到了年关。

公鸡，是第一个被绑紧了两足的。接着是母猪，她尖锐的哭着，喊着，然而这一切人是不问的。终于抬在桌上，许多人围在四周，眼里放着光，锋利的刀正对着她的咽喉。

远远的，立在圈内的小羊实在看不惯了，他呼呼的喘着，从圈门里爬出去，悄悄的走到握着屠刀的人的后边，用着他的全力，直向这人的腿冲去——结果，他这个行为冒犯了所有的人，王二奶奶愤怒的跳起，举着大棒打他，逼他进圈，把圈门用笨重的大石板堵结实。

到晚上，小羊的母亲——一只老羊——被绑上了，小羊走近母亲，他啃断绳索，焦急的对母亲说：

"我们快逃吧？"

可怜的母亲愁苦的闭着眼，悲哀的月光照着她的脸，眼泪像泉水一样，她一言不发，只等着命运来收拾她。

虽然接受了遗传的血而突然的变异了的小羊和母亲的心理完全不一

样，他热烈的讲说命运的实质，可以突破的科学，他想用智慧武装起来生活在世上，他希望母亲采纳他的意见，但是这都失望。

母亲是顽固的，愚蠢的，她只会悲哀的流泪，不能往活的办法上想一想。死到了头上，她以为除了死之外再也没有别的路走。

天明了。

王二奶奶又把老羊捆结实。

小羊不能忍耐，他愤怒的冲过去，差一点儿把王二奶奶碰倒，这使王二奶奶大怒了，她用木棒敲小羊的头，咒他，把他赶开。

抖抖擞擞的老羊跪在人群中间，锋利的屠刀在她垂着的头上闪着光亮。这时节，公鸡已经赤裸裸的去了毛倒挂在房檐下，而母猪的肉体早已四分五裂，猪头在锅里煮着已经半熟了。

小羊咬紧了牙齿，他立定了志气要救母亲，但是他单薄的力量总不能战胜人，倒反激怒了王二奶奶把他绑起来了。

他亲眼看见，他的母亲渐渐的改变了姿态，鲜血已经流尽，眼睛痛苦的合上了。

小羊大声叫喊，他想逃跑，用力挣扎，绳子是紧的，挣扎的结果是自己加倍的受苦。

王二奶奶生气的望望他：

"小东西，可恶！你等着，不用着急，一会儿就宰你！"

这样说，还狠狠的用手指点他一下。

小羊后悔了，他为什么不早早的飞跑呢？莫非说四条灵敏的腿条条的都变成了废物么？为了救母亲是对的，这个打算倒有一部分的理，然而他大部分是错了。

两小时之后，可怜的小羊僵直的躺在桌上。临死的时候并没有哭喊一声，只是，眼里含着悲壮的光。这光是明显的，是希望别的生物不要再犯这样的错处的光。

小羊的死，应该值得悲哀，然而猫这牲畜却欢喜异常，他快活的叫着，高高的立在房顶上，眼看着小羊断了最后一口气，他心满意足的从房上跳下，跳到邻家垣墙，寻找他的尊夫人去了……

无边际的幻想

我愿意对你讲一点儿幻想。

你平常最喜欢幻想一些什么呢?

人是不能没有幻想的,你顶好是好好的留心一下你时常是怎样的幻想,我想,你一定会有很好的幻想,不过你没有抓住它,过后把它忘记了,在我,认为这是很可惜的事情!

像肥皂泡那样五光十色发光的和万花筒那样光辉灿烂的幻想是最动人的,从这里面再幻想出理想的田园奇异的故乡,不消说是更好了!

从盛水的菜碗里可以幻想出波涛澎湃的海洋,也可以幻想出寂静的月夜的湖光以及别的花样,从蓝色的水瓶里可以幻想出黑暗的大森林和其他。

从结冰的玻璃墙窗上可以幻想出千变万化的美丽的或丑恶的情景。

老实说,我是很欢喜幻想的。

有时,我把大部分的时间消磨在这上面,寂寞和忧愁,无聊和烦恼,不论多么大的打击和灰心都能够在幻想的幕后隐去,隐到深深的谷里去,甚至化归乌有。

你聚精会神的端详过老鼠的洞穴?

我端详过,不信,请你听我讲吧——

我留心的看着那狭小的洞穴,如果看过五分钟,在我四周一切的声音就可听不见,完全和我无关,好像是我的灵魂和躯体分了家。

这是真的,我久久的端详着鼠的房屋的门,自己也变小了,桌子高出我一丈,凳子高出我七尺,我立在洞口,洞的上方比我的头高,我很容易的就走进去。

假设这老鼠的住家是和我熟悉的话,当然,他们是要热烈的欢迎我的。

"噢!杨先生,快进来坐吧⋯⋯"

"是你呀!请,请⋯⋯"

年老的鼠的母亲虽然很快活的笑着,但是从她那饱经忧患的眉目之间无论什么时候都可以看出有无限的愁苦。我知道,现在粮米的价格暴涨,人类把粮食当金子似的宝贵的锁在铁的箱子里，别的食物也一样的收藏。这么一来，可怜的鼠的一家就什么希望也没有，唯一的食物是泥沙，这还是高贵的东西。

鼠姑娘比从前瘦多了，她的天真和活泼已经失去，因为父亲病重，母亲忧伤，她哪有快乐的心肠，她勉强的笑着和我握手，无力的对我点头。

鼠的父亲躺在泥土堆成的床上，盖着草叶的被，面黄肌瘦，眼睛深陷，失去了明亮的光芒，他悲痛的望望我，难受的咳嗽几声，点点头，意思是叫我坐下。

"他老人家病了多少日子呢？"

鼠的母亲告诉我：

"两个多月了。"

他又对我说，鼠的父亲，在两个月以前有一天夜里出去寻找食物，遇见了那人类的猫牲畜，差一点儿害了鼠的父亲，追了半天，算是鼠的父亲侥幸，没有碰上猫牲畜的爪牙，拼命的奔回家。从这一次，因为他奔跑太用力，时常吐血，加上食物不足，悲愤和忧愁，于是病倒，一直到现在终未能起床走动一下。

鼠的母亲伤心的哭起来，她拿起尾巴像人类用手巾似的抹抹满眶的酸泪，她的女儿也掀起尾巴，用两手捧在脸上。

哭了一回，鼠的母亲问我：

"你好久没来串门，到什么地方去了么？"

"唉！我和你们是同病相怜，我的生活，实质上也许比你们更艰难，这些日子我东跑西奔，只为一件事——饭碗，为了饭碗我出卖我自己的灵魂，正如妓女零售她们的身体一样的悲惨！"

我们还谈了一些别的，无非都是生活。

辞别出来的时节，鼠的母亲和她的女儿送到洞口。我答应她们过一天再来并且尽可能的带一些并不怎样好的食物。母女感激的望着我，从这深切的希望的眼光里我看出生物的共同欲望。

你说这个幻想怎么样？

你不欢喜么？那么，你再讲点儿别的。

在月明之夜，寂静的庭院里，你对着明亮的群星幻想过什么没有？

你最欢喜的是什么星？

我最欢喜的是火星。

我长久的幻想过火星的世界——这样的一幻想我就飞上了火星，像火箭一样。

火星的世界里比人类的地球美丽多了。

这里的花都是活的，都会说话。

火星里的鸡冠花和地球的鸡冠花完全不同，是圆形的，扁得好像碟子，颜色是深蓝的，宛如晴朗的天空。

他说话的声音响亮，内容孩子气。

"我实在不懂，为什么你们地球里的花都不说话呢？"

我告诉他："这道理我也不懂！"

他奇怪的问：

"是人类不准他们说话么？"

"没有听说人类不准的字样，这一点，我也不大清楚……"

"大概是他们讨厌说话？"

"谁知道呢！"

"也许是没有说话的技能？"

"是吧！"

"他们从来不说话？"

"从来不说。"

"也没有要说的样子？"

"看不出……"

鸡冠花叹息着：

"啊啊！地球里的花实在是不容易了解的哑谜呀！"

"不错，不错！是哑谜！……"

他又问：

"那么，花的叶也不说话么？"

"也不！"

“花的枝呢？”

“也一样！”

“花的种？”

“也是！”

“全不说话？”

“全不……”

“啊啊！多奇怪！实在奇怪！”

我诚实的对他讲：

“在你们，虽然觉着很奇怪，可是在我们地球，花的不说话并不认为奇怪，如果花也像人似的说了话，这却要认为非常奇怪的奇怪了！”

他闷闷的摇摇头说：

“你的话，我丝毫也不理解！这大概是因为地球里的事太深奥的缘故吧！”

“也并不深奥，过去是如此，现在是如此，未来大概也是如此吧？”

“那么，你们地球里的花也和我们似的无论几时都盛开着么？”

“地球里的花并不像你们似的……有的春天开，有的夏天开，有的秋天，有的冬天，可是冬天开的太少，他们开了不久就凋残了！”

鸡冠花非常惊奇的大声喊：

“哎呀！好奇怪！为什么他们要这样呢？无论什么时候都开着不是比暂时的开了又谢的好么？”

“当然，无论什么时候都开，像你们似的，这是很好的，然而地球里的花却不如此。”

“地球里的草怎么样？”

“也像花似的！”

“不说话？”

“不。”

“也不无论什么时候都是生长。”

“也不！”

“啊！地球的事，实在深奥，莫名其妙……”

"像这类事在你们虽然觉着'深奥''莫名其妙'。然而在我们地球里却很平常，不觉着什么……"

我们还叹了一些别的像这类虽然是孩子气却有一点儿意义的话。

在我，像这样的幻想，如果把他接续下去的话，少说能写一百万字。

火星里的幻想，那范围，当然除了花之外还有很多很多的，像上面所说的和花的谈话不过是十万分之一的一小部分。

在凉爽的夏日的傍晚，坐在潺潺的溪边，悠闲的眺望着西天的云霞，打算窥见那五光十色的美丽的云彩的洞府。想得久了，白天，给人家干了一天的苦工，这时节，忘记了疲乏和第二天的烦恼聚精会神的看着那太阳在落下之前暂时的在山头休息。一直等到他落下，再望着那变幻多端的云光，精神好像入了梦一样，不知是生是死——这种经验，你有过么？

啊！你幻想一下看，如果到那云彩的背后去看一看能有多好。

那不可思议的神秘动人的地方我曾去过一回。

层层的，透光的，像玻璃镜似的云丛中开着一条平坦弯曲十分美好的大路，我走在这上面比在人间坐汽车高贵多了。

像雾似的云，辉煌的光辉并不刺眼，在道路的前端是神仙建造的伟大的殿堂，还没有走到就听见美妙的乐器的声音。

一位年老的尊神是这殿堂里的主，他统治着这云彩洞府的一切，然而并不摆臭架子自命不薄。谦虚，有智慧，有理性，这便是他的特色。

他很亲切的问我：

"来做什么？年轻的朋友！"

"来开开眼。"

"这里，没有禁地，无论什么地方，你尽管踏足谁也不拦挡你。"

殿堂的外观虽然很壮丽，然而内容却很朴实，没有奢华和浪费，没有虚荣和掩蔽，光明的门窗，洁净的桌椅，人物都是新奇的，穿着简单的长衣，没有帽子，发上没有油，健实，活泼，有精神，奏乐，唱歌，快活有趣，我很羡慕他们。

殿堂的后身是广大的花园，扑鼻的花香随着柔和的微风在空中飘荡，鸟雀的歌声也像音乐一样。

没有人造的假山，全是天然的风景，溪水从树林里像新洗的飘带似的，经过一个断崖，从上面冲下，发出快活的响亮的叫声。在那断崖上，几棵松树的阴影里有几只雪白的仙鹤，轻轻走动着，悠闲的活动着脖颈。草地里，野兔成群结队，高兴的奔跑着游戏。

我坐在河边幻想着这幅图画——

那西方天空的云霞，渐渐的模糊，看不清了，好像谁在那上面涂了一笔淡青。

黄昏的黑影包围了大地，这一幕幻境只好结束，我喘口气，伸伸懒腰，这才想起自己是生存在人世里……

当然，云彩的洞府的幻境并不仅这些，你可以随心所欲，把这幅画改变，顶好是改成活的，发展一篇有意义的故事。

眼睛注视着什么，幻想着，往往容易受那风景的限制。你如果能什么也不看，孤独的坐在灯下，在黄色的光圈里，两手抱着头，静静的幻想一切，这幻想的范围能超过无限的远，从天上到地下，也能离开宇宙，如果你愿意可以袖着两手立在云端观看那旋转的地球。

但是旋转的地球我幻想过几回，觉着干燥乏味，没有什么意思。

有一回，那是在一个深秋的月夜里，窗上映着摇动的槐树的影从枝叶间可以望见明月，有一朵深灰色的云彩很快的飞过。我幻想出一幅很热闹的情景，好像是，我做了月宫里的首领，统治着月亮所有的土地。

这光荣的职位在人间无论如何也寻不到——只有在幻想里。

你幻想过这种情景没有？

我对你讲一点儿，不过，我决不肯讲全部，因为这幻想的梦的乐园不能轻易的把全部送给别人。这是秘密的，除了自己，别人决不肯让给他大座位，也像小孩子，拿着的苹果，只能够把割下的皮抛弃。

在月宫里掌着大权，我并不骄傲，对待八百多美丽的仙女。我是以亲戚的哥哥的身份和她们住在一间大殿里，并且和她们一直吃着月宫出产的果子，饮料是甜的，清香的，还有一种说不出多么好的味道。这些好东西，除了月宫之外，不论是火星或木星，无论什么地方也没有。

众仙女唱的歌和人间的女性那么样哼哼呀呀唱的歌完全不同，红头的金丝鸟，白翅膀的鹦鹉，蓝的羽毛的兔子，还有许多穿着美丽发光的衣服的小生物。一听见仙女开始唱就欢欢喜喜的从四外八方跑来参加在仙女的队里跳跃的合唱。这种时候，我是舒舒服服的，坐在透明的比水晶还要光亮美好的大椅里，铺着天鹅绒的绣花的毛毡，从仙女中轮流着派出来的六个仙女殷勤的在我身前身后周到圆满的伺候。

我轻轻的一摆手她们就停止了唱歌，再一摆手，她们便欢呼跳跃，像一群小鸟似的围在我四周。我们常讲的总是人类的地球的事情，因为我是生在地球上的，所以知道地球的事比知道别的多一些。

她们很奇怪这件事，为什么地球上的女性都嫁给丈夫，非生一大群孩子不可？

我也不太懂这个原因，我只会这样的给她们解释：

"地球上，从有人类起，女性就是担任生殖孩子的。"

她们莫名其妙的问：

"为什么要这样呢？"

"是呀！这个……是的，她们为什么要这样我也说不出，虽然说不出，但是据我猜想，一定是，她们对于生孩子的事有一致的要求，再不然也许是男性的逼迫用着体力征服了她们。"

"这是不容易明白的呀！"

她们惊奇的发出了叹声。

"生孩子的事，全是女性的功劳。"我说，"没有她们，现在的地球上决不会这样的热闹，在两千年前，地球上的人类还是很少的。"

忽然有个仙女很正经的提出了这个要求：

"我们可以像地球上女性似的生些孩子使我们的月宫越发的热闹起来么？"

这个问题使我非常的惊骇，我不赞成这件事。

"如果这么一来，我们的月宫，决不会像现在这么样安静，你们因为有了孩子，只顾孩子的事，给孩子吃奶呀，换尿布呀，这样，那样，会毁坏了你们的美丽。因为太劳苦，你们没有工夫唱歌也没有心思跳舞了，想一想看，为了月宫，你们说怎样好呢？"

她们互相的耳语，大声的辩论，吵吵闹闹，把宫里弄得很杂乱。我一看这是一种近于堕落的倾向，急忙摆手止住了她们的嘴。

"欢喜生孩子的把手举起来！"

有几个举起了嫩白的手掌，看看别人不举，又赶紧的放下了。

从这以后，我很留心的观察仙女的态度，也没有什么改变，好像忘记了似的。我时常考虑这个问题，可以不可以……

住了些日子，和众仙女在花园里跳舞。休息的时节有意无意的又谈起了这个问题，有一多半的仙女赞成生孩子，好像商量了好久这么决定似的。我想了一想，坚决的发表了这么个法令：

"愿意生的就生，不愿生的不生，随你们的便吧！"

发表之后我觉后悔，不应该这么轻易，把月宫弄坏了怎么办？

过了几天有一只肥胖的兔子来报告我，说是有个仙女在花草里生了一个肥胖的大小子。

我生气的问他：

"你是这孩子的爸爸吧？"

他害羞的点点头。

我一想，这可糟了！

过了几天，一清早我还没有醒就接到许多报告，又生了不少丫头小子。半年之后，孩子生得更多了。一天到晚，孩子的哭声代替了歌唱，各处是晾着的尿布，形形色色，在微风中动摇，好像花朵。

唱歌队的人数，一天比一天减少，出场跳舞的只有年轻的，还不能生孩子的仙女。

小孩子随便的在宫殿，在花园，在各处拉屎撒尿臭味熏天，还有母亲的呼声，孩子的闹声——这还不算，月宫里的果子和饮料有点不够用了，月宫里的这种乱七八糟的情况不知怎么给第九重天上的尊神调查了去，这位尊神是统辖大千世界的，不论是月宫和地球，金星和水星，全部归他管，他打发天使把我招到他的宝座跟前。

一张嘴就吼起来：

"月宫里你是怎么弄的呢？乱七八糟！"

"众仙女要求生孩子，也像地球上的女性那样……"

"你就答应他们么？"

"是的……"

"可恶！"

我赶紧把头垂下。

"好好的月宫，你把它弄成乱七八糟，以后怎么收拾呢？可恶！"我连连的行着鞠躬礼，表示道歉。

"什么？行鞠躬礼就完事了么？可恶！非惩罚不可，重重的！"

结果，我是被打发到冷宫里，有许多带刀持枪的武将监视着我，不给东西吃，不给水喝，也不准散步，日期是无限的久。

从这以后，月宫里成什么样子我是不得而知了！这个幻想，从调子上看，好像是童话，不错，我并不否认这个。可是在那深秋的夜里，从窗外的槐叶之间望着云中的月亮，能够想出比这些更好的情景，幻想实在是没有界限的，也没有范围，你愿意怎样幻想就怎样幻想。

你以为这些是胡说么？

你觉着你从来不幻想么？——不能！

你还是一个吃着母亲的乳的小孩子的时候就时常的幻想过，不过，你现在是疏忽了，不记得了，其实，你现在还是时常的幻想。你幻想过得了十万元的彩金的事情没有？我知道你那幻想的头尾，全部是得意的，满足的享乐，如果你没有幻想——啊！撒谎已经成了你深深的习惯，像这类坦白的内心的公开是没有坏处的，我希望你，把灵魂的伪装剥去，换一件天真的衣服，因为这也是真理之一。

我还要告诉你一点儿幻想——

从那一次到了鼠穴串门之后，我时常的惦记他们，鼠的父亲是病倒了，好久好久的弄不到粮食。过了两天，我带着半碗小米，一把高粱，十个花生，一小片猪肉，这在鼠们要算是最丰盛的礼物了。

鼠的母亲非常惊喜，她发现了她梦想不到的好东西，赶紧的从我手里感谢的接下，她的女儿急忙跑过来帮着她运搬，鼠的父亲还躺在泥堆里盖着草叶。我看他，比头两天瘦多了，那脸色，好像月夜里的芙蓉花，惨白，两眼深深的落了眶，嘴唇的筋肉已经干枯了，他的腿瘦得非常可怜，尾巴好像一条干瘪的蚯蚓，讲话的声音在喉咙里，好像有块石头似的在他喉咙里旋转。

过了五天我再去看他的时节，他的灵魂已经脱离了躯壳。

鼠的母亲伤心伤意的哭着，泪水像六月的大雨一样，把胸前的细毛湿透，她的尾巴挡不住眼泪，泪水从她两手捧着的尾巴梢流着，她的声音已经哭哑了！

她的女儿，两眼红红的肿起，容颜憔悴，精神颓废不振，这悲哀的重压使她的意识模糊不清。

鼠的母亲哭着对我说：

"杨，杨先生，她爸爸一死，我们，我们还……还有什么活头！"

我无可奈何的愁苦的安慰她：

"好死不如歹活，我们能活一天，就对付喘一天的气，领着妹妹，好好的过吧！"

女儿痛苦的对我讲：

"杨先生，我们生而为鼠，这是不幸，偏又生在这种艰难的年头，唉！怎么办呢？总是在黑暗里面，鼠的生活哪有光明？"

这她绝望的声音使我很不高兴，因为一切的理想如果放在绝望里，那就算是等于死灭！

然而我也没有出路，没有光明可以指示她，因为我是在幻想中啊！

过了两天，这孤独的，没有依靠的母女搬走了。

以后我再也没有在幻想里看见她们，当然，看见或不看见都是一样的，因为我这故事毕竟是幻想！火星里的世界还是照旧，那会说话的鸡冠花还是像小孩子似的发出疑问，我不能圆满的回答。

"为什么要这样……"和"为什么要那样……"

这类问题，在没有智慧，什么也不懂得，非常蠢笨的我是很艰深的，所以，当鸡冠花问这些的时节，我总是焦急的抛开，把谈话改变方向。

以后，那西天的云彩的洞府稍稍的改变了一些，年老的统治者升到了第九重天上，云府的大殿委托一个有智慧、有理性的青年。这青年的建设的本领真了不得，他把大殿的外观和内容完全改修，我坐在河边就可以望见，当太阳刚落，红光还没有消散以前，那殿堂的美丽的尖顶像花冠一样，从浓密的、深厚的、奇形怪状的云彩里显出。如果从河的对岸，从草原的深处飘来芳香的晚风，能够从风中窥听那云彩背后的乐器的响声和悲壮动人的歌唱。

我总不能立在云端里看出地球旋转的意义，不知怎么，地球给我的兴趣很少，我不想多幻想它。月宫里的情况以后我幻想出来了。

我从此失去了美好的职位，住在苦闷的寒宫，这是一个很久远的期间。

这期间，众仙女生孩子的事越发的多起来，孩子长大，又生孩子，这么一代一代的繁殖起来。到了现在，我所认识的那些仙女早已死去，这完全是上了生孩子的当，而月宫已经不像是一个月宫，连从前的月宫的形状也不存在，那里的人民，也和地球的人民相仿——其实，他们的生活是赶不上地球的，饥饿，痛苦，火灾，各种祸患不断的接续，人民叫苦连天，这全是统治大千世界的尊神所赏罚的！我再不敢幻想那可怜的月宫了！

我对你讲了不少的无边际的幻想，你究竟欢喜这种幻想不呢？

此刻，我孤独的伏在灯下，又幻想起来了。

我幻想出一个白发苍苍的老头子，他道貌岸然，静肃的立在灯光后面，细心的看了我半天，临去的时候，嘱咐着说：

"欢喜幻想，正是你的痛苦，你的头不是专为了幻想而生的，还有你那手，你的手不能幻想，你的头在幻想，你的手不应该闲起来，明白么？"

我点点头回答他：

"明白！"

我睁开眼睛，仔细一看，灯光后面是墙的黑影，此外什么也没有，我觉着抱歉！

但是过了不久，我又要——幻想了……

和影对谈

"你无论走到什么地方去我总是追随。"

"无聊!"

"你无论走到什么地方,无论走到什么地方,我总是追随,追随……"

"无聊!无聊!"

"请你只要这么想一想看,没有你,我怎么能够在这世界上生存?完全是因为有你,我才觉着这地球是美好的。假如没有你,这宇宙马上会失去光彩,我也会失去了存在。"

"为什么呢?"

"这不是很简单的么?在阴影里是不能够露脸的,我偷偷追随着你,没有谁会看见我,这在我并不算光荣,这是痛苦的,人活着,一时一刻也离不开光,如果失掉了光,便等于鱼没有了水。我喜欢你立在太阳,月亮,灯光下,不愿意你接近树荫,凡是黑的遮蔽对于我全没有益。比如在灯光下,我的生存就分外的清明,这便是我的幸福,当然,这是你的恩惠,应该感激……"

"不懂,不懂,完全不懂!"

"你快乐,我也快乐,你愁苦,我也愁苦。"

"这是何苦来?"

"因为你的快乐就是我的快乐,你的愁苦,就是我的愁苦,不单是你无论走到什么地方我要追随,你的心的向往我也是追随,你并不是为了我,而我则是为了你的,我知道,你厌恶我,然而我却欢喜你,因为……"

"我实在不明白你讲了些什么!"

"你撒谎,你不能不明白,你一定比我还要理解我的存在的意义,老实告诉你,你即使真是不明白我也不管,反正我是追定了你,你想想吧,我是影子,影子也有影子的价值。"

"你究竟想讲些什么呢?"

"这些,便是我要诚恳而又热心的对你所讲的全部,从开头到末尾,你只消闭目思索一下，我想你会完全的理解，我是你的影子，你是应该了解我的呀！"

"抱歉！抱歉！我实在不了解！"

"不了解？"

"是的，不了解……"

——沉默了……

各处寻来的故事

我时常在吃饭的时候，或者是在睡觉的时候有许许多多欢喜的或悲哀的故事蹦蹦跳跳的或蹒跚的走来寻找。

当我提起笔来要把这些故事运搬到纸上来的时候，这些故事却悄悄的偷偷的逃跑了，他们跑到什么地方去，藏在什么地方，我无论如何也寻找不到。后来，我想出一个虽然是蠢笨而在我却算是不错的办法，不论是在给人家打杂的时候，或是在散步的时候，故事一来，我马上就把他抓住，用绳子把他结结实实的绑起来装在衣袋里，衣袋装满就移在抽屉里。日子一久，把蓄积的故事小心翼翼的捧起来，分门别类的整理，再加一番工夫分析和考核，大概的一计算，内容可以过得去的故事很不少了。

现在我就把这些——值得叙述的故事挑选出来简简单单的描写一下，好像是"一般人"过年过节送礼似的送给你。

当然，这和"一般人"的礼物，在意义上完全不同，不同的原因用不着说，你是聪明的，你一定会深刻的了解。

先让我把第一个来寻找我被绑住的故事拖出来给你看——

他是一匣洋火。

这火柴匣的外皮是黄的，正面画着一座高高的尖塔，塔的四周是茂密的树林，紧靠黑色的城墙，城门楼也是黑的，好像是太阳刚落，晚霞的光映着塔的半面，天空的云里有两块黑点了——我仔细的观察了老半天，总

猜不出这两块黑点子是什么东西

这火柴匣是一个在气质上和我并不相合的朋友因为吸烟卷忘记在我这里的，打开看看，里面的火柴棍还剩四分之一，这盒洋火对我说：

我是你那位朋友买到手的，然而他并不是使用我的第一个主人，他的夫人第一个使用了我。

这是个温柔体面而且也算是美丽的妇女，她欢喜吸纸烟。

当她把烟头轻轻的碰齐含在嘴角里的时节，她的眼睛是沉思的微闭着，沉思了半天才划我。

我的发火是痛快的，她把我轻轻的在磷纸上一碰，我立刻燃起赤红的火苗，欢欢喜喜的靠近她……

就在这一瞬间——她还没有把我的火靠上她的烟头的一瞬，在她那多情的胸中涌出了许许多多的思想。

她第一是这样想：

如果我像这样要吸烟的时候，划火柴，顶好是用不着我个人操劳，如果我能够，我要雇一个聪明伶俐的丫鬟，年纪在十五岁上下，不要太美貌也不可太丑陋，无论什么全会做，看我要吸烟，急急忙忙准备好火柴，规规矩矩的立在我前面，恭恭敬敬的等着我把烟卷含在嘴，赶紧划火柴小心的替我点上……

不消说，一个丫鬟的职务并不止这一点。我要穿衣服，她必须急急忙忙的拿过来，我要脱衣服也是如此，脱鞋摘手套全没有两样。所不同的，只有她那一回比一回更灵敏的动作。

一个丫鬟自然是不够，必不可少的是一个老妈子，收拾屋子，端饭端菜，这一点如果用厨子很讨厌，老妈子总方便一些。室内的事，有这一个丫鬟和老妈子足够了。此外，总得有个男子听差伺候丈夫，跑里跑外全归他管。

门房也得有个合适的人，有客人来归他传达，大门的开关全由他统辖，是的，我得预先把他教育好，对高贵的客人怎样行礼，怎样答话，怎样接受名片，怎样引导。我还要雇一个管账先生，替我管理账目。要忠实的，要可靠的，要有力并且确实的保证人保他。

是的，是的……汽车夫，这是无论如何不可缺少的。我要出门，在事前打发老妈子去通知一声把汽车好好的开到门口老老实实的等着我。我上车的时候，汽车夫应该毕恭毕敬的开门关门，汽车关起来，要稳稳当当，到人多的街上，要慢一点儿走，别出了什么危险。

我要时常的去找朋友——这些朋友都是有钱的，有势的，高贵的，优雅的。

五块钱的牌，我当然不能算数，总得三十五十块的我才坐下呢。

我要时常去听戏，坐在美好的包厢。丈夫陪着我，还有许多相衬的亲戚和朋友在我的两旁，身旁是丫鬟和听差，顶好是背着盒子炮，再不然，有一队卫士也好……

我要时常去看电影，也像看戏那样的讲究。

我要常到跳舞场，现在我虽然不会，那时自然能学会，这并不难。

还有……

她想到这里，急忙把我在她的烟头上碰一碰用力的吸两口，因为，她如果再不点，我眼看要熄灭了。

她吸着烟还想了些别的，——全是这类的梦想。

她，——你知道，她的丈夫是个和你一样贫困的小职员，月薪是二十五，在这样无论什么东西都是贵的年头，仅仅的能够勉勉强强的维持着混一碗高粱米吃，对付着不至于饿坏了肚子要算是天大的侥幸了……

火柴匣的故事到这里已经够了。

其次，让我把第二个被我绑住的故事扯出来——他是一只在街头漂泊的无家可归的卷毛的小狗。

他的毛色本来是洁白的，因为时常在污秽的泥灰里打滚，所以变成乌黑的了。他那像蒜瓣似的鼻子和无论什么时候都饥饿的张开的小嘴的距离很近，一双黝黑像石灰似的眼睛缺乏快活的亮光，两只杨树叶似的耳朵好像是没有都行，无可奈何的在两旁垂着。他的尾巴，稍稍的拖向下方，从尾梢的部分无力的向上卷起，四条短小的细腿迈步的时节总是无精打采，疲乏无力，这一切悲哀的外象全是生活的重压给他决定的。

他对我说：

在这地球，谁是我生身父亲我是不知道的，我只记得我的母亲把我搂在怀里给奶吃——这在我，是永远不会忘记，无论什么时候都是回想着的一幕短短的幸福，这幸福只接续了三天。不知他叫什么，是个狰狞面孔的东西，用他那苛毒的手把我抓起来，还有我的兄弟和妹妹——一共是六个——送到远远的地方，东的东，西的西。一点情意不留痛痛快快的抛弃了！

我被抛弃在一处废物堆里，没有谁来照看我，也寻不到东西吃，时常有些人类的孩子把我抓起哈哈的笑着当皮球扔——有几次，我几乎摔死了，如果真是摔死，我倒应该感谢他们的恩惠呢！——他们扔我，踢我，还用棍子和石头打我的头。我无论怎样的哭喊求饶他们也不理，这些人类的孩子呀！要说人类的孩子是天真纯洁的，那么对于我算是怎么一回事呢？那样的天真纯洁我实在不大高兴接受呢！

时常，我在饥饿疼痛疲乏的夜，用着我全身的力气向天空或大地哭泣，高声诉说我胸中的悲苦，然而结果只是劳累了自己。天空是不会说话的，大地是哑巴，这地球对我的态度根本就是苛毒！

我啃着接近身体的废物饱腹，就像这样，我一天一天，说不出有多么艰难的对付着活命！

到我能够稍稍的走动的时候，我就摇摇不定的举步各处徘徊。

起初，对于人类的事，我是很生疏并且十分惊奇，然而渐渐的我也养成习惯，所有的事都看成是很自然的了！

在人烟稠密的省城里，我在凡是能够走到的胡同里寻求食物。有时寻到几口东西，吃到肚里，觉着饥饿的滋味越发的难受。

"哎！你们看，这只小狗！"

"是呀！多么脏！"

"快把他踢开吧！别靠近他……"

"打他！打他！"

我所能听到的人的话，全是这一类。

只有一回，有个小孩子，他欢喜我，把我抱到他的家里，喂我非常香甜的残剩的干粮吃。他的父亲发现了，十分生气的打了他一巴掌，把我高高的抓起，狠狠的丢在阴沟里——差一点儿把我摔死！

有一回，一个老婆子拦着一篮馒头，我跟定了她哭着和她讨："老妈妈！给我一口吃吧！我快饿死了！"

这个一点儿慈心也没有的老婆子连理也不理我，后来她转过身子对我怒视，做手势威吓我，用着大声驱逐，那狠毒的嘴脸，比山野间的猛兽还要凶残几倍！

刮风下雨天，我在人家的门楼底下躲避。如果被他们发现了，总是毫不留情的踢开，我越哭，他们越踢。

我想寻找母亲，可是寻了许多日子结果是失望和灰心！

从生到这世间以来，我从来没有吃过一顿饱饭。

我没有本事和别的生物去竞争，唉！我将来怎么办呢？

你仔细的看看吧，我的身体，骨瘦如柴，皮包骨头，没有一点儿气力。可怕的隆冬快到了，我怎么能和蛮横的风雪抗争呢？我很忧郁，因为我想生存，我不愿意立刻就死。

唉！我肚子饥饿，我希望谁能够大发慈悲的收养我，但是谁能够呢？他们看我这满身烂衫，上下肮脏，不要说收养，连看一眼也不高兴呢！唉唉唉！我怎么活下去……

讲到这里的可怜的小狗伤心伤意的大哭起来，泪水像大雨一般！

可怜的小狗的故事到这里已经够了。

这回是第三个被我绑得结结实实，无论如何也逃不了的故事——他是一个磨得光亮的铜板。

和普通人们常见的那种铜板一个模样，他的价值可以换一块糖，可以买半块豆腐，可以买两张手工纸——当然，他的用处并不仅这一点点，而我所要叙述的并不是他的用处，而是他的故事。

他对我说：

我到过许许多多的地方，见过各形各色的人和各式各样的事情，而记得最清楚的是下面所说的这几节：

有一回，我存在一个挑担子卖花生烟卷的老哥的手里。

这天晚上，他的妻子对他说：

"给我一个铜板吧！"

"做什么？"他不高兴的问。

妻子说："我要买针！"

"不成！"他严厉的瞪着眼睛，"好容易凑够了三毛钱，我明天要去办货，一个余剩的也没有！"

妻子不满意，反驳了他两句，于是，这两口子就吵起来了。

"买针也不是瞎花！"

"非得今天买不可么？"

"枕头破了一个大洞,谷糠全流出来了,非赶紧缝好不可,那根针断了,不买怎么办？"

"我说过两天，你就过两天！"

"偏不！"

"你是混蛋！"

"你是混蛋！"

因为在大街小巷，奔跑了一天，这时候，他非常的疲乏，想安安静静的休息一下，这么一来，把他本来就不温柔的脾气，好像在火里倒了一桶油似的，他像牛一样跳起来了。

他狠狠的踢了妻子一下屁股。

女人又骂他一句。

他更愤怒，又打了妻子一大巴掌。

女人觉着冤屈，她抓起破了洞的枕头扔在丈夫脸上。

这一来，嘿！更糟了！

他把饭碗抓起来像投掷炸弹一样用着全力摔在女人的头上，她躲避不及，头打破了！

她哭呀，喊呀，咒骂丈夫的灵魂，而丈夫的脾气一暴发是很难制止的，他狠狠的把女人搋了一顿，多亏邻居过来劝说这才结束。

女人哭了半夜还伤心伤意的流着眼泪。

第二天一清早，丈夫挑着担子出去了。

女人在家里，好久没有起身，她的发上染着血，眼睛哭肿，脸色苍白，嘴唇青紫。丈夫走后，她又捧着脸悲痛的哭一场，想了一想，十分坚决的爬起来，找了一条绳子，挂在梁托上，打了一个活结，把头伸进去，脚底下踏的凳子一踢开，只在半空扭动挣扎了几下，很快的——完了！

还有一回，我暂时的保存在一个有钱的人家里。

这个人家，因为有钱，所以有老妈子，丫鬟，和别的仆人。

太太因为时常丢钱的事，觉着非常奇怪，她不知道是老妈子拿了去的呢，还是丫鬟拿了去的，背地里，她留心的观察，也查不出底细来。

有一天上午，她故意把我放在茶盘里，她躺在床上，把脸向着别处，吩咐老妈子去沏茶，老妈子拿了茶壶去，虽然看见了我这个铜板，却动也不动，好像没有看见一样。

到下午，她又打发丫鬟去沏茶，丫鬟拿着茶壶走后，她起身一看，茶盘里的铜板没有了。

她一想，准是这个丫鬟手不老实，于是她就审问丫鬟，——这是个花钱买来的十三岁的小姑娘，一问她，面孔立刻变了红。

"这个铜板，是不是你拿去的？"太太大声问她。

她哆哆嗦嗦的回答："不……不是……"

太太上去就是个耳雷子："你撒谎？我打死你！"

这一下打的，把她拿去的铜板打出来了。

太太又问她：

"前天，我放在褥子底下面那五块钱是不是你拿去的？"

"那……那……那我不知道！"

这个数目太多，把她吓哭了！

太太接着追问：

"上面还有二十块钱，我放在抽屉里没有了！你拿去的，是不是？"

她大惊失色，无话可对。

这时节，立在旁边的老妈子冷冷的笑了一下。

太太问不出她的口供就动打。

但是无论怎么打，她总说那些钱她连看也没有看见，她只承认，铜板是她拿去的。

太太的脾气暴躁，用棍子打她，一面威吓她：

"快说，放在什么地方？"

她说不知道。

太太瞪瞪眼珠，咬着嘴唇，狠狠的举起棍子，用力的在她背上像铁匠举起大锤那么用力的打下。

小姑娘痛得咬牙咧嘴，眼睛冒着火，她战战兢兢的抓住棍子给太太跪下：

"饶……饶我吧！我实，实，实……实在不知道啊！"

太太用脚狠狠的踢她的手，她的手一松，太太的棍子又举起，"啪"一声沉闷的巨响，落在她肩上，接着又是一下，打在腰上，接着又是一下，又是一下，又是一下，又是一下，又是一下，又是一下，又是一下，又是一下，又是……

一气打了她好几十棍。

然而打死她也不承认！

可怜的小姑娘，死去活来，养了半个多月，伤还没有全好。

事实上，放在茶盘里的铜板确是她拿去的，而那些惊人的大数目却是老妈子偷去的。

可是老妈子走运，她并没有挨一下打，挨打的是这个倒霉的，无靠的小姑娘……

还有一回，一个小学生和她母亲要铜板，母亲问他做什么，他说买图画纸。于是母亲就爽快的把我给了他，他欢欢喜喜的把我拿去买了一块橡皮糖吃……

还有一回，我到了赌博场，一会儿在这个人手里，一会儿又到了那个人手里，不到五分钟，经过十几个人的手。

还有一回，我住在一个粮店的钱篓里，和别的许多的铜板蹲在一起，一个年老的乞妇到门口来讨要，掌柜发了慈悲心，把我扔出去。于是就到了乞妇的袋里，她把我保存了半年多，后来刮风下雪的深夜，她在街头断了气，一个年轻的有恶嗜好的男乞丐从她袋里把我翻了去。

还有一回……

铜板的故事到这里已经够了。

其次该轮到第四个在我书堆里闷了许久的故事了，他是一片夹在书页里的石柱子花的叶。

虽然是一片干枯的叶，绿的颜色还没有失掉，只是稍微的变了一点儿，比较他生活在野地里那茂盛的时期扁了一些，僵硬了，没有柔性，轻轻的一动就会粉碎。然而他的生命还没有失去，和他没有离开本枝的时候一样的会思索，会理解，并且还会讲话呢。

他对我说：

我还没有和本枝分别以前，是住在有许多鲜花盛开的草原的深处，在我们那一带草的叶，都特别丰肥，花的香都格外芬芳。

和许许多多的邻居在一起过活，那情景是十分快活的，较比你们那些没有智慧也没有深刻的理解力的愚蠢的人的生活方式完全不同。

成天到晚，我们所看见的是云雀的高高的飞翔，蝴蝶和蜜蜂的相追逐，蜻蜓的漫游，蚂蚱的跑跳，蚂蚁大队行进，还有许许多多一时说不尽的有趣的生物。你只要闭目一想那奥妙无穷的草原，你就会明白我讲的全是真实的了。

到夜里，在我们的周围那快活的情景更是热闹，萤火虫都从白昼的睡眠中醒来了——这些可爱的动物，总是白天藏在草叶里大睡，而一到夜晚便精神百倍的出来找兴趣——他们提着明亮的灯火，把各处的友伴全召集来，这种时候，我就看见了有趣的故事。

最先到场的，是住在我们附近的池里，把那池塘当做老家的蛤蟆，萤火虫一叫就来，他们一面走一面呱呱的吹着喇叭，听见这声音的别的生物都跑来了好像军队里吹奏集合号的效力一样！马驼子带着他的妻子儿女，欢欢喜喜的从远处赶来，一到场就倒立，表演他的技能，瞪着眼珠，咧着大嘴，非常的滑稽。

蛤蟆一面吹喇叭，一面拍他自己的大肚皮：

"啪！啪！啪！啪！"

这算是打拍子，并且喊道：

"嗳，萤火虫！把你的灯光靠近我一点儿，我把喇叭修理一下……"

蚯蚓从泥土的宫殿里钻出来，弯弯曲曲的走着，谁要碰了他就大声喊：

"闪开，闪开，不要挡住瞎子的路，朋友，借光！"

他寻找一个好地方，把细长的身体盘成一个圈子静静的听着动静。

蚊子兄弟排成了一个杂乱的大队，他们在人间吃饱了肚子，很有精力，都用力的吹着笛子，呜呜的响，他们合奏的是自然之曲。

跳蚤也跑了来，他们是租住人类的身体，因为打不上房租，时常受着迫害，并且惹起了人类的仇视，他们赶着房东睡熟的机会来赴会，他们和蚂蚱是近亲，因为他们的跳法是一致的没有合适的住房，把人间的厕所当着宿舍的蛆虫也来参加，他们带着奇怪的味道，算是献给大家的礼物。

灰色的，花的，身上有各种斑点的蛇也出席了，他们的举止温雅，好像人间的绅士，穿着华美的衣服，走路迈方步，不慌不忙，只有和夫人会面去的时候才用急速的跑步，好像射箭一样。

在池塘里开成衣局的蟹子也来了，无论什么时候都携带着大剪，蚯蚓一听说他来就远远的躲开，怕碰在他剪子上。和蝴蝶是表兄弟的飞蛾也赶来，他们的衣服是不同的，面孔也不一样，但是他们并不因此像你们人间妇女那样互相嫉妒。

黑色的大蜘蛛现为他自己在空中建筑铁路，他虽然和蚊子稍稍的有点儿不对付，可是在这种时候，仇恨是不存在的。

总想用预言的喇叭在人间喊醒那些糊涂虫的蝉也来了，他在草原里声鸣很高，无论谁都知道他，因为他有智慧，博学多能，而且勇敢有志气。他一到，大家都鼓掌欢呼，萤火虫赶紧提着明亮的灯火过去引路。

蝎虎因为感冒，一面走一面咳嗽着。

螳螂迈着大步摇摇摆摆的跑来，眼睛里放着欢喜的光，他的头是三角形，大腹便便，好像一个银行的经理。

此外还有许许多多的生物，都快活的赶来，他们高兴的唱着草原的歌。

萤火虫是最忙碌不过的，他们必须把灯笼分配平均，各处散开，把草原照得通明。

住在沙岗的土洞里的野兔因为迟到了两分钟，一条灰蛇过去在他脸上吐了一口唾沫。

"你是怎么的？"

野兔抱歉的说：

"我今天搬家，刚搬完，所以来晚了！"

一只蜻蜓，证明他这话是实在的，所以灰蛇也不说别的。

蛤蟆停止了吹喇叭，大声喊道：

"朋友们，不要耽误这宝贵的时间，开始跳舞吧？"

说完了他就吹奏跳舞的曲子。

大家快活的寻找舞伴，螳螂老爷抓住蜘蛛太太的肩膀：

"来，咱俩干吧！"

这两个都是大肚子，正好是相衬的一对……

我所讲的这故事其实并不算是最好，这是平平淡淡的，还有更好的，更有意义的，那是写意很浅，而哲理很深的故事。可是，那样的故事，不适于对你们讲，也许等以后再讲吧。

石柱子花的一片干叶的故事到这里已经够了。

这回我应该拖出第五个故事——

他是一只老虎，住在大而幽静并且热闹的公园里的老虎，那一双炯炯的眼睛像电光一样，看人用着轻蔑，高傲的逼视的神气，无论什么时候都显着勇敢庄严好像要和谁决斗似的，牙齿好像锋利的斧，张开大嘴会把五个人的头同时啃掉，那庞大敏捷有力的身体，以及强壮凶猛的四足——不论他身体的任何部分都给人以森然敬畏的气势，房屋的门和窗全是铁铸的，他住在这里面，那寂寞苦闷和愤怒的感情是用不着说的，什么时候都得不到随便，他胸中的悲苦和愤怒好像激烈的火山一般！

他对我说：

人的畜生，真是万恶滔天，他们建筑这么狭小的房屋，难道说对于虎算是一种尊敬么？

不论是早晨起来的时候或者是晚上睡下的时候，只有这么一处小地方，我想稍微的散散步都不能，这是人的畜生弄错了啊！这是鼠的乐园，蚂蚁的天堂，是那些渺小的生物居住的安乐之境，这样鸟笼我怎么住呢？

我的故乡，我从前居住的田园，那好极了！

伟大的茂密森林接连几十里，健壮的草都是高大的，繁盛的，森林中的花朵无论什么时候都是散发着清香。

深，宽大，高，并且温暖的岩石的大洞，随便的翻身，任意的跳跃——这才是虎的宫殿呀！

飞禽，成群结队，谈话的谈话，唱的唱，走兽成百成千，在草丛中捉迷藏，追逐着游戏——有时，大家拼命的斗争，这可不是为了嫉妒和自私，是因为理论和见解的不一致，用着身体的力，不许第三者去代替，而是牺牲了自身，用着智慧和勇敢，豪爽和义气，胜者带着满嘴的血，并不自命不薄，败者负着满身的伤，并不怨天尤人，倒了还要挣扎，直到断气为止，这可不算羞耻，这是大地之子，森林的宠儿的天真和本色。

原始么？——这总比人的畜生用着自私和欺骗，贪婪和狡猾，懒惰和狠毒的血性高起千千倍，万万倍！

在那自然的，美好的森林内，山野间，散步的区域是没有界限的。

到植物繁茂的极盛时期，食物和睡眠全由自己选定，无论什么时候都如此。

那早晨的太阳的笑脸，明亮的露珠的光辉，树枝的摇摆，花草的香气，禽鸟的歌声，河水在山谷间的奏琴，这些，无论什么时候我绝不会忘记丝毫，时常在梦中看见了这些醒来，我实在忍无可忍，用泪的洪流纪念我故乡，祷告我那些同伴平安与幸福！

然而我此刻是住在这老鼠的洞里，人的畜生用这种手段对付我便是侮辱了这大地，也就是侮辱了他们自己那丑陋的灵魂！

啊！不能忍耐这狭小的笼，每天所看见的人的卑怯的幼小的四肢，以及他们那愚蠢的举动，傻呆呆的笑脸，难听的语声，我恨不能一掌把这面前的铁棍抓断，把那些讨厌的脑颅捏成细粉……

悲愤的大兽的故事到这已经够了。

这回排到第六个故事……

他是一只老太太的破鞋。

前尖后跟全漏了窟窿，底子破碎不堪，好像爆裂的松树皮，前掌磨透，后跟穿平，鞋里的破皮褴褴褛褛。因为常在肮脏的废物堆里，臭味很大，其中还坐着几个学者似的苍蝇欢欢喜喜的讨论什么真理，破鞋对我说：

是一个出嫁的大姑娘把我做成给她娘家妈妈穿的。

这个妈妈，是个小气，吝啬，贪婪，欢喜调弄是非，自己却立一边装好人，天生就有一副坏心肠的婆子。

这老婆子的脸皮像干褶的橘子皮，两只手也像一双三角形，失去了青春的光，只剩下丑陋的眼睛。除了她自己以外，谁也不对她的眼光，好像是，在这世界上，只有她自己是高洁的灵魂，而别人都是低贱的骨头。

"人，一辈比一辈坏！"

她时常这样轻蔑的，愤恨的，用着厌恶的声气说她身前的三个儿子和媳妇，孙子一大群，她一点儿也不爱这些人。而这些人也一点儿也不爱她甚至恨她，给起种种难听的外号，在背地里叨咕她的劣点，狠狠的咒骂她，怕她处处找毛病，申斥他们。

"看看这饭碗底，刷干净了么？"

或者是：

"筷子擦干净了么？这么脏……"

再不然是：

"烧火不能那么烧！大把大把的往灶里塞，看看柴烧得多费？那么一大堆树叶，一共烧了几天？"

"哎呀！小锅子，你这个小子真该死！怎不好好拿着碗，把它摔碎了呢？"

"二媳妇，你勤快点儿，把你那个宝贝丫头的脸洗一洗，多难看……"诸如此类的讨厌的话，从一清早起直到夜晚，甚至到睡下的时候还叽叽咕咕，唠唠叨叨的翻弄着尖嘴。

在大儿子面前这么说：

"你的媳妇，把黄豆偷拿给娘家，这是什么意思？"

在二儿子跟前这么说：

"你那个老婆，天天给孩子零钱花，惯坏了孩子怎么办？"

在第三个儿子跟前这么说：

"你那个小妈妈，成天到晚，东邻西舍去瞎串，什么也不干，成什么样子？"

而在大媳妇跟前这么说：

"你怎么得罪了二媳妇，她说你偷黄豆往家拿。"

而在二媳妇跟前这么说：

"三媳妇说你天天给孩子零钱花，你怎好这样呢？"

而在三媳妇跟前这么说：

"大媳妇说你成天到晚各处跑，你改改吧！"

事实上并没有这些猴打墙，全是她自己在那里鬼吹灯。

不仅是这样，她还要到四邻去讲说儿子，儿媳妇，孙子，孙女的长短。

老婆子这么一来，全家就吵翻了天！

"我问问你，你什么时候看见我往娘家拿黄豆？"

"什——么！我不懂你说些什么？"

"我什么地方得罪了你，你说我天天给孩子零钱花，我哪有钱，钱在什么地方？你有本事来翻吧！"

"噢！你说我东邻西舍串，我串了谁家？你无中生有，胡说八道！前天，我到东屋送还擀面杖，昨天我到西屋家去要簸箕，我是串门子么？你屈说好人，不得好死，老少三辈活不到过年，没有人心……"

"我打你嘴，你再嚷嚷，你在背地里讲究我，我还没有问你呢，却说我讲了你，真可恶！"

这样的争吵一起，好像海洋的波浪一样，无论如何也不会静止了。

而老婆子却背地里给三个儿子的火上倒汽油：

"也不管一管，这样的吵下去，成什么样子？给祖先丢脸，叫人家东邻西舍笑话……"

于是，丈夫也动了手。

骂呀，打呀，摔碎了茶壶，踢翻桌子，老婆哭，孩子叫，好像闹翻天一样！

这个老婆子现在已经八十五岁的高寿了，牙口还很结实，脾气照旧，并且越发的发挥光大，这一家人，没有好日子过，现在正主张着分家，到那时谁得到老婆子这份宝贝遗产，那真算有福呢……

破鞋的故事到这里已经够了。

接着是第七个被我绑住的故事——

他是一支枪牌的手枪。

凡是明白手枪的人都懂得，枪牌的手枪在我国手枪的种类之中要算很出名，也可以说是最好的手枪了！

他有上下两只眼睛，不顶上子弹的时候，下面的一只眼睛是闭着的，在他平光的脸腮上画着一个鸭蛋形的圆圈，其中画着一柄手枪，在那下面是一个Ｐ字和Ｎ字压在一起，接近圈的上下有细密的横排的小英文字。

这柄手枪镶着银的柄，号码是六十三万一千五百四十。

他对我说：

我生在德国，出生之后就到东方来，最初得到我的是在被称为军阀时代当旅长的人。

这个家伙，本是个目不识丁，不学无术的东西，因为他的父亲有势力，不论说什么都算，因为这个缘故他就当上了旅长。论起他的本事，当一个二等兵的资格也不够。

他娶了六房姨太太，还嫌不够，各处留心的搜寻着，后来又娶了六房。这其中，强迫的也有，欢欢喜喜自愿的也不少。

他的三姨太太有个美貌的丫鬟，他看中了，想把她也加入姨太太的队里。但是这个生性坚强的姑娘不干，她宁肯嫁一个洋车夫去受罪，也不愿在猪圈里享什么福。

有一天夜里，老爷把她关在密室里，问她：

"你愿意不愿意？快说！"

她强硬的回答：

"我不愿意！"

老爷生气的跳起来，给了一个嘴巴子，威吓她：

"愿意不？"

"不！"这便是回声，坚强，有力，箭一样刺进老爷的脑里，老爷加倍的大怒，抓住她的肩膀，又打她一个嘴巴。

她的眼里冒火，咬着坚贞的嘴唇，握紧了拳头，冷不防打去一拳，正中老爷的鼻子，立刻出了血。老爷忍无可忍掏出我这柄手枪对准她的胸口，食指一勾，砰一声巨响，她应声倒地，痛苦的躺在血泊里……

不到半年，我又转到一个当团长的手里，一场战斗他牺牲了性命，于是我又被一个绿林英雄抢了去。

这个家伙，生性粗野，无法无天，带着二百多部下在各处游荡。他的部下全是打手，打出三枪，少说有两枪命中，那一枪虽然打不上你，却会吓你一跳。

从这以后，我一个手枪的命运，本来是不能自主的，今日东，明日西，各处流浪，没有一定的住处。有一回，一个绿林英雄的喽啰，偷偷的强奸了一个善良的民女，首领发觉了，当场把我从腰后掏出，对准这个恶劣的喽啰的面门打进一颗子弹，接着又踹他肚子一脚。

有一次，在山野间发生了战斗。

一个小头目守住山口，他一个人打退了五十多来袭击的骑马部队，因之首领很欢喜他，提拔他，并且把我给了他做纪念。这样，我又保存在这个人手里。

大概住了一年零两个月，首领病死了。从此，这失了王的一群，在各处颠沛流离，经过几次危险，人数减少了很多，到后来，终于瓦解散开了。这是距今十五年以前的事情，那年夏天，我的主人在路上劫住一个农夫：

"站住！"

农夫站住了。

"腰里有钱没有？"

农夫说："有十块钱。"

我的主人看这个农夫很愚蠢，很大意的到他面前伸手搜他的衣袋，谁想到，这个农夫很有力气，他上去一腿把我的主人绊倒，压在他身上，很迅速的把我夺下，往天空打了枪，说：

"放你一条活命！"

这样，我就到了这个农夫手里，在他的腰里藏了一年多。他很看重我，欢喜我，时常拿出来拭擦，这年的开春，他的儿子当上了排长，他就把手枪传给儿子。

一直到这位排长当上了连长的四年期间，我没有改换主人。

后来，这位连长免了职，我又移到别人手里。

从这以后，我的主人时常改换，因为数目太多我也记不清楚了，只有最初的几位主人，无论什么时候我总是回忆着他们……

手枪的故事到这里已经完了。

下回应该是第八个故事了。

但是我不愿扯下去了，因为现在已经到了五点，再有两个多钟头就亮天，我不动的坐在冷板凳上不停的这么样写呀，手都麻木了呢！

在我的衣袋和抽屉里还有许多好故事，以后我一定对你们讲，决不失信用。

现在呢，请原谅，我要睡觉。

——啊啊！头脑发晕，困得要命……

一年的梦

谁都知道——

春天，是非常温和美丽的，可爱的太阳的光就如柔香的天使的唇，接近你的耳朵，亲吻你的鼻子，你可曾听见那碧澄的池边的杨柳在微风中羡慕的讲说你的幸福么？

就在这说不出有多么好的季节里我就开始做梦了。一开始，这梦是十分美好的。

我正睡在屋子里，听见窗外有人小声讲话的声音：

"他是住在这里么？"

"是在这里……"

"不会弄错？"

"不会……"

接着是轻轻的，十分小心的敲门。

"谁呀？"我赶紧爬起，穿好衣服，在动手开门之前，我很仔细的问。

因为在这不久有个人家去了狼叫门，他们不知道把门开了，于是一家人都哆哆嗦嗦的交出了完好的骨肉。

我先把铁棍准备好在手里：

"是谁？"

"到这里来的能有谁呢？"

这声音很柔和，好像晚风中的小草在私语。

我放心的把铁棍放在一边：

"你们是……是的，请讲出姓名吧！"

听得外面有这样的话：

"是从草原里来的，是草原的伴侣，是花的邻居，是自然的爱好者，是大地之子，总而言之——是朋友啊！"

我赶紧把门打开。

是两位白兔，这样的洁白，这样的健壮。我从来还没有见过这么漂亮的兔的朋友，耳朵长长的，像白的莲花的瓣，眼睛明亮，像晴朗的深夜天空中的星星。

"对不住你。"稍稍的高一点儿的这样说。

另一位紧接着说："打搅你，相信你会原谅的！"

很快的我就知道，这两位是志同道合的朋友。老实说，这样的朋友，在地球上，在宇宙间，是多到随处都可以看见，简直是数也数不过来的。

稍稍的高一点儿的名叫灵，另一位名叫魂。

灵君提议说：

"怎么样？不出去么？正是好时候啊！"

魂也说：

"不要辜负这好季节，我们出去看看，能做什么不能……"

我的意思是：

"能不能做没有关系，无论做什么都不要紧，我们去做做看吧！"

三个人都同意了。

我把门关好，和他们一块出去。

为什么白天没有明亮的月亮呢？还有那闪烁的星光？啊！我希望的太

多了，太阳不是在么？这已经是美丽无比的景致了，小草对我们点点头打个呵欠，他说夜里到小岗开跳舞会去了，所以现在很困。蒲公英都换上高贵的黄色的上衣，扎着绿裙，安安静静的在微笑的阳光下谈着话，池边的草叶里有两只小鸟，肩靠着肩，嘴接着嘴，非常亲密的，悄悄的讲着什么。

在一处平坦的，放光的，芊芊的草场里有一大群蚂蚱在那里训练跳远。

灵欢欢喜喜的说：

"这是新创办的蚂蚱体育学校。"

教授是个体格魁梧的，有响亮的声音的家伙，学生们都年轻，男的，女的，都很亲密的在一起，研究，讨论，练习，他们的跳远成绩很不坏。灵和教师是朋友，他们见面就握手，亲切的谈话。

教师把他俩介绍给学生们：

"这两位是世界出名的赛跑大王，纪录是八十万跳一秒二十三……"

学生们欢欢喜喜的跳起来鼓掌欢迎，教师提醒他们说：

"你们应该请求这两位表演一下。"

学生们高兴欢呼，一定要请他俩表演一下看，灵出去了，他大声说：

"让我试一下给大家看吧？"

当然，这是无论谁都不反对的，灵弯着身子抹抹脚，又整整耳朵，大家围成了一条线，惊奇的看着，目标是灵自己决定。

教师给发了一个信号。

像箭一样，打出一条白光，在绿色的草原上，灵的身体一直线的像箭似的飞去，迅速的，变成一个很小的白点子，在地平线消失了。

一瞬间，又从草原的深远的边沿现出一个白点，越变越大，很快的就看出是个飞动的物体，大家还没有改换呼吸，好像从天上掉下来的一样：灵停止在大家的前面。

一阵激烈的鼓掌声响遍了草原，连太阳也听见了，非常稀奇的往下面窥看。

我呢，是什么本事也没有，立在这些纯洁的生物面前，我觉着羞耻，除了为我自己的蠢笨害羞之外还为世界上所有的人类羞耻。我为什么要生而为人呢？人这东西，在生物界，比较起来，是最自私最没有脸皮最蠢笨的东西啊！

　　但是，我可以看出，蚂蚱全体对于我没有厌恶，他们憎恨的是鸟类。

　　离开他们的时节，我和灵说：

　　"我们去拜访花的公主去吧？到她那里，能够找到有意义的事做！"

　　他俩赞成我的主张，欢欢喜喜的迈开大步。

　　花的公主是住在很远的，离太阳出来最近的地方，五光十色的百花的芬芳一直散发到天上，花的公主是统治着全世界的花的。她温和美丽有如慈母，本来很出名，凡是聪明，稍有智慧的生物都理解她，爱她，尊敬她，无论什么事，凡是在她能做的范围以内她一定是尽力的帮忙。

　　走到几朵石柱子花跟前——她们正在那里高谈阔论，讲说世界，看见我们，笑着停止了，问道：

　　"你们到哪里去呀？"

　　魂客气的回答她们：

　　"要到花的公主那里去。"

　　"什么？"她们欢喜的发出了呼声，"到母亲那里去么？"

　　"是的，到那里去。"

　　"啊！你们真幸福！费心替我们问她老人家安好吧，并且报告她老人家我们现在很快乐。"

　　这些事，是的，我们可以办到。

　　看见一双穿着花衣的蝴蝶在草丛的上面哈哈的笑着，互相追逐着玩，他们的花衣在阳光下反映出奇异的光辉，好像万花筒里的景色。

　　有一只苍蝇在接近坟墓的地洞里，从一堆柴火中间的干燥的土里昏头昏脑的爬出。他的腿瘦弱，摇摇不定，好像婴儿刚学迈步一样。

　　我们问他：

　　"怎么的……"

　　他很难受并且欢喜的摇摇头在嗓门里悄声的说：

　　"唉唉！我病了一冬，现在刚好，有点儿走不动呢。"

　　因为生的赐予的欢喜他发着抖，他正努力的试着举步，翅膀还不会扇动，脸上背上和肚皮沾着泥土，形容憔悴，苍老，异常的衰弱。

灵有点儿可怜他：

"用我们帮助你么？"

他摇摇头说："谢谢你们，不用……"

我想起他从前的品行是很坏的，到处践踏散布他的毒质，用恶劣来点缀这世界。为了厌恨的缘故，螳螂出过很大的力气惩罚他们，而蜘蛛也张着网捕捉他们，把他们吞进肚里很不少，这样，为别的生物来解恨，但是他们的繁殖力很大。

我想一下把他踏死，但是看他这病后的可怜的样子又有点儿同情他，我们从坟地走过，在古老苍翠的松树下休息片刻。

在这一带，坟地很多，新的，旧的，大的，小的，完美的，坍塌的，也像人间的房屋一样区分出不同的等次。白天幽灵都躲在他们狭小的板房里或地洞内，因为他们最怕的是阳光，到夜晚他们才欢欢喜喜的到各处走动，找朋友，会面，访问别的幽灵，打个招呼，也像活时一般。在活时的性格，在死若还是保存着，永远的不变……

夜里，我们宿在平静的池边，有时在山洞，又或是寻找浓密的树林，在草叶底下，盖着明亮的月光安睡。有一回，我们在住宿的地方遇见一群灰色的肥大的，像小牛似的野狼，领头的张着大嘴，威风凛凛的问我们：

"喂！做什么的？"

我们把去处说明了。

他，想一想，没有话说，领着狼群，杂乱的迈着脚步，顺着明亮的河边走去，隐没在山的黑影之下。像这样，昼行夜宿，不管刮风和雨天，我们三个不停的走着，走过许多山岳，穿过无数的森林，涉过不少流水，闻着草原的香气，饮着明洁的露水，浴着温和的阳光，听着小鸟的歌唱，精神上是无比的愉快。

疲劳和饥饿，寂寞和愁苦，尤其是人间的惦念挂虑以及其他的病苦和灾难，完全没有。我们是生活在大自然的怀抱里，拥和着美丽和沉醉，有许多时间可以思索一切的理论，解决一切难题。

像这样，可以说是无比的快乐，我们完成了第一步的理想——平安的接近了花的公主居住的所在。太阳出来的地方并不像烈火似的烤人，这一带的景致是人间无论什么地方也寻找不出的，你就是有天大的想象也想象不出来这奇异的景致有多么美丽动人。

无论什么地方都是花，池边，泉水的四周，山坡和山顶上，森林里，连山洞里，水里和水面上，树根，树身，树枝上，全开遍了千光万色，灿烂辉煌的鲜花。你看过万花筒里的花样吧，然而这里的形色是比万花筒里的种类还要变幻多端，高出几万倍的。

而且这里的花绝不像人类的眼目中的花那样沉默寡言，他们的谈话好像书本里所写的一般，有头有尾，井井有条，决不杂乱，前后颠倒无序。

唱起歌来，有如提琴所奏出的音乐。

花的公主便是住在这种地方。

她并不是一个小姐打扮，她并不是一个小姐，她的年龄，少说过了六十，头发灰白，脸上有皱纹，智慧的眼光，理性的嘴，有两只科学的完美的手，说起话来，简单明了。

"我们到这里来看看有什么事可做，我们羡慕这里。"

她冷静的说：

"你们是可爱的，不应该在这里。"

"为什么呢？什么地方能够比这里更好？我们欢喜这地方，这里是我们意识的故乡，灵魂的田园，梦中的天国，幻想的宫殿，请准我们在这里。"

她谦虚的告诉我们为什么不可以在这里的理由，很简单的几句话把我们说倒了，想不出适当的话可以反驳她。

"这里。"她从盛开着花的石板底下拿出一个用叶打的纸包，

"你们拿去，无论什么地方都可以，栽种起来吧，记住，要保护他，使他生长，发展，这是灵魂的母亲希望你们的……"

过了好像是很长久的日期——实际上，春天还没有改变——我们带着非常宝贵的好东西跑了回来。

和两个同伴商量了好久，为这件事，出了不少心血。

灵的意见是这样，他希望在草原里，在那些有花的地方栽种起来，先把草原布置一番，使它美丽，也像花的母亲那里一样的美好。

魂是主张栽种在人间的住处附近，顶好是在整洁的人家的花园里，或

者就利用人间的公园。

我是想栽种在我的院子里，虽然我住的这一条街上都是贫民，全是贫穷无告的，污秽的——正因为如此，我的花如果能够盛开起来，会把不洁的街道改变成美丽优雅。

争论的结果是，叶的包打开，我们三个平分。

他俩各捧着一份，急急忙忙的跑了，我马上动手在院子里栽种。

泥土很深的刨翻，石块全都抛弃，种子很合适的埋在松软的土里，培好，弄结实，然后又灌水……

夏天——

炎热的太阳像火盆一样，当太阳的光亲吻在你脸上，就如烧红的铁放在你的脸上一样，我的住屋内外，活泼的苍蝇的群，上下左右纵横乱飞，就如雪花狂舞一般，这数目，实在数不过来。

因为好久不下雨，地皮干燥，树叶全无精打采的垂了头，草木像睡熟了一样。

晚半天，当太阳西下，阴影布满了我的院落，没有谁在身旁打扰的时节。我总是坐在泥地里，用我的两手捏碎满地变成了干块的硬泥，我希望这些东西变轻，适于我的花生长。

从井里打上的水浇在土里，总不如那天然的露的帮助大。我还没有用科学和智慧，加上辛苦的劳动和刚强不拔的毅志来征服一切的修养，我愚蠢的，单调的，一半是迷茫，一半是假想，用着我的梦一半的奇念指挥我的手脚。

两个同伴，时常在夜晚来找我，愁苦的坐在地上望着满天的星斗，失望的谈论着我们的梦想。

"唉！为什么不下雨帮助我们一下子呢？"

"除了盼望下雨以外，难道说没有别的法子么？"

"别的法子也许有，可惜我们不知道！"

为了解散一点儿愁闷，我们到各处闲走，在人类的住处周围是得不到静肃和安慰的，因之我们时常到草原深处，在没有愚蠢的人搅乱的地方。

如果是夏天，没有白昼也许会幸福一些的吧？接续着这凉爽的黑夜不是很好的么？为什么春天的事实是那样的短少呢？这应该是谁的错误？……

这些，都是在我们的谈话里常提出的项目。

萤火虫在各处快活的飞着，提着他们明亮的灯光，用这光来兴奋痴愚的生物，这本是萤火虫的义务，而他最大的职责是寓言，他的灯便是美丽动人的诗句，只有蠢笨的，没有理解力的脑袋才不懂得他。

在溪水里租房住的蛤蟆，因为长久不下雨的缘故，他们很苦闷的跳进草地里，三个一群，五个一伙的在一起谈着没有兴趣的话，他们好久找不到工作了——他们的工作是谁家办红白喜事请去吹喇叭，这工作是他们最欢喜的。

我们跳过小溪，往有树林的地方走着。

在一处高岗，有几棵逝去了母亲的小柳树的枝上有一只小鸟悄悄的哭着，他摘下一些柳叶当手巾抹着泪水，肩头耸动着，哭得很伤心。

"什么事呢？"

我问他。

小柳树代他回答：

"我的母亲是他的媒人，他，妻子头两天死去了！此刻，他在这寂静无声的夜里，想起亲人，怎么能不悲哀呢？"

我想这样的劝他：妻子死了终究是死了，在这大地上有比妻子还要可爱的朋友，这些朋友的热情有时是超过妻子的。但是我觉着在这种时候说这样的话有点儿不适宜，默默的闭了嘴，看看小鸟的面颊上在月光下放光的泪水，他显着非常的消瘦无力，疲乏困倦，怕打扰他，我们赶紧走开。

在这美好夜里，蚂蚁是很欢喜的，他们借着月光成群结队的奔跑，为的是收集冬日的粮食。无论什么时候他们总是这样忙忙碌碌，花的事，鸟的事，全不放在心里，生来如此，死后还如此。

我们看着两只蚂蚁拖着一匹死的蚂蚁的尸体，很出力的在草叶底下气喘喘的前进，问他们，才知道这死的蚂蚁是因为和别的种的蚂蚁争斗而致死的。在蚂蚁们，这本是常事，并不以为奇怪，食物和斗争好像是他们的本能，这种原始的本能永远的保持，实在是愚不可当。

我们在夜的原野走了一宿，一想起因为没有雨水而不健康的花的梗，无论如何也提不起勇气回去睡，和盲目的蚯蚓谈了好久消磨时间。他对于这世界的态度是特殊的，他说：

"所有的生物都应该合上眼睛，在自己的范围里老老实实的生存，走着自己的路，这么一来，地球上决不会发生吵闹的事。"

说到最后的一句，他还诚恳的用着大声。

在不流动的池塘里有一个鱼的家族，他们也很盼望雨，正如我们盼望雨的急切一样。

鱼的母亲是一尾清瘦的，小嘴尖尖的，坎肩的背上绣着青和黄的花纹。她的子女都穿着这样式的坎肩，为的好认识，因为她的子女太多了。

有一条不懂得什么的小鱼大声的喊着说：

"顶好是天天下雨，我能够远一点儿的奔跑，现在，这地方太小了！"

鱼的地方小，老天并不保佑，雨神大概是辞职不干了，还没有能做他职务的神，这样，世界就干燥起来，而我们的花在毒热的太阳的光下变成病瘦的身躯，眼看着憔悴的枝和叶倒在泥土里，只有一两个比较健壮些的，还在干燥的土上挣扎着喘气。这时节，秋风已经开始在各处吹笛了。

我们的花，终于无望，终于死灭，花的公主那里的景致到老没有实现，只有在梦的梦里有时稍稍的嗅到一点儿花香，醒后则是茅厕里蛆虫在粪水里跳舞散放的臭气。他们，也和苍蝇一样，得意的季节快过去，生命的脉络也没有多少日子好跳跃了！

两位兔的朋友非常悲观，在这时期里，我好好的思索过一个问题，为什么那奇异的花在花的公主那里能够盛开，而在我们这里结局是枯萎呢？

只有花的公主亲手安置在各处的花才盛开，而人工培植的花本来都是假的花。那全是花的公主那里淘汰的残废，不健全者，有害者，他们不会讲话，也不会唱歌，颜色也并不鲜艳，只有愚蠢的奴才才爱惜他们。

"我们是失望了。"灵很忧愁的扯着一只耳朵说，黄叶都从树上落下，他们在半空飞舞着，摆在我们面前的是万物凋零的秋的事实。

这样的季节有谁欢喜他么？花的公主亲手布植的花虽然在形式上也像别的花一样，枯萎了，凋谢了。事实上，这些花是花的公主收回了去的，这样，在花的公主是一种顺利的方策，而在人的世界里却显着特别的荒凉，好像把一块高超的匠人精手雕刻的美丽的木板一刀削平，成了一片虚无的。这秋天，如果硬说这有什么意思——这也只好随他去！

满天狂舞着雪花——该多快，一转眼就是冬天！

两位兔的朋友较前更悲观了。

"在这冻冰的雪和泥地里埋葬着我们的心血！"

魂，伤心的这样说，泪水从他的腮边滴下。

我们默默的立在雪地上，四面八方是包围的雪的东西，他们很欢喜的翻着，滚着，形式上好像是非常的天真，而实质上都是空虚无聊的东西……

世界上有许许多多的手，把一千九百三十九年十二月三十号这一张纸撕下去，露出了最后的一张纸。

——就在这时候，我从梦里惆怅的走出来，还有些困倦……

一瞪眼的工夫

好像是……我变成了一个像神话中所说的武士，不过，这不是地球上所有的境土，我可说不上。我觉着这地方是很稀奇的，草原连着山岳，湖水靠着森林，有许多天然的大山洞。我知道，那里面是居些野兽和妖怪，然而我并不怕他们。

在湖边蛮荒的草丛中卧着一只肥大的老虎，他的眼睛像电一样有力的放着光。我渐渐的走近他，他听见了脚步的声音，耸耸耳朵，伸直了粗壮的脖子，四面望一望，发现了我，很欢喜的立起，敏捷的迈着大步，正对着我。

他向我扑来了。

我一跳就躲过去，他扑了空，生气的转过身子，像箭一样，一下跳到我面前，张开血盆的大嘴就咬，把我的头咬在嘴里。这时节，我运用一点儿力气，闭着眼睛让他随便的咬。

他啃了半天，像啃铁球一样，啃不动！

把我的头吐出来，我擦擦脸上在他嘴里弄的唾沫，他用力的呼吸着，鼻孔呼呼的发声，惊骇的瞪着我。

"怎么样？"我笑着问他，"啃不动吧！"

他又凶猛的对我扑过来，打算咬我的肚子。我的肚子还没有练成，所以不敢让他咬，急忙举起拳头，对准了他的眼皮，狠狠的打去，他的眼睛出血了，闭着一只眼和我厮斗。这只虎力气不小，我和他揪在一起，厮打了半天，我恐怕吃亏，急忙寻找一个机会，把他的另一只眼打坏。

这样，他就算残废了！

我快乐的坐下休息。

忽然，我觉着头上有一阵像刮大风似的呼呼的吼声，还来不及回头看，有一只非常坚强的爪子抓住了我的衣背。我想挣扎，可是不成，身子离了地，很快的飞起来。我仰脸一看，原来是一只可怕的大鹰，他的嘴像象牙一样，弯曲的，我看不见他的眼睛。

森林，湖水，全变小了，风势很大，我现在离开地有两百尺高。

他把我带到最高的山峰上，有一个大洞，把我放在洞口。

他休息一下，想吃我了。

我老老实实的把头送给他，他很满意的张开钩曲的大嘴，一口就把我的头颅咬住用力的啃起来，一开始他就知道我这头不是无论谁都可以任意的咬碎的。

他惊奇的吐出我的头，生气的瞪着眼睛，我看出他想抓破我的肚子，从肚子动嘴吃。

我轻轻的往后退，留心的观察一下四周，这地方实在危险，稍一不慎就会滚下去，滚下去哪会有活命？

他大踏着步前进，举起粗壮的爪，对着我的肚子。在他刚要抓住我的一瞬间，我赶紧用两手抓住他的弯嘴，急忙的用力一扭把他翻倒，他翅膀张开用力的挣扎扇动，我用力的扭住他不放。山峰上刮起大风，飞沙走石，迷蒙了我的眼睛。这是他翅膀的力量，我无论如何也不松手，我如果一松手，马上就会滚下去。

我的力气快用尽了，眼看着他就要爬起，我加倍的用力扭住，他的身体一滚——坏了，他滚了下去，我也随着，但是我用力的抱住他的弯嘴，石头和泥也随着往下滚。

　　这一滚给了他一个奋飞的机会，他挣扎着飞起，又把我带到高高断崖。这地方更危险，左右不过一丈宽，断崖是直上直下的，好像是刀劈的一般，刚把我放下就预备抓破我的肚子。

　　我迅速的爬起，一转身抱住了他的头，赶紧的，用我的头和他的头狠狠一碰，他发颤了！这一回可不能等待，我抱住他的头，用我的头，接二连三的碰了他几下，把他的头碰破，我再用力的一推，他的翅膀已经不会动，顺着大断崖，像大石头一样，迅速的滚下去……

　　我休息了好久才恢复过力气。

　　没有好走的路，连着断崖的一面是巍峨的大山，高得很，看不见山峰，除了这个，再也寻不出别的路，我只好努力的往上爬。

　　爬到半腰，发现下山的，比较能走的斜坡，我试验着爬下去，一步一加小心，双手抓着岩石，走了几步，觉着脚底下太滑，石头和泥很响的往下滚。我觉着不好，正想往上爬，两脚已经踏了空，喂呀！不好，不好，危险极了，我滚下去了……

　　我用两手乱抓，但是抓不住，因为这险峻的峭壁全是岩石，滚了好久。我想这回一定要丧命了，没想到，在峭壁的中间有一棵古老的歪出的松树挡住了我的身子，赶紧抱住。

　　我想抓住坚实的树枝，两腿还垂在半空，很难用力。我极力的耸动着身子，刚刚的移上身体，觉着肩头上，紧贴着脸，好像皮肤似的柔滑的东西很快的接触了我，歪脸一看，一条大蛇！

　　我的老天，这简直是要命！

　　怎么办呢？我先让他缠住我的身子，把头伸给他让他吃。

　　和鹰一样，他一开始就知道我这头是很难咬碎的，他失望的张开了嘴，我趁着这个机会，是的，用力的往下滚吧！

　　滚了好久，到了谷底，可怜的大蛇已经皮破肉裂，只剩最后一口气没有断，我的头是不怕跌的，身子，有紧缠的蛇保护，跳起身来，拍拍屁股，走!

我寻到了下山的很好的斜坡,没有危险,顺顺当当的往下走。

看见一个大山洞。

从外而望,里面是黑漆漆的,什么也看不见,我不敢进去,赶紧的走开。

还没有走过五步,听见了身后有什么很大的动静,从洞里跑出两只狮子,都是灰色的皮毛,满身坚韧的筋肉,灵敏,有力,眼睛炯炯的放光。

我握紧了拳头,迅速的跳过去,把前面的狮子迎住,闪电似的一拳,接着又一拳,他的两眼全变成瞎子。后面的一只张牙舞爪的扑来,我把头伸进他的嘴里,他把大嘴一闭,很大的一声响,他赶紧张开嘴,我把头拿出来,他失落了两颗门牙。

"怎么样?"我笑着问他,"咬不动吧!"

真把他气坏了,疯狂似的对我乱扑,我打了他两拳,他的两眼立刻就合上,鲜血像泉水似的滴下。从此,这山上多了两只瞎眼的狮子——我很后悔,为什么要这样的苛毒呢?未免太野蛮了!

又看见一个大山洞,黝黑,阴冷,里面有小小的香火的亮光。我想,这里面一定是住着道人?

果然不假,是住着道人。

他的年纪很高,胡子有一尺半长,头发披散着像一堆乱草,破旧的道袍沾着泥土。他正正当当的坐在洞的深处,面前是香火,青的烟弯弯曲曲的腾起,他身后有许多人头大的蜘蛛,盘踞在网上,墙上,还有些蛇,一个大蛤蟆闭着大嘴规规矩矩的坐在他身旁。

"做什么来的?"

"看一看!"

"你姓什么?"

"姓杨!"

"你叫什么名字?"

"慈灯!"

"你是小子还是姑娘?"

"是姑娘!"

"姑娘？"

"是的，是姑娘生的小子！"

"可恶！不准乱说！"

"是，是，是，是……"

"从什么地方来的？"

"说不上！"

"说不上？你这个东西！胡说八道！蛤蟆！"

蛤蟆前进一步，他吩咐着说：

"把这东西的头咬下来！"

蛤蟆张开大嘴，我把头伸进去。

"请咬吧！"

蛤蟆用力的把嘴一闭，又急忙的张开，难受的跳起来，惊骇的往后退，疼痛的凸着明亮的眼睛。

我告诉他："蛤蟆咬不动！"

他很奇怪，捋捋胡子：

"怎么，他咬不动？"

"是的，他咬不动！"

"是真的么？"

"是真的。"

"你这头是什么做的？"

"石头做的！"

"胡说八道！"

"实在，我说的是真话！"

"我不信！"

"信不信由你，老头子，我告诉你，现在人的头不论是男的，是女的，成年人，小孩子，达官贵人或者是贩夫走卒，所有的头都是石头做的。"

"一生下就是如此么？"

"未生下以前就是，现在的人类的头，并不是从现在起才是石头做的，从几万万年以前就是用石头做的，不过到了近代，人类的头是越发的坚硬

1188

了，已经比石头还要硬。老头子，你不要奇怪！你的头也是石头做的，不信你试试看。"

他要打我——我赶紧的跑了！……

一瞪眼的工夫，我想出这么一段怪诞的故事，一瞪眼的工夫就写了出来，一瞪眼的工夫你就会读完……

一夜的梦

因为做了一天苦工，到夜里非常的疲乏。

"顶好是什么梦也不要做，舒舒服服的睡一觉才好啊！"

我这样的盼望着，一面就懒懒的脱去衣服，躺在两块木板临时建造的床上，什么也不想，安安静静的闭上了眼睛……

这是什么地方呢？

伟大的人群像浪涛一样，滚来滚去，喊着，叫着，拥挤着，推着，撞着。我不知道这是为了什么事，心里很纳闷，我好奇的挤进人群里，拖住一个正在用力的往前挤的人，问他：

"这是做什么？"

他惊奇的看了我一眼，不大欢喜的反问我：

"你不知道么？"

"不知道！"

他并没有回答我，急急忙忙的往前挤去。

我又拖住一个人，客客气气的质问，这个人心肠很好，简单的指示了我：

"怎么，你不知道么？听说那前面，在水里有很多很多的金子，无论谁都可以拿，可是人太多，挤不过去……"

前后左右，四面八方，全是推拥不透的人，前边被挤倒的人被踏在脚底下，哭着，喊着，挣扎着，但是很难爬起。

听说有金子，我也动了心，用着全力推挤别的人，同时小心翼翼的支持着怕被别人挤倒。

有许多人大声的呼喊着：

"不要挤，不要挤，金子多得很！慢慢的总可以得到！"

"大家让一让吧！顶好是排起来吧！"

"是的，是的，排起来！不要挤！"

"谁？可恶！为什么推我？想推倒我么？混蛋！"

"哎呀！哎呀！不好，这是谁？为什么踹人？瞎了眼睛么？"

这些埋怨，叫喊，咒骂，训导，还有哭泣的声音非常响亮震人的闹成了一片。

不知是谁，从后面抓住我的肩膀，想把我扳倒，他好移向前面。我马上就觉悟到这一层，赶紧的，不客气的用着我的全力，打下他的手，用背的力量把他抗到后面。他生了气，恨恨的骂起来！

"什么东西！这么不讲理？"

我没有工夫理他，一心一意的集中了精力，努力的前进，推倒别人，踏在脚下，用两手分前面的壁，先把头伸过去，用两面的肩膀并且加上全身的力气，用足了自私和野蛮一下就挤到前面。休息一下，恢复过气来，接着再寻找机会，狡猾的往前挤着。

像这样，凭着力气和欺骗，自私和幸运，我没有被挤倒，而且光荣的前进了不少地方，我并不停止的接续努力下去。

终于我挤到前面了。

但是在我前面还有许多层强硬的壁，那些自私和野蛮的人的壁，他们像疯狂似的瞪圆了充血的眼睛，嘴脸非常的狰狞可怕，满头是汗，衣服挤碎成了破片，还在努力的往前挤着，谁也不让谁。在最前面，有可怕的野兽似的喊声，听见这声音我忍不住的打起寒战。

得到一个万难的机会，我又侥幸的前进了两步，我拼着性命挤到高岗上，从人的黑暗的丛林中我恍惚的看见了一面湖水。

在这湖里，也像陆地一样，挤满了人，他们在水里泅着水——有许许多多不会泅水的，全淹死了。浮尸像荷花的叶一样，在水面上飘荡着，大多数的人就骑着僵直的浮尸像坐在舢舨里一样，急急忙忙的把两手伸进水里捞金子。

我抓住身旁的一个人大声问他：

"那水有多深？"

"深得很！"

"能摸到金子么？"

"听说能摸到！"

"有摸到的么？"

"有！"

那些在水里摸金子的人衣服全是湿的，有的脱光赤身裸体，骑着浮尸，互相的拥挤，有的打起来生生的扭住，因为精疲力尽，同时的沉没在水里无论多么久也不出来。

这景况不是温和的，不是使人快活的。

我觉着苦闷想后退，又想起那金子，这东西的吸引力很大，我本来是穷光蛋，一无所有，正需要这东西，我决心不后退，用力往前挤……

挤呀！挤呀！挤呀！——我终于挤到前面，下了水。

我抓住一个浮尸，想模仿别人的样骑上去，我正上去，这浮尸稍稍的招一下脸，对我露齿的看了一眼，我一看他，呀！原来是我的父亲……我发昏了！沉在水里，满口喝着水，肚里喝得饱满，像一面鼓似的突出。我觉着有人抓住了我，想上来骑我，觉着苦闷，气恼，想翻身跳起，把他压在下面，恢复我的生命，然而我的能力总不能达到——这样我忽然醒了！

腰酸腿麻，头昏脑迷，四肢无力，喉咙干燥，身体像被扯得四分五裂似的，很难受的翻一身，又闭上眼睛……

这是什么地方呢？

我仔细一看，原来是海边，我立在海边沙滩上，汪洋大海，浩浩荡荡，浪花一层一层的躬着腰前进，喷着白沫。紧接着海的另一边，那是黝黑的说不出有多么黑的天空，天空内看不见云，这样的天空，我从来没有见过，觉着奇怪。

但是呆了片刻，我觉着没有什么奇怪了，即使是黑的天空，比黑还要黑的天空，比起海来算得什么呢？

海毕竟是美丽的，那波涛汹涌前进不息的浪花启示人类以不停的创造发展的意义。

我静静的，在静静的海边上慢慢的前进着。

我的眼睛总是望着海，想从这海上面望见一点儿什么，这希望给我成功了。

我看见大洋的深处，在那么远，差不多快接近了天边的地方有一个黑点子，我看出它，好像是个什么东西，好像还在移动着。

我好奇的坐下，聚精会神的望着黑点。

天黑了，那黑点已经不能看清，比先前大多了，不停的进着，似乎想在天黑之前接近陆地，然终于不能接近陆地天就黑了。

现在，我什么也看不见，只能够听得见浪花的脚步，和身后接近沙滩的平坦的沙岗有微风的私语。好久好久的，我坐着不动。

渐渐的，我听见不远的什么地方，有拨动水的声音，逐渐的临近了，听得非常的清楚了，这大概是摇橹的声音。

果然不错，有一只船很快的接近了岸。

"啊！终于到了！"

这嗓门是粗壮的。

"谢谢！谢谢！各位劳苦了！"

有人很客气的这么说：

"他们把船靠了岸，忙忙碌碌的搬着东西，有柔软的，好像非常笨重的东西，很费力的从船上抬下来。听说话，好像是一共只有五个人，他们把东西放在离我不远的沙滩上。

有人说：

"快去弄柴草吧！"

沙滩上点起了美丽的，动人的，赤红的火，五个人围坐着，欢欢喜喜的守着柴火，那上面架着一个很大的什么东西，好像是一只野兽，柴火的光闪烁着，照着几个人的脸。这些脸都是异样的，和人的脸虽然没有什么两样，那颜色都是蓝的，仿佛像涂着一层厚厚的蓝漆。

火上烤着的东西哓哓的发响，有一股怪气味。

我不敢动，悄悄的坐在暗处，稀奇的，胆怯的望着他们。

他们谈起话来：

"你们知不知道，海洋和陆地当初是一个模样？"

"这很难说……"

"我对你们说吧！当初，海洋和陆地是混合在一起的，后来因为脾气不合便分了家。"

"很有意思……"

"你们可知道，不论海洋或陆地，最聪明的生物是什么？"

"是人吧？……"

"人是在陆地上的，海里面的呢？"

"这可说不上……"

"我告诉你们吧！海洋里和陆地上，最聪明的生物是抓取他最欢喜的东西，永远的保管着不放松，不能够这样的便是愚蠢和傻子，你们懂得么？"

"稍稍的明白……"

"不过，这是不能再接续保持得很久的，喂！少说话，我们吃吧！来……"

他们把火上烤着的东西用手撕碎吃起来，嘴嚼的声音，因为用力而发出的疲乏的气喘的声音。黑夜在继续着，浪花还没有安睡，不休不息的前进着，前进着，发出鼓励的，教训的声音。

他们吃完，火光还没有熄，他们上了船，唱着莫名其妙的歌，摇着橹，渐渐的远去了。

好久好久的，还可以听得见他们的歌声。

我疲乏的立起，走到火光的地方，弯着腰看。

"这被烤熟吃碎的东西，有脑袋，有牙齿，有两只胳臂，有两条腿，呵呵！原来是……"

我吓的慌忙跑开，好像后面有虎狼追着似的。

不知跑了有多么远，也不知跑到什么地方……这样就醒了。

腿痛的厉害，好像是粉碎了一样，用了很大的力气才翻过身子，精疲力尽，说不出有多么难受，我又闭上眼睛……

这是什么地方呢？

用木杆子扎着高台，四方形的，平坦，宽广，上面铺着木板，在这上面，有一个人脱光了衣服坐在一把竹椅上等着什么。

台的周围，人山人海，都用欢喜的，满意的，希望的眼光望着台上那坐在椅上脱光了衣服等着什么的人。

看了好久，想了好久，我不理解这是做什么。

问一个立在我旁边和别人一样的聚精会神的望着的人。

他很奇怪的反问我：

"怎么，你不明白么？"

"不明白！"

"这是演戏呀！有意义的，有价值的，人生的戏剧！"

噢！戏剧，我这才明白，多亏这位聪明的先生的指教。

脱光了衣服的人等了很久，没有一点儿什么动作从扎着席棚的后台出来一个人。这是穿着衣服的，他一出来，观众都鼓掌，用着很大的力气。我赶紧用两手堵住耳朵，怕把耳朵震聋，因为我的耳朵是有用处的。

穿衣服的人用冷冷的严厉的声音下命令：

"混蛋！给我跪下！"

脱光的人服从的急忙的离开椅子跪下。

穿衣服的人挽挽袖子，举起手掌，两腿离开，摆出很优美的姿势。他对准了脱光的人狠狠的一个耳光，声音很响，好像两块硬木相击。

脱光的人动也不动。

观众全鼓掌，用着很大的力气，笑着，喊好，有的跳起来大声叫：

"好！好！好！"

穿衣服的人休息了一下，接着又举起巴掌，狠狠一个耳光。这一下，比头一回响亮多了！

观众大跳大摇，"喊好"和欢笑的声音震天动地，穿衣服的人又举起巴掌——这一下耳光比第二回还要响，好像工厂里所发出的震人的铁的巨响，观众欢呼跳跃，好像发了狂，满意的，痛快的，大笑的音量在半空流荡了好久。

脱光的人欢欢喜喜的立起，不发一句怨言，只是像开玩笑似的摸摸脸，诙谐的翻翻眼珠，一跳一跳的跑进席棚去了。

穿衣服的人把衣服脱下，像先前那人似的坐在椅上等着。

出来一个歪戴帽的人，手里拿着细长的板子，这人一出台，群众都疯狂似的大叫，努力的鼓掌，表示欢迎。

歪戴帽的人板起苛毒的面孔：

"杂种，给我跪下！"

先头打别人的人这回是扮作挨打的人了，他规规矩矩的跪下，非常的温顺。

歪戴帽的人又吼道：

"把手伸出来！"

跪下的人十分老实的伸出一只手，举得直直的，平平的。

歪戴帽的人举起板子，他的动作很熟练，板子像电光似的一闪，像鞭子在半空发出的一声清脆震耳的响声。观众都捶胸跺足，狂跳大叫，极力的喊好，称赞那拿板的人的技术高妙和挨打的人的超人的忍耐力。

第二下打像手枪的一响，震破了天空，群众都受了惊，暂时的忘记了呼吸，老半天才出气，热烈的拍手喊叫……

第三下打——这声音，你猜像什么？你听见过重机关枪实弹射出的声音没有？——那声音的响亮是比重机关枪一发实弹的雷响还要大几倍！

有些观众震倒了，好久才爬起，这一回的鼓掌叫喊好像放炮和打雷，又如几万头肥牛同时的发出的吼嚎。

这回轮到歪戴帽的人挨打了。

出来两个人把他用结实的粗绳绑起，手脚动弹不得，把他的裤子褪下，叫他卧倒。两个人，都拿着大棒，你一棒，我一棒，像打铁一样，用着全身的力气，狠狠的打着卧倒的人的屁股。打了老半天，皮破血流，打棒的人汗喘如牛，而被打的人却不声不响，满不在乎，好像根本就没有这么一回事似的。打完解开绳子，叫他立起时，他还泰然自若的对着观众诙谐的，嘻嘻的笑个满脸。

这样的人生剧，有意义的，有价值的戏剧，因为我是在迷迷昏昏的梦中的缘故，所以我一点儿不了解。

这同样的，并没有什么大改变的单调的戏剧表演了好久，痴呆的观众显露着痴呆的脸，他们的感情都很热狂，鼓掌叫好的声音是用着血脉里所有的力气的。

我闷闷的，不了解的，稀里糊涂的看了好久，后来觉着难受，呼吸窒塞，像鱼在陆地上似的——这样我就醒了。

头，说不出有多么重，身子，也说不出有多么重，翻一个身，好像推倒墙壁似的费力，好容易翻过来，我又闭上眼睛……

这是什么地方呢？

黑暗，看不见路，前后左右全是障碍，挡住了去路，噢！这是大森林呀！

风，像有一群无边无数的凶猛的野兽在半空吼着似的，这声音实在难听。雨，像瓢泼一样，又如工厂中的机械的叫声，响得震人。霹雷在头上滚来滚去，只能够从一刹那的闪电的光里看出树林中的地形地物。

有许多树木被雷劈倒了，雨水在各处奔流，泥泞很深，小的，大的石块，布满在森林里，有许多陈腐的坟墓坍塌，露出破碎的，失掉了颜色的棺材板，一踏在这上面就会深深的陷下去。

我们是迷失了路的一群，盲人瞎马，在这样黑暗崎岖的大森林里踉踉跄跄的乱奔，时时的碰在树上，踏翻了石板，摔在泥水里。疼痛倒是小事，这无边无际的夜是刚起头，不知得熬到什么时候才能遇见天明。

有人这么主张：

"我们牵着手走吧？"

这样的走法刚一开始就吃了很大的苦。

树木是杂乱的，没有道路，牵着的手碰在树上，划出了血，有许多带尖刺的树枝，那锋利就如锥子或刀。我们的手都滴着血，混着泥水，看不见是什么样子，也忘记了痛。

大风呼呼的响，好像对世界示威，雨水像沙子一样打在脸上，蒙住了眼睛。因为是夜，本来就看不见，这么一来更看不见了！

我们稀里糊涂的瞎闯。

有一株横倒的大树绊倒了许多人，他们苦恼的滚在深的泥水里，有人过去摸索着帮助，也受了牵连拐带，跌在坑里去了，半天爬不起来，因为那坑很深。

是谁把头碰破，他痛苦的叫着，发出受伤的野兽的惨声。

同伴告诉他，把衣服撕碎缠那流血的头。

这树林，不知接续了有多么远，无论如何，无论如何，总走不出去。

在这样的漆黑的夜里，走路实在太不成了，没有向导没有熟识这树林里的地形情况的，谁也不知道方向在哪里。

我们又不愿停止，停止更没有欢乐了，我们像盲人似的奔走。

非常巨大，震人耳聋，而且十分临近的一个霹雷在头上炸开，像一个最大号的炮弹一样！

有一棵古老的大树从半腰折断了，这声音也很惊人，树身折断像机械的威力敲碎钢铁，又如山崩地裂一般，庞大的一团沉重的树干压碎许多树木，好像一个巨型的妖怪从天空跳下到森林里。有几个同伴压在这下面了，无论如何也爬不出来，想去救助，看不见，也没有这份能力。

我们把衣服缠在脸上，以免刺破，但是赤露的身体受了苦，这样还是不成。

鞋，早都失落在深深的泥水里，大家都是光着脚，脚掌没有不受伤的，浑身上下，简直全是创痛！

暴雨接连不断的打下，地面响起很大的反声，从闪电的光里看见树林中的雨丝，像一面交织成的放光的大网一样。

疲乏，窒息，忍着痛，冒着风雨，苦恼的，忍耐的奔走着。

又有几个人跌倒了。

这一带，地形坏得很，恶劣极了，滚倒爬起，一连数次，头碰在树上，背跌在尖尖的石上，两腿滑进坑里，稍一挣扎，连肚子也没入深泥泞里。

有个同伴掉进坟墓里，半天才爬出，他在骷髅和破片堆里挣扎了好久。

黑暗，没有边际的接续下去，雨水越聚越多，树林里，水好像流不出去了，一刻比一刻加深。我们的腿全部在水里瞎走了一程，水没到肚脐了，惊骇，恐慌，生命将熄灭的不安的痛苦，加上风雨的袭击，我们的体力和勇气，已经损伤了大部分，灵魂发抖，精神振作不起来了——这比什么打击都值得悲哀，我们在绝望中希望着白天，希望着光明。

是的，只要这黑夜去了，白昼一出现，就不愁寻不到出路。

是我们都领悟到这一层，我们本身的能力渺小，顾全自己还来不及，还没有自信力，并且舍不得摒弃自己的躯体，而且在黑夜找不见出路的人，实际上就是等到白昼也是没有法子可想的灵魂，最重要的不是呻吟和痛哭，而是智慧和勇气，用这两种武器就可以战胜一切。

然而现在是不成了，水已经没到腋下，我们漂起来了。

在头上响了几个霹雳雷——把我震醒了。

我的头，好像要裂开似的，但是，我又闭上了眼睛……

这是什么地方呢？

芬芳的花香四溢，蝴蝶像雪片似的，在我身前身后狂欢的飞舞，晴朗的天空有几朵微笑的白云，有许多白鸽在空中快乐的飞着，云雀在唱着歌，温暖的太阳高兴的照着大地。

碧澄的湖水里面有几只花船，许多天真的小孩子在那里唱着歌，有一个教师模样的青年，坐在船头上拉着手风琴。

岸边的凉亭里，坐着几个仙女似的姑娘，靠着曲折的栏杆读书。那旁边有一个木桥，桥头有一棵杨柳，在其下面有个青年画家手里拿着笔和颜料沉思的望着湖对岸罩在树荫下整齐的村落的全景。

在凉亭的北面，靠着有杏树的高岗的斜坡上坐着老年的文豪，他在那里打着腹稿——是一篇一个新世界的建设的故事，这故事等他写出来之后不消说是很动人，会感动全地球的青年的心。

空中的白鸽分散开，像捉迷藏似的各处乱窜，不久又合在一起，团团的打着旋转飞舞。蝴蝶疲乏了，好像商量妥的，都一起的落在花瓣里休息。

这时候，什么地方有语言的喇叭的响声，这幅美好的图画，像飞出竹管到了半空的肥皂泡一样破灭了——我已经睡醒。

头不疼，腿不酸，身体轻快多了。

鸡叫，狗咬，人的脚步和车轮声混在一起，窗纸露出白色的笑脸，黑夜撤退了大队——亮天！

砍　树

我刚读完一篇《爱字的疮》的童话——

忽然，我觉着我这身子是在黑暗的大森林里，四顾茫茫，看不见出路。

我愁苦的各处望着，然而我的视线并不能射出多少远，因为前后左右全是树木，繁茂的枝叶把视线截断，还有丛生的杂草，辅助树木不能遮住的部分。

怎么办呢？——我昏迷的只是想。

谁在我身后用力的打了我一巴掌，抓住我的两肩用力的一推，推个转身：

"你呆呆的立在这里想什么？"

我仔细一看，原来是一个我从来没有见过的怪物！

他的头发长长的，像荒草似的披散着，面孔漆黑，好像从烟筒里刚爬出来的；眼睛滚圆，明亮，眼圈是红的，嘴唇粗厚宽大向前突出，露出满口不整齐的大牙；没有穿衣服，上下精光，浑身长毛，在小腹下部绑一串草叶，一手握着一柄斧头。

——这是个野人吧？我这么想，同时胆怯的望着他两手的斧头。

"把你的衣服脱下来！"

说不上是怎么事，我虽然满心不愿意，却服从了他的话，脱去上衣。

"裤子也脱！"

我把裤子褪到大腿又急忙拉上来。

"脱下去！"

他大声吼着，对我瞪起明亮的眼睛。

我结结巴巴的说："全脱光，有点儿……不好看呐！"

他把脚掌用力一跺：

"赶快！"

我把裤子脱下之后，他教给我用草叶把老二遮起来，然后把左手里握着的斧扔在我脚底下。

“给你！”

“做什么？”

“砍倒这些树！”

我愁苦的看着面前的树，树木太多，从哪里动手？几百年以后才能把这么些树砍完呢？

我踌躇的只是看。

“动手！”

说不出有多么奇怪，他的声音响亮，有一种我不得不服从的力量。我连想也不敢再多想，这时节他已经弯下身体，用两手举起斧头，三下两下就砍倒一棵树，紧接着砍别的。

我学习他那种姿势，也用两手举起斧头，对准了树根砍下去。

但我砍了许久，他已经放倒三四十棵树，而我却一棵也没有砍倒。

他生气的望望我，踏着大步走过来，眯眯眼睛：

“笨虫！是那种砍法吗？”

“我……我不会！”

“蠢材！”他大声的骂起来，“看我怎样砍！”

他简单的教给我，我留心的看着，把那要诀记在心里。

这回我可学会了。

我也能三下五下就砍倒一棵树。

虽然不知道是怎么一回事，而却十分热心的看着树根在我的斧头下发出巨大的声音，听到这里沉闷的声音有一种难形容的快感。

怪人不间断的用着全力砍伐，他的动作灵敏迅速身体强健有力。他那斧头好像有什么邪气，一砍在树上，树就发绝望的号叫，摇摆不定的向一旁歪斜。他接连加上两斧，整个的大树颓然跌倒，并且连带着压倒了别的树。

说不上经过了多少日子，我和怪人在一起砍树，从来不休息，他也不和我说半句话。我刚停手想休息一下，他就愤怒的眨眼，凶凶的咒骂我。

有一回，我实在支持不住了，把斧头扔在草地想坐下。

怪人从腋下望望我，跳起来，把斧头对准我的头部：

“想躺下么？”

我怕他像砍树那么样砍我，急忙拾起斧头，悄悄的接续砍伐。他望了我一阵，从鼻腔里发出几声狠毒的气喘，动手砍他的。

又有一回，我一面砍，一面问他：

"到几百年以后能砍完这么多的树呢？"

他高声的叫起来：

"就是砍几万年也得砍！"

"人的年龄是不能接续……"我想和他辩论。

他立刻就吼过来：

"少说话！"

我想偷偷的跑过去把他的脑袋一斧砍掉，不这样我是不能随便的——可是我不敢，仅仅这么一想就害怕的了不得，而他那奇怪的，时时刻刻对我射来的炯炯的目光，好像连我的骨髓都测透了似的，这更使我不安和胆寒。

我觉着好像是经过了许多的年月，这悠长的期间从来得不到休息——说起来也真叫奇怪，我似乎是忘记了什么叫疲劳，而饥饿也不来袭击，我最苦闷的，乃是砍树的意义，这一点我无论如何也不了解，日子一久，我也忘记了思索，也不想解决。更奇怪的是，我的皮色和怪人的几乎是变成了一个模样的这事实，在树木倒塌用不着我举斧的这一瞬间，偷偷的摸一下头发，啊！我的头发也像那怪人似的像荒草四面披散，可惜没有镜子，不能照一照我的尊容成了什么形状。

一定是经过不少的年代了。

我恍惚的听见离我远远的什么地方也有像斧响树倒的声音传过来，这声音，随着时光，一天比一天的清楚了。

一瞥怪人，他的动作更加迅速，加紧了力气，一声不响的舞着斧头，有时望望我，什么也不说，接续他的砍伐。

这一天，我砍倒一棵树之后，觉着前面有光，直身一看，树林已经断绝，而四面八方都有举斧砍树的怪人，他们什么也不说，一心一意的集中精力在工作上，我不明白这是怎么一回事。

终于有这么一天，这是我当初梦想不到的，直立的树木一棵也没有了。

怪人欢欢喜喜的跳过来,把斧头扔在一旁,伸直了两手,用力的抱住我:

"朋友啊!亲爱的朋友!我们完成了,完成了世界从来没有的理想!"

不知是怎么一回事,我也用力的抱住了他欢呼跳跃,疯狂似的快活。这时候,那些从四面八方接近来的怪人也互相的拥抱呐喊,拥成一团,不分彼此,亲密的握手,热烈的亲吻,过去的黑暗苦痛和艰难受苦全盘忘掉,只有愉快的血在体内奔流这事实。还有那——是的,我差一点忘记了呢!这时从全面倒翻的黑暗的大森林的上面现出了一轮光辉灿烂的太阳!

啊啊!太阳!

我们加紧的拥抱,热烈的狂吻,高声的呼喊,不知从什么地方又发出悲壮动人的响亮的歌声,震天动地,好像山倒一样。

我们高高的跳起,用力的奔跑,逢人便拥抱亲吻像疯子似的,而太阳呢,高高的升起了!

"万岁!万岁!万岁!"

(《童话之夜》童话作品集,实业洋行出版部 1940 年版)

什么是名著述略?

想不到《再谈怎样写童话》又出了麻烦。

平光君又来信难为我——"什么是名著述略? 把这一项的意思发表出来吧!"

说实在话,我只知道名著述略是儿童文学中的一种,至于怎样的东西是名著述略,要叫我具体的说明白,这可办不到啊! 因为我从来没有见过这种著作,这不消说是因为我读书太少的缘故。另一方面,"我们的文艺界"是非常贫困的,这本来是谁都知道的事实。而名著述略这种"传述创作"在我国根本有没有还是个问题呢。

从字面讲,我们可以知道名著述略这工作很繁难,必须把我们所要传述的"名著"努力的、细心的读了又读。虽然说是"述略",大概总得有个"略"的限度,太略了,会把"名著"的精彩失掉,结果我们的小读者不能十分的体味出"名著"的本来面目。

我苦苦的想了老半天, "名著述略"究竟是怎么回事呢?

忽然,我想起一个办法,可以这么办,我试验写两篇,给大家看一看,如果像我这种"述略"法是不对的,那么,一定有好心好意的朋友肯费心指正我,给我们指出一条道路不单我个人可以得到很大的好处,朋友们也能得到好处。丢脸我是不怕的,因为我的脸皮在许多年前就厚得很,现在呢,差不多有象皮厚了!

我先"略述"两篇。第一篇是《老拳师》,美国贾克伦敦著,第二篇是《项链》,法国莫泊桑著。这两个都是短篇,在外国是非常出名的,世界各国都有翻译。我国的青年,凡是有稍稍的接近过西洋文学的差不多都知道。

这两篇名著,我虽然翻来覆去的读过不少遍,可是我的脑筋太坏,不能从头到尾一条一条的记住,所以从事传述创作的时节,非把书本找出来打开放在面前不可，我以为这种工作不这么办，恐怕还不成吧？还有，我一向很厌恶平铺直叙的写法，像老牌教科书似的，所以不用举出来的对话，全用"译文的原文"不改一个字。

请看吧。

一、《项链》（法国，莫泊桑）

这个女子生在小官吏人家，有钱人不娶她，只好嫁个小书记。

她没有好衣服穿——因为穿戴乃是一般女子的灵魂。她希望过着高贵的生活。

当她丈夫坐下吃晚饭的时候，她总是构想着好吃的东西、漂亮的家具，但是她的命穷，是块穷骨头，什么也没有。

她有个阔朋友，也不想去看望，因为看见人家的阔自己非常痛苦。

有天晚上，她丈夫回来，带着一束教育总长六夫人的请贴，她应该高兴，却把请帖扔开，大大的不愿意，因为她没有好衣服穿。和丈夫争论了好久，丈夫没有法，就把手里唯一的存金四百法郎牺牲了，给她买衣服。

衣服预备妥当，她又愁起来，说是没有首饰。

她丈夫给她想出一个办法，叫她和她的朋友名叫佛来恩节夫人的去借。

结果，她借到一挂美好的宝石的项链。

宴会的一天，她比谁都漂亮，所有的人都看她、打听她，连总长也留心她了。

这一夜，跳舞呀，快活呀，她真幸福极了，直乐到天亮。她丈夫在别的屋子里睡了，到四点钟才动身回家。

有一辆破马车把他们拖到家，她对镜子照一照，忽然大叫一声，他脖上的项链不见了！

丈夫出去找了半天，没有又到警察厅，到个报馆悬赏，结果全失望。

第二天，这两口子一家一家的珠宝店去问，没有这同样的项链，后来在一家珠宝店里发现了一条，价值四万弗郎。

丈夫各处借钱，"立些钱贴""订些破产的契约"，好容易把那条合意的项链弄到手，送还人家。人家有点不愿意，说是还的晚了，人家也要用呢！

从这以后，她过着贫苦的生活，什么苦工都得做。褴褴褛褛，像个花子。这样的生活接续了十年。

到了十年，欠债算还清了，她也老了。

有一个星期天，她碰见了佛来恩节夫人，人家不认识她了，她说了姓名，人家才想起来。她把自己穷苦的原因全盘端出，佛来恩节夫人非常吃惊，对她这样说：

"——唉！我的可怜的马底尔得！然而我的那一挂项链是假的，它至多值五百佛郎……"

二、《老拳师》（美国，贾克伦郭著）

汤姆是老拳师——

这天晚上，他吃了几口面包和一碗肉汁的麦粉，这面包是家里剩下的最后的两个铜板买来的。肉汁的麦粉是他从邻家借来的，两个孩子，早就打发去睡觉，因为没有东西吃叫他们睡也就无须吃了。

汤姆想抽抽烟卷，可是，习惯性的摸摸衣袋里却没有这东西，他的衣服是旧的、破的。

汤姆的职业是斗拳，他的面孔虽然难看，因为常久的在拳斗场中和人家拼命相打，几乎变成了一副野兽的尊容。汤姆的面孔虽然难看，可是他平生并没有做过坏事，身上所受的伤，乃是职业的记号，别人打坏他，他打坏别人，决不是有什么仇恨，完全是一种公平的交易，打胜了就可以得到金钱。

有一回他和一个叫郭甲的人斗拳，他明知道郭甲的下颚坏了，他偏要打到他的下颚。这可不是狠毒，而郭甲也决不因此恨他，两方面是互相了解后才来争打。

汤姆从前是个能干的家伙，他有力气，又敏捷，技术出众。当他打到快完场的时候，那种凶猛的斗法，促使观众忘记了呼吸，拼命的叫喊着，捶胸跺足，大跳大擂……

现在，可不是那种时候了，他还没有吃饱，他希望有块"牛排"吃。

女人告诉他，不要说"牛排"，什么也赊不来，这真使汤姆不高兴。他年轻的时节，用牛排喂狗，而现在，唉！穷到这种田地，一家几口人连碗饱饭都吃不到嘴！

汤姆是个老头子了，光荣的、灿烂的时代已经过去了，他不能赚钱，谁肯赊账给他？

一清早，他就想"牛排"，直想到晚上，没有想到嘴里。今天晚上的拳斗，没有预先好好练习，因为吃饭问题，他给人家做苦工。这一回和山德耳结了合同斗拳，俱乐部只借给他三镑，这是打败时的数目，再多一个也不肯借给他了。没有法子，他只有饿着肚子去斗拳。

临走的时候，他妻子头一回和他亲吻，"汤姆，祝你好远！"她说，"你非打败他不可。"

从家到俱乐部是二英里，他没有钱坐车——从前他是坐汽车去的，还有人相陪。他做过南威尔斯的选手，那真是黄金时代。然而现在呢，有个拳斗名人叫彭斯的，和美国的黑人叫蒋森的都是坐汽车，而他，只有两条腿。

谁都知道，在斗拳之前走二英里实在不好，这时候他后悔自己从前为什么不学一门手艺？可是那时候，他想，斗拳得来的钱容易，又多，又光荣，许许多多的人鼓掌、呼喊，报纸上用大号铅字笔登出来，多么荣耀呀！

从前，他把一个叫皮尔的老拳斗家打哭过，现在，他才知道，可怜的老皮尔，也许是因为家里有妻有孩子，都饿着肚，没有法子才出场拼命。也许他也想吃一块"牛排"，没有到嘴，汤姆把他打败，他在更衣室里哭得多么悲惨！

那时候，汤姆年轻，打败那些老家伙，他只顾胜利的笑，可是现在，他也老了，他们把山德耳找来和他干。山德耳是从新西兰选出来的，山德耳和他干是为了名声，而他只是为了几个钱。

老汤姆一面走着一面想着"青春"的事。

他到了俱乐部的时候，有些人议论他，有的人问他安好。他在更衣室里换了衣服，走进大厅中央，观众都拍手，裁判员名叫包尔，是他的老熟人。

有许多青年战士，全是为了野心和光荣。

老汤姆望望新闻记者席，体育杂志的记者莫尔干和别的熟人都到场，他的两个助手已经替他绑好了手套，山德耳那一面也一样，钟声一响，干起来了。

山德耳很灵巧，像猴子似的，老汤姆是稳重的，因为他是个老拳斗家，不像青年人那么轻浮。山德耳跳来跳去，只是挑战，老汤姆满不在乎他的攻打，不论山德耳的拳头多么迅速凶猛，老汤姆一点不惧怕，他在拳斗场中干了三十多年了。

第二回又是山德耳显本领，汤姆没有动手，有些人相信汤姆非打败不可，他们赌着，十有八九都是赌山德耳打胜。

第三回，老汤姆发见了一个机会，上去就是一拳，一下把山德耳打倒了。

怎么样，老汤姆不小吧？他的经验大呀！

但是这一拳稍微差了一点儿，当裁判员喊到"九"时，山德耳又爬了起来，汤姆很悔，这一拳只差了一寸，如果这一拳打中，他立刻就得到三十镑赶回家，见他的妻子孩子。

接着又斗争，没有胜败。

又打了两回，汤姆又发现了一个机会，一拳把山德耳打倒，可是他又爬了起来。到第七回，山德耳简直是完蛋了，老汤姆运用他的经验和智慧，有几回，老汤姆眼看把山德耳打败了，可是山德耳总是爬起。

从这之后，山德耳非常加小心，他知道老汤姆的厉害了。

山德耳打了汤姆几回，老汤姆因为太疲乏，几乎发昏打败。他努力的支持着，运用着他的经验，后来他拿出全身的力气，一拳一拳的打去，拳头像下雨一样，观众都立起，狂呼狂叫，像疯了一样。

这激烈的一战，汤姆没有打败山德耳，实在可惜！他上气不接下气——真是老了！

如果汤姆吃得饱饱的，并且吃到了那块渴想的"牛排"，早就把山德耳这小子打败了。可惜，他肚子空空的走了二英里，而且是个老年人……

第十一回战，老汤姆把山德耳一直打到圈子边去，几几乎把他打败了。可是，老汤姆筋疲力尽，然而他有智慧，他勇猛的一拳把山德耳打倒，两腿抖站着等待胜利的报告。

　　但是山德耳终于爬起来了，老汤姆呢，已经疲乏得要死，他的拳头不听他指挥了，看到一个危险，他正要处置，眼睛一花，什么也不知道了。

　　可怜的汤姆——打败了。他到更衣室里去，换好衣服，有些人来和他讲话，他理也不理，昏昏的走到公园，在长椅上坐下。

　　一想到那可怜的，饥饿的妻子孩子，这比打败还要悲痛，他忍也忍不住，把头垂下，两手捧着脸……如果他吃到那块渴想的"牛排"，一定会把山德耳那小子打败，然而他打败了，现在他才知道从前，那个被他年轻时打败的老皮尔为什么在更衣室掉眼泪！

　　（这篇名著，收在《野声的呼唤》后面，大约有一篇字，译者是张梦麟！）

　　（《泰东日报》1940 年 1 月 10 日、11 日，署名：慈灯）

在小学校 <small>(残篇)</small>

（原文缺失）

我进入二年级的时候，还是和一年级一样，当着五十三名学生的正级长，同学还是旧同学，不过少了两人，是考试不合格"打坐窝"的。我们的教室变换了，级任老师姓李，名叫基仁，瘦长的面孔，近视眼，头发披散着，眼镜垂到鼻尖上，大声读书的时候脚尖还在讲台上打拍子，样子很滑稽，我们都真诚的欢喜他，因为他时常给我们讲故事，也不打人。

有一回，他把我的"作文"用图钉按在明显的墙壁上给大家看。

"你们要学习像这样的作！"

他叫我立在讲台上，面对着下面，一手放在我肩头上，夸大其词的称扬我：

"他家里很穷，可是脑筋好，无论什么都比你们强！"

说实在话他这么夸奖，我是很欢喜的，甚至放学之后回家还欢喜。

同学都艳羡的仰着脸蛋儿望我，我得意洋洋，又含着一半羞愧，像当上了政府主席或大总统一般！李老师高兴的接着讲：

"世界上不论古今，有本领的人都是穷家孩子，这是一定的，你们看，他在一年级考第一，在第二年级还是要考第一的，因为他样样功课都比你们好……"

他还讲说了一些别的。

在我身前是金岭高，他比我小一岁，尖尖的头顶像一个不成熟的枣样，眼睛细小有如老鼠，鼻子扁扁的，欢喜出声的笑。他的手总是脏的，不好意思放在身前，害羞的藏在身后面，是个笨学生，无论谁都懂得的很浅近的事情他还是不了解，有时他撒谎说明白了，但是老师一问他，无疑的，决答不上来，要多笨有多笨，大家都嘲笑他，说他是个笨虫。

有时，我觉着他可怜，悄悄的在他身后趁着老师不留意的机会告诉他，下课以后他就非常感谢我，像小猫似的在我身前身后打转，表示他的亲密的感情。

午间，大家静静的拿出东西来吃，他把鳞刀鱼分一多半给我，如果是拿的鳗鱼头，便全数的和我的包米饼子更换。

他家里有钱，在乡间是有名的富户，他是一个独生子。父母很娇惯他，他不愿意洗脸，可是老师并不打他，我们都知道，校长和他家有亲戚，不然，像他这样的笨虫没有不落第的道理。

他给我东西吃，那目的，不消说是希望我提书给他，帮助他。

我呢，也就是这么样，丝毫不容气，好像是做买卖似的，他给我东西吃，我就提给他，不给就不提。渐渐的，这个办法在有形和无形之中成了一种条件。

后来，我在他面前，几乎成了一个专制的国王，那东西太少，不合我的理想，我便摇摇手，厌恶的看着别处。

"不要！"

这类事，他是比读书要聪明几十倍的，立刻就领会了我的意思，把东西的分量加多，恭恭敬敬的献上来，这么样，我什么也不说，满足的点点头。

在背地里和他商量：

"你家里有钱，是不是？"

"我也说不上呀！"

"胡说，你家有钱谁不知道？那么你母亲什么事都由你对吧？"

"是的，她不管我。"

"你多拿些食物她也不问——我想。"

"那——你怎么不多拿些来呢？"

"我不愿意。"

"怎么呀？"

"重呀！"

"你这个懒蛋子，多拿点吃的东西，能有多重？"

“你愿意我多拿来些吗？”

“你听我说，你们家里有的是钱，多拿出点儿吃的东西不在乎，全仗喂狗，我家里——你知道，我每天把干粮拿来，弟弟饿了没有吃的，你如果多拿一点儿来，我就用不着……”

他急忙举举手，欢欢喜喜的说：

“好，好，你怎么不早说，从明天起，我多拿，管保够你的份！”

“可别忘了？”

“不能，不能……”

就是这样，条约定妥，以后我上学不拿干粮。

说起来，干粮这种东西，我家里是很缺少的，父亲做工，单喝稀粥不抗饿，总得有点干粮垫补，别人是单吃稀粥没有干粮，母亲很艰难的弄两块干粮给我拿，总是算计又算计很费心血的，至于弟弟呢？他饿了没有干粮吃，而他成天跑呀、跳呀，无忧无虑，除了吃等之外什么也不想，像一只小猴似的，因为跑跳是容易饥饿的，可是没有东西吃，他时常哭。

我和金岭高的条约的协定，在他那方面，可以说毫无损伤，而在我这面却有好几种的方便。

从这以后，因为吃了他的东西，无论在怎样艰难的景况之下也得提给他书，有一回他老师看见我悄悄的告诉他，非常生气的瞪我一眼，我像老鼠发现了猫样急忙把耳朵缩进洞里，规规矩矩的低着头，若无其事的看着书本。

手工、图画，这些功课我最欢喜，同时也最苦恼的功课，因为做手工，需要手工纸、手工刀，以及别的必须花钱才能买到手的东西，画纸是很贵的，至于色笔，我无论如何也买它不起。

在这方面，金岭高也给了我很大的帮助。

上课以前他就把手工纸给我几张。

“够么？”

为了下次用起见，我总是说：

“再来两张。”

渐渐的，余份的手工纸在我书包里积多了，我这么办有个目的，有朝一日，万一他和我翻了脸，不再给我了呢？这是第一点，其次是我把手工纸寄回家去，分给弟弟一张颜色鲜艳的，他不知有多么快乐，蹦呀、跳呀，又喊又唱，一直跳到母亲身边报告他的好运气。

"妈！看！哥哥给我的。"母亲起初不高兴，她认为这是一种浪费，可是经我说明来源之后，她也无话可说，弟弟时常哀告要一张手工纸，可怜他什么玩具也没有，得了一张手工纸竟快乐得连睡觉的时候也拿出来看。他这么欢喜我也非常高兴，因为我是深刻的爱弟弟的呀！

图画纸也是金岭高给我，这贵重东西他也很缺乏，因为是学校贩卖，老师有严格的规定，一周只许买两张。

我必须替他画一个草稿，上颜色的要领也得帮他忙——我已经说过，他是最蠢笨的孩子——画一个简单的茶碗也画不好，下笔歪歪扭扭，连个茶碗的模形也不像，可以说，用脚画也比他的好。

我一面用橡皮擦去他那歪歪巴巴的线条，一面咒骂他：

"你怎么这样笨呢！老母猪也比你灵巧些！"

挨了骂他并不生气，眼睛闭成一条细缝，鼻子和嘴皱成难看的形状，两手抱紧膝头，缩着肩膀哧哧的笑着。

"这样……看！"

我不耐烦的指教他：

"画图画不像写字，你那样拿铅笔是不对的，我告诉你吧，傻子！"

但是告诉他一两遍，他还是弄不好。

这一天，李老师对大家大声欢喜的发表一个宣言，说是星期日全校去"远足"，要携带年关吃的东西。

"顶好是买一毛钱烧饼。"

但是他又补充着说：

"如果没钱买烧饼，拿别的也可以。"

去远足，这是不消说的，无论谁都携带烧饼或者比这更好吃的东西。

老师走后，同学都欢呼、议论，说不出有多么快活，我的感情受到群众的传染，我也想呜呼发议论，可是欢笑很难从我肚里发出，我立刻就想到父亲这些日子没有工作，所做的木器没有人买，他挑出去卖过几回，可是怎么挑出去又挑回来，金钱的来源是不高兴对着穷人的，我们能够不挨饿，对付两碗稀粥吃，已经是侥幸又侥幸。我能够有资格读两天书，这是运气又运气了，远足之类的事……是呀！我怎么办呢！

和父亲要钱么，这等于和他要命。

别说一毛钱，这么可怕的大数目，就是一分钱也会难住父亲的。

放了学，我无精打采的回家，身前身后全是欢呼跳跃的同学，他们都是快乐的，像些活泼的小鸟样，然而我却无论如何也快乐不起来，好像一只受了伤的野兔。

那低低的天空板着严厉的灰色的面孔……这是一个阴天，……好像要下雨，天空快压下来了似的，把世界显得特别沉闷，空气是不流动的，我仿佛像被锁在狭小黑暗的箱子里，用力推敲，敲不碎这箱子外面有力的铜锁，世界是广大的，然而我却觉着非常渺小，我寂寞、苦闷，想跑到幽静的森林里，坐在很和平的坟墓中间痛痛快快放声大哭一场，把我胸中紧压着的最大的苦痛，发泄了去，流露个干干净净。

我的两脚沉重起来，有点儿走不动似的。

谁在后面奔跑着，很快的追上我，一看是金岭高，他笑嘻嘻的嘴脸越发使我难受，我看他讨厌极了，想踢他几脚泄气。

"远足去多好呀？"

他这么一说，我忽然想出一条路，他能不能帮助我？

我这样苦闷的告诉他……

"我不能去！"

"怎么的？"

"没有钱买烧饼。"

"我借给你。"

"有么？"

"你看，我对你撒过谎么？"

我不想到这件事是可以成功的，第二天他果然拿出一毛钱来给我。

"用不着你还，给你！"

我说不出有多么感激他，此刻他在我眼里，已经不是个可恶的坏蛋，而是慷慨豪爽可爱的天使，那不成熟的枣形的头，就如天使的金冠一般！这样，我有资格加进远足的队里了。

谁想欢喜了一天，第二天便来了苦痛。

校长叫我去……

"金岭高给了你一毛钱么？"

我的心很激烈的一跳，想撒谎，然而没有。

"是。"

"你可知道他这钱是偷他母亲的么？"

"不知道。"

"那么，他给你钱你就要么？他为什么要给你钱？"

"不是给，他借给我……"

"不准撒谎，我都明白，他时常给你东西，是么？以外还有什么，都告诉我。"

我觉着面前朦胧，不相信这是人间的事实，我好像是做着严禁似的，校长那严厉的面孔，别的老师的轻蔑怀疑的眼光，就如无情的刀或剑，向我直刺一样。

我不知我自己讲了些什么，迷迷糊糊，校长问了好久，我想大哭，可是哭不出来，两眼昏花，就如浓烟熏迷了眼，我听见一声：

"我明白了，去吧！"

我便轻轻的退出，我想赶紧奔跑，恨不能一下离开这个学校，这样的痛苦，真够我受……

走回教室，但是我没有勇气进去，好久好久的，我呆呆的立在门口……

（《泰东日报》1940 年 1 月 21—25 日，署名：慈灯）

放大尺

小苏呆呆的立在窗前望着街道。

这条街是肮脏的，不洁的，污秽的尘土堆集在各处，墙角地方的脏土箱只是一种形式，废物早已装满，高高的吐出在上面，把脏土箱埋在底下，看不出脏土箱的面貌了。在那边的厕所门口，尿的流冻结成冰条，在夜天，从这肮脏的厕所里发出的臭味，把全街都包围住，人们呼吸着臭气过生活。然而现在是冬天，抛弃的废物冻结了，恶浊的气味差一点，可是冬天工作缺少，小苏闲了半个多月。

他喘口粗气，低着头看看自己的脚尖，接着又去望街道。有一辆大车从东面过来，走到炒花生窝堡门口，那车夫把车停下，夹着鞭子走进窝堡里去。一只黑狗无精打采的越过街道，往南面奔跑，在这样的冬天，如果有工可做不消说是很好的。

小苏仰起下巴望屋顶。忽然，他跳了起来，抓过板凳，爬上去，从窗户上面，紧接着屋顶，那黑洞洞的搁板上，捧下一个轻松的大纸包，像发现了宝物似的，急急忙忙的拿到靠壁的桌子上，把纸包打开，眼睛盯在这些东西上像僵硬了似的，不动了。这些东西全是他辛辛苦苦一手造成的。

那时候，是过去不久的炎热的夏天，他时常跑到"街里"去给父亲买洋钉或板胶，有一回他经过市场，发现了一种奇怪的生意。

有一群人围在那里聚精会神的看什么，他从人的壁中挤进去，惊住了。

做这生意的是中年人，他伏在桌上画一个女人的面孔，画得非常美妙。小苏仔细去看，他所用的铅笔是插在一个薄薄的，细细的木架端头的窟窿里，这木架是用四条灵巧的木板做成的，像尺样，上面划着分寸，用小巧玲珑的铜钉连在一起，铅笔一动，木架就敏活的动起来。

在木架另一端的下方，有个笔头似的竹尖，正对着一张用圆钉按在桌上的小纸牌，这上面是一个女人的面相。那天才的画家只看着这纸牌，把竹尖在女人的脸的各部分的线条上移动着，右手像掌舵似的把握着的铅笔奇怪的在纸上画出和纸牌上的人脸一模一样，所不同的，只是把纸牌上的人面增大了数倍，这种巧妙的玩意，小苏是有生以来第一次看见。

在画家头上，横架着的扁担上，挂着许多一式的木架，有一张硬纸板，写着：放大尺，两毛钱一个。

在那左面挂着几张画好的人脸。

小苏不理解这所谓的放大尺的原理，他十分惊奇的看着画家的动作，仔细的研究这放大尺的构造。样子是很简单的，但是他不明白这是怎么一回事，他沉心的思索，这也许是个骗局吧？他以为只有那画家所用的一个是正确的，有用的，其余的大概是"假牌"，不见得会把小的画幅放大。

这时候，有个学生，从袋里摸出两毛钱扔在桌上：

"我买一个！"

画家泰然自若的收了钱，吹吹鼻子：

"你要哪一个？"

学生指指桌上，他正使用的一个。

"这个吧！"

画家把按在桌下的图钉拔起来。

"全部都是一样的东西，决不会有错，如果不好使，尽管回来换，你用的时候，要在平坦的桌面上，铅笔拿稳当……"

画家把他正使用的放大尺，给了学生拿走之后，随便的从架上摘下一个来，安置在桌上，轻轻的，接续画起来。小苏对于木料的资本是熟悉的，因为他父亲是木匠，他是一个学徒，这种放大尺，一个卖两毛钱，可以说，利益万倍，这么小的木料，这么简单的构造。

他携着希望，欢喜，惊奇的感情跑回家去。

"爹！"

小苏一进门就喊。

"你给我两毛钱，赶紧的……"

父亲不懂他是什么意思：

"做什么……？"

"我想一门赚钱的生意，先有两毛钱的资本就够。"

"什么生意？"父亲惊奇的瞪着眼。

"不，我现在说你也不明白，我买回来你一看就知道。"

"怎么，啊，这是什么生意？"

"爹！你快给我两毛钱吧，我不撒谎……"

父亲知道他是不撒谎，是诚实，而且知道他是个聪明的孩子，爽快的给了他两毛钱。

天不早了，太阳已经回了老家。走到市场，是八里路，他很焦急的迈着大步，他很怕那街头画家已经收拾了摊子，如果买不到手，以后那画家改变了营业地点，或者此刻已经卖完，怎么办呢？他越焦急，道路越长，蜿蜿蜒蜒长到无边，一节道路渐渐的在他前方缩短了，抛到后面去，但是转一个弯，道路又是无限的长远，像一条大带似的铺在前面。怨恨自己的脚步不能飞起，他如果生一对翅膀，马上可以腾空，他很羡慕从他身旁飞过去的脚踏车，心想他要有一辆脚踏车多好。他急急忙忙的奔跑，走个十里二十里路，在他是不算一回事的，因为小苏的体格强健，不是娇生惯养长大的，他是一个穷孩子，天生聪明，有一种超过了父亲的独创的意识，可惜环境很不好。

来晚了！

他找遍市场，总不见那贩卖放大尺的街头画家，他焦急愁苦的在市场里徘徊，满头热汗还接续往外滚。各个角落，凡是市场区域以内，他全找遍，周围只有杂耍摊。唱大鼓的姑娘咧着大嘴哼哼呀呀，说相声的先生在场中央摇摇摆摆，满嘴喷白沫，卖膏药的大汉放大了咽吭叫喊。胡琴的尖声，铜板的响声，吵吵闹闹的人声，这些……全没有影响他。他一心一意的寻找，跑到市场区域以外，在各个街道搜索那画家的目标——但是，没有。

黄昏已经统治了这时节，他失望的往回走。这一夜，他没有睡好觉，他讲来讲去，父亲总不明白他所说的放大尺是什么东西。当他说用不上筷子大四条木板，再凑上四个铜的螺丝钉，这就卖两毛钱，买的人很多，这不是好生意么？

父亲听到这就懂得了他的宗旨，这么一点点的木料，制造又简单，又赚钱，实在是好生意。

"你怎么会把纸牌上的画放大呢？"

他从炕上爬起来，跳到外屋，拿来四个筷子，架在一起，在桌上模仿着那画家的动作，凭着他的记忆，做样子给父亲看：

"这面是纸牌，右手是铅笔，我一活动这尺，就照样的画出来，一丝一毫不差。"

父亲糊涂：

"这怎么能画出来呢？你——"

小苏很为难，他的嘴不能形容出那放大尺的奥妙。

"好，你明天去买来看看，如果能行……唉，吹灯睡觉。"

第二天一早，他早早的爬起，脸也不洗就跑到市场。

饿着肚子等了一上午，那画家才出现，他忘记了愁苦，急急忙忙的走近画家跟前：

"我买一个！"

画家从架上摘下一个放大尺放在桌头。

他欢欢喜喜拿起放大尺看看，赶紧掏钱。

他的手一伸进袋里：——咦，钱呢？

他想起来了，钱放在枕头底下，忘记带来了！

这糟不糟糕！

可怜的小苏发昏了。

他痛苦的抓着自己的头皮，脸，很可怜并且有点儿可笑的皱起来，他摸摸衣袋，拍拍屁股，跺跺脚，几乎急个半死。

想一想——"我忘记带钱来——我……"

画家嘻嘻的笑着，把放大尺挂回原地方。

小苏肚里是空的，加上痛恨自己的忘性，这苦味像箭一样刺着他的心，他咬着牙齿，难受的奔跑了八里路，好容易，疲乏的到了家。

这天晚上，小苏抱着很大的欢喜的感情坐在灯下，父亲稀奇的坐在旁边看他摆弄放大尺，他没有图钉，用小洋钉把那放大尺关在桌面上，一切的手续准备完之后，他开始画起来。

画出人脸是怪形的。

他很奇怪！

仔细一看是螺丝钉弄错位置，一个按在"五"上，一个按在"六"上。

改过来重画。

这回好些了。

可是画出人脸是扁的，考究的结果，他明白了。

"这桌子不平，中间有点儿凹，不成！"

苦闷的看到这里的父亲，忧愁的喘口大气：

"这多麻烦，桌子不平，怎么办呢？"

父亲动手修整桌面，他抓起刨子来，把突起的两边推平，用铁尺测量表面，老半天功夫才成功：

"这回你看看怎么样？"

画出来的人脸好多了，几乎和纸牌上的人脸一点儿不差。

"就这个东西卖两毛钱一个？"

父亲欢喜的拍拍胸脯。小苏愿意经营这种在他以为是可以致富的事业。整个夏天，他埋头研究，模仿着制造。他采买"顺丝"的薄木板，为搜求适中的螺丝钉，他跑遍了市街，各个铜器店他都问过，买到手的时节，他非常欢喜。一开始他就制造了五十，父亲因为有别的工作不能帮助他，造成之后他动手试验。

这是万万想不到的，尺寸完全相同，只是木板稍稍厚点儿，放出来的画奇奇怪怪，一点儿不像。

小苏叫苦了！

他左思右想，一心一意的考究着他自造的放大尺的毛病，究竟在什么地方呢？

父亲的意见是：——

"木板厚，你看看吧！"

重新修改是困难的，很费工夫，他修改了一个，忙了一上午。

父亲劝他：

"算了，算了，这生意门走不通！"

小苏灰心丧气的放弃了这决不会致富，只有没有出息的人才经营的事，以后再也不想干这出力赔本的苦工了。

现在，他看见这些曾煞费苦心制造出来的放大尺，因为不正确成了废物，他很想再加点儿苦工改造一下。他忧闷的坐在凳上，两手抱着头，两眼注视着一堆不中用的放大尺，像一个作家愁苦的看着他失败的作品样，这悲痛是比吃饱了饭无事可做的男女失恋的苦味要高出千万倍的。

好久好久，他抱着头沉思默想。

他跳起来，想一想，很坚决的，把放大尺扔进灶里去，点了火，烧了。

——这不是有出息的人做的事业！

他觉悟到，经营这种小事物，还不如在街头烤地瓜卖好些！

小苏的眉目之间，流露出无限的伤心的气色，他难受的在屋里踱来踱去，想着他的前途。

难道说：学木匠手艺，对于自己能有什么好处？这不会有出路，想干别的，又没有资格，在这挤满了生物的地球上，寻求一条适于自己理想的地位太难了！小苏立在门口，寂寞的望着各处，西风很凉，天空冷清清，温暖的太阳不知躲到什么地方去，好像要下雪似的。

从对面的路上，过来一个妇人，身后有个十二三岁的小姑娘，拖着她的衣襟，缩着肩头，身子抖嗦着。妇人张着嘴，她肩头的皮肉露在外面，面孔是青的，头发脏乱，拐着铁筒，棍子挟在腋下，直对着小苏过来了。

"有什么吃的赏点儿吧！"

小苏踌躇了一下，他摸摸衣袋，没有铜板，屋里没有吃的东西。

父亲回来了，背着饱满的米口袋，这是他典当了"套裤"买来的这米，他的胡子上冻结了许多冰块，一闪一闪像露似的放光，小苏赶紧推开门，把米口袋接下。

父亲用力的拍拍衣服，扯一扯，跺跺脚，掏出两个铜板给小苏：

"给她吧！"

这两个铜板使妇人和她的小女儿得到了快乐，满意的说声谢又到别的门去。

小苏望着这两个可怜的人，坚决的咬着嘴唇，眼眉竖起来，在他胸中，凸满了很大的野心。

——世界上有这样可怜的人，我一定要为他们牺牲掉个人平庸的幸福，不追求致富之道，我要去受苦，去为人类创造一些幸福。

从高高的天空，落下了几片雪花……

（《泰东日报》1940 年 1 月 26 日—31 日，署名：慈灯）

禁　闭

——军阀时代的故事

每天，从吃完午饭到出操的中间，我们总是跑到宿舍南边，那一片荒废的房屋跟前，靠着街道的砖墙，坐在舒服的草地上畅快的谈天。

砖墙上有许多特意刨开的窟窿，圆圆的，明亮的像马眼睛似的，从这里可以观看街上的店铺和来往过路的行人，一到午间，在墙外有些卖吃的东西的小贩，从四面八方集了来做我们的生意，我们把钱从墙窟窿里送出去，他们从外面送进糖，烧饼，油条，麻花，或别的东西。

我们总是饥饿的，一天就是吃八顿饭，每顿也可以干它五六碗，因为操作太吃力，而且午间的饭有限量，无论谁都吃不饱，所以大家都把每月求学的津贴，节省下来留着午间买点儿东西吃，垫补垫补，下午出操的时节太劳苦，晚饭的时间又太晚，校里也有卖食物的，可是太贵，我们不欢喜让他们重利的剥夺，事实上，他们主要的雇主不是我们，我们就是不买，他们也不感觉有什么大损失。

在这里坐着吃自己欢喜吃的东西，要算是我们每天最快乐的时光，三五个性情相投的人坐在一块儿，把吃的东西交换，或者分一点给别人，一边吃一边谈话。在我们的一伙之中，属孙灵的谈话有意思，空气一沉默，他就发出言语把它打破！

"嗳，你们说，像我们这样在泥水里打两年滚，将来就算是干部，这是有意思的么？"

清也是欢喜谈话的人，他把麻花捏成碎块，轻轻的扔进嘴里，喀喽喀喽的嚼着，慢慢的说：

"那些博士之类的家伙，也是这么样——就拿大学生说吧，混上几年，得一张文凭，这就算毕了业，学了些什么，不知道，是的，大家进学校，留洋呀，就是为混一个"资格"呀！有了资格，就有饭碗，比没有的容易些。教育呀，什么呀，全是一套谎话，人是不会认真的讲什么真理的，张学良这家伙完全是骗我们……"

李委马上就接下去：

"我看马戏团里训练的狗熊就是一个好例子，训会了几套把戏，能够上场，这是有价值的狗熊，聪明的狗熊。如果给你一只，你不知怎样训练他，所以非有专门人才不可，这就得办学校，花一笔钱，一心一意的来干。张学良纯粹是拿我们当狗熊耍……"

如果谁在墙窟窿发现了"可爱的目标"大家就中止了谈话，急忙把眼睛对准窟窿，像看万花筒似的抱着很大的兴趣和热心，悄悄的展望那目标，这目标全是女学生。

在我们学校东边，有个女子师范学校，有许多女学生在墙外经过，她们的年纪都不小了，在我们眼里，这些女学生就是天使，我们饥渴的望着她们，直到她们走远，这才喘了一口粗气，懒洋洋的退到原地方。

有时，我们爬上墙头，等她们过来，厚着脸皮引逗和她们谈话：

"放学了么？"

"你们的功课忙不忙？"

她们的脑筋都不旧，有感情，也有理智，虽然不回答，可是也不表示憎恨，在眉目之间，流露着同情或欢喜的颜色，其中有勇敢些的，就回头答两句：

"我们功课不忙。""你们很受苦吧！"

我们同学里，有几个人的姐妹在她们校里读书，关于我们这一群并不纯粹是饭桶的事一定是宣传过，所以她们对我们的感情无论从哪方面看都不坏，我们有两个交际手腕高妙的同学，和她们之中的那两位是非常密切的朋友，这么一来，两方面的感情更温和了。

午间除了吃东西，这也是最大的快乐的时间之一，用眼睛把她们送走之后，我们就取消了先头的话题，改变方针，议论她们来：

"那一个发短的，我看最漂亮！"

"什么——你没有看清，戴眼镜的最好。"

"我看那个高个可爱。"

"小胖子怎么样？"

"她太顽皮！"

像这类话，我们一谈起来就很难止住，忘记了自己的环境和地位，也忘记了时间，出操的号声一响，才想起来——急急忙忙的跳起来，拼命的往宿舍奔跑，像发了疯样。

渐渐的，我们把爬墙的事当做主要的功课了。

不单午间，早晨和傍晚，我们也跑到"快活的乐园"爬上墙头去迎送她们，抱着很大的希望温和的和她们谈话，起初，她们有点儿害羞和不安的样子，渐渐的成了习惯，无形中养成了一种满不在乎的态度，当她们走过来的时节，远远的就微笑起来，对我们这方面望着，笑着。

在这件事上最热衷的，要算孙灵和我。

他的面孔很不错，脑筋也不坏，可惜他的幻想很大，能力不够，他没有父母，是个孤独的人，欢喜空谈些没有边际的事情，眼睛总是做梦样的望着远方，我欢喜他，因为他诚实坦白，慷慨而且豪爽，时常，他买了吃的东西，分一半给我。

无事的时节，我们俩商量着怎样能和她们——无论哪一个，都可以——只要能接近，答应做朋友，这就谢天谢地，从头到尾的满足。

有一天，在操场上，在游戏的时间，同学们像猴子似的比赛篮球，我俩为了会议，所以没有参加，远远的坐在石台上，悄悄的讨论。

讨论了半天，只有一个办法，写信。

当天晚在自习堂上把信写好，第二天一早，他和我爬到墙上，因为月考快到，别的人都埋头用功没有来，这给了我们一个大方便，而我们正是利用这个机会。

热烈的希望这件事能够成功，一连好几天，我们为这件事几乎连饭也吃不下，苦思又苦思，幻想又幻想，这滋味，实在不好受呀！

等了好久，看见三个女学生，不言不语从西面过来了。

走到我们下面，离我们还有十来步光景，信轻轻的扔下去……

正在这一瞬间，我们惊骇的发现了一个大恐怖，从对面，我们平常最惧怕，绰号叫阎王的赵教官出现了。

他好像在什么地方藏着似的，忽然跳出来，三个女学生也看见了他的红马靴，急忙躲过投下的信，绕到道路的右侧走去。

孙灵急忙跳下墙去，我也随着跳下，可是这不能就算是逃脱，那信是写着自己名字的，我们希望那信会像虫子似的钻进土里，别叫阎王发现。

正排着队伍往教室里走，阎王出现在墙角，大声叫喊孙灵和我的名字。

我打了一下寒战，像有一桶冷水从脑顶浇下来似的，全身都受了凉。

阎王的桌上，摆着孙灵和我的信，他露出牙齿，冷冷的大笑一声："哈哈！"

接着用力的拍一下桌角，拍得十分响亮，我吓了一跳，差一点儿昏过去，他那紫红色的，和他的马靴的颜色相仿的面孔，因为欢乐和愤怒的感情，两相混合着的缘故，非常难看的打着皱纹，三角形的眼睛向上吊起，鼻子歪扭着，那张嘴，好像用力的裂开还觉不如意似的，嘴唇前突后缩的活动着：

"你们这两个小兔羔子！好！好……"

他大笑一阵，又突然的板起冰冷的面孔，把信拿起看看，放下，又跳起来瞪着眼睛。

我想，他是要动打了，脖子往里缩一缩。

但是他瞪瞪眼睛又起劲的大声发笑，坐下去，把两封信一手一封举起来，仔细的看着那封信的正面，把舌头稍稍的伸出，舔舔下嘴唇，一跺脚：

"这是做什么！"

声音像打雷一样。

孙灵和我是一样，因为恐惧，什么都忘了，话是说不出来的。

阎王把信纸抽出来，看一看又装进去，显然的，他被这意外的事件所袭击，一时想不起怎样处置，把信放在桌上，他背着两手在桌后深思的踱了两个来回，想笑，可是又止住笑，直直的看看孙灵的脸和我的，吹一吹鼻子，大声怒吼过来：

"这是做什么？说呀！"他很有耐性的等着我俩回答。

等一刻，没有声音，他生气的跳起来，对准了我的鼻子，狠狠的指一指，又指指孙灵：

"滚蛋！上讲堂去，下堂再说，这两个兔崽子……"

我和孙灵悄悄的退出来，轻轻的关上门，他在后面大声嗥：

"不用关门。"

我们刚进讲堂，他随后也到了。

他立在讲堂上，指手画脚的说了些什么，我一点儿也没有听进去，好容易盼到下堂，默默的，垂头丧气的坐在宿舍里，心里乱糊糊说不出难受还是伤心，像囚人等着上刑场一样，天与地都变成了昏黑，我的灵魂也缩小了。

二十分钟之后，我们立在教育主任屋里，阎王坐在教育主任旁边悠闲的吸着纸烟，他很得意，那种开心的骄傲的神气，真能把人活活的气死！

教育主任很看重这件案子，他从头到尾的审问，口气是不同的，有时是温和的，有时是威吓，那两封信好像有很大的魔力，又如珍奇的宝贝，他翻来覆去的看，不忍释手，大有百看不厌的意思。

"明白了！"

他把信扔进抽屉里，按按胸脯，对勤务兵说：

"叫两个卫兵来，由卫兵司令带领！"

不到五分钟，卫兵司令进来。

教育主任对他下命令：

"把这两个学生带进禁闭室，重禁闭一星期！"

裤腰带，鞋带，全部解下去了，两个卫兵一前一后，卫兵司令在旁边率领着。

禁闭室在卫兵所后面，是个黑暗狭小的冷屋子，铁栏的门和窗，和兽笼子一样。

把我俩推进里面以后，外面有一声铁响，一定是那老大的铁锁挂紧了！

我一屁股坐在泥里，背靠着墙，两手捧着脸哭起来……

（《泰东日报》1940 年 1 月 31 日—2 月 3 日，署名：慈灯）

牧师家里的火灾

我坐在黑漆漆的楼梯上等着孙棋回家。

把他的钥匙带走，忘记把钥匙挂在墙后的钉上，图书室，后屋的厨房，甚至连厕所也找不到，不知他跑到什么地方去了。他的去处多得很，他的朋友有的是，他这个人非常奇怪。

是在两个星期之前我搬到这个基督教青年会的楼上来住的，这完全是孙棋的力量，他一个人住一间屋，觉着孤单，叫我搬来给他作伴。

我是怎样和他认识的呢？这很简单。

他时常到我们夜学校的俱乐部里打弹子球，在谈话室听他诙谐的讲说比赛足球的经过，有几个青年围绕着他，很有趣的和他谈话，我把书包背在肩上，过去坐在他旁边。

他看看我，拍拍我的肩头，笑一笑：

"老弟，你在谁家？"

当他听说我是一个洋行里的学徒时，很可惜似的叹口气，拍拍我肩膀，鼓励我：

"好好用功，你有希望！"

第二天我和他见面的时节，好像多年的老友一般，他亲热的握着我一只手，另一只手抱着我的头，把身子靠近我：

"你住在哪里？"

"宿舍。"

"噢！在宿舍里住，不好，不好……"

他说住宿舍，不适于用功，这是真的，我们宿舍里，人太多了，乱嚷嚷的，好像一堆，他们身上有毒，会把人传染坏，我早就厌倦了，想离开他们，找一个幽静的地方好好的读一点儿书，可是我没有能力办到这件事，我的月薪刚够买东西吃。

他对我说：

"你应该离开他们。"

后来他又问我：

"你欢喜读书么？"

"当然！"我说，"我欢喜读书。"

他从眼镜下面望望我，抖擞着两腿坐在板凳上，他的面孔是椭圆形的，嘴唇很薄，讲起话来非常流畅，我听别人说过，他是一个基督信徒，他的职务是宣传基督教。

过了四天，我在夜学校的阅报室发现了他。

"你在这！"坐在我旁边。

他用小声告诉我他有个同伴因为家眷来了，在别处租了房子，他屋子里空出一张床，问我愿不愿意搬到他一块儿。

我觉着他是可亲近的，马上就决定。

"孙先生，你说的是真话？"

他把我拖起来：

"走！我先领你去看看。"

说这话的第二天正是星期日，一清早我就捆起了轻快的行李卷搬来了，就是这样，我和孙棋住在一间房里。

从窗户望出去，可以看见下面的街道和行人车马，这条街是宽敞的街道，比较清静一点儿，到晚上更清静，然而我最欢喜的是离夜学校的路近多了，离市场也不远，早晨上工我打市场经过，顺便喝一大碗豆腐汤，一个烧饼，晚上放工就在这里的小饭馆喝稀粥吃馒头，二分钱炒豆菜，有时来一小片大马哈鱼，这是不敢多吃的好东西。

一搬来我就看出，孙棋不是个真牌的基督教徒，因为他早晚不祷告，也不埋头读圣经，乱堆着破鞋报纸的床下放着的柳条包里全是小说和诗，有一部文艺讲座，我先读完这本。其次，他借给我一本意大利丹农雪乌的《死的胜利》，我读完这部大著，整整接续了七昼夜，我非常吃惊！这本书只是描写一男一女，翻译过来的文字，差不多有三十万字。

星期日，在前屋楼下的礼堂里，孙棋时常规规矩矩的立在讲台上讲上帝，那些善男信女静静的坐在冷板凳上聚精会神的听着。

孙棋的父亲，是个五十来岁，胡须长长的，穿着长袍的老牧师，在教室里是首屈一指的权威者，孙棋非常怕他，孝敬他。在表面上他是无论什么都服从父亲，正如牛马的听凭人类指挥驱使一样。但是他一离开父亲，情形就改变了！

他坐在靠窗的床上，两手抱着膝盖，口若悬河的对我说：

"这一切都是虚伪的，骗人的，所说的上帝是人类造出来的，因为那些蠢东西，他们不明白宇宙进化的法则，他们不会解释这地球，看着世界上有这么些生物便觉着奇怪，啊！开天辟地的时候一定有一位尊神，他一手造成了这么些生物，现在地球上所有的生物，在开天辟地的时候就有了——那些糊涂虫是这么说：他们决不知道这完全是大错的，他们是闭着眼睛，都是瞎子……"

他兴奋的瞪着眼睛，连那眼睛也随着兴奋起来，活泼的闪着光，镜框在他的鼻梁上耸动着。他跳起来，指手画划脚的在我前面来回走动着，唠叨的讲个不休：

有时我和他辩论起来。

"上帝这个招牌用意也许不在这一点，因为人们太坏了，就用天堂和地狱威胁他们，好像是一种假设的教育……"

"嘿！事实不是这样的，我告诉你……"

他接着讲他的，讲乏了就一头倒在床上，两腿朝天放在壁上，伸伸手，坚决的下着结论：

"看书吧，书不会拒绝你，你从书里可以找到最好的解释，不读书的人，不能够深刻的理解读书的人，实在可怜，而蹲在真理的屋外的读书人，实际上都是些糊涂虫！"

夜里他睡得很迟，把脸埋在书本里，像老鼠似的，我不能模仿他，因为我白天得早早起身去上工，时时刻刻得考虑自己的饭碗，这对于我比上帝重要得多，如果我不做工，便赚不到钱，没有东西吃，饿死了上帝是不管的，上帝不管活人，只管死人。

孙棋的父亲有时来看他，顺便和我谈几句：

"你——有工夫读圣经吧，这是上帝的真理！"

我心里暗想，我不要死人的理想，要活人的真理，他问我的工作，我大声对他说：

"我的职业太低贱了！没有法忍耐！"

他摇摇头，伸手拦住我讲话：

"这是上帝的意旨，孩子，要忍耐。"

这时候，我已经不是个三岁两岁的小孩子了，他的话，只能够对于没有脑筋的人也许会发生一点儿效力，对于我没有力量。我已经知道我们是活人，活人应该处理活时的事，死后的事是用不着问的。只有胆怯的人，弱者，因为没有能力，当现实的生活一摆在他鼻子底下的时候，他就害怕的把脑袋调到另一面，赶紧躲开，跑到虚无飘渺的境地里去寻找安慰，闭死了眼皮去幻想光明，上帝就是他们闭死了眼睛出现在半空的光。我们必须睁开眼睛来走路，如果是生来的瞎子，那是没有办法的，然而聪明的盲人是会思索会理解，会判断的……

在这些日子，我照旧的上夜学校，功课一完，在快报室里坐两点钟翻翻比较好些的杂志，从这里面抓取一些活人不可缺少的智慧，所以把回来的时间弄晚了。

孙棋还没有回来，这时是几点钟我也说不上，我欢喜有一个手表，上帝无论如何也不给我，等得不耐烦，跑到楼上，站在门口，眺望街上。

在街边路灯的亮光之下，我发现了孙棋，他很快的走着，初秋的凉风吹着他的衣襟……

"你什么时候回来的？"

"早回来了！"

他在黑暗里摸索着打开锁头，拉开房门，屋子里也是黑的，我轻轻的踏着床边把电灯扭开。

孙棋把帽子摘下来扔在床上，从袋里掏出一封信，苦愁的看信封，他的神气有些和往日不同，我莫名其奇妙，问他他也不回答，想一想，把信递给我：

"你看看吧！"

我看着信。

"棋哥：

你决想不到我们家里起了火吧！

昨天晚上，父亲刚回来，躺在床上休息，他嗅嗅鼻子，坐起来说：

'嗳，是什么，这味道不好，好像是——'他还没有说完话，母亲到外面，大声喊起来：

'啊呀！了不得啦！下屋起了火！快……'

我们都急急忙忙的，害怕的跑出去。

下屋，从窗户里往外冒火，像红的舌头似的舐着房檐，窗户纸全燃着了火，屋子里一团火光，把各处都照亮了，父亲大声吩咐着：

'快弄水！'

他自己，却动也不动，后来他冒着火冲进屋子去，母亲想拦他也来不及了，我们吃惊的看着他，一面把水往着火的地方泼，大声叫他，这时候，来了不少人，他们杂乱的闯进院子来帮助救火。

父亲差一点受了害，多亏别人把他拖出来，头发和胡须都烧光了，脸也烧坏了，如果不是人多手快，把他衣服上的火弄灭，那真危险极了，母亲也顾不得火了，他赶紧打发我雇马车把父亲送进病院。

这一场火，下屋三间房子算完了。

父亲的伤没有大危险，他不让告诉你，怕你着急，他说等伤养好之后再叫你回家……"

这封信是他妹妹写的，写得真不错。

我不了解这是什么原因，他的父亲真古怪，烧坏了不让儿子知道。

孙棋把信拿回去，团了一个球，装在袋里。

临睡时他告诉我：

"你知道我父亲为什么冒着火往那屋子里闯？"

"怎么回事？"

"那屋子里有钱。"

"有多少？"

"不少啊！这用不着说，你知道，我父亲为什么不叫我知道？"

"怕你痛钱吧！"

"不是，你不知道，我父亲买了两成双块的钱的股票，我每天给他探听消息，这几天正是时候，赚或赔这几天就有一定，我明天早晨得赶紧去打听，啊，我主耶稣原谅，睡觉吧！"

我盖好被把枕头正一正说：

"上帝原谅，阿门！"

（《泰东日报》1940 年 2 月 4 日、6 日、18 日、20 日，署名：慈灯）

从战场回来

一

周纯远急急忙忙的回到家里，很苦闷的喘气对他的妻说："明天走！"

"一定了么？"

"决定明天走……"

"去多少日子？"

"现在说不定，大概一两个月就回来。"

"你非去不可？"

"不去怎么能行呢！……"

"不好请假？"

"这可办不到。"

周纯远的脸上流着滚滚的汗水，他吃力的睁开疲乏的眼睛，把破旧的军帽摘下来当扇子摇。小屋的板门虽然开着，可是没有风，六月的午后三点来钟的天气非常的闷热，几乎不能喘气。

但是这一对亲密的夫妻这时已经忘记了热，他俩所忧愁的是另一件事，这件事几天以前周纯远就听说了，他把这消息告诉女人的时候，可怜的少妇像挨了一锥子似的难受，她从心底的深处不愿意丈夫离开她，她知道丈夫一走，回来的日期决没有一定，也决不会在短期能够回来，他走了，简直就等于把她抛弃了一样！

她本来是个无能的女人，没有独立生活的本领，丈夫一走，扔下她一个人，孤苦伶仃，寂寞和难苦会一齐的来袭击她，然而现在——在她认为是冷酷无情的事实，终于从头顶上像电似的劈下来！她几乎发了昏，呆呆的看着自己的胸襟，她的头没有力气抬起，她的胸中已被悲哀的感情紧紧的包围，眼泪往肚里流着，这痛苦的滋味是她难以忍受的，她知道痛快的哭出来比较舒服些，但是她流不出眼泪。

周纯远解开生锈的铜纽扣，为的是身体舒服些，显然的，他藏在心里的愁苦也很大，不过他那养成了习惯几乎是没有情的冰冷的面孔没有表现出来罢了。无论处理什么事他都是如此，没有表情，他的眉目是铁的，鼻子嘴也是铁的，他那热烈的感情是藏在他那看不见的沉闷的胸中，这狭小的房间里完全罩在苦闷的雾园里了，沉默了好久——

周纯远想起他对于妻子的重大的责任，他轻轻的解开衣袋，掏出一个浅黄色的信封，口向下慢慢的往桌上倒，飞出几张轻盈的票子好像是羞于见人似的悄悄无声的落在桌子上，动也不动，互相依靠着躺在那里。

周纯远把信封也轻轻的扔在桌上，好像这信封很宝贵，也很值钱似的。

"我把饷借来了，你留着……"

她费力的吐出一口粗气，用手背揉揉窒息的鼻孔，默默的看着桌上的票子，忧闷的发了半天呆。

"你……不用么？"

"不，我没有用。"

"……"

"到前方，我一定能想法弄钱寄回来。"

"……"

"挨饿，大概不至于……"

"……"

二

他们的部队集合在一个偏僻荒凉的小乡村里，这乡村，真是——要多荒凉有多荒凉，居民，都走得干干净净，大人小孩，老的少的，连他们牲畜以及所有的破烂东西，都牵走搬完，连一只瘦狗的影子都没有。事实上，这乡村里的人都是非常穷困的，他们早就过着饥饿的半死不活的生活，吃草叶啃树皮，忍饥挨饿，苦受着冻冷，已经变成无法改变的悲惨的生活的方式了。他们没有什么值得贪恋的东西，所有的，不过是这留在空地上搬不动的破败的房屋，土堆，倒坍的泥，坑脏的土坑，还有破碎的砖瓦石片。其次是他们瘦弱的身躯，他们和所有的生物全一样，生的欲望是热烈的，虽然生活在绝望的地里，还舍不得离开这美好的地球。残忍的大炮未响之前，他们一听说不好的风声，马上都逃跑了，他们跑到什么地方去，怎样活命，谁知道呢？……

周纯远是一个班长，这个难得的好职位是从十分艰苦的境况里用全身的血和汗和生命换取来的。

他的部下原是十个弟兄，因为有一个病号留在后方，所以现在是九个人，他们听排长的指挥在村落的东端当排哨。

这时，苍茫的黄昏已经过去，困倦的黑夜悄悄无声的把世界笼罩了，满天明亮的星斗像挤着眼皮似的窥探着下面这些人，月亮因为看不惯这些人的行动，跑到别处懒散去了，四野是寂静的，有一点见凉爽的风。

周纯远坐在芊芊的草地里，他的身后是一个高斜的土坡，在高坡右侧有一条弯弯曲曲的小路是直通到前方步哨的位置的，别的弟兄像猫似的蜷着身子无精打采的打盹，有的已经昏睡了。周纯远很疲乏，可没有睡眠的意思，他忧愁的挂念着离开远远的妻子，他想从思想里抛开那个时时刻刻来扰乱他的女人……这怎么可能办得到呢？她并不是一个坏女人哪！

她嫁给周纯远还不到二年生一个女孩没有活到十天死去了，她很可惜这个很费力，受了许多痛苦才生下来的孩子。那时候，周纯远虽然免不了因为生这一个孩子而增加了负担的事志忐不安，一想起自己的当了爸爸竟出了淡淡的欢喜的感情。看她因为生孩子受了许多免不掉的苦楚也很难受，因为他是很爱妻子的，这是因为她非常爱周纯远的缘故！

二年前周纯远决想不到会有福分得到她做妻子，她的父亲是个吝啬的，高傲的老头子，自己本来是个穷人，打烧饼卖，兼着卖点儿花生烟卷，那瘦小的摊子摆在门口，在尘土里等着主顾。

老头子自豪的说：

"我的姑娘得嫁有钱的人！"

这个理想也许能实现也说不上，因为她是很美貌，聪明而且贤惠，能够体贴老父亲的心，在各种琐碎的活计上帮助老父亲，同时很勤俭的办理了母亲所有的职务。

周纯远不过是个生疏的食客，一个星期之中有两三回，在太阳西下，黄昏的黑影还没有笼罩这完整的大地以前，安安静静的走进烧饼店铺里，照例的，好像上功课一样，吃他自己规定的四个烧饼以补助他肚里的不足，吃完了，亲切的讨一杯热水慢慢的喝下，豪爽的付了钱就悄悄的回营。没有一丝一毫卑劣的眼光，没有一星一点下贱的声气，这在那些根本没有修养，还没有教育完成，以及环境所造成的不大受欢迎的弟兄之中算是最出众的一个人了。

天长地久，周纯远和烧饼铺的一家成了熟人。

这也许是"八字"定的吧？周纯远竟梦想不到的走了好运，和那美好的姑娘结了很深的缘分？

姑娘要嫁给周纯远，自命不凡的老头子不高兴，他跳起来，将着并不高贵的须子，捶胸跺脚的大叫像驴似的：

"你想怎么的……我打死你！"

姑娘的志气很坚决，这件事，她一点也不体贴老父亲的心了！也不知从哪儿来这么大的勇气，威胁或压迫全不发生效力，她的灵魂似乎是能够指挥她自己躯壳？终于嫁了周纯远，完成了她的好梦。

这在周纯远，该多么高兴？所有的弟兄，没有不羡慕，嫉妒，赞美，夸奖周纯远的幸运，这种幸运可以说是宇宙间，人世里，最大、最美、最高贵的幸运……

成亲之后，周纯远怕她过不了穷苦的生活，时时的担着心，快乐和挂念混合着，然而她决不是那些虚荣的畜生可以比一比的。她能够十分俭朴的过日子，周纯远每月的十二元薪饷，她认为满够两口家的生活费了。

周纯远和她离别的前一夜，在暗淡的油灯下她流着悲酸的泪水悄悄的说：

"你放心，不用挂念我……"

三

一连几天，算是平安的过去了。

这天早晨，周纯远还在朦胧的睡梦中和他那美好的妻子谈心，忽然，清脆的枪声，子弹的沉默的嗖嗖的吼声，把他惊醒了。

这是别的队伍的枪声，没有接续到一刻钟就完事。

天气晴朗的午后，周纯远所属的一连开始移动了，这移动的目的周纯远是不知道的。

他的任务是集合了全班，把人数查好，按着固定的位置和别的班站在一列看齐，连长说向右转，他们就向右转，再下口令开步走，他们就不慌不忙的迈步前进。

天气太热……

他们的行军很苦，头上是苛毒的太阳，像一盆猛烧的烈火一般，凶狠的烧着他们，地皮也是滚热的，像烧红了的铁一样，简直能热死活人。路上有几棵半死不活的小杨树，垂头丧气的立在大火盆下面，沾着尘土的瘦细的枝和叶已经干死凋零了。路上的大小石块冒着火星，远处的山山岳岳全都——和路上前进不息的这一群人完全是一个模型：

忍耐，沉默，不埋怨。

没有工夫牢骚，

不唱高调，也不喊口号。

——他们只有一个生命的全副武装，

不休止的吃着人生的劳苦！

他们不停的慢慢的前进着，第二天一清早，下起引人兴奋的雨来了，他们到连县城附近的一个寂寞的小村里。

雨真大……

周纯远的一班湿淋淋的蹲在墙角下，周纯远的鞋里水汪汪的，不好受，范排长脾气很暴躁，他的头扁扁的，眼皮在帽檐下挤着，跑了一身大汗，汗水和雨水在他通红的脸上直流，他想从一个水坑里跳过来，因为跑乏了，力气不够，两足刚好跳在水里，水高高的溅起来喷了他一身，他这样发怒：

"不走远……"

他像洗脸似的把两手抹下脸孔，扬一扬下巴，喊着周纯远走过来：

"哎，你们——在这里做什么？"

他的脚没有站稳，在泥水里很厉害的一滑，幸亏手快，支住了地，没有跌倒，他看看弄脏的手，大声喊：

"往东走！"

他们悄悄的，赶紧的冒雨跳起来，拿住了枪，周纯远在头前领路，他慌慌张张的跑了几步，回头望一望：

"怎么走？这道路……"

张壁青是班里最老诚的弟兄，他从周纯远身后轻轻的推他肩头一下：

"先往西拐，那前面有墙遮蔽……"

在他们南面，有断断续续的沉闷的枪声。

他们迅速的往前奔跑，脚在水里滑着，习惯的，熟练的跳跃着。

张壁青的枪太平了，在他身后的杨华——一个紫黑脸、鼻子尖尖的弟兄赶紧小心的停了步，生气的大声叫他：

"看，你的刺刀！"

张壁青服从的把枪往上移，雨水从他刺刀上流着滴着。道路很不好，水太多，泥也很厚，脚底下都沾得沉重的湿泥越沾越多后，他们顺着不整齐的墙边奔跑，周纯远忽然立定了，大家前后碰击了一下：

"不行，这里水深！"

"怕什么？走！"

"从右边绕过去吧？好……"

他们不约而同的散开了，各人选择个人的道路，周纯远艰难的走两步，泥水到膝盖深，他再前进两步，水更深了他赶紧退回来。

"唉呀伙计，这地方是坑！"

他往后退跌倒了，滚了一身乌黑的泥水，枪托底下也沾了泥。

他吃苦的爬起，烦恼的跺跺脚，沉思的从右边绕着走过去。

一个脸上有些泥土的弟兄低着头走路，他的刺刀差一点儿碰在周纯远的脸上。周纯远好好的吃了一惊。他的眼睛有点儿不中用了，雨水太大，急乱的打着他的脸，帽盖太破旧像枯叶似的弯倒下去，遮不住雨，雨水直打在他流汗的脸上，他歪着头走，如果往前一寸，弟兄的刺刀尖就会扫在他的脸上，他谨慎的躲避着走。

周纯远是脑筋聪明的人，在班长之中要算经验阅历最丰富，他指示着：

"哎，不要扛枪，持枪吧！"

这意见是有益处的，弟兄们欢喜的服从了他的命令。西方的枪声像爆豆似的响起，那是在村镇的古寺附近，那里有别的队伍的轻机枪，在他们南面不远的地方有手榴弹的声音……

"快走，快走……"

周纯远指挥着，一转弯，看见一条水深的街道，各处的脏土堆全部冲开，水面上漂游着不洁的废物，雨水迅速的敲着坍塌的土墙，从堆坏的杂乱的土里发出难挡的恶气味。

他们默默的蹚着水走……

走到一家毁坏的大门口，周纯远挂心的回头望望，范排长并没有往这条路上来，他从西面绕着过去了。周纯远主张在大门楼底下避避雨，休息一下喘喘气，等着别的班来到一齐前进。大家都满意，挟着枪立在大门楼里，摘下帽子抹干净脸上的汗水和雨水，弄脏的衣服早湿透了，像群可怜的落汤鸡。

"我想，不会持久。"

"第一排早过去了！"

"他们怎么的？……"

"还没有碰上，也许是……"

机关枪又剧烈的响起来，从门楼上落下的雨水像绳似的连接不断，有的粗，有的细，天空阴黑雾气很重，潮湿气味很凶。雨越下越大，半空的雨丝交织成一面放光的美丽的大网，而他们就好像是鱼，大网打算把他们拉住，他们不肯就范——因为自愿进网的鱼实际上是很少的……

四

街头有些弟兄跑过去了。

周纯远觉悟的跳起来，各处望望：

"喂！那不是第三排么？我们要落后，快走！"

他们走上了更坏的街道，深一脚、浅一脚，水在各处凶猛的流着。

张壁青滑了一下，屁股沉重的坐在泥水里，他苦恼的挤挤眼，用手伏着爬起来。

"这……"

他好容易爬起又滑了一下，两脚像滑在冰上似的，身子往前一倾，肚皮全躺在水里。

他狠狠的咒骂这倒霉的道路。

一个朽坏的脏土箱子里躺着一条衰老的死狗，眼睛没有了，身上的毛脱光，四腿朝天的仰着下巴，嘴巴痛苦的张开，又像苦笑似的嘴里有些贪婪无厌的蛆虫，熏鼻的恶气味罩着坏街道。

他们赶紧的跑过这条污秽的街。

各处沉闷的枪声渐渐的停止了。

这很显然，情况并不吃紧，他们放心大胆的前进着，在狭窄的十字路口看见一群从东面跑过来的弟兄，在头前带领的王班长跑起来一跳一跳的像断了一只足的公鸡一样。他们是十四个人，排成一路侧面纵队，就如一串在水里的鲫鱼。

"你们往哪去？"周纯远问。

"西去！"

"怎么样？"

"退却了。"

"什么时候？他们……"

"早就走了，只留下十来个人庙后打枪"

"那么，第一排呢？"

"追去了。"

"以后……"

"不知道。"

"你们这是？"

"……搜索西边去！"

王班长带着弟兄像老鼠似的迅速的跑去了，他们都疲乏了，跑起来是勉勉强强的。

雨总是不停，也不像要停的样子。

阴黑的天，沉闷的呜咽的雨，泥泞，流水，疲劳……

五

寂静的黄昏时分，无聊的雨小了一些，他们位置在坟地里，警戒着必须监视的前方。

一个黑脸的弟兄绑腿松开了，他撅撅着着屁股打绑腿。周纯远跟身后走过去，生气的对他的后脑壳瞪瞪眼：

"做什么？"

"绑腿开了。"

"怎不紧点儿扎结实？"

"唉唉，雨湿的……"

"身上是怎么的？"

"摔倒两回。"

周纯远轻轻的打了他一巴掌，接着又笑了，这是劳苦了一场之后最优美的安慰。

坟地里，泥泞很深，没有给活人走的路，他们选择有草的地点当垫子蹲着勉强的休息。

有许多坟墓，因为久不填土，都坍塌了，破碎的棺材板露在外面，像人的衣服破了露出肉来一样，在离开县城有好远的荒野里，也可以算是一种滑稽的点缀。

离他们很近，在西面，在一堆高的土坡上，有一口棺材还没有掩埋。

盖上压着圆圆的一大堆石头，这棺材的颜色还是新的，雨一湿，更显着新鲜别致了，像一朵红的大花瓣似的，似乎大有深意的开在坟地里，随处可以发现分裂破碎的枯骨。

周纯远拾了一个头颅，这个骷髅很完美，没有损坏的部分，两只眼睛是两个大窟窿，后脑高高的突出，像鸡头。周纯远把骷髅嘴里的泥土在水窟里刷干净，当宝贝似的拿给弟兄们看，他们想辨别这是男性还是女性，争论了好久，谁也说不敢确定——这是很好的消遣，在战地里，在灵魂疲乏了以后。

天色渐黑——

雨变成了厚脸皮的东西，已经失掉了趣味，还死皮赖脸的落个不停，他们必须警戒一夜才能好好的休息，这雨，讨厌极了！他们没有地方躲避这憎恨的雨。

王班长从坟地的南端过来，拖拖周纯远的手：

"走吧！"

王班长悄悄的告诉他：

"黑洞洞的，谁也看不见谁，走……"

他俩紧紧的扯着手怕滑倒，把枪挂在肩头上，很快的没有走出坟地就找到一棵枝叶浓密的树。一个模糊的黑影在树底下慢慢的站起来，把他俩吓了一跳，王班长想悄悄的用力的说话，周纯远急忙扯扯他，在他鼻子前面摇摇手，警告他不要开口。

黑影动也不动，小声问：

"谁，有事情么？"

他俩一言不发，拔腿就跑，跌了几跤，跑到原地，大口的喘着。

如果王班长开了口，排长马上就知道他俩是来做什么的，他们赶紧的跑开算是合理。

细雨沙沙的落着，一夜，他们不能离开坟地，要在死人的部落，陪伴着呜咽的细雨，忍耐的吃苦的等到明天，等到那光明来驱散黑夜，这细雨的夜，寂寞的夜，不能休息的苦恼的夜。

雨，不间断的接续着……

六

周纯远蹲在一个完整的坟墓旁边，细雨轻轻的敲着他的头。

他是一个老于打仗的人了，艰难的生活也过惯了，他不在乎劳苦，像一只体格顽强的野兽在山野间在丛林里过着不安定的生活一样。他也有他在恶劣的景况里养成的原始的习惯，风雨和泥雪把他的皮肉锻炼得非常坚固，牛一样的忍耐性，并且在无论什么时候都有着随机应变的聪明，他从经验中得来的，他当初入伍的时节可不是这样。

此刻他还记得他初入伍时的愚笨——

他入伍不到三天，连射击姿势还没有学会，连长就叫他和别的弟兄一块出野外演习。

在平坦的宿舍门前的操场上，在正集合着拥挤的队伍里，他茫茫然的看着别人的动作不知道自己应该立在什么地方合适，谁在他身后推了他一下并且大声呼喊：

"站队，站队！"

他稀里糊涂的跑到队伍后尾，很拙笨的持着枪，学习别的都很熟练的弟兄的姿势把左手轻轻的叉在腰际，歪着脸看齐，他不会看齐的要领，看不见的时候就把上体用力的往前倾，这么一来，全排所有的半个脸他都看得清楚，但是站在队伍中央的范排长一眼就看见了他，不许他这样，指导他：

"哎——你，往后点儿！别探头！"

先头推他的就是这位排长，年纪比他大，嗓门很响亮，他那种外观上不和蔼的神气使他激起了不能调和的感情。

队伍很快的，悄悄的排整齐，在周纯远前面的连长大声叫起来：

"第三排的排头稍向右！"

他看不见连长的尊严的面孔，但是范排长马上向后转指示排头向右移动的步数。周纯远很奇怪，往左点儿往右点儿有什么关系呢？

这一刻，那位正在前头的连长跑过来，对范排长说：

"距第二排的距离不够！"

范排长恭恭敬敬的答应一声：

"是！"

他用步当尺似的量好了距离，稍息的时候他悄悄的问身右的人：

"要做什么？"

"检查服装。"

这些事本来都是很简单，可是在这时，还什么都不懂的周纯远却觉得纳闷……

渐渐的，有如一个儿童在陌生的境地里自然而然会熟悉他行动的范围以内的情形一样，他很快的明白了各种事情，他要服从班长的命令，还要服从排长和连长，并且这两个阶段比什么都要紧的理由他也充分的理解了。他和别的弟兄一样的有着直觉的意识，知道时时刻刻为自己谨慎，不要出错，多多的献些殷勤，有时也为别人担心。

他当了六年弟兄，什么都学会了，他知道立正为什么要两足尖离开六十度，为什么行进的步度要有定的基准，像一只飞鸟熟悉了林中的利害情形，他也懂得了周围和自身所必备的知识和学问，他也学会了指挥。

如今，他是一个班长了。

——做班长不是什么简单的容易的事情，他是从密不通风的人的壁里侥幸的爬出来的，正如一棵小草一点儿一点儿从坚硬的土里，借着阳光的温暖能够有机会露出头部渐渐的向上伸展一样。

……

七

一个整整的烦恼的夜没有合眼。

弟兄们在不间断的雨中，在泥泞的坟地里过了一夜，他们都疲乏了，都困倦了，但是他们都没有表示不满，他们的不满是发泄在肚子里，他们对于世界根本没有什么意见。

有时，他们发完几句无可奈何的牢骚就算完。天一亮，他们的任务算顺利的达成了。

他们离开了平静的，没有活人立足的安定的地盘的墓地，往县城里进发。到景象萧条的县城不久，又遵命开拔。在酷热的半个月之内见了排长，范排长很重的负了伤，周纯远班里的张壁青头部贯穿了一个无情的子弹，立刻死去了！还有三个弟兄死在炮弹的轰炸之下，他们的情形很坏，因为给养补充的不周到免不了时常挨饿，在寂寞的乡野，难受的蹲在壁荒的散兵壕里，披星戴月，忍受着无限的艰苦。有一回危险极了！霹雷似的炮弹不停的在他们阵地前面轰炸，受伤的弟兄很不少……

八

从周纯远走后，生活在她艰难到了极点。整个烦闷的夏天，她在愁惨的景况里像登上了陆地的鱼那么样费力的喘着气。亲爱的丈夫所留下的那几个可怜的钱，早已买米买柴省吃俭用的花干净了。

镇上的人，都没有根据的传说前方的消息很坏。她几乎相信了这件事是真的，因为周纯远去了一个夏天没有信，也没有钱寄回来，如果不是慈悲的母亲可怜她，时常背着老头子送米送柴来接济她，她的生活简直没有法维持了。

那脾气暴躁的老头子非常气愤，他当初从心里不愿意她嫁给周纯远，看看现在怎么样？老头子的咒骂使她很难堪，母亲三番五次的劝她回家她又不肯，她还有一个朦胧的渺茫的希望，她盼望人们所传说的消息不是正确的，周纯远在前方一定是因为没有工夫写信，或者是信件不通，这是可能的，至于钱，是的，信不通，钱当然也寄不回来。有时她又改变了思想，觉着这希望又靠不住了！

但是无论如何她是希望唯一可依靠的丈夫能回来的，周纯远走后半个月，她在愁苦悲哀的黑暗里寻觅到了一条生路——她给她的房东当老妈子。这一家人，大大小小人口很不少，他们做饭洗衣和别的零碎活计需要一个帮手，她目前的身份正合适，从这以后，人生最关紧要的吃饭的门路是有了。

当万物凋残的秋季来到的时节，周纯远没有消息。有些人说，不要说周纯远，他们那些人全死了，一个也不能回来了！

她立定了坚毅不拔的志气等待周纯远。衰老的母亲几乎是哭劝她改了脾气，暴躁的老头子简直要动武似的，明白的说出叫她改嫁，他斩金截铁的说：他们那些人早都死得一个不剩了。

她不——

她一定要等周纯远回来。她的志气十分坚定，别人不能把她绑起来压迫她就范，就是那老头子，他也只好气愤或咒骂罢了。当然，他是疼爱自己的女儿的，他是为了女儿的幸福打算。另一方面，他也可以在他认为这是正当的希望里多多少少的得点儿好处。

她不——

这一年秋收太坏，周围百里以内的地方全是如此，粮食可怕的贵，镇上的人都深刻的感到生活的困苦。

房东并不是大财主，为了节省食用，终于辞退了她，这是把她的生路断绝了！

两个月有限的几个工钱不能维持多少日子，到寒冷的冬天，她也相信周纯远大概是真如人们所说，不能回来了？一定是如人们所猜想，他和他那些患难的伙伴在残酷的炮火的红光里送命了？为什么连个信都没有呢？这可不是死了是怎么的？

她没有法生活，然而她又不能老老实实的坐等着饿死，老父亲的小本生意也受了坏年头连带的影响，正如老鼠在猫的铁蹄下决不会有乐观一样，钱是难赚的，吃了早饭不知晚饭在哪里，镇上有许多妇女因为饥饿的难受，不得已走入了"下流"。

她怎么办？

难道说真得等着饿死。

九

死逼梁上，她只好回到娘家，这是唯一的路了，她忍气吞声，过着贫苦、寒苦、愁苦的日子。

她没有事情做，时常和妹妹往寂静的树林里去弄树叶这东西可以做饭当柴烧，最好是烧炕，有半麻袋树叶可以把炕烧得很热。

妹妹和她一块儿去。本来不能做什么，只是做做伴，她唯一的本事是贪着玩耍。有时树叶弄成堆，拙笨的帮着把破麻袋的口子抛开，这样便于往里盛树叶。不过她的热心玩耍是胜于工作的，在路上她往往发现了好玩的石块，便集中了精力去选取，姐姐走远了还得不耐烦的皱着愁苦的眉头等她。

并不大也不繁茂的树林是在离镇不远，隔一道宽的没有水的河流对面沙滩边上。

这附近的景致在吃饱了饭无事可做的人看来是很美很幽雅，很有诗意。树林、沙滩、田野、土岗，满天飞跑的白云，以及影在云影下像睡熟了的山脉，很适当的配合出一幅美妙的图画。

从河边的高岗上可以望见山坡下面，靠着古老的向北的兵营的瓦房，悄悄的，一点儿声音没有，她望着这兵营好久好久的沉思着，像在梦中一般。树林里，没有人声喧噪。衰老的树叶恋恋不舍的离开了本枝，撒落在地下，树叶落地的微声是可以听见的，有时，吹过来一阵风，树叶各处飞滚着，好像有人在树林里轻轻的走动着一样。那些光滑的杨树，密密的排在一起，就如许多人静在一处沉默想些什么似的，它们的根很深的埋在土里……

到了树林，她轻轻的把麻袋放在容易记住，特别显明的地点，接着就敏捷的搜弄树叶，成堆的树叶像许多小的坟丘似的，一堆堆的排列着，弄多了就往麻袋里装，一个地方弄干净了另换别个地方，时时的前进、移动，像游牧民族的生活式样，决不在一处死死的久留。

她在树林里各处游荡着，有时就忘记了家，树林和原野有一种很大的神秘的吸引力，恍惚，她觉着在这类地方会住过一些日子似的。好比像久别的故乡，从回忆里引出贪恋的感情。那块石块，土堆，在凉风里鸣咽的小草，好像一直在的先前的熟人。它们没有妒嫉，也没有吵闹，生存的竞争虽然是有的，却不像人类那么凶恶，它们静静的生活着。到春天就欢欢喜喜的生长，到冬天就无声的藏起来，这都是美的。动人的，还有那枝头的飞鸟，它们的生活里虽然也有些恐怖或悲哀，然而和人类比起来，不论是形式或内容，差得远了。它们看见她在树林里工作，并不惊慌的飞开。

乏了，她坐下休息。

凉风吹着她的乌发，撩着她的衣襟，小妹妹在她附近跳着玩，不靠近她。她静静的想着，想着她的周纯远——

这时周纯远正在炮火熏天的突出的山脚下，他们的一连担任着防御阵地的一个重要的支撑点。

一个炮弹在他们阵地前方轰炸了，浓重的火药气味滚滚的黑烟，飞起的泥土冲得高高的泥沙石块，在他们对面远远的山谷里闪电似的冒出一股赤红的火光，白的烟雾像球似的渐渐的坠到半空散开了。

"轰！克拉拉拉拉……"

又是一个迅速的炮弹，半空像有野兽似的，嘘嘘呼呼的喘着——在他们阵地的左侧炸裂了！

在他们连的中央，在掩体的工事之下的，重机关枪，愤怒似的从枪口冒着猛烈的火星：

"哒哒哒哒哒……"

从背面的山谷里发出震耳的响声……

在她的眼里，像霜一样，露珠一样，闪烁着明亮的东西，她把头垂下了，默默的掀起衣角，用力的放在脸上……

死灭的秋季快过去了，可怕的冬天眼看着来了，她还有什么希望呢？

从她头顶树枝上，最后的几片枯叶飘飘摇摇的落下来了，一片叶正落在她头发上……

年关迫近了，周纯远还没有消息——

粮米的价格贵得使人吃惊，头上的穷人都叫苦了！一个在木厂做零工的老哥，因为闲了许久，挨了几天饿，忍不住这痛苦，老婆孩子，一家四口人，全上吊了。

尸首从绳上弄下之后，她也跑去看了，这件事给她一个很大的打击。这四口人出殡仪式的是很简单的四张席子卷成四个圆筒，两头和中间绑着草绳，这便是棺材。两个人抬一个，从街上走过的时节，大家看见了这情景，由于悲痛别人的感情变成了为自己悲痛的心理，因为这个结局不论哪一天也会轮到自己身上，这是可能的，大家都很了解，用不着明讲出来，从人人的愁苦的眉目之间显然的流露出来了。她的忧愁一天比一天大，她的道路少得很，简直没有什么道路，她的是狭小的而且黑暗无光，她不知道怎样才能为自己开辟一个生存的安定的门。

老头子不暴躁了，温和的劝她：

"你不替你自己想一想吗？"

"……"

老母亲也好心好意的规划她：

"孩子，这个年头，不是从前，别固执，你好好想一想，这个人，家里有房子有地，吃穿不愁，前窝只抛下一个三岁的姑娘，您给照顾照顾，受不了苦…………"

"…………"

她默默地不说话，低着头想着他的周纯远，她相信周纯远一定的、不久就回来了。

老头子亲切地看着她：

"你好好想想。"

母亲和蔼的对她说：

"别固执，决心吧！"

她两手捧着脸，悲痛的流着泪……

十

树叶、花草，带来了生的春天的消息。

在县城里的汽车站上，从四面八方集合来黑乌乌一大群人，扛行李卷的，背包袱的，一个老头把背靠着电线杆难受的咳嗽，卖糖包馒头的老哥在人群中穿来穿去，大声呼喊着。有个歪戴帽子的中年人，他把包袱放在地下休息，一个乡下老哥从他面前经过，没有看见踹了他的包袱，他生气的吵起来：

"唉，唉，睁开眼睛！"

大家都聚精会神的瞪着两眼，望票房子西头的汽车库，好像那里有什么好东西似的。

那汽车库的大门终于慢慢的打开了，一个穿着满身油腻的人跑到汽车头前弯着腰，把一个弯曲的铁棍伸进车里去，用力的转动一下，那汽车马上就呼呼的吼起来，车轮开始旋转，汽车不忙不慢的往外前进。所有的人都忙乱起来，争先恐后的奔跑。汽车停在广场中央，周围很快的包围成人的圆阵。汽车夫跳下之后，赶紧把门关上，大声呼喊：

"现在上车不行，先验票。头三天买票的须上车，你们——唉，排起来！"

周纯远发了大愁，因为他是头一天买的票，这么些人，十辆汽车也怕不够，如果再等两天，他是不能忍耐的。

他们的队伍就住在这县里，是五天以前从前方开回来的，在城里替代别的队伍驻防。他请准了七天假回镇去看他的妻子。

汽车未开之前，他毅然的上了车，寻一个不错的位置坐下了。

周纯远比从前瘦多了，这几个月好像几个长长的年头似的，他苍老了不少。

十一

汽车上人挤得满满的，没有挤上来的人还恋恋不舍，抱着很大的希望在四周拥挤、徘徊、埋怨、喘粗气。汽车刚要开走的时节，票房子里的看守者送上来一个身躯胖胖、穿着绸衫的人。他用力的往里挤，他的绸衫和手杖为他开辟了一条路。他挤到中央，四面搜寻着位置。

司机的人手脚忙起来，那些失望的人群被抛在后面。前方的道路很快的缩短，两旁的商店和行人全落了伍，向后退去。汽车的响声很大，打开的玻璃窗，为因那窗框的边锋太宽，落下去的玻璃格当格当的响着，车身很高的跳起，后面的人震动的很厉害，立着的人前倒后仰，像不平的浪花一样。

穿绸衫的人脾气大得很！前面的人撞了他，他一定要骂两句：

"什么东西？"

身后的人撞了他，也是：

"可恶！"

"可恶！"

周纯远的位置很稳当，他谁也不理，眼睛只是看着前面，恨不能一下飞到妻的面前。

车走到一个斜坡，经过一处凹地，开车的好像故意似的，并不把速度减慢，仍照旧的开去，车身很高的一跳，车里的人全受了一下很重的震动，穿绸衫的人差一点儿跌倒，前面的人倒在他怀里，很沉重的压他一下，老半天才挣扎着立起，这使穿绸衫的人大怒了：

"混蛋！你没有眼睛么？"

他狠狠的推了身前那人一拳，他身前的人是个胆怯的家伙，挨了一拳并不反抗，吞吞吐吐的说：

"前面挤呀！这不怪我……"

这几个月，周纯远所看见的是炮火的闪光，受伤和死亡，饥饿和疲乏，他和弟兄们处在同样的命运里，大家互相同情，帮助，原谅，没有仇视。穿绸衫的人给他一个很大的惊骇，他默默的想着，她现在弄成什么样子了呢？这几个月她是怎样过活的？汽车转弯抹角，很快的出了城，前面是蜿蜒不平的马路，汽车凶猛的颠起来，坐着的人都感到不舒服，立着的人越发的吃苦了！穿绸衫的人左倾右倒，前仰后合，看看右面是个清瘦的乡下老哥，他豪不犹豫踌躇的坐下去。

乡下老哥喊起来：

"不成，不成，哎，我的腿扛不住！"

穿绸衫的人可不在乎：

"将就点吧！对不住……"

周纯远相信这是真事，他以为自己的眼睛真错了，其实并没有看错，他觉得奇怪，好像有个炮弹落在他跟前一样的使他发怒了。乡下老哥们用力推着怀里的胖东西：

"起去，起去，你这不是欺负人么？"

穿绸衫的人掏出两毛钱来：

"劳驾，劳驾，这个，你买盒烟抽吧！受点儿累……"

车里的人都嗤嗤的笑起来，乡下老哥感到很大的侮辱，他愤怒的把钱扔出窗外，用力一推，穿绸衫的人跌倒到旁边的妇人身上，妇人怀里睡着一个孩子惊醒了，哭起来，妇人咒骂着，把孩子抱到肩上。

周纯远望着外面，汽车正在两旁有树的路上飞跑，一望无垠的田野，星星点点的村落，他恍惚看见了妻子的脸，在车窗外面，泪眼汪汪的望着他……

谁在咒骂，把他惊醒了，穿绸衫的人反手给乡下老哥两巴掌：

"什么东西，你不要，为什么扔？"

瞪着两眼好像要吃人似的，周纯远想过去帮助乡下老哥，人的墙壁把他挡住了，他没有法走动，立起也很难。

乡下老哥没有动手，他踌躇的看着绸衫，胆怯的小声骂他：

"你怎么打人？"

汽车很快的飞跑，转了一个大弯，路上的沙石在重量的压迫之下发出痛苦的叫声，车身颤抖着，像咬牙切齿似的发响。走到一个小村庄，汽车停了，开车的下去喊道：

"这停半点钟，下一站不停。"

许多人下车去小便，周纯远也下去了，他盼汽车快开，他恨不能生了翅膀在一秒钟之内就飞到妻子面前。

乡下老哥上来的时节，他位置上，穿绸衫的人早已坐稳当了，乡下老哥茫然的看着他：

"这是我的地方！哎……"

穿绸衫的人理也不理，乡下老哥焦急的摸着头：

"先生，这是我的地方！"

"什么？你——的——地——方？"

"你这不是……"

"我怎么的？坐车花钱，这汽车不是你的！"

周纯远像疯狂了似的，他跳到绸衫面前，上去就是一个大耳光，一声清脆的巨响，把所有的人都惊住了。

立刻，在肥胖的脸上，印出五个紫红的指印，周纯远狠狠的抓住他的衣领，迅速的举起拳头打去，胖子想还手，可是那如飞的拳头已经把他弄花了眼，全车的人都骚乱了，跳起来，推着，撞头，躲避着。周纯远什么也不顾，勇猛的舞着拳头，用着全力狠打。

开车的大声高呼：

"哎哎，别在车上打架，下来、下来……"

有几个人七手八脚的把周纯远拖住，费了许多时间把他劝老实。他愤怒的瞪着眼，紧紧的握着拳头，咬着嘴唇。

车开之后，穿绸衫的人老老实实的立在他上车时的地点，他的灵魂已经过分的受惊变成粉碎了……

十二

正午十二点，稍稍的过一些——周纯远的目的地到了。乡下老哥也下车，绸衫还在车上，现在他有了座位……

周纯远想步行，因为急于和妻子见面，豪爽的雇了一辆小轿车，还有五里路。

轿车虽然没有汽车快，震动一些，总比步行好多了，眼看就要和唯一爱他的女人快快乐乐的见面了，在周纯远的眉目间显然的流露着无限的喜气。

微风带着甜性的气息，树梢已经换上了浅绿的衣服，太阳露出深意的笑脸，好像为他这一番的归来热烈的庆贺一般。

他把两手交叠着放在怀里，望着前面渐渐临近的市镇，情不自禁的微笑了……

(《泰东日报》1940 年 2 月 4 日—27 日，署名：慈灯)

老木匠

老木匠从来不生气，他的性子是温柔的，可是这一回，他却非常的愤怒了！

和他一起做工，听他指挥，应该从他手里领工钱的十三个木匠，都静静的坐在他面前，用着忧愁的，希望的眼睛守望着他：有一个木匠，背靠着墙壁。很困倦的合着眼皮，快要睡了似的，壁柱上悬挂的油灯，静悄悄的，尽着它光明的职务，它不知道老木匠胸中有多么大愁事。

这时候，老木匠坐在门槛上，两手抱着膝，他已经对同伴们讲过许许多多的话了，现在，他觉着没有什么话再说，只盼望他满肚子迫不得已的计划实行起来，能够很顺利的成功，此外，他不想别的事，他半闭着眼睛，抱膝的两手凸出笨重的青筋，他的牙齿狠狠的咬着，他想起两个月前和工头王四，用口头讲明合同时的事情，想起这，他的怒气就装满了肚子。

王四实在是个狡猾的东西，他说的很硬：

"半个月开工钱，决不会出错，至于你们吃的，我可以给说句话，凭着信用，一定会赊赊账！"老木匠好久没有做工了，这个机会他哪能错过。

"就这么办，可是找人得两天工夫。"

"这在你了，别人我不管，我把工钱给你，我直接和你办事，这也用不着多说，你赶紧找人，你要知道，包工的人太多，如果晚了就没有办法了！"

老木匠就去找人，凡是他所认识的同行，都找来了，预定的是十五个人，缺少两个，这在他们工作的进度上是没有关系的，少两个人，别人不过多动一两下手脚，事实上没有什么差别。

开工的时期正是五六月，天很热，老木匠热心的和他的伙友在席棚下，从早干到晚，每天晚上都是流着大汗回家，一进门就喊：

"给我盆凉水！"他的妻是个耐劳的妇人，早就把水预备好放在门后等着他。

他裂着嘴把头浸在凉水里，他的背，是黑红的，皮肤裂开许多口子，像鱼鳞似的，这是毒热的阳光的恩惠，虽然他们工作的地方有席棚遮阴，可是不能够时时刻刻的在席棚里，他们大部分的时间是上房顶，把刨光刮齐的长木板整整齐齐的钉在房顶上，毒热的阳光就蒸晒着他们的头脑和背，做工虽然吃点儿力，比起那些没有手艺，凭着力气和血汗赚钱的小工要强多了，他们是有希望的，忍耐一天，就可以赚妥八毛钱，忍耐半个月十二元现洋就一个不欠到了手，还点儿欠账，还有一小部分的剩余，这不是很动人的希望么？

第一个半个月，老木匠分文不差的领到了十三个人的工资，他痛痛快快的分给伙友们，王四对他这么说：

"我本想晚给两天，怕你们着急，多在我手里放两天，老木匠，你知道，我可以得点儿利钱，下半月，我晚给两天怎么样？"

老实说，晚两天没有什么，老木匠很慷慨的答应了王四这个企图。

第三个下半月，晚了六天才开工钱，王四给大家伙喝了一点儿酒，还多叫他们休息两回，算是迟误开工钱的补充。

到了第五回发工钱，王四答应和第六回同时开付，他的嘴是很巧妙的，直押到过三个月，他才说明他所得的利钱的数目，他慷慨的答应老木匠以及别的伙友，得到利钱之后分给他们三分之一。

老木匠以下都十分快活，虽然又接着推过去半个月，而王四并没有分给他们利钱，却告诉他们说：工作一完，连工资带利钱，一小时也不迟误，全数开付，好在粮店是赊账的，忠实的木匠们也就答应了！

谁想到，工作一完，那狡猾的王四连影子也不见了！

老木匠马上就觉悟到，受骗了！

伙友也知道是受了骗了，然而他们的忧愁并不十分厉害，因为他们是直接在老木匠手里得工钱的，和王四不发生直接关系，最焦愁的，当然是老木匠一个人。

东南西北，差不多城里所有的地方都搜索遍，总不见那可恶的王四，有人说他早已到了别处，远走高飞了，还有人说王四不曾离开城里，亲眼见过他晚上在街里走路。

一连十来天，老木匠东跑西奔，寻找他的目标，伙友也尽力的帮助他，可惜，全都白出力量，毫无所得。

老木匠吃苦了。

粮店伙计成天和他吵闹，守着他不放，好像怕他跑了似的跟定了他不放。

现在他把所有的力量都用尽了，谁也想不出好法子，老木匠讲起他这些日子寻找的经过，所讲的全是失望的话，伙友们听着感到无味，他们守望着老木匠，很想从他贫苦的身上看出金钱的痕迹。他们什么也看不出，他们都知道，老木匠是诚实的，豪爽的，所以都静静的瞪着眼不张嘴。

背靠着墙壁快要睡熟了的一个人，伸伸懒腰，寻思着立起来了。

别的人望望他，看他把嘴张开，接着就吐出一句话。

"怎么办呢？"

这确是个艰重的问题，很沉重的压迫着老木匠的灵魂，他夹夹眼睛，摸摸头说：

"我再找两天看。"

木匠伙伴们先后的立起，什么也不说，愁苦的，悄悄的散开，走了。

老木匠送他们到门外，刚强的宣言着说：

"找不到他，我拼当舍卖给各位钱，放心……"

老木匠轻轻的关了门，垂头丧气的走回屋子里，对着墙壁喘口粗气，坐在炕里的妻忧愁的望着他，两个孩子在隔房里早已睡熟，老木匠坐到炕边上。

"白天，都谁来了？"

"要米钱的来了好几趟……"

老木匠把帽子抓起来，摸摸头，这是他的习惯，悄悄的用力的说：

"我上街走一走。"

这时有十来多点钟，商店差不多都关了门，这城里的人都很早的睡觉，天一黑就有上闸板的，老木匠在寂寞的街上走着，他没有行进的目标，做梦似的轻轻的走去。

他走过两条街，看不见一个熟人，路灯的光不十分明亮，像困倦了样，他拐过当铺街，经验告诉他，这条街不平，走路得小心，他走了好久，看见在前面有个人影，很快的接近他，在他身旁插过，他仔细一看这不是王四么？

他赶紧回头追，王四仿佛早发觉了他，已经拔腿奔跑了，老木匠拼命的追去，他的年纪虽然过了五十，体格还很健壮，腿也快，拐过一条街就追上王四：

"嗳，嗳，你往哪去？"

王四吃了一惊：

"谁呀？"

他急忙往后退，一手打下老木匠的手，想逃跑。

老木匠一步也不肯放松，紧紧的逼住王四。

"你怎么的……"

王四冷冷的说：

"我有急事，得赶紧去！"

说着就跑——

老木匠知道他想逃跑，慌慌张张的跳过去，扯住他的胳臂：

"你怎么的，是怎么的？"

王四用力的挣开：

"我有急事……"

老木匠赶紧前进两步，用两手扯住王四的袖子：

"你想……"

王四很为难的正正帽子：

"你不知道，我实在有急事，明天一早，我上你那去……"

老木匠上了他的当，这回是不能再上他的当了，决不放他走。

"你打算怎么的？……"王四用力的一推，他打算把老木匠推倒。

老木匠看出他这一手，生起气来，可是还忍耐着。

"你说明白，给不给钱？"

"怎不给钱……明天一早一定上你那去，一个不少，都……"

显然的，从他的神情上可以看出，他是想鬼混过去，老木匠如果放走他，以后休想和他见面，寻找了这么久才碰上，能够轻易的放他走么？老木匠不是傻子。

王四用力的推开老木匠的两手，拔腿跑起来，一面说：

"明天一早，我们一定见面……"

老木匠拿出所有的力气追赶，差一点儿没有追上，追了一条街才追上王四，这一回，他狠狠的抓住王四的衣领：

"怎么的……"

好像被猛犬追赶着的狼似的王四，他知道逃路是很难的，他一边像野兽一样的躲避着咬，一边狡猾的退避，想发现一个机会逃出去，他不是一个工人，他知道动武不准是对手，老木匠劳动了一生，他那长年累月握斧的拳头以及舞惯锛凿的胳臂，无论是手与眼都比王四来得灵敏。

他看看逃跑也不行，就动嘴：

"你不知道我的事么？那小子把我的钱全拿去了！"

"谁？……"老木匠一点不相信他的胡说。

"你打算怎么的，说吧！我们不是为你而活着的，给你白出力，你小子拿出点儿良心，为什么？……"

王四用力的挣扎，他用脚绊老木匠，这使老木匠不能制止的大怒了，他一手死死的揪住王四的衣领不放，不论王四怎样的推和打，他紧紧的逼近王四的身子，用力的推他，压迫他往后退，乘他没有余力提防，往侧面用力一摔，就把王四很沉重的拖倒，跌倒在石台上，很重的碰了一下头，王四拼命的反抗，举起拳头来打老木匠的头部，老木匠挨了一拳，但是他在上面，很容易施展力气他扼住王四，狠狠的给了王四两个耳光，王四找出一个空处把老木匠的鼻子打破，老木匠忍着疼痛重重的一拳，把王四的眼睛打乌，接着又一拳王四的牙齿冒了血，两个人都知道这是真正的拼命了，没有妥协的可能，也没有感情在内，只有一个活和一个死在头上旋转，王四摸到一块石头——

老木匠只觉头顶受了一下很重的打击，他身子发软两手一松，就发了昏。……

等他醒过来的时节，他发觉自己是躺在寂静的黑夜的路上，头破了，混身都是血，那王四早已不见。

他抱着沉重的头部，摇摇不定的爬起，两腿抖擞着，他想呼救，还没有张嘴，没有发出声音，眼睛一阵昏黑，沉重的坐了下去，什么也看不见，也觉不出来了！

（《泰东日报》1940年3月7日、8日、9日，署名：慈灯）

钱的用处

从前，有一个富翁，他有许多金钱，但是他把这些金钱无论放在什么地方总不放心。

"放在箱子里？箱子是能够打碎的……"

"做一个地窟，放在地窖里，如果别人知道了怎么办呢，一定给偷去了……"

"放在枕头下面，可是数目太多，而且不能成天到晚总睡觉，白天出门是不能看守的。"

"全都装在袋里，太重了，走动不方便，如果谁看出来我身上有许多钱，把钱抢了去不要紧，性命要紧呐……"

"唉唉！怎么办好呢！"

他左思右想，想不出可以放心的高妙的办法。

为了这件事，他成天到晚的忧愁，急得没有法，就用两手抓头发，握起拳头来狠狠的敲打自己的脑袋，用力的跺脚，像疯子似的在屋里跳来跳去扯扯衣服，搓搓手，拍拍屁股，吹吹鼻子，又挤挤眼睛，吐口唾沫，然而无论怎么也计划不出一个最满意的安置金钱的办法。

因为太忧愁的缘故，他连饭也吃不下，觉也睡不好，渐渐的瘦了。

他有一个最尊贵的女仆，看他精神不振，愁眉不展的，知道他的心事，就述了一个意见给他："因为你的钱太多了，如果能分一些别人，你只留着够用的就会快乐。"

他肯这么办？这个大愚人，就是要他的命也不肯这么办！

吃不下饭，睡不好睡，加上忧愁烦恼，他得了一场重病，因为舍不得花钱请医生治疗，过了五六天就一命呜呼，死掉了。

他所有的金钱全被女仆得到。

女仆草草率率的把他埋在坑里之后，带着所有的金钱去嫁了人。

她嫁了一个愚蠢的庄稼汉，虽然蠢，对于钱的事可十分聪明，他知道女人有很多钱，就温柔百倍的对待她，千方百计的欺骗她，打算把她的金钱全弄到自己的手里。

她发觉了他这种缺德的念头，很生气。

"我的钱，你休想出什么主意！"

"什——么？"他粗声大气的喊起来：

"我是你的丈夫呀！你把我当什么人看待？"

他说得很有理。

"丈夫是丈夫，钱是钱！"

丈夫无论施展什么巧计，到老也没有骗出她一个铜板。

这天夜里，她呼呼的，像猪似的睡熟了，丈夫悄悄的爬起来，把白天在背里偷偷的预备妥当的绳子拿出来，很机敏的打了一个担环，套在她的脖上，两手一用力，她还来不及挣扎就丧了命！丈夫把她吊在梁上，第二天喧噪的传说她是吊死了，别人都相信这真事，丈夫简简单单的埋掉她，得了她所有的钱——这钱是缝在枕头里的，她白费心机，结果是丧命完事，得了许多金钱的汉子的欢喜是不用说了。

不久之后，他拿出金钱的一部分来开一个小酒店，为的是有点事业可以占着身子，二来可以避免别人猜测他有钱。

其实，这法子是愚笨的，他这么一来，别人都知道他有钱，没有钱怎么能开得起酒店呢？

他雇了一个在他认为是品格很不错的伙计管理店事，他自己，成天逍遥自在有吃有喝，有住有穿，还有钱花，无忧无虑，说不出有多么快活。

伙计很羡慕他，并且很厉害的嫉妒他，时常注意他一举一动，想从暗地里察知他藏钱的地方，终于得到一个线索，他是把钱藏在酒罐子里，放在床底下，一出门就用大锁锁了门，窗户是关紧的简直没有法弄开。

伙计想夺他的钱，偷偷地下了毒药把他弄死，拿着所有的钱，逃到很远很远的地方去过安静生活，这伙计的目的是达到了，他跑到一个很热闹的城市里，住着上等的客店，穿好的，吃好的，别人都说他是富翁，却不知道他所以成了富翁完全是夺取别人的钱，杀害了别的人才成了富翁的。

热闹的城市里，什么样人都有，女人，不消说也是很多的，他看中一个最出名，最美貌，最动人，最不容易亲近的一个妓女。

他想钱这东西是有力量的，万能的，只要多多的花钱，没有办不到的事。

他花了许许多多的金钱，总不能使那高傲的妓女欢喜，满意他，倾心他，他想这是钱没有花到数的缘故。

他是入迷了，把所有的金钱都花光，却没有得到妓女的一点儿热爱，他变成了化子，没有职业，没有钱，没有生活的本领，没有法只好当化子。

得了许多金钱的妓女，她的金钱是无数的，但是她一点儿也不爱金钱，把钱看做像石头一样，谁要就给谁，凡是穷人，她都给他们钱，一点儿不吝啬，非常慷慨。

这个妓女非常崇敬一个出名学者的，她总想和这学者亲近，可惜没有机会，有一回她得到一个机会，就去访问学者，问他：

"金钱是可爱的东西么？"

学者一点儿也不踌躇的回答她：

"不错，这东西是可爱的，如果我有许多金钱，就有很大的用处！"

她以为学者的话是不会错的，学者所说的用处，一定是对于世界有益的用处，于是她把所有的金钱豪爽的送给学者，只要学者欢喜她就非常满足，学者很容易的得到了大量的金钱，他第一件事是建筑华丽的瓦屋，接着就娶姨太太，一连娶了好几个，过起他学者的理想的生活来。

吃饱了饭无事可做，他做文做诗，他的诗很出名，在他死后，他的诗尤其出名，成了文学史上最有地位的大诗人，至于把辛辛苦苦得到的金钱全给了学者的那妓女，她算知道她所崇敬的学者这种东西，是个什么东西。

（《泰东日报》1940年3月10日、12日，署名：慈灯）

人们最欢喜的事情

从前，有一个很有学问的人，他出了一个问题叫大家伙回答，这问题很简单，是：

"一点不要撒谎，讲出你现在最欢喜的事情来！"

凡是到他面前来回答的人，不论答的好坏都有赏钱，如果答得最好，中了他的心意，就重重的给赏。因为这问题容易，所以应答的人很多——

第一个应答的是个老婆子，她说：

"有学问的先生，我是来应答你的问题的，我有一个儿子——我只有这么一个儿子，他今年二十岁，他爸爸在他三岁的时候就死了，我守寡把他养活大，这些年来，我所受的苦处，真是说也说不尽，满希望他长大成人好好孝敬我，也算不辜负我这些年的苦心，谁知道这小子他学坏了！不好好读书，不好好做事，他在邮政局送信，因为不尽职人家辞掉了他，赚几个钱也全花光了，他迷上了一个窑子姑娘，宁肯不吃不穿，就是冻死饿死，窑子可不能不去。我真恨那些窑子，她们怎不都赶快死掉呢？我想，如果取消窑子这种职业，我的儿子一定会学好，我现在最欢喜的事情是我的儿子再不去逛窑子……"

这个老婆得了两圆赏钱，欢欢喜喜的去了。

第二个是妓女。

她说：

"您的问题，我能够一点不撒谎的讲出来。我从小，家境非常寒苦，吃了早饭不知晚饭在哪里。后来，我们那县里闹旱灾，没有法生活，就飘泊到都市，可是到都市生活更艰难，没有法子，爸爸和妈妈就把我卖了，卖了五十块钱，那一年我是十三岁，养活我的是一个唱大鼓书的，起初买我说是收我当徒弟，可是养活了一个月，他把我卖进窑子里，卖了二百块钱！从此我就在窑子里混事一直到如今，头一二年，我的客人很不少，现在不知怎么，客人渐渐少了，我的年纪大了不消说，是个最大的原因，其次，市面非常萧条，钱紧，这也是原因之一，不过，接不着客，掌柜就生气，他恶狠狠的咒骂真叫人伤心，所以，我现在最欢喜的事情是多多有些客人慷慨的照顾我，这是实话，先生，给我赏钱吧！"

这个妓女也得了两圆赏钱，欢欢喜喜的去了。

第三个是一个少妇。

她说：

"我的八字很不好，嫁人不到一年，丈夫就死了，我又改嫁一个人，这个人是铁匠，很勤俭，很耐劳，待我非常好，我很欢喜他，满意他，说实在话，他比从前那个短命鬼好多了！

谁想到，也不知活该如此，还是我的命不吉，这个人一病就是半年，不能起身，花钱，买药，医生请了无数，病总不见好，如今，病势很重，有些人在背地里说这是我的命硬，非把这个丈夫克死了不可，我真忧愁，这些日子连饭也吃不下，如果他真的死了，谁还娶我这个女人呢？我现在最欢喜的事情是他的病势转危为安，赶快的好起来，我便快乐了！……"

这个少妇也得了两圆赏钱，欢欢喜喜的去了。

第四个是木匠，他开了一个店铺。

他说：

"我家里的人口很多，老父亲，老母亲，老婆，七个孩子，还有五个伙计，一顿饭少说得做两大桶，有时候还不够。我这店铺的生意很坏，做成的木器很难卖出去，近来木料涨价，因之买木器的人很少，如果老是这么弄下去，店铺非关门不可，这么一来可真苦了我，因为我有许多亏空，单是木厂就欠下四百多，这些大批的木料全做了棺材——卖棺材比较能多赚几个钱，可是卖不出去呢！现在倘若能卖出去三两口棺材，我的难关就容易打开了，所以我现在最欢喜的事情就是多死人，因为不死人，谁买棺材呀……"

这个木匠铺掌柜也得了两圆赏钱，欢欢喜喜的去了。

第五个是女学生。

她说：

"我的家庭很好，爸爸妈妈的脑筋非常顽固，自由恋爱这种高尚的事情，他们认为是不道德，说什么给家门丢了脸现了世，因为抱着这种陈腐的该死的观念的缘故，一向对我的行动总是严厉的约束着，这真讨厌极了，其实这还不算哪！

一个月以前，他们竟忙着给我商量婚事了！先生你也知道，没有恋爱的结婚本是人间最大的悲剧，我哪能从他们这个错误的圈套，可是我又不能反抗他们，因为，一来缺少实行的勇气，遗传的忍耐性也苦了我，我现在最欢喜的事情是婚姻绝对自由……"

这个女学生也得了两圆赏钱，欢欢喜喜的去了。

第六个是年轻的妇人。

她说：

"我的丈夫是开表店，修理钟表，兼着卖钟表眼镜和这上面的附属品，资本虽然不大，可是一天也能进个十来多块钱。我有一个儿子，在师范学校读书，还有一年就卒业。还有两个姑娘，一个七岁，一个五岁，都能说会道。我的儿子已经订了媳妇，是个好不错的人家的姑娘，去年春天我就想娶过来，我一个人在家里，守着两个女儿，儿子还远远的在外，丈夫成天不在家，实在寂寞，如果儿媳妇一进来，给我做个伴，做点儿零碎活计该多么好呢？再说，娶过来也不算完了这份心事，可是去年春天写信问儿子，他说功课忙，请不到假，到秋天写信问他还是那个答法，放寒假回来我一定要给他娶，他不愿意，他说毕了业结婚最好，当时我不理他，问了一肚子气，今年春天又写信问他，你猜怎么样？

他写了好几大篇回信，说什么，婚姻应该是自由的，不应该由父母包办？这……这成什么话呀！真把我气得够受，叫他爸爸写封信把他骂一顿，告诉他说，如果不娶，书也不要读了。他回信说，如果不让他自由订婚，便永远不回家，情愿死在外边。得了这封信，我气得好哭！两顿没有吃饭。

我自己生养的儿子，我不爱么？娶媳妇也是为了他好，为了全家好，他不体恤我的心，这东西，他把书读到什么地方去了呢？我现在最欢喜的事情，就是希望我的儿子能够听说听道的，别像别的孩子那么胡闹，赶紧回家娶媳妇，不辜负我疼他的一片心意……"

这个妇人也得了两圆赏钱，欢欢喜喜的走了。

第七个是花子老板，他说：

"从前，我本来是太太平平的在乡间种地的人，那一次水灾把我毁了，一家老小全在半夜里淹死，逃出我这么个人又无路可奔，没有东西吃，没有地方住，像狗一样在各处颠簸流离，因为饥饿也顾不得羞耻，不得不向人家哀求乞讨了！这样我便成了一个人们不欢喜的花子。所有的人——恐怕连你先生也在内——都是缺少慈悲，没有同情，非常贪婪，吝啬，凶混的，连施舍一个铜板也觉着痛心，仿佛拿出一个铜板便因之会破产受穷一样，这种性格实在是人类最大的羞耻。

我并不希望能得什么，我不想成富翁——这也不可能——我现在最欢喜的事情是人们能慷慨一些，用不着我多开口就舍我一个铜板，这样一来，对于我就有很大的用处，而在他们却不算什么……"

这个花子也得了两圆赏钱欢欢喜喜的走了。

第八个是收房租过活的胖子，他说：

"我的房中全是穷人，因为我那三百多间房子都很简陋，有几个钱的人是白给住也不住的，但是这些穷人却很麻烦，总是不能准到日子痛痛快快的打房租。这些房户有的是木匠，有的是码头搬运夫，而最多的是线厂工人，还有在铁路做工的，有的是穷教书的，有的是洋车夫，有的是没有职业也没有积存的小职员，他们都是厚脸皮，没有羞耻的东西，我一收房钱，总是听到一大篇的哀求或撒谎，有的太狡猾，我气极了就把他们的东西扔出去赶他立刻搬家，我的房子不是白住的，如果都不给我房钱的话，我怎么能过活呢？我家里人口也不少，姑娘小子全都上学，一个人每月少说也得三十块钱，零花，厨师，老妈子，全都要工钱，这个钱，那个钱，全都是从房租里出。

一要房钱我就生一肚子气，真没有办法，我现在最欢喜的事情就是我的房户们都能够到日期准准成成一个铜板不少的打上房租……"

这小子也得了两圆赏钱，欢欢喜喜的去了。

第九个是未成名的诗人。

他说："我的诗，别人看来怎么样我不知道，我自己知道，我的诗虽然不能和大诗人拜论的诗，雪莱的诗相比，可是我确实相信，我的诗总可以说是诗的！

但是报馆编辑不欢迎我，杂志编辑不欢迎我，印出一本诗集，半年也没有卖，因此书局老板再也不理我了，他说我的诗不值钱，不如做别的好，这一切全是因为我没有名声，在文坛上，我没有地位，没有人知道我。

现在我最欢喜的事情是能够赶快的在文坛上成名确立一个稳固的地位，那么我的诗的出路就不成问题了！……"

诗人领了两圆赏钱，欢欢喜喜的去了。

第十个是老总。

他说：

"我从十八岁入伍当兵，我现在已经是二十八岁干了十年了，什么苦我没有受过，什么危险我没有遇见过？

狂风下雪的大冷天我蹲在山顶上过夜，一连十天半月没有东西吃，只啃草叶来饱腹，子弹在头上脚下飞舞，炮弹在身前身后炸开，论功劳，也不算没有了，可是我的地位从来没有升过一回。

我现在最欢喜的事情是连任三级弄把刀戴戴，弄双马靴穿一穿，因为这是我多年来的梦想，多年的愿望！……"

这个老总也得了两圆赏钱，欢欢喜喜的去了。

第十一个是老年学者，并且是佛教的教徒。

他说：

"我们的祖先所教导我们的学说现在是怎么样了呢？

一般年轻人，这些没有出息的子孙，他们连理也不理的先哲前贤的学说远远的抛开，连穿衣戴帽也模仿起外国的式样来——其实，外国的学说他们是一点儿也不懂的，只是明白了一些皮毛，把踢足球、打乒乓球当成一生唯一的事业去热心的干着，还在大摇大摆的横着身体走路，说滑冰赛跑是能够强国的，大吹大擂的喊口号。他们的胆量呢，还没有老鼠大，自己不知道的事情偏说知道。'知之为知之，不知为不知，是知也！'这个为学的根本态度都不懂，佛教不信，去崇拜基督，后来怎么样，连上帝也不信了，全是盲从的，没有理解力，人家说往东去好，便东去矣！人家说往西走好，又往西走矣！谈何聪明，全是不要脸不要皮的畜类也！

我现在最欢喜的事情便是此辈走入邪路的青年男女，急速回头，改邪归正，信仰佛教，昼夜钻研佛经，于是，天下可太平矣……"

这位老学者也得了两圆赏钱，欢欢喜喜的跑到鸦片零卖所过瘾去了。

第十二个！最后的一个！是说不上什么人的人。

他悄悄的说：

"怎么样你欢喜火吗？

我现在最欢喜的事情就是火，

这可不是洋火，也不是萤火、鬼火、烟火、炮火……

这是燃烧全地球的一场大火，这火是一个大温暖呀！

人类的心已经冰冷，

必须赶紧烧起火来温暖他们，

你也欢喜他么？

不要赏钱，

再见……"

这个人像影子一样，最高的赏金一万元他也不拿，一转身的工夫就不见了。

以后又来了许多人应答，全是和前面那些大愚人似的，没有意思，不值得一写，而且我也不愿写下去了。

（《泰东日报》1940年3月24日、26日、28日—30日，署名：慈灯）

笔 筒 （残篇）

有一个青年文艺家，在他的屋子里，所有的别人眼里都是没有生命的东西，而在他的眼里和心里却都有生命、有感情，也和人一样的有知识、懂得事理，可以这么说，他屋子里所有的东西，全是活的。

他时常静静的坐在椅子上，和所有的东西很亲密，非常有趣时常的谈着话。

桌上的笔筒，身体是磁的，它穿着绣花的衣服，这衣面上所绣的是山水，远处的山脉映在朦胧的云影里，在碧蓝的空中飞翔着两只大雁，浓密的丛林，弯曲的山路，镜子似的江水，还有一只舢舨停泊在岸边，一个撑着细竹竿的人立在岸上眺望远景。这个笔筒，他是在旧货摊上买来的。有一回，他问过笔筒的往事，笔筒很欢喜的讲：

"从前，使用我的主人是小学教员，他的鼻梁高高的，有一对和蔼的眼睛，不大欢喜多说话，这是他天生的性格。他娶妻不到一年，不幸的事件就来袭击了他。

他的妻，是个温柔多情，性格沉默的人。不久以前，她是一个教员，因为嫁了丈夫，便辞职不干了。

夫妻很亲密的过活，差不多是没有什么不如意的事情。

有一天，夫妻无事闲谈，谈到妇女问题，丈夫理论占优势，最后他说：

'女人，一嫁了丈夫，就算断绝了前途，就像桥梁的朽木断了一样，当然，这是指着一般的女人说的……'

这话本来没有什么，可是胸襟并不十分宽大的妻就觉着有一种压迫的味道，很难受的，她却静静的低着头半天没有说话。

后来她粗声的质问：

'你是轻视嫁了人的女人么？'

丈夫和她开玩笑：

'我很轻视！'

'嫁了男子的女人一点儿价值没有么？'她又这么问。

丈夫开心的笑起来：

'你想想，成了别人的附属物品，这物品本身还有什么价值可说呢？对不？'

到晚上，女人不快活的叹息着，她非常后悔，为什么要嫁人，仿佛是做错了大事很严厉的责备自己似的。第二天清早很早就起身，脸也不洗，丈夫和她说话，她也不理。

下午放学，丈夫回家一看，门是锁着，窗户关得紧紧的，他很奇怪，从门缝里望进去，喂！多么怕人，女人上吊了……

这件事，给了小学教员很大的打击，不久他就搬家，他搬到什么地方去我可说不上，因为他在搬家之前，把所有的东西都卖了，好像怕从什么东西身上引起加快的痛苦一样，我便是这时和他分离的。

（原文缺失）

她一点儿不知道这个教员便是她意中人的哥哥，嫁了之后她才知道。

她很痛苦，因为，她很知道，她丈夫的弟弟是十分痛苦的，不嫁给他竟嫁给他的哥哥。

在轮船服役的弟弟在哥哥结婚的一天，从老远的地方带来一个美丽的笔筒，当做礼物，给了哥哥，放在哥哥和嫂嫂的房里。笔筒，对吧？"

笔筒大声喊：

"不错，不错！"

玻璃罩灯越发的明亮起来。

"是个很动人的故事哩！"

青年文艺家接着讲：

"她每天看着放在桌上的笔筒，因为这是意中人从老远的地方带来的，所以在她眼里，这笔筒的魔力很大，她时常在背地里，把笔筒用两手捧起来，很亲密的捧在怀里，像儿童抱着小囡囡似的那么亲密，好久好久的舍不得放开。哎，笔筒，对吧！"

笔筒有点儿害羞似的没有回答。

墨水瓶嘻嘻的笑起来：

"笔筒真幸福啊！"

"无聊！"海绵壶嘲笑的来了这么一句。

青年文艺作家往下讲：

"她这个秘密，丈夫一点儿也不知道，她自杀以前，曾留下一封信，丈夫看见她的信才明白她自杀的原因，她的信，写得很详细，她连欢喜笔筒的事也写在信里……"

所以，小学教员，连弟弟敬赠的礼物也卖掉了。正如笔筒所说，他不愿意从这些东西上引起回忆的痛苦。

那弟弟呢，他也得到一封信，笔筒的事当然也写着。这弟弟本来是我的朋友，当初，在他哥哥结婚的时节，他来我这里，和我商量：

"买点什么好呢？"

我有意无意的说了："买个笔筒吧！"

他真的信了我的话，还把买来的笔筒拿给我看看，这是在那多情的女子上吊以后半个月的事。有一天傍晚我到西门外去闲走走，顺便看看旧货摊，为的看看有没有什么好书，好书没有发现，却发现了这个笔筒，我一看是熟人，就买来了，价钱高低用不着论，这笔筒身上的故事很迷恋人，你们说怎样？

窗帘说：

"对于人间的事我本来没有偏见，不过，我以为生而为人，顶好是有些动人的故事，只是那么平平淡淡，吃饭睡觉的生活下去，实在太没有意思了！"

玻璃罩灯喊道：

"你是说美丽的动人的故事，还是丑陋动人的故事呢？"

海绵壶不耐烦的说：

"美的，丑的……全无聊，人间的事全无聊！"

墨水壶气他一下：

"你更无聊！"

青年文艺作家有趣的笑一笑，立起来，伸个懒腰，接着打个阿欠：

"我想睡觉！"

一九三九年十二月六日，于灯下

（《泰东日报》1940年4月3日、6日、7日，署名：慈灯）

坟土及其他

坟　土

苍茫的黄昏一接近这世界，可怕的寂寞就把我包围了。

我的伙伴吕石，和我有同样的性质，他最怯怕黄昏的威胁，也最苦恼寂寞的重压。当并不温暖的太阳落山的时节，他总是无精打采的立在窗前，静静的，像睡熟了一样，半闭着两眼，沉思的望着山头的积雪。

我当时喊他：

"吕石，坐下谈点儿什么吧！"

他有意无意的回头望望我，用两手搓一下面孔，像洗完脸似的喘口粗气，慢慢的把椅子拖到炉边坐在我对面，看看炉里的炭火。

"啊！真寂寞呀！"

小县城里，为了赚碗饭吃，成天到晚察着人家的脸色，像乞食的小狗在主人面前摇着尾巴一样。一到傍晚，我们疲乏的回到狭窄的住所，每一本都翻到十周以上了，每天来几份迟到五天的报纸，我们不愿喜看它，唯一的用途是生炉子引火，此外便什么热闹也没有了！

谈话，也没有什么快活的话可谈，往往是越谈越感到单调。

吕石悄悄的等着我开口，他希望从我嘴里吐出有趣的谈话的资料，但是我坐了老半天，总没有兴趣讲话。他有点儿不耐烦了，忽然瞪起眼睛来，勉强的笑了笑：

"嗳，你不是答应给我一张相片么？"

是的，我差一点儿忘记了，相片已经洗好，夹在账本里，我找出来给他一张。

他欢欢喜喜的打开皮包，从里面拿出一个巴掌大小的木箱来，把相片放在这木箱里，——木箱里有一个凸凸的纸包，当他看见这个纸包时，脸色有些异样，眼睛里奇异的放着光，呆呆的看了半天，我觉着奇怪，好奇的立起来，悄悄的走到他身后，趁着他不留神，迅速的伸手抢过箱里的纸包，他受了一惊，赶紧的哀求我：

"别，别……给我！"

"这什么？"

"你不知道，快给我，不要弄坏了！"

我以为是他情人的相片了，但是握在手里觉着柔软，好像是药。他这一焦急，我更出奇了，认为这是珍贵的东西，无论如何也不给他。

他抢着，夺着，哀求着，像小孩子的糖果被别人抢去了一样，要哭似的皱着眉头。

"你说，是什么？"

"你，你不知道，我告诉你，快给我，不要弄破了！暧……"

我拿到窗前亮的地方，想打开看一看，他越发焦急了，生气的喊起来，有点要恼怒了，看他那样子，好像要哭起来似的，我和他约定：

"给你，你得告诉我是什么，好么？"

"一定。"

"不撒谎？"

"不，决不……给我吧！"

我把纸包给了他，他不放心的仔细的看了一下，小心翼翼的放在木箱里盖好，笑一笑，又愁苦的喘声粗气，——他这么来我更奇怪了，几乎是大声吼起来强逼他：

"告诉我，那是什么呀？是什么？"

"不是那么是什么？"

"别着急，我慢慢告诉你就是。"

我忍耐的等着他，他沉静的思索着。

黄昏的翅膀已经放大了，屋子里渐渐的黑下来。我把玻璃灯点亮，放在桌子上的一端，把炉上的茶壶拿下来，因为水已经开了。

他安安静静的对我说：

"我告诉你，可是，你不要见笑？"

"你放心，无论什么事我都同情你，因为你的人格是正的！"

他满意的笑一笑：

"我从小，家里很穷。这个，你也知道，就是现在，也是穷的。"

"我们俩一样！"

"你听我说呀？"

"说吧！"

"我父亲当营长的那几年，我们家里还很不错，自从他的差事一打，在家里闲呆了二年以后，情形就变坏了。到后来，简直是吃了早饭没有晚饭。"

"那时候，我十五岁，在县立初级中学一生级。每天上学，母亲总是悲苦的问我：'你午间不饿么？'。我明白她的意思，她没有钱给我买东西吃，给我干粮我不拿。因为妹妹饿了也要吃，我想省下给妹妹吃，所以不拿，总说'不饿！不饿！'母亲不放心，她很忧愁。父亲时常外出，找他的朋友谋差事，十天八天不回家，抛下母亲、我、妹妹三个人。没有米的时节，母亲就拿着她自己所有的衣服，在夜里悄悄的去当。她不叫我去，为什么不叫我去，我也不知道。"

"我们东屋家是房东，他们家里有个姑娘，和我一般大小，也是十五岁。她和我是同学，不过她读书的成绩比我好多了。她很美貌，到此刻，我还清清楚楚的记得……是的，我所要对你说的正是她！"

"有一回，他父亲吩咐她到我们家里看房钱。她到我们家里，和母亲谈一阵话，又和我聊一阵天，房钱的事却没有问。她回去以后，我可以从院子里听见她对他父亲讲话。"

"她父亲问她：'怎么样？'"

"她不慌不忙的说：'吕石的爸爸还没有回来，等回来以后才能给房钱……'"

"她父亲生气的嚷起来：'什么？如果一年二年不回来，房钱几时给呢？'"

"我听她这么说：'住不上几天就回来，着什么急呢？也不等钱用，人家也瞒不了……'"

"她时常到我们家里玩，她和我妹妹很亲密。我正在画着一张水色画，颜料不够了，她看一看我的画，急忙跑回家去，把她的颜料拿来借给我。后来她把这盒颜料送给了我：'给你吧！我不要了，我还有一盒……'她还给我几张图画纸，给我两本最好的杂志。此外还给了我一些别的东西。"

　　"时常，我们走到一块儿，就谈着话。她告诉我她父亲是个吝啬的人，贪得无厌的人，她直爽的说，她父亲没有我父亲好，她说我父亲慷慨、豪爽、勇敢、胸襟广大。"

　　"事实上确是如此。她父亲是个商人，身体胖胖的，面孔多肉，嘴唇像鸭子嘴一样，向前突出着很难看。"

　　"但是她一点儿也不像她的父亲，和她的母亲是一个模型，大眼睛说话的声调非常柔和。"

　　"我父亲呢，他是个讲清高的人，不把钱放在眼里，当营长，也是个穷营长。他不能和他同事们一样的去献殷勤，拍马屁，所以他的差事没有保稳当。他的差事一打，马上就显出他的寒苦状态。她说我父亲是个胸襟广大的人，这也是不错的，穷到饭都吃不上的地步，他还是满不在乎，一点儿不显出悲哀伤心的样子。"

　　"我父亲一连出去了半个多月没有回来，也没有信。我母亲非常愁苦，她舍不得把箱子里最后的几件衣服拿去当。"

　　"有天晚上，因为苦于第二天早晨没有米下锅，不得不设法典当。母亲踌躇起来了，想了好久，坚决的拿出一件衣服包在包袱里扔给我：'吕石，你跑点儿腿，把这个东西拿去当吧！'"

　　"这是头一次吩咐我当东西。当我回来的时候，我看见母亲眼睛是红的。不消说，她是哭过了，她是舍不得这件衣服。这是她结婚时穿的衣服，多少年来，她好好的保存着，像宝贝似的。一旦当掉，一定是难过。"

　　"有一回，我们校里开运动会，因为我跑得快，老师把我提出来当选手，并且告诉我们做一式的衣服——这件事真把我难住了！"

　　"我想了再三，这事情决办不到。买米都没有钱，哪有钱做什么额外的衣服呢？我对老师说，不能参加。老师是个糊涂虫，他不明白我的原因，也不考究，竟生起气来！"

"放学之后，我苦恼的在路上慢慢的走着。我听见身后急速的脚步声，原来是她。她靠近我，问我为什么不参加，她知道我的苦处，她说，她父亲每月规定给她三块钱做零用，还一个没有用，想给我……"

"我很惊奇，几乎不相信自己的耳朵，以为做梦了。"

"我觉很难为情，说不要。"

"她说：'还不起呀！'"

"她已经把钱掏出来，是装在一个小形的美丽的信封里，递给我……"

"不知怎么，我觉着非常羞耻，无论如何也提不起勇气伸手去接。"

"到晚上，我坐在母亲旁边，在灯下读杂志。妹妹在外面　戏回来了，拿着一个我很熟识的小信封，好好的放在我跟前。"

"母亲奇怪的问：'什——么？'"

"我打开信封，里面是三张纸币，还有一张小纸条，用铅笔写着一行草率的小字：'你如果不要我没有脸面活在世上了！'"

"我把钱和纸条全交给母亲，并且说明这事情的经过。"

"母亲没有误会我，她很欢喜，她叫我先把钱收下，以后再还她。"

"就是这样。我有资格参加运动会了！"

"那一天，——啊！我永远忘不了这一天。"

"这一天我非常出力，跑起来像有一种无限之大的神秘的力量在无形中帮助着我似的。我觉着腿也快了，脚步也轻了，得了不少奖品。当然，最使我欢喜的，仍是那一双——我虽然看不见，却觉得出——的乌黑的大眼睛，含着很大的希望带着很高的鼓励，在远处快活的望着我。"

"这些事情，本来算不了什么，乃是人间最平淡，最简单的事情。可是当你过了许多年代，假使你设身处地的想一想，你在那种贫苦的景况里遇见这么一个天生好心肠的少女，并不嫌你贫苦，用她那天真的圣洁的心帮助你，你在非常痛苦的竞争的人群里过了许多年之后，想起这一段动人的美丽的情景。请想一想，如果你不是钢铁所铸成的人形，你能不感动，不赞美，不贪恋这种梦似的美好的回忆么？"

"唉！这回忆的痛苦的丝网紧紧的绑住我的灵魂，我不能把它松开。你听我说，还没有完呢！我父亲终于回来了，他谋到一个可以混饭吃的差事。刚到秋天，我们像落叶一般开始移动了。我们搬家到外城去。有一年多，我没有和她见面。过了一年，又到了秋天，我听说她死了！这消息是个旧同学偶然和我谈起的。他说，她的死，非常悲惨，是自杀死的！"

"她为什么要自杀呢？原因很简单，也很平常，她父亲给她完了婚，她不愿意，于是当了吊……"

"就在这年的初冬，我母亲很艰难的攒了几个钱，打发我到旧城去'买号'。我很满意这个差事。因为，我可以到她的坟上去看一看了！"

"我把当铺的事放在后边，我一到那地方就想去看她的坟，费了不少事，好容易打听到她坟墓的位置。"

她的坟，是在城外，一处荒凉的野地的一角，在她的坟墓前头有个木桩，写着她的名字。我一看不错，这正是她的坟。

我在她的坟墓前头坐了好久，初冬的凉风吹着她坟墓上的衰草，也吹着我的衣襟，我把冷也忘记了！在她的坟前默默地坐了老半天……

"临走的时节，为着留一个纪念，我就把她坟头的泥土包在纸里一些，——这就是你刚才要看的纸包，——无论走到什么地方我总是携带者……"

"可以打开给我看一看么？"我商量着。

"怎么不可以……"

他重新打开皮包，拿出小木匣来，把那一个纸包小心翼翼的打开。

我好奇的仔细的看着：浅黄色的，稍稍的带着微微黑，干燥的泥土，我嗅一嗅，没有什么味道。吕石把泥土包好，照旧的谨慎，放在木匣里。我奇怪的问他：

"为什么把我的相片也放在木匣子里呀？"

他泰然自若的回答：

"你，也是我永远不会忘记的人，所以放在这里……"

吕石再不说什么了，他沉思的闭着眼，追想那些没有对我讲述的动人的情节。

我也追想着，在我的过去，有没有这类动人的往事呢？

我想了好久，没有。

好地方

八月的一天晚上。

我要上学去，书包已经夹在腋下，帽子已经戴好在头上，刚要出门，还没有迈腿，谁在我身后用力的拍了我肩头一下。

"得，算了，不去吧？"

原来是同事大哥老赵，他裂着大嘴对我微笑。他的眼睛和他的嘴一样是特别大的，鼻子也不小，鼻头粗圆、肥壮，好像高高的山峰。可是下巴尖小和鼻子眼睛不搭。他手里拿着手套。

"你说不去！那么……"

他急忙推推我的肩膀，打断了我的话，抢着说：

"和我一块去，走，嗳，我告诉你，我有个好地方。"

所谓"好地方"是怎样的地方我虽然说不上，可是"好地方"这三个字摇动了我。本来，我每天晚上上夜学校学习两个钟头是勉勉强强的，教科书干燥乏味，没有意思，好像冰冷的石头，不合我的性格和兴趣。他说要领我到"好地方"这是不能拒绝的。于是把书包仍在堆满了报纸的黑暗小桌地下。

"好，走吧？"

他又推了我的肩头。夜晚的都市的街上并不热闹，因为我们的宿舍是在一条背街，离开热闹的街道远远的，离我们不远的东方是码头，望不见的轮船都寂静无声，隔壁油房里的汽锅像电骡子似的鼓东鼓东的响着，电线杆悄悄的立在街头，暗淡的灯光像罩了一层浓雾样在黑影里困乏的瞪着眼睛。我们轻轻的往西面走。

我的同伴大我八岁，他是个成年人，有一副天生的好心肠，时常指导我怎样做人，怎样学习，怎样走上发达的路。这都是经验谈，对于这时期的我有直接的益处。他说，当仆役是不能当一辈子的，至于学问有没有都可以。他认为学问没有经验重要，他曾举出了不少有经验的人的成功的例子证明他的学说。虽然我对于他的话并不完全同意，可是也不表示反对，或公然的反驳他。因为，这也是和同事相处的要领呀！因为这样，我们的友谊很顺利的保持着，他对我很亲密，像亲生的哥哥似的，无论有什么话都对我直说。现在他要领我到好地方去也可以说是他当大哥的应份的责任之一。

走出寂静昏黑的直街，是一片十分广大的平场，在铁道旁边立着电车停车的标杆，罩顶上是圆形。一看见这我就想起糖馅的大烧饼，我们越过铁轨，目标还是西方。

"怎样的好地方？"

我有点儿忍耐不住，便这么问他。

"唉，到的时候你就知道！"

可是这越发使我着急。这个地方显着非常的动人，就如凉爽的夏夜在那寂静的荒野里一个明亮的萤火虫的光，在不可思议的黑暗的前方引人入迷。我屡次的用力摇他的胳臂，用着乞求和可怜的嗓声恳请他说明。然而他不告诉，只是笑一笑：

"等一会儿你就知道……"

多么艰难的我熬了一个很长——其实是很短—的时间，好容易他指定一个胡同里紧靠西头一家小板房说是到了。这一带原来全是板房，因为都是穷人，他们有许多是无家可归，时常找不到工作。忍饥挨饿的可怜的人。

一推门就开，门吱吱扭扭的痛苦的发出一声悲愁的音响。

"谁呀？"一个妇人的声音。

我的同伴咳嗽一声，用力的吐口唾沫，小声答应：

"我……"

我看，这并不是什么好地方，黑暗狭窄的一间小屋进去两个人就差不多把屋子塞满了，挂在板墙上的小油灯，那灯火几乎没有荧光的明亮大。妇人披着头发，面孔黄黄的，瘦瘦的，一双大眼睛像害了一场大病似的深陷入眼眶。她两手交叠着背靠着板壁，看我们进去动也不动，只微微的扬一下下巴，这就算是表示欢迎，也不问我是谁。我有点儿不高兴，希望早些离开这所说的好地方。

"还没有信么？"

同伴坐在木板的床边，侧面望着妇人说，一手指指他身后的空处，叫我坐下。

"哪有？"

妇人理理头发，眼睛睁得大大的，张大了嘴，像受了惊，又像一条死鱼："你上回来，这不眼看六七天了么？一点儿信也没有。"

"那么，老冯来过没有？"

妇人用力的点一下头："是的，他前天来一趟，说是……看看我。"好像怕我似的打量我一下，我的同伴急忙对她讲："这不是外人，是个好老弟，你说吧！"

"噢……是的，他是前天来的，他说你大哥进去之后，接着又进去十个人，一进去就没有信，老冯一点法子没有。他东跑西奔，找这个，找那个，不成，谁也不成，都说不上话。你想，人家多有钱，多有势，他们这些人，就是再有三十五十有什么用呢？什么也不当呀！你大哥，嗳！我说过多少回，我说算了吧！别惹是非了，工钱少呀多呀忍耐吧！没有多少工做，一天能赚个一毛两毛的这是老天保佑。可是，唉！他不听，他连理也不理我，偏要去惹乱子，看看怎么样？唉！……"

在板墙上有无数的，横一道，竖一道的臭虫的臭迹，这是显示出这屋子里，贪婪无厌的吸血虫是很多的，而这屋中的人力量还不够，我的同伴并不注意着些，他和妇人讲东说西，全是用的小声，但是听了好久我摸不着头绪，一点儿不懂。仿佛，我从他们的谈话的片段里，觉着这屋子里出了些什么不幸的事件，这不幸是紧连着妇人的心的，而我的同伴，似乎与这件事无关，他到这里来是有别的目的。

沉默了片刻，妇人挠挠头发，一只手夹着脸颊在昏暗的油灯的微光下，她的面孔显得特别苍白。眼睛里异样的放着光。这光，不是快乐的，幸福的光，乃是愁苦，悲惨，忧患的光。她动一动灰白的嘴唇：

"你吃饭了没有？"

"吃了。"我的同伴悄声的说。

辞别出来的时候，我已经困了，连连的打着哈欠。这个"好地方"不如干燥乏味的夜学校教室里有趣些。我后悔竟听信了他满口瞎说。此刻我觉着他是个可厌的家伙，是个恶魔。

"不凑巧啊！"

他看我无精打采的低着头走路，这样和我说。

"什么不凑巧？"我莫名其妙的略停一下。

他贴近我的耳朵，像怕有谁偷听了去似的悄悄的告诉我：

"老弟，你不知道，那娘们有个妹妹……"

"妹妹怎么的？"

"真是，太好看……你没有见过那么好看的姑娘，可惜我们今晚上去不凑巧，她出了门，不在家。"

噢，我现在才明白，他所以说那是个"好地方"，原来是因为一个我没有看见过的好看的姑娘？我立刻就领会，他完全就是个恶魔，人家的境况是那样的伟大的悲惨，而他竟为了一己的开心，从别人的悲惨里在找可诅的快乐，这种罪恶是超过了恶魔以上的！

我快一些走，恨不能一下和他脱离，走向自己的洁净的路。从这以后，我没有和他在一起走过路。他去过他的"好地方"没有，我不知道了！

力量在我们手

"你们又……"

他不满的吼起来，瞪着眼珠：

"噢！又坐下了么？这么干，哪一天能干完？快动手吧！师傅们……"

他是我们的首领，事实上他并不是一个真正的木匠，木匠手艺他是半路学会的，他所会的不过是些皮毛，像修改门窗，打个简单的箱柜他都不会。但是他聪明，狡猾，会买好东西，熟识人多，无论到什么地方总要得开，有一张会说谎的嘴，说得非常圆满周到，你即使明知道他是瞪着眼睛撒谎，但是你结果还是相信了他。他唯一的本领是包工，把工包到手里，然后雇人给他干。他能挣好多钱，用不着动手拿斧头，他连分配材料都不会，他有一个办法，这办法是支使别人：

"喂！杨师傅，你给材料分配开吧，用不着的全放在一边。"

这个人的眼睛很伶俐，脑筋也敏捷，他的鼻子高高的，有一张突出的像鼓似的肚皮，这是能吃能喝而不做工的证据，他的手掌肥大，脑壳是扁的。这次，他把澡堂掌柜为他病重的父亲预备的棺材包下了，因为急于快完成，他雇了七个木匠，父亲和我是其中之二。

他起初不大喜欢我，是看我年纪小点儿的缘故，看看我手里拿的锯，不相信的问父亲：

"他能赶得么？"

父亲大声的和他讲话：

"让他干一干你看，如果不行，那么叫他回去！"

这么说的时节，父亲是含着七分的怒意，并且有三分轻视他眼光不中用的意思。但是从父亲那讽刺的声音里觉着他本身的无能，他马上改变了口气：

"我怕他——这个，这个力气不够！"

他所说的，显然的，全是外行话。

分配材料的时候，父亲自动的上前，摇着铁天，议论各种材料的用途和价值。他把这工作交给父亲，其实这正和父亲的心愿。把简单的工作分配给我，而别的伙友并不见怪，嫉妒，劳动全是一样的，他们决不会吃亏，大家都同情了解，没有一丝一毫排斥我的含义，因为他们得不到好处。从前，当他们没有学满的时节，也和我一样的充过数。

未动手之前，我有点儿发愁，怕现出太幼稚的劣缝，材料一分到，刚一开始，我的愁云马上散开变成快乐的感情了。

在我身旁画墨线的李师傅，他和我父亲没有交情，也不认识我，可是他喜欢帮助我，悄悄的指导我的错处。他的面孔是紫红的，肩膀宽宽，有一对滑稽家的圆圆的眼睛，耳朵上横着粗铅笔。他割锯的时节，大家看着都味味的笑：

他是割五下，停一停，喘喘气，再割，一面哼哼呀呀呀的埋怨木头，咒骂他的锯：

"这木料，太——太硬！我这锯，太——太懒！"

他这种脱懒的，"磨洋工"的巧妙的办法，可以说是聪明到顶了。工头在跟前监督，他也不变更他的诙谐的干法，而且显着非常用力和热心。

另一位出众的家伙姓赵，他把帽头扣在脑角上，衣衫抛开，欢喜在工作的时候唱歌，动不动就大声叫起来：

"嗳！谁拿去了我的铅笔？"

他的铅笔其实放在板凳头，上面盖着刨花，他看不见，就各处寻找，在个人身后转一圈，这么样舒散他的心。和他同来的伙伴是个个子不高，眼睛圆下，歪下巴的中年人，他愿意和这个小个子开玩笑，走到他身后的时候，大声威吓的在他耳后吼！

"是不是你，拿去了我的铅笔？"

并且在小个子背上狠狠的像出气似的拍一下，小个子的忍耐性很大，他轻轻的挺直了弯曲的腰，懒懒的滑稽的瞥他一眼，油腔滑调的责备他：

"哎呀嘿！我的宝贝儿，你这是怎么的？无缘无故的打哥哥也不心痛么？呸！没有羞，手脚痒痒这也不是时候……"

小个子好像真的感到厌恶似的唾唾沫。

他们这么一来，无形中把工作耽误了！应该半点钟干完的一件事，延长到三点钟，甚至还多一点儿。

最热心，一心一意的把精神集中在工作上，无论大家怎么开有趣的玩笑，却始终不发一言的是王师傅。这个人，胡子黑黑的，短小，黑色的面孔好像舞台上的朱光祖，动作很敏捷，走路轻轻的好像怕惊动了谁。但是他虽然很热心的工作，却并不走着和大家相反的路子。这很显然，他举起来的斧头是慢慢的，好像怕砸坏了头上的空气，摇动盘子倒很用力气很焦急，可是这全是面部和四肢的表情，那内容是相反的，一点儿也不焦急，也不用力气。他为什么要焦急，要用气？这并不是给他自己做棺材，他决不是傻子呀！

工头时时的出现，他一出现，工作都表现着紧张和努力，他一走，又恢复了常态。就和平静的池里扔进一块石头，发生了响声和波纹，一转眼水面就平稳了。

有两回他出现的时候，大家正坐下休息，抽烟的抽烟，谈话的谈话，沉默的沉默，谁也不动。他看一看，这是没有法张嘴的，就是老牛那么大的力气，也不能毫不间断的做工，耕到地头也得稍微的停一停，只要那掌犁的不是混蛋。

可是他出现了几回，大家总是懒懒的休息，好像忘记了工做，都睡熟了似的。

他不满意了，板起冰冷的面孔，望着各个人的面孔，很为难的垂头想一下，尴尬的张开没有血色的嘴唇：

"干吧！"

他这声调虽是温柔的，意思却是很强硬。

李师傅第一个立起来，他拿锯在手，先发两声埋怨：

"这木头，——真硬！"

工作不慌不忙的进行，工头走到我旁边看我。我也受了别人的感染，他们那种泰然自若"满不在乎"的性格像一种有刺激性的病似的传给了我。我深深的领会了他们的工作哲学。用不着惊魂动魄，一切都是平静的，工作的第一个要领是把热心煞有介事的表现在外部，内容可以空虚，自己的力气只有在对于自己有益处的时候才真正的拿出来。

不过，我是一个生手，自己的本领不够，工头立在我跟前，总有点儿不安，他走后我才觉着舒服，好像一个污点从脸上洗去。

李师傅的老调接续了一上午，没有改掉：

"这木料，太——太硬！我这锯，太——太懒！"

后来他割两下，就哼哼呀呀的喘起来了。

赵师傅把唱歌也当做是工做的一部分，他所唱的全是一些"下流"小调：

"自在呀！

自在呀！

多么——自——在呀啊……"

他闭上一只眼"吊线"还哼哼呀呀的唱，谁都知道，做这事必须沉下心去，安静起来，他闭上一只眼睛特别用力，要把眼珠子缩进去似的，嘴巴歪向左边，脸皮可笑的打皱，还裂着牙齿。这副形，真能把人笑死，但是他自己并不笑。

程师傅的手艺是出名的。他很安静，用"胶"的时节，他去找工头，工头给他钱叫他上街去买，从我们的工作场走到街里本来用不上五分钟，他去了两点多钟才回来。

"没有好'胶'不成！没有一家我没有去，全都没有。有的，是下货，糟透了，我好容易买着一点儿，够今天用的……"

他疲乏的喘着，像跑了几百里路，很沉重的把纸包仍在木板上。

工头把纸包打开，拿出一块对着阳光看看：

"这不挺好么！"

"是呀！这个不错，可是再多一点儿也没有了。"

他想了一下，补充着说：

"我有一些。"

工头急忙请求他：

"那么你明天带来吧！是多少，称一称，先给钱也可以。"

他慷慨的答应：

"成，明天带来，用不着先给钱。"

他急急忙忙把"胶"包在破布里用斧头敲碎，还费了好多工夫，接着他去弄水，他说化"胶"用井水是不成的，干净水也不成，他有一个秘方，这是他师傅传授给他的。

大家很惊奇，从来没有听见这个学说。

他去了半天弄水回来，大家都过去看那桶里水，谁也没有看出他弄来的是什么水，工头十分崇敬的看着他把松木片架好点着了火，轻轻的搅动着胶水。他垂在平地上，屁股底下铺着柔软刨花，神气悠然的望着丝丝发响的烟花。工头走后，他望望外面，望望工头走去的方向，回头对大家伸伸舌头，拍一下脑壳，哧哧的笑起来，连胶盒都抖擞的笑起来了。

他这一笑，大家才恍然大悟，领会了他这一套学说的实质，原来是滑头办法。他这种说懒消遣的天才真算可以。

午间，停止工做休息的时节，小个子打了酒来，还买一包咸花生仁。

"谁喝呀？请来！别客气……"

赵师傅躺在板上，用两手当枕头，直直的伸着两腿，眼睛紧闭，好像死了似的。

工头为联络感情起见，买些花生来扔在地下请大家吃。

他这一套带人的手腕并没有发生效力，工作开始还是照旧，李师傅还是那一套巧妙的老调：

"这木料，太——太硬！……"

工头一出现，看见大家是坐着，从头到脚的表示出不满意：

"人家着急呀！这不是别的，我们得赶紧的。"

把这话的意义"简译"出来是这样的：

"你们得赶紧干，如果不的话，我太不合眼，你们把钱赚去了于我没有益处，所以……"

只要不是小孩子，哪有不懂得他这一套的呢？

斧头砍着木头砰啪的响，碎木片崩碎堆积在各处，刨花成堆成山，在满地飞滚，在脚下践踏。锯的叫声和盘子的动静适当的配合着，粗糙的木料经过一番推敲，变成了美好光滑的材料。刨完的材料像脱了皮，洗去了满身的污秽，穿着精制的外衣，很光彩的靠墙直立着，等着给它再加一番合法的修饰，把它用到恰当的处所。

工头尽管出现，尽管不满，工作的进行还是照旧。因为他不是纯粹的木匠出身，他不是真生的内行，所以谁也不把他看在眼里。正如军队里的老总看不起那些不懂得立正稍息的官长一样！

天一黑，大家赶紧停工，把器具收拾起来装在箱里，捡点着，加以整理，非常细心。因为这是自己的东西，这是混饭吃的武器，是不能轻看的，应该宝贵的。

工头嘱咐着说：

"明天得快点儿干！"

可是我们心里都有数，这不是赶火车，用不着太焦急，明天为什么必须快点儿干呢？明天，——是的，我们已经明白了你的本事，明天的工作恐怕连今天的一半也做不出来，这是一定的。

穿好衣服欢欢喜喜的回家。

寻 求

在这一个人烟稠密的大码头地方，我像一个可怜的幽灵似的，无精打采的在各处徘徊着，寻找着希望在谁家宝号门口发现这么一张类似的纸条。

"雇用仆役，年龄十六岁以上二十岁一下，自愿者，亲在来店商量……"

老远的，我看见一条洁净的街面，和皮鞋铺为邻，是个大杂货模样的店铺的玻璃门上，很耀眼的贴着一张鲜艳的白纸条。这魔力很不小，正如一个吃饱饭无事可做的男子发现了一个美女样的惊心动魄，我也是这样热烈的走去。

但是走到跟前细看那纸条——本店新到红玉苹果，零售一大箱，三元二毛……在这些四方四块的文字旁边还画着双圈。

我悄悄的走开，心里暗想，苹果这种东西，如果有钱，不消说买他一箱两箱吃吃是不坏的，可惜我目前的境况不大好，吃了早饭不知晚饭在什么地方。我的朋友戚林先，他在德国人开设的烟卷贩卖公司里跑街，唯一的职务是上码头取货和上街到定货的商家送东西，月薪是十五元，刨去吃饭只能剩七八元钱。半个月来，我住在他和另一个伙计同住的小屋里——这屋是在店铺后院，和仓库厕所靠壁。没有窗户，非常黑暗，不通阳光，有潮湿气味的屋子——他替我掏伙食钱，因为他从前和我是同事，而且是最亲密的朋友，我们在一家洋行里当仆役，后来我们一块儿流浪到南方，希望找到漂亮差事。可是不久之后，这个幻想和肥皂泡一样，很容易的打碎了。现在他已经谋妥职业，我还没有，他很慷慨的收留了我，给我饭吃，帮助我在各处打听找事。

谋职业是件难事，一来没有门路，二来缺少本事。所以觉着不好办。我愁苦到连头也抬不起来的程度，肚子一感到饥饿，无论想怎样达观也达观不起来。达观这种神气非吃饱了是摆不出来的！

我愁苦的想着，不知不觉的转了弯。这一条街我早走熟了，我停住脚步，转过身子，改变了方向往西走。

商店一家挨着一家，可是没有雇人的。他们雇人的办法差不多全是熟人介绍，我一想起这事就失掉了勇气。可是我照旧走着，两腿很沉重，仿佛像挨了几十棍子的毒打似的，还有点儿酸痛，从鞋底下所发出来的声音和我身旁来往。

走路人的脚步声适当的配合着，不过他们的脚步都有力，我的却不是这样，就如悄悄的不好意思大声哭，而是痛苦的呻吟一样。

有点儿疲乏，我停下来。

谁在身后对我说话：

"嗳，借光，借光……"

他搬着一个方形的大木箱子从店铺里出来，想放在我立着的地方。我赶紧躲避，他轻轻的，怕摔碎了样，用肩头和两手的壮力，慢慢的把箱子放平，又急忙跑回店里取出一把一头红一头黑的老虎夹，很敏捷的开始拔掉钉子。

他的脑后有一处铜钱大的部分没有头发，耳朵根薄，肩膀很宽，工作起来像兔子似的，左跳右跳。他不小心碰了一下手背，碰痛了。咒骂着：

"他奶奶个孙子……"

看看我，又笑起来，用老虎夹打开箱盖。

我问他：

"你们这里不雇人么？"

好像我的话里有针狠狠的刺了他的耳朵似的，他很奇怪的立起来：

"什……么？"

我又说一遍。

他歪头想一想："听说要雇人，谁知道，你进去打听打听……"

我很欢喜的走进店里。这是一家洋式杂货店，食物、文具、小孩衣服，什么都有。

我想坐在账桌后面吸纸烟的中年人大概是主人。给他很恭敬的行礼：

"先生，听说这里雇人……"

"啊！"他点点头说，"不错，想雇人。"

我说明自己的志愿。

他奇怪的吐一口蓝烟，眼睛里异样的放着光：

"你会做饭么？"

我说："可以——学习！"

他忽然笑起来，看着我的脸，大声讲：

"现学哪儿成啊？这是手艺，当厨子现学？……"

他又笑起来。

我觉着脸发烧，非常的羞耻，他这笑简直是一个很大的侮辱，如一块无形的很重的大石从半空落下打碎我的灵魂。

我怎么知道他们雇什么样的人呢？门口那伙计有没有告诉我。我很难为情的退出来，忘记了自己是生存在怎样一个世界上。

但是立刻我就清醒了。我仍旧立在门口，在告诉我消息的人旁边。奇怪，我觉着这个人还是有别的这类消息，他的背就如贴着新报，这上面有我所要找的广告。

箱子里是信纸信封，还有精装的账本子，他一样一样的拿出来加以整理。

他低着头，蹲在石台上，从腋下看见了我的脚。

"怎么样，不雇人么？"

我告诉他，雇人是雇人，可是不雇我这样的人。他喘口粗气，拍一拍手掌：

"唉！现在，谋事情很难哪！"

他把一堆信封抱进屋里去，很快的转回来，差不多是奔跑。

"你没有事情么？"问我。

我说："艰难的了不得。"

"你应该到……"他伸出手指着东面，闭上一只眼睛，用力的缩着脖子，很困难的思索着，忽然把闭的眼睛睁开，两眼协力的挤眼了几下，口吃的告诉我那街道名和那门牌的号数，最后嘱咐我："你就说，有个姓王的叫你去的……可是，你贵姓？"

我连名字都告诉了他，因为我是非常欢喜。

"你去看看吧，大概能妥。"

我十分感动的深谢了他，横过大道，从车马中间窜过去，往南面走。

沙石铺就的院落，片松，绸的窗幔，从门外就可以看出这是个富贵的人家。从半开的铁铸的门进去，往左拐是石灰铸成的平路，有一个石椅在这路的左边，那后面还有一个"人"字形顶盖的茅亭，左右全是花草，虽到了秋深，还没有失掉美好的颜色。高大的楼房就在我面前，我觉着自己渺小，这么壮观的楼房本地是很多的，可是没有为我预备半间。在这世界上，我虽然也是一个人，然而没有人应该有的地位，太抱歉了！

和我接洽的是个胖胖的汉子，厚眼皮，秃脑顶，挽着衣袖，提一个空桶从楼底下出来。

他立刻就发现了我：

"嗳，找谁？"

我很客气的对他讲，是姓王的叫我来的，听说这里雇人。

"雇人是雇人，你——"

他放下空桶在石台上，放下袖子，一手揉揉鼻子，摇摇下巴，从上到下的打量我。看我像怪物似的。

"——你能干么？你从前……嗳，你进来，你说你都做过什么，还有……"

我随在他身后，进了一个楼底下很狭窄的一间屋对面大概是厨房，从白布帘的空处透出食物的香味，那里面有洗刷碗碟的声，我肚子里打了一声雷。他坐在床边，两手交叉着，像阎王爷似的审问我：

"你和老王是亲戚么？"

我无须思的撒一个圆满的谎：

"不是亲戚——是磕头兄弟……"

"哎！原来是……"

他对我的态度温和了些，好像认识我似的：

"你今年十几？"

"十六——"

他咳嗽一声，沉思的说：

"上回雇的人，因为笨，太太不得意他，所以把他开除。一定得伶俐，还得识字，会写，怎么样，你识不识字？会写么？"

"识字，会写。"我很自信的回答他。

"那么好，我领你去见见太太。"

从后门出去，这里和前院大不相同，柳树、假山、池沼、花篮、亭、椅凳，好像一个富丽的花园。我有点不相信人会住在这种地方。

走上放光的楼梯许多层，在水红色玻璃门口，领导我的人向我摆摆手，意思是叫我在外面暂等，他进去"报告"。

里面有几个妇人的得意的笑声，还有小孩子唱歌的声浪。门一开，里面的笑声，忽然停住了。仔细听，可是听不见说什么，很快的，领导我的人出来，——叫我进去。

我不能各处查看，所以屋子里有几个女人没有看出，我只知道很多，对我发话的女人是个瘦家伙，脸上的脂粉很厚，穿一件黑的发光的旗袍，坐在靠背椅里。她的年纪总在四十以上了，可是还涂着红嘴唇，说话的声音很活泼。

她问了我许多琐碎的事，不外是籍贯，履历，最后问领导人：

"有保人么？"

他想了一想，看看我：

"是的，太太，老王保他。"

这一切在我似乎是很糊涂，然而又十分简单，决定雇我，每月的工钱，据说没有一定。

领导人走下楼梯的时候，很欣慕的对我说：

"太太有眼力，她看中的人准没有错，你好好的。你知道，她有的是钱，还有一个丫头，十八岁了，若果你运气好，说不定……"

这话我过后才了解什么意思。

两天以后，我才知道这家庭的主持人是一个大官，他现在被招到总部去开会议，不久就可以回来。六房姨太太都住在这一个院里，我是属于大太太的人，在她部下打零杂，她还没有把正当的职务指给我。这职务我已经听说，是管理钱项的账目，她必须好好的考察我可不可靠，然后才能取一定主意。是个非常聪明、狡猾、有手腕的女寄生虫。丈夫最怕她，家庭间的事都随她的意指挥处置。那六位姨太太除了吃、喝、玩儿之外，什么事也不管。他们时常在背地里，因为嫉妒和别的复杂的没有羞耻的原因，很凶恶的勾心斗角，争吵打架。

贴近大太太的丫鬟很美貌，她的嗓门非常温柔，像鸟声一样。她的名字是阿兰，她是南方人，我不时常和她见面。

我的职务虽说是打杂，事实上却很清闲。

我愿意这地位，永远保持下去。

可是我的八字太糟了，不到七天，"老爷"回来，第八天就发生了一桩凄惨的事件。因之，我也被打发走，不知因为什么鬼理由。直到八年后的今天我才懂得这些鬼吹灯。

"老爷"回来的第二天，大太太和六位姨太太，这一群人间无耻的女人的典型，被谁家请去宴会。下午三点钟光景，楼上楼下雅雅静静，像深山中的古寺。

我立在楼梯中间眺望街上，——从这里可以看见远处市街的风景。

忽然，在楼上，在大太太房间有咒骂的声音，接着是奔跑的脚步声，很慌乱的推开门，闯在什么地方，踌躇了一下，又奔跑到邻室里去，那屋子是澡堂，紧接着又是奔跑的声音，好像是从后面追赶。

"你这个傻东西！"

我一下就听出这是老爷的声音。

"我不！"

"我打死你！"

"你敢？"

一声巨大的，震人心魂的枪响把楼梯都震动了！我觉着身子发抖，急忙往楼梯底下奔跑，想远远的躲开这可怕的事实。

但是刚跑到楼下，上面有开门的声音，我不敢回头去看，可是我清清楚楚的觉得有个野兽在楼上不安心的看我。我头也不回，一口气窜进厨房里去，在我面前映出一幅可怕的图画，——

阿兰倒在墙角地方，脑门上有个小窟窿，鲜血像泉涌似的流出，满脸都是红的，头发上、身上、全是红的，墙上、地板上、也是红的。她躺在血泊里，眼睛里有愤怒，牙齿紧咬，好像恨恨的咒骂……

我幻想中的这幅情景也许并不比事实凄惨，可是这已够吓破我的胆量了！

　　好久好久的，我蹲在厨房里发着抖，像大冷天气赤身裸体蹲在野地，头上脚下是凛冽的寒风，不停的袭击。

　　当天晚上，当我来的时候领导我的人通知我，叫我离开这里，到别处找工做。

　　这可是我没有料想到的，其实这也很简单，如果我没有在外面听到了这件事，也许不至于打发我。这都是凑巧，也是我的幸运，没有把这位永远的保持下去。

　　然而这么一来，我暂时的，又陷于苦境。

　　过了几天，我又出现在街头上，像无家可归的狗一般，在街头巷尾徘徊者，希望找到适于我的职业。因为冬天眼看到了，没有地方栖身非受罪不可。

　　意思一定，我满街奔跑起来，寻求着，寻求着，我希望这个希望很快的给我寻求成功，工钱可以不论，只要管饭吃，给一个地方睡……

不能成功的婚姻

　　候车室里人不怎么多，有许多空位可以坐。班质从外面进来，鼻子通红，耳朵虽然藏在竖起的大氅领子里面，还裹着一条彩色鲜艳的围巾，却抵不住凛冽的寒风。他把衣领放下，两手摸摸耳朵，望望墙上的大挂钟。

　　——还有半点钟火车才进站。

　　他望望候车室里各个地方，炉子周围已经拥拥挤挤的坐满了，像苍蝇守着好吃的东西似的不肯移动。班质想挤进去取暖，走过去看看没有透缝可以挤进去，便把两手深深的插在衣袋里来回踱方步，皮鞋踏在光滑的石灰地上，发出高贵的嘎嘎的声音。

　　当他进来的时候，所有的人都抬头看他，在不相识者的眼里，认为班质是个富贵的青年，因为他的礼帽是厚绒的，大氅是上等呢料，裤腿长长的，皮鞋像玻璃似的发光，还有他那挺值的胸脯以及白嫩的面孔。

班质来回踱了几趟，留心的看一下别人，他这才发觉别人都在羡慕的望着他，连货物处的办事员——一个戴着眼镜的青年——一面说着电话一边用眼角很嫉妒的打量班质一身整齐精美的服装。班质的心里欢喜，他暗想：

——我身上，一定有一种力量，能够迷恋别人的眼睛和心。事实上，确实是这样，班质的面孔是不错的，一双乌黑的眼睛，两道清秀的眉毛，不高不扁的鼻梁，不肥不瘦，十分健壮的体格，各部分都很匀整，没有毛病，是个美好的青年，单看着这外表就够好了。

班质找了一个座位，靠墙的椅子上离开别人远远的坐下，望着墙上的挂钟。卖票处的小门忽然的打开，很响亮，有几个买票的同伴老哥因为合股买票计算不清钱数，大声的讲起来：

"你再拿两毛二……"

"谁说的，我这够了！"

"二虎蛋，你拿出两毛二，我给你一个五毛的，不是正好么？"

"快买吧，买完了再算。"

"去……"

买完票的人都跑到门口，那两扇关得很紧的大门在十分钟之后才开，很快的，人全出去了。

班质不慌不忙，所有的走完之后他还没有动。他立起来，抖搂一下衣服，看看脚，移到炉子跟前坐下，很满意的伸直两腿。

火车的吼声由远而近，收票员缩着两肩在门口等候，班质跳起来，拍拍衣襟，立在收票员附近，两眼焦急的望着外面轰轰的叫着慢慢停下的火车。下车的人都急急忙忙的奔走，他在这些人中间聚精会神的展望着。他看了半天，所有的人都不是他要等的人。他憎恨这些在他面前经过的陌生的面孔。

忽然，他发现了一个熟识的面孔在一个背着大包袱的中年人身后。这个大包袱，把那少年挡住，走到跟前班质才看出来是他要迎接的弟弟。

弟弟也看见了哥哥，好像猫见了鱼一样，班质等弟弟把票交过去，他就往前跑了两步，扯住弟弟的手："我想你今天一定到！"

弟弟非常高兴，他的年纪刚满十六岁，模样和哥哥很似，只是衣服太差，他的棉袍又瘦又小，而且破旧。四喜帽子的两耳破了边，战战兢兢的垂着。他的棉鞋式样很丑，前尖粗大，短脸，好像难看的蛤蟆嘴，连手套都没有，两只手冻成了紫红，还放着光像肿了似的。

班质出了票房子就大声喊：

"马车！"

弟弟夹着小包袱，冻得直抖。

"远么？"

"不远。"哥哥温和的说，"不到三里地。"

"我们走吧，走着温暖。"弟弟望着哥哥的脸。

马车已经跑过来了。

哥哥懂得弟弟的意思，是怕花钱。而他也明知道这意思是好的，可是他所受的社会的教育，已经使他变成了尊贵的，偏好虚荣的观念，这么"远"的路，如果步行，有失身份，因为他的"身份"不算低了，一个月能赚八十多元，地位不是很高的么？

他先上了马车：

"快来吧，坐马车快到，冷啊！"

弟弟好像是初次坐马车似的，有点儿胆怯，他不知道把小包袱放在什么地方合适，寻思了好久，决定抱在怀里。哥哥夺下这包袱，仍在后面。弟弟吃了一惊：

"不能掉么？"

"不能！"

弟弟不放心的回头拍拍小包袱，用力的按一按。

"谁不能拿去？……"

哥哥笑起来：

"不要紧。"

但是弟弟总不放心。马车很快的跑出车站的区域，前面的道路，渐渐的接近，缩短，抛向后面路上。车很多，洋车的群像蚂蚁的队伍一样。

马车跑起来，风很大，弟弟时时的回头望望身后的小包袱，看看丢失了没有。他的脸，因为严寒的风吹，连下巴都紧了，他把两手袖在衣袖里，紧紧的缩着脖子。

显然的，在这亲兄弟之间有很大的区别，哥哥是富贵的，而弟弟却是满身褴褛。

没有一件事实比这种显然的差别更可悲，哥哥也觉悟到这层，所以这时候他不像先一刻那么欢喜，很大的愁苦流露在他眉目之间。

哥哥的心里很复杂，他一时想到应该给弟弟买两件衣服，一时又想到必须教给弟弟举止言谈，又想起一件事：

"你下来的时节，柜上没给你算工钱么？"

弟弟悄声的说："没有。"

他说话的这种声音正如他在理发铺里学徒对"长辈"说话的声调一样。

这声调，哥哥是不欢喜的，因为这对于他美满的前途是有关系的。

弟弟不知道哥哥现在沉静的思索什么，他学了一年剃头，没有学成，在舅父家里闲住两个月。父母死去之后，没有亲人照顾他，哥哥现在有了好差事，写信把他叫来了，想供他读书。

"现在，各学校不招生。"哥哥很难的张开嘴：

"你先住些日子，有空我教给你！"

弟弟欢喜的忘记了冷。

在他眼里，哥哥真阔气得很，因为从前哥哥不是这样的。那时候，父母故去不久，哥哥在舅父开设的杂粮店里当伙计，工作吃力，没有本事讲究穿戴，破破烂烂，和他身上衣服相仿。现在，哥哥是衙门里的职员了。弟弟越想越高兴，竟在寒风中得意的微笑起来。

马车在街里的路上拐弯抹角的奔跑，弟弟看着两旁的商店和路人，同时偷看一下哥哥的皮鞋，又看看他自己的。

班质的住处是在一条清静的小胡同里，屋子虽然不大，收拾得非常干净。墙上挂着字画，有许多领带挂在墙上，很整齐的陈列着。弟弟最吃惊的是桌上一张镶着银色的镜框里的女子的照片。

"这是谁呀？"

哥哥一笑，很满足的：

"慢慢的你会知道。"

到晚上，哥哥就把这女子是谁告诉了弟弟。

"住几天，你会看见她，她家真有钱。"

弟弟越发的快乐了，哥哥有这样好的未婚妻，不久之后就是自己的嫂子。

"见了她的时候，你要大声讲话，大大方方的，不要缩头缩尾……"

第二天哥哥就买回来一个学生帽，一个外套，一双皮鞋，给弟弟全身上下，都更换了。

接着就教育弟弟怎么举止，怎么讲话，主要的目的是叫弟弟不露出穷相，因为他的未婚妻是最憎厌穷人的。

哥哥尽着全力，预支薪水，在他的经济能力以内热心的给弟弟打扮起来。

他教育了好几天，总不能把弟弟那种深固的拘泥的习性打破。弟弟舍不得他那顶破了边的四喜帽，他想戴过这个冬天，学生帽留着上学的时候再戴。

"把那帽子收起来吧！"

哥哥粗声的说，不高兴的背着两手。

弟弟不知道他的小衣包放在床底下合不合格，他把换下来的破棉鞋用报纸包了三层，哥哥看他这样老憨的样子，有点儿生气：

"扔了吧！"

"不。"弟弟固执的挤挤眼睛，"留着以后好穿。"

哥哥不理他，弟弟愿意节省，他连一条破布也舍不得仍掉。

有一天，班质很快活的下班回来，告诉弟弟：

"她快来了，你赶紧把皮鞋穿上，好好洗洗脸和手……"

哥哥的声调很正经，很硬，弟弟不能不服从，他赶紧去收拾。

她是坐着洋车来的，未进门就大声喊：

"嗳呀！好冷！"

为了她，哥哥早把炉子生好。他给她拿大氅，把椅子搬到炉边。

"这不是……"她看见了身边的少年。

班质赶紧推弟弟一下：

"往前点儿来，别害羞！"

弟弟像小鸡似的，不敢勇敢的上前见这位华美的女子。哥哥用力的在他身后推了几下他才勉勉强强的很蠢笨的行了个礼。哥哥非常失望，热心的教育了他几天简直是徒劳了。

"你今年十几岁？"

他这么一问，少年更糊涂了，他吞吞吐吐的说：

"十……十六！"

哥哥偷偷的，狠狠的瞥了他一眼，这一瞥他更糊涂，不知手放在什么地方，脚放在什么地方。

哥哥很流利的和女子谈着话，她忽然跳起来：

"喂！你看我多蠢？我把手提包忘在表姨家里了！这怎么办？"

哥哥自告奋勇：

"我去一趟吧！"

女子有点儿过意不去似的："怎么好，外面够冷的……"

他扣上帽子就跑——但是跑到门面，十分愁苦踌躇一下，想一想，又为难的跑出胡同招呼洋车。

这时候，未婚的嫂子和弟弟谈起话来：

"你还学不费事么？"

"不……"

"你们学校放多少日子假？"

"我……不知道！"

"噢！寒假以前你就退了学……"

少年很希望她不要问，同时盼望哥哥快些回来。

"你打算入几年级？"

"哥哥说……我不知道！"

"不是念完三年了么？"

少年听错了，以为问他学徒的事：

"没有满徒。"

"什么？满徒？你是——你学的什么？"

"学剃头。"

她惊奇的看着少年发红的面孔，想了一想，又说：

"谁叫你学剃头？"

"舅舅。"

"你为什么不读书，要学剃头呢？"

"没有钱……"

"你们家里的钱，不是舅舅给保管的么？"

"没有钱……我舅舅待我不好，从前待我哥哥也不好，我哥哥在他们柜上帮忙的时节，一点儿工钱不给。"

"你哥哥在他们柜上做什么？"

"和别的伙计一样，比别的伙计还出力……"

女子的眼眉皱起来，刚来时的欢喜的影子完全从脸上消去，就如一个渔人抱着很大的希望走到池边，所看见的是一片冷冷的厚冰，失望的痛苦的阴影把笑脸包围了。

少年不会撒谎，在他以为，世界上没有比诚实更可靠，更动人的。所以，哥哥和他，是一无所有乃是贫苦的阶级，以及过去所受到的苦处，以及目前并不富贵的实况，诚诚实实，坦坦白白对她讲了。

她寞寞的立起来，望望外面，静静的听一下，她听见由远而近的脚步声，像挨了一下针刺似的，瞪一瞪眼。

班质回来了，面孔红红的，欢喜的把手提包递给她，像得胜凯旋的战士一般，等着一个安慰的笑。她一点儿也没有笑：

"我有事情得赶紧回去……"

一句话还没有说完就走。

哥哥像挨了一铁棒似的，茫然的看着弟弟。弟弟不知道发生了什么事，呆呆的看着哥哥，因为风吹，变成了紫红的鼻子……

街头上的朋友

　　每天，公司一放工，我就像失了灵魂似的，无精打采的往宿舍里走。这个宿舍是一幢很长的砖房位置在一条极不清洁的街上，住着各式各样的，比我的地位并不高多少的人们。我并不大欢喜他们，吃饱饭就拿了书包走。不一定是往夜学校里去，因为时间还早得很，我最欢喜到一个接近电车站的广场去看那些吃饱了饭无事可做的人热心的跑来跑去，欢欢喜喜的练习球术。

　　在广场的西端有一棵秃头的槐树，我坐在这下面把书包当垫子坐在屁股底下，静静的看着高兴的人们。有时，头大的皮球滚到我跟前，我赶紧跳起来踢一脚，算是尽义务，我这么做——我知道他们都是欢喜的。

　　这一天，天气很清爽，出了一天力气的太阳已经落下去，我老老实实的坐在树底下看他们踢球。有个面孔晒得红黑，眼睛闪闪的发光，用手巾擦着脖子上的汗的青年对着我走过来，笑嘻嘻的。我虽然不认识他，却不躲避他，一点儿不拘束的我点点头，把手巾插裤袋里，坐在我旁边，看着他自己的足球鞋，用手指弹弹，挂心的说：

　　"嘿！快磨破了！"

　　他的鼻尖圆圆的，下巴是尖的，胳臂很粗，看看我的脸，又看看我屁股底下的书包，摸摸他的膝盖，笑着问我：

　　"老弟，上夜学么？"

　　我恳切的点点头。

　　"青年会？"

　　我又点点头。

　　"我也去。不过，这半个多月，我因为懒，没有去，你学的英文还是国语？是……"

　　我说："学国语。"

　　他赞成的拍拍手，跳起来，一个球正对着他飞过来，他对准了就是一脚，很正确，很有力，很敏捷，很巧妙的踢了出去，发出一声清脆的音响。

那皮球像炮弹一样，迅速的对着大门射去，守门员摆好了姿势预备接。

他拍拍手坐下来，喘口粗气：

"你不喜欢踢球么？"

我羞赧的回答他：

"喜欢是喜欢，怕费鞋……"

他看看我的鞋，——破旧的鞋，同情的呼吸着，吹吹鼻子，清一清喉咙，很有趣的说：

"怕费鞋，可以脱了鞋干！"

他想了一想，补充着说：

"为了自己的兴趣，什么都可以牺牲，一个人，最要紧的是牺牲精神，没有这种精神，可以说……不好！怎么样，老弟，你赞成么？"

老实说，我一点儿不赞成他的话。我也知道，所谓牺牲的精神是好的，有意义的。不过我没有明说出来反对他，我不能把我肚里的意思直爽的用嘴表现出来的这种可羡慕的才能，我默默的看着他的足球鞋，呆呆的不说话。

过了两天，我在夜学校的休息室里发现了他，他把一本书用绳子绑着，放在肩头上，很悠闲的把背靠着墙吸纸烟，望望我，很熟悉的点一下头，移一移身体，指指旁边的位置让我坐：

"下课了么？"

我说下课了。

他喘口粗气，望望对面墙上的挂钟。

"我来晚了，玩半点钟。"

他的神气是安静的，满不在乎的。在这一刻，我从他的眉目之间发现出他的性格，好像是很特殊的。可是，什么地方特殊我也说不出来，我觉着他的性格的一部分和别的人比起来，似乎是有些摸不清楚，也没有法画出界限来的优点。

讲过两个星期，我和他成了很相投的朋友。

下课以后，他在休息室里安安静静的等着我，看我从后屋出来便欢欢喜喜的立起：

"走啊？"

我和他一块儿到明灯辉煌的热闹的街上不慌不忙不慢的散着步，他把书本夹在腋下，两手是插在衣袋里脚步轻轻的，好像怕惊动了谁似的。但是说话却用着大声，好像怕我听不见。他最讨厌照相馆，一看见明亮的玻璃橱里摆着的许多男女相片，我的朋友有点儿像生气似的噘着嘴用粗声回答她：

"当然啦！不是朋友，怎么能在一块吃饭呢？"

少女羞惭的微笑着，埋怨的瞪他一眼，把小手巾当鞭子抽他肩膀一下。他没有去生气，很喜欢挨这一下打似的，得意的笑着，指指我，夸大其词的对少女讲：

"他，很用功，比我强多了，脑筋也好，读过很多书啊！你不信，问问他看。"

少女赞美的望着我，又看看放在桌上的书包，很满意的对他说：

"我们是穷人，穷人读不起书，只好上夜学，这也难，要有出息，就得用功呀！我看你比从前懒多了，你不是说，要好好用功，将来去投靠军官学校么？是怎么的，你……"

她把小手巾叠起来，正正经经的讲着话：

"你不要说了不做，男子汉大丈夫，说一句做一句。如果我是男子，我一定比你强，实在的！"

我的朋友发了半天呆才张嘴：

"投考军官学校，是我从前的想头。现在，我的思想改变了，你不知道，有出息的道多得很！唉你想想吧，什么叫有出息呢？并不是阔起来叫做有出息，能够作大事，虽然不阔起来也是有出息，而且是伟大的……"

少女急忙摆摆手，不赞成的打断他的话：

"得、得，别说了，做什么大事，小事还做不上来！哼！别吹牛了！"

据我看，这个少女的经验和见识是比我们两个人高超的。

出来的时节，我的朋友还没有把帽子戴好，高兴的问我：

"你说，她怎么样？"

"很好！"

"她也读过书，脑筋比我好，从一年级到四年级我和她在一个教室里，她是我的表妹！"

他这话很深刻的感动了我：

"是你表妹？她是怎么的……"

他把书本放在肩头上，用手轻轻的扯在那绑书的绳。

她家里很穷，——

从前，我姨夫活着的时候，她们家里还过得去。后来我姨夫在工厂里做工，不知犯了什么罪下了牢狱，有人说他是偷东西，有人说不是，谁也说不详细。他在狱里蹲了二年零八个月，在那里面得病死了！

抛下姨母领四个孩子，没有产业也没有钱。你说，他们怎么过活？

这四个孩子全是姑娘，一个出了阁，一个就是你刚才看见的，还有两个小的，什么也不能做。

我姨夫一死，这一家人就叫苦了！

我的姨母身体不结实，时常有病，她想雇给人家当老妈子，那种苦工她实在干不了。投亲戚吧，亲戚全是穷人，都是吃了早饭不知晚饭在哪里的人，连他们自己也顾不过来，怎么照顾别人。你想想，我姨母的景况是不是很艰难的？

走投无路，实在没有办法，我的表妹自愿当女招待，你看她说话的口气很硬吧？她很有志气吧！她一定要赚钱养活母亲和两个妹妹。我的姨母不愿意，因为她不放心，后来别人劝她她才答应。就是这样，她在饭馆里当女招待，她出来那年是十六，已经二年了。

我时常去看他，鼓励她：

"我们是穷人，我们要好好的，穷一点儿不要紧，人格要紧！"

她鼓励我：

"好好用功！好好用功！"

可是我现在改变了！不用功了！我觉着用功没有什么大用处，你说呢？

"我不知道。"

我们已经走出明灯辉煌的街道，黑暗把我们吞了。从这以后，我们时常见面，在一块漫游，到冬天我辞去仆役的职位，夜学校不能去了，于是我和朋友分别了。

离开那时候将近十年的今天，我还记得最后见面时的谈话。

他兴奋的鼓励我：

"你有天分，脑筋好，好好用功吧。好有，要看开各种事情，努力去学习。还有，是的，——要勇敢点儿！"

那聪明的少女的声音此刻还在我耳边响着：

"我们是穷人，穷人读不起书，只好上夜学，这也难，要有出息，就得用功呀！……"

我盼望世界上所有的穷人都用功。不知道，我的朋友现在怎么样了呢？

失业的人

他无精打采的走着路，他的腿好像是受了伤似的很难拖起，从办公处到家，不过一里路，可是这时候在他，这一里路比十里还远。他几乎失掉了前进的勇气，想坐在路边，永远的永远的不起来……

早晨从家里出来的时节，他还是欢天喜地的，当女人把帽子拿给他的时候，他觉着女人的神气比几时都温柔亲密，好像隔绝了多少年才见面一样。两个孩子还没有吃饱饭，端着筷碗欢喜的望着爸爸，像一对小狗望着他唯一可依靠的主人似的，活活泼泼的瞪着小眼睛。他们知道爸爸晚上回来，一定会带着好吃的东西，这几乎成了一定不变的规矩，爸爸在发饷的日子，总是带着好吃的东西回来。

女儿有点儿不放心似的问他：

"今天一定发饷么？"

他把破了边的帽子扣在头上又摘下，像知道时间还早，可以和女人谈几句话，于是就坐在凳上，把帽子放在桌角，习惯的交叉着胳臂，看着女人清瘦的面孔，——很可怜，这女人的年纪还不满二十六岁，看上去好像过了四十一样，头发零乱的披在头上，眼睛无力的放着疲惫的光。她的眼角有很深的皱纹，这是因为生了两个孩子加上不美满的生活，最重要的，当然是经济压迫的痛苦。她不应该这么快的苍老，可是忧愁却把她逼老了。一个月以前，她天天盼望丈夫告诉她好消息，这并不算什么卑陋，房租早就过期，米口袋空空洞洞，最近几天的柴米，是当掉的衣服维持下来的。所以，她这一早就早早的爬起，赶紧做好饭侍候丈夫吃饱好去上班——

他默默的望了女人一回，对她说：

"今天一定发饷！"

"今天如果不发，晚上又是愁事，你知道再没有什么好当了！"

"……今天一定发饷，先打房钱，别叫人家不愿意。"

"可不是怎的，房东媳妇过来问了十来趟，我真没有法和她说……"

"那二斗米钱一定得还清。"

"是呀！这是最要紧的！"

"还有，你得做一条夹裤了，哎……天渐渐亮了。"

妻的话，把他的沉默推翻，挟挟眼睛，揉揉鼻子说：

"一定，我得买双鞋！"

他看看自己的脚。

妻掀起衣角擦擦下吧……

"你想想，钱能够么？这么多的债务……"

"走一步讲一步吧！你想，这个年头，活着这件事多么艰难？我们多活一天，就算多走一天幸运。明天怎么样，实在没有法知道……"

妻，同情的，忧愁的喘口粗气，热烈的，希望的看他一眼。从她那愁苦的眼光里，很显然的，表示着一种非常简单的恳求。这内容的大意是：

"好人，你想想我，孩子，这几口人的生命，全系在你的肩上。你努力的，忍苦的，把这艰难的担子挑着走吧。希望在你的前途上，没有石头，没有危险……"

用不着明说，他深刻的理解女人的心胸，但是他可没有一丝一毫的坏，他知道这不是奴使他的灵魂。在妻和孩子的希望的条件之外，有着看不见的、难以扯断的、紧的、有力的、爱的力量束缚着他，他和世上所有的人都一样，不能撕碎这一面无形的网。

　　他点点头，立起来，重新抓起帽子，什么也不说轻快的迈着步子走了。

　　他是最早的，第一个先到办公处的，同事们一个也没有来。他勤快的打开抽屉，把应该办理的文件全都拿出来，一份一份，有条不紊的放在桌上，用不着谁在身后逼，他自动的，敏熟的办理起来。

　　同事们，一个一个的到了。大家都静静的进来，有如老鼠走在有人的屋里一样，轻轻的，怕惊动了谁。又如走在不坚固的冰上。只是，简单的交换一半句话接着就坐下开始办理自己担任的职务。纸张、本子、字条、盯着的文书、大的小的纸票、纵写的、横写的、不讲修辞的文章、单纯的名词数日子……东西，好像自己的手指、腿、膝盖一样的重要，他们不能抛弃一张简单的纸条。如果是无用的、废物，还要谨谨慎慎的审察一番，最怕的是弄错。

　　他和别的同事完全一样的处理着一切的事务。有时，他想起放在当铺里袄袍，又在次思中发现了妻的消瘦的，苍老的可怜的脸，——但是并不长久，桌上的文件会马上拖住他的注意力，因为面前的这些纸或本子，是他精神上最重要的一部食粮，这比人间的书籍或别的艺术品重要多了。时间就在这样单调的，乏味的桌又是重要的，紧张的、热心的中间一秒一秒，一分一分，一点一点的过去。

　　由会计处过来通知了，——领饷。

　　他欢欢喜喜的拿起图章，他把图章里填满的印色用穿纸的细针仔细的挖出来，又用纸擦干净，擦了两下，又试试清不清楚。直到满意为止，不紧不忙的走到会计处去，毕恭毕敬的把图章献上去，感谢的，领情的把饷包用伸直的双手接过来。三十六圆薪水，到手了。

　　他小心翼翼的装在袋里。下半天，他加快了速度赶紧的办理着公事，想把三天才能整理完的事情一天就弄妥当。

　　下班的头五分钟，有一只手从身后伸过来，放在他桌上。这是一个信封，写着他的名字。

　　他莫名其妙的把信封打开，次开的把一张印刷的字条打开，他头到尾一看——这是很简单的几个字，——他发昏了！

他几乎不敢相信他的眼睛，很怕弄错了。这能是真的么？但是他可不看第二遍，他知道真不是做梦，他把纸条叠一叠装进袋里……

别人，都是快快乐乐的戴了帽子走的。然而他，情形却坏透了。此刻在他眼里，本子、桌凳、门、窗、一直到门口的条几乎，他看着这些，觉着有一种恋恋不舍的悲哀的感情。他的腿沉重极了，说不出有多么艰难的迈着步，好容易走了一半路途。现在，他走到一条幽静的胡同，这胡同，他本来是天天走的。然而此刻，情形却大不同了。

他忽然停下，摸摸衣袋、钱、信封，都好好的在着，还在他手下发出一阵清脆的回响。好像是告诉，他叫他放心。

他接续迈步的时节，情形更坏了。两腿的笨重有如加上几百千的夹板一样。他走几步，停一停，接着再走。

这和他半年以前的思想完全不一样：——

那时候，他时常嘲笑那些柔弱无能的人，因为失了业，垂头丧气，连灵魂也缩小了。这真是可笑未免太可怜！难道说：这么大的世界，能活活的饿死活人不成？他不相信在这地球上会断绝了道路，路是很多的，就是没有路也会开辟出路来。这是简单的，容易的……

然而现在，真是伤心，他竟愁苦难堪到这步。从免职的纸条一接到，他的灵魂就如烧灼的橘子皮一个模样，渐渐的打皱纹、发黑、卷起来、缩小——缩小到成了一个球。他从前的勇气，不至死到哪里，一点儿也没有了！

唉唉！这是一个打击！比失恋的打击难堪得多，痛苦得多了！

他想一想：

——见了妻，怎么对他说？

想到这一层，他的两腿弯曲了，无限的疲乏，无限的沉闷和苦恼。他不能再前进了，虽然到家还只剩下一百来步，眼看着就在前面。然而他可振作不起一星一点的力气走完这一节短小的路途。他无精打采的在一个石台上坐下了。

只一想那可怜的女人听完他的话那种哀伤的面孔，这事实比什么都可怕。

只一想那两个孩子呈现出失望的痴呆的嘴脸，者实施比什么都悲惨。

唉唉！世界是这么大，地球是这么广，活的道路呢，却是这么少。这怨谁，这能怨他无能么？哎哎！多么惨酷！他不是一个小孩子，而现在，在他的眼里，那是什么，从远处看，好像露水珠一样，明亮的、闪耀着，到近处看，这是泪水，这是忍也忍不住的伤心的泪水，顺着眼角流下，雨点似的，滴到面前的石台上，接着又是一滴，噢！又是一滴……

脾气大的人

陈教官从来不和学生讲交情，他的眼光总是冷冷的，石头嘴唇，铁的下巴，声音像骡一样，脾气也像骡。

有一回，我们刚下讲堂，吵吵闹闹的在宿舍里休息，谈话。有个同学忘记"危险"把书本仍在床上，枕着，两手抱着头，闲闲的伸着腿想躺一下。

这时节，陈教官冰冷的面孔在窗外出现了。他狠狠的瞪瞪眼睛，点一下头，坚决的举起手来……

"全武装，集合！"

谁也不敢踌躇，也没有工夫议论或批评谁，都像热锅里的蚂蚁似的，急急忙忙的扎皮带，捎上杂囊水壶等等，慌慌张张的抓抢在手，争前恐后的往外奔跑。

陈教官瞪着眼睛站在宿舍面前，不耐烦的大声吼叫：

"赶快！赶快！"

全都集合后之后，他下口令：

"跑步——走！"

他骑着脚踏车在队伍后面监视着，出了营门之后他跑到头前领路，大家知道这是怎么一回事，悄悄的传达消息，通报头前的人：

"慢点儿跑……"

陈教官很快的离开队伍，跑到最前面，离开队伍有二百米，从脚踏车上跳下来，摘下军帽，在半空前后摆动两下，这记号的意思是命令快跑。我们加快了步伐，唬唬的喘着奔跑，跑到他附近时，他生气的叫起来：

"再快点儿！"

他也不指示目标，只是在头前，顺着马路，不停的蹬着车子，时时刻刻的回过头来察看，有时绕到队伍后尾或道旁，矫正谁的姿势，咒骂着，长长的扬着下巴。

跑了五里来路，大家都像牛似的喘起来，因为速度太快，有几个落伍的人。

陈教官对于落伍的人一点儿不讲客气，他从路边树上折断一条粗硬的树枝，看谁落伍就追过去抽打：

"饭桶！这么远一点儿路跑不动？滑头……"

树枝像皮鞭一样抽在背上可怕的发出柔软的声音。

这样一来，谁也不敢落伍，有一分力气使用一分力气，就如身后有凶猛的狼群追击似的，只有前进可以救命，落伍是危险的。

我们忍耐着，非常艰难的，鼻腔和嘴像堵住一样很难喘气，热汗从头上滚滚的流下，湿透了衣服，连腿上也是热汗淋淋，汗汗很痛楚的刺着眼角。整整跑了十五里路，又向转后走，没有休息一秒钟跑。回来的时节几乎发昏，做体操连腿都抬不动。陈教官满不理会，他背着两手踱来踱去，次思着望着每一人因为受苦而变了形的面孔。

"你们知道为什么跑步么？"

谁也不回答，悄悄的。

他想一想，伸出一个大球形的手掌指指宿舍的门窗：

"以后，在宿舍里，白天不准躺在床上，我不是说过许多回么？完了，解散！……"

疲乏到像被扯得四分五裂似的，大家沉默的把枪放在架上，也不埋怨，也不说一声不平，因为说话的力气是没有了。

这一周，轮到我给他当勤务，——

他一早醒来要喝杏仁茶，卖杏仁茶的不到我们校舍附近，我必须跑到老远的，到各处去寻找，好容易发现卖杏仁茶的，逼着挑起担子，到校舍门前把一碗杏仁茶很小心的端进来。

陈教官已经爬起来，披着衣服漱口。他等得不耐烦了，一看见我像见了一条蛇似的，异样的瞪起眼睛，把口水吐在痰桶里，牙刷仍在桌上，拍一拍手，裂裂牙齿，直对着我的鼻子吼叫：

"跑到什么地方去……笨虫！"

我看他，比我高出五丈，神气要多足有多足。

他把杏仁茶端起来，先用鼻子嗅一嗅，似乎怕碗里有毒药，不放心的用舌头舔一舔，轻轻的喝一口，瞥我一眼，用力的拍拍桌子：

"打洗脸水！"

他洗脸的方法是和一般人不一样的，把头浸在水里，两手搓着后面脑海，手巾挂在脖子上，动作很快，洗完了就喊：

"拿去！"

毡子给他叠错了他是不能轻饶的，把毡子抓起来狠狠的摔在我脸上，推我一拳：

"好好看着，这么样！"

他这样的对待我要算是最温和了，给他当勤务的同学十有九得挨几回打。他说：

"打，不会把你打死！你们现在是享清福。"

他读书的姿势像鸡寻找食物一样，用力的探着脖子，把脸深深的埋在书页里，有时他把书扔开，喝一口水，唱起来，抖动着下巴，因为想把声音弄得动听就非常出力。

"你懂得么？"

我说："不明白！"

"笨虫！"他仇恨的瞥我一眼，"你们这些笨虫未出娘肚皮就是笨虫，你们不会变聪明，永远的。"

我心里暗想：咒骂人并不算光荣。

这是很显然的，无论谁他都瞧不起，从校长起一直到马夫车夫，没有一个如他意的。

"像哈叭狗那么样子喂养大起来的人，不能出息好种，你们这些笨虫，能有一种有出息的么？在他稍稍温和一些的时候，我和他谈话可以　起一点儿胆量来，为了表示我并不是一个笨虫起见就和他辩论起来。

他的口气总是强硬的：——

"你读过几本书？"

我说读的书很少。

"那么，你少开口！"

他测量的人，把书本当做尺，他是很看重书的，他以为多读书的人就一定聪明，读书少的人一定是笨虫。事实上有些人并不如此。然而他，偏见是很深的，他只相信自己的话，不容纳别人。他的一本书放在桌角上我弯着腰扫地没有看见碰掉了。

他跺跺脚：

"什么，瞎子么？"

我赶快把书拾起。

"拿来，我看看弄脏没有……"

书皮上沾一点儿尘土，他吹一吹，拍一拍，用衣襟擦一下：

"可恶……"

我小心翼翼的伺候着他，在他面前呼吸很难。仿佛，他屋里的空气是窒息性的，呼吸久了会伤坏肺部。

但是过了几天我习惯了。

他的马靴长久的不擦油，刺马针也生了锈。他上回来带一盒鞋油，仍在桌上：

"擦擦靴子，好好的。"

要"好好的"就必须多用点儿油，老大半天才擦完。他不看鞋，先看鞋油用去多少。他皱皱眉头，把油盒用力的摔在地上。

"你怎么弄的，把油吃了么？笨虫！"

拍车上的油太厚了。他不准用泥土擦，给我一块破布，我磨了半天，破布越发的破了。而且锈还是锈，一点儿也没有减少。

他生气的把拍车夺过去，看一看：

"算了，就这么样吧！"

开饭晚了，他不归罪伙夫却把怒气发泄在我身上：

"以后要爽快点儿！"

他吃着饭，唠唠叨叨的讲着：

"可惜，好好的饭，给你们这群笨蛋吃，这真是人类的损失！还有……"

他用筷子敲敲饭碗，当当当的响：

"还有那些什么也不干，白吃了人类许多饭的畜生们，非……"

"非……杀干净不可！"

把眼珠转了一下，吹吹鼻子，喉咙里咕噜一声，因为一口汤喝得太多了。

要明白陈教官究竟是怎样一个性格是不容易的。他一天到晚总是生气，几乎没有笑的时候，生气已经成了他的习惯。

虽然对我可怕的发怒，不亲切，可是我对他没有十分憎恨的感情，仿佛他暴躁的脾气，也不是那固执的谈话。我觉着他的生活缺少平静，没有愉快和安乐。他他孤独的在他自己的小圈子里活动着，一出他的屋子，就像好久的苦闷在箱子里一架机械忽然得到解放，活泼的开动了发条，跳着、滚着嘎嘎的乱响。

在教室里比在操场上，脾气大得很，谁的姿势没有坐正，稍稍歪了一点儿，他如果看见了，什么也不说，过去就是一巴掌。

他质问你每一个名词和意义，你必须仔细的解释。如果弄错了，他先骂你一顿，接着就是巴掌。

有一回在操场上做完了一节班的战斗教练教育法

大家快活的坐在一起休息。忽然，从操堂的西边有几只狗跑过来，其中有一只黄狗爬在另一只瘦狗背上玩，全身战动着，好像发了疯。大家哧哧的笑，陈教官也笑起来，这是不常有的笑。

他望望周围的学生，指指那些狗：

"知道么？你们就是这么样生到世上来的，所以你们都很有价值。"

谁也不说话，大家感到这咒骂的难过，而且不能反抗，因为陈教官是正颜厉色说出来的。

他想一想，拾起一块石子，扔到狗群里，狗都受了惊。

他对着狗像对人似的说：

"生气么？好——"

他又拾起一块大些的石头狠狠的打过去，狗都吃惊的跑了。

有个同学大胆的和陈教官开了句玩笑：

"教官打人真痛！"

他异样的挟眼睛，摇摇头悄声说：

"打，痛一点儿，比不打一点儿不痛好多了！放心，决打不死你们，你们这算什么？这世界对你们是非常优待的，别不知足，我从前……"

他看手表急忙跳起来：

"都给我滚起来！"跑步。

给他干一星期勤务，如果胸襟狭小，能愁个半死。我千加小心，万加小心，总算没有弄出大错。到最后的一晚，他瞪我一眼：

"怎么样，你永远忘记不了我吧？滚蛋！"

卒业考试以前，陈教官的脾气越发的暴躁起来，临毕业那天，我已经捆好了行李，他还收拾一下：

"都给我滚出来！"

大家急忙出去。

我们生着气跑了一点多钟，在操场上像驴磨似的转圈。他开心的立在中央，背着两手休闲的眺望风景，几乎把我们这受苦的一群忘记了。后来他打个阿欠才想起我们：

"立定！"

他满意的笑一下说：

"这算是临别纪念！"

狠狠的瞥了大家一眼……

张安的失望

张安是个老总，可是他不会拖枪、开步走、跪下、卧倒……这些动作。

他给刘营长当差，背着长筒匣子，营长无论走到什么地方，总是带着她，他像一块下雨天的湿泥似的，紧紧的沾在营长的鞋后面。这个差事，张安认为十分满足，非常光荣。

事实上确是如此。别的老总他羡慕他的好运，营长不出门，张安就在"公馆"里帮助厨子端饭茶，或者干别的差事，营长虽然是个严厉的人，可是对他都不十分严厉，但是也并不十分亲切。这本是营长带人的手腕，老总的心里根本全是这样，官长如果太温柔，像女性似的那样，老总一定要瞧不起他，说他是笨虫。有几分温和，还有几分硬，这样的官长是有本领的。所以张安也和别的老总一样，觉着营长是有本领的人。

营长的两位太太对他都和蔼，大太太虽然没有权利，而张安却不小看她，无论如何，他总是"太太"呀！二太太是有权威的，张安有点儿怕她，如果有什么事情做错了，不论于她有直接关系没有，她真不客气，她的嗓门是尖锐的：

"张安！"

张安一听见喊他，必须赶紧的大声答应一声：

"有！"

赶紧跑过去，规规矩矩的立在她面前，静静的听吩咐：

"你上街给我买点儿东西！"

这么说的时候，张安还不能默默不言，也必须马上应答，痛痛快快的说：

"是！"

"买三斤苹果"

"是！"

三斤酸梨

"是要好的，你好好挑一挑，上回买的有一些都坏了！你怎不挑一挑？"

"我是好好挑的，只有那几个了……"

"难道说别的家没有的么？你不会多走几家么？"

"是，是……"

"还有，再买二斤酸楂片"

“是！”

“记住了么？”

“是！记住了！”

出了公馆，到了桥上，张安的神气马上就改变了，仿佛在他身上有两个张安，这两个张安有两副决不相同的面孔和灵魂。在公馆里的的张安，面孔是服从的，灵魂是温顺的；出了公馆的张安，面孔是冰冷的，无情的，灵魂是坚决的，强硬的，天不怕，地不怕，此外还有什么可怕的事情？

张安最欢喜的职务是伺候“老爷”“太太”们打牌。

拿烟、倒茶、这面跑来，那面跑去，从天黑到天亮，一夜不眠不休，张安决不会有一丝一毫困顿疲乏的气色，时间越久，他的精力越足，四个八圈打完，或者八个八圈打完，宣言结果了，他才整理牌，收拾桌子，然后才去休息。其实用不着休息，他的精力是足的，第二天一清早他就满醒的爬起来做事。因为得到的“头钱”的数目的欢喜胜过夜里的劳苦的，金钱的叮　之声也属于他的灵魂之一。

有一天，二太太和营长怄了气，一天没有改变她那生气的面孔。两道眉毛不愤的皱到一起，一双魅人的大眼睛做梦似的半开着，鼓着嘴巴像绷紧了的皮鼓，脸也不洗，头也不梳，躺床上睡觉。好了饭也不起来吃。

张安小心翼翼的进屋去请她：

“太太，饭好了！”他悄声的温顺的说。

“不吃！”声调很强硬。

“太太，少吃点儿吧！”他这声音，像乞丐向人乞讨时一样。

“滚！”

他不声不响的轻轻的退出来，并没有一点儿受了侮辱的意思。这种事他是司空见惯的，就是比这更大的侮辱他也不在乎，先天的遗传和后天养成的忍耐性在他胸中已经生了根。可是，有时候，他的忍耐性不成了，就凶恶的发起脾气来对付，这是对待比他低的人，比方对那马夫，他就时常用愤怒去吼他。

张安时常上街辞事，和一个烧饼铺掌柜熟识了。这个掌柜的对张安非常客气，他有一副瘦消的面孔，扎着油腻的，脏污的围裙，两只粗糙的手时常藏在围裙下面，好像羞于见人似的。在黑的墙壁下安置着长案，他就这上面打烧饼，他的手艺很不错，白面揉好，很快的用木杖荡平，他把木杖在案上敲着花点，彭拍的响，好像闹着玩儿似的。他的妻坐在高高的凳上帮他烤烧饼。

但是张安最喜欢看掌柜的女儿，一个十七八岁有一双大眼睛，梳着乌黑的粗长的发辫，态度很沉静的姑娘。

从张安的眼里看去，这姑娘是没有缺点的，头上脚下整整齐齐，体格很健美，声音非常好听，她叫母亲的时候，总是用着轻声：

"妈呀！"

这柔嫩的声音好久的在张安的耳边响来响去。

掌柜的和张安成了朋友，他把各种事对张安说，好像张安是自己的儿子一样：

"白面眼看着一天比一天贵起来了，如果我手头有钱，一定多买。"

"得多少钱？"

"有五十块钱就够了，如果谁有，您给费费心，我情愿多纳利息。"

张安想了一想，慷慨的说：

"用不着利息，这几个钱，我借给你，还就还，不还也没有什么。"

张安给营长当差，钱攒了不少，五十块钱他是不觉着什么的。然而在掌柜，确实天大的惊奇和欢喜了。他说不出有多感激张安，连他的妻，他的女儿都深深的感张安。

其实这些感激张安全不需要。他有一个希望，这希望的力量很大，别说五十块钱，就是出多一些算什么？

从这以后，张安差不多天天到烧饼铺串门，不消说，这一家人都热烈的欢迎他，把他看做是最亲近的人。掌柜的时常打酒买菜招待，陪着他吃喝，让他坐炕头上，和他讲各种事。妻和女儿在旁边伺侍他。这种时候，张安是无限的快活，他觉着这和自己的家一样，他直爽的想，如果把姑娘给他做媳妇，这不是很好的一家人么？将来营长又不要他那一天，他就跟丈人学习打烧饼的手艺，过着团员的生活，多好？

多喝了两盅酒，他更快活了，两眼异样的放着光。他仔细的打量一下姑娘，把她看得害起羞来，躲到外屋去。张安觉着这真有意思：

"她还得习惯！"

掌柜的和他说：

"如果有本钱，多买一些，决吃不了亏，不信你看着。"

这种事张安不大明白，不过他能够判断，趁着现在赚的机会多办一些，灯贵起来的时就买，这是容易赚钱的，白面渐渐贵起来的事实张安也知道他问：

"如果落了价，怎么办呢？"

掌柜把筷子一拍，瞪圆了眼睛大声喊：

"决……绝不会落价，这是一定的，如果你拿出本钱买，可以这么样，赚了钱全归你，如果赔钱算我的，我说了就算！"

掌柜伸出一个指头在张安鼻子面前：

"用不着多，有一百块钱就可以了，再多了我这屋子也放不下。

"得，一句话，我借给你吧，赚呀赔的我不管，我借给你，怎么样？"

这还有不成的么？

姑娘害羞的势头已经过去，她这时立在门口，背靠着门框，很感激的看着张安的鼻尖——因为喝多了酒发红了——她的母亲推推她！

"你别老是立在这里看，给你大哥……"

她忽然把话停住了，很难为情的把话改正了。

"可是，我这嘴多……你去给你叔叔汤酒去！"

张安急忙放下酒盅加以矫正。

"不！别叫我叔叔，还是叫她叫我大哥吧！"掌柜赞成的指导他的妻。

"不错，我们用不着客气，我的年纪有张安两个大了，我就是称他老侄，或者直接叫他的名字，他决不会不愿意。她还是叫大哥，这很好！"

这话正中了张安的心意。

他欢喜的了不得，到晚上，他趁着闲空把他送给他的老朋友，夜里在床上他思索着这件事，这是可能的，一定办得到。他越想越高兴，从床上坐起，瞪着眼睛看着窗户！两手托着头，拍拍胸脯，吐一口唾沫在地下，急忙倒在枕头上。俩眼望着屋顶，看见那上面显出一副可爱的面孔，一双大眼睛含着感激的微笑，好久好久的望着他，好像对他说：

"我是你的，大哥……"

他出声音的笑起来，高高的伸出两手，完全像疯子似的。

以后，张安到烧饼铺里去的回数更多更勤。他一上街，——不怕一天上八十回街，他也要顺便去串八十回门，——他一天就是去二百回，那一人总是欢欢喜喜的招待他。现在，他和姑娘也时常直接的谈话。

她真称起"大哥"了。

"大哥，请坐吧！"

张安对她点点头，笑一笑。

有时，他进去时节，夫妻俩正忙，没有功夫招呼他，姑娘就代理了父母招呼他，给他倒茶，和他谈话。

可是，只有这些，除这以外，他想得到些别的，办不到。有一回他独自躺在里屋，姑娘进来拿什么东西，他壮起胆量来，想拥抱她。早就看出这毛病似的，没等他伸出手就躲出去，她是很伶俐的。

张安有点儿焦急，他等不得了，他想赶紧和她成亲，这想头倒很简单。

这一天，张安厚着脸皮，和他心目中想望的老丈人商量这件事：

"我想娶她，您愿意么？"

"娶谁？"那一个很糊涂，奇怪的看着张安的眼睛。

张安爽快的把心事讲出，——他有点儿，他以为心目中的老丈人应该早打算这件事，闹了半天还装糊涂！——

也不能怪他，他是真糊涂：

他吃惊地说：

"这事情……哎！你不知道她早定了婆家么？"

好像一个大棒从半空打下来似的，把他打昏了。晚上营长告诉他收拾东西，说是营部移防，明天早晨就出发，两位太太已经在屋里忙着收拾东西。二太太很生气，咒骂他！

"你死到哪里去了？各处找你找不着，快滚过来把箱子放好！……"

他迷迷糊糊的过去帮忙，像失了魂似的，手脚也麻木了。二太太生生的不停地骂他：

"怎么的，你没有睡醒么？"

他默默无声的帮着收拾东西，心乱如麻，什么也不感到兴趣，好像死亡临到了头上一样。

"投考军官学校，是我从前的想头。现在，我的思想改变了，你不知道，有出息的道多得很！嗳你想想吧，什么叫有出息呢？并不是阔起来叫做有出息，能？作大事，虽然不阔起来也是有出息，而且是伟大的……"

少女急忙摆摆手，不赞成的打断他的话：

"得、得、别说了，做什么大事，小事还做不上来！哼！别吹牛了！"

据我看，这个少女的经验和见识是比我们两个人高超的。

出来的时节，我的朋友还没有把帽子戴好，高兴的问我：

"你说，她怎么样？"

"很好！"

"她也读过书，脑筋比我好，从一年级到四年级我和她在一个教室里，她是我的表妹！"

他这话很深刻的感动了我：

"是你表妹？她是怎么的……"

（《泰东日报》1940年7月4日—9月4日，署名：慈灯）

一路上的愁苦

（这是我的朋友：——亚，从我家乡给我的信，一共写了有五万来字，写的很有意思，我抄下来几段留做纪念……）

灯：

——我最亲爱的朋友！

那天早晨，太阳还没有出来的时候，你送我上车站现在你还记得么？那早晨的空气该有多么清爽，路面边的草叶上挂着明亮的露水，好像是雨从浴池里洗完澡出来的一样。

但是，灯，你一点儿也没有理会这些，你的眼睛像是做梦似的望着远方，紧闭着的嘴唇，两道秀眉紧紧地皱到了一起。灯，我知道你心里有多么愁苦，我呢，唉！我就是不说你知道，悲哀是把我们包围了！火车一开，我的心像刀割一样……

从车厢望出去，是连绵不断的山山岳岳，河流弯弯曲曲，想抛弃了的领带似的，在山谷间的小村落，那些相依为命的小屋，看着非常可怜，他们住在那么样孤独寂寞的地方，简直是被世界抛弃了，什么文艺呀、哲学呀、决不会和他们亲近。

车厢里人数寥寥，我的邻座谁也没有，我闭了眼睛幻想，如果你坐在我旁边，这……该有多么好呢！我想了老半天，恍惚，你是真的坐在我旁边，亲切的和我说着话，但是，睁开眼睛一看，你在哪里呢？唉！灯！你一定要笑我这么愚蠢吧？我，也不怕你见笑，我也知道，你不会笑我……

在停车一点来钟的那一站真麻烦极了！坐在车门跟前的一个商人模样的中年人，因为没有预先把行李卷打开挨了一顿臭骂。两个检查的老爷非常凶恶，其中的一个尤其苛毒，他的面孔是西瓜形，眼睛像牛样，说话大声，好像吼叫"快打开！"，那个商人模样的人因为焦急的缘故，两手抖索着，绑行李的绳索太紧，他咬着牙，累红了眼，忙了半天好容易打开，把东西一件一件　在椅子上，这两个人走后，又来了一群，他们连顾客的帽子衣袋、鞋、袜子里，甚至连裤裆里也搜查。

问我："往哪去？我告诉了他们。"

又问："从什么地方来？"

问了一大套，非常仔细。好像过堂一样，最后和我要旅行证，我拿出来给他们，他们拿去了这个看看、那个看看，悄悄的议论着、商量着，我有点不安，莫非说这旅行证不发生效果么？但是他们看了半天还了我，又问我几句，接着去问别人，我愁苦的喘了口大气，低头发了半天呆。

有个农人，他的旅行证上据说圆章看不清楚，他们问了他好久，他的耳朵好像是不中用，不大声说话他听不见，说话嘴太笨，而且他们的附近的口音他听不懂，问东答西，他们疑惑他，叫他下车，他听到叫他下车，非常恐怖，哀苦央告，脸都变了色，他们一定叫下车，拖他，叫他快下去，他急忙跪下，要哭似的张着嘴，眼睛突出，身体战兢，宛如寒风中的草叶。

"下去！下去！"他们威吓着。

"我、我、我……老爷我没有钱，没有钱……"他直直的跪着，两手抱拳连连的给他们打揖，他们狠狠的把他拖下去的……

带着两本书，本打算在车里消磨时间，可是我的情绪很乱，无论如何，无论如何，总读不进去，也不觉着饿，肚子里是饱饱的。

我恨不能生了翅膀，一下子就飞到，这老牛似的火车太慢了。

我的邻座来了一个青年，他那轻狂的态度真使人讨厌，不停的吸着纸烟，不停的吹着口笛，他有一包烟卷，打开纸很熟心的数一数，好像谁偷去了似的，很小心的放在头顶榀板上，住一回又拿下来，又数，我看他像个疯子。

我看见了落日的美丽的光景，那夕阳赤红赤红的，就如一圈红的火，挂在暮色的朦胧的西方，说不出有多么动人……

火车终于到了正阳门在这里，还要经过一番严密的搜查才能放你过去。

到了旅馆，躺下不久，不！又出了乱子！灯，你猜又出了什么乱子，那些嗜血的贪婪无厌的臭虫攻击上来啦！我赶紧扭亮的电灯开始和他们斗争，在枕头底下，打死一个，在墙上击碎了两个……

一夜我没有睡好觉，四点钟左右，茶房来招呼我，我朦朦胧胧的站起，又困又乏，说不出来有多么难，受好像害了大病似的，头昏脑涨，身子无力，我真怕病倒在这种地方，勉勉强强的洗了两下脸，拖着两条笨重的腿去赶汽车。

到汽车公司一打听，说是今天不开，问他们几点开，说是"没有一定"，这糟不糟？

汽车门口坐着十来个人，他们都是来做汽车的，现在都发了大呆，有个坐在石台上抱着孩子的，妇人不停的喘着大气，怎么办呢？我也发了大愁。

如果是近路，我可以步行，这么远的路，唉！一点办法都没有，我忽然想起另一家汽车公司，急急忙忙的往那里奔跑，老远的我就看见一部大汽车，有不少人在四周拥挤，吵吵闹闹，声音很高，我问一个急着上车的中年妇人，汽车往什么地方去。

我坐这车正好，可是车里人满了，有许多人上不去，检票员是清瘦的小伙子，他生气的对大家喊，"不成不成，人太多了，没有地方了！"

我想着计策，怎样能上去呢？用不着坐，只要有个站脚的地方就可以，当然，我得运动那检票员，我看他从车上挤着跳下来，往公司里走去，嘴里嘟嘟念念的说些什么，他看见我，好像吃了一惊似的，不停的把眼睛往我身上射，我走过去客气的和他商量，"我母亲病重，今天不走，怕看不见她老人家了，您给帮帮忙，让我上去，用不着坐，谢谢您……"

并不是我的话感动了他，而是我身上的什么地方打动了他的灵魂，他急忙点了一下头，悄悄的说，"可以！"

他回来的时候，我就尾随着他，他很勇敢的在拥挤的群众中开开一条出路，我一点而也不踌躇用力的往上挤，总也挤不进去，车里真满了，好像出开封的洋火匣样一点儿地方也没有，有许多立在那里，吵闹埋怨，气愤、甚至还有咒骂，简单的来到，是个强壮的家伙，他看看车里，怒气冲冲的吼起来，"这么多人，不成！"

他动手拖起来，看看我没有动手……

（《泰东日报》1940年9月5日、7日、11日、14日，署名：慈灯）

破灭了的幸福（残篇）

小凤子为人是坚决的，别看是姑娘，志气可刚强得很，她的胆量也很大，闲言乱语是满不在乎，这些日子，她已经决了心，非嫁给连长不可，就是多么大的阻力她也不怕，她的身体和志气一样，比从前肥胖多了。

媒人是这么说的，连长娶过媳妇，可是已经死了，没有抛下孩子，家里有房子有地，冷不着饿不着，这也是村长把心一横……不横也不成，木已成舟，他有什么办法？把这事答应下。

婚事马上就办，老总们最高兴，因为他们又有一顿好饭菜吃了，又有酒可以大喝而特喝了。这样的饭菜，这样的酒他们并不止吃了一两回，喝了一两回！

天地拜完之后，连长不用说，小凤子是十二分的欢喜，幸福的光从身上四射出来，谁说婚事不美满？小凤子不愿嫁穷人，从前有些媒人都失望的回去。他们说小凤子一辈子找不着人家，没有人要，看看吧，现在她有婆家没有？有人要没有？连长大老爷单是部下就有一百多，马上兵器还不算，家里有房子有地，不愁吃不愁穿，人也不年老，又温柔，这有多么好，那些闲言乱语的人，是的。他们是嫉妒，是吃醋，好，让他们去吧！

小凤子从嫁了连长，当了连长太太，终日欢喜说不出有多么快乐。连长对她真是要多温柔有多温柔，她无论说什么连长都服从，决不违背她的兴趣，比如她要抽烟卷，连长就鼓励她："抽吧！烟卷有的是。"小凤子认为抽烟卷是高尚的事，当了连长太太应该高贵，处处都表示出和一般妇女不同。抽烟卷是最好的符号，所以她愿意抽烟卷，模仿连长抽烟的姿势，把烟卷含在嘴角。连长赶紧抓起火柴，给她点了，同时教给她怎样往里吸又怎样往外吐。

她真欢喜，情不自禁的笑起来。她希望有一双皮鞋，把这心愿对连长说了，正好连副回原防地办事，连长就命令他带一双皮鞋来，照小凤子的脚画了尺码，不久就带来，嗯！这双皮鞋真漂亮！半高跟，带扣的，穿上一看，不大不小，正好，就如定做的一般。

天天过着快活的，幸福的生活，一转眼过了两个月。这一天，连长带回来不大快活的消息，他说上面有命令，叫队伍移动。

因为是命令，不能不遵行，他的意思是要叫小凤子在妈家暂住些日子，有了住处一定就来接她。

"得多少日子？"

"大概用不着多少日子，你尽管放心！"

"你说个日子给我听……"

"我想，也就是十天半来月就可以回防。"

"我和你一块儿去不成么？"

"我当然愿意这样，可是不成啊！你是个女子怎么能和队伍在一起走呢？这是临时移动，如果是回防，那就可以了！"

"你们往什么地方去？"

"离这里有八十里路，那地方是个乡间，我一到马上来信给你，你不用挂心我。"

小凤子哪能不挂心呢？她泪眼汪汪看着丈夫，她想在她丈夫的脸上看出可以十分信任的符号，连长是交际手腕高妙的人，他马上显出使她信任的符号，并且加一倍的表现出十二分的恋恋不舍她的情谊，叫她安安静静住在妈家等他来接她去过美满安乐的生活。她也流出多情多义的恩爱的眼泪，诚恳的对他点点头，这意思是信任他，把生命和灵魂全部交给他了。结婚不久，狂欢的生活还没有过够，忽然离别总不免难受，所以小凤子在和连长分手的早晨眼泪像下大雨一样哗哗的落下，把胸前的衣襟都湿透了。

连长终于走了，现在只剩下小凤子孤苦伶仃的守着空房，说不出有多么寂寞，有多么凄凉，正是秋深，窗外的虫声像悲伤的哭泣一样。

腊月里的蟋蟀愁苦的唱着烦恼的歌，秋风吹着黄叶，在满地飞滚，天空树林，房屋，大地，都是衰落的颜色。在这种情景之下，小凤子虽然不是林黛玉，也觉着伤感。对景生情，悲苦是无限的深。

接着深秋就是寒冬，小凤子天天盼丈夫来接她，或者来封信，可是全失望，总不见他来，也接不到只字片纸的信。她真焦急了！

爸爸这么说："等他来接？哼！等一辈子他也不会来！"

小凤子决不相信这话，她比谁都知道的清楚，连长决不是那种人，他不来接，一定是又往别处移动，还没有回原防。如果他回到原防，会马上来接她。连长临去的头一夜，曾起誓发愿对她说，虽然离别了，可是决不会变一点儿心，这话非常强硬，那决不会是说谎，小凤子相信他，因为他是温柔多情的，而且有一张说话流利的嘴，还有一副会表情的面孔。但是冬天也过去了，连长还没有来接她，也没有信。怎么回事？小凤真情急了，她想去找他，可是什么地方去找他呢？这么大的世界，连他在什么地方都不知道，上哪里去找？爸爸告诉他：

"他们这种人，是不能信任的，他说来接你么？是呀，他什么都会说，为什么他不这样说呢？他不能说把你扔在这里永远不管，你个傻子……"

现在，爸爸的话她相信了。她眼眉一皱，嘴角一裂，眼泪迅速的淌出来，她两手捧着脸伤心的哭起来，肩头难受的抖擞着全体都痛苦的战兢。"这怨爸爸么？你愿意嫁他，我管不着你，我管你，除了得到你的仇恨我不会得到别的，现在，你说吧，你想怎么办？"她没有办法，她想去寻找，爸爸生气的骂起来："你个傻子，你上什么地方去找？你知道他在哪里么？就等你知道，你真去找，找到了他，我说他不会理你，你明白么？你想想……"可怜的小凤子越想，越觉着这事是可能，她越难受，越哭得凶，眼泪流了不少。正如嫁人，当连长太太当时所出的快活一样多，村长发出许多信给那连长，大概是因为通讯处差得太远的缘故，总不见回信。后来他打听出一个头绪，马上写了信去，可是还没有回信，他左一封，右一封写信去，结果全失望，最后写了一封信，大意是这么说：

"您如果不要这个人，请来封信说明白，我们好另打发她嫁人……"回信到了，信里很简单，只写三个字，歪歪扭扭的，好像六七岁的小孩子写的一样，这三个字是："嫁人吧。"

小凤子当了两个月连长太太，总算不白活一世。

（《泰东日报》1940 年 9 月—10 月 2 日，署名：慈灯）

虐　待

"唉！"

她悲痛的喘口粗气，先生厌恶的瞪着眼——他刚回家，因为妻做饭晚了，他便把妻狠狠的咒骂了一遍。

骂之类的事，她是不在乎的。其实，打她也不在乎，丈夫的骂和打在她看来，妻是属于丈夫的私有品？应该服从丈夫？所以丈夫无论用怎样的侮辱，她全忍受了，她老老实实，一言不发，就如温顺的没有不平也没有愤怒的小羊样！

她静静的洗着碗碟，把饭桌放在园中央，搁好筷子，注意炉中的炭火，饭是已经好了，只有菜刚下锅。

炉中的炭火似乎故意和她作对，她越焦急，火越不旺。

刘先生拍拍桌子角，把筷子震得跳起来，他像法官似的板着无情的面孔问：

"你为什么不早动手做呢？看看现在几点？"

她手端着咸菜碟，想了一下，轻声的回答他：

"这就好啦？"

他怒气冲冲的吹吹鼻子：

"胡说八道——菜刚下锅得什么时候好？"

她知道辩论的理由不充分，所以默默的不张嘴，可是，丈夫还接续强硬的问：

"你怎么不早动手做呢？做了些什么？你在家有什么事？"

她和蔼的对丈夫讲：

"我贪着多洗两件衣服所以做饭晚了一点。"

"洗衣服要紧？吃饭要紧？"

"得、得，你别问了这就好！"

丈夫不在家，也和在家一样。绝不能因为丈夫不在家，她便脱懒，什么也不做。甚至她在背地里所做的事，比在丈夫面前还要繁多，辛苦就如老鼠似的，虽然明知道猫不在家，却不能因之大胆放肆，这种沉默的不停的工作习惯她在先天已经养成。她急手急脚的把碗碟放在盆里，小心翼翼的刷干净。

把碗碟洗完，她还要烧水、擦灯罩、烫水，工作多得很。天色黑了半天，她才点灯，为了节省煤油起见，不能点得太早。她稍稍的停了一会，想想应该做什么，她忽然想起来了，丈夫新换下的长衫掉了一个纽子，她必须给换上。她从上摘下那件长衫拿到灯下，翻来覆去查看一下，她觉得有个什么东西落在脚底下，她弯身屈背往地下看了一看，原来是一封信，这信一定是从长衫袋里落出来的。

她把信拾起想装回袋里，可是她觉得这封信奇怪，其中有一个硬硬的东西是什么呢？

她仔细摸摸，猜不出，于是伸着两个指头，扯出来了，她靠着玻璃罩灯一看，呀！是个年轻的女子的相片儿！怪！这是谁？她仔细端详着——是一张二寸半身相片儿。这个女子，大概不过二十岁，她有满头乌黑的短发，一双美丽动人的大眼睛，穿着西服，领巾舒服的裂开，就如一束鲜花。她疑惑的把相片翻过来看一下，后面写着几行清秀的小字——可惜，她是个目不识丁的人，她不懂写的什么，她不安的放下长衫，难受的把信和相片放在长衫底下，赶快跑到西下屋，去找新英——一个邻家的女学生——到她屋里，求她把信念给她听。

她极力的压服着满腹的波浪，焦急的，悲酸的听新英念下去——

她的面孔，变成了苍白。不用说世界，连她本身她也忘记了！

新英把信放在桌上，又拿起相片看看，然后同情的、可怜的看着她痴呆的脸：

"嫂子，这是怎么回事？"

她没有听见新英说话。

"没有别的事么？我要回去了！"

她茫茫然，她坠云里雾中，她恍恍惚惚听见脚步声响，她知道新英出去了，她也忘记了道谢，连哼一声都没有，好像丧失了感觉似的——她悲愤的立在桌子旁边，立了好久。她的眼睛如冰结了样，死死地盯着天花板，她头迷眼花摸索着沉重的坐倒在椅上。

忽地，她跳起来，把信叠好，装进长衫袋里，把长衫挂在原处，一头倒在床上，两手捧着脸肩耸着，嗓子和鼻孔如吹笛似的，凄楚的呜呜的，响了起来。十点多钟，刘先生回来，他的脚步是响的，推门的声音也特别响，因为是脚踢的。

他摘下帽子，往桌上一丢就说：

"哎！起来！"

可是她不起来，她躺在床上一动也不动，像一块硬挺挺的木头，他愤怒的咬着牙齿，过去用力的推了她腰一下，她一翻身爬起了。

她两眼红红的，噘着嘴头发松乱，像一堆野草。刘先生一看她这副讨厌的样子，简直不能忍耐，他凶狠的咒骂着问：

"你怎么的？看你那该死的怪相，谁惹你了么？"

她忍无可忍，反抗他一句：

"我也没有惹你！"

"什么？"

"你自己知道！"

这样的对待丈夫，是她破天荒第一次。

他的怒气比火山还要凶猛，不可制止的爆发了：

"你……她妈的，胆子真不小，你对谁说话这种声气？"

她两眼通红的仇视着男人：

"你不用那么样，你讨厌我，你痛快说出好了，愿意怎样，你就怎样，我没有妨碍你，你用不着假装，你快娶她吧！"

刘先生的西洋镜被抓破了，这是能忍耐的事么？他上去就是一巴掌，在她脸上印了五个紫红的指印，她踉跄退几步，坐倒在床上抱着脸放声大哭。

刘先生的怒火一浪比一浪高，他又上去一拳，把她打翻，她滚了几滚挣扎着爬起，野兽似的咬着下唇，连哭带骂：

"你嫖上了野女人，还打我出气？你……狠心的东西，你打吧！打吧！把我打死吧！"

刘先生一点不客气，他真打起来，把她拖在地下，踢她的腰和肚子，她拼命的哭，可是怪，她不反抗。

刘先生打了一阵，累红了脸，嘘嘘的喘着气，好像出力太大的模样。她的头发散乱的披在脸上，衣服扯碎，嘴角和鼻孔淌着鲜血，身上滚了许多泥土。

邻居们奔跑着进来劝，新英气愤的跳到刘先生面前：

"你要打死人么？"

"管你什么事？"

新英的母亲过去把她拖出，指着她鼻尖骂："你这该死的丫头，你做什么呀？……"

但是新英摆脱了母亲无力的手腕，跳到外面，对着黑暗的天空生气的说：

"我去报警察！"

她飞一般往街上跑了。

挨打的人，拼命的哭。

（《泰东日报》1940 年 10 月 10 日—20 日，署名：慈灯）

口　才

从前，我父亲还活着的时候，时常劝我"你——要记着，好好的练习'口才'，人活着，这张嘴是要紧的，我不是说吃东西，是说讲话！"

那时候，我才十四岁，要了解父亲的话，当然是不能。当时，不知怎么，我很厌恶父亲的这番教训，我以为他所指示的路，是下流的，低贱的，我一点儿没有注意并且也不想听他的指导。不单这样，我还非常恼怒父亲对我说这种话呢！

也许是因为我的性格天生的和父亲不一样，他是个碎嘴，一天到晚不住嘴的讲话并不感觉无聊，越说越有兴致，好像一时不说话，他就不能活命似的……

过了许多年以后，现在我才知道这张嘴——父亲所说的："好好的练习口才"的重要了。商人为了获得营业的胜利，嘴便是不可缺少的武器。同样的，妓女除了美貌之外口才也很要紧，她的面孔好比是一个箱子，能把客人装住，她的嘴乃是一把铁的锁头，把这把锁头加上，箱子就越发的坚固了！

世界上，除了商人和妓女的口才要算重要以外，别的类人，要凭着口才达到目的，不消说是很多的——而这些人，有的坏，有的好，这是用不着的——我的意思劝你，正如从前我父亲劝我一样，我要诚恳的劝你："好好的练习口才！"

我看见过这么一个好口才的人，他讲了半点钟话，听的人大约有一百五十左右不论是男子，妇女，大人，小孩，全部泪眼汪汪，不声不响的望着他。后来，听讲的人全部，伤心伤意，悲痛万分的放声大哭了！

此刻我还记得清清楚楚这个人，有二十五六岁，面孔消瘦，一双大眼睛射着坚决的勇敢的光芒，他的下巴好像是铁的，宽肩膀，结实的胸膛，他那悲壮的声音，好像夏天的早晨，从高深的绝壁，从那山山岳岳经过无数的波折和障碍艰难和凶险，终于征服崎岖的狭路以及所有的难关，终于冲到出口像从天空一跃而下，拖着他的大流，滚滚腾腾汹涌澎湃的瀑布一样！——他的声音就是这样一种声音。

这个声音，时时刻刻永远永远地，决不会失掉！啊！这个人的口才好！

（《泰东日报》1940 年 11 月 6 日，署名：慈灯）

两个姑娘

姨母打开衣柜，在抽屉翻了半天，把收据找出来，打开看一看，好好的叠起，交给我：

"你好好装起来吧！"

她从袋里掏出钥匙，把放在柜里的小木箱打开摸出几张票子，数了三回才数清楚，恋恋不舍的把这钱轻轻的放在我手里，愁苦的说：

"这是六十块钱，上半年的利钱算是拿齐了，到那里，你好好说一说，把这些情形……"

她用手背揉揉鼻子，看看桌上的钟表，大声喊：

"富英！"

表妹在里屋用着同样的大声回答：

"这就来。"

姨母不耐烦的催她：

"快点儿，什么时候，看……"

表妹换了一件洁白的长衫，领子高高的，袖子刚到肩头，简直是没有袖子，鞋像新下的雪一样的洁白，头发用丝带扎起，在旁面打一个花。她这样打扮，好像舞女似的。

姨母不放心嘱咐我们：

"你们要先去送钱，然后再去找桂子，她如果不回来，骂她！"

这个差事使我很为难，我悄悄不响的戴上草帽，慢慢的在头前走，表妹随在后面，刚出门，她就打开粉红色带花的旱伞，好像生气的嘟念着：

"天多热呀！连车钱都不给，我真不愿去。"

等她走到我旁边，为的是和她并肩而行。街上，在树荫下有些人望我们，他们大概是误会了以为我和表妹是情人也说不上。天真热，马路两旁的树睡熟了似的连轻轻的动一下都不，从地皮里发出热气来。这么远的路，姨母叫步行，她说年轻人受点儿苦好，可惜她对于孩子们的这种教育从现在着手是已经太晚了。

姨母家有钱，这是谁都知道的事。从姨父死后财产全归姨母管理，她不会计算，她不知道表兄在美术专门学校里究竟一个月得多少花费。她只有表兄一个儿子，看做宝贝似的，无论什么事都由他，他一个月花去二百块钱还说是不够，他一要钱，姨母也不问他做什么用，马上就给他，有时不过柔声柔气的好像对长辈讲话似的嘱咐他：

"仁，你要俭省点儿呀！"

其实，表兄并不一心一意的把精力集中在学的画画上，他对于画，很显然的并不感到大兴趣，与其说他是在学美术，还不如说是学习挥霍恰当。无论什么时候他的衣领总是洁白的，一天更换好几回领带，擦皮鞋要占去大半天的时间，照镜子的回数和呼吸的回数差不多一样多。他的衣袋里装着美丽小镜在厕所里也可以拿出来仔细的照自己脸，这副嘴脸是比什么都尊贵。

姨父活着的时候时常骂他：

"什么东西，你是女人么？那么梳洗打扮，没有出息，以后把那些毛病改掉！"

然而表兄决不怕他分毫，表兄知道他骂完了就完事，这本是他的老脾气，无论什么事想起就说说，并不往彻底去追求。他的宗旨是很明白的，他时常对孩子们发表宣言：

"我快死了，你们愿怎样就怎样吧！我不和你们生闲气，可是你们得知道点儿长进，一个一个都长大了，大了没有法管，也不用管束，随你们的便，看着办去……"

无论怎么说，他活着，孩子们都有点儿拘束，他一死，好像猫从这家里死去了样，老鼠的胆量都大起来，正如他所说，随便干起来了。

表兄进行的第一件事是和娶了二年多的媳妇离了婚。这媳妇是姨父给他定的，是个乡下姑娘，听说要和她离婚，哭得死去活来，几次想自杀，总算平安无事，终于回娘家去了。

从此以后，表兄就忙着追求他理想的妻，追求理想的妻得多花钱，这是不成问题的，看个电影，吃顿饭，或者送礼物，表兄全干得起，钱花完了和母亲要呀！母亲如果问要钱做什么：

"买颜料，买画布，买纸，拿学费，旅行用……"项目多得很，好像读书似的，一念就是一大套。

表兄在美术学校里呆了三年，总计花了一万来块钱，姨母吃惊了，金钱大量的像水似的往外流去，而进钱的道路却很少，在外面"放"的钱所得的利钱，一进来就做了零花。

表兄失恋了三回，他很快的堕落起来了。

他把妓院当做第二个家庭，因为缺少睡眠和酗酒，面孔瘦瘦的像病人一样。姨母看着太不像话，劝他几回，他生起气来，一连几天不回家。后来，姨母为了这一家人的长久的生活起见，就立定了志气，决不随便的给他钱花。

表兄把地照偷着押在银行里，借了三千块钱，不到半个月就花光了。姨母知道了这件事，气哭了一两天，她跳着骂他，想打他，可是没有动手，怕把他打跑，只有这么一个儿子，万一出了什么差错，怎么办呢？

我到姨母家住了三天，她把这些情形坦白的告诉了我，最后叹息着说：

"这算破产了！这几个孩子，小子姑娘，全不顾家，我怎么管他们？我气极了真想把他们全都打跑！"

凉爽的晚上，姨母和我坐在院里谈天，她忽然想起一件事情：

"明天你再给跑一趟，上银行去，还欠人家几个利钱，我想赶紧把'地照'抽出来。总凑不够这笔钱，还有桂子这该死的丫头，她去了一个多月还不回来，你给富英做个伴，去找她回来。"

……

我们走了大约二里来路。

富英只喊热，她是舒服惯了，走这点路都不成。我站住了，望着对面过来的马车问她：

"坐车走吧？"

她摇摇头把旱伞换了手："不远了，走吧！"

我不愿坐车，这么走走很不错。

桂子的事我不知道，问她：

"你姐姐住在什么地方呀？"

她很爽快的回答：

"在她同学家里。"

"怎么住了一个多月不回家呢？"

"不知道，一定有好处吧！"

从她身上发出一阵浓烈的香气，我不能不吃惊她才十六见多一点儿，一举一动好像成人一样，体格很健壮，看去像十八九岁的样子，说话非常豪爽，一点儿不拘束。

"桂子今年是不是二十一岁？"我问。

"是的，她比你小一岁，你忘了么？"

"在外面住一个多月不回家，姨母放心么？"

"她时常住在朋友家不回来。"

"都是怎样的朋友？"

她轻轻的笑起来：

"当然是好朋友。"

她忽然瞪我一眼，停一下脚步，又走起来，悄悄的问：

"哎，你没有女朋友么。"

我吃了一惊，呆住了，这种话，她说得很流利，说实在话，我是很蠢笨的，我不了解她问这话的寓意，为了表示我的"人格、清高"起见，我就正经的告诉她，我不喜欢女朋友。我说女朋友有害处，会妨碍我上进，我愿意努力用功，成就学问，将来有发展，如果有女朋友，荒废了时间，不合算，这是第一点，其次还有一个原因，我没有钱……

这姑娘显然是厌恶我了，她的眼里流露出不高兴。

"你矛盾。"

她轻蔑的说：

"朋友，不是花钱买的东西……你——"

我怎么样，可惜她说不了。

银行里我没有办过事，不知和谁接洽，怎样办手续，富英在这种事上表现出非常的聪明，她叫我坐在椅上等，她去办理，她的经验很多，不到二十分钟，所有的手续都办完了，把一张写着的字据交给我！

"装起来吧！"

"还有别的么？"

"完事了！"她这声音很大，好像军官下口令一样。

转弯抹角，走进一条幽静的胡同，在一家黑漆的大门口，她放下旱伞……

"你别进去，在这等等。"

她进去了。

我很不高兴的在门口等待，看看那油漆门牌写着"杨寓"。我觉着有一种欢喜的感情，因为这家人和我是同姓。

不大会儿，出来了，我听见一个陌生的女子的声音：

"在哪？"

富英和桂子一块出来了。

桂子比从前高多了，也胖多了，她穿一个西式的衣服，光着大腿，没有穿袜子。我看她，不像个"姑娘"，好像少妇笑嘻嘻的跳到我跟前，上下打量我，很满意我似的，快活的笑着，两手背在身后：

"好，我们走走去吧！"

桂子跑进去，马上跑出来，拿着伞，推富英一下背：

"你在前领路。"

走到街头，我觉着不大快乐，和这两个性格特殊，我完全不了解的少女在一块儿走，如果从不识者的眼里看来，我要算是怎样一个人呢？可咒诅的腐臭的道德观念寂寞的压迫着我，我想逃开去，又感到在她俩一处走是光荣。

桂子不愿意回家，她说住在家里大闷，简直是牢狱。她喜欢过自由的生活，这所谓自由的生活是怎样的生活我可一点儿不懂。

到了公园，桂子很好奇的对我说：

"这几年，你都做些什么？"

我不愿讲这些，这是没有意思的，我很想知道，知道她这几年做了些什么，她也不肯说，只是笑。

从她的笑的福气里我看出她的灵魂，这是和那些娇生惯养的女子的表现完全是一样的。希望过所谓自由的生活，要温柔，要舒服，等待着来一个能养活她，能如她心愿的丈夫，还有，是的，要温柔，要舒服，富英完全像她姐姐的老模型，喜欢幻想，空谈，实际上，什么也不懂，也不想去深刻的理解，没有勇气。

但是我欢喜她俩，愿意和她俩谈话。一个把草帽拿在手里，戴着眼镜的青年笑嘻嘻的过来了，桂子快活的跳起来，两个人非常亲近，她有趣的咧咧嘴：

"你俩少坐一会儿，我很快的就回来！"

去了。

我这才明白她不愿回家的理由。

富英很眼红的望着那一对，问我：

"好不好？"

我和她开玩笑：

"你不照样做呢？"

"我不愿意！"

"撒谎！"

她狠狠的瞥我一眼，我知道她这意思，我不是她理想的人，但是我想错了，她又笑起来，怨恨的，又情深的看着我，好像很焦急的期待着什么似的。

我糊涂了，不知怎样做好，像凝固了样……

(《泰东日报》1940 年 11 月 17 日、20 日、21 日，署名：慈灯)

天亮之前

一

我醒了，还想睡，可是睡不着，也不像能睡着的样子，因为是非常清醒的，好像在白天，精力很足的时候。

现在几点钟？不知道，破表早就停了工，我也不需要它，时间的通报在我是一种痛苦，表坏了不走倒好些。

但是天还没有亮就清醒，这点怎么办呢？在黑暗里瞪着眼睛，什么也看不清楚，从玻璃窗照进月亮光，把屋子里显得分外凄凉，炕上，桌上，堆着乱七八糟的东西，这些东西我真厌恶极了，许多东西虽已送了人，还有这么一些，而这些，都好像是很重要，唉唉！天怎么还不亮呢？多么寂寞，一个人孤苦伶仃的躺在这间漆黑的小屋子里，想谈话都不能，这真够苦恼，穷病，或者是死亡，都不算什么大苦恼，只有这说不清道不明的无限的大寂寞才是最大的苦恼，而且是最大的苦痛。睡不着觉真能急死人，我翻过来覆过去，无论如何也睡不进去，唉唉，怎么办呢？不单是这一回，每天总如此，在离天亮还有好多时间以前，我一定是清醒，这一醒就别想睡着觉，尽是瞪着眼一连几点钟的等天亮。这苦楚就如手脚绑上铁链，也像老虎装进笼里不能忍受，实在不能忍受。

我想起那一年住在山镇和老达、老申住在一间房里的情景，三个人都是独身，只要自己吃饱，此外便无牵挂。

老达，性子很温柔，像女子似的，豆料似的眼睛，歪向一边的下巴，一听见音乐就跳起来，从墙上摘下衣套搂在怀里，如醉如狂的满屋旋转。

屋子很大，地下平坦，只是缺少光滑的，可是这并不能阻止他的跳舞，直到精疲力竭才停下倒在床上，两手抱着头沉思着。有时像想起重要的大事似的跳起来呼喊，哎，我们应该做饭了。这工作是讨厌的，三个人懒懒的动手，一锅饭一锅分开在炉上，吃的时候可十分热心，到月头算账，我和老申的钱不够，老达便慷慨的拿出来。

老申，苹果形脸，肩膀宽宽的，天生一副好心肠，勇敢，豪爽乃是他的特征，说话的时候叉着腰，讲到不平的事便愤怒的咬着下唇，像要动武的样子。

每天晚上，三个人在灯下抱着书本，厌倦了便围在炉子周围谈话，从东谈到西，从南谈到北。不到半夜不想睡觉——可是现在呢？东的东，西的西，如秋风中的落叶不知他们俩现在哪一方，连一丝一毫的音信都没有！

喂，天怎么还不亮？我爬起来，伏在窗台上——

天上的月亮已被乌云遮住，可是月光把乌云照穿，像隔一层板似的把光明射出来，邻家的窗户，房角，院里的铁桶，烧柴，都悄无声息，幼小的槐树在墙边静静的睡着，一只猫从墙头跳到房顶，不慌不忙的跑到西面去了。

二

黑云一团一团从四面八方往一处集合，要下雨吧？什么地方有，听不清的好像是打雷的声音。

我又想起一件事——

这是我从小时候，有时在天还没有亮之前，一点儿什么声音把我惊醒，我从枕头下面去看，原来是母亲坐在窗前，两手托着下巴，肘节支膝上，一动不动的凝望着外面。当时，我不了解她为什么在这种时候起来，她是因为生活太艰难的愁苦睡不着觉么？还是因为挂念远处的父亲呢？

那时节，生活实在艰难，饥饿的压迫比什么都凶，有如一条无情的大棒狠狠的打着人的灵魂，在这种打击之下，不懂得抵抗的方法，除了忍受。是的，像父亲母亲那样安分守己的天生的性子，什么事都是一个忍受，就是饥饿死也是忍受。他们不知道为什么挨饿，世界上钱并不少，可是地球却很穷困，人们生活在泥沼里，困扰在黑暗白夜间，为什么幸福不降临到所有的人类的头上呢？

可怜的母亲，她悄悄的坐在窗前，呆呆的望着外面，想着。这幅图画的色彩不是明快的，看起来，像死的恐怖包围着人间一般。活着简直是苦恼，而智力缺乏的人们又不得不苦恼的活着，想起过去的事，滋味不大好受，唉声叹气不想吧！我想睡觉，天亮还早呢？可是不成，眼皮是硬的很顽强，尽管想睡，总是睡不着，能够一夜不醒，一直睡到天亮多好呢，为什么我不能够呢？

我又想起一件事——

六年前，我初到热城，时常在黄昏时分到街上闲走。

那一天，无意中走到一家石印局门口，看见窗前的摊子上摆着些旧书。我一翻，全是有名的好书，单是书名和作者就使我大大的吃惊。一共是三十四本，我把这些旧的，不管书页破碎没有，全都堆在一起，那掌柜很稀奇的看着我，怕我抢走了似的，急忙过来阻止我：

"做什么？"

我问他，"这些——一共多少钱？"

"全买么？"

"都要！"

他想一想，算一算，张嘴就要两元钱，平均合不上一毛钱一本，我怕这个交易中间发生变故，赶紧给他钱，和他要了一条草绳，乱七八糟的绑起来抱着就往回跑。

这么便宜的事以后再也没有遇见过，这些书直到现在我还好好的保存着，宁肯牺牲了这条不值得什么的性命，也不能神经过敏的抛弃了这些好书，因为这就是我的命脉，人没有命脉还怎么活着呢？

外面有雨点落下的响声，是大的雨点，像豆粒打在纸上的响声一样，接二连三的响起来。下雨也好，我爬起来展望，月亮早已不见，所能看见的只是一片黑洞，轰一声——打雷。

闪电的光，把黑暗刺穿，但是马上又复归黑暗。

雨——下起来了。

这光景很动人，闪电的光明，怒吼的雷击，哗哗的大雨……

我穿好衣服，点了油灯，抓起笔和纸，乱七八糟无头无绪的写起来。写、写、写了好久，天还不亮。这是怎么回事？莫非说黑夜永远的霸占了世界，而白昼就不能回来了么？什么地方鸡啼了——喔！

天快亮了！

闪电的光明，雷击，雨……

（《泰东日报》1940 年 11 月 23 日、27 日，署名：慈灯）

梦

我确实不知道我自己究竟是怎么回事，不但在夜里睡觉的时候做梦，就是在青天白日的昼间也是时常——甚至于不间断在做着梦的！

苦恼的梦无须说，我早已做够，奇怪的梦，简直是糊涂梦，我也做够，就是连幸福的梦，快乐的梦我也没有勇气去做了。

但梦神，他不知从什么地方，在我走路的时候，从道旁一跃而出，拖着我就跑，跑得可怕的快，我的嘴还没有张，打算乞求他释放我的话还没有吐出一个字，他就把我抛弃在一个会来过几次的乡村，闪着黑的翅膀，独自飞去了，也没有告诉我到什么时刻才来领我回去，

这是一个没有树木，没有青草，没有河流，没有花的乡村，其实这样的乡村就是不在梦里也可以看到的，这样的梦，枯燥乏味，好像在沙漠里骑着脚踏车一样，除了苦恼之外，恐怕没别的吧！

如果既是身入梦境，至少总得有一个春深的大花园，园中开满了鲜艳的花，随处是温香的风，美丽的蝴蝶，当然！在园中应该有一个常在书里所见的那一座富丽堂皇的宫殿，住着许多月宫里的仙子。

这样的梦还不失其为一个梦，梦之所以为梦，总得有这样的大花园，不然还是昏昏的睡去的好，不必做梦，然而梦神不容商量，宛如大海的涨潮落潮，我不能指挥他按着我的意旨去动作！

我在梦乡里，分明的知道得很清楚，我是在做着梦的，可是，像害怕这种事制止不住，比方这样的乡村，连青草没有，有什么意思呢？

我所谓的没有什么意思就是苦恼，我所谓的苦恼也就是没有什么意思，

即便在梦中，也应该有点意思，或生或死，全没有关系，一定得有点意思不可，不然在这样的梦里简直是糟糕！比在沙漠里骑脚踏车还要无趣得多啊！只请闭目想想，那种在沙漠中骑脚踏车的滋味……

但我在这里，连青草都没有的乡村，还不如骑脚踏车向沙漠里走哩！

我在没有树的乡村里，在没有青草的道上行着，愁苦的看着这一个没有河的偏僻地方，那些少数的人，只知道饱而且暖之后，至于将来能不能饱而且暖都不想的人们，他们是成天到晚的在坐着，或工作着出神，他们的思想是在什么也不想上面打转，他们所打的转，不过是像一阵旋流地转，说不出他们转的是什么意义，小孩子突然把皮球一转，这是游戏，然而他们不容易解释，也无须解释，因为没有意义可解！

"你所想的不对吧？"

就有这么一句话，在我身后面响了出来。

我回头一看，原来是一个小姑娘，头角上梳着两个头辫穿着红棉袄，十一二岁的小姑娘，骑着坐在墙头笑嘻嘻的看着我。

哈哈，她能够知道我，想的不对吧？这一定是一个不凡的小姑娘，这样小姑娘的不凡，恐怕不在梦中是没有的。

"请你告诉我所想的怎样不对呢？"

我把后脚引靠前足，立定了这样亲切的问着他，同时我把脸松动一下，不这样我知道即便不凡也不肯回答我的话，她果然如此，看我笑了她也笑了，其实她先头就笑，不过这一笑与那一笑，有些不同。

"我领你去看一看怎样？"

她说着，跳下墙头。

虽然是在梦中，也不能无可无不可，有一个大花园当然是"可"，有一个"厕所"却不可，这是任何人的做梦也都该本着这个原则，所以我仔细的问着！

你是说领我去看一个大花园，还是一个厕所呢？

也不是大花园，也不是厕所！

那么是什么呀？

也不是什么！

这可奇怪了！这一个虽然连树和草和河流都没有的乡村，却有这样的一个奇怪的小姑娘，那么应该给这个乡村起个名叫"奇怪的小姑娘的乡村，"可不能反过来说叫"奇怪的乡村的小姑娘"或"小姑娘的乡村奇怪"，毕

竟是梦啊！起名也必须梦一点才行，这样，在梦里并算不得矛盾，

我跟着去看"也不是什么"。

这个"也不是什么"是在一间草房里，虽然不是严寒却生着炭火盆，也许是村里的人都挤在这一间屋子里，大家好像是在商量着什么事还没有讨论出头绪来。

绑在壁柱上的两个人首先捉住我的视线，也许是这屋子挤满的人首先捉住我的视线的！在梦中，这件事很不容易弄清楚！现在他们是从壁柱上解下一个人来，但并没有解下被绑的人的身上捆住了手脚的绳索，只是解下绑在壁柱上的一条绳索罢了，原来是两条绳索。

虽然解下绑在壁柱上的一条绳索，然而被绑的人还是绑着，不过叫他离开的壁柱，和绑在壁柱上的另一个人离开罢了！因为这是"也不是什么"而我从来又是不会在梦中见过"也不是什么"这事情的，所以必须看得格外的仔细。

被从柱上解下的人，立在人们的中央垂着头，样子好像正在做着梦一样。

大家似乎是早已商量妥当，这时都立了起来，挥着手，表示赞成我的意思，接着就开始向外面挤，费了很久工夫，才完全的挤了出来。屋子里只剩下一个还绑在柱上的人，被解下的一个是押到街上，大家围了一个很宽广的圈子，有的跳上墙头看。我和不平凡的小姑娘站在人群里面，从挤挤巴巴的人群中探出脑袋去。被解下的人到这时还是垂着头，一个大汉子，好像群众的代表，在被绑的人肩上拍了一下，问道："还有什么话要说么？"那人抬起脸来，对着大家微笑，想了又想，说了下面这样的话，"我没有做什么事，我不过在想，在这间乡村里边栽一棵树，种一点草，开辟一条河流……"

"这样想就不行！"那大汉这样威吓着说："用不着什么树什么草的！"

"用不着倒不要紧，你们大家请想：有一棵树和一点草，一条河流该多么好呀？"这便是那人的回答。

"放屁！"这是大家的口号，并且举手做手势，暗示那大汉。

大汉从衣袋里摸出一条并不怎样大的毒蛇，在那人眼前现了出来，那

人因为害怕把嘴一张，这条毒蛇就钻进他的嘴里去，这从做出一副可怕的痛苦的表情，在大家鼓掌叫好的欢呼之下，跌倒下去，也不知是死是活了！

别的几个人跑进屋子里去，过一刻，把另一个人牵出来大家让开一条出路，把他引到中央，也是那大汉拍了他一下，问道：

"你还有什么话要说么？"

那人始终是仰着脸的，始终是对着大家微笑，也没有开口就说：

"我只是想培栽一朵花罢了。"

"这样想就不行！"那大汉不变他说话的方式和威吓的口气这样叫："用不着这么花我们不懂得！"

"不懂得不要紧，待我培养成功，诸位自会懂得呀！"

"放屁！"这是和先前一样的大家的口号，并且和先前一样的举手做手势，暗示那大汉。

大汉从衣袋里摸出一条并不怎样的毒蛇，在那人眼前现了出来，那人因为大笑所以把嘴一张，这条毒蛇就跟进他的嘴里去，这人和那人是绝然不同的，他脸上的表情只是微笑，但最末的一刻脸色完全苍白，在大家愕然吐舌，忘记了鼓掌的稀奇之下很不满的注视之下，倒了下去，也不知是死是活。

人们解散了圈子，向四面去了，只剩下小姑娘和我，小姑娘怅惘的看着躺在无草之地下的两人，大有所思的沉默着。

"这两个人是谁？"我忍不住的这样问了。

小姑娘的眼睛里涌出满眶的泪水答道：

"我的哥哥！"如果是梦，一定会有个大花园不可，一座宫殿当然不可缺少，即使没有宫殿，也得有两位月宫仙子，只是这样的梦苦恼得很呀！谁说这样的梦不是和骑脚踏车在沙漠里一样？那些咬文嚼字的诗人学者或许不承认会有这样的梦，原因是他们还没有做过这样的梦，也不知道有这样的梦，梦之神时常是拖他们到咖啡的都市里，牛奶的城里去的，只怕不知道骑脚踏车在沙漠里去着的滋味吧！

"梦里的小姑娘，再会吧！"

梦之神已经扯住了我，小姑娘木然的立在那里啜泣，我随着梦之神跑了，他只消把我扔出梦的乡以外，我就算清醒。

多苦恼的梦呀！一点趣味没有？既是梦，非有一个大花园，五百个月宫仙子……

但醒后我是一切全忘记，只有，没有树、没有青草、没有河流、没有花……我疲于这样单调的梦了！一定得有一个大花园，咖啡的都市一样。

我确实不知道我自己究竟是怎么回事，不但在夜里睡觉的时候做梦，就是在青天白日的昼间也是时常！甚至于不间断的在做着梦的！而且我所做的都是些苦恼的没有价值的梦！

可恶的！——我把小锅放在灶上的时候这样愤怒的想——这是捣蛋的梦神的罪过，他有意无意的捉弄着我，我屡次的哀求他都没有用，他是怎样一个难缠的家伙呀！我几乎快要被他揉烂死了呢！唉！有什么法子可以把他制服？

小锅里是我自己给我自己做的小米稀粥，这是我在冬天一天三餐，每天不变样的食品，还有临时现买的苞米饼子和咸菜。对于吃东西，在我简直像对梦神一样的讨厌，如果我的肚子能够不饿，我就一点不吃。

经济问题我倒不考虑，我所忧愁的是麻烦，吃一顿饭虽然用不了几分钟，但做一顿饭却必须费不少功夫，炉子里几块半死不活的煤，苟延残喘的闪烁着。而往往，梦神就趁着我在这样焦急的期待当中跳出来，一把抓住我，拖着就跑，现在我是多么害怕！我不停的挑选着煤块，希望烧得猛烈些，小米粥可以快点煮熟，然而便在这时我正忧虑着、苦恼着。害怕着梦神终于又跳出来，一把抓住我，拖着我就跑。

我心慌意乱的不知如何措手从他的有力的翅膀下挣扎着苦苦哀求，但这都无效，他的力量大得很！不是挣扎可以脱免！

"送我到幸福的国去！要有个大花园！你送我去吗？"我随着他，这样问，他是只说了一句话：

"这不是由你决定的事！凭我送你到那里去吧！"

他拖我到一个陌生的地去把我完全的抛开，他自己飞去，这东西多么可恶！他屡次都是这样，把我一抛就不管，领我跳出梦境就算完，也不知道是天堂还是地狱，说是幸福的国又不像，苦恼的城当然更不是，类似一个愚蠢的人类容易发狂的漩涡。但这些人类却没有穿现代人类的服装，他们的生活方式近于原始化。肚前挂着一排草叶，赤裸着身体，披散着头发，光着脚，脚腕系着一圆串旧铜铃，两个或三个牵着手或者互相搂抱着，在青草地上专注的跳着舞——如其说跳舞，还不如说发疯恰当些，不知有多少人，这些人没有秩序的在乱跳，团团的聚了一大群，好像中了魔一般，脚上的铜铃花的响，还有一个尖鼻子家伙在圈子外面吹喇叭，他的喇叭又大又长，鼓着嘴巴突出着眼珠，似乎很是吃力的吹着奇怪的乐谱。

大喇叭发出咕咕的青蛙叫的腔调，在他身后有个伙计背负着一面大鼓，另一个人好像打铁挥舞着棒乱鼓敲打大喇叭的音调高扬时，鼓的敲打便随之加响。跳舞的人更加发疯，不顾命的跳了起来，有的因为用力过猛筋疲力尽，倒下躺着，嘴里喷着白沫。这时就从场子外面跑进几个人，把这个快死的家伙抬了出去，抬到有沙滩的地方，那里挖着许多窟窿，把这家伙头向下对着窟窿推了进去，好像倒栽葱的法子一样，埋上沙土，在上面踏结实，只留两只脚在沙上面。起初那两只脚还不停的活动着，宛如小孩子反抗时跳动的脚一样，但是一刻就静止了，一点动作也没有。那里，在沙土的上面露着许多一对一对静止的脚，正在跳着的人们并不注意倒下去的人，也不理这些倒下的抬到什么地方。

大喇叭不停的吹，打鼓不停的在乱敲打，这些人们，一式的乱舞乱跳，用力的跺着脚，使脚上的铜铃发声。站在场外的闲人，看见有倒下去的便过去带着扛抬，并且摘下那铜铃，挂在自己的脚上，加入群众，开始狂跳。真是稀奇古怪的梦！这样的梦确实是不多见！这些人们也不知什么时候才算跳完，那突然倒下去的，口喷白沫的，被埋葬了的是怎么回事呢？这样的梦我不能了解，和我未在做梦时候看过不理解的书一样。

我决心在梦中去寻求幸福的国了，我离开这些人群，寂寞的走，也不知道走着的是不是道路，梦中的道路我不会选择，这和我不是在做梦时不会选择道路一样，我在不做梦时走路是不选择的，实际上在梦中也找不着道路，无须在路上走也可以吧？

我看见两个人奇怪的走路方法，一个人骑在另一个人的脖颈上，拿着鞭子，指挥者打着他所骑着的人的全身，被骑的人流着汗，喘着疲乏的气，肯定的接受者皮鞭似乎那鞭子像糖块，越多光顾越好！

我看三个人奇怪的走路方法，一个人骑在两个人的脖子上，拿着鞭子，指着打着他所骑着的两个人的身体的不论哪一部分，被骑的两个人流着汗，喘着疲乏的气，肯定的接着皮鞭，毫无怨言是两个被骑的人有点互相憎恨的意思在面上显露着。但骑在上面的人，他们觉得很平常。没有什么，至于那皮鞭，就如糖块，越多光顾越好！

我看见四个人奇怪的走路方法，和两个人走路、三个人走路的情形完全不一样！只是稍微有些不同，那便是乘骑的姿势稍加变更，是这样的两个人被骑，另一个人在后面扶着，把脑袋钻进乘骑的人的屁股一面，宛如一个合适的鞍具。

但，三个人毫无怨言，上面的挥着皮鞭……

我看见五个人奇怪的走路方法，我看见六个人，九个人，二十三个人，七十八个人奇怪的走路方法，还看到数千万，那数目简直不是我的脑筋可以数得过来的数目，他们都和两个人、三个人等的走路方法一式，拿着皮鞭打着，流着汗的毫无怨言。只是拥挤的太凶，常有被挤倒、被践踏的人，但毫无怨言，只是流着汗，而我看见一个老妇，她脖子上骑着一个十八九的姑娘，这姑娘拿着皮鞭，在老妇的面上、身上、背上、腿上猛抽，老妇咬着牙齿、嘴角流着鲜血，前头破一个窟窿，鲜血顺着脸腮直滴，她的面孔憔悴苍白，头发凌乱衣服破碎，赤着足，在崎岖难行的路上奔波。那姑娘穿着华丽的衣服，面上涂抹着厚的脂粉，瞪着不满的眼睛，冷酷的举起皮鞭……但老妇张着嘴，忍耐着，毫无怨言，默默的奔着路。

我看见一个老头子，他的脖子上骑着一个二十左右的男儿，这男儿拿着皮鞭……但老头子并不停歇，默默的走着路，毫无怨言。

真是奇怪的梦，如果是梦，为什么没有一个大花园呢？还有仙子……唉！我惊愕在梦中走着，也不知所走的路我也不知道是不是路。其实在未做梦时走的路我也不知道是不是路。有一个小姑娘，她的脖子上骑着一中年汉子，这个汉子拿着皮鞭，小姑娘咬牙切齿默默的走着，但她的气力太小，中年汉子的气力太大，她很艰难的一步一步向前对付，走到一处偏僻地方，忽然从斜坡后面跳出两个人，把中年汉子从小姑娘脖子上拉下，压倒，一个人在上面骑着，不给那汉子有反身的余地，另一个人动手掘窟窿掘得很快。掘好之后，把中年汉子推进窟窿里，头向着下面，像倒栽葱一样，培上泥土，踏牢固，只留着两只脚留在外面。

小姑娘很高兴的跑到那两个人面前，流着眼泪，和那两个人吻着，他们商量着什么事，忽地跳起来拍着手，一起动工，老头子背负着二十左右的男儿从这里经过，从身后飞出两个人和一个小姑娘，把二十左右的男儿夺下，推进窟窿里去，培上泥土，踏牢固，只留着两只脚在外面，老头子高兴的跑到那两个人和小姑娘的面前，流着眼泪，和他们吻着，商量着。老妇背负着十八九的姑娘走到了这里，从身后飞出两个人和小姑娘，老头子把十八九的姑娘夺下，推进窟窿里去，培上泥土，踏牢固只留两只脚露在外面，老妇高兴的跑到那两个人和小姑娘老头子面前，接吻并且商量。

奇怪的五个走路的人走到这里，留下四个，其余的一个被推进窟窿里去，活埋，培上土，踏平，只留下两只脚，以后是奇怪的四个走路的人走到这里，和三个、两个奇怪的走路的人，都是同样的埋掉了一个，那些六个人、九个人、二十三个人、七十八个人和数千万，那数目简直不是我的脑筋可以数的过来的数目，都从这里路过，都是一样的，埋掉了一个，培上土，踏平，只留两只脚。这里没有埋掉的人成了一群欢呼着，一起歌唱，不知往哪里去了。

有几只野兽悄悄的走来，先啃着那些露在外面的一对一对脚，慢慢吃着，渐渐的刨着泥土，向下面吃着，好像吃香蕉一样，一面吃一面向下剥着皮……

这是什么梦呢？奇怪的梦呀！真是不可思议的梦……但梦之神气呼呼的来了，一把揪住我，把我大摇着，骂道："兔羔子！你是什么意思？竟敢自己在这境界里乱跑，随便偷看！我领你到什么地方，你就在什么地方看好了！那跳舞会不是很热闹么你跑到这里做什么？走！"

他的声势几乎把我吓昏，像小鸡一般的提着我，闪动着他有力的翅膀，把我拖到梦境以外来，于是我便醒了！

小米稀粥已熟了，因为锅里的热气太多，把锅盖儿顶了起来，米汤冒了出来，洒到炉上，毕毕剥剥的响。我吃着小米稀粥，思索着：这样糊涂的梦有什么意思呢？真正的梦非得有一个大花园，开满了鲜花不可，即使没有宫殿，也该有个凉亭。建筑在花园的中间，靠着荷池的一头，旁边竖着弯曲的栏杆，侧身一望，就可以看见水里的金鱼，那么回头过来的时候，就有几位，相陪的仙子恭恭敬敬的献上葡萄酒，或者是果子露，再不然要没有这些，来碗白开水，加上一块方糖——就是没有方糖也行啊！没有开水也行啊！只要有这样一个大花园，几位仙子……

　　从此，梦之神也许不能来拖我，因为我越过他的范围，偷看了别的事情。但这不是我愿意看的，我已经说过不止一遍，我是愿去看一看那大花园，仙子，究竟是什么样？

　　我吃完了三碗小米稀粥，两个苞米饼子，已经饱了，接着的工作是刷锅刷碗，我确实不知道我自己究竟是怎么回事，不但在夜里睡觉的时候做梦，就是在青天白日的昼间也是时常，甚至于不间断的在做着梦……

　　　　　　　　　　（《泰东日报》1940 年 11 月 28 日，署名：慈灯）

早晨在路上

每天早晨都是这样的，我们不得不早早的爬起——

长远的马路在朦胧的晨光里好像一条硕大的灰色的带，到市上去的是各乡、各镇、各个区域的人民，他们赶着骡马或坐在大轮车上，或挑着担子，或徒手，忙忙碌碌的在这条带上，喧闹的，乱杂杂的奔跑着。

有许多褴褴褛褛的贫穷的妇女和孩子，扛着筐篮，夹杂在人和车中间冒着寒冷奔跑，他们是到市上去讨要的，生活在这些人是无比的冷酷和艰难了。

父亲和我是到市上一家鱼店里做工去的，工作不是常有的，那些学者所说的用"智慧和劳动克服一切的困难……"的话在我们是办不到的，我们的生活就是碰运气，再住半个世纪我们才能够讲究神圣的科学！比方这回工作，鱼店的主人——是一个胖胖的满脸横肉，眼皮上面有个疮疤，说话的嗓口像敲破锣，对别人吝啬，贪婪无厌，对他自己却慷慨豪爽的男子——一个工只出三毛钱，而这个数字在他还以为是最高的价格了。

经过四天，父亲每天和他商量，有着乞怜和哀告，像小狗哀求他的主人那样低声下气，结果总算不错，他发了最大的慈悲的心肠，一个工给开五毛钱。因为没有工作，没有钱，没有米吃，没有路，没有办法，父亲不得不赶紧的答应下来——我们已经干了三天，鱼店主人发了不少强硬的宣言，他说一个工五毛钱太多了，现在找木匠是容易的，要多少有多少！他说的一点儿没错，父亲不能反驳他，我的怒气也只好装在肚里——我以及和我的境况相仿的人都是如此，我们奔跑着，在寒风像刀子似的早晨，在乱杂杂的马路上，两眼望着前面，望着那远远的灰暗的，披着一层的尘土的房屋，忘记了夜里受冻的情形，一心一意的奔跑，奔跑……

走过灰色的大带的一半，有个孤独的小火车站像坟墓似的坐落在寂寞的桥洞的旁边，在刚进桥洞的外侧，靠直土墙的角落，有个卖来豆腐汤子的年轻人，一年到头，不论飓风下雨，降雾飘雪，每天早晨他总在这里。他的生意很不错，担子的两侧，用钉子在木架上的草席遮风，凡是在这里休息的人都是在早晨，在灰色的大带上奔跑的人群里，比较起来要算是好不错的阶级，那些身无一文，只上下褴褛和破片的人，是没有资格进这里休息的。他们走过来，用着羡慕的，饥饿的眼神看一看，接着就忍耐的低着头，沉默跑过去，好像机械的走马灯一样，并不停步的走过走……

喝得起豆腐汤的人，多半是手艺人，或到海上挑鱼卖的强壮的老哥们——一百六十斤的担子压在他们的肩上，跳动着，随着脚步，很有节奏，毫不紊乱，成群结队，万齐一的步子，在寒风呼呼的清晨，只穿着一件短小的破的短衫。有的甚至赤裸半身，现出铜似的筋肉，流着热汗这些健壮的男儿，当他们工作起来的时节，那情景是比什么美术画要动人千千倍万万倍的，瓦匠，推土车的小工，如果袋里方便，走到这里总是喝一碗。

父亲和我从家起身一向是不吃饭走到这里喝一碗豆腐汤算是早餐，丰盛的、美肴的早餐。到正午再买点干粮补补肚子接续到晚间。

我们在担子后坐下了，左右都坐着人，两手捧着冒热气的碗，嘴接触着碗边，发出吓人的噜噜的响号，很少言语，各人想着各人的心事。

四轮车，二轮车，载得满满的，空的四条腿，两条腿，这些，就在我们面前乱杂杂的滚过去，没有尘烟，不留痕迹。

因为地面是冰冻的，只有隆隆的，不间断的沉闷的声音，天空好像非常厌恶这些似的用深厚的阴影遮着面孔。东方，在那朦胧的天边有一丝丝微弱的亮光。不知是谁沉闷的咳嗽一声：

"给你碗！"

把碗递过去就轻轻的立起，拍一下屁股，扔在木盘里几个铜板，默默的走了去，和那些滚动的黑影一道。

一个把背靠着墙的人喝完了豆腐汤，抱着两肘，仰着脑袋望天，从嘴里吐出寒冷的白的烟雾：

"他老婆上吊死了！"

卖豆汤的年轻人这样说——他是指着刚才走去的人说的，仰脸望的人一点儿也不奇怪的接下去：

"怨谁？"

"怨她自己！"

"饿两顿就上吊？无用！"

"要着吃也活两天……"

因为饥饿上了吊的人在这里是得不到同情的，他们用着轻蔑和互相教训的口气讲说这件新闻。当然这样的新闻，并不新奇也不动人，而谈讲起来也是干燥无味的，上吊不过是上吊罢了，已经死了，死了的人于活人无关。

父亲和我喝完热的汤，付了钱，离开休息的人，掺杂在不停的滚动的人的群里。像流水一样，急急忙忙的往前奔波，没有工夫思索，也没有知识讲什么理论，强硬的生活的皮鞭在我们头上凶狠的响着，在这底下，人的灵魂是一时一刻也得不到安静的，为追求零星的小钱廉价的贩卖劳力，总是希望吃的东西的来源不间断，能够对付活下去。

这样，我们就从清早奔跑，出发的时候不是亮天，归回的时候已经黑夜，一来一往都看不见光明，看不见太阳。

有光明，有太阳的时候便是给人家不休不息的出大力的时候了！

然而这样的"时候"，即便是有光明有太阳，而在我们能算得什么呢？

朦胧的清晨，寒风像刀子一样，在灰色的大带上，像蚂蚁似的不间断的滚动着，发出乱杂的沉闷的强硬的声音的是什么呢？

——是创造世界的过去现在以及未来的人民！

（《泰东日报》1940 年 11 月 30 日、12 月 1 日，署名：慈灯）

海上的雾

一

我决定走了。

但是往什么地方走可没有一定，在旅顺，在父亲租住的一间小房里总是缺米缺钱，连老鼠也是饥饿的，而且瘦小了。我没有出路，亲戚全在远方，想去投奔他们又没有借口，父亲伤心伤意的劝我：

"你自己替你自己想办法吧！我一点主意也没有，唉……"一个人，一个活的生物，不能老老实实的等着饿死。我总想，一定在什么地方有非常容易到手的幸福在那里欢欢喜喜的等着我，我一去，幸福会马上伸出两手欢迎我。因为，这都是建筑在幻想的基础上，一开始是动人而且是简单的。我和父亲离别的一天，是细雨蒙蒙的一天，天和地都哭丧着脸，泪眼汪汪的，在我周围一切都黑暗，思想里没有光明。可怜的老父亲连一句话都没有，悲哀的丝网把他绑住，我回头望望他像个黑点子，渐渐的变小，在朦胧的雾里消失了。

我不懂天文学，只是瞎猜这雨天不会太长久。果然，满天的黑云害羞的散开了，洗净的不洁的道路给我很愉快的感觉。

过了一个沉闷的山洞，走向无头无尾的马路，两旁的山悄悄的坐在秋风里，我的脚步奇怪的发出巨大的音量。

就是这样走一程又一程的加紧了脚步直走到日落黄昏，途中休息了不少次，看见大连的市街像天空一样，辉煌的灯光和星光相仿。

我寄宿在中央公园的水泳场旁的石台上，疲乏把我拖进梦乡，这一夜的梦多半是下馆子。第二天一清早，我跑到戏园子旁边一家客栈去问他们说去上海的船第二天就有。

我详细的问明白之后就动身去码头。

岸边的船，巨大的忧郁的影，铁链的响声，工人的黑脸，从泥土黑烟之中露出的眼睛，像从黑洞里望出来一样，忙碌、奔跑、汗的臭气，我从杂乱的吵闹的声响中穿过去。

船开以前，岸边没有雅静，小贩密密的排列着，我买了四分钱的油饼，蹲在黑手黑脸的弟兄群中高兴的咬着吃，油饼的油味压倒了身前身后的臭气。

"老弟，往哪去？"

一个秃头，肩头搭着黑手巾，从紫红色的鼻子下面，露出一口不齐的黄牙的老哥这样问我——他靠近我在那里坐着咬馒头。我告诉他：

"去上海！"

他泰然自若的点点头，没有问别的。

不知谁在后面用粗哑的、强壮的大声得意的喊道：

"啊！吃饱喽！"

船上——顺着颤动的板桥来来往往奔跑着流汗的、蚂蚁似的人群，都赤光着身体，肩上是重量的米袋，柔软的脚步，配着平均的呼吸，没有指挥，工作像机械一样，前前后后很有秩序。

我在甲板各处走动着，望着靠迎岸上的人群，稍远的车辆，更远的灰黑的建筑物，所有的响声全在我耳边消失了，我恍惚看见在遥远的不定的阴影里有父亲愁苦的面影，嘴边是泪水明亮的辉煌着，默默的望着我，好像要说什么似的闭着灰色的嘴唇。我又看见一幕一幕走过去了的，没有快乐和幸福的往事，低下头细想，好像这一切全是梦，我不过是在梦中，所有的人也都是在梦中。

不知是什么时候船在移动了。

巨大的船身喘喘的离开岸边，浪花狂暴的在翻滚，滚滚的黑烟拥拥挤挤的往半空中飞跑，烟突像人的嘴一样。

附近的船只轻轻的追向各方，用他那沉默的眼睛恋恋不舍的送着，从前面迎过来的是凉风，以及遥远的、无边无际的大海。

第二天夜里——

舱里所有人都惊醒了，汽笛像疯狂似的不间断的、焦急的、用着所有的气力叫喊，轧轧的机器的吼声，从梦中被打起来、不耐烦的咒骂着一样，上面有杂乱的奔跑的声音，谁在高呼：

"招呼他们呀！"

"你——快去！快去！"

二

在拥挤的、乌烟瘴气的舱里被惊醒的人，都不安的、恐怖的用力的瞪着眼，互相的用着眼光询问，但是得不到答案。

汽笛越发的用力呐喊，好像绝望似的施出悲叹的尖叫。

有些乘客自己慌慌张张的跑出去，舱口有人把守着：

"不准动！"

"出去看看……"

"进去！进去！没有什么！"

"有雾么！"

"不要紧，不要紧，快进去！"

然而跑出去的人则顽强的……

"看！就进来！"

"不成！"

于是发生了激烈的辩论，有沉闷的巴掌的响声，吵闹声咒骂声，船里的人都不安的爬起，抛弃了东西，争前恐后的往外奔跑，舱口塞住了，挤不动，埋怨、咒骂、推撞，用力的挤。

不论是舱里，甲板上，全都混乱起来了。我用力的从人的壁里往外拥挤，借着后方推动的力量，这给了我很大的帮助。

终于，和所有的人一样，我也站在甲板上。

这样的黑也能看见什么呢？

雾么？我看不是，像是恶魔撒下来不透气的大网，只听得见浪涛的汹涌,而从灯光下却看不见水的形体,从上到下是浓厚的,像带着黏性的东西,把船只包围住了,又如蛛网捕捉住了蠓虫。

谁也不知道是出了什么事,一秒钟像一年一样,心在肚里可怕的跳着,恐怖的气氛一刻比一刻加紧。

沉闷的、愤怒的机械的吼声像奏着送葬的哀乐一样,被这意外所惊住了的人群,在甲板上,在黑暗中,在浓密的、有压力的潮湿气味的雾里,在垂着的朦胧的灯光下面,用死一样痴呆的脸望着可怕的前方,那是一片漆黑、不可测的,连伟大的机械的力量也失去效力,是死的世界。

呜呜的,不间断的喊着。

三

“进去!不要挤在这里!”

“哎!赶他们进去,把道路挡住不成……”

有白色的东西用力的推开人的壁,迅速的跑到船的前面去——这是轮船上的高级职员。

恍恍惚惚,从远远的,在那看不见的黑暗的远方传来一丝丝,像老鼠在洞里叫唤的小声。

这是汽笛——我忽然明白过来了,在这样浓雾的深夜,对面不见,等看见的时候,已经不可救药的撞到一起,可怕的洪流冲进船里,人在水里拼命的哭喊,成堆的人被大海的浪涛吞了去……

这种情景可不是热闹的,我的身心冰冷了,手脚也麻木了。

那渺茫的渐渐接近过来的汽笛像答话一样,而这面则用着全力喊出去,像说明似的把船的位置传给他们,先一刻还在忙乱,奔跑推打的人群,这时却用着可怕的沉默等着。

像桶一样带过来的沉闷的音量,忽然从前面黑暗的空气里,有如从水里跳水出来的一样。呜——呜——呜……是这样的声音,看不见是什么东西,迅速的从旁边,震动了天空和海,一闪就过去,浪涛狂怒的翻着身,但是看不见,好像是从半空出现了这样无数的欢喜之声:

"得救了呀！"

"啊啊！老天的保佑！"

"谢天谢地，从死里活过来了。"

停在甲板上的人群此刻才想起呼吸。

乱杂杂的走动着的脚步欢喜的叹声，用力的庆祝似的互相的扔掉，有些人急忙的往舱里奔跑是为的照看他们的行装，白色的东西又在黑影影的人群里出现，高举着手——

"下去吧！没有什么了！"

但是人却不动。

说不出有多么奇怪，墙壁似的雾气一转眼就消失了。

清晨的太阳表现出一副无限欢喜的笑脸，从浩荡的明亮的辉煌的水里跳出，海上是五光十色的，好像万花镜里的奇观，我从生到世界，头一回感到这样奇特的愉快。

所有压制在我胸中，几乎把我压得不能呼吸的苦闷——自身的，对于世界，对于全人类没有什么好处，生活上的苦闷——也像雾似的，全都化开、消散，沉灭在落后的苍茫的远方。海上清晨的秋风把我蠢笨的头脑吹开了。

我靠着栏杆，两眼望着辉煌的大海，想——宇宙不是为人类而存在的，它是独立的……

我又想到自己的事，到上海去找哪位大哥呢？我的船票是这样买的，我把两块钱送给一个在船上打杂的伙计，他说我是他的亲戚，这样，查票的先生半句话也没有问我。受了我两块钱的伙计从船尾走过来，左手提着圆的铁筒：

"你害怕了吧？"

我说："不怎样害怕……"

他把铁筒用力的放在地板上——

"你到上海去做什么？"

"找事情。"

"有朋友么？"

"没有。"

"那么，你打算去……"

"看一看再说。"

他并不惊奇，平淡的望着我，踢一下铁筒：

"我在上海呆过二年多。"

我问他："容易找事情么？"

他摇摇头算是回答，用脚背勾起铁筒，用手接着——

"走一走没有坏处……"

像狗熊似蹀躞着去了，我还是望着海，太阳早已升高，我还没有注意它，我被一个问题难住了，到上海去找哪位大哥呢？

这问题不能解决。

一个乌烟瘴气的早晨，我疲乏的下了船，两脚踏在陆地上，周围是乱杂杂吵嚷嚷，无数的人迷住了我的眼睛，我失了方向，不知往哪一个方向走才好。

蹰躇了好久，我摇摇不定的前进了。

目标：没有一定……

（《泰东日报》1940 年 12 月 4 日、5 日、7 日，署名：慈灯）

好的教育（残篇）

（原文缺失）

越是急，越想多盛，而米粒偏不依你，狡猾的从你的木勺下轻轻的溜走，满锅是开水，你又不能伸手进去，我努力的结果，只弄了满碗清水，米粒一个也不上来，别人在你身后推你，你又不能弄得太久，这真是件难事，我最愁苦的是盛稀饭。

后来我留心到了，厨师的碗里总是满满的，厚厚的米粒。

这个事实，在我是奇怪的，有几回，我远远的注视胖子和瘦子盛饭的动作，他俩都用一种方法，把木勺轻轻的下锅轻轻的移动，轻而易举的就把米粒一网打上来。这个妙诀我很快的学会了，这在我也是"好的教育"之一。

你知道锅里的馒头哪一个是昨天剩下的，哪一个是新做的么？这在我起初也是解不开的一笔数学。渐渐的我就懂得，除了从颜色上判断，从软硬上检查以外，从屉里的位置也可以分清楚。

瘦厨师总是把陈馒头放在第一层屉里，靠墙外的一排上，当潮湿的笼屉解开，狂暴的热气弥漫了全屋时，十有八九是很难看清楚，又怕热气剌手，从外侧拿两个就算，如果你泰然自若的沉着了气，忍着热气远远的伸出胳臂抓两个决不会错，你一定会吃着新的。有一回我伸远了胳臂，瘦厨夫从旁边打我一巴掌。

"兔崽子！从外边拿不一样么！"

我不理他，非抓新的不可，因为新馒头比旧馒头的味道好多了，好像新书和陈书的对比一样。

有时是相反的，厨师起晚了，馒头蒸熟，稀里糊涂的，这样，你顶好拿陈馒头。陈馒头虽然没有新馒头味道好，却比生馒头好多了——这在我，也是"好的教育"之一。

在饭桌上，在像狗似的竞争的饭桌上，你非把谦让收起来不可，客气和温和没有用，慈悲和善良也是废物，你如果慢慢的伸筷，别人说你是傻子，你也吃不饱，非搬出人类的原始的本色不可。

温和及慈悲是在比较好一点儿的地方才有用，——忘记了是哪个学者教训过人这样的话——这是千真万确的，我们的饭桌上就像一个蛮荒的大森林，所有的人都露出野兽的面孔。

刚进这个杂乱的宿舍，我总是吃不饱肚子，渐渐的，我也和别人一样收起人的面孔，换一副野兽面孔，张开虎狼似的大嘴啃着、嚼着、吞着……

四轮车，两轮车，轧轧的响着来往飞滚，尘土在空中像浓雾似的飞腾，从这些中间穿过去上公司，每天有两回——去和回来——

办公桌上的尘土你怎样除去？桌面是绿绒布的，尘土都藏在绒里，像蚂蚱藏在青草里一样，我起初认为这是艰深的一课书，白出了不少力气，渐渐的我也学会了，把掸子从斜方向打下去，对着身体的外侧，弄不脏身体桌子也容易干净。

填加红蓝色水也是我最感到头痛的问题。

那时候，大色水瓶的装置不像现在这样方便，有个细的铁管从轻木塞里伸出，只是一个两手才拿得稳的大瓶，打开瓶盖就往桌上的小色水壶里倒，一不小心就流到桌上，为了这个错误我受到的申斥也不知有多少了。

我的部长脾气大，对待仆人总是严厉，他的温柔只有在回家以后在他尊夫人身上才用——此刻我想起人类的这种可夸耀的性体，实在替人类感到莫大的羞耻！他的嘴巴是长的，活像马的下巴，眼睛在粗黑的眉毛下面闪出骄傲的道德的光！

"笨虫！你怎么弄的？"

他这种缺少温和的声气，我听着，感到无限的寂寞，身体凉了半截。

无论到几时，一想起就感到烦恼的，端茶水好像翻释哲学的论文那样的艰深难懂，我对它，一半是搔头皮，一半是叹气。

从楼下端到楼上，像背上负着重物经过宽宽的，冻着的薄冰的河一样，一步加两回小心，往往还是偏了茶盘倒了茶碗，撒了一身水，甚至茶碗滚出去打碎，楼梯上发出一声像打雷那么大的音量，把你的灵魂也会吓碎，这项工程是我"好的教育"之中最光荣的一个学期了！

滑头和撒谎也是我"好的教育"之中最紧要的一门。

在受着"好的教育"期中，我总不能把看报的兴趣抹去，在大职员跟前看报不方便，我发现了最舒服最自由的乐园这是洁净的厕所，在这里面读谁也不打扰你，只有空气知道罢了。

如果上司找不到你因之生了气，可以这么说：

"肚子痛！"

或者是：——

"头痛！"

再不然：——

"父亲来了，和他在下面谈话……"

撒谎的范围是不限制的，也没有一定的原则，大概是合乎唯物辩证法的撒谎就是好的，至于"滑头"也有种种的逻辑和要领。"好的教育"期中，这一门学问我研究的不坏，可惜没有笔记，不能一一的讲出来。

对待职位相等的同事，也使我很感到艰难，嫉妒、诽谤、嘲笑，在表面上对你和蔼的微笑，在背地里却狠毒的攻击你，人的面门上又没有明明白白的写着字，你知道谁是君子，谁是小人？看去好像个慈善家，其实是杀人不见血的强盗；看去是个人格高尚的学者，其实是个没有廉耻卖尽了良心的禽兽；看去是个豪爽坦白的善人，其实是个奸险阴毒的恶魔……弄得我头迷眼花，简直分辨不清哪个是牛，哪个是马。有时我弄错了，我以为是个聪明的可亲的青年，想不到他是牛马的爪牙？刚接近还没有什么，接近久了他就张口咬你——认识人，比认识畜生难极了。

一匹马，我们可以看出它是好马、坏马；一头牛也可以看出它是好牛、坏牛，只有人，你就是有着锐利的慧眼，往往还是弄错！

"好的教育"期中，在人跟前我受了不少苦，直到现在，我还没有研究好这一门学术。

然而在研究过程中我也发现了一点点的定义定理，可惜我没有笔记，记忆力也糟，全忘记了，无从考究，也叙述不出来，对于亲爱的读者，实在是"抱歉之至！"

　　（《泰东日报》1940 年 12 月 11 日、12 日、14 日，署名：慈灯）

对于这个园地的意见

说是这园地里，没有好作品，这是可以的，因为人的嘴不挂锁，我们不能禁止他乱发狂言随他去吧！

没有好作品怎么办好呢？用巴掌打，用脚踢，大概是不行的吧！

在这园地里投稿的朋友没有一个是在世界上成名的，幼稚，是一定的，好像规定好了的一样！——我以为这是可喜的，这些幼芽将来也有长成大树的希望，我们刚从母亲的胎里出世的时候，不是现在这么样高大的，是慢慢的，一点儿一点长大的。

文艺这个艰巨的苦工不像当什么女明星，走上红运可以一下就出大名，性质不一样，必须一步一步的爬，能不能爬到高峰没有关系，他们是：你一把，我一把大家把柴草扔在将要熄灭的火堆里，共同的把这堆火烧起来的，虽然并不是怎样惊人的大火然而毕竟是比没有一点儿火星好，比黑暗强一点儿，聚集这样无数的火可以普照天地三界十方精灵呢？

一点儿不是吹大牛，这个园地的一些花草，比那什么也没有的沙漠好多了，比起潮湿的坟土，朽碎的棺材板，是有意义的。我们现在能一口气跑一百米就跑一百米吧，不能够飞檐走壁不算羞耻，没有黄天那样的本领，刻苦的在田间做个努力的农夫也可以吧？

能做诗的做诗，能写恋爱的写恋爱，什么都好要处理的高妙，一切的题材都伟大，说是"哥哥妹妹"是不好的那也不定规。歌德的维特的烦恼，小仲马的茶花女，还有不少这类东西，都是大的，用量布的尺大概是量不过来的。

不能逼着住在北方的人写南方的事，写写你熟知的事情就很好，"老婆孩子文学"也好，左拉的那几部丛书拳师写的"老婆孩子"，然而那意义，要解释起来可不容易。

我的意思是，我们是初学，不要怕幼稚，那些傻话听不听都行，忘记了么"有一点火发一点火有一点儿光放一点儿光这是对的呀！"

　　说句实在话，我从来不信那些屁话，他们，不一定是实在希望你好的，你要真好起来，要嫉妒你，恨你，甚至于用石头偷偷的打你了。真的，我看见不少男子汉，那胸襟还赶不上三不出四户的小奴家。

　　这块园地，需要的是忍艰耐苦，顽强的劳动。袖着巴掌立在旁边说风凉话是不行的。在这园地里投稿的朋友，你们的力量是会渐渐的，很快的增加的，不停的磨炼你的笔尖吧，我所希望的只是这一点儿，不贪婪更多的别的什么了。

（《泰东日报》1940 年 12 月 11 日，署名：慈灯）

老　人

有一个理解力深刻的朋友这样和我说：

"你——简直是一个老——年——人。"

他把"老年人"三个字说得非常用力，好像老牛拖着铁犁深深的在我脑里耕下一样。

过后，我对着镜子仔细照了一下，使我非常的吃惊，我真不相信镜子里的人就是我，我以为镜子有毛病，但是镜子并没有毛病，我确是老了！

在暮色苍茫的黄昏，在寂静如死的池边，当乡下全从城里回去，什么声音也听不见的时候，我坐在离市街远远的树木下，像夜里的鸟一样的不动，犹如石头一般，看着面前的池水，想着：

头几年那种活泼泼的，像孩子似的性情，现在为什么失去了呢？

就拿游戏一项来说吧，从前，我决没有耐性袖着两手立在运动场上看着别人踢球扔球，不管那些正在跑着跳着的青年是不是熟人，我总是脱下衣裤参加进去干一阵。

倒退三年，我的骨头是软弱的，软弱到了极点。

此刻我还清清楚楚的记得，有一年，我住在一个荒凉的村庄，八里多路的地方有个火车站，在秋后的傍晚，在虫声显着特别凄凉的野地，我像个傻子一样顺着疏落的林边散着步，一听到火车悠长的鸣声，再回顾林中沙沙的落叶的声音，好像有刀刺进我的胸膛，说出有多么悲痛和伤感，本来是孤独的一身，无家可归，没有亲友，得不到一丝一毫的什么安慰，寂寞的时候只有叹息，苦闷的时候只有悲哀，虽然是个男子，而柔弱的心肠，比谁都要寡断。时常在日落之后，或在夜晚，伴着凉风，或守着孤灯，伤心失意的哭着。

还有，我不断的追求物质的小小的享乐，因为得不到满足就归罪于环境的恶劣，埋怨周围的物和人。

我不知道科学的殿堂是不是闭着眼睛可以随便敲开的。

当然，我更不知道我一身所努力的是什么。

人们追求的是"忘却"么？我可不知道我追求的是不是忘却。

总而言之，我现在实在不是从前的那一个我了。

这一个我当然并不比小学那一个我更聪明，更有价值，相反的，是一天比一天更卑下，堕落，荒唐，像废物一样渐渐的朽坏了，什么梦，什么希望，全都像肥皂泡一般的粉碎，消灭了……

像火似的焕然的感情也渐渐的变成灰烬了。

没有一件事情能够有力量打动我这颗死灭的心，女性么？那在过去的若干年代是烧坏过我的灵魂的，我所得到的报酬除了眼圈发青，肌肉瘦损之外，再也记不起有别的什么。

我是理智的冰块么？不是，因为我没有智慧也决不会有资格来担当这个动听的名词，我想世界上大概没有一个人敢说他混身上下全是理智，当野兽的冲动振作起来的时候，多多少少也要发挥一些的吧，我是很矛盾的。

一个老年人的心，孩童是决不会理解的，就是我，在我还没有像现在这样的苍老以前，我以为那些所有的老年全是蠢材，他们那种无论见谁都是相仿的心理，没有大差别的举动，看起来确实像笨货，然而现在我脱出青年人的普遍的骄傲的壳，走进老年的领域，这才明白老年人的心了。

我不会欢喜你的微笑，也不见得会同情你的哀哭，你知道么，人不是先立定合同，写好流水老账，然后才降生到世间来的。

没有你我，这个高寿的宇宙大概也不至于关门。

我也不管你说我好坏，我应该告诉你，我是抱定了一种在你认为是悲观主义的，就是说：

"我已经老了，不会久存在地球上了，棺材已经在那里等着我进去——我也愿意快点儿进去。

你可明白了？这就是我这样老人愚蠢的志气！

然而在未进棺材以前，我还要做一点儿事，虽然我是老了，没有什么大发展了，可是我要做一点儿事……"

这是一个很有知识的人对我说的话，因为他待我很好，所以我就写下来留做纪念。

（《泰东日报》1940 年 12 月 15、18 日，署名：慈灯）

盲人朋友 （残篇）

忘记了是谁把我介绍和一个瞎子认识。

他有三十多岁了，两只眼睛像睡熟了样，无论什么时候都死死的闭着，他的眉毛浓黑，嘴角有点儿歪，走路轻轻的，好像踏在不坚固冰上一样。

"你一点儿也看不见吗？"

"一点儿也不……"

"走路不会发生危险吗？"

"有棍子。"

"没有人在头前领路是不方便的吧？"

"是的。"

"苦不苦闷？"

"没有什么？"

"不想睁开眼睛来吗？"

"怎么能……"

不知怎么，我和这位盲人发生了很好的感情。我觉着他是最可怜最不幸的生物，活着，眼睛看不见，还不如不活的好。人活着没有眼睛实在不方便，我时常猜测他的心理，他能和睁着眼睛的人一样思想么？

"你从小就看不见吗？"

"是呀！"

"你看见过太阳没有？"

"没有，只是听说。"

我告诉他，在夏天，太阳是炎热，非常的讨厌，有没有都行，而冬天却需要太阳，然而冬天的太阳正如衰老的女人一样，没有热情，也没有温暖了，——这本来是对孩童说的话，可是对于他，也许是新知识。

“你看见过月亮没有？”

“没有？”

“听说过吗？”

“听说……”

“你说月亮是什么样子？”

“弄不清楚……”

说不出是什么原因我对他竟有这么大的耐心，我对他讲，月亮，有人说是女性，是太阳的妹妹，有人说不是，说月亮是男性，是太阳的大哥。最初，太阳和月亮是一样在夜晚出现的，后来因为害怕就和哥哥调换了职务，她是害羞的，别人一看她她就用千千万万的针刺他的眼睛，而月亮是男性所以不怕他，你无论怎样看他他则一点儿也不理会。

“事实上，月亮说不是男性也不是女性。”

“是什么呢？”

“是一个世界？”

“怎样的世界！”

“去过吗？”

“去过……”

说完过去，我觉着很不安，我是和瞎朋友开玩笑，甚至是欺弄他了。月亮的世界，虽然有许多天文学家在那里研究，而能不能去，恐怕无论谁也不能说吧？一想他本是瞎子，开开玩笑也许没有什么大妨碍，于是我就撒起谎来。

“月亮的世界真好极了！”

“怎样好呢？”

“在那里，没有忧愁这种东西。”

“那好……”

“也没有苦恼！”

“更好！”

“你去到那里，眼睛马上会睁开。”

“真的吗？”

"你看，我说的是实话，一点儿不撒谎，在月亮的世界里有真理的泉水，不论怎样的盲人，只要稍稍的把眼睛在这个真理的泉水里一洗，马上就会睁开，什么都看见了！"

"啊！那好极了！你能不能领我去一趟？"

"现在不能！"

"几时能呢？"

"不一定！"

"我实在愿意去……"

"你要知道，月亮的世界不是无论谁都可以去的。"

"怎样的人能去，得有钱吗？"

"用不着钱！"

"用什么？"

"用头脑！"

"怎样用头脑……？我不懂！"

"所谓用头脑，就是说，得有深刻的理解力。"

"我不明白！"

"还有，得坚毅不拔的毅志和伟大的勇敢！"

我把刚要发出的笑声用力的忍在肚里——怎么能不笑呢？这简直是和瞎朋友编童话了，而他却一点也没有觉悟，好像受了我的催眠术的作用一样，嘴脸的皮肤奇妙的打着皱，大概是在努力的发掘着想象，两只手焦急的摸索着大腿，似乎在烦恼的打着糊涂的草稿。他这种滑稽的形象很像一个丑角在表演谐剧，而我乃是观剧者。

"此外，你得根本的改变灵魂。"

"灵魂，怎样能改呢？"

"只要你想改，没有不能改的道理。"

"改了灵魂之后就可以去月的世界么？"

"一定可以去！"

"你能帮我么？"

"我不能！"

"谁能？"

　　"在这个世界上，在你的附近，在你的周围，能够帮助你到月亮的世界里去的人是多到数也数不过来的。"

　　"我怎么不知道呢？"

　　"可怜的朋友，因为你是盲人，你的眼睛看不见，所以不知道。就连睁着眼睛的人，和你一样的什么也看不见。在你附近，在你周围，那数目，因为太多，简直是没有法数……"

　　"唉！你把我弄糊涂了！"

　　"并不是我把你弄糊涂，是你自己把你自己弄糊涂了！"

　　他这时已经明白是和他开玩笑，乐个满脸。接着又喘口粗气，把面前放着一杯水轻轻的摸到手里，紧紧的握着，举到唇边，倒进嘴里……

　　我懒懒的立起，伸伸胳臂，打个呵欠……

　　　　　　（《泰东日报》1940 年 12 月 19 日、21 日，署名：慈灯）

歪戴帽的人

另一天下午，我和他立在街头，看着两个骑脚踏车的人，因为碰在一起，互相强硬的争论着。

忽然，我觉着身后有只手扯我一下。

他急急忙忙的前进着，我跟随着，我不知道是出了什么事，仔细望望前面才明白。

"认识么？"

他说："不认识？"

前面走着的是个女性，旗袍是短的，露出粗腿肚，摇摇摆摆的迈着步。

走过两条大街，那位女性还在不停的前进着，他欢欢喜喜的歪戴着帽，一点儿也不疲倦的瞪着圆圆的、明亮的眼，一面鼓励着我，监视着我，怕我落后逃跑。

转进一条直狭的胡同，那女郎往东走下去，越过稍斜的高坡，在街中间有家油漆店，我想到这里停住往回走，让他一个人追去，可是他看出我的意思，站住拖我。就在这时节，前面的人不知进了哪家大门，无论如何也找不着了。

他垂头丧气，失望的叹息着，埋怨我，说我耽误了他的事。

不知怎么，从这以后我并不厌恶他，却越发的和他接近，好像侦探尾随着一个强盗。

喝酒，也是他的嗜好之一。

星期日的晚上，坐在饭馆里，他一杯一杯的喝着啤酒，把两盘炒菜推给我。

你既然不喝酒，那么吃菜，放心吃吧？有钱……

因为喝得太多，他的面孔像煮熟了的螃蟹一样，连眼珠也发了红。这种时候，他那一般青年通犯的轻狂的态度，尽情的表现了出来，他说东讲西，好像什么都明白，是个有学问的人，其实是什么也不懂。他嫌恶筷子不顺手，憎厌的折断，大声怨恨的把跑堂的招呼过来，把断折的筷子扔在堂倌脸上。

连我自己也不明白是什么原因，也好像是喝醉了酒似的。其实一口也没有喝，因为不会喝。还有点儿像是有什么怨仇要报复似的，我觉着他就是我的大仇人，这种幼稚奇怪的心理很难分析，我确是不能制止的发作起来了。

"哎，你做什么？"

他吃了一惊，因为我的声音里的怒气太大。

他恐惧的望着我，一定是我的面孔太凶恶了，连跑堂的也发了呆。我扯住他的衣领，我实在忍不住我这突然的发疯，我实在忍无可忍，他正想反抗，我急忙给他一拳，他没有坐住，倒向后面，我把桌子用力的踢翻压在他脸上。

以后发生了什么事我记不清了。

我扣上帽子，慌慌张张的跑下楼，我好像听见身后有狂呼大叫的声浪，饭馆门口正好有辆马车，我急忙跳上去，把车夫的鞭子套过来用力的把马打跑，同时，我正正帽子，因为我的帽子是歪戴着的。

（《泰东日报》1940 年 12 月 25 日，署名：慈灯）

新编杨慈灯文集

1941

奔 跑 (残篇)

（原文缺失）

他苦恼的，高声的下了一套死板的命令：

"……向王村搜索前进！"

头儿因为侦探长，他不得不照样复函一遍，接着是检查我们几个人的服装以及别的准备事项。

这样，我们就跑起来了，利用地形地物前进，虽然是要紧的条件，可是谁也不注意这些该死的规矩，面前既没有监督者，自然而然的得跑。

我们还想找出头上那毒热的太阳的蒸晒，汗水雨淋一般，手里的枪一刻比一刻沉重，想抛弃它——这怎么能行？

远处的村落看着好似是非常的临近，其实远得很，我们奔跑着前进，村落倒退着，想和我们离开，这真是怪现象，也许是因为我们的眼睛有毛病，有时前面的村落突然的现出，等我们仔细看时，又后退了。

山山岳岳在我们眼里是活动的，道路也在我们眼里好像喝醉了酒似的东倒西歪，所有的景物，都好像是硬纸片所做，而在那看不见的后面有线扯着活动着两条笨重的腿，还要留心手里的枪。

石元的腿，跑起来不是往前用力，而是往两旁，他的上体极力的往前倾，两只手也帮着用力，身体稍稍的偏向左方。

愚笨的腿是上下用力，他已经跑不动了，这时不是跑，是勉勉强强的，立在被动的地位，受别人的支配，他不得不配合着。

一面跑，我一面胡思乱想——

世界上，有不少可怜的人活着，自己也不知道是为什么，这样还不算是重要，可悲的，是不知道怎样活法，不能把无聊的生存造出有趣味的单方的历史来，人家跑，也跑，这是因为不能不跑，身后有铁链锁着……

这样想，当然没有多少趣味，主要的问题，我们不是解答人生，我们这演习根本的目的，在修养作战指挥的学术基础，你如果连行军应该派出尖兵的知识都没有，决不会够一个军官的资格，我们的奔跑，在这一意义上是很有价值的，前面的村落终于落在我们手内，把它抓住跑不掉了。

石元向后方做个手势，让尖兵排停止，我们分路前进，直向村落，各处的狗少见多怪的叫起来，赤身露体的孩子们稀奇的瞪着眼睛望我们，有个姑娘立在井边，赶紧跑进屋里去……

村落搜索的程序完毕，我们照旧的顺着蜿蜒崎岖的狭路奔跑，假设的位置距我们不远了，我们不能泰然无事的前进，无聊的利用地形地物往前移动。半点钟以后，应该出的汗水，全卖尽了。

到了应该休息的地点，教官下命令架枪。

人人都欢天喜地，好像小岛飞出笼子，囚犯离开坚塞上一样。我们吃了黄瓜，更高兴了，石元儿，说是肚子有点儿难受，我可不觉着什么。

我们从凹地出来，拍去身上的泥土草叶，泰然自若的迈着四方步，到同学聚集的地方去谈天……

谁说这种生活艰苦没有意义呢？

（《泰东日报》1941 年 1 月 30 日，署名：慈灯）

新战术

建子君是刚从军官学校卒业的。

星期日的早晨，他欢欢喜喜的跑来找我，把新式的美观的军刀摘下来，立在桌子旁边，解开脖底下的衣纽，搓搓两手，笑嘻嘻的望着我：

"今天不出去走走么？"

我说，什么地方也不想去，最舒服的，是坐在窗前眼睛望天，望那天上的云，云里的幻景。

"顶好是睡觉！"

"不错！"我同意他，"没有比睡觉再安静的了。"

从打开的窗子吹进来温和的风，五月的天气还不怎样热，街上，小朋友们，吵吵闹闹的玩得很热闹，两个十六七岁，穿着短裙的女学生，活泼泼的走过，有个卖瓦盆的老头，把担子放在街边坐下，在他跟前懒洋洋的躺着一条黄狗，脑袋弯到腰部。有一种嗡嗡的什么声音，建子君很有确信的说：

"是飞机！"

果然不错，有一架飞机高高的从东面飞过来，往西飞去了。

"现在的飞机不大方便。"

我很奇怪他这个说法，问他：

"怎么的？"

"如果不用人操作，那一定是很好的。"

"用什么操纵呢？"我又问了。

"用无线电。"

"办得到么？"

他把手在大腿上一拍，大声说：

"一定办得到！不信你等着看，再住过十年八年的，就会发明成功，也许已经成功了也说不上。"

"那可好极了！"

"是呀！你想，用无线电操纵该多省事，如果是战斗机，只消绑上炸弹就妥，操纵的人坐在屋子里，或者躺在床上，也像听无线电一样，用小手指按着一定方法一播，飞机马上就飞到敌人阵地里，轰一个痛快，而敌人的高射炮，却打不掉飞机，因为飞机的速度，是比高射炮还迅速，好像闪电一样！"

我明明知道他这话是一种幻想，却不觉着讨厌，觉着这事情也许会实现的，而且关于这一层我也有点意见：

"再好好研究一下，顶好是连飞机也不用。"

"怎么样……？"这回是他问。

"用无线电直接的指挥炸弹，叫他往东他不敢往西，叫他往西他不敢往东，坐在屋子里，或者是躺在床上，从无线电里可以明确的观测敌阵地，可以考究敌军的情况，一切弄明白之后，就发射炮弹，接连二三的打去，不到五分钟，就把敌军埋在土里，用不着他们自己预备棺材……"

"什么也不如'死光'痛快。"

"太简单也没有兴趣，多多少少还是费点儿手续好！你说怎样？"

这个意见他也赞成，谈话的路是合并了。

他高兴的说：

"如果敌军也学会用无线电操纵炸弹的话，我们还得另发明新武器，最有趣的是发明一种炸弹接收器，用这种器具，把敌人的炸弹从中途一个一个的接住，拿回来我们用……"

这个战术可真妙极了，我又想出一个方策：

"倘若敌人把这种发明也学会的话，我们就制造些假炮弹打过去，他们以为是好东西，一个一个的接收，等使用的时候，才发觉是废货，这样会把他们气个仰脚朝天！"

他嘻嘻哈哈的笑了起来，用两手捧着肚子，嘴咧得很大。

他又想出一种新武器。

"我想，如果能够发明出一种睡药，也像瓦斯性质，利用气体，放散过去，他们嗅到之后，马上昏睡起来，然后我们就过去把他们一个一个的绑起来……"

　　"这也好，再不然，发明一种铁链，像野炮似的发射过去，用不着人工，很巧妙的把他们一个一个像鸡似的捆住，以后，他们一发现铁链，好像老鼠发现了猫样，拼了性命奔跑，而铁链像从空中落下的蛇一样，成千上万，遮住了天空，还稀里哗啦的发出骇人的巨响，开玩笑似的从后面追赶，一直追到他们的老家，他们滚着，爬着，那才有意思呢！"

　　他又哈哈的笑起来了。这一回却没有用两手捧肚子，而是用脚跺地，一面用手敲着膝盖。

　　他停住了欢笑，想了一下：

　　"各种战车也有改革的必要！"

　　"怎么改呢？"

　　我很想听他的意见。

　　"得从头到尾的改，第一是外观，要造成像老虎一模一样的形体，这种武器在没有作战以前，当然得极力的保守秘密，等战斗一开始，把这些老虎放出去，他们以为是真的老虎，还没有考究的时间，老虎已经开到他们阵地的前方，张开大嘴，放射机关枪和炸弹了……"

　　"要叫我说呀，制造老虎的形体，不如做出大姑娘的模样，他们以为是真的大姑娘了，肚里却是炸药，把他们轰一个全军覆灭。"

　　"你想到刺刀没有？"

　　"刺刀怎样用？"

　　"想发明一种药水涂在皮肤上，不要说刺刀，就是比刺刀再锋利的东西也刺不动，好像刺钢铁一样。"

　　"啊……"

　　"把这种药水，再进一步的研究，一定会研究成这步，不要说刺刀，就连炸弹，战车，以及别的重武器，什么也打不透，瓦斯也不成，细菌也失去效力，死光也没有用，总而言之'一切的一切，全没有用'……"

　　"这么一来……""这么一来，所谓武器这些东西，全没有用了。"

——这都是开玩笑，闲扯扯了半天，感到乏味，他扣上衣纽，立起来说："我得去买条手巾！"

（《泰东日报》1941年2月2日，署名：慈灯）

弄错了人

两条腿，说不出有多么的得意的在桌底下摇摆着，枣红色的皮鞋是光亮的，从膝盖以上到胸部盖着一张打开的报纸，左面是文艺版，有一个标题是"坟地"，好像是特别动人似的排在上方的左角上，辟着一个专栏，从腹部稍稍往上一移就是两只交叉着的两手，在往上移看一下便是面孔尖的下巴，薄嘴唇、高高的鼻梁，像故意高出来的一样，一只微黑的眼睛放着快活的光，眉毛的每一条都表现出优喜的神气，两分钟之前还对着镜子照来照去的头发现在还没有改变整整齐齐的梳着，油的光像玻璃一样。

这个青年的名字叫水石，在机关里当职员，月薪是三十五元。

"老石！你那篇稿子登出来了么！"

说这话的人，只能看见他的屁股，因为他是蹲在那里，面向着窗户洗袜子。

水石满意的笑一下——

"你来看吧！登出来了！"

蹲着的人轻轻地直起身体把两手甩一下，走到水石身后，关慕的瞪圆了眼睛，他的眼皮是双的，秃头。

"你真行！不得了，我投去三篇，一篇也没有登出来，你投几篇登出来几篇——"

因为满意和欢喜，水石什么也不说，眼睛直直的射在报纸上：

"我没有投稿的勇气了！"

水石抬起下巴，把嘴唇张开：

"老典，你别灰心，你的稿子也许邮丢了也说不上——"

老贝典无精打采的过去挤着洗袜子。过了三天——太阳刚落，黄昏的雾霭在西天上布成一幅美丽的奇景，凉风在各处走动着，闷熟了一天的人们这时都从屋里出来乘凉。水石上了公园，老典闷闷的坐在门口，同院的邻居都坐在院子里，只有房东的女儿在门口来来往往的迈着方步。她是光着脚的透眼的白鞋露出强烈的皮肤，胳膊粗粗的，背在身后仰着脸望天，好像苦闷的鱼在水里一样，毫无力气的漂动着身体。

老典不知从什么地方上来这种莫名其妙的勇气——

"您——您们学校明天不放假么？"

好像小孩子的头被慈悲的父亲的手摸了一下似的，她的全身都透出欢喜，用着欢迎的声音回答他：

"放假——"

想了一想，又补充着说：

"可是，我们明天有集会，十二点才能完！"

就这么样，老典和她成了熟人。

这一切都是很简单的在水石的短篇，坟地的后面写着住址的门牌号数，这么辨不清说是有寓意的，而她本来是有欢喜的人，好久以前仰慕着西下屋，因为这屋里住着的两位独身青年之中有一位曾写几句。

她以为老典就是在她心目中的地位占领了好久的人，当老贝问头一句话其她就暗暗的表示着欢喜，而人间的高尚的散文就这么构成了。

北海公园的角落里，在草地上，坐着老典和一个女子，亲密的靠着肩，悄悄的谈着话，好像有浆糊粘住了一样。

"你那篇坟地真好！"

"不好、不好……"

"还有两个月以前你发表的月下，实在好极了""那写东西，更不像样"

"得、得，别客气啦我也想学习写一点儿什么，你教给我好吗？""文艺这东西，学不学都成，没有什么大用处"

"谁说的？"

没有波浪的平静的海里反映着树的黑影，桥下是黑黑的，好像涂着黑漆，西天上有后来聚结的灰云，在那下面连有浓密的树的梢头，有悠久文化历史的古城，完全有浸没在死的寂静里。在假山的背后有谁在那里，寂寞的吹着口笛。

两个独身人的宿舍空去是不平均的，在墙角下面，静静的低着头，只有一只手不停地活动着，钢笔在纸上奔跑着，眼睛是紧张的，嘴唇是苦重的。从后影看，好像木头刻得雕像在那不动的头的上方垂着的电灯，像非常愁苦似的用力放出它的光明，墙上钉着两张世界名作家的相片，都是愁苦、劳力、不愤的亲切的面孔。

在床上躺着快活的老典，他两手捧着一本书，书页里挟着一张信纸，细小的字，像铅字一样，整整齐齐，一行一行的排着，老贝典的两眼就在这些细小的铅字里寻找他的安慰，他已经寻到了。他还要搜求生物的原始的本能的发挥，他正在千方百计的想着策略，怎样能把鸟雀痛痛快快的捕到网里老老实实的服从指挥。

事情就这么决定了。

醋放的久了，浸的会发霉，甚至发臭，老典和她已经完成了人类的伟大的创造的任务。

她呢，她知道是弄错了。

她在文艺版里发现了水石的日记，描写着老贝的成功地得意的情形，这是她是欢喜是痛苦可说不上。肚子渐渐的大起来了是事实生产的日子迫近，学校不能去了，按理是应该预备预备，可是他却什么也不预备，好像鱼走错了路，走到陆地一样。

北版公园还是照旧，不管人类的事变得怎样，太阳还是照旧的升上来落下去。

秋风吹着落叶的一天傍晚，水石静静的立在亭子里计划他肚子里的故事怎样才能发展成一个整个的，动人的。这时候，他忽然想一件事，急忙从袋里掏出那对女子来的信，告诉他弄错了人，现在困在愁苦和怨恨里，老典已经偷偷的搬到别处躲避他的责任。信里只有埋怨和伤心，请求原谅和同情，没有眼泪，没有别的。

在桥下的水面上，从半空落下一个轻飘飘的纸球，西风玩弄着，纸球顺着波纹像小船似的卷进桥洞的深处，看不见了。

（《泰东日报》1941 年 2 月 16 日、19 日，署名：慈灯）

垃圾堆里的初恋

在 C 城背后的一条肮脏的街上，拥挤着三百多户穷人的小屋，赤身露体的孩子们在潮湿的垃圾堆里滚着、爬着游玩，成群结队的苍蝇就在他们四周飞舞。

但是，有些孩子穿戴整齐，夹着书包进城上学，这些孩子要算得天独厚，他们的父亲能力强。而大多数的孩子是没有这种幸运的，他们的父亲能够在工厂里赚几个钱不挨饿就算侥幸又侥幸了！

每天清早，悲哀的汽笛把许多人喊了去，黄昏时分，又把这些人放出来。他们的人数很多，在狭窄的街道上排成了一条黑的河流，都默默的、无精打采的奔回各人家去。

这一年，父亲领着我们住在这条街上，我们的小屋是在拐角，房后是十字街，一早一晚杂乱的脚步声把小屋震得战战兢兢，遇见刮风天，尘土像烟似的从板墙的裂空飞进屋子里。父亲买了些旧报纸回来，我和妹妹把它一张一张粘在板壁上，但是下过几场雨，因为板壁湿透了，报纸也掉了，像板壁退下一层皮一样。

我们的邻居是画匠张大叔，他在门口房檐下挂着一匹褪了色的纸马，他的小屋里堆许多剥净了皮的高粱秆，五色纸很高贵就垛在破桌上。他那耳聋的妻，如果把黑茶壶放在这桌上，他就生气的大骂：

"忘魂蛋！怎么又把茶壶放在桌上？"

他很疼爱他的女儿春英，这是个聪明伶俐的姑娘，有一双黑似宝石的大眼珠，乌黑的发辫很整齐的披在身后。她穿着花衣，鞋是自己做的，前脸绣着粉红的花朵，看去好像一对花船。她十六岁，和我一个月生人，都是春季，她没有兄弟姐妹，也许正因为这缘故张大叔才特别疼爱她吧！

每天晚上，我随着父亲从相隔五里的菜园回来时，她总和妹妹做伴。

她俩很好，说不出有多亲密，就如亲生的姐妹一般，当我刚迈进门槛，从肩上摘下牙锯铁尺放好在桌底下时，她一定的，非对我微笑一下不可。

这一瞬间，我觉着非常快活，就如在大热天得到一碗冰糕，在大冷天得到一个火盆，要多么适宜就多么适宜。

但是，我们一到家，她就从炕上下地，收拾收拾针线和未完成的花枕，急急忙忙的回家。虽然只隔一层板壁，他们说话我们听得清清楚楚，我们说话他们也听得清清楚楚，但是妹妹却始终不改变的要送她到门口，两个人恋恋不舍的，点头微笑摇摇手告别。

她的针线包和妹妹的放在一起，我每天要打开看一回，她绣到什么地方了呢？头一天只有三个花瓣，现在看却是五个花瓣了。她把彩色花线分配得十分合适，鲜艳的花瓣还没有全开，而我却恍惚间嗅到了芳香。

吃饱饭我就到西屋，看着张大叔制造他的纸牛。他的手艺是很熟练的，他的两只手不单能够敏捷的劳动，他的嘴和腋下也能工作，他一手忙着刷浆糊，一手忙着糊纸，嘴里叼着麻线，腋下夹着高粱秆。

天长日久，渐渐地我也学会了一点小工作，他裁好了花纸我懂得糊在什么地方，我自己觉着并不比他愚笨。

我这么一帮忙，张大叔就欢喜了，他咧开大嘴，忘记了嘴里含着的麻线——但是，这用不着担心，他张开嘴也掉不了麻线——他的两只厚眼皮，因为快乐，堆在一起卷向上方。我觉着更快活的是有一双乌黑的大眼睛在身后温暖的望着我，这安慰使我忘记了一天的疲乏，其实我时常是不疲乏的，不论工作多少，这种穷骨头是父亲的遗传。

一下雨，我们两家都忧愁，因为房屋大多裂口，外面下大雨，屋里下小雨，夜里面简直不能睡，而这年夏天，天老爷似乎和穷人特别为难，动不动就下起雨来，我们的小屋，四面八方全是潮湿的了。有一天，父亲在菜园里发现了许多破席，他和东家讨到了手，晚上我和父亲欢欢喜喜的把这些破席捆结，扛回家里，立即就动起工来。我和父亲爬上房顶，把破席钉在板子上，父亲高兴的拍着大腿说：

"这回可不怕下雨喽！"

"还剩下两张破席呢？"我这样对父亲说。

"那留着做别的用。"

"给张大叔吧！"

"也好……"

父亲回屋休息的时节，我把剩余的两张破席拉到张大叔的屋顶，殷殷勤勤的钉起来。

屋里听见巨大的响声，都吃惊的跑到外面仰着脸看。

张大叔咧着大嘴，张大婶扬着眉毛，春英的眼里一样的放了光，她目不转睛的望着我的脸，我从来没有见过她这样感激的热爱的对我深深的看，我越发殷勤的干起来，把破席钉结实了。

钉完时春英出来喊：

"快下来休息吧！"

我赶紧从后面往下爬，拿着锤头和洋钉匣，她急忙跑过来接去，我从很高的板墙上，像侠客似的勇武的跳下去，但是我没有立稳，踉踉跄跄跑了几步，她急忙扶住了我，我抱着她的两肩才算没有跌倒，她的脸突然红了，但是马上又改变了安静，我虽然受点累，但是很高兴呢，要多快活有多快活……

这一夜，外面的大雨惊醒了我的梦，父亲已经爬起，他从黑暗的小窗上往外面看，街上有河水奔流的吼声，屋顶又漏了，但是不像往常那么厉害，妹妹迷迷糊糊的爬起，点亮油灯，把脸盆放在炕中央，那漏下的雨水滴在盆里，叮零铛啷做响，好像弹钢琴样。

——轰隆隆隆隆……哗啦啦啦啦……

一个霹雷在我们头上爆发，闪电时光一瞬间把街上点得通明，我们看见了街上奔流的河水，翻翻腾腾的滚着喷着白沫。

"要不靠那几张席子，这屋子怎么住呢？"

父亲欢喜的叹息着说，他还想说什么，便是被一阵暴雨吼声打断。

隔壁屋里有骚动的声音，搬东西的声音，张大婶呼喊着了：

"老天爷！快住雨吧！"

张大叔吩咐着，

"把褥子全部拿到这里！"

我听见春英悲苦的说：

"妈！洋火湿了，无论怎么样也划不着……"

"那么，先不用点灯了，你先搬被……"

"快点！放在桌子底下，这里有板子……"

"喂！这地方也漏雨了……"

——轰隆隆隆隆隆……哗啦啦啦啦啦……

大雨怒吼着，在半空，好像有怪物的叫声，听到这声音有点心惊胆战。在我们附近忽然传来一阵异样的沉闷的声音。父亲忧心的说：一定是谁的屋子倒了！我们从大雨的吼叫中间依稀的听见微弱的哭声叫声。

父亲拍拍板壁喊着问：漏的很厉害么？张大叔苦恼的喊着：嗨！糟透了！各处全漏，幸亏文光给钉了两张席子，不然这屋子更毁了！这真要穷人命……

我们忐忑的听着外面的水声，父亲不时的推开门板往外看，怕发大水。雨声渐渐小了，我们放下一点心，惊慌减少了些。

第二天一清早，父亲从外面赤着足进来，瞪着眼睛告诉我：你快去看看西街倒了不少屋！

不幸的倒塌的小屋像压碎的火柴匣样，木板东倒西歪，人在那里收拾零碎东西，挨了一夜的雨浇的，孩子躺在母亲怀里吱声哭着，人的衣服是湿淋淋的，好像落汤鸡。

过了两天，毒热的太阳把泥泞的街道晒干，但是我们的小屋还潮湿着，春英家比我们的还潮湿，张大叔蹲在湿地里工作着，春英有点不快活，大概是受了惊的缘故吧！

我和父亲在果园里的工作完了，父亲又到别处去找工作，我无事闲在家里，坐在门槛上读我的《鲁滨孙漂流记》。春英和妹妹肩并肩的坐炕里学习绣花枕，弟弟在街上和邻居的孩子们用湿泥做玩物。

读乏了我就爬起，立在春英旁边看她绣花枕，她一看我在看她，赶紧放下花针，害羞的对着妹妹微笑。

我问她：

"这枕头到底做给谁呀？"

她咻咻的微笑着不说话，红着脸低下头去，这时节外面喊着：

"破麻袜子——换洋火啰……！"

妹妹跳起来，拍拍屁股，笑着说：

"有两个汽水瓶，问他要不要。"

她摇摆着辫子跑出去。

我望望外面，又看看低着头的春英，悄悄的在嗓门里结结巴巴的问她：

"告诉我呀！这枕头做好了给谁？"

她有点害怕似的看看外面，红着脸看我的眼睛，我听见她扑通扑通的心跳的声音，同时也听见了我自己的。

我又望望外面，妹妹在街上讲价，我的胆量大起来，扯扯她的手，她战栗着，满脸通红，好像发热病。我亲一下她的脸，想亲第二下的时候，她抖抖擞擞的把我推开，指指外面，好像说："人家看见可了不得。"

我心满意足的坐回门坎上，打开鲁滨孙，妹妹老半天才回来。

从这以后，春英看我的时候，总是用着异样欢喜的眼光，并且有点胆怯，躲躲避避的意思。

父亲找到了工作，在一个砖窑场里，给他们制造"坯套"，因为路远，我们不回家。

工作了六天——这六天，我的心就如油煎的一般，天空老是阴沉沉，给我增加不少愁苦，我总觉得心乱如麻，没有心思工作，仿佛我看见那砖窑的黑洞里有一个恶魔，对我瞪着眼、咧嘴，我艰难的熬过了这六天，好像过了长长的六年一样！

我抱着很大的欢欣和希望跑回家去，恨不得一下看见春英，真是怪事，几天不见好像丧失了灵魂。

想不到的打击降到我身上了！春英早就走了，她早就有了婆家，她的女婿也是纸画匠，比她大八岁，在我和父亲出去做工的第三天，她就走了！

天昏地暗，我觉得眼睛发花，头痛，身体发烧，就如有一大炉烈火烧着我样，我连呼吸的勇气也没有了！

街道上，早晨和晚间，照旧的滚动着上工下工的人的海洋。他们疲倦的，无精打采的迈着脚步，从泥土地发出凄惨的哀痛的呼声。我从这些工人的沉默的走过的烟雾里，看见了一副熟悉的面孔，一双黑宝石似的大眼睛里，饱含着晶莹的泪水，她苦闷的，伤心的咬着嘴唇，我又仿佛听见了哀痛的哭声。

在孩子们的宝贵的花园，在那街头的垃圾堆里，我也看见了那熟悉可爱的面孔，她混在孩子们中间呆呆的立着，她想在那垃圾堆里发现她理想的幸福的花。我第一次和她相见，不是在那垃圾堆旁边看着那些大地的孩子吵吵闹闹玩得正热闹的时机么？

我清清楚楚的记得，当她看见目不转睛，聚精会神的看着她的我，她不是很不安的低了头，手足无措的闭着嘴唇么？

又下起雨来了，这雨从黄昏时下起，到半夜大起来，但是我们不吃惊了，因为这种惊慌我们吃惯了。

但是在那暴风雨的水声中间，我恍惚听见了一个少女的哀痛的哭声，这哭声打到我的心灵深处，这不是春英的声音么。我睡熟了，什么也听不见了，这一场雨，又推倒了七家坚固的穷人的小屋，这些人的运命，是操在无情的势力的手里，父亲、张大婶、我、春英、妹妹、弟弟，以及许许多多的穷人……

上课，下课，回家，再也少做外事。

在空闲的时间里，提提久违的拙笔，想着描出几个人物来，稿纸摆了两天，还有多写一篇字——除"风云"两字而外。

本想以几个性格不同的来担当这份事务，可是竟想了几天，不知从哪里下手，这不是我"不才"的现象吗！我太没用了，老天没给我写作的能力吧！不然又怎能这样"愚腐"呢！

（《泰东日报》1941 年 3 月 12 日、13 日、15 日，署名：慈灯）

旧　事

忘记是民国多少年了，我可千真万确的记得，那是一个冬天。

我们在阴暗潮湿的炊爨场门口悠闲的晒着太阳谈天，这一天，比较暖和一点儿，出完野外教练回来，太阳殷勤的露出了暖意，两个马夫在草棚里锄草，光头的蹲在那里，另一个帽子快掉落了似的扣在脑后，像蚂蚱似的跳着：

"今天一定发么？我看不定规……钱都领来了，队长正在那里打算盘，队长当差说的，不信问问他。"

这个消息，是人就高兴。

晚上点名以前，值星班长对大家大声喊：

"集合——领饷！"

显然的，这个集合比什么集合都致得快乐。

苍白的面孔，乌黑的眉下面镶着一对像女人似的眼睛，铜纽子闪闪的放着光，神气十足的坐在靠墙的软椅上的队长。除了那一双红马靴值钱以外，别的没有什么值钱的地方，他的军服是我们的同学，一个有高超的献媚手腕的家伙，专会讨好上官的——送给他的。至于他从什么地方弄来的这套军服，说法没有一定，有的说他父亲从前当过官儿，是他父亲穿过的，有的说是他父亲本是个泥瓦工匠，这套军服十成有九成是从什么地方骗来的，说法没有一定，因为这些事对于我们并不重要，所以谁也不追究，而我们现在所一致希望的是赶紧发饷。

一个大字不识，凭着他舅舅的门子装好不错的赵副官已经把票子从纸口袋里小心翼翼的掏出来了。

"你们，摆成单行吧！"

我们赶紧的把二路横队变成一路侧面纵队，值星班长指挥着。

队长立了起来，两手背在身后。

"好几个月，我们领不到薪饷，大家都知道，我们这个军官教导队没有经费，给养全是从各方面，好像捐款似的捐来的，这一回这个钱，是队长请求司令，请了多少回，司令他老也没有办法，我们连个理发钱都没有，这是司令他老自己的钱，一个人平均两元，以后一定能有相当的办法……"

沉默了，好像掉进洞里去一样。

转脸对着副官：

"发给他们吧！"

副官沉着脸下命令：

"从前面，一个一个的过来领完的就回去……"

卖花生、烟卷、橘子、糖、包子、馒头，凡是在我们这条街上所有的，都集在门前，厨房里、炉盖上放着小酒壶，马夫都蹲在草窝里大吃大嚼。

刚点名站好队伍，我们看见五个身后背着盒子炮的人急急忙忙的进来了，有一个对着我们问：

"王国秋是谁？"

送了一套军服给队长的同学胆怯的答应一声。

"请出来！"

悄悄的出去了，那个人从裤袋里掏出一个铁环，哗啦的抖了一下。

"对不住，戴上吧……"

其余那四个一直走到队长室，过了五分钟，队长低着头出来了，披着外套，前襟挡住了两手，看不见手上戴没戴什么。

这两个人在那五个人谨慎的监视之下，不知领到什么地方去了。

直到此记得我们还没有看见队伍后面，立在走廊下阴影里的总司令部的副官长，他身后有个挺着胸脯的马夫。这时候他慢慢的走到队伍前面，清清喉咙：

"从今天起，周队副代理队长的职务，你们要好好的用功，守住品性……"

以后，再没有说什么去了，解散跑到宿舍里，大家你一言，我一语，谁也不知道是发生了什么事。

过了十四天，我们听说，那两个人已经枪毙了。

有天黄昏，我们从公园跑步回来，在一条寂寞的街上看见对面跑过来一辆马车，渐渐的接近了，我们看见那上面坐着两个人，靠左面的一个对我们招招手，呀，那不是被带了去后来听说枪毙了的我们的同学么？他旁边坐着一个女的，那又是谁呢？马车很快，我们跑的也不慢，一转眼就离远了，回头望望，只剩下车轮子渐渐模糊的响声。

以后，再也没有看见他了，一直到现在，我还不知道那两个人，究竟是死了还是活着。

（《泰东日报》1941 年 3 月 19 日，署名：慈灯）

真的伙伴

"就是他!"

这样很简单的把我介绍了。

五个男子,一个女子,都年轻、快活,有幸福的眉目。嘴里嚼着黏的糖,有的在床上躺着,这是一个把草帽扣在膝盖上,一手支着耳朵,有一副白嫩嫩的面孔的青年,在桌上伏着个团脸,他的两肘底下压着一册打开的书,我很奇怪,为什么不在意的把书压着,不怕压坏么?靠窗立着一个细身材,消瘦的长脸,没有穿外衣,衬衫的袖子挽到肩膀附近,两条腿交叠,皮鞋的前尖闪着亮光。在他身旁,舒舒服服的坐在靠背椅上的青年玩弄着一把带花的小纸扇,他仔细的打量了一下我:

"今天不做工么?"

我记得在什么地方见过他,可是想不起来了。我觉得他是一个大学生,因为在他头上挂着一顶四角帽子。

为了在这些体面的青年面前表示我自己并不是一个目不识丁的笨虫起见,就温和的回答他:

"因为今天缺少材料,还没有送到,所以闲着……"

在门边坐在椅子前沿,用右足尖点着地板的女性对身后的门大声喊:

"英!水怎么样啦?"

躺在床上的青年向她摆手:

"不喝,不喝热水!天这么热,谁喝热水?我这里有钱,买汽水,谁去?"

门砰的一声推开,一个头发短短的少女,有十三四岁光景,穿着短裙,跳跳蹦蹦的跑出来,好像跳舞。

"哥哥,给我钱,我去买!"

这个人家，在我们住着的足有一百多户人家的一条街上，要算是首屈一指的大富户。这家庭中的主人在外城的什么衙门里当大官儿，听说一个月赚两千多块现钱。子女都进学校，躺在床上唯一的宝贝少爷，在这里集合着的全是他喜欢的体面的朋友。我一进门就觉悟到，我在这里是不适合的，正如花丛中突出了一棵蠢笨的树，健壮是健壮，可是不鲜艳，成色差得太远了。

然而并不是我自己愿意参加进来的，是一个时常和我"套头"，愿意和我亲近的中学生贵生领我来的。他恳切的对我说，这样的人很喜欢和我见面，打算和我谈谈。贵生呢，他这时正坐在书橱前面的折叠椅里学习吸纸烟。

我不知道我应该坐在什么地方或者立在什么地方恰当，觉得不安，有一点儿羞愧，并且很有点儿后悔，不应该轻易的跑到这种陌生的境地来，与不是我盘踞的领土，是和我相隔得远远，完全是和我的灵魂根本不和的环境。

挽袖的大学生先开口问正经话：

"你为什么不上学呢？"

我简单的回答他，这是因为经济不许可所以没有上学的权利。

他同情的点点头，眉目之间流露出"可惜"的意思，我想他一定是位慈悲心重的人。这时期我还没弄开正确的常识的圈套，我还不知道慈悲是一种有毒的东西，看见猫就认为它是忠实畜生，而可憎的老鼠是那方面的境况一点儿没有想到，所以，当它用慈悲的眼光望着我的时候，我觉得是从不高兴的环境里意想不到的得到了无限的安慰。

汽水买来了，半打。

十三四岁的小姑娘得到剩下的三毛多钱，她欢欢喜喜的放进胸前小形的圆袋里，用一条腿跳着跑进里屋去。她的姐姐，打开漆亮的抽屉，找出钢的带红把的起子，熟练的打开汽水瓶盖，从靠北墙的桌上把茶盘端到屋中央的茶几上，玻璃杯里全倒满了。汽水的泡沫活泼的汹涌着，像珍珠似的水泡在杯里往上飞滚，碗边发出沙沙的声音。

"都来喝吧！"

躺在床上的人跳起来把帽子扔在床边，自己先端起一碗，别的人也自动的端杯，女子端了一杯送给我——

"不要客气，喝吧！"

我知道她，她是立在窗户跟前正在沉思默想的青年追求的目标，因为他家里，爸爸妈妈已经早给他定了媳妇，他现在进行的事业大家都批评说不容易成功。她呢，她还没有进中学的三年级，性格难捉摸，就是说，还没有定性，对方无论怎样殷勤的表示心意，她却假装不知——这些事，全是贵生详细对我说的。

贵生和我的关系很密切，因为交朋友已经多半年了，什么事也不瞒我。他自己也想追求她，因为胆量小，连多看一眼都不敢。

伏在桌上的青年，三口两口把汽水喝尽，对别人说：

"他写的小品文，我看很进步，像这样人学木匠太可惜了！"大家都把眼睛光顾在我身上。

写小品文的事是贵生给我宣传出去的，屡次在报窟窿里发表之后并不想告诉别人，因为贵生是知己，所以没有瞒他。而他竟夸大其词的宣扬出去，说我有什么才能，将来能在地球上成名的。

皮鞋的尖端闪亮光的青年惊奇的问我：

"你时常投稿么？"

"不——"

"在什么报上？"

我说没有。

女子笑一笑，发表她的意见：

"他父亲硬逼他学木匠，不准他干别的。"

这件事她可弄错了，我对他们全体说，学木匠是我自己愿意，不是父亲强逼，父亲没有不希望自己亲爱的儿子做阔事的，主要的原因是没有门路。

我明白的观察出，这些吃得饱住得舒服的青年，在学校里的功课怎么样可说不上，社会上的事情全不熟悉，他们用幻想的脑筋来判断世界，他们的眼光范围狭小，行动的范围也不大，所以所见所闻的也不多，好像飞鸟在笼里，认为笼里的世界便是地球的全部，高贵的思念着自己，觉得"文明"。

贵生比较聪明一点儿，他用简单的几句话证明了我的身世。

离开了这些高贵的青年，我觉得自己在世界上并不算太渺小，因为在我的周围还有许多和我一样什么也不懂的可怜虫。

我知道，人活着，首先应该知道他本身在宇宙间的地位有多么大，如果认为他是地球上最上等不过的动物，那么，别的智慧的门永远不会进去。我的智力不足，总觉得我所居住的这个世界太复杂，乱七八糟，所有的事情都混混沌沌，不会变的，后来我知道这是错的。打开人类的历史马上可以发觉，世界不是乱七八糟的，是有条不紊，按照一定的原理渐渐往前发展的，慢了么，这没有关系，好的事情越慢越坚固。

我思索着，怎样能够彻底的了解各种学问，活着不能像野兽，我得顽强的用些苦功，我立定了志气，我要鞭挞那些"停步"的人，赶他们走向前进的路上。

当然，这种想头是再幼稚可笑也没有了，我离开那群青年之后，自己坐在家里，无头无绪的想着我所知道的一切事情。

到晚上，我们在一起做工的木匠差不多都集合了来。

有一副天生的好喉咙的崔大笨（一个木匠的绰号）比谁都先到，唱"下流调"讲笑话谁也赶不上他！

一进门他就闹起来。

"有钱捧个钱场，没有钱捧个人场，来，我唱一段！"

自己搬一个小板凳放在院中央，露出强健有力，筋肉晒得红紫的胸膛，两手按在大腿上好像庙里佛像，一点儿也不知道害羞的这个老伙计，看看人都到齐了就开始唱起来。

"小老妈在上房……啊……打扫尘土……呜呜呜……"

唱完一节，马上就噘起嘴唇用两手比量着"杜杜打打"的吹着喇叭，还摇摆着上身，有时站起，快活的在院子里扭来扭去，他那屁股本来就肥大，一扭动，显得更大了！

年老的金广义静静的吸着短小的烟管，他那满脸浓厚的皱纹，每一条都高兴的发了笑，聚精会神的欣赏着屁股滚圆的小老妈。

有三个人的力气，吃东西属第一的范明，是个特别伶俐的小伙子。可是他好逛荡，赚的钱差不多全献给了他的姑奶奶。可是这个人，如果做起工来，两个人也跟不上他，早晨堆在墙角地方的乱木头，到晚上就在他一天不停的活动着的两手里成了完美的器物。

我靠近他坐下，得意的告诉他白天接触过的人们，连喝了一杯汽水的事，也夸张的告诉了他！

"那些东西！"

他生气的瞪圆了眼睛，张着大嘴直对着我，好像我做错了事要一口把我咬得零零碎碎似的。

"——他们办过人事么？"

他的下巴不停的活动起来，愤怒的对我讲说：那一个伏在桌上的小子，怎样的欺骗了他们的房户，一个贫苦人家的姑娘，把她玩够了再连一眼也不看，这个姑娘每天挨他父亲毒打，一定要叫她说出肚里是谁的孽种。然而她至死不肯直说，因为他起过誓要娶她，她牺牲了性命保持这位少爷的名誉，这是为了她将来的幸福。这个可怜的丫头，她哪里知道她的所谓将来，除了倒霉之外便什么也没有了！

那一个靠窗台立着的东西，他成天到晚，泡在窑子里，因为没有伺候周到他，他把人家的壶碗摔个粉碎，稍稍的有一点儿不满意他便轰炸，比流氓土匪还厉害。

"你怎么和这些禽兽弄到了一起呢？"

我不大十分相信，他这些话是确实的，可是这类风声我也多多少少听别人讲过，没有辩驳的理由。我想了一想，觉得他的劝告不错，只有坐在这里的这些粗鲁的家伙才是我们真正情投意恰的好伙伴，老虎和蛇很难弄到一起，这本来就是真理。

这样我就决定永远的和这些人在一起，跟他们学习手艺。

可惜不久之后我又改变了途径，我离开了他们，成了另一路人，这个另一路，说起来太长，一句话也可以讲完，太卑贱可怜了。

（《泰东日报》1941 年 3 月 20 日，署名：慈灯）

喝醉酒以后

我喝醉了，真的，一点儿不撒谎……

高高的楼房、街道、车、人都摇摇摆摆地在我两旁踉踉跄跄的往后退，所有的，死的活的东西，在我的眼里，都成了一些不足道的形体，无论什么我都不看在眼里，可是，不讨厌也不喜欢。

在我正直的前面，那白色的一长串，好像一条线的东西是什么东西呢？

白的线渐渐的和我接近，我又看清他们的底，半截是黑的，在那下面又是白的，接着又是黑的，从下面往上数的一截黑和一截白不停的活动着，我停住，聚精会神的看，原来噢！是一群女学生。

我欢欢喜喜的把两只手向两旁一摆，又把两条腿一叉，好像一个大字似的，正当当的把白色的长蛇的头堵住。

"干什么呀？"

很惊奇的一些可爱的，但是发了怒的小眼睛对我圆瞪，同时我听见身旁身后有许多奇奇怪怪的笑声。

"你们往哪里去？"

我很关心的问。

并没有马上回答我，想从我右边躲着过去，我赶紧把身子往右一移，又想从我左边躲着过去，我又赶紧往左边把身子一移……

"不告诉我往什么地方去一定不准过去！"

我算是下了决心，如果不告诉我，死也不让她们走路，这是非认识、非理解、非彻底不可的事情，这样的好机会决不能轻易的放过去。

很柔嫩的一条细声迅速的窜进我的耳里：

"放——学——回——家！"

我重复着她们的话："放学回家？"

但是我不了解，她们要回家做什么呢？

很快的我就想起来了，用着大声规劝她们：

"你们那些家呀？回不回都行！请听我说吧！你们的家本来是鸟笼，在那狭小的世界里只有一个弯弯曲曲的横木，还有一个马眼大的瓷壶，而这个本是陷阱，你们一生下来就陷进去了，你们自己却一点儿没有留心，还觉得很光荣呢！"

在我身旁身后的难听的笑声越来越响亮了，我四面一看不知从什么地方聚集来不少傻呆呆的脸。

傻呆呆的脸现在和我没有关系，暂时不理他们。

接着讲我的——

"在那么小的小瓷壶里蹲一辈子能有什么出息呢？宇宙间可爱的飞禽走兽全生活在空中或山野，你们那个家就等于鼠洞。唯一的幸福不过是啃泥土罢了，唉唉！啃泥土……"

白色的点子散乱起来，从我的两边慌慌张张的逃走，好像温驯的羊从老虎身边逃走一样！

我抓住一个白点子的胳膊打算把她留下，好好的讲一讲，可是她不理解，误会了我的意思，愤怒的打开我的手，咒骂着跳开，我想追但是身子不做主，觉得两腿瘫软，一屁股坐在谁家门口台阶的下层。

我觉得十分可惜的望着那群散乱逃走的白点子大声喊：

"你们往哪里？跑到棺材里埋葬在土内么？唉唉！一群可怜的金鱼，什么时候能跳出玻璃缸，跑到大海里和伟大的浪涛见见面呢？可怜！可、可、可、可……"

傻呆呆的一群愚蠢的东西把我包围：

"这个人有精神病么？"

"大概是……喝醉了？"

"想必是……？"

我忍无可忍的吼起来，对着这群傻瓜——

"混蛋，全是糊涂虫！"

挨了骂不醒悟，不生气，倒反笑起来。

我狠狠的把眼球在这痴呆的脸上，一个一个的盯一回，全是一样的，没有分别，都是石头，愚昧无知，盲从，稀里糊涂的活着，对于这些顽固不化的脑袋讲慈悲是没有用的，慈悲对于他们是有毒的毒质。

"全是混蛋！可恶！为什么用那种傻呆呆的脸看我呢！没有聪明点儿的嘴脸么？"

死了似的动也不动，我愤怒的跳起，用力的握着拳头。凝固的围阵不约而同的解散，惊惧的退向后面去。

一只手从我身后推推我的背。

"唉！别在这耍挡害。"

他大概是商店里的掌柜，想驱逐我。

我抓住他的衣领用力的摇动两下：

"滚蛋！你也不睁开眼睛看看这些老爷是谁，比你大八辈的小子见了咱还得立正，何况你这个畜生，敢驱逐我？不让我在这里？狗养的、狗养的、狗养的……"

左一个耳光右一个耳光，他想应战，可是来不及回手，一连串的耳光早把他弄糊涂了。我扯住他的袖子用腿一挡，轻轻的一推，他跌出半丈多远，从里面跑出几个伙计想报仇，我收拾了两个，其余的不敢上前了。我听见一电话响，我怕这一套？你别说电话响，大炮炸弹响咱也听见过！

摇摇摆摆的离开这里。

走到图书馆，在门口看见里面有些静静的坐在硬板凳上聚精会神的看报的人，我走进去……

在和商店一样的货架下拨下一册书，一本本的翻，翻完一本用力的摔在地下。

"这是什么书？"

图书馆管理人惊奇的瞪了我一下眼。

"唉！先生，你不看请放下。"

我又翻完一本，远远的抛在桌子底下。

"这种鸟书要保存它干吗？"

图书馆管理人从我手里把书拿去，又去拾取抛在桌底下的书。

但是我又从书架上拿了不少的鸟书，满屋子乱扔，一面跳着，笑着，噢噢的唱，把桌子踢翻，把凳子推倒，抓起报纸，踏在脚底下。

接着是——赶紧的逃跑！

一口气跑出这条大街，串了几个胡同，到了住处，像死了似的一头倒在床上，昏天黑地什么也不知道。

不知睡到什么时候的时候，听见邻家的声响，睁开眼睛一看，电灯放着光，仔细的想一想，自己是干了一些什么事呢？

我真害羞得要命！恨不能一头碰死！

我老老实实的跪下，对着隔壁起誓：

"谁再喝酒，谁是水王八！"

窗外有一阵哈哈的大笑。

我跑出去，发现了窗外聚着一群邻人，男的，女的，都开心的望着我发笑。房东的女儿也在那里，我想给她跪下，这样祷告：

"你，爱我吧！"

可是没有勇气，默默的进了屋。

——星期日期就这么过去了。

一个流氓的生活……

（《泰东日报集》1941 年 3 月 29 日、4 月 2 日，署名：慈灯）

雨　夜

"你那里是多少？"

头发凌乱的青年很疲乏并且十分用力的从衣袋里摸出几个白色的小东西，好像舍不得似的送给穿长衫的人。

穿长衫的人又问他：

"一毛钱一盘，一个人来两盘，这多出半毛钱，买一个咸鸡蛋怎么样？"

"好，就这么样！"

在这两个人的上面是黑漆漆的什么也看不见的黑的天空，从无限的黑暗的空中落着令人烦闷的细雨。街道上，在有电线杆上面沉思的垂着电灯所照着的地方，像镜子似子放着光，商家多半都关了门，只有饭铺还困倦的开着门，从他俩的脚底下发出沉闷的声音，但是，两个人都像是习惯了雨淋似的，不慌不忙的前进着。

四盘白菜馅一点儿肉也没有的馅饼摆在方桌中间，一个咸鸡蛋分成两半，筷子和手同时的动作着，眼睛里是饥饿的光芒，可都是欢喜的，满意的，好像非常幸福的人。

苦闷的雨不停的用着细小的声音敲着黑夜的街道，玻璃窗默默的流着痛苦的泪水，绑着灰黑色围巾的跑堂坐在墙角的地方无精打采的半闭着眼睛。

穿长衫的人把筷子举起来。

"你还记得么？前年秋天也是这时候……"

头发凌乱的青年正正当当的点一下头，把半口馅饼用力的吞下。

"我怎不记得？"

穿长衫的人喘口粗气。

"如果她现在不死……"

于是，在他记忆的阴影里朦朦胧胧的映出一幅可爱的面孔，弯弯的细长的眉毛下面是一双乌黑明亮，像宝石似的眼睛，在额中间的下层是一个不高不低再合适也没有的鼻梁，其次是无论什么时候都默默的闭着的小嘴，那短短的头发象征出她是有毅力并且勇敢，但是这时在他的回忆却构成了一幅悲痛的图画，在那副可爱的面孔上，不是清清楚楚的挂着模糊的泪水么？

和悲苦的叹声同时，穿长衫的人把筷子放下了，他的脸上突然的抹上了一层痛苦的网罩。

头发凌乱的青年皱着眉头大嚼，他想不动声色，要想用自己冷静的态度振起对面人的精神，可是这都无用。

有一阵没有正确目的的风声，细雨凌乱的打着玻璃窗。谁在门口经过，两只雨湿布的鞋稍稍的停了一下，接着就走过去了。

穿长衫的人把眼睛看着桌角。

"那天晚上我早点儿去就好了！"

头发凌乱的青年用话来打断他的回想。

"吃吧！吃完了我们就去。"

可是，这有什么用呢？穿长衫的人已经深深的落进回忆的谷里，两旁是高的、没有路的峭壁，他没有地方可以出去。他想着三年前那一个晚上也是秋天，也像现在这样的落着愁闷的雨。

她，很重的病在床上，潮湿的小屋里无论什么地方都是悲酸，死的阴影在各处悄悄的发展。

"哥哥！应林一定能来么？"

"一定来，一会儿就到。"

"我看，他不能来啦！"

"不，一定来，你别着急……"

姑娘的眼角有明亮的痛苦的东西，直到断气，像露珠似的挂在颊边。

穿长衫的人到晚了——那一天他也穿着长衫——他像个木头似的呆在那里，好像死了似的，什么话也不会说，他已经忘记了呼吸，不知自己还活在世上不。

就是这样，他在这世上，多么艰难的有这么一位宝贵的情人。以后，他不再希望有这种幸福了。

他把她的哥哥当做她的替身，二年来，没有一天和他分离，有点近乎同情恋爱似的死死的缠住他，这在她是一种难以言说的安慰。

在他的面孔上，可以发现一点儿她的形迹，他从这一点儿形迹里搜求着他三年前的希望。如今虽然是没有希望了，可是他坚决的不放开，宁肯受罪，总是在一个职业门里混，在一个屋里住，饭钱是两个人一起凑，这样接续了二年，差不多没有一天改变。

头发凌乱的人面前的两个盘子空了——

"应林，快吃吧！天不早了。"

应林从坚固的回忆的箱里跳出，怅惘的看着各处。

雨，照旧。

堂倌过来收拾碗碟，应林把钱交出，两个人一声不发的走出去。

在黑洞似的胡同里，应林停住了。

"你等一会儿……"

头发凌乱的青年奇怪的问他：

"什么事？"

应林扯住他的胳臂，一双手拦住他的腰。

"我们这样走吧！"

但是走了几步，应林又有了要求：

"你站一站……"

"什么事？……"

应林像疯狂似的抱住他的肩膀，用力的在他脸上亲了又亲，亲了老半天才放开。

他呢，一点儿也不觉得奇怪，因为这种平淡的小事件，早就司空见惯。

细雨沙沙的发出低低的哭声。

两个人亲密的搂抱着在胡同里和黑暗一同消失在更黑暗的黑暗里。

细雨不停的接续着……

（《泰东日报》1941 年 4 月 3 日、5 日，署名：慈灯）

假 爱

我是在一个不大十分亲近的朋友家里和她认识的。

大家都说非常美丽的她不知怎么在我心里构成了一种厌恨的感情。

原因是这样的。

她的头发烫的太费时间，并且也太费钱，用不着穿那么贵重的衣服，她这身衣料少说得七十块钱，香水的气味刺人鼻孔，欢喜笑，讲说别人的缺点是她最得意的消遣。

"噢！杨先生！实在久仰……"

这是她们对我说的头一句话。

她说：她最爱文艺，想写，可是写不上来。

又说，很盼望能有一个人指导指导……

我辞别出来的时候，她也立起，说是有事情，得赶紧回去。

走到街的拐角，我听见身后发出柔和的声音：

"杨先生，您很忙么？"

我勉勉强强的站住：

"不——忙！"

"那么，请到我家里坐会儿不好么？"

"我没有穿衣服，恐怕……"

连我自己也觉得吃惊，我一向是不注意服装的，出门也是衬衣，挽到肘节上，这样觉得爽快。和她这么讲究的姑娘走在一块儿，在别人的眼里也许认为我是用人，我羞耻的离开她几步，打算赶紧的逃跑。然而没有跑却接近了她，客客气气的和她谈话，用着我所会的一切的虚伪对付她，说实在话，我这时候很想把我自己认为所有的美点都表现出来使她欢喜。

从她的眉目之间，我发现了意外的同情和共鸣！

我更进一步的靠近了她，我觉得非常的骄傲，因为街上有数不尽的全是嫉妒、羡慕的眼睛在看我，竟觉得是一种人间莫大的光荣，比应征报馆的小说当选了的事实还快乐几万倍呢！

夸张么？一点儿也不夸张，我好好的想过了，像我固有的这一身穷酸的骨架，血脉和筋肉和你们是有点儿不同的，可并不是高贵，而是卑陋下贱，无耻到了极端的，世界上再没有比我更愚蠢的东西了。

然而这时候，和她在一起走路，好像身价抬高了不少倍，仿佛像屁股底下沾上了一朵五光十色的彩云，把我吹到美丽的空中，人和兽，全在我的下面。

越想越高兴，于是我越发的靠近了她。

"我早就听说……"

"听说什么？"

我极力的温和的问她。

"听说你很用功。"

"我么？我一点儿也不用功呀！"

她不相信我的话，微笑的摇摇头，一阵奇香熏醉了我，我想要糟糕，快迷糊了！

她的屋子美丽幽雅，也和她身上相似，有奇香。

我的记性不能算健全，和她谈了些什么，一出门就忘干净了！

过了两天，我又去会她，预备了好吃的点心。

第三天又去了，目的是为吃点心。

第四天又去了，她不在家。

第五天想去，——失掉了勇气。以后，再也没有去，在街上见过一回，但是远远的望见她我就躲开，觉得对不住她，好像没有正义的窃取了人家的东西似的。

在寂寞、苦闷、烦恼，——肚子已经吃饱了的夜里，静静从头到尾一想，自己的行为是不对的，人与人之间不应该放进一块轻蔑的石头，把人家浓厚的感情当作开心解闷的资料，戴着假的面孔的人能算是一个人么。

我想拿起棍子敲碎自己的头。

又一想，这也倒不必，与其敲碎不如弄结实一点儿的好。

于是，我洗掉满头可耻的泥土，正正经经的，好像君子似的，又摇摇摆摆的迈着方步出现在街上了。

（《泰东日报》1941 年 4 月 9 日，署名：慈灯）

1410

工作和书（残篇）

走了四里泥泞的路，我到了木厂。

这家木厂的经理，是个个子高高的，宽肩膀，粗眉大眼，说话像喊叫的汉子。

我一进门他就叫起来：

"哟！木匠徒弟，送钱来了么？"

这小子，他什么也不认，就认钱。

欠他们的钱并不多，不过两块来钱，这是头两挑木料，多看中几块薄木板，全是零碎的三寸宽、四寸宽的，长都不过三尺，有一些七长八短，不够正经材料。所好的只是干净，全是红松，有两块还是刺秋，弯弯曲曲的花纹像水的波浪一样，一般的说来，我爱这类材料，即使没有用放在家里也不厌恶。

父亲的这种嗜好更大，他当了一辈子木匠，和木料发生了紧密的感情，看见好材料，恋恋不舍的鉴赏，蹲下去仔细看，用手摸，拍一拍，端详那尺寸，思量那用途，从放光的眼里表现出忘记疲乏和劳动创造的意志。

可惜，在那时候，我并看不出父亲的这种优点，现在想起来已经来不及了！

我把那几块刺秋拿回家去的时节，父亲曾放下工作，他明知道这些零碎东西没有多大用处，然而木料的美的力量激起他不能制服的快活的感情。

"啊！不错呀！这个……"

这样，他把性质传染我了，木厂经理，似乎也明白这一点，他把乌黑的手巾搭在左肩上，紫红色的赤光的身体在太阳光下闪着亮，好像涂了一层油。

用木板排排的钉成的小屋的门前，在板棚的下面，两个伙计坐在那里啃干粮，我走过去，坐在他们跟前。

"哎——钱带来没有啊？"

大个子提他的钱，钱就是他的灵魂。

我用别的话把他岔开。

穿着破了边，纽扣全都丢光的一个伙计，他是和我最反对的一个，狡猾、粗暴、欢喜咒骂人，贪婪无厌是他的特长，蛮横无理又是他的美德，我不欢喜他，就如不欢喜臭虫一样，可是这小子也有点儿好处，坦白、直爽，不扭扭捏捏，活像个驴。

他嘴里嚼着干粮问我：

"不带钱来，又想挑材料，是不是？"

他想了下，补充着说：

"那——不成！"

我不理他，一心一意的望着那些靠墙角地方堆着的棍棒在那底下横七竖八的倒着一些适于我理想的材料——我理想的好材料往往是在下层而不是上面。

先和他们商量：

"上回的钱还一半，这回再挑点儿，给一半儿钱，行就行，不行就伤了主顾。"

他们知道在我身上敲不出什么大油水，吃亏当然是不至于，无论如何是熟人，虎和狼交不到一起，牛和马总是在一条绳上。木料选好，堆放在不容易注目的地方，摇一摇手和他们告别往街里奔跑。

这一带，全不是富户，房屋矮小，乱七八糟的挤在一起。街道狭窄，肮脏，刚下过雨，泥泞很深，废物随处都是，臭气刺鼻，永远不会受什么教育的孩子们在臭水坑里玩耍。我深一脚浅一脚的走出小街，一踏上干净的马路我的心就宽了。

市场里我有个好朋友，他是铁器铺里的学徒，名叫王纯江，是个十六岁的瘦弱的少年，因为睡眠不充足，眼睛总是红的，而且睁不开，破鞋露出脚后跟，手脸总是黑的。他们的店铺太暗，灰尘多得怕人，大的铁锤敲着硬的铁板，声音能把人的耳朵震聋，从早到晚店铺里乱杂的奏着交响曲，他就在这里面做工赚饭吃。

买洋钉我一定到这家店铺，还没有走到就听见那震人的铁声了。

一到时我就看见王纯江在门口两只手用力的扳着大铁铗，想拔出一块木杆中腰的大铁钉。

看见我，笑一笑，用黑袖头抹抹额前的汗，他的眼圈，灰尘厚厚的，鼻梁全是黑的。

悄悄的问我：

"下乡去了么？"

"去两趟。"

"你一个人？"

"和父亲去一回，自己去一回。"

"好卖么？"

"方盘的好卖，洗脸的盆架不大值钱，筷子笼更不值钱，挑一担不值两圆，想做风匣呢……"

他很羡慕我，说我的生活快活自由，他不知道我的灵魂比他还要寂寞苦恼，他很爱我父亲，这一点，他的眼光没有弄错。假如不是父亲留住了我，早就跑到天边外国去了！

我们不能多谈，他很忙，假装用大声问："你买钉子吗？"

我先掏出钱来放在案上，他拿过秤来，用手抓钉子，这全是旧钉，大部分全是弯曲的，用以前得一个个弄直。他虽然上秤，眼睛看着别处，却不看秤，随便的一秤就放下，在他手里买一毛钱的数目，在别处花五毛钱也买不出来。

我和他告别，心里有点儿难受。

他在那屋子里，呼吸着尘土，听着震人的铁声，成天到晚不停的忙，没有多少休息，没有机会读书，也不能随便的到什么地方走走。他没有父亲，母亲在街头缝穷，他姐姐一个十九岁并不美貌的姑娘，老天知道，她在那里经营着什么职业。想起这些，我的胸头闷塞得很，好像有石头堵住。

（原文缺失）

（《泰东日报》1941 年 4 月 24 日、5 月 4 日，署名：慈灯）

回　家

　　电线杆好像是悲哀的过了度，迅速的往后倒去，在那后面枯黄的野地也退向后面，远处的山山岳岳则模糊地打着旋转，天空也旋转着，不停的。

　　火车发出巨大的吼声，车厢里，旅客都带着愁容，没有一个说话，静等着火车把灵魂拖向不知数的命运去。

　　作英坐在角落里，窗幔的黑影遮住他半个面孔，鼻梁高高的，眼睛塌下，灰色的嘴唇好像伤心的哭过还没有复原似的。

　　他在车里，像在梦中静静的不动已经有五个多钟头了。

　　头一天晚上他还是快乐的，他决没有想到第二天清早会突然的接到父亲的死信，连饭也没有心吃，就跑到他的同事佟君的家里：

　　"老佟，你有钱么？"

　　"做什么？"

　　"我要回家。"

　　"回家？"另一个惊奇的瞪着眼睛看他。

　　"我父亲死了，刚才接到信……"

　　从好几个朋友的手里借到将够的路费，他也不看时间，急急忙忙的跑到火车站，在站里，像失了魂样，足足的呆了两点多钟才买票。

　　他的知觉简直是丧失了。

　　父亲突然的死去，是他决想不到的事。他的父亲是劳苦了一生，和牛马没有区别的辛苦了六十多年。从幼年时代起直到断气止，没有舒舒服服的休息过一天，没有安安静静的度过一小时，时时刻刻都受着饥饿的压迫，债主的硬逼，寒冷的威胁，筋骨粉碎的出了所有的力气，拼了性命出卖血汗，然而温饱却不能。

　　在那么艰难的环境里，把他养大实在不是易事啊！

可怜的父亲，满心希望他长大成人，能够赚钱，能替他出气。但是现在怎么样，他所受的教育低，没有资格做阔事，把每月省了又省、好不容易剩下来的几块钱寄给父亲，而在他要算是最大的本领了。父亲不消说是欢喜并且满足，然而温饱还是不能。

直到断气的头一天，那顽强的老人是精疲力尽的做着苦工的，他的死没有人类原始的仪式，也没有什么祭典，也和他莫名其妙的生到世上来一样的沉默，悄悄的闭上了眼。几个和他同样的人，克服着感情，坚决的把他埋进土里。

"可怜，没有和儿子见一见面！"

"不是去了信吗？为什么不回来呢？"

"病重的时候就去了信……"

这是因为战事，铁路不能像平常那样随便的用，来往的火车停载了好久，信在路上押住。他没有收见，死的信是辗转的传到他手里……这有什么用呢？

他的家已经没有什么亲人了，出嫁多年的姐姐病在床上，寄居的弟弟年纪小，他第一步就到父亲的坟上。

荒凉的秃山，从四面包围着一个凹地，无数的坟墓排成密行，父亲的坟上是新的，他坐在这坟墓前边的草地上，欲哭无泪，默默的咬着灰色的嘴唇。

他的心里这样想着：

"父亲你安息吧！

想活着，但是没有我们的活路！

从愚蠢的痛苦里是找不出希望的！

我们不如快乐起来，迈着前进的步子。

父亲，你安息吧！我将带着满身的血去见你。

那是我们的胜利，你最后的安慰……"

悠悠忽忽的坐了好久，他默默的立起了。

骄傲的太阳，羞歉的落下去了。凉风……带来了黄昏，他在黑影里消失。

（《泰东日报》1941 年 5 月 10 日，署名：慈灯）

离 家

在我身后的道路，很快的拉长，好像忍不住看我的悲哀，远远的逃去了一样。

母亲，泪汪汪的送我，妹妹的发辫在深秋的凉风之中飘散着，弟弟扯着母亲的衣襟，恋恋不舍的瞪着一双明亮的小眼睛凝望着远处。

"妈！你回走吧！我自己好快走……"

好像有石头在我的嗓里塞住似的，口里干燥，肚里闷的发慌。天，似乎小多了，并且低多了，眼看要压下来似的。地也似乎狭窄了，我平常觉着很长的路径，此刻却变得分外的短小。

母亲的嘴唇发白，默默的闭着，明显的她有千言万语要对我发挥个痛快，可是她连半个字也挤不出来。苦闷的大石头无情的，狠狠的压住了她的灵魂，她在重大的伤心的网的重压里得不到解放。

"妈！你回去吧……"

照旧的，没有什么应声，她的脚下，发出悲痛的音响，走到碧澄的小河右岸。

这里，是我时常玩耍的乐园。在夏天，和亲密的侣伴们脱光衣服在水里翻筋斗。有时，大家比赛在水里潜伏的时间，弯着腰在石头底下摸蟹子，掀开石板捉小鱼，捉到的装在小瓶里拿回家去小心翼翼的放在洋铁罐里养活着，一天换一回水。小鱼因为想家，怀念他的亲人，思慕他的田园，厌恶铁桶里狭小的世界，寂寞、痛苦，住不上两天就故去了！

小鱼死了，我们不能不难受。

比较容易活的是身体美丽有光彩的鲫鱼，可是这种鱼聪明狡猾，多半都集成群，大个的在头前率领指挥，总是在各处游动防备着，很难弄到手。

我们集合几个人，把裤子脱下来当网，协力的捕他们，然而不容易成功。

到秋天就容易了，因为他们吃得饱住得舒服，在平静的水里差不多没有什么不安静，都肥胖起来不愿各处奔跑了。这样，就很容易拉住他们。

可是，这种时候我却和友情深刻的小河告别了，为了生活到那我不熟悉的都会去谋生，不得不和它分手了！

"妈！你回去吧！……"

母亲还是坚强的送我，好像要把我送到目的地似的。

我想起房后的菜园——

我走后，谁挑水给那些青菜喝呢！母亲虽然说，青菜，快吃光了，剩下的那一点儿，吃不上几天，而且到了秋天，也用不着浇水。

我不管这些，还是股勤的浇着水，我觉着那爬在墙上的云豆角，藤叶还很繁茂，时常浇水，也会再开出鲜艳的花来的。

还有那墙边的水道，我没有完成用石头砌好，在杏树旁边栽种的两棵小桃树，已经生得很高了。我走后，谁能每天在傍晚时分给他水喝呢！母亲说，树也和人一样，如果给他饭吃，会很快的长大。于是我有几回偷拿剩饭，抹在树枝上。

想起这些，我觉着两腿笨重多了。

打算坐下不走，可是不能。

又想起那热闹的都会，有高耸云端的楼房，有来往不断的电车汽车、人，都和乡下人不同，服装和举动全是另一路。

住上二年，我的职位升高了每月能挣四五十，一个不花，全都拿回家给母亲，那么一来，母亲不知多么高兴，邻居不知多么羡慕和赞美。

往这一幻想，快乐和得意提高了我无限的勇气，我觉着有十分的把握，仿佛地球是我一手所造，世界是我开辟成的一样。

"妈！你回去吧！"

母亲悄悄停一下，难受的看着我：

"我送到车站吧！你一个人……"

"我一个人能走，妈！妈放心！"

"我放心……可是我再走一会！"

"不，你回去吧！"

我有点儿生气似的，放大了声音。

母亲用眼睛测量一下，前面的高岗还有一里多路。

"妈！你走到这里，很远了！回去的时候，小六子怕走不动！"弟弟急忙摆手：

"我能走呀！"

无论如何也拗不过母亲，她一定要走，嘱咐我：

"你头一回出门，我不放心，这不是住亲戚家"

"我能够……"

"你能不想家么？"

"不想"

"哎！我不愿你去，你偏信你爹话，你不想想你岁数太小，伺候人家，怎么能行呢？我……"

她掀起衣襟来当手巾擦擦眼角。

我坚决的说：

"我很愿意去，妈！你放心吧！我明白，没有什么难，看一看就会啦！"

走到了高岗，母亲还要走，我焦急的跳起来挡住她，自己用快步跑起来。她看看追不上停住了！

我从远处回头望她，孤苦伶仃，呆呆的立在荒凉的高岗上，悲酸的苦味我彻底的尝到了。

我咬着嘴唇快步前进，觉着自己是有志气的男儿。

然而，泪水无论如何制止不住，在鼻梁的两边，成了奔涌溪流。

再回头一望，母亲变成一个黑点子，妹妹和弟弟是两个小黑点。

我的眼睛模糊了！两腿无力的前进着……

（《泰东日报》1941 年 5 月 13 日、17 日，署名：慈灯）

从 小

（一）

这是永远不会忘记的——

那时候，过日子，好像鱼在陆地呼吸，艰难极了！

我父亲，是个坦白直率的木匠，没有房子、没有地、没有钱，完全仗他两只手赚饭给我们吃。

到冬天，住在冰天雪地的小屋子里，没有米下锅，没有柴火取暖，这些倒算不了什么痛苦，那些冷面无情的债主真叫人难堪！

到此刻我还记得清清楚楚，那情景一闭眼就显出，就如看我自己的手指一样的分明。

债主的面孔和野兽的嘴脸没有大差别，我几乎不敢正眼看他们，因为我的年纪在那时还不能轻易的跳过门槛。

有一个伙计来得特别凶猛，他把硬木棍子狠狠的往门框上敲，好像是不敲断门框便不能出气似的。

"你们打算怎么办？"

声音像打雷，阎王爷也没有他威风。

不久以前我才知道这个伙计以及这类人，狠心和苛毒并不是由于本意，他们全副灵魂是听别人指挥的，本身做不得主。他们决不是没有良心地，差不多都是很慈善的，想好好的生活，不得不把绳子和网往鱼身上扔。

如果他们要慈悲，生活的门马上会对着他们坚决的关起。他们知道，施舍一分钱就会吃大亏。至于那些多量布施的是另有用意，这种贪婪无厌的罪恶瞒不住我。

我明白母亲为什么时常在黑暗的角落里偷偷的流眼泪了！她不是忍受不住恶劣的境遇，而是为可怜的父亲痛心。

舍不得我，她不能狠心的把我抛开果断的离开人世，她省着肚子设法使我温饱。而我，喂饱了肚子就老老实实，一个人在屋中各处游戏。

我欢喜那门后黑影里的碗柜，那下面堆着没有大用处的零碎砖头，我总觉着那砖头地下有什么意想不到的好东西。

于是，我忘记冻坏的手的痛楚，细心的、用力的、一块一块把砖搬到一边，想探出那幻想中的宝物。

母亲悄悄的从后面走来，夹着我的两腋把我拖起，忧愁的看看我的两手，轻轻的在她温暖的手心里握一握，领我进里屋，抱我上炕，推我坐在被地下。

"搬砖不冻手么？你看你的手……"

而我呢，一点儿不感激她这样的厚情和深爱，却埋怨她是故意和我作对。母亲决不知道那碎砖地下一定有什么我自己也摸不透的好东西！

大雪的夜里——

窗外刮着战战的寒风，细听那怒吼的声音，好像有千万的恶魔在半空乱舞。我恐怯的幻想出那些恶魔的形象。

有的是蓝面孔，大耳朵，高鼻子，头发拖在地下。

还有尖脑顶，长下巴，垂着赤红赤红的大舌头，锋利的牙齿像刀一样。

还有全身青紫的，眼睛滚圆，好像铜铃，背后插着杂色的小旗。

还有穿长袍，没有脑袋，生了六只细腿的怪兽！

好有各式各样，奇奇怪怪的恶魔，唱着难听的歌。

越想越害怕，觉着自己是空手的坐在黑暗的露天地，眼见恐怖的事实，惊骇的忘记了呼吸。

从干燥的喉咙里喊出一声：

"妈！"

我伸手在她衣襟里取暖，把头躺在她胳臂上，静静的看着屋顶。外面的风声照旧恐怖的，幻景还没有全部消失。

但是，我想着想着也就睡熟了！

（二）

又是光辉灿烂的太阳，明亮的照着洁白的雪地，邻家的屋顶，檐头，放着星星闪闪刺眼的亮光，好像尊贵的宝石镶在精巧的玻璃上。

母亲把锅刷干净，爨里已经架好了柴，她点着火，接着淘米。这时候，我欢喜蹲在爨门跟前，望着那满爨坑的烈犬，像有趣的看着新奇的万花筒一样。

街门砰的一声踢开了！

是谁？

父亲。

但是父亲的身后跟着一个胖子，左手提着口袋，满脸怒气，一进门就吵闹：

"看看，你不说家里没有米么？明明做着饭……"

父亲沉着的让他座位，摸着自己冻痛的耳朵哀求他：

"欠你这几个钱，决没有错处，你再让一步……家里，实在没有米，锅里是……你看！"

父亲苦嗓着脸把盖掀开让他看。他不是瞎子，马上就看出，锅里是小米糠，在半开的热水里难受的滚动，水边起着泡沫，没有多少热气。

母亲把脸转向乌黑的墙壁，扯着破碎的襟。

……

这情景到了二十年后的今天我还没有忘记，一想起就觉着心头裹住。我不是单为可怜的父母悲哀——父母，早已故去了！——我是忘记不了和我们相等的人民，他们在贫困或侮辱里挣扎着喘气，这一切的罪恶是谁安排的呢？

然而我什么也不懂得，我只知道个人的地位应该坚牢的守住，其次是英雄主义的梦想。这是我全部的努力和表白，我将尽力的忘掉从小的事，因为——你知道，我现在斗起来啦！我穿的是西服呢！哼！

（《泰东日报》1941 年 6 月 14 日、17 日，署名：慈灯）

搬 运

我们这一排老总运气真不坏，居然有福气坐大板儿车。

"快上去！"

排长瞪着眼睛大声喊。

乱七八糟争抢着上了车，枪砰得砰啪的响，排长起的骂起来。

开车的是个脾气暴躁，有点儿自命不凡的家伙，我们还没有坐好，车就呼的一声跑出去，飞进空气里。王升摔了一跤，跌在陈国臣头上，枪口差一点儿碰在陈国臣的眼睛上。

车像腾了空气一样，蹦着、跳着、发出巨大的吼声，前面的道路很快的缩短，又被丢向后面去。

我们用力的坐着，快活的眺望着四面的风景，虽然没有诗人的眼光，而坐在车上比步行来得舒服的这种感觉是有的。

有一连步兵好像不动似的放在道路的前面，听见汽车战战的吼声，懒懒的闪开，我们急快的和他们接近，从他们旁边飞过。连长在前头疲乏的迈着腿，老总都羡慕的对我们张望。这一连，不知是属于哪一团的，也不知要往什么地方前进。在我们眼里，很快的缩小面孔看不见了，轮廓模糊，汽车转弯完全看不见了，轻狂的泥土滚滚腾腾的飞起。

三个钟头以后，我们在一个非常狭小的火车站后面的草地上下了车，把枪架在票房子后身，坐下休息。排长到站房里去接洽，不知为什么事，商量了半点来钟才出来，不高兴的看着我们：

"留一个人看枪架，其余的都来！"

在铁道旁边的高台上堆着不少米包，上面用雨布盖好，压着大块儿石头。我们目前的任务是把这些米包一包不剩的搬进站房里。

我们愁苦的看着，这一大堆什么时候能搬完呢？

排长下了命令：

"快搬！"

懒懒的，好像从昏暗的梦中刚醒过来一样，端详着，考虑着，用着全力把米包搬上肩，眼睛看不见天空，脚步得踏稳，这不是舒服差事。

谁走到半路，米包没有放牢落地了。他也随着坐倒，好容易爬起，笨拙的把米包迟慢的放在肩上，跟跟跄跄的走去。

在站房里，我们弄了一壶凉水，没有碗，把壶嘴对着嗓子直倒，倒多了一定要受埋怨，必须赶紧让给别人。

一个站上的职员，是个清瘦的，面孔苍白的家伙，大概是夜里没有睡觉，头枕着胳臂伏在桌角打盹，被我们吵醒了，有点儿不愿意。王升过去把他提起来，茶壶交给他：

"伙计，弄壶水来！"

"没有开水！"

"滚水也成！快去……"

他懒洋洋的推开玻璃，脚步很响。

野地里，荒乱的衰草丛中，凄凉的虫声已经停止了，晚秋的风带着七分冷意，天也短多了。我们干完，天色渐渐的接近黄昏，黑夜在大地的各处潜伏着，偷偷的望着人间，悄悄的布着它们的势力，西方的山顶下，在那太阳落下的方向，霞彩还有丝微红的光亮。

精疲力尽，我们团结在一处静静的坐着休息。

夜已经大胆的露出头部，又立起身体。于是，整个的暴露干净，把无限大的网撒在头上。我们被包围在黑暗里，什么也听不见了。

在看不见的远处的村庄里传来狗的吠声。

外面，是彻底的展开了的黑夜。

站房里，玻璃罩挂在壁角上方，在棚顶上映出很色的圆圈。这是灯伞的黑影。灯罩没有擦干净，屋中的光明带着十分的勉强。

地下，尘土有好久没有扫，潮湿气味不小。而我们睡在地下，比在野地里受清风好多了。

从外面搬来砖头当枕头，不管干不干净，躺下就睡，歪扭着嘴脸，眼睛紧闭，好像死人。

门口，刺刀闪着寒光，那身子是依靠着门框的，他怕睡熟了，赶紧离开那里，抖擞起精神来往散着步。

（《泰东日报》1941年6月21日，署名：慈灯）

天 使

领到薪水以后，我赶紧跑到理发馆去刮脸，刮完以后，我对理发师说："多给我搽点儿雪花膏！"

衣服穿完，我对着镜子左照右照、前照、后照，照了半天。

大概是下午六点钟吧，像个兔子一样，我跳跳蹦蹦的顺着两旁都是商店的大街，在蚂蚁似的来来往往的人群中奔跑。

两个星期以前，我还是一个悲观的，无论对于什么事都灰了心，可以，是个十足的厌世主义者。

自杀的心常有——可是，我没有勇气把可怕的刀尖刺进自己的喉里。

现在，世界上所有的事在我眼里全改变了颜色，天空微笑着，大地露出欢意，面前的楼房、行人、车马像万花筒里的景物一般，说不出有多么好看。

简单点儿谈：我的心理和两个星期以前完全不同，像热天褪了毛的狗一样，改变了！

是的，我顶好是把事实简简单单的告诉你——

第一，你要知道，发饷的日子我袋里的钱是很多的，如果不赶紧的花完，心里总觉着不舒服，好像有毛毛虫盘踞在脖后似的，赶紧打掉就爽快了。还有一层，我没有钱包，钱袋在纸的信封里不稳固，日子一久，信封裂碎钱，没有拘束，走起路来，袋里哗啦的响。虽然是可爱的钱的声音，也有点儿讨厌。

这样，我就"荒唐"起来了。

只要有钱，我非往平康里那一家有极大的魔力的妓馆和"天使"见见面不可。

所谓"天使"当然，你用不着想就明白是什么。

她美貌么？这我可不能说，你也知道，情人眼里出西施，对眼就是一条龙——这句话你明么？不明白可以打听打听……

一连拜访三回——其实用不着这么多的目数，上一个盘子就会热起来。然而我呢，在这种事业上不会用手腕，我的最大的特长是粗率直爽，想说什么就说什么，肚子里装不住也不管别人欢喜不。有时我也觉悟到这种毛病在生存上没有什么大好处，尤其是要不得的缺点，是直对人家讲说人家的恶劣，生性如此，实在没有办法！

一面走一面胡思乱想，抬头一看，到了！

这是一家书局，我欠他们两元多钱，今天得还账。

十五分钟以后我走进一个辉煌的宫门，肩膀瘦小，脸上有几麻粒，鼻子像鹰嘴似的伙计用着破锣一样难听的嗓门喊道：

"湘云！"

我马上就看见一副说不出有多么动人的面孔迅速的接迎了我，同时，我觉着有许多乌黑的，明亮的眼珠，□□的望着我，我可不害羞，因为这种地方我差不多可以算得上是个熟手了！

（《泰东日报》1941 年 6 月 24 日，署名：慈灯）

新编杨慈灯文集

1942

月宫里的风波

月宫里的风波

月的世界里，并不像想象的那么安静太平，他们也和地球上的人类似的，时常为了乱七八糟的什么主义或运动而不断的发生着大吵大闹的事。因为闹得太厉害，把无可奈何的嫦娥小姐气得直哭的事也常有。嫦娥小姐从居住在月的世界里，当了众仙女的首领以来，总是抱着温柔和平政策，所以吃得饱，住得舒服的仙女们即使是偶然间有些意见不合，因之而闹翻了脸，甚至你打我一巴掌，我捶你一拳这类举动，她也不闻不问。她以为大大小小的争斗，在人类的地球上不消说，就是神仙的世界里多多少少总不会免的，于是她始终是以宽宏大量的态度来管理仙女们的行为。

谁想，她这种君子之风，不但在仙女之间没有发生实效，倒反给了仙女们大胆的放肆的机会，她们一变向来的性子，把野蛮代替了温和，动不动就互相吵嘴打架，因为挤一挤的眼的动作，也有各种绝不相同的意见或学说：有的主张这么挤，有的主张那么挤，并且分了许多派头，各政一门，毫不相让，然后越来越闹，越凶，有的竟动手打起来，完全失掉同伴的友谊，简直成为了仇敌。

嫦娥小姐，不能安安静静的坐在鲜花总是盛开的花园里，手把着金的葡萄酒杯，欢欢喜喜的聆听神鸟的歌曲了，因为那些吃饱饭无事可做的仙女的争吵的声浪，把神鸟美妙的歌声压倒了。

"真讨厌极了！这些丫头们，又是为了什么事呢？"嫦娥小姐把金的酒杯用力的放在水晶般透明的石桌上，皱皱弯眉歪头想了一想。

这时候，有一阵劈劈啪啪的声音随着香甜的微风传来，她想：莫非是打架了么？她吩咐身旁一群使女中的一个说："你去看看，她们又是为了什么事！快去！"

使女恭恭敬敬的行了礼，轻轻的，无声无息，像风一般的快的虐跑着去调查。

很快的，使女飞回来了。

嫦娥小姐等不得的问："究竟是什么事？"

使女用了莺声讲："她们，为了解放问题在大起论争。"

嫦娥生气了，她一生气，脸蛋儿就发红，她颤巍巍的说："把她们全都叫来！真可恶……"

五百个美貌动人的仙女，披着五光十色的显眼的纱衣，轻飘飘的，如飞叶似的，如五百朵美丽的鲜花一般，耀人眼目的从粉红色，金黄色，浅蓝色的浮云中穿过，飞到了花园里，立在嫦娥面前，乱七八糟的排着队伍。有一个飘荡着长长的紫带的仙女因为跑快了，累得张口喘，嫦娥小姐看见她的形色，立刻就明白了

说："你坐下来休息吧！"

这个仙女道谢的行了礼，退到后方，坐在丰肥的发着奇香的草地上。

嫦娥小姐开始训话：

"我一向对你们，就把着解放主义。现在，你们又为什么吵嘴呀？解放，我已经给你们解放了，你们还要闹什么呢？"

仙女们一齐弓着腰行礼，大家乱八七糟的大声讲：

"我们是为了头发的式样。"

"袖子有毛病。"

"这鞋子太小，所以必须……"

"希望再……把裤子缩短……"

"她……"

嫦娥小姐大大不耐烦，她捏紧提高了细嗓喊：

"你们快住口吧，我真烦死了！"

众仙女静肃了。

嫦娥小姐气红了脸，她整整纱衣立了起来。

"诸位姊妹们，我对你们的情谊，也不算不深了，而你们不体谅我的意思，动不动就大吵大闹，这成什么样子！我真是无法可想，现在你们出代表在这讲话，其余的姊妹退到后方静听，不准张嘴。"

轻过一场纷乱的商量，代表派出来了。

所派出来的代表，一个一个全是面貌出众的仙女，既漂亮又聪明。

"现在，"嫦娥说，"把你们的意见讲出来吧？"

"我们这头发，这样的披散着，好看是好看，未免太不方便了！根据我研究的结果，如果剪短了，不单在形式上美丽，而且从内容上考察，也很有价值，所以，我的意思是……"

嫦娥小姐插嘴把她的话打断：

"怎么？数千年来，我们所保守的传统的发丝，你竟讨厌了它的历史价值，而想依照自己的偏见把它剪短么？不用说内容不内容，就是形式上考究，也决没有美观的道理，你这种坏念头，是从什么地方学来的？"

这位仙女闭上了嘴，她知道碰了钉子。

另一个代表讲：

"头发不头发我倒不注意，我本着辩证法来讲我们的袖子；现在听说地球上的人类，因为科学家的提倡妇女全缩短了袖子，这么一来，既经济，又美观，所以我的意思是……"

她的话也被嫦娥我不耐烦的打断了：

"地球的妇女，为了男人的欢心，所以剪短了袖子，什么科学家？你胡说八道！地球上的事，我全懂得，瞒不住我。不知害羞，快住嘴！"

听到男人这两个字的众仙女，她们在后方偷偷的耳语，好像小孩子听见讲糖果样。

第三个代表行了礼讲道："头发和袖子的事，我不反对。可是，我的着眼点在鞋，我们的鞋太细小，走路多不方便，顶好是改造一番，前尖后跟要宽大，穿起来要舒服。"

嫦娥小姐实在忍耐不住了：

"我们在月的世界里，成天什么不做，也够舒服了，莫非说你们还更要舒服的舒服么？比我们月的世界里更舒服的生活，不论是地球上或是火星上，就是土星上，以至弟九重天上也没有！"

第四个代表行了礼：

"我痛快点讲吧，我们的裤子太肥，太不方便，而且费材料！"

嫦娥小姐忍无可忍，她咒骂起来：

"那么，你们就把裤子脱下用不着穿，既方便又省布料。亏你们说得出，真是不知羞！"

第五个代表有点踌躇，可是她不能不说：

"近来，听说地球上有裸体运动的产生，这种运动对于身心全有益，我们何不模仿一下呢？"

"什么？"嫦娥跳了起来：

"你是说：裤子不穿，衣服也不穿，浑身上下一丝不挂么？"

"是的……"

"我说，你们如果羡慕地球上的人类的生活，爽快点，你们就滚到地球上去吧！"

嫦娥小姐气哭了。

众仙女一齐鞠躬求罪：

"全是我们的错误，全是我们的错误……"

嫦娥抹抹动人的眼泪：

"你们这样闹起来，对于月的世界有什么益处呢？"

然而，这一场小小的请愿，不过是个起头，以后，闹得更厉害了。

主张剪头发的一派和提议弄短袖子的一派打起来；高喊改良鞋的一派和大呼革新裤子的一派争执；嫦娥小姐的训话没有用，正式下命令也不过当时有劲，过后，她们还是阳奉阴违的打闹。后来自由运动大占优势接着又是一种寂寞的呼声，这是一派把异性作为理想的宝贝的一群，这一群一起，又把自由运动压倒。嫦娥小姐完全没有办法，她每天愁眉不展，想着计策，葡萄酒不能喝了，神鸟的歌唱也没有心听了。

她愁苦的想了好久，想出一个法子。

这一天，她带领了四名最知心的使女，飞到第九重天上，找他的义父——月下老人——请求帮助。

月下老人高高的坐在寂寞的佛洞里，他身前身后只有丝网或蜘蛛，还有不间断的缭绕的神香的金烟，以及周围的佛气。

嫦娥小姐和身后的四名使女一齐行礼。

"佛法无边的亲爱的父亲在上，女儿特来请安。"

老人欢喜的睁开眼皮，跳下佛位，让女儿坐下，父女俩开始谈天。

老人家听说月宫里近来闹得乱八七糟的事，很不高兴了，他长长的喘口粗气：

"从地球上的人类有了恋爱的药以后，关于各方面的事，我久已不闻。想不到，月的世界里又起了风波，为了我女儿的缘故，我不能坐着不管。"

老人随着女儿，到了月宫里巡视一番。他老人家，本是很有经验的，他一看那些仙女的嘴唇的颜色，就懂得她们内心的全部倾向，他对女儿说：

"照现在的情形，月的世界里必须天天的改革了！"

"怎样改呢，爸爸？"

"这件事，让我赶紧办吧。"

一个星期之后，老人从木星的世界里选拔了五百二十个鼻子特别大，身体特别强壮的男性的新成的神。

这种事，老人干起来很熟，他很快的分配好了，一个仙女配给一个，没有一个仙女不欢喜不满意的。只有一位不欢喜，这位乃是嫦娥小姐。

她对老人凄切的，悄声的叫一声：

"爸爸！"

老人忽然想起来：

"噢！我把你忘记了！"老人赶紧跑到火星的世界里，选了一位成神很久的男性的神，这位神的鼻子和身体比其余那些新成的神都高大强壮。

从此，月的世界里安静了。

不久以后，又发生了嫉妒，吃醋的事；而且孩子生得太多，仙女们不会教育，把月的世界弄得乱七八糟。

现在，简直不成样子。

成名的梦

我，是个幼稚，卑陋，可怜而且可笑的人。

我做过住宏丽的高楼大厦的梦，也做过……吃屎吃尿的梦。各式各样的梦，差不多全做过了，可是像这样连我自己也觉得有点惊奇的梦，却从来没有做过，这是初次做。

我梦见我死后的事。

我死后的名声是很大的，简直是惊天动地，把地球震得鼓咚咚响！

本国和亚洲各国的人们不用说，就是欧洲，西洋各国的人们；老老少少，有钱的，穷人，有学问的，文盲，达官贵人，贩夫走卒，心肠好的人，品格坏的人……不论什么人，没有一个不知道我的。我的大名声好像火星，月亮，太阳那么样伟大，照到了全世界，照到了地球各个窟窿。尤其是当代各国的文艺家，他们五体投地的佩服我，从心灵深处尊敬我，把全副的精神崇拜我。各国比较有名的文艺家，争前恐后的把我的作品搬去翻译，尽着他们的全力去翻译。在法国，有个曾旅行到远东来过的文豪，他因为翻译我的作品太出力，竟得了一场消化不良的重病，差一点儿送命。在他养病期间，有二十多个文艺家代理他的职务，热心的、努力的翻译我的大作。

凡是翻译成我的作品，出版不到两天，便一册不剩，完全卖完。

在书店里，为了买我的著作的男女青年，在拥挤的人群中忘记了拥挤的痛苦，满怀着希望，等了十几个钟头，还没有买到手的人，真是无边无岸。

伦敦市政府，鉴于他们国内各书店门前，各书店附近的街道，买书的人太多，妨碍了交通，为维持秩序起见，竟派遣了大队的士兵，在街头巷尾站步哨监视。

波兰国内，有成千成万的人为了争抢着购买我的著作，把一家大书店的大门挤倒了。这家大书店经理是个头顶无毛，电灯泡似的放光，面孔通红，大肚子，又粗又圆的中年人。他惊骇的瞪着蓝眼珠，举起两手对群众呼喊：

"喂！买书的诸君！请不要挤！"

大门挤倒，压伤了不少人，然而他们不管这些，从负伤的人身上踏过去，从倒塌的墙壁中间拼命的往里挤，各处是一片埋怨的叫声，如大洋中的风雨一般。

"我在这里等了四点多钟！"

"啊！我早晨就来了！现在还没有买到手！"

"哟哟哟哟……我快挤死了！"

"我的妈呀哟！"一个女子在人群中大声喊，"我的钱包被挤掉啦！怎么买书呢？"

她焦急的伤心的哭起来！

各国的书店，日以继夜，印第二版，第三版，第四版，第五版……美国把我的全集印了三百五十九版，意大利印了二百八十版，德国印了二百七十版，其余各国，最少的印了一百版以上。

那些买书到手的人，奔跑着把书拿回家去，饭也不吃，坐下就读。有的离家太远，焦急的欢欢喜喜的跑到公园去读；还有些人因为急于读我的作品，坐在马路边上读；更有一些人一面走路一面读，把头埋在书本里，碰到了人也不管，碰在汽车上也不管。在葡萄牙国的首都，有一个年轻人走路读，被汽车从旁面撞倒轧断了一条大腿，可是他连大腿被轧断了也忘记，泰然自若的躺在血泊中聚精会神的读下去……

在巴黎街上，有一个青年因为没有买到我作品，而且等不得书店印下一版，竟掏出裁纸的小刀把喉咙割断自杀了。

在印度国内，有个妇人，她在书店里挤了二十六小时，好容易把我的大作买到手，她回家读了一少半，肚子饿难受了，她便放下书本去街上买面包，她本打算买回家去，一面吃一面读，谁想到，她疲乏的喘着气跑回家去一看，书没有了！她大惊失色的张着嘴，脸色变成了苍白，找了半天，在桌上发现一张小纸条，她赶紧抓起来看：

"亲爱的不相识的妇人：

你的书，我偷去了，因为我买不到手，虽然这很不对……"

她难受得了不得，放声大哭，夜里上了吊！

为了纪念我的死，各国的报纸，杂志以及各种刊物，全出了冠冕堂皇的专号表示十二分的悲悼。他们把我一生的生活从幼年到青年，这二十几年来的生活故事，仔仔细细又简单，又明了，又动人，痛痛快快的写出来，给那些望眼欲穿，不十分知道我的生活史的人们读。各国的读者们，都惊奇的，感叹的好像喝醉了酒，把我的生活故事百读不厌……

像这种感叹的话是随处可以听到的：

"有这样一个人生在我们人类间，实在是人类最大的光荣。"

"啊！这一位伟大的文豪，几百年，几千年，几万年，几万万年以后，人类不能忘记他！"

"他是人类的星星，人类的月，人类的太阳！"

"他过去了，等于破碎了多半个地球！"

"如果强逼我不读他的著作不如千刀万剐把我刺死！"

"人类的途上最大的一盏明灯……"

"光荣！"

"他是我们的天使！"

"人类的灵魂……"

"他是宇宙间的天使！"

"压倒古今英雄的英雄！"

"……豪杰，大豪杰！"

"人类未曾有过的大天才……"

他们都瞪大了黑的、蓝的、浅蓝的、深蓝的、黄的、金黄的眼球，欣慕的，尊敬的观赏着报纸上、杂志上、各种刊物上，书上的我的照片。

这还不算哪！

那些，在当代也算是作家的作家，成名的作家们，都在废寝忘食的埋头研究我的作品，他们把我的不朽的大作，读一遍又一遍，不知读了多少遍。归齐，他们还有许多不懂，研究不透的地方。

批评家，斩金截铁的发表意见：

"这位大文豪的技术和形式是非努力研究，非极力抓住不可的！"

有位大批评家的批评得很细心，他像金圣叹评三国，评水浒那样，把我的作品里的佳句，都一一的指示出来，帮助那些不十分会读书，读书不得法的人，好深刻的理解。

为了纪念我的死，各国的人士举行种种样样的仪式来追悼，在我以为最可贵的，当然是立铜像，立大理石的雕像，立金的像或银像。

关于立像这件事，各国的人士发生了很大的争论，仿佛在丹麦，他们分了两派：一派说立铜像，一派说立金的，有钱人是主张立铜的，他们的理由是铜的坚固，穷人提议立金的，他们的理由是金的值钱，后来，立铜像的一派得了胜利。然而这个艰难的问题解决以后，接着又起了两派运动，一派是主张把我的像立着，一派乃是坐着；争持了好久，用投票法决定，结果是赞成坐的多，于是便叫我舒舒服服的坐着。

世界各国，派出代表在太平洋中——在天字第一号的大轮船里开方桌会议，回忆的题目是举行追悼式的日期。

第一次会议是预备会议。

第二次会议是审核会议。

第三次会议才决定。

这一天——说起来真凑巧，世界各国全是好天——天朗气清，万里无云，风是没有啦。

在各国，老的，少的，男的，女的，他们全都打扮整齐或者是不打扮整齐，到议定的广大的场所去参加追悼式。

小鼓的轻播呀，大鼓的重捶呀，喇叭的悲鸣呀，各式各样的音乐同奏，为我这个成名的大文豪奏着送葬曲。

我，当然是很感激人类这番盛意啦！

我的灵魂，欢欢喜喜的在东西两半球上面飘飘摇摇的飞了一周，向着好意的人类悄悄的告别，我光荣的进入天国。

那些，在文学史上很有名的已经逝去了，离开了人间的大作家们，排着密密的，整齐的大队，举着大旗到南天门欢迎我。

头前指挥队伍的大诗人荷马，他一见我走到南天门，距他大约有八步距离，立刻下口令。

"向右——看！"

我赶紧"立正"站好，向他们举手还礼。

我心里很高兴，他们在天国里用的是军队式敬礼，这很合我的性格，我活着时，不是当过军人么？

我过去和他握手，他笑嘻嘻的望着我说："老弟，恭喜恭喜！"

我记得他是盲人，怎么，睁着眼呢？大概是进天国以后治好了的吧？

举着大旗的白胡子老头，很高兴的伸手给我：

"杜拉斯基！"

我一看，嘿！原来是托尔斯泰君，《战争与和平》的作者，我热烈的握住他的手："托尔斯泰大哥，我很佩服你的艺术！"

有许多作家，我知道他们的名字，没有读过他们的作品，可是不妨，我到天国来以后，有的是时间可以慢慢读。

自然主义大师左拉先生告诉我：

"高尔基君很想念你，他盼望你早日进天国。"

"他在哪？"

"他在世界的文艺的花园里指挥预备酒席，他是今天宴会的筹备会员长。"

托尔托也夫斯基君在头前领路，我身后，跟着千万成名的文艺家，他们唱着天国进行歌，他们的歌声非常动听，好像流水从高而下，到万丈深的山谷里。

我一定是快活过了火，一不小心，从天上翻了一个身，掉下来了！

我睁眼一看，哎呀妈！从床上滚掉地上，屁股好痛！他妈的，这是怎么弄的？

我揉揉眼睛爬起来，摸摸跌痛的屁股，在黑夜里摸索着点灯。

桌上，放着一卷原稿，这是我应征一个杂志的新年征文，一个月前寄去的是，我还写了一封信并且附上邮票请求他们，如果这为我自己觉得不错的小说不合格的话希望寄还我！他们很讲理，还我了。

我理理被褥，整整枕头，爬上床，躺下了，闭上眼皮；在辉煌的点灯下睡去——继续着，我在天国里的好梦。

河

又聪明又可爱的人民：像这么使人吃惊的可怜的故事，你们不相信会有吧？

但是，不要说这么可怜的故事，就是比这更可怜的故事在过去的时代里不用提，就是目前这地狱上，不知有多少，你们应该知道，这么可怜的故事之多正如两点之多一样！

我敢相信，你们读完这篇故事之后，在闭上眼皮想了想，一定会承认这种故事在目前的世界的瓶里，实实在在……多得很。

有一只性格温和，体格不怎样强壮的公鼠，领着老婆和一群孩子疲乏的坐在奔流不息的河边休息。

他们是从很远的，从那有猫的饥荒的都会来的，披星戴月，辛辛苦苦，在崎岖难行的路上行走。

他们是打算到理想的，没有猫的乡村去过安静的生活。

在这一群逃亡的，可怜的每一个老鼠的头脑之中，那理想的乡村真是美丽无比，在这幻想的乐园，不但是猫，连猫之类的东西也没有，所有的，只是粗大的丰满的，永远吃着不尽的粳米仓库。住在这样舒服的仓库的黑暗的角落里，既不用愁吃，也不用愁穿，生活是无比的太平安静，不久就可以吃得胖胖的，猫的迫害以及别的忧患绝对不会有了。

他们虽然奔走了很远的路程身体很乏了，然而精神上可是一点没有疲倦，因为有美丽的幻想在前面摆着的缘故。

但是，现在，发生了意想不到的愁苦。

老公鼠望着面对滔滔不断的河水，无可如何的喘了半天的大气。

他的老妻，也很苦恼，她放下肩上背着的两个最小的孩子，仰着尘土满面的鼻子对丈夫说：

"这水很深么？"

老公鼠很有经验的点点头："这是无须说的，你只要看这水的颜色就知道它有多么深了。把我们一万个鼠连成一条线，也测不到这水的深；唉，你看看这流水的急流，像我们这样的体格，能渡过去么？"

母老鼠失望的垂下眼皮，屁股沉重的坐在沙滩上。

一群小老鼠，他们懂得爸爸妈妈的苦事，都无精打采的张着尖尖的小嘴，静静的坐在老母鼠周围闭口不说话，老公鼠也坐下了，两眼放着忧愁的光。

他们呆呆的望着奔流的河水坐了好久，休息了好久。

"不能有船过来了吗？"

"这——"老公鼠看着老妻的耳朵，"谁能说得上呢？如果有船，能把我们载过去那当然比什么都值得高兴，可惜，我们不知道这河上有没有船。"

老母鼠暂时不说话了。

一只活泼的小老鼠拍拍妈妈的大腿，好像发现了什么大光明似的望着妈妈的下巴大声喊："妈呀！妈呀！为什么我们不跳过去呢？"

"如果我们生一对翅膀。"

老公鼠冷冷的叫："别说这条不算什么的河，再大一些的海也不在乎。"

小鼠不懂爸爸的话，他拍拍屁股勇敢的跳起，跑到水边去，老母鼠恐惧的大声喊：

"快……快……快回来！这傻孩子！"

傻孩子站在水边，有点头晕，赶紧跑回母亲身旁伸伸舌头，老公鼠搜尽枯肠，把所知道的，自己肚里的知识都想过了，无论如何也想不出能渡这河流的法子。

肚子饿了没有粮吃，他们吃河边茸茸的草叶，一路上，他们全是吃草维持生命——如果连草叶也没有，他们将怎样呢？那只好饿死了！

但是饿死还不至于，因为还有草叶。

这一夜，他们就在岸边草叶中过夜。

小老鼠们睡熟了，老公鼠和老母鼠一点睡意没有，眼望着空中像饼干似的明月和像点心似的星星，耳听着河流像大批的粳米从半空撒下似的哗哗的水声，再想想那理想的渔村，怎么能不焦虑，不愁苦呢？

如果没有这障碍的河，他们也许走到有粮有米而没有猫的乡村了。

老公鼠越想越愁，他恨不能一下飞过河去。

第二天，他们还是坐在岸边一点儿法子没有。

老母鼠看丈夫满脸愁苦，很难受，簌簌的流着眼泪，她扯断一节宽草叶擦擦泪水：

"他爸爸，我们过不去，还是回去吧？"

老公鼠为难的噘着嘴：

"唉！走出这么远，你想，回去有活路么？"

是的，回去没有活路，正如前进会淹死一般。

他们在河边住了四天，盼望航船，然而船的影子一点儿也没有，有几只饥饿的瘦鸟从半空无力的摇着翅膀飞去，老母鼠向半空哀求着喊：

"好心肠的飞鸟先生啊！求你们可怜我们几个，把我们带过河去吧！"

但是在高高的半空飞着的鸟先生们，并没有听见老母鼠的悲惨的呼声，头也不回，一直的飞下去，这些为食而亡的可怜的鸟，大概也是飞向幻想之国去的吧！

从这几只鸟飞去以后，再一个鸟的影子也看不见，这一带，连空气也是饥饿的，所以没有蝴蝶，没有蜂，只有些瘦小胆怯的虫，悄悄的在草叶间，石缝中，泥土里爬动，老公鼠想出一条出路：

"等河水干枯之后，我们就可以过去！"

母老鼠欢欢喜喜的瞪大了眼睛问他：

"几时能干呢？"

"我想不会远！"老公鼠很有见识的回答，"无论怎么样，这河水不干，我们是过不去的！"

"不错！"

"河水一干，我们马上就过去，暂时，我们就住在这里等着。"

母鼠高兴的咧着嘴，露出一排不齐的永远不刷的牙齿。

温暖的春日，有如云的影似的，很快的过去了。

到了炎热的夏季，河水不单没有枯干，反倒涨了不少，这是无情的雨的罪过，它不帮助可怜的老鼠，却和老鼠为难，在这艰难的等待中，啃着草叶过活的老的小的鼠的悲苦情景，像我这支陈旧的一点不灵敏的笔，怎么能写出来呢！像你们吃得饱住得舒服的公子小姐，怎么会体味出这种苦处呢？对不？

秋天来到之后，河水还是依旧，从远处带来一切的支流混着泥沙滚滚的奔流，这河水，是直流向汪洋大海的，在过十个秋天，一百个冬季也不会干枯。

但是，老公鼠得了新的希望。

到了冬季，河水不干是无妨的，冻了冰就可以过去，这是千真万确的有希望的真理，他把这道理告诉了母鼠，母鼠欢欣鼓舞，快活异常，小老鼠蹦着跳着，唱着生的有希望的歌。

天冷了，他们不能在草叶间安眠了，因为草叶都已经枯死了，剩下焦黄的尸体，倾倒在泥土里，或在冷风中抖动。

他们协手合作，挖居住的窟窿。

谁知，房屋还没有挖好，老公鼠得了病，躺在冰凉的土上，动也不能动了。

母鼠为看护丈夫，没有工夫挖洞，小老鼠都年幼，除饿了要吃，冷了要穿之外，什么也不能做。最年幼的小老鼠哭着，喊："妈呀！我冷！冷……"

老母鼠把喊冷的小老鼠搂在怀里，用她的慈心温暖小老鼠的身体。

大片雪花从半空洒下，草叶的尸体埋在雪花下面，世界完全冰冷了。

过了两天，老公鼠冻死了！老母鼠和孩子们的悲痛的哭声，无论谁听了，没有不伤心的。

但是哭声消失在漠漠的荒岛，谁也听不见！不，雪花是听见的，然而雪花是没有同情心的东西，不管谁有什么痛苦，只顾自己快乐，飞着，舞者。

公鼠死后不到半天，母鼠和孩子们连饥带饿，加上悲痛的失望，也安静的断了气，葬在雪花之下。

过了几天，奔流的河水结冻了；可惜，希望从水渡过的鼠的一家没有福气渡过，而渡到和平的死亡之国里去了。

（一九三九年三月十日）

螳螂学者

一想自己出了不少力气教导的苍蝇学生们的没有出息，螳螂学者，就非常生气了！

"莫非说连半个使我高兴的苍蝇学生也没有么？"

"我从前指教他们的真理他们全都忘记了？"

"全都是由于怎样的误解而做出愚蠢的事来呢？"

螳螂学者一面摇摇摆摆的在工人家墙头迈着步，一面这样愤恨的想。他屡屡次次，本想抓着苍蝇学生好好问一问，但是他学者的脾气是很暴躁的，一抓着苍蝇就忍不住看那拙笨的嘴脸，总是痛快的咬死了解恨，然而这一回，聪明的学者决心忍耐了。

他在三角形的头脑之中想那些宇宙间各种大问题，很快的走上墙头，爬到工人小屋的窗台上。在这里，苍蝇学生很不少。

所有的苍蝇学生都怕螳螂学者，这是因为学者的脾气太暴躁的缘故，虽然在学者门下就过业，可是没有师生之谊，所以都极力躲避他，行礼不用说，点点头的意思也没有。

螳螂学者看见这些懦怯的弟子，禁不住眼中的冒火，可是他咬紧了牙齿不使性子暴发；他悄悄的在一只有一副美丽头面的苍蝇学生身后立定，轻轻的举起大手，过去，就是一巴掌，把美丽头面的苍蝇逮捕了。

"老师，老师，你好啊？……"

迫不得已，美丽头面的苍蝇这样给学者拍马。学者对于问安之内的事是极悲观的，他理也不理，气呼呼的问：

"你们，为什么一看就我就逃跑呢？"

小东西挣扎着喊：

"我……我没有……没有跑过……"

"哼！没有？"学者瞪大了眼睛，"我如果不抓住你，别的不说，快答复我的问题！"

苍蝇胆怯的抖着身子，讲："学者老师，我说的是实话，遇见你我从来没有逃过，我不会答复！"

学者冷笑一声：

"他妈的，撒谎的本领你倒上乘了？好，逃跑的事先放开，我且问你，意志的与兴趣是怎么回事？"

所谓"意志的兴趣"乃是学者的学说之一；他曾把这门功课努力的向苍蝇学生们脑里灌过，这只美丽头面的弟子很聪明，记性不错，立刻回答学者说："生活在夏天的唯一的宗旨是发挥生命的本能，我们的手和足，必不可缺的是多沾腥味。"

学者不能忍耐大叫一声：

"可恶！快住口，误解也得有一个误解的程度，你把我的定义弄成什么样子？我从前是这样讲解的么？"

美腿头面的小东西恐慌的摇着上体，想从学者足下逃开。学者到此已无法忍耐，上去一口，小东西的头和屁股变分成了两段，细腿战战兢兢的动着，嘴虽然没有碎却不能讲话了。

学者怒气冲冲的把弟子吃掉。这时在学者身旁落下一只肥大的苍蝇，还没有立稳学者就跳过去抓住：

"你说说，群体是怎么回事？"

这只苍蝇知道要糟糕，他笑嘻嘻的向学者献媚买好：

"学者老师，我懂的，我一点儿没有忘记你的学说价值，所以群体，乃是弟子和老师联合起来……所以我时常去拜访您，可惜总没有缘分遇见！今天，实在是荣幸之至。"

"胡说八道，群体的原理，不是什么联合，联合有联合的原理，你们这些没有出息的东西，把我的哲学拿去乱七八用，一定得惩罚！"

"学者老师，老师大人……"

肥胖的苍蝇还没有说明白，学者就动口咬了。

螳螂学者简直不能忍耐，也不想去追问那些愚蠢的苍蝇了，他抱着前功尽弃的悲愤和仇恨，动手惩罚，咬死了成堆的苍蝇。

他既出气又解恨，而且高兴的走到小屋子去，坐在炕上休息。

工人的妻赤裸着上体，盘着两腿做针线。

螳螂学者爬到女人屁股后面左思右想，不知这女人老老实实的坐着为什么。

他想走到别处去，再惩罚几只苍蝇，于是转了头。

正在这时，工人的妻挪动屁股把螳螂学者压碎了。

许多苍蝇听说学者老师的惨死，成群结队的集合了来，他们虽然惧怕学者，但是想起从前曾是自己的老师的情谊，绝不免惆怅若失。

他们围着学者的尸身，悲哀的追悼一番，然后便争抢啃吃学者的骨头和肉——因为这也是学者的真理之一；弟子们没有忘记这条定律。

（一九三九年三月二十日）

山神老爷的泪

一

我活着的时候，从来没有怕过死。

因为什么呢？因我和山神老爷是我的好朋友。

你们大概要奇怪，我怎么会和山神老爷成了朋友呢？

让我告诉你们。

有一次，山神老爷为了观察人类的生活状况，而化做一个老农夫到人间来徒步旅行；因为走乏了，他便拄着拐杖坐在河边休息。当时，我坐在河边青草地上读书，他举起拐杖敲敲我的头问我：

"你有什么好吃的东西没有？"

我望着他神光焕发的两目，和白如霜雪的胡须，恭恭敬敬的告诉他：

"好吃的东西有得是，你老人家如果肚子饿，那么，请啃着河边的石片吧！"

"好吃么这个？"他低头看看脚底下的石片。

"又香又甜，不信请你老人家啃一口尝尝。"

他拿起一个石片，啃了一口："嘿，真想不到，太好吃了啦！"

他吃饱之后就和我谈话，问我许多人类的事，我把我所知道的，坦坦白白，一丝也不隐瞒，全盘告诉了他。

他很喜欢我，把他的身份告诉了我。

我一听，哟，这位，原来是山神老爷！

我赶紧跪下叩头，并且合掌祷告：

"山神老爷在上，凡人在下，不敬处，多请原谅。"

他很客气，亲切的把我扶起，和我握手。

这样，我们便成了好朋友。

后来，他从阴间写信给我，告诉我关于人类死后的事。

因此，我才知道，死决不是从来想象那么可怕，并且，我有一位好友在阴间，即使我在活时犯过罪有他在五殿阎王面前讲个情，像那种上刀山下油锅之类刑罚一定可以避免的，他在信里还说：等我到阴间以后，要为我谋个职位。

我这故事，你们如果不信，那就请少浪费时间，不必读下去，因为，我不是为你们而写的，是为相信我的人而写的。

二

我因为写稿，一连十夜没有睡觉，所以得了病，请不起医生，进不起病院，死了！

我立刻就去访问山神老爷。

他的住址，在信里写的明白，我一点没有费事，走了三天两宿，到了；他的住宅华美，我实在没有想到。我以为是在偏僻的山谷之间或者是寂寞的村庄，谁想到，乃是人烟稠密，热闹非常的都会，所有的人，不消说全不是阳间的人，然而他们的身体一点没有改变，和活时完全相同，所过的生活，和阳间也大致不差。

山神老爷对我很不错，满面欢迎，高兴异常。

他领我去拜见五殿阎王：

"你的事，我已经对他讲了，对你，大概不能问罪，因为你在阳间，没有做过什么坏事，不过，你致死的原因，他也许要问一问，你可以诚实坦白的说，如你活时的诚实，坦白一样，他一定非常欢喜。"

我好好记住老朋友的话。

老实说，我是很高兴的，因为我活时，所接触的人差不多全是些好撒谎的伪君子，而他们的撒谎，就是以辩证法的原则来说也没有价值！这里，却欢迎诚实坦白，这很合我的性格。

转弯抹角，到了五殿。

上首，正正当当坐着的人，大概就是活人们最可怕的人物吧。

我不敢大摇大摆，像在阳间那么意气洋洋的走路，我轻轻的随在山神老爷身后走，两旁，是许多持枪握剑的英雄，他们都很和蔼的望着山神老爷和我。

山神老爷跪下，我也跪下，我跪在他的左方，距他有两步的地方。

上首问道：

"就是这个年轻人么？"

山神老爷恭敬的答称："是。"

"你今年多大？"

我轻轻的说："二十四。"

上首开始问我的死。

"为什么，你有了病，不去请医生看呢？阳间不是有所谓医生的么？"

山神老爷替我回答了这个问题。

"所谓医生这个东西，是专门为有铜板的人而预备的，这个人因为没有铜板，所以请不起。"

"噢！"他明白了。

我放心的吐口闷气。

还问了些别的，大约问了三十分钟，我随着山神老爷退出。

"你先在我家多住两天，等差事找妥，你就去干。"

"是，求你老人家多费心吧！"

"别客气！"

<h2 style="text-align:center">三</h2>

我的职务谋妥了。

在接近阳间的路口有一座小庙，我的办事处便在这小庙里。

这地方，我不大欢喜，因为附近接着乌烟瘴气的都会，又接着一片荒凉的乡村，而正是活人间的都会和乡村。本来我是希望远远的躲开活人们的，然而山神老爷既为我谋妥这份差事，我也不好意思不就，于是我虽然是个死人，想不到又和活人得以接近，这也是我的幸运吧？

我接事的第一天，就发生了一件难事。

杂役告诉我，有一个人拿着香火，一定是来做祷告的。

我赶紧坐在正位，把姿势端正，动也不动，同时，列在我旁边一共八位被活人称谓尊神的，也都各就各位坐好，——在这里，我是代理山神老爷的职务，差事也不算小吧？

进来的是个妇女。

我偷眼一看，是个年轻的女子，她有一副很丑陋，很难看的面孔，身材很瘦，精神颓废，好像得了大病刚好，穿着簇新的花衣，就如人间有钱人家出殡时定做的纸人样。

她一进了庙门就跪下叩了三个响头，爬起上香，烧纸，然后跪下祈祷。

"可尊可敬的山神老爷爷呀！求你大发慈悲，保佑我这个可怜的女子，赶紧救我出了火坑吧！

我从小就失掉了父母——我的父母因为贫穷所以把我卖到窑子里——从十五岁时，人家就逼我下水。我不干，他们用棍子棒子打我，把我打得好苦，我忍受不了那皮鞭的痛打，不得已，只好忍着眼泪从他们的企图。算起来，我混落了十年了，如今，我是二十五岁的人了，人家嫌我丑陋，十有九看不中我，因之我便挨打，我不知挨了有几百次，几千次，几万次的痛打。寻死，我也寻过了不只三次两次，可是他们又把我弄活，硬叫我活活的受罪。现在我受不住这种可怕的苦了，我一定要寻死，我已经决心，就在今天晚上，我要投江自尽，完结了我这可怜的生命。我好容易逃出火坑，奔走了一天，才到这里，此刻，我不能投水，因为我怕别人看见，把我救上来，我要在夜间，在人们熟睡了之后，我就走到江边，实行我的决意。

可尊可敬的山神老爷呀！求你大发慈悲，保佑我痛痛快快的死去，离开这受苦的人间吧！我实在受不住，受不住……"

她的泪水滚滚的流下，如泉涌似的。

我默默地不言语，我不能说什么，即使张嘴，她也听不见等于白张。

她伤心伤意的叩了头，寂寞的走出去，不见了。

直到此刻，在苦闷着的我这个山神老爷的代理，有什么法子救她呢？

我想了一想：是的，快去找山神老爷，问他怎么处置，这样一个可怜的女子怎么能置之不理呢？

山神老爷一见我就问：

"怎么样，你的职务？"

我喘口粗气，把刚才那女子的祈愿告诉了他。

"像这种事，根本没有管的必要，她愿活就活，愿死就死，凭我的意思，在她还没有死之前，她的事，全由活人管，他们愿怎样办就怎样办，我们的原则是不问，因为那并不是我们的事情。"

这叫我糊涂了，如果不问，那么，要我们这些……做什么用呢？不是一点儿用处都没有么？

我想和山神老爷爷辩论一场，但是他连连的张大了嘴打哈欠，伸伸懒腰，呼呼的睡了！

我失望的跑回到小庙里，和同事们商量，怎么处置那个可怜的女性，想不到，他们的理论也和山神老爷相同，劝我顶好是不问的。

我闷闷的闭了嘴。

面前的香火，还没有烧尽，淡青色的烟，弯弯曲曲的上升，如幻想中的龙一样，在半空化为乌有，小庙里，太平，安静……

四

第二天，又来了一个人。看他的穿戴，可知是个农人。

他的面貌清瘦，好像干柴似的，两只眼，放射着饥饿的光，走路东倒西歪，就像喝醉酒似的。

他拿一箍细小的香，燃着了插在香炉里，跪倒给我叩头，轻轻的闭着眼，喃喃的诉说他胸中的悲苦。

"我，名叫张青田，种地过活，可是这三年来，年年都是大旱，我租种的几亩破地，一粒米的希望也没有，租人家的地，要拿地租了，我从什么地方能拿出一粒米来呢？满打算雇给人家做工的，可是没有人雇，我的老婆孩子饿得没有办法，扎着筐篮到各处讨饭。他们还算不错，这二年来，披星戴月，东走西奔，还没有饿死，这全是你老人家的恩德，如果没有你老人家的保佑，恐怕我家人早就饿死了。

唉！

我，来到你老的庙堂里，没有别的，我烧香祈愿，求你老人家千万保佑我，我没有法子，我要去偷……这是为了我的生活，你老人家别见凡人怪，无论如何的保佑我成功，我张青田永远不会忘记你老人家的大恩大德……"

他讲完便叩头，一连叩了好几十个头，并且连连的作揖，迈着勇敢的步子，不像来时那样蹀躞，很强壮的出去了。

我跑到山神老爷的住宅。

"唉，你老人家，总得想个办法，管管这事，帮帮这个可怜的人……"

他泰然自若的抒着胡须，懒洋洋的睁着眼皮，有点不耐烦的问我："莫非说又出了什么事么？"

"有个人要去做盗贼，……"

我把张青田的事从头到尾的对他讲。

他默默的听我讲完，困倦的打个哈欠。

"啊，像这种事，还是不问的好，他打算偷，那么，偷去吧！在活人的世界里不是有所谓的"黑屋子"这东西吗？如果人人全不犯罪，黑屋子有什么用处呢，那些在黑屋子服务的人，没有一点事做，未免也太清闲了吧。所以，啊啊我很困，你顶好老老实实坐在你的位子上饱享你的清福，在阴间第一讲究享福，你看我，无事就睡，现在请原谅，老弟，我要睡了，啊啊好困……"

他说着便睡过去了。

我想过去一脚把他踢醒，和他辩论一场：为什么我们要这样呢？

但是，他已经睡熟了，如猪一样，鼓着嘴巴呼呼的打鼾，我默默的立了好久，想了好久，我不能把他踢醒。

不该把他踢醒，假如我踢醒了他，他会怎么样呢？

唉！

我大失所望，乏味的离开了山神老爷，到我固定的小庙里坐下，闭上我的眼皮。

我的同事，他们无事时候便睡觉，有个同事对我说：

"睡觉，是一点儿害处没有的，无事时你顶好睡觉，只有睡觉，会使你安静，睡觉是和平的，有说不出来雅趣，我说的是好话，可尊敬的老爷，请你睡吧！"

然而我不能睡，我在阳间就讨厌睡觉，现在，我的性格还没有改变，我郁闷的睁着眼睛。

五

我的职务，虽说是清闲，可是没有多大兴趣；睡。我也睡了，然而睡并不能使我安静，我时常从睡梦中惊醒，无论如何，我总不能忘记：那个可怜的女子，她已经投江了么？那一个可怜的农人，他已经偷了么？投江和偷，不但活人间算不上高尚，就是在死人间也是极为卑陋的，而且是要处以种种的刑罚。

但是，两个可怜的人的事我还没有忘记，还没有从我的记忆里丢掉，谁知又来了一个人。

她有一个少女，住在都市里，呼吸这乌烟瘴气的空气的少女，不过乌烟瘴气的还没有损伤她的面孔，她的面孔的受损完全是因为一件不幸的事，她的年纪，大概不过二十，是个女学生打扮，头发短短的眼睛通红，她的眼睛是因为哭而红的。她拿着香火，踉踉跄跄走进庙里，上香，叩头，哭诉：

"你，山神老爷，我不知道你灵不灵，我也不管你灵不灵，我现在来求你，求你保佑我，保佑我这可怜的女子，我是不幸的被人抛弃了的人。我的爱人，他有钱，强壮，慷慨，美貌，是个很难得的男性，我喜欢他，我深深的爱他，没有他，我不能过活，没有他，我就失去了灵魂，失去了人生的意义，我活着，完全是为了他，把我的身与心，赤裸裸的，整个献给了他，我的爱人，他爱我，深深的爱我，又抛弃了我，狠狠的抛弃了我，我苦苦的哀求他，千方百计的设法，希望他悔改，把他的忽然变冷了的心仍然烧成从前那般热烈，然而他已经死死的被那一个不要脸的丫头迷住，他简直是忘记了我，我的信，他连看也不看，我写了不下一千封信给他，可是他一封也不回复我，你，山神老爷，你不可怜我么？你看，我的眼睛哭肿还是小事，我的心已经哭碎，我还有什么兴趣活下去呢？

"可是，我不恨他，我一点不恨他，因为错处决不在他，乃是那个不要脸的、不知羞耻的丫头，她把人家的爱人夺了去，这罪过该多么大呀？我知道，我的爱人他不能永远的爱她，他曾对我起誓发愿，说是天翻地覆他的心永远不变，直到老，他始终一心一意爱我，我相信的，我深深的信他，然而他现在竟改变了心肠。莫非说他当初的话不算数了么？啊！山神老爷你一定会可怜我，你一定会把他的心改变，叫他和从前一样的爱我，没有他，我不能活呀！我一天也不能活呀！山神老爷，你能不能帮助我，你能不能实现我的志愿？我以一片贞洁的心来向你祈愿！我相信，你一定能帮我，你一定能……"

她很有"自信"的说了以后，我便去见山神老爷。

"有一桩恋爱问题……"我一进门就大叫。

他不耐烦的摇摇手说。

"我到活人间考察了好久，讲恋爱这瓶浆糊我也懂得。"

"你说怎样？"

"我说你顶好不要过问，因为恋爱浆糊是黏性，你要干涉这问题，势必的把手指伸进浆糊里去探察，这么一来，即使你能把手指拖出，而你的手指上，多多少少总会沾上一些浆糊，这瓶浆糊，已经把那些活人的灵魂粘住，如果没有这瓶浆糊活人的世界里将不能接续，就是说，人类的种族便要灭绝，地球上将变得荒凉了！"

"我不懂你的话，我不管什么浆糊不浆糊，我很挂心，请你听我说，有一个少女失了恋，她……"

山神老爷摇摇胡须，把我的话打断：

"她一定求你保佑，换句话说，就是求我保佑，我告诉你，这不是我们的职务，如果事事我们都要保佑，那么我们的腿早已跑断，连睡觉的时间也没有，我们在阴间生活的目的，第一是平安，我们要静静的修炼，因为我们要升天，在天上要做一位阶级更大的神仙，这个，你不愿意吗？"

"当然，我愿意。"

"愿意就好。"

山神老爷欢喜的讲：

"以后，像这类事，你一概不理，好好修行去吧！"

本照山神老爷的趣旨，我坐在小庙里静静的闭着嘴，两手放在胸前，努力的，把我脑中起起伏伏的乱七八糟的事赶开，我已经决了心，要成神。

六

差不多，我已经驱除了脑中复杂的念头，……在这艰难修炼的期中，有过很多的污人到庙里来上香抱佛脚，可是我却一概不理，我把耳朵用泥塞住了，……然而有一天，佛耳里的泥落了，有一个人大哭大唤把我吵得很够受，我睁开眼一看原来是一个穷苦的老头子，他跪在下面张着嘴嚎，为什么事呢？

他说，他的儿子，是个赌徒，把房屋产田都输光了。

这种事，并不算什么奇怪，我厌恶的闭了眼，决心永远不再睁开。

另一天，我正静静的坐着修炼，觉着两耳作响，心里很难受，忍无可忍，便轻轻的睁开眼睛来细看，原来是两个小孩子他们俩在庙里连喊带跳。有一个是粽子头，老鼠脸的孩子指着我叫：

"这是泥做的！先生说过，这全是愚弄人的东西！"

"打他！"

他俩抬起石头，向我脸上抛，身为山神老爷的代理者，疼痛之类的事当然是没有的，可是，却不能不生气，我不由大怒，噢一声，把这两个孩子吓死了！

山神老爷派人叫我去！

"你怎么好做这种事呢？"他愁苦的对我说：

"太可恶了！"

"唉！你这个年轻人，成神的事恐怕不容易。"

他告诉我，阎王老爷听说了我的事很不高兴，他领我去认过。

我跪在大堂上，阎王老爷问我：

"你在阳间那种坚强的脾气，难道说改不过来了吗？"

"能改过来。"

"那些你为什么不改呢？"

"来人！"他拍一下惊堂木，"把他押在火牢里，把他的皮给我烧掉，另换一层皮！"

上来几个人把我绑起来。

山神老爷追在我头前对我说：

"换了皮便永远没有成仙的希望了，可怜的人啊，你真是何苦呢？……我看你不错，满心盼望你能有点出息，谁想到，你！！……"

他伤心伤意的流下泪水，拍拍我的肩头。

"可怜的人，再见吧！"

我很难受，离开了这慈爱的老人家，到火牢里去剥皮，在路上我哭了起来，想不到在阳间没有怕过死的人到阴间竟落了这么一个下场，怎不叫人悲伤起来，好不难过。

一群英雄，簇拥着我，推我快走，我加快了脚步，苦恼的前进。

旁　听

有一次，我变成了一只蚂蚁，在蚂蚁大学听了一个钟点的蚂蚁博士的讲话。

蚂蚁博士戴着金丝腿的眼镜，身体肥胖，很不安静的立在讲台上，指手画脚跳来跳去，好像疯子一样，满嘴喷着唾沫，叨叨的讲说不休。

他所讲的是"人"，所以蚂蚁学生们都聚精会神的静坐着听讲，并且很仔细的，写着笔记。

蚂蚁博士讲完关于历代有名的蚂蚁学者研究"人"的学术史后，便讲他自己研究"人"的经过和苦心，最后质问学生：

"你们可知道所谓'人'这种东西究竟是怎样一种东西呢？"

一个小眼睛，耳朵上插着铅笔的学生坐在位子上说：

"我想那一定是很大的，大东西！"

蚂蚁博士露齿一笑，正正眼镜：

"人是很大的东西这是无需说的，五百年前，我们研究'人'的大学者已经说过，人是很大的东西，不过，人究竟有多么大，是什么样子，他们却不知道。"

有一双大眼睛，面孔最美好的蚂蚁女学生举手喊："人，是很丑的东西，比起我们蚂蚁来，真差得远！"

"这是不是合理的判断，我也不敢说，"博士谦虚的讲，"因为我还没有研究过这一层，历代的学者们也没有研究过这层，当然这是必须研究的，而且是很重要的事，但是在我们还没有研究好人究竟是怎样的一种东西之前，这一层还谈不到。"

女学生害羞的挤挤眼皮，把铅笔尖轻轻的触着下巴颏。

博士皱皱鼻子，正正经经的在学生中间观望了一回，看看没有张嘴的，便清清喉咙讲解："所谓人这东西，也和我们一样，有脚。"

坐在后排角落地方的一个学生插嘴大声问：

"也是六只脚么？"

博士很自信的摇摇头：

"不是！人的脚不像我们蚂蚁全是六只脚，人的脚没有一定的，有的是两只，有的是四只，有的是八只，有的是十只，有的是十二只，十四只，甚至几百只，几千只，几万多只到难以胜数。"

恨不能一下敲开科学的圣殿之门的蚂蚁学生们，都惊叹的吐出舌头。

博士老爷吐口唾沫，拍拍胸脯，接着讲：

"人的脚的形状，是像我们蚂蚁的后腰。

这么样不长不圆的一种粗大的形体，不过并不是所有的人的脚全是这个样子，他们的脚，有许多种，据我四十年来的研究，人的脚可以分五种。"

讲到这，博士闭上嘴，拿起粉笔在黑板上书画。

所画的是人的脚的圆形。当然，在变成了蚂蚁的我的眼里看来，这些圆形，简直是些什么也不是，可是我把我笑忍在肚皮里，悄悄的不出声。

博士画完圆形，拍拍手上的粉灰，指着黑板说：

"就是这么五种样子，将来我们还能研究出几种，一直把人的所有的脚的种类研究出来，我们的科学之门才算是推开，目前，我们只得将就这五种就算知足，这是研究人究竟是怎样一种东西的第一点，其次是关于连在脚上面的腿。"

博士喘口粗气，挠一下面皮质问学生：

"你们谁知道人的腿是什么样子不？"

把脸捧在两手间，好像老鼠从穴里露出半个脸的学生问答道："人的腿，是和我们蚂蚁的腿的形状没有什么大的差别的。"

博士摇摇博学的头，好像真正的大学者一般，很有智慧的咧着高傲的嘴："人的腿，和我们蚂蚁的腿大不相同，我们应该略略说一下人究竟是什么样，细部的研究等以后再说；你们想，人类这种东西，实在是很奇怪的东西，他们的身体不像我们这样横着支在腿上，他们是竖着的，他们腿是两条……"

"这可糊涂！"一个学生大声喊，"几百只，几千只脚在两条腿下面能行嘛？"

博士不慌不忙的解答："你先别急，听我讲吧！人的腿也和人的脚似的，有的两条，有的四条，有的六条，有的八条，还有几百几千万条的，在腿的上面，有一种东西，我们现在还不能决定那究竟是什么东西，这东西真是神秘无比，而且是历代学者们最难判断，最难推理，最难说明的一种东西，不过，经过这些年来。我们已经明白这东西是什么东西了。"

梳着两辫，坐在中排的一个女学生，闷闷的问：

"这东西是什么呢？怪呀。"

博士在裤带里摸了半天！摸出一个怀表，半闭着一只眼看了一看，急忙抬起脑袋：

"唉，到钟点啦！"

于是，这一堂科学完结。

蚂蚁学生们心满意足的散了。

我呢，所说变成了一只蚂蚁的事，并不是真的，不过是为了写这篇童话方便起见，这么瞎扯一套而已。

失恋的猪

猪顺着围墙边走着，摇摇摆摆的扭着屁股走着，她想着吃东西，她希望在什么地方发现这希望，因为她肚子饿。有谁在围墙里欢欢喜喜的讲话？她好奇的停了步，闭着一双眼皮细听。

"我真讨厌死了！你知道么？那个家伙，多么丑陋，她一点儿不懂我的意思，不知我怎样憎恨她，却一步一步加紧了和我亲近。"

"你如果把她抛弃了，她太可怜了，是不？"

猪难受的噘着嘴，愤怒的摇动一下尾巴，走了。

她不想再往下听了，她知道在那外墙谈话的是狗和鸡，所谈的正是她，她早知道从前和她很要好的狗现在和鸡交好了，像废物似的把她抛弃了！

忘记了肚子饿，忘记了寻找食物，眼前一片昏黑；春的风是悲凉的，春的杨柳是凄楚的，她无精打采的走到溪边，溪水如哭泣一般，哗哗的流着泪水。她想痛哭一场，尽力把胸中的苦闷对着天空发泄干净，但是她没有眼泪，她的悲哀深入了骨髓。

一只黄蝴蝶由她头上飞过，顺道问道：

"猪大姐，什么事，愁眉不展？"

她伤心的喘口粗气，把身子躺在沙滩上。

蝴蝶有点奇怪，落在她身边的一棵小草，活泼的抖着翅膀。

"这么好的春天，莫非说你不欢喜，你的身体不舒服么？"

猪大姐没有心事谈话，她什么也不想说了。

蝴蝶无味的飞开，飞向香气的草原。

猪大姐寂寞的躺了好久，思前想后，越想越难受，她想投进溪水自尽，可是没有勇气，痛苦减少些时，她才想起要吃的东西，然而她不想寻求食物了，生命的意义已经失掉了，吃不吃有什么关系呢？

猪圈里是肮脏的，恶臭气味本是猪圈里的定律，她在恶臭的气氛里过惯了，所以不觉得什么。

这一晚，猪大姐失眠了。

她躺在草窝里，翻来覆去总睡不着，满天的星光，仿佛可怜她似的。

同情的挤着眼睛，肚皮里涨满了忧愁，无论如何也睡不着。

她左思右想，终究决了心，于是，她悄悄的爬起，抱着很大的希望走到狗窝门前，难过到四脚发抖。

那薄情的东西，连对她表示一下欢迎都没有，好像明白她的来是为什么似的，在黑暗中卷曲着身子，动也不动。

"哥哥……"

猪大姐战战兢兢的跪在狗的面前。

那一个冷冷落落的问：

"什么事？"

"你……"

她的话到了嘴边，又吞进去了。

狗不耐烦的瞪起眼睛：

"你快回去睡吧，天不早了！"

"我……我不能睡！"猪大姐伤心伤意的说：

"自从你对我的神气改变以来，你可知道，我没有一晚安安静静的睡觉，旧日的美梦缠着我的脑，现在的失意绞着我的心，哥哥，你即使爱上了鸡。但是……请……请你不要抛弃我，你是我的灵魂，我的生命，没有你，哥哥，我不能活……"

讲到这里，猪大姐悲痛的哭了。

狗不大高兴，他厌恶的摇摇头！大声喊道：

"快去睡吧，别来打扰我！"

好像有一瓢冰水浇在猪面上，从头顶冷到脚跟，她难堪的爬起，什么也不说，急急忙忙像有什么要事似的一直跑向溪边。

刚到溪边，她吓了一跳，狼先生坐在哪里，在星光下两眼炯炯的放着寒光，对她微笑。

她想逃跑，可是来不及了，狼先生已经咬住她的耳朵，在她脸上吻了一下。

"你不要害我！"猪恐惧的说。

"我不害你，放心吧！"

狼先生领着她往草原走去，一面走一面和她谈话，所说的，动情的，使她心醉的语句。到了草原的深处，狼先生和她商量：

"我们坐下休息吧！"

她是无可奈何的，因为这时，她的伤心还没有过去，当前又来了惊慌，她没有办法应付，好像在迷迷糊糊的梦中一样，任凭狼先生摆布，她本身，丝毫做不得主。

狼先生一时一刻不放松她，总把握着她，像螳螂抓住一只苍蝇一样。

忽然，她看见狼先生张开大嘴，对准了她的喉咙。

"妈呀！别害我……"

狼先生冷冷笑了一声。

"害这类的事是没有的，不过吃几口尝尝。"

她苦苦的哀求，但是这没有用。

狼先生问她：

"你愿意我怎样吃你？从头还是从腿？"

恐惧使她忘记了挣扎，她哆哆嗦嗦的躺下，一声也不响，狼先生一点也不客气，在她的屁股上咬了一口肥肉。

"哎哟！……痛啊！……"

"这不算什么，"狼先生嚼着肉，并且讲，"从屁股开始吃，这是格外体谅的意思，如果是别的猪，我是从头吃的，你要理解这种恩惠。"

猪大姐痛楚的咬着牙，什么也不说。

狼先生非常高兴，他得意洋洋的啃着猪屁股肉，欢欢喜喜的嘲笑着说：

"你是成天什么也不干的一类，所以，这屁股上的肉特别香，所谓猪这种东西，除了吃，也没有别的用处，嘻嘻，不错，不错……"

猪大姐疼痛难忍，请求着："请你快咬断我的咽喉吧！啊！……"

狼先生不理她，不快不慢，一口一口嚼着吃。

第二天一早，狗把这个消息告诉了鸡。

鸡难受的说："多可怜啊！"

狗摇摇尾巴："这么一来，我们没有牵挂了！"

他俩很亲密的，肩靠着肩，并列着往圈里走去。

蝴蝶从他俩头上经过，快活的喊：

"祝你二位永远幸福！"

鸡害羞的红着脸蛋儿……

荣　归

——

刚躺下，我想起白天父亲的来信了：

"过年还有六天，这六天，我怎么过呢？

那些债主比豺狼还凶，他们一天到晚来逼我，把我逼得走投无路！

这两天，家里一点米也没有，无论上谁家，全赊不出来，其实，别说赊，就是拿现钱买，人家还要先看钱，怕把米骗跑了……

我把几件破衣当了两毛钱，这样才算是没有挨饿。

如果只有我自己，冻死饿死全不要紧，可怜你的妹妹，你的弟弟，这两个孩子怎么办呢？你能不能设法把他俩领去。

唉！孩子我简直快愁死了，我寻死的心思也有。已经活到这么大的年纪，早死早痛快，用不着再受罪……"

——这是可怜的父亲来信中的大意。

我，在外面给人家跑腿子，只能赚吃赚穿，哪有能力救这几个悲苦的人！

啊，怎么办好呢，怎么办好？怎……

我把脸压在枕头下面，用力捧着脸。

左思右想，想到半夜，但是，我一点法子也没有想出来，我决定了，回家，回家去看看这几个人。

二

我和妻商量后，她很同意，同意叫我回去，她答应拿出两万块钱给我做路费，这些钱全是她私自的，我的第二房淑贞也很赞成我回去，她说：

"我从嫁你以来，从来没有听你讲过父亲，他们太可怜了，你把他们全接来吧！"

看起来还是受过高级教育的女性聪明，她想的确实周到，我一定听她的话，把父亲、妹妹、弟弟接来。

唉，我这个人太糟糕！把他们简直忘了。

妻问我：

"你打算什么时候走呢？"

"立刻就走，坐飞机。"

"那么，快收拾吧。"

她吩咐老妈子和丫鬟们收拾东西，一面指使当差打电话，叫汽车预备送我上飞机场。

妻很知道我的脾气，我出门最讨厌多拿东西，所以只预备了一个皮包，她把银行支票交给我。

"如果不够，你打电报来。"提起打电报，我忽然想起一件事：

"淑贞，你给我拟个电报稿，告诉父亲说我下午到家。"淑贞温柔的对我多情的点点头，伏在桌上写电报。

妻过来扯扯我的袖子：

"带几个人回去，家里太平么？"

"两个人就行，那面很太平。"她把张多力和徐明事叫进来嘱咐他们：

"你们俩随老爷出门，路上要加小心，听见没有？"

"是，是。"

"是，是。"

我指示他俩："一个人带两把手枪，用不着许多子弹。"

"是，是。"

"是，是。"

三

妻和淑贞为我践行，她俩亲手做了几样菜。

饭桌上，淑贞唱了一段别离的歌曲，她天生一副好喉咙，在学校时，她是全校的花主，因为她美貌多才所以我娶了她做小，其实，我和她的结合纯粹是以神圣的爱做基础。妻一点不反对，淑贞来了半年多，她俩没有吵过半句嘴，这是天生的良缘，活该我有福。

我和妻离别了多次，和淑贞的离别这是初次，她两眼含着泪水，恋恋不舍的送到门外看我上了汽车，轻轻的关了汽车的门。

汽车很快，一转眼到了飞机场。

我刚下车，有许多人围上敬礼。

喂！他们怎么知道我回家呢？我并没有告诉外人啊！

送行的人很不少，我一一的还了礼，道了谢，飞机开过来。

我对送行者举手告别，上了飞机。

飞机呼呼的响着飞起，渐渐的上升，一转眼升到半空，不到四个钟头，到了。

我又上了汽车，飞跑半天，好容易到家门。

呀！门怎么开着呢，莫非说父亲不知道我坐飞机回来，而跑到火车站迎接去了么？那么妹妹，弟弟呢？

"徐明事，你下去问问别人。"

"是！"

他问邻居！一个白发苍苍的老太婆。

徐明事回来报告我：

"她说搬走了！"

"啊。搬走了？搬到什么地方去了？"

那老太婆不知道。

啊，这怎么办好？

这时，有一个挑水的中年人从对面过来，我一看，这是认识人。他是我从前没有离家时的熟人，他是个瓦匠，我赶紧跳下汽车。

"喂！大叔！"

他惊骇的瞪着眼：

"不认识我了！"

"大叔，你不认识我了么？"

"大……老爷，我不敢认识……"

我把名字告诉他。

"噢！……"

我等不得问他：

"你知不知道，我父亲搬到哪里去了？"

他说了半天，我不知道是什么地方，我把他拖进车里，叫他指示道路。

他上了汽车，舍不得的望着扔在街上的水桶和扁担，他怕放在街上弄丢，我掏出一百块钱给他：

“这，小意思，给你做酬劳金。”

他战战兢兢伸出两手，恭恭敬敬的受领了。

四

父亲住着的街道太狭小，汽车进不去，我只好下去步行，走了半天，向导指着一个小门：

“就是这里！”

哎呀！可怜的父亲，他们住的房子还不如鸡窝。

我还没有进门，就听见里面大吵大闹。

“没有钱不成！”

“把姑娘让我们领去卖点钱！”

“赶紧讲，怎么办？”

有不少人，闹闹嚷嚷，非常凶猛，我听见父亲哀求的声音，妹妹弟弟的哭的声音。

啊！我的心，痛碎了。

我三步两步迈过一道肮脏的小院，进了鸟笼子般大小，有可怕的潮湿气温的屋子。

他们吓了一跳，简直是惊呆了。

妹妹一眼便看明白了是我。

“呀！哥哥！”

父亲有点不相信，他像做梦似的，揉着眼皮瞪着两眼看我，和看我身后的两个威风凛凛的随从。弟弟一头倒在我的怀里，抱着我哭，妹妹也抱着我大哭，父亲扯起衣襟，两手捧着脸，眼泪像雨一样，七八个债主全部给我跪下。

我止了眼泪，抓起一个面如肥猪的人问：

“欠你多少？”

“大……大老爷，有限，有限，算了吧……”

“你快说吧！我好还你，我没有工夫和你虚伪。”

“是……是的，这……一共是一元四毛五……算了吧！有限几个钱……”

我找出一张五元的票子摔在他脸上。

“拿去，用不着找！快滚蛋！”

他抱着头跑了。

我抓起一个面如狗熊的人问：

“欠你多少？”

“大……大老爷，有限……”

“快说！痛快点！”

我真是太不耐烦，扯出一张一百元的票子：

“这些够不够你们这几个人的？”

父亲在旁边告诉我：

“通共用不上七块钱。”

我找出一张十元的票子，扔给面如狗熊的人：

“拿去！你们平分吧！”

五

我仔细一看：父亲只穿着一件破烂的短袖，妹妹和弟弟是一身破片。

我和父亲商量，现在先到旅馆去住，把所有的债务还清之后，就启程赶路。

父亲默默的同意了。

“这屋中所有的破东西全送人吧？”

父亲舍不得的点点头。

破东西，全送了领路的大叔，他欢喜得竟至流泪。

在汽车里，弟弟靠着我的膝，他的小脸，又瘦又苍白，妹妹也一样。

弟弟痛苦的对我说：“一天没吃东西了！”

“到旅馆就买东西吃，你愿吃什么就买什么给你。”

他快活了，因为饥饿而显得特别大的两眼放着幸福的光。

父亲还没有忘了愁苦，他好像在梦中一般，默默的闭着灰冷的嘴唇。

我们住在一家大旅馆的最优等房间。茶房招待的殷勤周到是不用说了。

六

现在，父亲、妹妹、弟弟，不但吃饱了肚子，而且换了上新衣。

父亲醒悟了，他知道这不是梦了，他高兴的微笑着，他得意的和我讲：

"债务，让我自己去还吧？"

"不用，等一会儿把他们全叫起来。"

"不，我愿意去。"

父亲既然愿意去，我当然不该阻拦他，便给他一千块钱。

"哪用这么些……有二十来块钱就够。"

"拿着吧！我们要走了，你可以分一点给邻居们，那些心肠不错，过不去的人。"父亲接了钱，我想打发一个随从保护他，可是他不愿意，只好随他的意去了。

妹妹哀求我：

"哥哥送我入学吧，我想读书。"

弟弟也要上学。

我对他俩讲：

"上学的事，并不算难事，哥哥是有点钱，别说上学，就是上天也办得到！"

妹妹咧着嘴，走到穿衣镜前面上下照，弟弟拍手跳、唱。茶房进来了。他深深的、鞠一躬；送一对电报给我，我从头看着：

"亲爱的，我不能活了！你走后，她打我，把我的鼻子打破了！还抓断我不少头发，把我的肚皮也咬出了血，现在我躺在医院里，在住一天你要不回来，我就自杀！……淑贞哭上。"

他妈的，这是怎么说。

我焦急的把拳头在桌上捶。

妹妹大惊失色的摇着我的胳膊问：

“哥哥什么事？”

我对他撒谎：“你嫂子有病，希望我快回去！”

等了好久，总不见父亲回来，我很焦急，恨不能一下飞回去，一等父亲也不回来，二等父亲也不回来，我们都饿了。饭摆在圆桌上眼看着凉了。

我和妹妹，弟弟三个人先吃，父亲回来，再给另开，我已经吩咐茶房给父亲预备饭。

我们吃完了饭，等了半天，还不见父亲回来。

弟弟要买口琴。

我打发茶房去买了一个“新青年”牌口琴给弟弟，他高兴的吹起来，他不知道什么“倒来密伐扫拉西”，只是瞎吹。我叫徐明事去找我父亲，我真焦虑，父亲快回来好走。

茶房进来问我：

“有几位，打算求见你老。”

“谁？没有片子么？”

“没有，他们说是你老从前的朋友。”

“可以，让他们进来吧！”

原来是些穷朋友，从前我当洋行仆役和小书记时的同事们。说起来真怪，他们怎么知道我住在这里呢？

消息真灵通呀，好像是些侦探家一样。

人数太多了，他们一共十三位，都想叫我维持点职业。

好吧，当初既然是朋友，现在我不能因为阔起来便睁眼不认人。我应该尽所有的力量帮助，我爽快的答应了他们，把我的通讯处，详细的写给他们，并且一个人给他们一百元钱做路费，愿意什么时候去找我都成，只要我不死的话。

我不耐烦的，可是外表却装作十二分欢迎，和他们谈话，我心里很难受，没有一秒钟不想淑贞的鼻子打破了！头发抓断了不少，肚皮咬出了血……

七

我正和旧日的朋友们闲谈，忽然房门砰一声巨响，被暴力踢开了。徐明事慌慌张张的跑进来战战兢兢的对我说："父亲在路上被强盗打死，夺去了所有的钱。"

"啊？这是真的吗？"

"真的！"

八

我一阵难受，梦醒了！

唉！我苦恼的翻一个身，小屋子里，电灯没有熄，桌上搁着父亲的来信。我真想回家看看可怜的父亲，可怜的妹妹，可怜的弟弟；但是路费在哪里呢？如果我有二十块钱寄回去他们不知怎样欢天喜地了？忽然我想起刚才的梦，我惊骇了。啊……

一万元和五千元

从前，有这么两位艺术家，一位姓赵，名叫古水，一位姓韩，名叫井良。

赵古水三十二岁，很有天才——当然，没有天才是成不了什么艺术家的——他凭着先天的才能，又加上苦功夫训练，所以他的笔尖很高超，不论是仔仔细细描成的画，或三笔两笔很草率的画成的画，都有一种说不出的动人的风味，看了他的画而不说好的人简直一个都没有，大家都佩服他，尊重他，欢迎他，把他的画看成很贵重的宝贝，凡是能买得起画的人没有不欢喜买他的画的。因为买主太多，而他的画不够卖，于是价钱便贵起来，一张卖十元的画竟贵到五十元或一百元，后来，就是出一百倍的价钱也不容易买到他的画。他的名声越发高起来了，好像烟筒里冒出的灰烟很快的向半空吹高一样！他所画的全是美貌的女人，我们可以称他为"女人派画家"。

女人派画家的赵古水，所画成的女人的画，像我这支不中用的笔简直形容不出来它那种好法，把他的画挂在墙上，不论远看近看，越看越好，那画中的美女，好像活了似的，她很多情的望着你笑，那种笑能使你忘记了世界上所有的苦恼。你如果在寂寞的时候，只要一看赵古水的画，用不着多看，看一眼就成——便会马上忘记了寂寞，觉着人生的兴趣非常浓厚，而你的生命的脉搏会兴奋的激动不已，我们可以想见，女人派画家的赵古水的艺术，实在是登了峰造了极，不单是成了功，简直是超过了成功的水平以上，没有一个画家能有实力和他比一比的，他画了许多画，卖了不少钱，发财了。

发财的在于他当然没有名声可贵，他接续不断的努力作画，越画越好，许多人努力的模仿他，跟他学习，可是都学不上来。

他的住处很漂亮。

三出三进的高屋，广大美丽的花园，一个老婆，六个姨太太，都是美貌的女性，丫鬟一大群，全是聪明伶俐的姑娘，他的起居饮食非常讲究，穿戴的华丽更用不着说了。他的画室，建造在花园的一角，里面的设备外人是不知道的，因为他不准别人走近他的画室一步，就是和他最亲密的妻妾，也不能到他的画室里看一看……

他一进画室，一定要从里面锁上门，从外面，无论什么地方也看不进去，因为这画室是密不通风的。这里面，好像一个卧室，有漱洗的用具，有化妆品，还有一大面镜子，有一张宽大的案板，画笔和纱布，很整齐的排在桌子上。

有一次，他照常的走进画室锁了门。他坐在镜子前面脱了衣服，脱个精光，浑身上下一丝不挂，接着漱口洗脸，对着镜子梳头，他把自己的头发梳成女人那样一个好看的髻，搽上粉，点上胭脂，又画眼眉，仔仔细细一收拾，真像一个女子！这些事做完之后便推开镜子，镜子后面是个精装的大箱，他从里面选出几件女人的绸衣绸裙和花鞋，不慌不忙的穿戴妥当，还在耳上戴副翡翠的耳环，发上插一朵粉红的小花。打扮完事，他便铺好卷子，拿起笔来开始画。案板正对着镜子，他只消看镜子那位女郎一眼，就能一口气画出一副女人的脸，要多好有多好。

在工作过程中，他所表现的是顺利和方便，不到一下午便画出十张各样不同的女人的脸，我们不能说出他工作的奥妙来，因为他的工作是潜意识的，恐怕连自己也不知道他从什么地方生出来这么一套天才，他只是抓住了他的画笔画下去就是了。

完成十张画，就算完了这一天的工作，他脱下女人的装束换上男子的衣服，把东西仔细的收拾妥当，便拿着画出去，顺手锁上门。

他的画都是这样完成的，你把他的画放在跟前可以闻见那画中动人的美女的头发或脂粉的香气，有如鲜艳的花朵散发着芳香一样。

这样的画家，这样的画，所以成名，所以值钱，绝不是无因的吧？女人派画家的赵古水的故事讲到这，我们把他抛开，赶紧来讲另一位画家韩井良。

这是一个瘦弱，时常被病魔所苦，而且非常贫寒的人。他的年纪还不到三十岁，头发就灰白了一多半，两只烧火似的眼睛，深深地凹进眼眶里，满脸是愁苦的皱纹，无论什么时候总是紧闭着灰冷的嘴唇。

他有一个老婆，三个孩子。憔悴，瘦损，无精打采，时常挨饿，但是他的老婆并不希望他养活，因为在他身上一点希望的朝气也闻不到，只有寒气而已。她给人家补补洗洗，很艰难的赚几个小钱，买点米，而他却对付的吃老婆弄来的饭菜饱腹。

他有没有先天的才能我们不敢说，他硬着头皮学着画画的这一点，我们觉着是应该佩服的。他所画的全是一些简陋的东西，不是一条难看的蛇，便是一些拥挤的蚂蚁，或者是一堆乱七八糟的苍蝇之类，似乎除了这些他再也不喜欢画别的，什么美女，他从来没有画过，也没有想画的意思，他从来没有把所谓美女放在眼里，他以为地球上没有什么美女，凡是女人，都是女人罢了；没有什么美或丑的区别，他只觉着一条蛇或者一群蚂蚁，表现在纸上，比什么都有趣，都有意思。他的居室狭小，而且简陋，这是一间廉价租的小房，一个小窗户，好像打破了的一只老鼠的眼睛一样；一个小烟筒在后房顶向半空伸着，就如牛的半截尾巴；屋子里，只有一张三条腿破桌，桌上堆着肮脏的碗碟。

三个孩子每天出去打柴，挑到市上卖钱，卖了钱给他买颜料和纸笔用，他没有书室，什么也没有，他时常跑到城外，跑到广漠无垠的草原坡端，在草丛中观察那些忙忙碌碌的蚂蚁，一看就是几个钟头，他抓一些蚂蚁拿回家去——其实是小屋子里，也可以捕到许多蚂蚁，但屋中的蚂蚁他已经观察明白，他把捉来的蚂蚁放在碗里，两手捧着碗静静地坐在小屋门口，在温暖的阳光下沉思默想；这时，他脑海里想着些什么我们不知道，不过我们可以猜想，他所想的，大概是离不了宇宙的事，地球的事，世界的事，他做着关于这宇宙的梦，地球的梦，世界的梦，如果他在草原里发现了一条蛇，这是天大的欢喜。

他一定要抱着两肘聚精会神的看那些蛇，看得有滋有味的，把蛇看羞红了脸，把头转向一边，或者转身往别处去，他也不肯放松，尾随在蛇后不厌地观察研究。

他把可爱的蛇捉回家去，装在瓶里，当成宝贝一般保存着，时常拿出来欣赏。

因为他这爱蛇的习惯，三个孩子也受了影响。他们看见了蛇，决不放松，一定要捉回家给爸爸。

他画一条蛇，或画一群蚂蚁费很多苦工，一张画不经过两三个月是不会出手的，他一年只画出四张画，但是买他的画的人一个也没有，没有一个人承认他是画家，知道他的人只知道他是一个一无所有的穷光蛋罢了。他绞心苦血，不知道花多大苦工所完成的画，不要说贵卖，就是像牛粪一样的贱法也没有人买，甚至于恭恭敬敬地白送人家也不要。

一条蛇，一群蚂蚁，谁要这种难看的画？

他不能出名，决不会出名，好像海边的一粒沙不能招惹人注意一样。

但是他并不愁苦这件事，因为他并不为了出名才作画，在他全部的人格里，"名声"丝毫占不着地位；他时常愁苦一件事，那就是他不能把一条蛇的宇宙的意义完全表现出来，不能把一群蚂蚁的地球的意义完全表现出来——其实，他已经把他的艺术，用了苦心磨炼的技艺表现在画里面了。然而，他不满意自己的笔法，这是不用说，一个真正的艺术家，总不免苛毒的责备自己，由谦虚的性格所发出的不满，不过他对于自己，也过于严厉，因为一条蚂蚁的腿有点毛病，没有如他的意旨画出来，竟气得咬裂了嘴唇，滴着鲜血，整夜失眠，痛苦到手脚抖擞，浑身打着冷战！这样的事情是时常有的。

有一次，这个可怜的画家，在野地里，枕着芊芊的小草，盖着阳光，昏昏沉沉地睡熟了。

一条灰色，背上有些白色斑点的毒蛇——这是一条被他追随着观察的蛇，它悄悄地爬到了他的身旁，恶狠狠地看着他，爬上他的肚皮又爬上他的唇边，一头钻进他的嘴里去，无论如何也不出来了，这位倒霉的画家不幸的惨死在野地里。晚上有两只饥饿的狼悄悄走来，把他的尸体打扫干净，只留下一堆瘦骨在草丛之间，好像留给人类作纪念一样。

一百年后——在一个大都市里，有一个胖胖的古董商，他花了不少钱很费力地收了两张名画，一张画着女人，一张画着一条蛇。

他把这两张画都挂在玻璃栏里，标上价格，女人的画定价一万元，蛇的五千元，经过了好久的考虑，这么决定了。

有一天深夜，古董商从梦中惊醒了，他很奇怪，把伙计推起来作伴，到外屋去查看，但是什么也没有。

一连几夜都是如此。

又一夜，仍有女人的哭声，古董商和伙计，照旧惊骇地爬起，但是看了半天什么也没有。

伙计一转身的功夫，看见玻璃橱里，那张女人的画像上，在女人的怀里，躺着一条蛇，女人的脸上挂着泪，而那张蛇的画上的蛇却没有了。

伙计把这惊人的发现指给主人看。

古董商大吃一惊，他稀奇地张着嘴，瞪着眼，什么话也说不出来了。

那条蛇很舒服地躺在女人的怀里，动也不动，好像原来就画在那上面一样！

第二天一清早古董商看见女人身上的蛇没有了，而蛇的画上的蛇好好的还在。

这一天深夜，又有了哭声，古董商和伙计并且听见了悄悄的讲话声音。

"你什么地方值了一万元？"

"我的妈妈，吓死我了，你快回去吧。"

"我绝不离开你，除非另改价格。"

"这不是我的事，价格是人们的主张。"

古董商和伙计大胆地爬起，他们还没有到前屋，那条躺在女人怀里的蛇就跑回到蛇的画上，古董商看了一眼，很理解似的点点头，拿出钥匙，打开了玻璃窗，把一万元价码的木牌放在蛇的画像下面，把五千元价码的木牌放在女人的画像下面，然后很安心地关上了玻璃橱。

从此以后，古董商和伙计再听不见什么哭声了。

但是奇怪得很，那张女人的画的女人的脸，一天比一天消瘦，越变越老越难看，而那条蛇却一天比一天肥大，强壮，可怕……

你说这个故事奇怪不奇怪！

哈哈！

（一九三九年三月十日）

春　夜

"光棍子汉，

坐炕沿，

吹了灯，

冷清清，

一翻身，

一溜风，

没有老婆真不中！"

我刚刚躺下，还没有闭上眼睛，听见桌上谁哼哼呀呀的唱歌；我知道，这是"童话"要来了，于是我赶紧爬起摸火柴，点油灯，穿衣服，同时悄悄的，客客气气的问："是谁啊？唱着动人的歌是谁？"

"是我呀！"

"你是谁？是我可爱的朋友吗？"

"是啊，是你可爱的朋友，像这么好的夜，美丽的春深的夜，月明的夜，我怎么能安睡呢？好先生，你起来，我们谈谈吧。"

"好，我这就起来了！"

灯的捻子旋高，屋里大放光明，桌上的茶壶对我哧哧的笑。

"原来是你刚才唱歌么？"

"不错！"

"除了歌之外，还有什么故事没有？快讲一个听听吧。"

"好听的故事是很多的，只可惜我的记忆妹妹不在家，她跑到花园去了！没有她帮忙，故事我一点也想不出来。"

"所谓记忆妹妹是怎样的一个妹妹呢？"

"她是我的母亲所生，一直到老，她不和我分手，除非我断了气，她才嫁人。"

"这么好的妹妹，实在难得，我祝福你有这么好的妹妹！但是你不能把她叫回来么？"

"把她叫回来，是很容易，但是她和情人相会的时间却叫不回来，在这件事上，她是热心的，无论谁叫她都不肯回来。"

"那么，虽说是一生不和你分手的妹妹，时常也引你生气吧？"

"哼！你算说对了！"茶壶喘口粗气，清了一下喉咙说，"现在她不在跟前，我不妨讲她几句。你不知道，她简直是个莫名其妙，很神秘的家伙，当她和你做伴的时候，你总不免欢喜，微笑，悲愁，伤感，只有在你睡熟之后，她才不麻烦你，因为她是离开了你的缘故。"

"妹妹的事，我已经明白，你讲点别的吧？"

"我不是说过么？想不起来呀！你讲一个。"

我扣上短衣的纽子，好好地坐下，对他说：

"你的歌，动了我的心便会生出说不出的寂寞和苦闷，这一夜绝不会睡好觉！即便睡了也不会做体面的梦。"

"我也如此，"一只茶碗笑着插嘴说，"自从我的伴侣逝去以后，几

1473

乎没有一天不闷，苦闷的针刺着我的心灵，把我刺伤了。你们看！我比从前瘦多了，这全是因为怀念的结果。"

他所说的那个伴侣，是两个月之前，我没有注意，碰掉地下跌碎的；而这只茶碗已经多日不洗，的确显得憔悴了。

我想安慰他几句，但是找不出适当的话。

月光从窗外射进屋子里，照着枕头的安静的睡颜，槐树的繁密的枝叶映在窗上，轻轻地摇摆着，好像一个女郎摇动着发丝一样。有两只小鸟肩碰肩地睡在树叶深处。这是一对情人，样子很亲密，很感动人。

谁家的小孩子醒来，尖锐地哭着喊妈妈，说是湿了尿布，说要换干布。美好的夜，统治在安静之下，此刻的世界不算不美丽了。椅子在屁股底下忍不住了，他不满地发出一声响。

"先生，你还不睡觉？我白天服务很吃力，现在应该休息了。"

"唉，亲爱的椅子，请你原谅吧，再过一会儿我就上床。"

"多等几分钟，对于我倒没有什么，不过，春天的夜晚你还是多睡觉好，这对于你的身体有益，你也懂得。"

茶壶亲切的说：

"椅子的话不错，不过，睡不着觉也没有办法呀。"

"那么我们来谈话罢！"椅子耸耸肩头说，"先生，白天，那是谁？他坐在我身上、很沉重，坐了好久才走。"

我告诉他：那是房东，他来要房钱，我没有，所以没有给他。他有一个女儿，今年二十岁，小脸蛋儿又白又嫩，一双宝石似的大眼睛非常动人，可惜，他家里太有钱，她的神气瞧不起穷人，我一无所有，怎么能接近她呢？爱情的背后有一条经济的大鸿沟，这条沟有两万八千丈深，当然，这条沟早晚会平的，而地球正对准了这个方向不停地滚动。

"因为有钱，身体就很重么？"椅子不解的问我。

"那是当然啦！因为有钱，所以不愁吃不愁穿，什么愁事也没有，成天逍遥自在，自然容易多长肉，于是就胖了，而且也重了。"

茶碗生气的讲：

"你把我放在他眼前，他连理也不理，这个王八蛋，这可恶！他是瞧不起我是怎么的？"

"他不是瞧不起你，"我给茶碗解释，"他是瞧不起我，你不知道，他在家里喝的是上等茶叶，上等咖啡，我给他淡淡无味的白开水，他绝不会高兴接受，而且，你多日不洗脸，他一定是不大欢喜——不欢喜你就是不欢喜我，不欢喜我，当然也不爱你，这好像一加二等于三，三加二等于五一样，一点不会错的。"椅子等不得的急忙问：

"他走后，另一个人的身体很轻。"

"这是肥胖的房东的宝贝儿子，"这是我说话，"他是一个小说家兼诗人，时常在报上发表作品，名声很大，他时常追随在演电影的女人屁股后面皱着鼻子，所以写出的东西就出了名！"

"作品之类的事我全不懂，"茶壶说，"他是你的朋友么？"

椅子代我回答：

"父亲不和我们做朋友，儿子当然也不。"

我告诉他们，父亲虽然来讨房钱，然而儿子是来讲交情的，这类事，在目前的世界上本是小事，算不上他妈的什么稀奇。

茶壶打了个呵欠，说：

"人类的事简直是乱七八糟一锅粥，我总弄不清楚。"

我拍一下桌子，把钢笔惊醒了，他一醒就听见了茶壶的话。冷冷的喊道：

"所说人类的事是乱七八糟的是不对的，这是因为智力缺乏的缘故。如果你们研究几本社会学的书，你们就会知道，人类的事，不论大小，全按着顺序，有条不紊的往前进。把《正确的历史》打开，我们就可以看出，虽然是过去几千年的事，也都整理齐齐摆在纸上的，倘若你们再埋头用点哲学的功夫对于这些事更清楚，更理解了，啊啊，我好困！"

钢笔是我们之中最有智慧的一个宝贝，他明白各种事情，虽然都是极肤浅的。我也困了，但是我不想睡觉。

老鼠静静的从门后墙窟窿里爬出，露着两只小耳朵，瞪着明亮的眼睛，问道："你们在讲什么呀？"

"正讲你！"我和他开玩笑。

"讲我什么？"

我说："讲的是，你从洞里露出耳朵的事，这是没有好处的，你赶紧进去吧！"他点一下头，缩进去了。

我爬上床，理好被褥，进入被窝里，吹了灯。

"睡吧！都睡吧！孩子们！"我说。

"是呀！答应一声，在黑暗里打着哈欠。

钢笔说："我已经睡熟了！"

月光比先头更明亮，树影比先前更清楚，好像画在窗上一样，那两只小鸟醒了，悄悄的在黑影里谈话。

我能听清楚："美好的春光已老，毒热的夏，马上就到，朋友啊，那可怕的冬天不远啦！"

"我们的生命很短，但是伤感并不会长，如果我们有勇气，立刻去创造？"

"勇气我有。"

"我也有。"

"那么我们走？"

"好！"

噗的一声，两只鸟一齐飞去，忽然，窗纸发了黑，原来是乌云遮住了明月，把大地抹了一笔黑，但是不多时，窗纸又发黄，我很喜欢，我睁开了眼睛，为飞走的两只鸟！伟大的小鸟的前途祝福。

茶壶以为我睡熟了，他又哼哼呀呀的唱起：

"光棍子汉，

坐炕沿，

吹了灯，

冷清清，

一翻身，

一溜风，

没有老婆真不中！"

我愁苦的喘了口大气，默默的祷告着：

"神秘的梦神，你快把我带到欢乐的梦境去吧！失眠的滋味，我算尝够了！真要命！要命！……"

茶壶呢，反反复复的唱个不休：

"吹了灯，

冷清清，

一翻身，

一溜风，

没有老婆真⋯⋯"

（一九三九年三月七日）

三姐妹的幸福

"老是安安静静的坐在佛洞里太寂寞了！

人类的事一点儿也不闻不问——这有点不对吧？

我应该去看看人们生活的情形。"

无论何时都是老老实实的坐在佛洞里修炼佛体的慈心的神这么想了以后，便微笑着爬起，拍拍屁股上的泥土，轻轻的走出佛洞。

像这样到人间去恐怕不方便！

他把手指在半空一点，忽然变成了一个贫苦的老太婆，提着篮子，挂着木杖，很满意的走下山去。

慈心的神辛辛苦苦的奔走了许多路程，她在乡村里求食，在城镇里乞讨，但是无论走到哪里，所见到的全是些缺少慈悲的人。

这些混蛋！难道说不愿活下去了么？

慈心的神生气这样想，她失望的走到一间乱七八糟的小屋子前面，照旧的颤动着嗓门呼喊：

"生财的老爷太太呀！开开恩吧！"

这间小屋里住着三姐妹，都在纱厂里当女工，不消说是很贫穷的，然而她们的心肠都很好。

1477

大姐急忙跑出来看，她很同情的问："老妈妈，你要什么？"

老乞妇悲苦的说："给我一口吃的东西吧！"

"哎呀！真对不住，吃的东西一点也没有！可是，哎，让我想想，有什么东西没有……"

二姐姐在房里大声告诉姐姐："我这里有一个铜板，拿了去吧！"

最小的妹妹赶紧抢着喊："我这也有一个，把我这个也拿去吧！"

大姐姐把两个妹妹的恩惠都拒绝了，她从袋里掏出自己仅有的一个铜板给了老乞丐；伟大的神动了心。她欢欢喜喜的放下木杖和篮子，走进房里去，对好心的三姐妹说道："你们是三个人，应该享幸福。"

大姐喘口粗气："享福的事，只有在梦中才能办得到啊！"

"如果你们愿意享福，我保管能做到，可是有个条件，无论你们享多大的福，必须养活我，我愿意住在小屋里，你们每天要亲自来送食物给我。"

三姐妹又惊又喜，可是有点不信老太婆的花言巧语，后来终于使她们相信了。

当天晚上就有一部明亮的汽车停在小屋门前，一个当司令官的青年将校进来向大姐求婚。

这件事是容易成功的。

大姐欢欢喜喜的去了。

第二天又来了一部放光的汽车，一个大地主的儿子来向二姐求婚。

二姐和大姐一样，快乐得忘了形，赶紧上了汽车，结婚去了。

第三天来的是个大银行经理把三姐领去。

小屋只剩下褴褛的老太婆，孤独的等着三姐妹送食物来饱腹。

起初，这三姐妹都风雨无阻的从老远地方跑来送食物，但是日子一久，她们把送食物的事疏忽了。

因为她们成天很忙，招待宾客呀，上跳舞场呀，这些事她们都学会了；参加宴会呀，嘿！忙得很。因为分不开身，便打发仆役送食物；生成一对狗眼珠的仆役们怎会把一个穷苦的老妇人看在眼里，他们阳奉阴违，只说送到了食物，其实都把食物扔在阴沟里。

可怜的老太婆饿了许久，她拄着拐杖去寻找三姐妹，谁知三姐妹不同从前了呀！她们都阔起来了，都高贵了啊！见她们比见龙王还得难上加难。

有一天，三姐妹聚在一起，在无数的高贵的宾客之中吃西餐，忽然进来一个褴褛的老太婆，拄着拐杖一见三姐妹就破口大骂："你们这三个忘恩负义的黄毛丫头！吃了两碗饱饭，就把你的恩人忘了！该死！该死！"

她举拐杖就打。大姐先挨了一棍，当场倒地，头破血流，仰面而死。

会场大乱。大家都起来逮捕打人的凶手，但是他们哪里是神仙的对手？老太婆横一棍，竖一棍，把这些浑浑噩噩，醉生梦死的秋虫，一个不剩，都活活的打死！

三姐妹在黑暗狭小屋子里，都难受的惊醒了。

老太婆立在床边，嘲笑的看着三个做了一场美梦的丫头，冷冷的说："怎么样？像你们这类东西哪有享受幸福的资格呢？如果不是我打你们几棍，恐怕到现在还睡不醒呢！哼！"

慈心的神扛着筐篮，轻轻的走出去，像刮了一阵风似的不见了……

（一九三九年六月二十三日于北京）

脏土堆里

在一个很讲究卫生的人家的房后有一堆脏土，几个鸡猫狗在这土堆里一面寻找食物一面很有趣的谈天。

公鸡先生有满身美好的羽毛，他的尾巴在阳光里放着光，他的面孔是红的，好像喝醉了酒；他用足刨着脏土，低头寻找食物，他在两块破碗碴中间发现了许多饭粒，唯恐别人上前争抢，赶紧把身子横站着，很快的，一粒一粒的全部吞进肚里。他既满意又欢喜，便张嘴对别的几位说："想不到我得了许多饭粒！"

浅黄色，脖子下部有些黑毛的母鸡君扬扬脖子，望着公鸡问："饭粒，我怎么一粒都没有寻到呢？我真羡慕你的运气。"

公鸡先生很得意的，他高兴的摇摇嘴："我想，这饭粒，一定是因为小孩子打碎了饭碗才有的！那些吝啬的人绝不肯把这么许多饭粒放在这里。"

猪君很赞成，他摇摇细尾巴："呼呼呼呼，这么猜想倒很合逻辑，假如不是小孩子打碎了碗，你休想吃到许多饭粒，我找了半天，还什么也没有发现哩！"

哈巴狗是个身体清瘦，足短嘴大，鼻子扁，耳宽的小动物，他的短篇小说很出名，他的技术和形式很像莫泊桑，这时他正在啃一块猪骨头，这种骨头除了他，别人的牙齿都不合格。他抬起蓬松的头发，休息了一会儿，洋洋得意的说："公鸡先生，关于小孩子打碎了饭碗的事，你满可以写个短篇。"

公鸡想了一下："是呀！这个是很难得的题材，不过我若是写的话，我写长篇，少说写五十万字。"

母鸡不同意，她提出另一个问题："饭碗是不是小孩子打碎的，恐怕你还不清楚吧？"

公鸡笑了："是不是小孩子打碎的并不算什么要紧的事，重要的是饭粒，我们必须把这饭粒作为主要的意旨来表现，不然能有什么价值呢？"

母鸡瞪起乌黑发光的眼珠说：

"我那首十四行诗，你从前说不好，可是，文艺月报的主编批评说难得！他说这是一首伟大的不朽的诗，所以，公鸡先生，你的话我不大相信。"

哈巴狗突然生气了，

"哼——母鸡君，因为你是女性，所以那位编辑少爷大捧而特捧，我听说，他还写信和你要照片，这件事可是真的么？"

母鸡恼羞成怒的噘着尖嘴说：

"胡说！没有这事，他不但没有和我要过照片，也没有写过信给我，我……我一点不撒谎！"

猪先生抬起后腿，搔搔肚皮笑着讲：

"这种事，在目前的文艺界并不算怪事！女性，无论谁都是喜欢的，我年轻时候有不少作家要求我，他们把'友谊的粉'搽在脸上撑门面，把

1480

'研究的油'涂点在舌尖上滑一滑，然而实质上，他们骨子里的念头，不过是挂念着我这光滑的背啦，肥圆的屁股啦，柔软的肚皮啦，香甜的舌头啦等等，就是到了现在我的年纪老了，已经嫁过人了，孩子已经生过好几十了，然而还有一些从这本书上抄下来一段从那书本上抄下一段，或者是把人家的作品改头换面的作家希望和我通讯的呢！所以说，母鸡君的受欢迎，也是当然的事，我们不能怪她，并且不可以嘲笑她甚至仇恨她。"

公鸡先生大不以为然，他抖擞一下身体，轻蔑的说：

"母鸡君，你那首十四行诗，无论叫谁看，大概十有八九这样说：决不可算是一首诗，不过是把字数凑齐排成了几行字的东西罢了！这类诗很不少，正如这里的脏土一样，怎么好摆在文艺的碟里呢？"

"大上月，"哈巴狗不愤的喊，"我投十个短篇给文艺月报，可是一个字也没有给我披露，半个字也没有给我发表，他妈的目前的文艺界糟透了！"

公鸡先生教训着说：

"那是因为你的足太短的缘故，而且你不是女性，如果你和那个编辑是亲戚或是朋友他一定给你登，信不信？你想为什么母鸡君一首乱七八糟的诗，他竟说是伟大的、不朽的东西呢？还要写信给她，向她要照片，我们不懂要照片做什么用？哈哈……"

母鸡沉不住气了：

"胡说！你们全胡说，你们不知道底细。"

猪君懒懒的躺下说：

"照片的事，请不要提了；公鸡先生，你说要写个长篇，果真要写么？你如果写，我给你来编序。"

哈巴狗休息好了疲乏的牙齿，接续啃骨头，啃了几口，忽然停止了，他很有深意的看着骨头说：

"这骨头，虽然是并没有肉的骨头，可是啃起来还有一点香味，我想，这也许是女性的骨头，或者在活时也是作家也说不上吧？那么，她年轻的时候一定也吃过香。"

猪君爬起来！对哈巴狗瞪瞪眼：

“你是象征着骂我么？”

“我想以这骨头做题材，”哈巴狗泰然自若的讲，“写个短篇。并没有存半点的恶意，猪君，你以为我咒骂你么？我说这话你可别生气，作家，他打算写或者是写出来的东西，存心，全为‘美’和‘善’；绝没有一点儿坏意思，凡是作家，应该是良心清醒的人，反之，是流氓，是人类的害虫……”

公鸡大声把哈巴狗的话打断：

“哈巴狗，你所说的对是对，可是你精确的考察一下看，我们所知道的所谓作家，他们是什么良心清醒的东西？他们连动物进化的史实都不知道，他们不懂自然科学，不懂政治，不懂经济……简直什么也不懂，没有中心思想，没有什么人生观或宇宙观，连他自己本身都不认识，还认识什么地球？一面发育着淋症梅毒，一面喊着文艺修养，这些灰色的、老鼠一般的小东西，是什么清醒的东西呢？不客气的说，连你哈巴狗也在内，我问你，你觉得写短篇有意思，还是啃骨头有意思？”

哈巴狗很不高兴的回答：“当然写短篇也有意思，啃骨头也有意思。”

猪君看看无趣，躺下：“呼呼呼呼，你们说这些有什么用呢？唉！我又懒，年轻时候，我写了不少作品，为的是出出名声，谁想到，名是一点也没有出，白出了不少力气，真是何苦！从嫁了人，生了许多孩子之后，很久很久，我连半个字也没有写，现在我也写不动了，一来因为身子太胖，二来因为笔生了锈；我算完了，你们都年轻，前途是不可限量的，啊，啊，好困，我要睡……”

母鸡感叹的说：

“实在可惜，像猪姐姐这样的大天才，写了不少东西，结果连饭粒那么大的名声也没有出！然而，埋没在脏土堆里的作家，这个世界上，何止千万呢？”

猪君嫉恨的挣开眼皮：

“如果有人捧捧我，说我的作品很伟大，不朽就好了！”

哈巴狗抛弃了好东西：“这块骨头不成了。”

公鸡刨着泥土，不满的闭着嘴，难过的睁着眼：饭粒太少了！为什么这样少呢？地球，饭粒并不只十个八个，可是我吃了几个，便一个也看不见了。饭粒都跑到什么地方去了呢？关于这个问题，我一定要在长篇里写一写，还有照片的事。

母鸡急忙问他："照片的事对于你的饭粒有什么关系？"

"当然有关系，不然我不能写。"母鸡固执的说，"我不准你写！"

"你有什么权利？"

"我不准！"公鸡先生大怒，他高昂着脑袋，张开了翅膀，跳在母鸡身上，狠狠的咬母鸡的脖子。

母鸡呼喊着："嘎嘎嘎嘎……哎呀！"

公鸡一面咬一面骂："你这东西真可恶，照片的事我以为是假的，你这一说，原来真有其事！好，你干这种事？你怎么对我说的，你不是说真挚的爱我，永远不变心吗？现在你是怎么的，你快说实话！"

猪君厌恶的爬起："哎！这成什么事体？人家要睡觉，你们跑到这里闹起来……"

他打着哈欠，懒懒的挪着屁股，摇摆着尾巴，走了。

公鸡死死的咬着母鸡的脖子不放："这种不忠实的爱，真是岂有此理，啊……你这个丫头，你踢我！"

母鸡忍着痛和他理论："啊，你这自私自利的东西，幸亏我没有答应你婚事，还没有结婚，你就把我当做你的私有物品了？莫非说，我除了给你做私有物之外，什么也不许做了？我连交朋友也不该？就是相片的事，这算什么呢？我把照片分送给一百个朋友，一千个朋友，你能管得着么？你这东西！嘎，嘎，妈呀，他要咬死我……救命！救命！……"

哈巴狗忍无可忍，他勇敢的跳起，凶猛的向公鸡身上撞去：

"畜生！你太欺人！"

公鸡先生赶紧跳开，慌慌张张，狡猾的张着嘴，脸气成了紫红，惊骇的跑到街边，远远的，仇视着母鸡和哈巴狗先生。

哈巴狗得意而且高兴，他温柔的靠近母鸡，安慰她："你不要怕他，有我在这里他不敢欺负你，以后，你千万别理他，这么一个缺德的，守旧的脑袋，他把你看成了私有物品，这种东西有什么意义呢？"

母鸡软弱无力，她气哭了，泪水滚滚的淌下。哈巴狗近一步的安慰她："别哭别哭，用不着哭，这不算什么……"

这时候，从住家里，走出一个圆脸妇人，她端着一簸箕尘土，闭着两眼一扬，扬在哈巴狗和母鸡身上。

"嘿！"哈巴狗先生用嘴推推母鸡的臀部，"快走吧！刚才的事，我一定写个短篇，把公鸡大骂一场，这，真不像话……"

他俩很亲密的走进狭小的胡同里。

公鸡气呼呼地立在街边看。

猪君选了一个有阳光的墙角地方，懒懒的躺下，安静的合上眼皮，不耐烦的喘着气：呼呼，呼呼，呼呼……

神的恩惠和罚

一

在不能安眠的夜，在苦恼的夜，我跪在月下的池边对地球的神祈祷：

"地球的神，求你赐恩惠给我，给予我生活的幸福吧！我所过的生活，是痛苦的生活；这痛苦，一定是您弄错了的缘故，应该给予别的生物的痛苦却给了我，这样的大慈悲，我实在不愿意领受啊！

地球的神，您是慈悲的，伟大的，您总是把生物的痛苦，当做您本身的痛苦的，那么，请你把我身上的痛苦收回去，把幸福多加些在我身上吧！"

听到我这样诚恳的，可怜的祈祷的地球的神，发了很大的慈悲，打发天使来和我讲话。

天使静静立在池中水草的尖端上，垂着银的翅膀，很和蔼的告诉我：

"把痛苦的生活给予了你这件事，实在是地球的神的错误，他因为管理地球的事太忙的缘故，把痛苦错给了你并不是故意的，他很抱歉，他希望你原谅！"

"那么快请把痛苦收回去，给我幸福吧！"

"你要怎样的幸福呢？要知道，幸福的种类很多，你所要的是哪一种？"

"我所求的也很简单，我只希望改变我现在的生活，即使把我变成一只苍蝇也知足，只是不愿意在人家鼻子底下做这个做那个，实在无聊呀。"

"好，依了你的志愿，就把你变成一只苍蝇吧！"

其实，我并不十分愿意变成一只苍蝇，但是，我已经说出了口，而天使已经振翅飞去，我只好对地球的神叩了感谢的头，轻轻的爬起，拍拍膝盖上的泥土，离开寂静的池边，到喧噪的境地里去……

二

这样，我就变成了一只苍蝇。

我在各处飞着，和我的同伴在一起，有时孤独，有时很寂寞；寂寞的时候，我便飞到脏土堆里，和同伴们谈天。

我的同伴们都很快活，他们吃饱了的肚子唯一的消遣就是晒太阳。因为太阳使我们最喜欢的宝贝，它的热和光能使我们的身体温暖，能使我们的翅膀强硬，飞起来有力量。

如果，我们能够太太平平的过下去，那么这种生活也不错，可惜不能够。

有一部分人类把我们恨入刺骨，他们把东西藏起，在门上挂着竹帘子，在床上遮着铁丝的或丝织的窗帘，那意思，我们一看就懂得，是不准我们进去。

我们之中谁要是飞进去，总得碰运气才能逃出来。

他们把特为我们制造的玻璃的瓶中间放些食物，我有些傻的同伴们不知道那瓶的狡猾的机关，看见了食物便轻易地飞进去，不想到，这一飞进去，便没有活的希望了！

我亲眼看见同伴们在那玻璃的瓶里痛苦的奋飞的情形，他们努了很大的力，总想废除那危险的透明的罗网，而十有九是逃不出来，终于筋疲力尽落在水里淹死!

淹死的同伴，成千成万，一堆一堆，全被人倒在脏土堆里，他们的尸体，在炎热的阳光下臭了，朽了，化为了乌有。

还有特为我们制造的黏性的纸，一落在这上面，翅膀就粘住了；越挣扎越糟，挣扎到最后是死，这黏性的纸张真可怕呀!

其实，还有更可怕的东西哪!

如果挨了这一下打，连挣扎的余力也没有，因为肠子冒出来了，粉身碎骨了，怎么挣扎呢?

能逃出来的，全凭运气，而这运气乃是恶气，并不是好运。

有一次，我飞到一个人家屋子里，还没有立足，就受了一下重重的打击。

可是，那武器偏了一点，在我旁边起了一声惊天动地的巨响，差一点把我吓死，我慌慌张张的逃跑了。

打我这一下的原来是个小孩子。

他妈妈问他："打着了么?"

孩子失望的告诉妈妈："没有!"

这孩子为在妈妈面前显出本领起见，便勇敢的跳起追我，各处乱打，幸亏我的运气不错，逃出他凶恶毒手。后来我才知道，人类并不是个个狠毒，慈悲的人类在乱七八糟的地球上也多得很。

这些慈悲的人类，全是吃不饱，住不舒服的。他们的房屋，门口没有竹帘，床上也没有帐纱，因为熬不住热，便打开门窗，我们可以自由的，一点顾虑也不用，出出进进，随便落在什么地方。

就是大胆的落在他们赤裸裸的身体上，也没有丝毫的危险，他们决不生厌也不动武。这一部分人的心肠太好，他们最喜欢的是和平，不像那些原始的捕杀欲很厉害的畜生。

不过，这一部分心肠不错的人类，也并不是从心灵深处喜欢我们的，可是他们并不十分严重的驱逐我们，我们也不把这些人看做仇敌，我们觉得这些人是朋友。

有一次，我弄错了，飞到一个吃得饱住得舒服的人家，他们呼喊着捉拿我。我大惊失色的逃跑，因为太慌张了，不小心飞在纱窗上，我各处碰，但是碰不出去，他们凶猛的打我，大概，他们也是太慌张了的缘故，总未能把我打死，我也算侥幸，意外地逃出一条活命。

一夏天，我的同伴们，死在聪明的人类手中的真是无边无岸。夏天，在我们苍蝇族中算是一个世纪。

我活了不到半世纪，深深的感到了厌倦，我说不出的后悔，为什么当初要变成一只苍蝇呢？

我羡慕蚊子的生活，他们在白天，可以跑到清净的地方太太平平的休息，到晚上出来；出来活动他们的尖嘴和翅膀，他们还有一支笛子，一面飞一面嗡嗡的唱，这种生活很有诗意。

这个念头一生，我便飞到月下的池边祈祷地球的神：

"地球的神，求您赐我慈悲，苍蝇的生活我不愿过了。

"您的恩德是大的，我说不出的感激，我诚恳的向您祈祷，给我更大的幸福，准了我的祈愿吧。"

地球的神，在创造地球的当时，就是以慈大悲的心肠来对待地球的，后来，地球上的人类虽然不体谅地球的神的苦心，感激地球的神的恩惠，但是伟大的地球的神是宽宏大量的，他不恼怒人类，所以对于我的祈祷也不感到厌倦，他把我的祈祷接受了，并且立刻打发天使来问我希望的要求。

天使，和上次一样，还是垂着银的翅膀轻飘飘的立在水中的草叶上，和和气气的看着我跪下的姿态，很同情的问我：

"你又要什么呢？"

"美丽的天使，您是地球的神的伟大的使者，地球的神既给我很大的恩惠，您也决不会不帮助我的，我感激地球的神的恩惠，也感激您的帮忙；我现在，在这里祈祷，不为别的，无非是麻烦你跑腿，如果能够批准我的话，那么请赐我变成一只蚊子吧！"

天使笑了一下：

"苍蝇的生活你过够了么？"

我恭恭敬敬的答："是的，我过够了，请原谅我的愚蠢吧。"

"好，准你变一只蚊子，希望这种生活使你满足。"

我感激的对地球的神和地球的神的使者叩了几个尊敬的头……

三

这次我又变了一只蚊子，苍蝇的事，是过去了，是我可羞的历史了。

我开始过着"新"生活。

我比以前好了。

我有两只轻巧的，敏捷的，灵活的翅膀；有一支尖锐的方便的长矛；还有一支在晚风中吹起来十分动听的箫笛。

白天，我在雅静的墙窟窿安睡，一到晚上，我就轻松的伸个懒腰，出来游戏。

乱七八糟的人类的世界，到晚上是比较安静一些的。我住在乡间，乡间的夜里清净无比，什么声音也没有，不，只有微风吹拂着紧密的树叶的轻声，和人类在梦中叹息的声音，还有鸡在窝里轻轻的转动身子的声音。我快活的吹着箫笛，在神秘的夜的半空，在星光之下，在屋檐底下飞来飞去。

我特别留心的聆听，人们都确实睡熟了么？

我悄悄的飞进一个家屋里，悠悠的吹着箫笛。

一个翻身的声音，把我吓了一跳，赶紧躲在黑漆漆的，星光照不到的角落里。

这个人，声音很哑，他疲乏的喘口粗气，厌恶的说：

"啊，有蚊子，可恶的东西！"

什么，骂我么？

他睡熟了以后，我狠狠的刺他一枪，刺在他胸膛上，这一枪，是他咒骂的报应。

人类这东西，因为发明了咒骂，所以把地球上弄的乱七八糟，太不像样子；为了拯救这些不幸的人，必须禁止他们互相咒骂，为了星星点点的一点小事，就咒骂起来的人，是应该惩罚的。

我吹着箫笛飞出屋子。

第二天一早，我又飞回这间屋子，在阴暗的板桌底下的墙窟窿里找了一处睡眠的境地。

夜里，挨了一枪的人，一早又咒骂起来了。

"他妈的，这该死的蚊子，把我这咬肿了！"

我哧哧的笑。

我睡得很舒服。

晚上，我刚一觉醒来觉得难受，是什么东西堵住了我的呼吸？

我赶紧爬出窟窿，到外面一看，啊，糟了！他们生了烟火，打算伤害我。

满屋子都是浓厚的，窒息的烟，我很难的呼吸着，等着逃命的机会。

在滚滚的烟雾中，我发现了一丝生的亮光，这是不能踌躇的，我努力的振起翅膀，混着烟雾，冒了很大的危险，总算飞出去了。

啊，我几乎窒息死了，我昏迷的跌倒在草叶丛中，好久才清醒。

我真恨这些人类，他们的手段未免太毒了！

我愁苦的想着，蚊子的生命，并不比苍蝇更太平，刺了人家一枪，也不是应该受罚的么？如果我没有枪，只有箫笛，他们决不会咒骂我，并且还生起烟火打算消灭我，这也是罪有应得，不能埋怨人家。

我对着地球的神诚恳的祈祷：

"地球的神，您是我慈悲的恩主，我几次的祈愿，您全批准了我，您的恩惠实在大，现在，我请求你，把我的矛收回去把，我不要这东西，只有一支箫笛就够了！"

天使出现了，他有点不满意的张着翅膀："嗳，你又要什么？"

我哀求他：

"伟大的天使，我感激您的光临，您不要生气，您是有智慧的，一定会采纳我的意见，把我的意见传达给地球的神。"

"什么事？快说吧！"

"我不要这矛，只留下箫笛；并且，我希望所有的蚊子都如此。"

天使不满的动了一下银的翅膀：

"这是神的意旨不许可的，地球的神当初创造地球的时候，所谓蚊子这东西，应该有矛的事，神是早就想好了的，即使是天翻地覆，神的旨意也不能变！如果你讨厌矛，那么你还是去干别的吧！"

"这样说来，蚊子是永远不会变的么？"

"变，倒是多多少少不能一点不变的，可是变，也不过是把矛再变长一些，或把翅膀再变强一些之类的事，这便是蚊子改变的范围。"

"啊！……"我愁苦的垂了头。

不耐烦的张开翅膀，动了两下，问我："你还有什么事？"

"伟大的天使，蚊子的生活我已经生厌了，我不高兴这矛……"

"你要是不高兴这矛，就得变别的，身为蚊子，没有矛是不成的。"

"那么我……"

"你快说吧！我还有很多别的事情赶着去办。"

"我忽然想起来了。给予我恩惠，使我变为一只萤火虫吧！"

天使想了一想，厌烦的答应了我。

"好，这一次，就准了你的所请，好好去生活吧！以后别老是来麻烦我。"

地球的神是很慈悲的，然而这位天使，我从他话味中听出他有些懒惰，可是我怎么能说他懒惰呢？他是地球的神的使者呀！

四

这样，又蒙了神的恩惠，变成了一只萤火虫。您别笑，我讲的是实话，一点不撒谎。

我觉得应该骄傲的事是屁股后面一只明亮如磷火似的蓝色的小灯。

在寂静的美丽的夜，我在散发着野花的香气的草原上飞着。小兔看见了我的灯的光，在下面随着我奔跑，我很爱它，因为它有满身洁白的柔毛，在星光下，在夜的草地里，非常好看，它竖着两只肥嫩的大耳朵一跳一跳的奔跑。清亮的喊我："可爱的萤，你慢一点儿飞，别飞得太高，把你的灯的光再放亮一些！"

我听了他的话，照他说的那样欢喜的飞。

他热烈的赞美我："你是草原的天使，你飞在这里，这里的一切，都更加的美丽，我希望你永远不要离开这里。"

“是的，是的，”有一只蟋蟀跳过来，大声讲，“萤的光使我精神焕发，不要离开我们，慢一点儿飞！”

我飞倦了，他们也跑乏了，于是我们恋恋不舍的告别。

一只青蛙，懒懒的坐在池边草丛中对我大声喊：“呱啊，呱啊！明夜早点出来，听见了么？”

我在他头上绕一个圈子，他非常的欢喜，咯咯的笑。

这一夜，天上的月和星到乌云背后赴宴去了，我飞到许多家屋上面，用力的放着光。

有几个小孩，对我喧噪：“看，看，多好？”

我飞低了一点，想和他们亲近亲近。

忽然，有一只人类的大手，凶猛的扑在我身上，把我抓住了。

他们把我装在纸匣里，在纸匣的四面用锥子刺了些小窟窿，他们开心玩弄我，却不知我快气死了！

这对于我，是多么大的侮辱啊！

人们玩够了我，睡熟了的时候，我便祷告：“地球的神，慈悲的地球的神，您不能容忍这些愚蠢的人类的作恶吧？他们毁坏了您的定义，做了些他们自己的法则，这对于您，是多大的不敬呀！您开恩吧！拯救我出了这苦闷的匣吧！”

天使飞来了，他轻轻的破坏了纸匣，把我救出来了，而且领我到地球的神的面前。

地球的神，并不是居住在他创造的地球，远远的离开了地球住在离天空还有好远的地方，这地方是一片雾气，在浓雾中显出一座美丽的宏伟的宫殿，地球的神便住在这宫殿里。

他高高的在上，审问低低的跪在下面的我：“你是什么意思，三日两头的祈祷我，求我的帮助呢？”

我深深的伏下脑袋：

“伟大的地球的神，您的恩惠普照了地球上每个角落，您给予我各样的请求，我诚心诚意的感激。”

“既然知道感激我，就应该好好的活着，为什么老是不知足？”

我赶紧伏下脑袋：

"伟大的地球神，他们把我装进苦闷的纸匣里……"

"这……我知道，你想怎么样呢？"

"这太危险，我希望安全的生活。"

"没有比人类生活再好的了，你还是变一个人吧？"

"伟大的地球神，不久以前我本来是个人的，可是那生活本身很痛苦，所以蒙您的恩惠使我变成了一只苍蝇。"

地球的神不耐烦的把我的话打断。

"其实人这东西都有种种的不同，虽然人都是两条腿上面生着一个肚子的，可是，其中差别很大，你那时是怎样一个人？"

"那时候，我是在脑袋下面有一个脖子支持着的，有只手好工作。"

"这是不用说了，所谓人这东西，都是有脑袋。当初我一造人的时候，首先是造脑袋，我是问你，你是做什么工作的？"

"我当书记。"

"你是男的还是女的？"

"男的。"

"噢，那么，你这回变成一个女的吧！以后再不许动不动就做不平的祈祷了，为了你对神的尊敬的心很深，所以屡次批准你的希望，从此以后，再不许了。"

我恭而敬之的叩头，叩了又叩。

地球的神，吩咐他的使者，把我送回乱七八糟人的世界。

五

这样，我又变成了一个女子。

地球的神对于我，真的是无微不至，他为了我的幸福打算叫我变这个变那个，这一次，一定会有幸福了！可是，这幸福也有限。

因为，女子这东西，虽然也是两条大腿上面支一个肚子的生物，然而其中也有幸福与不幸福的差别；也不知道是地球的神的故意弄错，还是地球的神不熟悉人类的世界的缘故，他只把我变成了一个女子，却没有把我弄到幸福的一群里，把我弄到倒霉的一堆里了，唉！妈妈呀！怎么办呢？

地球的神说得很硬，不许我以后动不动祷告他，那么，我只得忍耐了。

我变成了一个很丑陋的女子，一个不吃香的丑妓女！既丑又是妓女。这怎么能有幸福呢？

我住在一条很肮脏的胡同里，和两位比我美不多的姐姐干着可怜的职业。

白天，我们没有什么生意。

天一黑，我就对着玻璃镜子搽粉，把一件干净衫裤换上，站在门口，像商店的陈列货物一般，我把自己身体和灵魂给人们看，他们看中了就进来讲价。

许多不是富翁的老哥们从我面前走过，他们连端详我一下都不。

我焦急的，多情的，温柔的，睁着疲乏的眼皮看他们，我的姐姐们告诉我：

"你得出去拉。"

我拉了不少人，他们只是对我开心的轻蔑的笑，并不照顾我。

我拖住一个四十来岁的人，他有一副枣红的脸，肩头上有许多尘土。

他不错，随我进来了。

我在黑暗中摸索到火柴，把小油灯点上让他在板床上坐。

他嘻嘻的对着我笑，我一看他，他那又高又挺的鼻子真使我发愁。

他和我商量：

"三个铜板行么？"

"哎哟！三个铜板？得啦大哥，别和我开玩笑。"

我坐在他怀里，和他腻了半天，好容易讲妥了，他袋里只有五个铜板，还有指甲大一截烟头，我把他各个衣兜，除了这些之外，还翻出两个肥大的臭虫。

没有法子，赚这五个铜板吧！

他心满意足的去了之后，我悲痛的哭了！

这五个铜板能做什么呢？我一天没有吃东西，这五个铜板啊！我不吃了！等着饿死吧！

我连扣衣纽的力气都没有，我把脸压在破枕头下面，默默的哭泣。

"地球的神啊！你是慈悲的，伟大的，你救救我吧！这是您给我的幸福吗？这种生活，是多么黑暗，痛苦啊！连苍蝇一半也不及，连蚊子一半也赶不上，早知道你给予我这样的慈悲，我还不如当一个萤火虫，在草原的夜得到无限的安慰之后，便闷死在人类的纸匣里倒好些吧？

地球的神啊，我哭了，我从来没有哭过，您的慈悲让我流不少眼泪！流下滴滴的痛苦的眼泪！"

天使，在小火油灯后面出来了。

"你又要什么？你知道么？地球的神非常生气了！"

我哭着说：

"我没有要什么！我什么也不要了呀！我是在痛哭我满腔的失望和悲酸呀！"

天使生气了：

"哭就哭了，为什么祷告地球的神呢！"

"我没有祷告呀！这不是祷告，这是我哀痛的私语呀！"

天使怒气冲冲的张开银的翅膀：

"这是地球的神的旨意，他惩罚你无论如何也不知足的罪，使你变成一个男的老年的盲人，给你一支箫笛，你到各处流浪去吧！"

"不……不要惩罚我，我没有罪……"

然而天使早已飞去了，我悲痛的哭晕在床上。

六

我苍老了，衰弱了。

我有满头灰白的头发，满嘴灰白的须，我有件褴褛的长袍，一根弯弯巴巴的拐杖，一支破旧的箫笛。我在乱七八糟的世界上，在茫茫的人海里漂流，今日东明日西，过着乞讨的生活。

我走到罪恶的都市，走到愚蠢的乡村，走到骄傲的英国，走到奢侈的法兰西，走到罗马，走到瑞士，向各地奔走。但是，我不停的吹着箫笛，我吹起哀怨的调子，吹起不愤的悲曲。

我一天比一天苍老了，腿走不动了。

我愁苦的坐在印度的山野间，饥饿了，但是也没有东西吃，我忍不住了，生气了，悲愤的祷告：

"地球的神，我的受苦，乃是你给予我的慈悲，正如世界上有不少受苦的人都是你给予他们的慈悲一样。这样的慈悲，我是不满的，人们都不会满意，绝不会满意，请你收回这些施与人类的恩惠，以后我再也不祷告你了，并且我也不尊敬你了……"

天使愤怒的出现在我面前，吼道："住嘴！"

地球的使者并不认为我的眼泪是可怜的，他冷冷的训斥我：

"没有你，这地球是没有损失的，可是，你以往对地球的神有过诚心，因此，还留着你在这地球，赐你一个沉默的生命，你负着生活在人间的历史，到没有人类居住的地方去度着剩余的光阴吧！你这个东西，对于地球的神太危险了，不得不这样惩罚你一下！"

天使带给我地球的神的意旨，把这意旨交给我就飞走了。

我变成了一片雪花，在北冰洋，在风雪狂吼的海岸，随着雪的同伴们在极冷的，很大的，黑暗的境地里飘来飘去，既不能吹笛，也不能祈祷。

这地方，虽然和人类的地球没有分开，然而文化是完全隔绝的，这里没有树木花草，也没有生物。所有的，只是狂风和大雪，险峻的冰山以及无头无尽的黑漆漆的天空，和荒凉冰冻的大地。

有一次，我随着雪的同伴们飘到了稍稍温暖些的地方，我看到了摇摇摆摆的肥大的熊，它穿着白衣在雪的山顶散步。

又一次，我看见了人类的探险的船只搭着飞机停泊在大洋的岸边，有不少人扯着大绳在雪的山谷间奔走。

我想告诉他们，我是一片人类变成的雪花，因为恼怒了地球的神所以被驱逐到这里忍受着无尽的刑罚；可是，我是雪花，不能说话，于是，我悲痛的和雪的同伴从这些有智慧，勇敢的人的头顶上沉默的飞过去。

但是，我热烈的希望着，盼着寒冷的北冰洋，早晚也能有像纽约，像伦敦，像巴黎那样灿烂的高楼大厦出现；虽然是一片渺小的，堆在冰冻的大地之下的一片雪花的我，也会感到欣喜，会为人类庆祝的。

现在，我还没有堆在冰冻的雪山下面，我寂寞的随着雪的同伴们在黑漆的天空中飞来飞去……

（一九三九年一月八日）

人 类 的 脚

我的老师，是个脾气暴躁的老头子。

他披散着乱发，眼睛如老鹰样的凶狠，鼻子又高又大，有如山峰，他的眼镜很小，架在鼻尖上样子很滑稽。

这个老头子脾气暴躁得怕人，动不动就生气，一生气就骂我，把我骂个半死不活。在他的衣袋里装满学问的面包和真理的窝窝头，他时常从袋里把这些哲学的食物掏出来扔给我，逼我三口两口吞进肚里，如果我不能如他所希望的那样吃下，他就狠狠的打我耳光，愿打多少就打多少。

他是口吃，那种口吃法叫人难受，不聚精会神的听他讲话简直听不懂，因为我心猿意马，没有把他的原话听清楚，他发起脾气，一连打我三四十个耳光，把我的嘴角打出了血的事是常有的！虽则如此，然而逃跑的心可没有，因为我如果不忍受他的打骂，科学和真理的圣殿之门是敲不开的，我永远挤不进去。

这一次，他生气的瞪着眼，满嘴冒着白沫，给我讲解一节真理的途径，我没有听明白，他马上生了气，他一生气就加上焦急，他越焦急越口吃，说起话来真难懂。

他指着我的鼻尖，大声喊：

"蠢，蠢，蠢，蠢材！你，你用……用，用，用心听，听，听着……"

我连连的鞠着躬，静静的低着头，把铅笔按在本子上，预备笔记。

他瞪了我一眼，开始讲：

"除，除，除了混，混，混蛋，没有，没有，没有一，一，一个人，不明，不明，不明白这件事的，把，把，把，把这种道，道理，对他讲，讲说，讲说之后……

"人，人，人类，人类的……人类的脚，是，是，是没有，没有，没有一时一刻不，不，不发，不发展的。

"走，走，走，走了两千年，走了两千，两千多，多，多年的，的人类的……的脚，到，到，到，到，到，到现，现在，不，不过，刚，刚成一个，脚的形，形状，还没有……没，没，没有达……达到，尽善，尽善尽，尽美，或圆熟，圆熟，圆熟的，的地步……

"说到这，这人类的脚，当然是，是，是金莲金，……莲金………金莲。"

说到这，他看看我的笔记本一言不发，咬着下唇，举手就是一巴掌，我觉着脑袋嗡的一声响，铅笔掉地上。

他接着又是一巴掌，骂道：

"混……混，混，混蛋，什么金，金，金莲？"

把我打晕了，我结结巴巴的回答：

"三，三，三寸金莲……"

"混……混……混，混蛋！快把本子拾起来！"

我弯腰拾本子的时节，他狠狠的在我屁股上踢了一脚。

"好好，好好，好好听！"

"是！是！是！是。"

我摸摸屁股，连连的点头。

他接着往下讲：

"所说这这，这，人类的脚，是，是，是，是，是，是，是，是紧连着，连着，连着，连着，连着聪明的脚的！

"在其上，其上，乃是，乃是连，连，连着有智慧的，智慧的肚，肚……肚子。

"在智慧的肚子之上，是一个创……创……创，创创，创造，创造，造，……创造，创造，创造的世界。过去，现在，与，与，与，与未来的，与未来的脑袋！

"不，不，不然的话，所说这，这……这人类的脚，怎么，怎么，怎么，怎么能前进，前进，前进呢！

"今天，今天进，明，明，明天进，人类的脚，没，没，没，没有一，一，一，一，一时，一时，一刻，一刻，一刻停了步的。

"蠢，蠢，蠢，蠢材！你听明白没有？"

他住了口，看看我的本子，狠狠的打了我一大巴掌，骂道：

"你把，把，把这句写，写……写写上，写上，写上写，做什么？啊！"

我赶紧把这句抹去。

他喘口粗气：

"傻东……傻东……傻东西听着！"

他一瞪眼，我知道这一句无须写我，赶紧抹去。

"但是，不，不，不知在，在什么，什么时候在，在什么地，地，地方，出了些，傻子，和你，和你一样，一样的，傻，傻的傻子，看了这，天，天天都，都，都在发展，发展的人类的脚的事……觉，觉着，觉着吃，吃了惊，于是，于是出生了卑鄙无用的企，企，企图……

"他们千……，千，千，千，千方，百，百，百计，想，想……想出这么，一，一，一，一，一，一套，一套，一套把，把戏来。

"蠢材蠢材所生的，蠢材的你，你，你，你知道是什么把戏？

"他们做出，做出，一双很，很，很小的鞋，套套，套在人类，人类，人类，人类的，的，的脚上，打算阻止人类脚的……发，发，发，发，发育。不看那些和你一样愚蠢的蠢……东西们怀着，怀着怀着，怀着什，什么主……主义，人类的，人类的脚，生，生长，发育，并，并且，渐渐的长大了，脚，脚长了后，自然，自然，自然，自然，自然而然，自然而然的，不慌，不慌，不慌，不慌，不慌不忙的……走，走走，走，走，走，走，走，走，走，走，走，走路。

"为了束，束缚，束缚人类的脚面，面，面，面失败了的诸……诸，诸，诸，畜生更进，进，进一步的用了钢铁制，制，制成，制成坚，坚固的鞋，打算箍紧人类的……人类的，人类的脚。

"然，然而，人类的脚，别，别，别说钢铁，就，就，就，就，就，就，就是比铁，比铁，比铁，比铁，比，比，比，比，比，比，比，比，比，比……"

老头满脸青紫，额角冒着汗，他从裤袋里掏出小手巾抹抹汗粒，又开大嘴讲下去：

"人，人，人，人，人，人，人，人，人，人类无论用了什么，什么法子也束缚不，不住的事，也和你一样愚蠢的，蠢材们历历史上，分明记载的清……清，清，清，清，清，清清楚楚！

"我，我，我，我并不是说，决，决，决，绝不是说一双正当的制……制，制，制，制，制……度的鞋对于人类没，没，没，没有，没有，没有，没有，没有用处，所说这鞋是……是……是……愚蠢的东西，想，想，想，想，想出来的。不管他他，他们的用心是善，是善，是恶，是恶，是恶，究，究，究，究，究，究，究竟是应应，应该感，感，感，感谢的事！

"因为鞋……鞋只的对于脚……脚，脚的走路，无，无，无论，无论如何，是一，一，一，一，一，一，一，一，一种强力的鼓励和帮助。

"不过，不过，不过，不过不过这鞋必须时，时时，时时，时时，时时，时时，时时，时时，时……时，时时，时……时的改，改造，合乎人，人，人，人，人，人，人，人，人类脚的大小，才能帮，帮，帮，人类的脚的走，走，走，走，走，走……路。

"脚大，脚大，脚大，脚大，脚大，脚大，脚，脚，脚，脚，脚，脚，脚大，鞋小怎，怎，怎，怎，怎么穿，蠢蠢蠢蠢蠢蠢蠢蠢才！

"小小小小小小小小小小的鞋，套，套，套，套，套在大脚上，早早早早早早早早，早，早早早早早早早，早早晚晚，一定要要，要要要要要……裂开口，口子踏踏踏踏踏，踏碎了算算算算……算完蛋！

"人人人人人人人人人人人人人人类的脚，前进，进，进，进，进到什么境地，虽然有，有，有，有，有，有，有有有有有有有许多科学家，下过苦功夫研，研，研研研研研研研研究，并且下了判……判断，然而还，还还还还没有一个可靠可靠，可靠，可靠的结论。

"可是，可是，可可可可可可可是，人人人人人类都相信，傻子，你你你你你你说相相相信什么？"

我左思右想，想了半天，回答他：

"人类都相信那些科学者永久不会打开那未来的圣殿之门！"

老师狠狠地打了我一巴掌：

"胡说八道！"

"那么，那么，能打开未来的圣殿之门？……"

又是一巴掌：

"瞎说七八句！"

我紧闭了挨打的嘴巴不说话，老老实实看着老头子生气了的耳朵。

"蠢材，你……你，你，你你要记住，而且永远，永远，永远，永远，永远不可以，不可以，不可以相信人类都相信人类的脚从，从，从，从，从，从今以后，比后前还要生长，发育，发育，发发发发发发育的快，用了什，什，什，什，什，什么法子，绝对阻止不住他前，前进！

"现现现现现现现现现现现在……现在，现在，现在，让我……告告告告告告告告，告诉你，你你你你你你你……这人类，人类，人类，人类，人类人人人人人人人人人人人人人……人类的……脚脚脚的……将来，将来，将来前进，前进，前进前进前进前进前进进……进，进，进，进，进，进，进，进，进，……的，的，的，的，……方……方……方……方……方……方……方……向？……"

他一口气没喘上来，噗一声跌倒，连人带椅子全仰在后面。

我赶紧丢下铅笔和本子跑过去扶他。

但是我仔细一看，我的老天爷！他的眼珠直直的瞪着屋顶，张着嘴，动也不动，全身冰冷。我惊慌的呼喊他……

老师！老师！老师！老师！

我抱着他的脖子，喊了半天，他的眼珠子才动了一动，眼皮挤了一挤，喘了一口气……

哎……

我放了心，把破碎的眼镜戴在他的鼻尖上，他难受的看了我一眼，很艰难的在喉咙对我吞吞吐吐的说：

"对，对，……对不，对不住……"

眼珠一瞪，两腿一蹬，吐出一口闷气，死了。

我情不自禁的放声大哭：

"老师呀！老师呀！老师呀！老师呀……老……老……老师呀！……"

十个仙女

这一天，在天宫里居住的王母娘娘，忽然想起一件事情，就微笑着对身前的一大群仙女说：

"最近我听说，在人类的地球上，那些大愚人们的婚姻形式是改变了，不知是改成怎样一种样子了呢？"

仙女们因为总是四户不出三门不迈的住在天宫里，什么地方也不去，所以地球上大愚人们的事只有从前的听见过，而现在的是一点儿也不知道；她们听王母娘娘说什么大愚人的婚姻形式是改变了，都觉着奇怪，谁也不知道究竟是改变成了什么样子，都叽叽咕咕的议论着，猜测着。

王母娘娘暂时想了一想，对她们发表了说：

"我派你们到地球上把那些大愚人的婚姻形式究竟是改变成了什么样子，详细的调查回来，派你们去十个人，回头去调查。丫头们，你们谁愿意去的举手！"

仙女听说这一声，全部把手高高举起来，并且把高高举起来的美丽的手用力摇晃着，一面尖叫的呼喊着：

"我愿意去！"

"让我去吧！"

"无论如何我得去……"

"我去！我去！我去！"

"我去呀！……"

王母娘娘很镇定的思索一下：

"好，我写了纸球谁抓到谁去。"

纸球做好，众仙女争先恐后的疯抢到手，抓着写一个"去"字的欢天喜地的叫喊，抓不到的便嘟嘟囔囔的埋怨着，甚至有急出眼泪哭起来的……

幸运的被派去的十个仙女，到人类的地球上调查了好久，把大愚人们的婚姻形式究竟是改变成什么样子的事都详细的调查好，欢欢喜喜的驾着云彩飞回天宫。

王母娘娘高高的坐在神位上，下面是众仙女，辛辛苦苦的到了人类的地球去调查回来的十个仙女，轮流报告她们的所调查的详细情形。

第一个说：

"我是到一个大而热闹的省城调查了来的！

"我调查的一份婚姻，真是和从前的婚姻形式完全不同了。

"这一个姑娘是个有钱家的姑娘，她是在一个大学的学校里毕业，所以有学识，有学问。因为有了知识，有了学问，才能嫁个好丈夫，这种事现在的大愚人们的世界是很普遍的，没有知识没有学问便嫁不着好丈夫，是尽人皆知的事！所以，有钱家的姑娘就一定进大学，进大学就是为了嫁一个地位高的丈夫。

"这姑娘——现在地球上所谓的姑娘，不一定是指着处女，似乎也不理会这种事。这姑娘在大学毕业有了知识，有了学问，当然是要嫁个好丈夫的，于是，他自己留心的寻找，爸爸妈妈的话是不听的，也不用媒人，这姑娘很有本事，不久就寻到了一个好丈夫，这丈夫在那个省城里是数一数二的有钱，他的前妻死了，于是她便嫁了这有钱的丈夫。

"这有钱的丈夫的年龄，是六十五岁，比她大四十来岁，虽然年龄大一些，可是人很老实，会体贴而且有钱，所以这婚姻在大愚人们的社会上要算最美满的最光荣的。"

静静的坐在高高的位子上，留心听报的王母娘娘很是吃惊："年纪大一些，倒没有什么。从前的人类有很多是如此的，作为历史的遗传，也可以保守这风俗，不过那不用媒人便成了婚事的事，真是好奇怪！"

众仙女都叽叽咕咕的谈论批评这个婚姻。

第二个去调查的仙女说：

"我也是到一个大而热闹的城市去调查来的。

"这是一个贫女，她本来是住在乡间，因为过不惯乡间的清苦生活，又不愿意嫁个农人，所以便背井离乡来到了城市。

"她到了城市之后，先是在纱厂里做工，把赚到的钱全部买了衣料，做花样新鲜的衣服穿——在这纱厂里做工的女孩们，差不多都是把赚到的钱买了衣料做衣服穿的——这姑娘住在这城市里，马上受了同伴们的传染，不论是早晨起来的时候，或晚上睡下的时候，总是意趣无穷的和同伴们谈论衣料的价格呀，鞋袜的款式，怎样的搭粉呀，怎样说话笑呀，当时评论这些事的时节，满脸都是喜气四射，无忧无虑，说不出有多么快活。

"但是，她赚的工钱有限，要穿上等的衣服，便买不起，要穿高贵的鞋袜或是买点香水，钱是不够的，怎么办呢？

"很好的机会来了，一个有钱的少爷看中了她，少爷是应允娶她的，所以她成天到晚是笑，她觉着人类的世界真是美丽无比，而她是人类中最幸福不过的，这么样一想，她更欢喜起来。

"但是住在城市里的人，尤其是有钱的少爷，心是时时刻刻改变的，他有钱，有机会和各式各样的女子接触，当然只要愿意，无论想得到哪个女子都是容易的，不久之后便厌恶了这个姑娘，把她抛弃了。

"她伤心呀，哭呀，但是有什么用呢？她想他见一见都办不到，因为他从认识他，连他住在什么地方、他的真实姓名都不知道，叫她到哪里寻他去呢？

"无奈把自己押进窑子里当妓女，她的婚姻失败了，在窑子里度过她的生命。"

听到这里的王母娘娘又吃了一惊：

"这婚姻不是很悲惨的吗？唉！可怜的大愚人们，把婚姻这码事弄得乱七八糟的啊！"

众仙女都交头接耳叽叽咕咕的谈论且批评这件事。

第三个去调查的仙女说：

"我也是到大而热闹的城市里调查了的。

"我所调查的是个大学者的婚姻。

"这个大学者在人类地球上很出名，他的妻是从小父母给定的。"

王母娘娘插嘴说：

"这是大学者，他的婚姻一定是美满的！"

"也不美满呀！"仙女接着讲她的调查：

"这个大学者，因为是大学者的缘故，父母从小给他娶的媳妇一定不满意，他要和她离婚，可是她无论如果也不肯，她说：生是他家的人，死是他家的鬼。然而大学者不论她是怎样的伤心的哭呀，伤心的喊呀，他一口咬定了非离不可，就是两口，三口，四口，五口咬定了非离不可也不中用，要了她的命也不干。

"虽然是大学者，也终于被这件事难住了。

"然而大学者毕竟是大学者，他把妻送回家，和父母在一起过日子，他永远的理也不理，又和一个女人，不久之后就结了婚。这一回婚姻，他总算知足满意，可是那被抛在家乡连理也不理的女人，实在是很可怜呢！"

王母娘娘说道：

"这么说，这个大学者是娶了第二房！"

"是的，现在人间称为第二房叫姨太太。"

众仙女又叽叽咕咕的议论批评不已。

第四个去调查的仙女接着报告他调查的结果：

"我是到一个不怎么大，也不怎么热闹的小城镇调查来的，

"我所调查的，这个姑娘真是人间最可怜的姑娘。

"她是一个叫做师范学校毕业的，毕业了，就教书。

"起初，她很喜欢嫁一个年貌相当，身份高一些的丈夫，可是所谓身份高的男人，十有八九不是有了老婆的就是和她身份一样，那些教书的男人也都有了女人。

"于是她等着机会。

"可是光阴却不等她。

"很快的，这个姑娘到了二十八岁。这个姑娘老大了。

"到了二十八的姑娘，在人间找男人是极不易的；嫁给老头子吧，她

不干，她还是希望嫁个年貌相当的人，但是'年貌相当'的都有了女人，四五十岁的老头，还要娶个十七八岁的女郎，而且只要有钱便是容易办的事，一个二十八岁，眼看到了三十岁的姑娘，欢喜要的人，实在不多。嫁给农人吧？她不肯。嫁个拉洋车的她更不干了。"

王母娘娘插嘴说：

"拉洋车的是干什么的？"

"这是一种轻便的车子，用人拉着跑，上面坐的是人，人拉人这种车在世界上是很平常的，这个拉车的人便叫做洋车夫。"

"从前也有，"王母娘娘很有经历的说，"那个姑娘的婚姻究竟是怎么样了呢？"

"到了三十五岁，她的婚姻还没有成，没有法子，她就抱着独身主义，所谓独身主义是一生守节不嫁，抱这种主义的女人，现在在人间可是很多的，都是因为嫁不着合适的丈夫的可怜的女人。"众仙女又叽叽咕咕的议论批评不已。

第五个去调查的仙女大声讲起来：

"我所调查的这段婚姻，实在是可怜的婚姻——这姑娘，有学问，聪明，在人间是受尊敬的称作女作家的，所谓女作家是写文章很好的人，这个姑娘便是这样的一个姑娘。

"她时常把写的好的文字发表在报纸上，给那些大愚人们读。

"在报馆有所谓的编辑的人，在她时常发表文章的报馆里，有一个年轻的编辑，看她时常写的文章很不坏，便和她做朋友，在信里谈论学问的事，天长日久把讨论学问的事抛开，讲到了情感。

"她的婚姻就是这么做成的。

"可是她的丈夫抽大烟，后来失业，因为没有钱抽大麻又抽白面，后来抽白面没有钱，就欺骗她，把她卖进窑子里。

"她在窑子里遇见了贵人，看她有学问硬把她赎了身，领她回家做姨太太。

"大老婆是个厉害女人，时常骂她下贱，于是两个人就打架。而结果她总是受伤，因为大老婆膀大力粗，有她三倍以上的力气。后来丈夫得病死了，她又改嫁，嫁了一个官老爷，也是当姨太太，大老婆也很厉害，常和她干架。有一天干起架来，大老婆拿出丈夫的手枪，一枪就把她打死了。"

王母娘娘忍耐不住的大声说：

"哎哟！世间上的人们，把婚姻弄成乱七八糟的！真是些愚蠢的东西，从前那种媒人代办的婚姻不是很好么？为什么他们不用了呢？不用媒人岂不是弄得更糟糕么？"

众仙女叽叽咕咕的议论着，批评着……

第六个去调查的仙女讲：

"在人间，用媒人的事还是很多的，我便是调查了一份用媒人做成的婚姻。

"这个人姓王，他在一个大官手下当秘书。和他一样的职位另外还有一个秘书，这两个秘书在一起做事。

"这两个人都是生性忌妒的，不论是吃饭的时候，或是在睡觉的时候，总是忧心的惦念着'我这个职位能保得住么？他不能在背地里卖桂糖我的坏话么？'

"两个人都这么想，于是就用了几种的方法，或是手段，在背地里，很巧妙的在上司跟前拍马屁，尽可能的攻击对方，这么一来，两个人一变向来的同事友谊，而成了仇人。

"姓王的秘书有个女孩子，是个美貌多才的姑娘，他想：我如果把姑娘给少爷做媳妇，结了这门亲事，是不是无论谁的攻击也不怕了呢？而且谁敢攻击我？偏巧他的同事李秘书也有一个很不错的姑娘，他也这么打算着，于是，两个人都秘密的托了媒人进行这件事。

"王秘书媒人给自己女儿提亲的事被李秘书知道了。

"李秘书让媒人给自己女儿提亲的事王秘书也知道了。

"两个人都同样的憎恨起来。

"王秘书憎恨李秘书。

"李秘书憎恨王秘书。

"你憎恨我，我憎恨你，两个人都计划着，怎么设法使对方失败，而使自己成功。

"说起来真凑巧，两个人都想出了同样的奇毒办法。

"王秘书打算用毒药毒死李秘书的女儿。

"李秘书打算用毒药毒死王秘书的女儿。

"非常的凑巧，两个可怜的姑娘在同一天，同时不知道的吃了有毒的饭，同在一个时刻死去了。"

王母娘娘在高高的座位上喘口粗气：

"哎哟！这些大愚人！真是些蠢东西！"

众仙女叽叽咕咕的讨论这件婚姻，由这件婚姻构成的悲惨可笑的故事。

第七个仙女开始讲她调查的结果：

"我所调查的婚姻是十分美满的，这婚姻的形式和古年一样，是用媒人，也是迎娶，从头到尾，都是奉承了老人的风俗。

"这是在一个乡间。

"有两家农人，是紧靠的近处，祖先就是很亲密的邻居，后来还照旧的保持着这种友谊。

"如果刘家缺少了簸箕，就到张家去借：

"'张大嫂，把簸箕借给我们用用！'

"'啊，拿去吧！在这里。'

"如果张家缺少了鸡蛋，就到刘家去借：

"'刘嫂子，有没有鸡蛋借两个！鸡下了蛋就还你们。'

"'用不着还哪！拿去用吧！两个够么？'

"就这样么，两家是非常和气的。

"张家有个小子，刘家有个姑娘，都没有定亲。两家人的感情很不错，都想进一步做个亲戚，于是托了媒人，这事一说就成，很快的成了亲，从此两家越发的亲近了，这婚姻实在是美满的。"

王母娘娘感叹的发了言：

"这真是非常美满的婚姻，那些大愚人们，他们要改变婚姻的方式，为什么不学习这种样子呢？真是些不可解的愚蠢的东西！"

第八个去调查的仙女说：

"地球上的大愚人的婚姻，虽然在形式上是改变了，然而那内容是和他们古年的大愚人的婚姻形式大同小异的，比方能使婚姻成功的有'金钱名誉'，无论怎样的男人，不问他的人品如何，只要有'金钱'不论想娶怎样好的女人都是容易的，虽然也有几个例外；有的女人是不欢喜'金钱'的，然而这样的例外是极少的。其次是有'名誉'的男人或女人。他们的婚姻也是容易成功的。

"在这方面据我考察，喜欢金钱的女人，在人间占大多数，所以金钱就在婚姻的背后占着老大的努力，有些没有廉耻的，苟且的偷安，卑鄙下贱的崇拜金钱的女人，一提起婚姻就联想到金钱上去，至于喜欢名誉的男女，近来在地球上却也渐渐的多起来了。"

"这么说起来，"王母娘娘咳嗽一声，"地球上的大愚人的婚姻形式并没有什么大改变，几千年的大愚人的婚姻形式就是如此，那'金钱'实在是好东西，那名誉呢，虽然也没有种种的用处，比较起来总没有'金钱'贵重适用，你这个调查倒很简单，明细。"

这个仙女受了奖赏，说不出有多么喜欢，她欢欢喜喜的满脸微笑的，活泼的扭动着腰肢退到后面，和众仙女在一起。

众仙女叽叽咕咕的议论不已，批评不已……

这回是第九个去调查的仙女讲：

"据我调查，地球上的人，是很不满意他们现在那种婚姻形式的，尤其是知识分子的女性。

"有一个知识了不得的女子，她既不爱'金钱'也不爱'名誉'，她把婚姻看成一个牢狱，她极力的避免了婚姻这码事。早些年，婚姻是给了她很大的打击，这是打击的间接的打击，她直接的目睹了那些受婚姻的愚弄的人的痛苦情形，给了她非常深刻的印象，所以她最怕最反对的是婚姻；她不赞成，不承认什么婚姻有在人间存在的必要。她自己所过的是十分自由的生活；在她的房里也不是没有男人，可是并非丈夫，她不愿把自己交给任何一个男子管束，她说过她是她自己的主人，在她房里的男人是做她的朋友的，也研究学问，然而这不是婚姻，这是调剂她私生活的方法之一，也是他对婚姻所做的反对的态度，这个女性是受着各方面的种种的批评和攻击了的，她可不在乎。她说她是她自己的主人，愿意怎样就怎样，别人的批评和攻击连理也不理，只是一笑置之。她这么一来，就有很多女子模仿起来，她们这样一干，男子是吃了惊，因为这是于他们不利的，所以都群起而攻之，恨不能一下子把这些不赞成婚姻形式的女子消灭净。"

王母娘娘禁不住要发问：

"将来地球上的大愚人的子孙不是要渐渐的减少，以至于全都灭迹吗？这如何是好呢？这些大愚人他们把婚姻弄得乱七八糟的哦！"

众仙女叽叽咕咕，嘟嘟念念的，批评着，讨论着。

第十个仙女说：

"在地球上，用媒人的婚姻叫做旧式的；不用媒人的婚姻是叫做新式的。凡事读过几天书，识上几个字的年轻人，都反对旧式，欢喜新式，因为不满意婚姻而投江投海的人是很多的。

"但是我调查了一件很不错的婚姻。

"有一个姑娘，她喜欢新式婚姻，可是爸爸妈妈一定强迫她愿从旧式婚姻，她并不投江，也不投海，和她的伴侣——也是一个反对爸爸妈妈的主张的男孩子——悄悄的跑到远处，也不举行仪式，就那么样很简单的成了夫妻，后来过得很不错，许多人都很羡慕呢！"

王母娘娘笑了：

"婚姻倒很省事，对于婚姻我本来没有偏见，只要是一男一女，多多的生些孩子，挤满了地球，这便是很热闹的；可是，那些愚人，真是些蠢东西……"

众仙女叽叽咕咕，叽叽咕咕的议论起来，批评起来。

王母娘娘吩咐着说：

"地球上的人事我们不必管他，孩子们，唱歌跳舞一下吧！"

众仙女停止了议论和批评，都快活的批准唱歌跳舞，急急忙忙的脱了衣和裤子跳起来……

秋天在坟里

我死了，我已经死了，谁也不知道的静静悄悄的死了！

我老老实实的躺在黑暗狭窄的棺材里，这棺材是埋在潮湿的肮脏的土里的。在我的头上，是薄薄的棺材板。但是在这些棺材板的外面，我知道有许多和我坟墓的模样相仿的坟墓，也是躺在棺材里，埋在土里……

然而在我的上面，离开我高高的，那是高而大的，灰冷的天空，周围的广漠的原野，呜咽的风，就在这原野各处旋转，失掉了青春活力的小草，默默的在呜咽的风里哭泣着，有些无家可归的饥饿的瘦狗，时常在墓地徘徊，他们是希望在这墓地里发现些什么的，然而这墓地并不是富有的墓地，就连坍塌的古墓露出的碎骨也是瘦损的。残骨的外壳，虽然好好的，似乎并不像损坏的样子，然而内部早已空虚，比较起来还是那破损的零碎棺材板，也许，还能保持一点恶臭的腥味吧。其实，这些也是什么希望的。我静静的躺着，闭着眼睛。

是谁走到我的坟墓前面了，并且坐下来，还似乎大有深意的喘口气。

"哎呀！喘粗气的是谁啊？"

"我呀！朋友，是特意来看你的呀，是从很远很远的地方来的。"

噢，原来是朋友啊！特意来看我的。

"这是坟墓呀！没有什么可鉴赏的部分，呕！你不如走到世上去，看看那些红男绿女们有趣些吧？"

"不错，我这里有四面合钉的薄薄的棺材板，在这外面是潮湿的肮脏的泥土；那些懒东西，他们没把脚底埋好，他们以为死人是不知道的，却不知，死人是什么都明白的呢，也许比他们那些愚蠢的头脑里所知道的事还多，也说不定呢……"

"我不是说这些。"

"那么你是说的什么呢？是写作的事，还是批评的事？或者是……"

"也不是这些，啊，朋友，从你死时，我经历过花花样样的事，这些事的刺激太深，几乎使我死了！"

我兴奋起来，把耳朵里堵塞的泥土挖了出来，静静的听他讲着。

"尽先前，我以为诚实这种东西，是很感动人的东西。"多么愚蠢的话啊！但是我听下去。

"用了诚实去换取来的东西，一定是很有价值，使人欢喜的东西；我没有想到，一点没有想到，这些想法，全是错了呀！"

"怎么回事，痛快点儿讲出来吧！"我不耐烦。

"我的饭碗没了，保险公司的经理，已经开除了我，不要我了！"

有什么奇怪呢？我想。

"我进公司的头一天，满脸神气的经理对我说：'青年人做事，要诚实。'

"遵照他第一次的训话，我诚实的在他部下做事，无论什么事我都用了诚实；本来，我是很欢喜这样的，我尊敬他，喜欢他，因为他也是欢喜诚实的人。"

"以后呢？"我焦急的问。

"我一点儿也不知道，他所说的诚实，并不和我心目中的诚实一样。他的诚实是马，我的诚实是牛，无论如何，也弄不到一处，好像蛇不能和猫弄到一处一样；后来，他厌恶我，我憎恨他，我恨不能盼望他一下就暴死在办公室里，这样我才解恨！"

"他暴死了没有呢？"

"哪——结果是我失败了！因为失败总是没有权力的一面。"

好愚蠢的人，这人的头一定是石头做的。

"这个饭路是走不通了，我又寻找了一个饭路，然而混了一年，又和前次一样，饭路又走不通了。后来……"

"得你别讲了，后来又寻找一条饭路，又走不通了又……这便是你全部的经历是不是？"

"是呀，你想想，这些刺激该有多么深？这是怎么回事我实在不明白，我想你是明白的，你总会给我解释明白。"

"唉，我是死了的人，你所说的那些事，我一点都不感到兴趣。"

"我现在唯一的希望，便是这坟墓别塌下来，雨天真是讨厌！我这里潮湿得很，恐怕要害潮湿病吧？"

"唉唉，朋友，你不肯给我解释，我们是多么好的友谊！"

"对不住呀，太对不住……"

他立起来，拍拍屁股，和来时一样的喘粗气，默默的走了。

是什么地方有女人的哭声？这哭声由远而近，我非常惊奇的听着，因为这声音我十分熟悉。

哭声到了我的头上，她疲乏的喘着，抹着鼻涕。

"谁？伤心伤意的哭，是谁？"我大声问。

"哥哥呀！"

"噢！原来是妹妹。"她是怎么的，好好的在师范读着书，为什么跑到这里来哭呢？

"什么事？"

"哥哥呀！"

她休息了片刻，又悲哀的痛哭起来。

我有点生气了。不知足的奴才，好好的读着书还不高兴么？在这世上，有幸福读书的人要算幸运了，莫非说还希望更幸福的事么？可恶的丫头。

我几乎气急了骂起来。

"哥哥呀！……"

"什么事快说！"

"哥哥呀！……"

唉，多可怜的姑娘，她伤心到连说话都不能了！

"哥哥呀！从你死后……"

"从我死后出了什么事么？"

"从你死后我就退学了。"

"是因为没有学费么？"

"不是的，这事情谁也不怨，只怨我自己，我想演电影当明星，把我的一生献在银幕上，这个梦想是从早先前就有了的，我只是等着机会，忽然我发现了这机会，啊！我真的快乐死啦！

"我马上就写好了履历书，贴上相片，亲自送去。我想，我一定会考得上的，因为关于艺术理论的书，我读过很多，论常识我也不缺乏，至于做演员的才能，我相信是有的，学校开游艺会，我出场表演过，大家都异口同声的说好。我很有自信的等待着。到考试那天，我老早的就跑了去，结果我是考上了。啊，我真说不出有多么快乐，我几乎跳起来大声狂喊，我终于摸上了我非成功不可的路。"

"那么你是成功了么？"

"哥哥呀，请你不要生气，我愿意诚实的对你讲，请你原谅我！"

"讲吧！"

"一个年轻的导演先生对我非常好。他说，一定会把我造就成一个成功的演员。我实在感谢他这番好意，他时常接见我，教导我，指导我，他给我拍了不少相片，登在月刊、报纸上，并且写了许多论文批评。当然他是不会说我不好的，他夸我怎样美貌，怎样有天才，怎样有希望。啊，他费尽了心血替我出力，我不知怎样对他表示感谢才好。谁知那是一个狼心狗肺的东西，结果我受了他的骗了，我一部影片都还没有演，还没有发挥我的才能，就落了这么一个下场！哥哥，你替我想个法子吧！你告诉我怎么办吧！"

"妹妹，你不是不知道，我是死了的人，你所说的那些事，我一点儿不感兴趣，我现在唯一的希望是这坟墓别塌下来；雨天真是讨厌，我这里潮湿得很，恐怕要害潮湿病吧？"

"啊！哥哥呀！你不肯告诉我一个法子么？你不愿意帮助我么？莫非说你生了我的气，不原谅我么？"

"生气的事是一点儿也不会有的，我原谅你，但是我可没有法子，还是你自己想法子吧！"

"啊啊！哥哥你不愿意告诉我，不愿意……"

"对不住呀，妹妹，太对不住……"

她伤心伤意的哭了半天，默默的立起想了想，哭着走了。哭声渐渐的远，细小、微弱、听不见了。

在我的坟墓的上面，离开我高高的天空，比先前更灰暗更寒冷了，一大片乌黑的没有生气的云，密密的挤在一起，把高而大的天空，显得十分的狭窄而且要压下来死的低沉了。小草在四周哭泣，呜咽的风，照旧的呜咽。

如果这是春天，景象一定美，无奈这是深秋，加上个阴天，这景象就越发的凄然。再一想到早晚不免将坍塌的坟墓，这秋天就更加忧愁更加苦闷，更加寒冷了。不知是谁又走到我的坟墓前来了，多讨厌！

"谁呀，立在我头前的是谁？"

"你的好朋友啊！到你这里来不是朋友能是谁呢？"

"那倒是，不过我近来非常愁苦，因为我这坟墓早晚必将坍塌的事使我不安。"

"想不到你也忧苦，我以为你是很安静，所以来和你谈；这么一说，在这里也是得不到愉快的。"

"想在我这里得到愉快的事，简直等于妄想；你有什么忧愁的事么？"

"啊！说起来这个愁，简直没有一时一刻离开过我。"

他是一个作家，所以说话的声调就像一个作家。

"愁苦什么呢？是因为作品没有地方发表，还是稿费没有着落的事，还是……"

"不是这些，是因为没有钱买东西给批评家送礼，而愁苦着。"

"什么？"虽然是死人，也禁不住吃惊了：

"给批评家送礼？"

"怎么，你不明白这种事么？"

"不明白，不明白！我活着的时节，没有听说这种事。"

"那你实在应该抱歉了！"

"啊！不错，抱歉抱歉……"真有点抱歉，我害羞的摸摸小肚子下面。

"不买东西给批评家送礼，批评家非写出几万字攻击你不可；当然，我所说的这些批评家，全是生性恶劣，父母遗传给了他们一身的毒的血液，出世以后，因为教养、生活，养成了那种卑劣的性格，即便是从头到脚再加一番改造，也改造不好的！这些东西每天孜孜不倦的努力只为两件事：开心解闷，出风头。他们根本不懂得批评的意义，只是一味的瞎捧，再不然就是一味的谩骂攻击，但是这些东西，正如街头的流氓，你虽然厌恶他们，却不可以得罪他们。"

"无聊！无聊！"我急忙阻止他，"这些事情讲起来多讨厌！从我死后，没有我再不知道的事么？"

"你的作品，在你死后，有些人很惊奇的注意了！"说实在话，虽然是已死的人，听到这话还是很欢喜的。

"这是真的么？"

"我不撒谎，大家都很惊奇，因为你是一个没有受过什么所谓教育的人，从一个仆役出身，一跃而为木匠学徒，又升做阔人公馆当差，最光荣的时期是当公馆茶房，从这种环境里爬出来的人，能够写几篇小品文，可以说是不容易，尤其是和你认识的人，提起你来，觉着你的早死很可怜，是人类的大损失……"

"生生死死，本是生物界的老例，我死了一点儿也不可惜。"

这样的话是单调，没有味道；只能够使这秋天，在坟墓里的人，越加苦闷，他走后，我又觉着寂寞。死后是这样的苦恼，是我在活时绝没有想到的。但是谁又来到我的坟前了，讨厌！讨厌！

"是谁呀？是我的好朋友么？"

没有动静，听了半天，来的不知是谁，又悄悄的走去；一听那足音和人的不同，却是四只足走路的声音。我静静的躺着。

坟墓的上面有沙沙的声音，是下雨了！

潮湿，静寂……

希　姑

为了考察人类的思想与兴趣起见，观世音菩萨就变化成一个贫苦的老头子，到世界上来，和下界人们在一起生活着。

他孤孤独独的一个人，住在大而热闹的都市里一条背街上，和许多没有资格住在高楼大厦里的穷人做邻居；他很留心地考察这些穷人的生活。

正在他隔壁，是一家洋铁匠，夫妻两个人之外，有个女孩子，这女孩子已经十岁了，聪明伶俐而且活泼。一双大眼睛，满头乌发，虽然穿戴不整齐，然而这女孩子的美貌却隐藏不住，无论什么人看见都说是好看的姑娘。

一点儿不为人所知，巧妙的变化成老头子的观世音菩萨因为和洋铁匠是近邻，所以不久就熟识了，他时常和洋铁匠的女孩子坐在门口谈着各种各样的话。

"姑娘，你最喜欢做什么呢？"

"我最喜欢的是读书，像街里那些有钱的女学生样，每天拿着书包上学校去。和很多很多女学生在一起。不过我要好好用功读书，不像那些女学生样，只知道游戏，一点儿不用功。"

"读了书之后还要做什么呢？"

"那——我要去赚钱，赚了钱养活爹爹妈妈，还要帮助别的可怜的穷人；我要做很多很好无论谁都欢喜的事。"

观世音菩萨一想，这姑娘的年纪不大，志气可不小，将来也许能如她所说，赚钱养爹爹妈妈，要帮助穷人，能做很好的事情……

不妨就让她做做看，试验试验她究竟怎么样？观世音老头子这么想定之后，就把他想拿钱供这姑娘去读书的事和洋铁匠夫妻商量，当然，这个商量是很容易成功的，洋铁匠夫妻焉有不欢喜、不赞成、不感激的道理呢？

这样，小姑娘就去读书了。聪明的老师，给她起了一个名字，叫章希姑。章希姑忽然拿了书包去上学，这在她，她不消说是欢天喜地，而在贫困的邻家孩子们的眼里则是美慕和嫉妒。

希姑是很用心的，正如她所抱定的志气那样，无时无刻不把用功读书这件事放在心上。但是她无论怎样用功，在学校里却得不到平等的待遇和欢迎，别的穿戴整齐的姑娘们总是开心的奚落她……

"哎哟！你们来看哪，这个小头辫像鸭尾巴样！"

一个吃饱了喝足了的女学生，这样欢呼着，同时扯起她的头辫摇晃着。

"这头辫真好看！"另一个淘气的女学生，跳着叫："打好苍蝇，好赶蚊子！"

许多女学生过来把她包围。"嘿！衣服有窟窿，真凉快！"

她又害羞，又生气，她的衣服是破的，没有进学校以前，她穿破衣服是一点儿不在乎的；现在，和大家一比，并且受到四面八方的嘲笑和玩弄，她真说不出有多么伤心，她的面孔红红的，手足不知所措，站在顽皮的同学之间，好像热锅里的蚂蚁似的，那么焦急难受。回到家里哭起来。

"丫头！这是什么事？"母亲问她。她哭着说：

"她们讥笑我，说我的头辫像鸭尾巴，说我的衣服破……"

"这有什么法子呢？"母亲愁苦的皱着眉头。

但是，过了几天，希姑的辫子剪去了，换上了新衣，这新衣不消说是观世音老头子出钱买的。希姑和从前大大的不同了，穿着新衣，显得越发的美丽，邻居孩子们都不敢靠近她，都远远地用着惊奇的羡慕的敬畏的眼光望着她。

而在她眼里呢，这些邻家的孩子真讨厌，他们连脸也不洗，浑身上下是破片，成天到晚在泥里打滚——然而这些孩子从前乃是她亲密的伴侣，现在是远远的隔开了。

因为希姑不但聪明，而且知道努力用功，所以成绩列在第一等，在小学读了六年书，年年考头一名，老师们不用说，就连同学，哪一个不赞美不尊敬佩服？

希姑进了女子中学校。进中学读书可以说是喜事，中学校的大门，是对着穷人关闭的，在这学校里读书的女学生，虽然不能说个个都是富家小姐，但是没有一个不是吃得饱住得舒服的姑娘，或者是与此相近的人。希姑娘是穷家姑娘，如果不是观世音菩萨帮助，她决没有权利进中学。

希姑升了学，眼光也随之抬高了，一举一动都改变了样子，她很讨厌她的家，多么肮脏的家，一点儿也不讲卫生，她放学回家，总是忍耐着。至于帮助她读书的恩人观世音老头子呢？不消说她是尊敬的，可是比起从前那种尊敬的心理就差得远。

不管差得远不差得远，而在观世音老头子却一点儿不觉着什么。

很顺利的，一年级，二年级，三年级……希姑的年纪大了，也越发的美丽了！

在全校里，她是第一个最美貌的学生，而且是第一最聪明，无论是老师或同学都赞叹不已的高才生！学校里开游艺会，希姑是第一个受观众注目的仙女，她在台上唱一首歌曲，竟倾倒了成万成千的人。游艺会演完，希姑接到许多男子们的来信。

在许多信里，有一封写得最好、最动人的信，这是一个有钱的大学生写来的，还在信里寄来"美术相片"；很快的，希姑和这一个大学生做了朋友。因为有钱的人，那当然，无论什么都讲阔气哦！

希姑每天坐着汽车和她朋友去看电影，去跳舞，爹爹妈妈一见女儿在这世界上是光荣的攀上了个高枝，当然高兴异常——爹爹妈妈早就这么希望着，希望女儿嫁个高贵的阔气女婿，爹爹妈妈好沾光，而现在这个希望便眼看成事实了！

可是每天都在留心观察着希姑一举一动的观世音老头子，到此刻就不免纳闷——怎样了，莫非说这个姑娘从前所说的读了书之后赚钱养爹爹妈妈，要帮助穷人，要做各种好事是忘了么？说话不算数么？老头子很生气，这天晚上他见了希姑就问她：

"喂，孩子，从前说的话忘了没有？"

"什么话呀？老伯伯。"

"你看！真是忘了！莫非说你一点儿也不记得么？"

"不记得了！"

"唉，不记得了！亏你说得出！在你还没有读书以前，你想想看！我不是问你，姑娘，你最欢喜什么事？你说最欢喜读书，读了书之后呢？你又说要赚钱养爹爹妈妈，又要帮助穷人，又要……怎么，现在都忘了么？除了看电影、闲扯之外，没有别的事情做了么？"

"我会跳舞。"

"还会什么呢？"

"唱歌。"

"还会什么呢？"

"读英文。"

观世音老头子笑起来。

"好！好！孩子，你倒很豪爽！那么，这些年来，我供你读书，花的钱不在少数了，你还我吧！"

"这容易，"希姑爽快的说，"他会帮助我的。"希姑的朋友给了她许多钱，她把钱还了老头子。老头子把钱接了，她好久好久的想着：

"所谓人这种东西，就是这么卑贱的东西！"

老头子想来想去，忽然生了气——非惩罚不可！于是观世音菩萨，很迅速的造出了许多惩罚人的手段，第一是："恋爱的糨糊"，把这东西，在所有的青年——尤其是吃饱了却无事可做的人的嘴里都抹上一点儿，抹上这种糨糊的人都马上变成糊涂，而且不久，这种糨糊就发了臭，变成"结婚的毒"，吞下了这种毒的人，十个有九个半死不活，接着就是"孩子的果"，这种果是专给妇女吃的，她们吃了这果子很快就苍老了。此外还有"失恋的酒"、"痛苦的茶"，之类的东西。

不久之后，希姑就喝下了一满杯"失恋的酒"，接着又灌了一桶"痛苦的茶"在肚里，因为她在没有灌"痛苦的茶"，和饮"失恋的酒"以前，已经吃了"孩子的果"，所以很快的苍老，失掉了美貌，丧失了青春，变成一个老太婆，接着是预备往棺材里装的尸体。

观世音老头子因为和希姑有一段缘分，为了怜悯她起见，特意赏了几根"羞耻的发"，给她戴在头上。现在希姑是个老太婆了，她的生活很艰难，每天在街头住宿，和那些无家可归的饥饿的人在一处，样子很可怜！

可怜老太婆的希姑，总是和忧愁相伴，那"痛苦的茶"，无论何时也不会失去她的力量；她时常痛苦的想——这一生，实在太快了，仿佛是做了一场大梦。

作家的手

虽说这故事是发生在十九世纪的英国，然而十九世纪的英国人，却很少有知道这故事的。

那时候伦敦的市街，还没有现在这么热闹繁华（这本书问世以后伦敦已经破碎了），人们的偏见是很深的，固执也很厉害，就连知识阶级或学者之辈，也都非常顽固；女性是自生至死为服从在男子的指挥之下，是非常大的光荣！

不消说，这故事的主人翁，并不是那些自觉聪明的绅士淑女，可是他们在这故事里是很有关系的，我们可以把他们这些蠢东西，当做配角。

我们的主人翁是个穷苦的青年，他的头发长长的披散着，好像一堆乱草，因为缺少睡眠的缘故，放光的两眼，总是陷在深窝里。他没有亲友，什么也没有，孤孤独独一个人，住在伦敦一条背街里，是在一个小酒店的楼上一间黑暗狭小的屋子里。他很少出门，从早到晚，总是守在缺少阳光的小屋里的墙角写着字——他是一个有先天的才能和后天的刻苦的训练的青年作家，虽然并不出名，然而他的作品却在广大的读者群里，种下了深不可灭的印象！

最奇怪的事，凡是读了他的作品的人，总是一连很难受的头痛好几天，起初并没有人注意这个，日子一久，人的嘴很快地宣扬开了。

"这是怎么回事，为什么我读完这本书，便一连头痛三四天呢？"

"是么？你也是这样么？我也是这样呀！"

"说起来真是很奇怪的事，莫非说这本书的铅字有毒么？"

"我的朋友，费儿也说读完这本书，一连头痛了四天。"

"我的妹妹也是这样，她读完这本书就说头痛，吃了几服药也不见好，痛了五天，才不痛了。"

"斯蒂文生教授的夫人，也出了这么回事。"

"奇不奇怪？"

"奇怪呀！奇怪……"

这件事，在伦敦的街上，像五月的雨一样，各处全落遍了。有好奇心的化学博士，把所说的铅字也许有毒的书很惊奇的拿到设备完全的实验室里实验，然而实验的结果，不论书里的铅字或是纸张，都没有什么毒质，又跑到工厂去检查，印刷机也没有毒质，书店老板吃惊的想着这件事，有许多没有读过那个作家的书的男女一口说定了这是造谣言。

有一个在大学当教授的文学博士，他听说有这种事就很不相信，他特意去买了那本书来，很仔细的读了起来，但是还没有读完一半，就觉着头昏脑涨，等读完了这本书，就觉着头痛的了不得，他扔开书本躺在床上，像猴似的两手抱着头，吃惊的叫着："啊！好怪！我的头也痛起来了！"他的夫人急忙跑出来，惊慌的瞪着蓝眼珠："亲爱的，怎么回事？"博士还是有点不信，他以为这是因为太焦急的读了这本书的缘故，他苦恼的忍耐着头痛，把扔在床上的书拿给夫人："无论如何，你把这本书拿去读完，看一看怎么样？"觉着奇怪的夫人，莫名其妙的服从了丈夫的话，把这本书很快的读完了，但是奇怪得很，她读完这本书便也头痛起来了！她两手抱着头跑到丈夫寝室。

"亲爱的，亲爱的，不得了，我也头痛……"

过了四天，这一对聪明的夫妻的头才好；博士跑到书店去，买了两百五十本那本奇怪的书，拿到大学去给了两百五十个文科大学生读，他坐在旁边监视着。两百五十个文科大学生，都很稀奇的抱着书本聚精会神的读着，读了三点来钟，差不多都先后读完了。怪不怪，两百五十个学生都呼喊起来。"头痛！头痛！"

"啊！不得了，头痛得要命。"

"我的头痛。"

"我，我也是！"

"我也是……"

"怪！我也头痛！"

"你也痛么？"

"是呀！你呢？"

"我也一样！"

"哎哟哎哟！头痛！头痛……"

"头痛……"

"不得了！"

"快痛死了！"

"我的妈呀！头痛！"

这两百五十个学生都抱着头喊痛，有的跺着脚，有的伏在桌子上，有的躺在地板上打滚……

住在伦敦的男女——凡是识字的阶级——都知道这件事，有几个博士组织了一个研究会，专门研究那本无论谁读了都是头痛的奇怪的书。

然而研究的结果是更糊涂，他们总没有发现那本书的神秘在什么地方。

我们该知道这本书的内容——这是一本很普通的书，不过是一本小说，一共收了六个短篇，全是描写男女的生活的故事，并没有什么出奇，然而知识阶级的男女，读了这本书却害起头痛症来，这不是怪事么？

听说读了这本书便要命的头痛的人，他们便不敢读这本书了；因为读了这本书而头痛，把这本书烧了的人有很多。

但是这件事却轰动了全伦敦，有很多人去访问作者。

我们的作者成天到晚蛰居在小酒店的楼上，外面的事是一点儿也不知道的，听说读了他的书而害起头痛症来的事，他无论如何也不信。

然而愚蠢的人们一定要请求他加以说明，因为他们都认为这个神秘的原因，作者一定知道的。作者不理他们。

来访问作者的，全是知识阶级，他们生性骄傲，一看作者摆出一副轻视的神气，都怒气冲冲的瞪了眼。

作者还是不理。

来拜访的骄傲的人们，越发生气的瞪了眼。

作者讨厌的立起来，伸直胳臂指指外面。"滚蛋！都给我滚出去。"正在伸手的一瞬间，许多人发现了一个奇迹；他们看见作者的手是和一般人不一样的。

那是怎样的手呢？

左手是十个手指，右手也是十个手指，所有的手指都像猴子爪似的，是很锋利的样子。

愚蠢的人们都吃了惊！

他们都大惊失色，你推我撞，连滚带爬，争前恐后的逃跑，他们以为作者不是人，乃生一个妖精，因为人的手绝不会是那种样子的。

从这以后，凡是读过这青年作家的作品的人，只要一想那作品，便奇怪的一连头痛好几天，看见了作家的手的人们，便大肆宣传；伦敦街上的男女从早到晚是纷纷议论这件事；低等的中等的知识阶级不用说，连高等的知识阶级也都惊奇的讨论着这件事。

所有的人，都一口咬定了这个青年作家是妖精。

一天到晚酒店门前人山人海，他们都是想来看看这位所谓妖精作家的，可是他们不敢上楼，酒店的生意受了影响，让这个青年作家搬走了。

头痛的人，一天比一天多起来，所有的人都害怕。连吃饭睡觉的时节也觉着不安。他们怕受了妖精的害，议决了一个对策，所有的人都赞成了。

这天深夜，在倒霉的青年作家的楼外聚集了几百人，他们拿着棍棒当武器，密不通风的把小楼包围，怕妖精逃跑，一面放火烧这楼。

我们的作家，这时节已经疲乏的睡熟了，他不知道外面出了这种举动，等他难受的醒过来的时候，火早已烧到楼顶。浓重的烟，把他熏迷糊了，他在烈火里东碰西碰，终于跌倒在烈火里，头上脚下全着火了。

这个青年作家，被认为妖精的人，就这样在火里烧死了！

你们可听说过这故事么？这是头一回吧！

小益明的梦

小益明的家，是在一条很杂乱的小胡同里，两间小板房并不比富人的狗窝高多少；房盖的前头放着破草席破绳头，和别的不值钱的东西；没有糊窗纸的窗户，是弯弯曲曲的木棍做的，轻轻一碰就会碎成许多截。

在房后的墙壁一端歪出一个像人的鼻头似的黑烟筒，但是一天只有一次从这里无精打采的冒出一丝丝四分五裂的黑烟——这就是说，小益明家里一天没有吃三餐的资格，因为他的母亲是个"缝穷妇"，成天到晚，在大街小巷，拐着针线篓，给人缝缝枕头，补补袜底，赚的钱有限，而小益明的父亲早故去了，所以生活是艰难的。

母亲外出，剩下小益明在家看家，母亲深爱他，不给他什么工作，也没有什么工作可作。他从来不和邻居们的孩子在一处游戏，他的性格很孤僻，虽然是个破陋的小屋，小益明却恋恋不舍的欢喜的守在屋里。那墙角的黑影下，在乱堆着木柴和破鞋的角落的鼠穴，时常给他无限的安慰，他静静的蹲在那前面好久好久的沉思着，那里面有很多的灰色衣衫的老鼠，他们在深深的洞府里，一定是很快乐的生活着。益明时常想去看一看，看看那里是什么样？他热烈的希望着和老鼠做朋友，但是这怎么能办得到呢？

有时候，他把干粮分一些放在老鼠住家的门口，自己省着肚子；一看见干粮没有了，他便手舞足蹈的欢喜，他知道老鼠是非常感激他的，他们会在洞穴里一面欢喜的分吃干粮一面赞美的称道他，讲他怎么可爱，怎样慈心，也许总有一天他们会报答他，领他进洞穴参观，开一个盛大的欢迎会？这样一想的益明真是说不出有多么欢喜。

从这以后，益明几乎没有一天不省下些干粮放在洞口，天长日久，老鼠也改变了态度，他们熟悉了益明，他们知道这屋里是一点儿危险也没有，于是他们尽管放心的出来，在益明眼前走来走去，对他微笑着，感谢的睁着小眼睛，欢喜的搔着细尾巴。

现在，益明是坐在老鼠的洞穴里。

老鼠的洞，也和人类的家似的，有着种种的设备。这洞里的老鼠的一家人口并不多，一个年老的祖父，一个强壮的父亲，一个和蔼的母亲，四个亲密的弟兄，两个美丽的姐妹。姐妹快出嫁了，她现在正忙着出嫁的准备。

小益明欢欢喜喜的坐在石片做成的椅子上，惊奇的看着这住宅里的东西。

在靠着入口的地方，挡一块四方的厚厚的石板，这是风门。四个弟兄轮流着坐在门后守着，谁要出去便赶紧跳起来开门，等回来之后便马上把门关紧，这工作是很看重的。然而屋里并不因关了门而黑漆漆，从后面靠墙的地方挖一个弯弯曲曲的直通到半空的小窟窿，阳光从这里射进来，像五十烛光的电灯似的把屋子照得通明。那上面有房檐，下雨积水的事是无需顾虑的。桌也有，都摆的整整齐齐，有条不紊，床上有两条被，那是益明从破裤裆撕下抛弃的布片；他看见这，禁不住笑起来。领他进来的三个弟兄又跳出去请来几位客人，伴着他，为的是怕他寂寞。

益明欢喜到了极点——这几位宾客：

一位是会拉会唱的蟋蟀，肥胖的肚子和腿，乌黑的翅膀放着亮光，他进来就笑。

"嘘——我又来了！"

说着便在益明对面坐下，一双足在地上抖擞着打着拍子。他无论走到什么地方总忘记不了歌曲。

另一位是体格健壮的壁虎，小益明有点儿怕他，因为他的嘴大，瞪着放光的眼球，四只足又粗又有力气，尾巴分外的粗壮有力，他看出益明有点儿怕他，他想了想，立刻跳起来翻个筋斗，又立起来拍拍肚皮，把大家惹得捧腹大笑，他诙谐的说：

"这是小玩意儿，不算什么。"

益明觉着壁虎非常诙谐有趣，一点儿也不怕他了。

这有两位客，一位是蚂蚱，他三跳两跳就跳进来，那一位是他的表兄螳螂，这些都是常来老鼠家串门的宾客，当然，这些事，益明是一点儿也不知道的，他看看这个，望望那个，说不出有多么高兴。

年高的祖父满头白发，他坐在床上，对益明说：

"头几天我病了一场，多亏你的干粮，不然我已经死了！"

他还有点儿咳嗽，说话的时间很吃力的喘着气，用右面的前足拍着胸脯。

母亲扭扭捏捏的摇着尾巴，很害羞似的看着益明：

"我们住在这里，虽然穷苦点也知足，以后，永远不想搬家了。"

益明满意的挤挤眼皮：

"我愿意你们永远住在这里。"

螳螂在旁边插了嘴：

"如果所有的人类都像益明，那人的世界不知该有多好！"

"不错！"鼠的父亲感叹的点点头，"他们本身的暴虐已经登峰造极，还要养的猫畜生帮助他们残酷，这样还认为不够，又制造出铁的笼子，铁的筐，种种样样的刑具来捕杀我们，万恶极了！"

他愤愤的摇着头，换了几口气，转出温和的声调说：

"像益明这样的人，实在是少见，我一生一世不会忘记他的道德！"

你一言，我一语，讲说起来没有完。老鼠们对于人类一点好感也没有，他们痛恨人类，加以恶狠狠的诅咒，尤其咬牙切齿的痛恨那吃得胖，住得舒服的"猫畜生"。壁虎、螳螂、蟋蟀也都抱着同感，但是他们对小益明却说不出有多么欢喜、热爱。

辞别出来的时节，鼠的母亲告诉益明：

"再过五天，是大丫头出阁的日子，到那天，一定打发三小子去接你来。"

益明出了老鼠的住家，一抬头便是自己的屋子；刚才的事。像是做了一场梦似的，他回头看看那老鼠的洞穴还在墙角的黑影里。他奇怪的看看自己的肚子和脚，这么大的身体怎么走进去呢？怪呀？

但是，一转眼他就忘记了这事，只记着告诉他女儿出嫁的日子。

母亲回来，带着吃的东西给益明。可怜的母亲，她奔走了一天，这时疲乏得了不得，像被扯得四分五裂似的神气。她一躺在土炕上就呼呼的睡熟，蚊子和臭虫的攻击，一点儿也不觉得，呼呼的打着鼾，迷迷糊糊的睡去。

益明躺在母亲旁边，他不能立刻入睡，他想着那老鼠的一家，又想起那诙谐可笑的壁虎。

这一天，母亲照常的出去找工作去了。

剩下益明一个人，孤独的在家里，他等着，等着——这种的等着，已经等了几天了，好容易等到了今天，直等到夜里上了炕躺下，鼠的母亲才吩咐她的三个儿子来接他。

他欢欢喜喜的随在后面，三步两脚就到了鼠的家里。

"好黑呀！"到门了时他这样说。

但是洞门一开，里面却亮的很！他仔细一看，原来是些萤火虫，他们提着灯光在洞里走来走去。鼠的父亲和母亲出来迎接他，壁虎也出来迎接他。嘿，宾客多的很，他的眼睛几乎看花了，想不到的是，苍蝇蚊子臭虫也来参加！新娘早打扮妥当了，她的头上戴着一朵石榴花，胸前佩着几片美丽的槐叶，肩上垂着柳枝，浑身上下都是花和叶的装饰。

不大工夫，外面疯闹起一片欢呼的声浪，原来是新郎那方面来迎娶了。

新郎的头上，戴着一个枣叶当礼帽，耳朵上夹着两朵小花，尾巴上还绑着一条灰堆里拾得的破布条，有一大群年轻活泼的老鼠陪着他，还有一些蟋蟀唱歌，几个蛤蟆鼓着肚皮吹这喇叭，说不出多么热闹！

当然，小益明看见了这些是非常快活的了。

结婚的队伍排成了一大长列，最前面是蛤蟆吹鼓手，紧接着是蟋蟀唱歌队，其次是新郎和新娘，两个年轻还在又欢喜又满足，互相亲密的搂着腰。在他们后面是拥挤的宾客，大家欢呼着，跳着，蹦着，一个蛤蟆快活过了度，他跳到新娘的肩上，把新娘吓了一跳，新娘因之竟生了气，骂道：

"该死的跳兽！老实点儿！"

小益明是和鼠的母亲在一起，那母亲舍不得离开女儿，泪流满面，一面走一面哭泣，她扯住自己的尾巴当手巾擦眼泪，丈夫搀扶着她。

萤火虫是没有定位的，他们活泼的任意乱飞，有的在队伍头前，有的在后尾，而在新郎新娘身前身后左身右的萤火虫却特别多，他们提着灯泡，把一对新人照耀得分外光彩。

这一列有趣的队伍，在胜利的黑夜里，在幽静的路上走过，走到广漠的草原，把草叶中熟睡的兔子、蛇以及所有的动物都惊醒了；他们看见是结婚的游行队伍，都欢喜的参加进来，队伍越拉越长，越热闹。

小益明睡迟了。母亲早已起身，烧好了饭他还没有醒，母亲喊了半天，才把他喊醒，因为夜里他走乏了，醒时还觉着有点腿酸。

母亲走后，他悄悄的坐在门槛上，望着满天的白云，思索着夜里的情景。

一只臭虫，从门上爬起来，爬到他腿上，他看着这只肥胖的臭虫，臭虫是不咬他的，因为臭虫也是他的朋友之一，所以他对臭虫的感情也很亲密。

他轻轻的捏起臭虫，好好的放在地上，让臭虫爬走。这时候，他听见什么地方有吱吱的哭声，他奇怪的赶紧跳起向各处搜查着，他觉着这哭声是发生在他身后，他走到墙角的黑影地方，仔细一看，哭声是在老鼠的宅里，奇怪！为了什么事呢？

他轻轻的敲敲鼠穴的门，敲了半天才敲开，鼠的母亲伏在床上抱着脸大声哭，她的女儿——那昨夜出嫁的姑娘，坐在母亲面前哭哑了嗓子，还呜呜的哭，别的鼠也都伤心伤意的在脸上挂着眼泪，只有祖父没有哭，他的又瘦又衰老的面孔拉得特别长，他把这一家痛苦的理由简单的告诉了他：

"今天早餐，大孙女儿的丈夫出外找吃的东西，不幸遇见了猫，结果是丧了命！……"

益明这才明白，他不忍听母女的凄惨的哭声，也不忍看这一家愁苦的面孔，赶紧辞别出来，仍旧就坐在门槛，想着！

猫这东西，可恶！

他愤怒的咬着下唇，眼睛异样的放了光，他越想越痛恨猫，恨不能一下把地球上所有的猫畜生一个不剩，全把他们活活的打死来解恨！

他想了想，拍拍膝盖，跳起来把小屋的门关上，也用不着戴帽子；想戴也没有，干干净净的走到楼上，他四面望着，垃圾堆里有些赤身裸体的孩子们游玩着，苍蝇也和他们在一处，在胡同口有一只瘦老的黄狗，伸着舌头，难受的躺在墙荫下昏睡，此外便什么也没有。

他寂寞的走出这条好肮脏的胡同，这胡同是没有猫的，一个也没有，因为在这区域里，住着的全是一无所有的穷人，他们连自己的肚皮还弄不饱，哪有余力喂养那猫畜生。

夜里，他顺着结婚的队伍走的路，现在还能够记忆，他想，那一对新人，是住在一个清静的胡同里，在哪一个人家可记不清了。在这条街上的人，差不多都是能够吃得饱住得舒服的人家，他们都养着猫畜生。小益明很快的走到这条街上，他看着四处，忽然，他看见了一只黑猫，从一个小门楼里摇摆的走出来，又肥又胖，那神气是最高傲的，益明看见这猫，怒气像火山一样爆发了。

他悄悄的蹲下，在身后摸一块拳头大的石头，老老实实的等着，那骄傲的猫不在乎，大模大样的走了过来，益明对准了猫的腰就是一石头，巧得很，正打在猫的腰上。猫想躲过，可是来不及了，这一石就把他打倒，嗷嗷的叫着。益明赶紧又抓起一块石头，对着猫的脑袋狠狠的打下去，他连看也不看，转过身子就跑，惊慌的、拼了性命奔跑。

他为这凑巧的复仇的胜利所包围，比参加那热闹的婚礼还欢喜，一口气跑回家，坐在门槛上张嘴喘着，瞪着眼睛，他恍惚看见了一只腰部受伤的猫，正痛苦的挣扎着，不想到头上又挨了一石头，马上就死了！

——解恨！

益明欢喜的庆祝着这场复仇的胜利，他想着：一天打死一只猫，十天就打死十只，那么，有多少日子，就可以把全世界所有的猫畜生一个不剩全打死呢？

另一天，是个雨天。

雨水在半空交织成一面放光的大网，阵阵的风把雨水吹在益明的脸上，他靠着门框立在门口好久好久的望着，放光的雨的网，恍惚在那雾气腾腾的空中有一个宫殿，这里面是居住些舒服太平的神仙，在他脑海里，幻出神仙的嘴脸。这种幻想，是时常在小益明的思想的境界里出现的，他看见云彩，也会想那云彩后面有些奇怪的禽兽。在黑夜里，他想在这漆黑的半空的黑影里是有些奇形怪状的妖怪，看着这雨的大网他的幻想更丰富了。

他想着——

在那雨的烟雾里，在那看不见的雾气腾腾的上空，神仙一定是很多的，他们在那肥皂泡似的千色发光宫殿里一面下棋一面喝酒，因为小益明看见过这样的一张画。人能不能也飞到那宫殿里和神仙们在一起呢？如果我能够到哪里面去——

他正幻想这，听见了一声：

"咪噢！咪噢！"

是在什么地方？这不是猫叫么？

他东望，西看，看不见猫的影子，但是这叫声是这样的临近，好像在他头顶上似的，他仰着脸回头往上看，清楚的听见了那叫声是在屋顶上，他冒着雨跑到外面展望；可不是么；正是，一只猫，一只浅黄猫，又肥又大的猫畜生，身上湿着雨，立在屋顶上，各处看着，想寻找一个满意的避雨处所。

益明呼唤它，想骗它下来。这东西狡猾得很，他一眼就看穿了益明的歹意，急忙跳到房后逃跑了。

好天儿，益明又走到那条清静的背上，那死猫的尸身不见了，大概是谁拿去扔弃了。

他各处搜寻着，发现了一只猫，竟在墙顶上。

他抓起一块石头，藏在身后，因为墙太高，石头怕打不准，他等着猫下来，但是等了半天，总不见那猫下来，也不像要下来的样子，他等不得了，举起石头就扔过去。

　　石头还没有飞到，猫就跳下墙的那一面，这块石头落在人家的院子里。小益明吃惊的听着，他听见一声异样的小孩的叫喊。他知道是出了岔，想赶紧逃，但是刚一转身，一只大手用力的抓住了他的胳膊，另一只手扼住他的脖子，他觉着脑顶挨了拳头似的一击，又听见那院里吵吵闹闹，以后他便发了昏的。

　　益明躺在一间黑洞洞的小屋子里，这是他的家么？为什么这地是石灰的呢？他的家是土地；这墙壁也是石灰的？他的家是土壁，屋顶像是木板……这不是他的家，那么他是在什么地方呢？

　　他仔细一看那身后的门，这门是铁的栏杆，像鸟笼子似的，他从来没有看见过，也没有看见过有这样奇怪的门，他想跳起来去推开那门，出去看看这是什么地方。谁知他用了好大力气，可是爬不起来，并且觉着手和腿痛得厉害，他摸摸脸，看见手上有血。

　　呀！我是怎么的呢？

　　他皱着眉头，眼睛苦恼的放着光，直直的望着屋顶。

　　他想起来了，想起刚才的事，他是惹了乱子，把人家孩子的头打破了，这孩子马上就死了，他呢，他被关在这屋子里。

　　他想起母亲，他哭着，把身体伏在地上悄悄的哭……

　　哭完了他坐起来，他希望有一个人进来给他点东西吃，他不愿意在这里面，这是什么地方呢？他想出去可是门关得太紧，他用了全身的力气去碰，把他的眉头碰痛了，门动也不动，这屋子的全部好像是一块大石头盘成的。无论是墙壁，是角落，都密不通风；有一个小窗户高高的悬着，那窗户也和门似的有一排密切的铁栏杆，他就是再高一倍也摸不到那小窗户，他觉着头晕，口渴，想喝水，什么地方有水呢？

　　屋子里渐渐的黑了，那小窗上透进来的一丝微风也渐渐消失了，小益明非常焦虑，眼里冒着火，他跳起来，推推门，摸摸墙，各处碰着撞着，最后是疲乏的坐下，他觉着腰部格外疼，头昏眼花，终于倒下了。

他睡着，他睡着做着梦，这梦很凄凉。

他梦见了可怜的母亲，她披散着头发，眼睛哭红了，闯闯跌跌的走进来，但是只能在门口，摇着栏杆，像疯狂了似的满嘴喷着白沫，呼喊着：

"益明，我的孩子！"

益明急忙跳起来，他想跑出去，可是推不开门，他焦急的摇着栏杆，母亲哭着，满脸都是泪。

"益明我的孩子，你告诉妈妈，你做了什么？"

他想说话，可是不知怎么张不开嘴，他只是焦急，蹦着喊着：

"妈妈！领我出去吧！我不在这里，我害怕。"

一个汉子拿着大棒子，过来把母亲拖走了。

他听见母亲的哭声，喊着，又听见粗暴的威吓声，这些声渐渐远了，微小了，听不见了。

益明难受的醒过来，什么也看不见，小屋里只有黑暗，黑暗的四周又包围着黑暗。

益明在这小屋子里，苦恼的蹲了许多年，也不知道有多少年；有一天夜里，铁栏的门打开了，他的母亲来领他出去，他说不出有多么欢乐，还有许多老鼠来迎接他，还有排着大队的萤火虫，像几千支烛光似的把黑夜照得通明，益明扯着母亲的手，他觉着身体非常轻快。

他随着母亲，随着萤火虫的明亮的光，轻轻的走着，他不知道往什么地方去。

走到一个地方，仿佛是一片广大的墓地，萤火虫从四面照耀着，母亲欢喜的对益明微笑。

"从今以后，我们再不会有愁苦了。"

"这是什么地方呢？"益明不解的问。

"我把事情全告诉你吧！"母亲说，"你把人家的孩子打死了，对不？"我不知道这件事，这是以后才知道，我以为你是跑丢的，每天我望着你，总不见你回来，把我想病了，不到半个月我就死了，我死后才知道你把人家的小孩打死，人家就把你押在小屋子里。

有许多和你要好的老鼠，他们想救你出来，每天去挖那地道，挖了好几年，好容易在地层挖开一条路，谁知道他们到屋底下，发现了那屋子是铁制造的，厚厚的铁板，无论怎样啃咬，总穿不透，这些好心的老鼠就那样累死了。"

益明回头一看，鼠的父亲，母亲，四个弟兄四个妹妹，全都坐在他身后，他们凄凉的望着他，他忽然觉到了——莫非说我也是死么？

几千只明亮的萤火虫，有的灭了又亮，有的亮了又灭，这样亮亮灭灭的活动着。

但不懂这是什么意思。

母亲对他说：

"这灯光是告诉你，人死的死，活的活，就像这几百只萤火虫的光似的灭的灭，亮的亮，有的死，有的活，你可明白这意思么？"

他不大明白，可是他懂得母亲的话，

他知道，他是死的了。

萤火的光灭灭亮亮许久，忽然都一齐的，像是谁在半空吹了一口大气似的，全都熄灭了！

剩下的是黑暗，是空虚……

益明和母亲在"黑暗""空虚"的死的境界里生活着，日子很不少了。

有时，他们看见了一点点儿萤火的光，母亲欢喜，益明也欢喜。

（《月宫里的风波》童话作品集，艺文书房1942年版，署名：杨慈灯）

老总短篇集

序

因为我是一个当老总的，所以这本书叫《老总短篇集》，意思是：一个老总所写的一些乱七八糟的短篇集成了一本鸟书。集成一本书，就觉着很高兴。

这些幼稚，浅薄的东西，十分之九是好几年前的"不朽的大作"，已经在报上填过窟窿，现在看，怎也不顺眼。可我又舍不得全部撕碎，譬如说：一个母亲，决不能因为生了一大群丑丫头没有人爱，就一个不剩全打死呀！

反正我是弄成了这么一本书，谁愿意怎么说就怎么说吧，丢脸是丢自己的脸，挨骂呢？咱不在乎。

我得谢谢给我画封面的朝云。

还有古丁，小松，外文诸位大哥各方面帮忙的恩，咱也不能忘，真的……

慈 灯

一九四二年于新京

山　中

太阳，好像一盆猛火似的，我们无论走到什么地方都逃不出它的毒晒。

热的没有法，我们把手巾在河里湿了水蒙在头上，但是时间久了手巾也渐渐的热起来，好像在锅里蒸热了一样！

马，都无精打采的迈着疲乏的腿，腹边的汗水和浓重的白沫构成了无边的河流，鼻孔里时时的喷出难受的气息，我们时常用力的动动缰绳振作起它的精神来。

路边的树悄悄的垂着繁密的枝叶，青草像睡熟了似的，路上的尘土发出叫人头昏的热气，石头冒着火星。

我们从巨大的石块崩碎的山角下经过，抛在后面的道路掩盖在腾起的尘土底下，而前面的道路虽然是弯弯曲曲的，有时像截断了似的，但是转一个弯，道路依然无尽无休的伸长下去，走到高处一望，弯曲的道路像一条布带一样。

在巨大的岩石堆满的山谷里，藏在浓密的荒林之间，有两间孤独的茅屋，小窗户像马眼睛似的，胆怯的探望着。一只黄毛脱落的老狗对着我们用沉闷的嗓门叫了两声赶紧乏味儿的沉默了，照旧躺在墙角的阴影里难受的吐出舌头用力的喘气。

我们快活的下了马，牵着马走下一个崎岖的斜坡，又跳过一条干枯的溪沟，再费力的走上一个狭窄的高坡就到了茅屋的门前。把马拴在树上，那条狗懒懒的爬起来，胆怯的躲开，在磨盘的后身躺下了。

一个矮小的老人，眼睛落进深陷的眼眶里，留一条有历史意义的小发辫，赤着紫红色的上体，光着脚出来招待我们：

"你们几位——辛，辛苦了……"

接着有个细长脸，尖下巴，厚嘴唇，两条细腿像麻秆似的小姑娘，扑咚扑咚的跳着跑出来，把两只小手放在头上，又背在身后，又往前面伸直，又叉着腰……不知放在什么地方好似的，那一对小眼睛，圆圆的，乌黑而且出奇的明亮，好像小鸟的眼睛，惊奇的看看这个，看看那个，又过去留心的看看马的腰边流下的汗沫，对那只狗说：

"去！"

狗领会她的意思，服从的点点头，往远处跑去了。

我们的老伙伴老孙过去和老人家商量：

"老人家，有水么？"

他亲切的点点小头辫，急忙往屋里走：

"我这就烧！"

老孙过去阻止他：

"老先生，用不着，凉水就行……"

"烧点儿吧，一会儿就好。——丫头，拿草去！"

老孙已经从那间阴暗狭窄的小屋里弄了满满的一瓢水小心翼翼的端出来。

"来吧，伙计们，谁喝？"

老人很抱歉的夹着肿眼皮：

"你们弟兄几位，好容易到这儿，怎么好喝凉水，这真是……"

在这前后左右全是层出不穷的山岳，这个老人和他的家族简直是与世隔绝的生活着。我们在这里恋恋不舍的休息了一刻来钟。

我们解开缰绳的时候，马很不愿意的翻翻眼珠，好像是说："太热，也太乏了，多让我休息一会儿吧！"

我们从闷热和疲乏里把精神振作起来，接续走我们没有走完的路。

两侧的山山岳岳像高大的墙壁样把我们挡住，抬头望望没有一点儿云的天空好像喝醉了似的摇摇摆摆，山在摇动，地也在摇动。马非常吃力的举着汗淋淋的腿，鼻孔里吐着闷气。

我们爬上山岭了，在这里，可以把包围了我们好久的山山岳岳一望无遗，然而在我们的前面，还有的是山地要包围我们。

拿出望远镜看一下，前面那些山峰都是光秃的，稀疏的树林，在这里一堆，那里一堆，顶大的村落不过三五十人家，其余所能看见的全是十家八家的小村庄。

我们往下坡走去了，马迈开轻快的脚步，人也觉着舒服多了。

像这样，我们闷热的走了多半天，到下午，太阳一点儿一点儿的挪到西方，离开我们远了，这才觉着凉快一点儿，这一晚我们必须在山里过夜。

我们看中一座距小村落东端不远的庙堂，神像都不知上什么地方去了，里面是空的，我们从邻近一个人家借了几捆谷草铺在地下，上面铺好各人携带的毡子，用石块当枕头。

我们自己动手弄东西吃，干粮是携带的，买了一点儿小米来，有个头发稀少的中年妇人帮我们烧火，她的儿子不久前死去了，儿媳妇改了嫁，只剩下她孤苦伶仃的一个人，这妇人是叫悲哀击倒了，她的眼睛红红的，好像天天哭一样。

睡到半夜，落起哗哗的大雨，庙前的山水发出轰轰的吼声，好像山崩地裂一般。然而第二天一早又是光明灿烂的太阳照着大地，难熬的炎热又刻刻的逼近我们。不休不息的走到中午时分，走出苦闷的山谷间，到了开旷的野地，在树林里听见前方炮弹炸裂的巨响，这巨大的声音在山山岳岳之间发出沉闷的回声。

不惜的打着马跑出树林，穿过荒芜的田地，跑进寂寞的村落，再越过高岗一看，我们的部队在山岗上早就配置好了。步兵部队像些灰点子似的在棱线上配置妥当，炮兵在那左后方有树木的山坡的左面瞪着眼睛。

我们迅速的跑到团部，把命令亲手交给部队长，这样，我们的任务就算完了。

往回走，在山中遇见大雨，但是我们不能停步，冒着大雨前进。

人在马上低着头，饮着雨水，马身上的汗水混着雨水，在乱杂杂的响与音中不停的迈着步……

（一九三九年七月六日于西南）

丝绒料

一

张先生下班吃完了饭，照例是把结婚的时候太太刺绣的花枕头，仔细的立起来靠在窗台上，当做柔软舒适的沙发，懒洋洋的躺着看他从班上偷拿回来的一份《新民报》。

"精割小便包皮……"

他好奇的笑着念起来。

女的在忙着收拾饭碗，她像一条活泼的鱼一样，屋里屋外的游动着，听见丈夫念的这段新闻觉着奇怪……

"什么，包皮？"

"这是广告啊。"

张先生欢喜的爬起，像指地图似的让妻子看，接着念下去……

"不痛不痒，不误做事，本所治疗此症历十年之久，决不痛苦，五日准好……"

女人半羞还半喜的推他肩膀一把……

"奇怪，你总是欢喜看这一类广告，没有出息的货！"

张先生像个小孩子似的嬉皮笑脸的看着他这美好的，处处能体贴他的意思的媳妇，满意的咧着嘴。

张先生有个脾气，最欢喜听媳妇骂他："不害羞""没有出息""不要脸"这类词句，他总是高兴的接受，因为她骂的时候是用温柔，妩媚，十分迷人的细声，并且表现出一副"难为情"的嘴脸，有时还举起嫩白的小巴掌轻轻的拍他一下，这种举动，张先生就觉得舒服。

媳妇把筷碗收拾完，把又肥又圆的屁股靠近丈夫大腿坐下："人家上屋李先生，给李太太买来两件丝绒料，真好！"

"多少钱？"

“一件是五十块钱，一共一百块钱。”

这个数目当然并不算多，然而一个月的薪水是五十二块钱的张先生却吃了一惊——如果买一件衣料，吃不吃饭呢？

到晚上睡觉的时候，这个人间一点儿虚荣心也没有的尊贵的新女性又热烈的提起丝绒料的事情，她羡慕的说幸福的李太太那两件丝绒料的颜色怎样的新鲜，花样多么美丽，穿出多么高贵……

“得，得，别说啦，咱们买不起！”

张先生不耐烦的把愁苦的脸转向旧报纸糊的墙壁。

二

女人早就替他想好买丝绒料的周到方法。

“年度赏金，你不是能领八十来块钱么？买一件用不了……”

“你不看看我身上的协和服，不是和要饭花子一样了么？我总得做一件，你在家里，好坏能将就。”

他这里圆满的学说倒很合逻辑，但是妻子却一点儿也不赞成，用种种的理论反驳他。为了征服丈夫起见，除了用温柔婉转的言语当防御以外，还用变幻的甜蜜的表情勇猛的攻击，并且把胸脯贴紧了他的腰轰炸他的灵魂。

最后，张先生是一败涂地了，他这样的下结论：“到时候再说吧，发年度赏金还有半个来月呢！”

这半个来月，张先生的贤妻，她差不多天天讲说丝绒料的种类，颜色，价格，做什么式样的才算最流行，最摩登。

张先生很明白世界上女性的心理，尤其是我们贵国这些把依靠丈夫的喂养当做大光荣的女人，要生出了个什么歪歪念头，就像用铁钉子钉住一样，是很难打消的，而张先生的可爱的细君，无论什么事，一有了成竹在胸，就是死也情愿，非达到那个目的不可，譬如说有一个火热的时期，在床头的会议席上，她一定要张先生活泼的改变姿态，她说一上一下有点儿腻了。

“那么你说怎样好？”

她把抹得红红的小嘴像小猫似的亲密的靠近张先生的耳朵，悄悄的，大有深意的说："我……在……上……面……"

没有办法，张先生拗不过她，只好依她高深的哲学，刻苦的把这人类的原始的伟大的使命负担下去了。

这不过是一个浅显的实例，别的事也是如此类推。

三

所谓年度赏金的金终于领到手了。

这天晚上，张先生有个志同道合的同事，外号叫大茶壶的来找他，一进屋就嗷嗷的叫，像骡叫一样。

"老张，打八圈，你干不干。"

"都有谁？"

"老刘，老冯，我，三缺一，你算一个不？"

热心的盼望了好久，要买丝绒料的张太太，岂肯轻易的把他放走？

"你敢去！你？我要放你走才怪呢……"

大茶壶把舌头长长的吐出来又慢慢的收回去。

"哎哟嘿，真厉害！"

"输了怎么办？"女的严声厉气的问，握的紧紧的小拳头，狠狠的敲着桌角。

大茶壶一看这个红姑娘很难对付，于是好心好意的替张先生温和的解释："消遣消遣，输赢没有关系，多了不打，两块钱的。"

商量的结果是，大茶壶先走，张先生呆一会儿去回信。

"好吧，我们在老冯那儿等你，你可得快点儿去呀！"

大茶壶走后，张先生和他尊夫人讨论起来："我想，我一定能赢！"

"要输了呢？"

"你想想，历来都是如此，倘若大家单找某一个人，那个人就非赢不可，我如果赢几十，你的丝绒料能买，我的协和服也能做。"

看见丈夫有胜利的确信，女人情不自禁的动了心。

他摩拳擦掌，捶胸跺足的声明他有天大的把握，他还立定一个狡猾的计划："如果我赢够了数，马上就不干，如果输进去十块钱，赶紧逃走，我就说头痛，要命也不干了，你说怎样？"

四

张先生聚精会神的和那三头蒜坐在一起。

玲珑的骨牌断断续续的发出清脆的声音。

张先生真走牌运，一开头就赢起来，打了两圈和了两把满贯。他女人心惊胆战的去看他的时候，他的面前已经堆着一大堆迷人的票子和零钱了。

"赢了二十块钱啦！"

张先生满足的告诉她："你先回去睡吧，不用等我……"

她临走的时候，还暗暗的对丈夫用力的使一个眼色，从他身后捏他一把，怕他忘记了原定的计划和决心。

一定是，她的八字不吉，把牌运带走了。从她走后，张先生一把也没有和，赢的二十块钱全回去了，还输去好几十。他想，原定的计划，是不适于现状的，决没有老输的道理，来几把满贯，轻而易举的就把输的钱弄回来，并且还赢几十。

但是，人生不如意的事情安排的太多了，整整打了一夜，打完八圈，又加上八圈，张先生越输火越大，人家都不愿意干了，他却非干不可，输的一分钱不剩，还欠人家一大笔债务，只得垂头丧气，拖着疲倦的身子回家。

五

美貌多情，又是贤妻良母的典型的张太太，夜里做了不少动人的好梦，梦见她宝贝的丈夫赢了好几百，好几千块钱回来，和她坐着五个轮子的大马车到理想的百货店买丝绒料，送到成衣局去量尺寸，又去看电影，吃西餐……

现在，张先生已经走到家门口了。

黑夜的势力已经受不住光明的白昼的攻击，悄悄的退却了，温暖的晨光照耀大地，天真的家雀在房檐上唱歌。

张先生好像被扯得四分五裂似的，面孔又黄又黑，眼圈有一道乌黑，好像戴着黑色眼镜一样。

他无精打采的敲敲那还紧闭着的木头板子做的街门，因为是宝贵的星期日，院里的男女因为夜里太辛苦，还在昏昏的甜睡。

他静静的等着。

他听见"亲爱的"妻急急忙忙，脚步特别响的往外奔跑着来开门。

夫妻见面不知是怎样一番情景，请聪明的读君随便的想象吧……

（一九三八年九月二十日于黑山）

野营与野餐

在我们军队里，野营叫做露营。

因为和敌军接触，有战术上的顾虑，必须把军队安置在一定的地域，又因为缺少能够居住的房屋，或者是虽然有家屋恐怕得传染病，没有其他的办法的时候，就行露营。露营虽然在人马的休养上不怎样好，而准备战斗却非常的容易。

此外还有一种村落露营，这是在战术上必须用若干部队准备战斗，或者是必须在一定地域宿营的军队，因为缺少房屋不能全队宿营的时候，就行村落露营。这种露营，纵使在战斗准备上和露营一样，但在军队的休养上却优越多了。

——像这类军队生活的原理原则和法则，都在军事学的书籍里写得明明白白，然而兄弟我现在的任务并不是对各位讲释军事学，我愿意讲的是下面的故事：

这是距今好久以前的事，那时候，我是步兵连的一个少尉排长，在那成年到头看不见一个人影的荒山野林之间，在冰天雪地里担任警备勤务，这种苦工，可实在不是闹着玩的，实在是——太艰巨，繁重了！我现在想起来那时的情景，还觉着有点儿他妈头痛！真的，我一点儿不撒谎。

我们是位置在高得简直没有法再高的山顶上，这山的高在我的地图上，因为太模糊看不清，所以我也不知道它有多高，我们往这山顶爬，一共爬了两天两宿才达到目的地。起初我们做梦也没有想到这么费力，有个弟兄，爬了一上午，从一个险峻的斜坡上滚进沟里去，他在沟里大声的呼喊：

"排长啊！我上不去啦。"

我们好不容易才把他拖上来，把他滚了一身的雪拍下去，他的脸被树枝擦破了，血流构成一道小河。

这一夜我们就在山坡上"野营"。

黑漆漆的天空没有月光，也没有一颗星，几乎能把脸皮扫破的西北风，带领着解体的雪花，在我们四周大呼大叫，干枯的树枝被风吹断的声音特别难听，附近还有野兽的噪声。

黄昏之前大家努力搜集柴木，点着了火，这便是我们唯一的安慰。

柴火烧的旺盛的时候，我们默默的看着赤红的火光，觉着说不出有多么快活，好像喝下兴奋的酒一样。柴火一消灭，只剩下潮湿的烟味，大家的脸在黑影里消失的时候，就会发出寂寞的叹息，我们觉着像掉进深深的洞里，永远爬不上来的一样。但是新的干柴一架上，冒出烟雾，弯曲了，发出微弱，渐渐强壮的红光，照出每一张黑红的脸，便又是快活和安慰，幸福的温暖把我们包围。

第二天夜里我们可受了大罪！

讨厌的雪和可恨的雨，竟会连成一气无头无绪的下起来，把树枝铺在身底下，又潮湿又硬，想尽一切方法总是不舒服，身上是湿透了，冻硬了，我很担心我们这一排人，会冻死在这无人迹的山林里。

我的心也冻硬了，像发狂似的喊起来：

"都起来！走！不准睡觉！……"

这些天生纯朴忠厚的弟兄都理解我的意思，悄悄的背起枪支，互相的帮着忙，大家紧拉着彼此的皮带，拖着疲乏，困倦，僵硬的身体，每一步都得加十分的小心，不然，谁要滚下去是没有法寻找的。

我们艰难的爬了好久，在一处森林浓密的草丛中寻到比较不错的地方，于是就决心在这里"野营"。

烧起柴火，温暖我们冰冷的心，有个兄弟精神很不好，好像有病，我愁苦的摸摸他的头，热；再摸摸他的手，也热：

"你是不是不舒服？"

"不要紧！"

他刚强的挺起胸膛，用力的把粗硬的树枝折断，放在燃烧的火上。

凭着我们的力量，终于把艰难危险的路程征服，到达了山顶上，在这里，我们把步哨的位置适宜的安置妥当。

紧接着是给养问题把我们难住了，携带的干粮仅够三天吃，而我们必须在这顶上顽强的死守一个星期。

把裤腰带扎紧了，一顿的干粮分作三餐，不足的时候，把洁白的雪花当做米饭，我们想打几只野鸡来烧吃，可惜它们都藏身在比较暖和的山谷里，不愿意飞到寒冷的山顶上来，至于别的野兽，不容易弄到手，得追逐，得远跑，而且荒废子弹——这是我们的生命，不能轻易消耗它，又怕迷失方向，只好把雪花当做米饭的"代用品"，这东西用不着拿"通胀"去领，大家可以随便的"野餐"。

一端详弟兄们的脸，又瘦又黑，眼睛深深的落了眶，好像掉进洞里一样，但是他们的精神还有对抗自然界的压迫的余力，这一点我觉着放心，不放心的只是领不着配给大米。

几几乎乎到了山穷水尽，实在支持不住，眼看要死的地步，我们——你猜怎么样？我们的主力部队到了！

这真是谢天谢地，把我乐得连蹦带跳，欢乐的唱起胜利之歌，我们的连长带来一大包热气腾腾的蒸饺，还有不少牛肉罐头和馅饼，高兴的拍拍我的肩膀：

"老弟，吃吧！"

我狼吞虎咽的大吃大嚼，我们的弟兄也全有了好吃的东西，饥饿的眼光都格外的明亮，苦闷的快乐的叹息，寂寞的安慰的笑声，快乐和悲酸，疲倦和兴奋，各式各样的感情活泼的流动着……

忽然我一翻身滚进山沟里去了，把头摔破了，痛得要命，正在受苦的时候，难受的冻醒了，刚才的事，原来是一场大梦，你以为是真的么？哪有那种好事儿？

我们强硬的忍着饥饿和寒冷，每天的"野营"就营在没有挡风的地方的山头上，每天的"野餐"就餐着风和雪。

感谢"老天的保佑"，我们没有冻死，也没有饿死。一个星期以后，我们舒舒服服的住在丰美的村落里，和我们的连部在一起。

一个人最受苦的地方，便是他最怀恋的地方，我时常想起从前"野营"的荒山和"野餐"的冰雪，心里还有点寒冷和饥饿的滋味，但是，当军人的，是不应该说什么辛苦的，然而我这绝不是诉苦，我不过是忠实的叙述过去的生活故事而已。

和我在一起"同生死"和"共苦乐"的那些亲密的弟兄早退伍了，现在不知都在什么地方，我盼望他们多得到成就与幸福……

（一九四二年五月二十八日于新京）

坏小子

十来岁的时候，我最惧怕一个人，像惧怕野兽似的——过了十多年，是在昨天晚上，我发现了他，他的罪过，按理是应该打一个半死不活之后，然后押进禁闭室里，困两个星期才能饶恕的。可是我悄悄的放走了他，就是到此刻他也不知道我是谁吧！

那时候，他有二十七八岁的年纪，还没有娶媳妇，和我们住在一条街上，紧靠着西头门前有一棵古老高大的槐树的那一家。他弟兄三个，大哥二哥全都娶了媳妇，而且生了孩子，只有他，因为他欢喜时常跑到省城里去逛窑子，又好赌钱，所以没有人给他媳妇。但是这么一来他的品行更坏，成了一个镇上出名的流氓，人们想不到的坏事，他都能够做出来。

在街上好好的走路，如果碰见他，我赶紧躲避他走，他看出我在躲避他就生起气来，两手一横，两腿一叉，就如一个"大"字形的木架一般牢牢成成的挡住我的去路。

"小羊羔！你上哪去啦？"

因为我姓杨，他便叫我"小羊羔"，这使我非常愤怒，恨不能抓起石头把他的脑袋打开一个拳头大的洞，所有的血都冒出来，冒死了算完，可我不敢这么干。

这是很奇怪的，我一见他那红肿的眼睛，像野兽似的瞪着，再加上那一副因为纵酒变了人形的紫白色的面孔，和故意对我做成的歪鼻子以及噘嘴，就如老鼠见了猫样，我全身的勇气都烟消云散，一点儿反抗的精神也振作不起来了！

我胆怯的望着他那狰狞的面孔，他的身体高出我一多半，我没有打倒他的力气，完全是因为年纪大，他把我威吓得老老实实。

他见我不答他，越发骄傲起来：

"小羊羔！你说呀！你上哪去啦？啊？"

虽然怕他，然而也并不是连灵魂也怕，我也有我自己的尊严，为了保持我灵魂的完整，我无论如何不开口，努力的闭着我的嘴。

"你姐姐在家没有？"

我不理他。

"你姐姐有了婆家，人家快娶了，她动手做枕头了么？"

我忍着怒气，痛苦的把怒气吞进肚里。

"如果你姐姐嫁了我，该多么好呢？我一天，什么也不叫她做，做饭哪，洗衣哪，那些乱七八糟的活计，我全都自己干，累死也愿意，可惜……"

我在心里咒骂他，并且咒骂他的长辈，连他的第一代祖先都咒骂到。

看我为了难，难堪的皱起眉头，他就欢喜起来，为他的侮辱我的手腕的成功而欢笑。他把那难看的脑袋左右活泼的摇动起来，丑陋的眼睛闭成一条线，满脸粗糙的皱纹，像鸡屁股似的嘴，手和脚也开始舞动着，疯子也没有他这种狂态，看着他的神气，真能把人气死了又笑死……

我看出一个机会，正在他乱蹦乱跳的时节，赶紧的，从他身旁窜过去，拼了性命逃跑了。

　　他在后面追赶着，看看追不上，便停了步，远远的，站在道路中央，跷着足跟，对我龇牙咧嘴，唱起他自己编的歌：

　　"咩呀，咩呀，小山羊啊！

　　他爹是个穷木匠啊！

　　三天赚不上苞米吃，

　　饿的孩子叫爹娘啊……"

　　他的歌词很长，把我们一家人都叙述到。这歌的内容是嘲笑我们，没有同情或怜恤的成分，他时常这么戏弄我，想告诉我父亲又觉着不好意思，暗地里时常伤心自己的被侮辱，恨不能一下长大和他一样高，满不在乎的和他厮打，我幻想自己长大是很有力气的男子，像他这种无能的畜生，只消伸出一只小手指就够他出一身大汗，轻轻的一掌，就把他的肩膀打断，再一掌，全身就零碎了！这有什么？

　　但是我长的很慢，一想起他，就摩拳擦掌，把拳头狠狠的击着门板，为的是把拳头练硬。我想，如果能一拳把门打碎，那么我就有和他打仗的力气，决不怕他分毫。于是我咬牙瞪眼，拳头高高的举起，用力的打门，出了所有气的力。

　　结果，门只是发一声响，好好的没有碎，而我的手受了苦，痛的立不起身，眼泪几乎痛出来了……

　　有时候，在梦中也遇到他那狰恶的野兽面孔，醒来还觉着受了侮辱的难受，我计划着报仇的方法，我想立在暗处，偷偷的扔石头打他，顶好是打瞎他的眼睛，再不然就打瘸他的腿。

　　然而我的计划决定实施之后，他好久没有出现，不知跑到哪里去了，这是我的不幸，还是他的幸运呢？

　　他再一出现的时候，他那走路的姿态使我失去了复仇的勇气，他的腿瘸了——但是和瘸子走路是不同的——他也没有挂拐棍，那两腿，仿佛加了几千斤，他几乎没有力气迈步，一点儿一点儿，一步一步，活像是到了八十的老头子那样，十分艰难的挪动脚步。看他那种样子，走路时非常吃苦的，有着无限的痛楚在刺他的心，我不明白这是怎么的，但是很快的我就知道，别人说，他得了脏病。

哈哈！惩罚终于到了！

我说不出多么欢喜，我想，这是神仙替我抱不平，特意这么重重的处治他一下子，叫他知道无缘无故的欺负好人是不行的，"善恶终有报"，这不是古年的大愚人说得明明白白的么？

另一回又在街上发现他，他走路还是老模样，我想当面骂他几句，勇气一足，便立定脚跟远远的骂他：

"生大疮疮，长杨梅，倒霉喽！倒霉喽！"

他气得眼皮直挤，狠狠的瞪了我半天，好像要把我一口吞进肚皮里去似的。

不久，他的病好了。不消说，我加倍的害怕了，几乎连出门也不敢，走在街上，就如踏在不坚固的冰上一般，心里不住的忐忑，身子也快发了抖，像贼一样，胆怯的望各处查看，万一他藏在什么地方等着我，一下跳出来把我抓住，像老鹰抓小鸡似的，这不就糟了么？

——这么一想，胆子更小了！连步度也缩短了尺寸，走一步，往各处看一下。

有一回在梦里梦见他藏在草堆里，忽然跳出来抓住我，举起尖刀，对着我的咽喉就刺，把我吓醒了，出了一头冷汗。

这一天活该我倒霉，在转弯的地方，正和他碰一个照面。

他很容易的，一把就抓住我的肩头，我恐惧的努力的挣扎着，想赶快逃跑，总因力气不济，没有逃掉。

"好！这一回我看你往哪跑？"

他一手抓住我的肩头，另一手扯我的耳朵：

"小羊羔，叫呀？叫呀？学一声羊叫……"

我愤怒的踢他的腿，我觉着再老实是不行了，在仇人面前温柔是不成的，和仇人妥协没有便宜得，这本是极简单的真理，这一回我不糊涂了。

我挣扎着，咒骂，用力的踢他。

"快学一声羊叫，我就放你。"

这话味是退却的意思。

我看出他是怕踢，于是加倍的用力，一定是踢痛了他，他急忙放了手，我趁着这机会就逃跑了。

从这一回以后，我对他的恐惧心越发的加强了，时时刻刻的防备着，千加小心，万加小心，走到拐弯的地方，总是先展望一下，侦察一下。

但是他以后见我不抓我了，只是唱他的歌，

"公羊，母羊，配成对呀，里根嘟根，里……一下下个小山羊呀，里根嘟，里根嘟里根嘟根嘟……"

冬天刚到，他的惩罚又来了。

他的老母亲突然的死去。

我们居住那地方的风俗，人死的当天晚上，必须穿着"孝衫"，家族亲友排成一大队，提着灯笼，到山神庙去"报庙"。有钱的人家，花钱雇"吹鼓手"很热闹的吹打着，至于穷人，只能够借一面破锣在队伍的前头敲着。

这一队孝顺的子孙，他们雇的吹鼓手还不坏，锣鼓的响声和喇叭的悲鸣，适当的配合着，呜呜的嘎嗓的哭声，像唱歌一般。在寂静的乡镇的夜间，明亮的灯笼无数，远远的一看，好像一群萤火虫。白衣的一队，就如天上的仙子，加上四周随着看热闹的一群吵吵闹闹的人，这个场面，可以说是很有情趣的一幅大愚人的聪明的图画。我特别注意我的仇人，两个伙计扶着他，泪水和鼻涕交流着，垂成条肮脏的细线，张着大嘴，粗声大嗓的哭喊着，看他这副可笑的神气，我愉快的混在人群里奔跑，直到山神庙。

"报庙"的手续办完，队伍已经解散，所有的人都往回走，可是他却不，他坐在庙台上放声大哭，那嗓门真是震天动地，两手抓着衣服，鼻涕眼泪直滚，他的几个本家不耐烦的把他拖起来。

"唉，这成什么样子？"

"就怕小子没有本事，有本事，娶媳妇算什么难事？哎，回去吧……"
拖他的人这么说。

我才明白，他坐下痛苦不走，原来是哭他还没有娶媳妇，可是我又糊涂，他这么哭喊，是埋怨他母亲，不早早给他定媳妇，还是伤心他自己的无能而抱头大哭呢？

他这一场把戏，给了我无限的愉快的感觉，我觉着这给我解了侮辱的怨恨！

后来十几年，我没有看见他，可是没有忘记他，他的影子留给我的印象很深。他那难看的头，那因为纵酒而红肿的眼皮，这些，我都记得清清楚楚，回想起来就如摆在眼前一般。

我也曾几次想把这个人写出来，可是故事很平淡，直到昨天，他在我梦想不到的地点和时间出现的事实，才算帮我结束了这篇故事。

末尾是很简单的。——

我们的老总抓住了一个偷木柴的贼，送到我的屋子来，我一细看，吃了一惊！

他的面孔歪扭着，散乱的头发像一堆肮脏的草，眼睛红肿，衣服破烂，老总们用绳子捆住他两手，他脸上有些泥和血的污点，一定是老总收拾了他，这不就是他么？

我几乎跳起来，我真怕他——从前怕他，现在还怕他，怕他这副可怜的模样。

"老爷！饶我吧……"

我觉着说不出是一种什么难受的滋味包围了我，半天说不出一句话。

天已经黑了，我领他从后门出去，指给他道路。

"嗳，快跑吧！"

他在门口的灯光下一闪，跑进黑影里不见了。

从半空落着沙沙响的丝丝的细雨。

（一九三八年九月五日于灯下）

禁 闭

——军阀时代的故事

　　每天，从吃完午饭到出操的中间，我们总是跑到宿舍南边，那一片荒废的房屋跟前，靠着街道的砖墙，坐在舒服的草地上畅快的谈天。

　　砖墙上有许多特意刨开的窟窿，圆圆的，明亮的像马眼睛似的。从这里可以观看街上的店铺和来往过路的行人，一到午间，在墙外有些卖吃的东西的小贩，从四面八方集了来做我们的生意，我们把钱从墙窟窿里送出去，他们从外面送进糖，烧饼，油条，麻花，或别的东西。

　　我们总是饥饿的，一天就是吃八顿饭，每顿也可以干它五六碗，因为操作太吃力，而且午间的饭有限量，无论谁都吃不饱，所以大家都把每月求学的津贴，节省下来留着午间买点儿东西吃，垫补垫补。下午出操的时节太劳苦，晚饭的时间又太晚，校里也有卖食物的，可是太贵，我们不欢喜让他们重利的剥夺，事实上，他们主要的雇主不是我们，我们就是不买，他们也不感觉有什么大损失。

　　在这里坐着吃自己欢喜吃的东西，要算是我们每天最快乐的时光，三五个性情相投的人坐在一块儿，把吃的东西交换，或者分一点给别人，一边吃一边谈话。在我们的一伙之中，数孙灵的谈话有意思，空气一沉默，他就发出言语把它打破！

　　"嗳，你们说，像我们这样在泥水里打两年滚，将来就算是干部，这是有意思的么？"

　　清也是欢喜谈话的人，他把麻花捏成碎块，轻轻的扔进嘴里，喀喽喀喽的嚼着，慢慢的说：

　　"那些博士之类的家伙，也是这么样——就拿大学生说吧，混上几年，得一张文凭，这就算毕了业，学了些什么，不知道，是的，大家进学校，留洋呀，就是为混一个"资格"呀！有了资格，就有饭碗，比没有的容易些。教育呀，什么呀，全是一套谎话，人是不会认真的讲什么真理的，张学良这家伙完全是骗我们……"

李委马上就接下去：

"我看马戏团里训练的狗熊就是一个好例子，训会了几套把戏，能够上场，这是有价值的狗熊，聪明的狗熊。如果给你一只，你不知怎样训练他，所以非有专门人才不可，这就得办学校，花一笔钱，一心一意的来干。张学良纯粹是拿我们当狗熊耍……"

如果谁在墙窟窿发现了"可爱的目标"大家就中止了谈话，急忙把眼睛对准窟窿，像看万花筒似的抱着很大的兴趣和热心，悄悄的展望那目标，这目标全是女学生。

在我们学校东边，有个女子师范学校，有许多女学生在墙外经过，她们的年纪都不小了，在我们眼里，这些女学生就是天使，我们饥渴的望着她们，直到她们走远，这才喘了一口粗气，懒洋洋的退到原地方。

有时，我们爬上墙头，等她们过来，厚着脸皮引逗和她们谈话：

"放学了么？"

"你们的功课忙不忙？"

她们的脑筋都不旧，有感情，也有理智，虽然不回答，可是也不表示憎恨，在眉目之间，流露着同情或欢喜的颜色，其中有勇敢些的，就回头答两句：

"我们功课不忙。""你们很受苦吧！"

我们同学里，有几个人的姐妹在她们校里读书，关于我们这一群并不纯粹是饭桶的事一定是宣传过，所以她们对我们的感情无论从哪方面看都不坏，我们有两个交际手腕高妙的同学，和她们之中的那两位是非常密切的朋友，这么一来，两方面的感情更温和了。

午间除了吃东西，这也是最大的快乐的时间之一，用眼睛把她们送走之后，我们就取消了先头的话题，改变方针，议论她们来：

"那一个发短的，我看最漂亮！"

"什么——你没有看清，戴眼镜的最好。"

"我看那个高个可爱。"

"小胖子怎么样？"

"她太顽皮！"

像这类话，我们一谈起来就很难止住，忘记了自己的环境和地位，也忘记了时间，出操的号声一响，才想起来——急急忙忙的跳起来，拼命的往宿舍奔跑，像发了疯样。

渐渐的，我们把爬墙的事当做主要的功课了。

不单午间，早晨和傍晚，我们也跑到"快活的乐园"爬上墙头去迎送她们，抱着很大的希望温和的和她们谈话。起初，她们有点儿害羞和不安的样子，渐渐的成了习惯，无形中养成了一种满不在乎的态度，当她们走过来的时节，远远的就微笑起来，对我们这方面望着，笑着。

在这件事上最热衷的，要算孙灵和我。

他的面孔很不错，脑筋也不坏，可惜他的幻想很大，能力不够，他没有父母，是个孤独的人，欢喜空谈些没有边际的事情，眼睛总是做梦样的望着远方。我欢喜他，因为他诚实坦白，慷慨而且豪爽，时常，他买了吃的东西，分一半给我。

无事的时节，我们俩商量着怎样能和她们——无论哪一个，都可以——只要能接近，答应做朋友，这就谢天谢地，从头到尾的满足。

有一天，在操场上，在游戏的时间，同学们像猴子似的比赛篮球，我俩为了会议，所以没有参加，远远的坐在石台上，悄悄的讨论。

讨论了半天，只有一个办法，写信。

当天晚在自习堂上把信写好，第二天一早，他和我爬到墙上，因为月考快到，别的人都埋头用功没有来，这给了我们一个大方便，而我们正是利用这个机会。

热烈的希望这件事能够成功，一连好几天，我们为这件事几乎连饭也吃不下，苦思又苦思，幻想又幻想，这滋味，实在不好受呀！

等了好久，看见三个女学生，不言不语从西面过来了。

走到我们下面，离我们还有十来步光景，信轻轻的扔下去……

正在这一瞬间，我们惊骇的发现了一个大恐怖，从对面，我们平常最惧怕，绰号叫阎王的赵教官出现了。

他好像在什么地方藏着似的，忽然跳出来，三个女学生也看见了他的红马靴，急忙躲过投下的信，绕到道路的右侧走去。

孙灵急忙跳下墙去，我也随着跳下，可是这不能就算是逃脱，那信是写着自己名字的，我们希望那信会像虫子似的钻进土里，别叫阎王发现。

正排着队伍往教室里走，阎王出现在墙角，大声叫喊孙灵和我的名字。

我打了一下寒战，像有一桶冷水从脑顶浇下来似的，全身都受了凉。

阎王的桌上，摆着孙灵和我的信，他露出牙齿，冷冷的大笑一声："哈哈！"

接着用力的拍一下桌角，拍得十分响亮，我吓了一跳，差一点儿昏过去，他那紫红色的，和他的马靴的颜色相仿的面孔，因为欢乐和愤怒的感情，两相混合着的缘故，非常难看的打着皱纹，三角形的眼睛向上吊起，鼻子歪扭着，那张嘴，好像用力的裂开还觉不如意似的，嘴唇前突后缩的活动着：

"你们这两个小兔羔子！好！好……"

他大笑一阵，又突然的板起冰冷的面孔，把信拿起看看，放下，又跳起来瞪着眼睛。

我想，他是要动打了，脖子往里缩一缩。

但是他瞪瞪眼睛又起劲的大声发笑，坐下去，把两封信一手一封举起来，仔细的看着那封信的正面，把舌头稍稍的伸出，舔舔下嘴唇，一跺脚：

"这是做什么！"

声音像打雷一样。

孙灵和我是一样，因为恐惧，什么都忘了，话是说不出来的。

阎王把信纸抽出来，看一看又装进去。显然的，他被这意外的事件所袭击，一时想不起怎样处置，把信放在桌上，他背着两手在桌后深思的踱了两个来回，想笑，可是又止住笑，直直的看看孙灵的脸和我的，吹一吹鼻子，大声怒吼过来：

"这是做什么？说呀！"他很有耐性的等着我俩回答。

等一刻，没有声音，他生气的跳起来，对准了我的鼻子，狠狠的指一指，又指指孙灵：

"滚蛋！上讲堂去，下堂再说，这两个兔崽子……"

我和孙灵悄悄的退出来，轻轻的关上门，他在后面大声嚷：

"不用关门。"

我们刚进讲堂，他随后也到了。

他立在讲堂上，指手画脚的说了些什么，我一点儿也没有听进去，好容易盼到下堂，默默的，垂头丧气的坐在宿舍里，心里乱糊糊说不出难受还是伤心，像囚人等着上刑场一样，天与地都变成了昏黑，我的灵魂也缩小了。

二十分钟之后，我们立在教育主任屋里，阎王坐在教育主任旁边悠闲的吸着纸烟，他很得意，那种开心的骄傲的神气，真能把人活活的气死！

教育主任很看重这件案子，他从头到尾的审问，口气是不同的，有时是温和的，有时是威吓，那两封信好像有很大的魔力，又如珍奇的宝贝，他翻来覆去的看，不忍释手，大有百看不厌的意思。

"明白了！"

他把信扔进抽屉里，按按胸脯，对勤务兵说：

"叫两个卫兵来，由卫兵司令带领！"

不到五分钟，卫兵司令进来。

教育主任对他下命令：

"把这两个学生带进禁闭室，重禁闭一星期！"

裤腰带，鞋带，全部解下去了，两个卫兵一前一后，卫兵司令在旁边率领着。

禁闭室在卫兵所后面，是个黑暗狭小的冷屋子，铁栏的门和窗，和兽笼子一样。

把我俩推进里面以后，外面有一声铁响，一定是那老大的铁锁挂紧了！

我一屁股坐在泥里，背靠着墙，两手捧着脸哭起来……

雪　夜

这是寒冷的夜。

在一个沉寂的兵营附近，雪花落得格外活泼。卫兵所门口的电灯，疲乏的瞪着眼，雪花在它四周飞舞，好像万千的小蝴蝶样，天真的舞着，把它们洁白的肚皮，翻给电灯看，有些淘气的雪花，落在站岗的士兵的帽上和肩上。而这个士兵并不厌恶，任它们的意顽皮，有时，他只跺一跺脚，因为他的脚冷了，跺一跺能暖和些。

卫兵所的石灰墙上的挂钟，已经敲过两点了。现在这个站岗的士兵，是新换的班，他有一副不长不团的黑红脸，一个高高的鼻梁，一对黝黑明亮的眼睛。

卫兵司令是个少尉，他捧一本小说坐在火炉旁边，还没有困乏的样子，带班的班长伏在桌上像猫似的打盹，忽然，站岗的老总跑到营门跟前，大声问：

"谁？"

外面有不整齐的奔跑的脚步响，一直对营门这边跑过来，并且咳嗽着，好像跑了很远的路，上气不接下气，好容易跑到这里，再多一步也跑不动似的。

站岗的又问了一声：

"谁？"

跑来的人停了步，不停的咳嗽着，焦急的答：

"老……老，老爷！我们家里进去两……两个人，把……把钱钱，钱……抢去了！"

这是小孩子的声音，他说完话又咳嗽，呼呼的喘着气。

老总想了一想，跑到卫兵所门口，开了门把头伸进去，报告卫兵司令。

少尉把书装在裤袋里，搓搓脸，走到外面。

狭窄的便门打开了。

是个十三四岁的小孩子，他穿着短棉袄，站在少尉前面，惊愕的看着老总枪上放光的刺刀。

"你家在什么地方？"

少尉弓着腰问他。

"我……我，我家，就在这后面。"

"什么时候进去人的？"

"刚……刚才。"

"几个人？"

"两个。"

"拿着枪么？"

"没……没有，拿着刀。"

"现在，已经跑了么？"

"是……跑了。"

少尉喘口粗气，直起身体，自言自语的说："跑了还来报告什么呢？"

老总立在灯光下面，跺跺脚露齿的一笑。

少尉指指屋子：

"进来暖和一下吧？"

"不，"小孩咳嗽几下，"我……我得回家。"

"谁叫你来的，叫你来做什么？"

"我妈妈，她叫我来，求你把贼捉着，他们把钱……钱抢去了，我爸爸不在家，妈妈还哭……哭……"

带班的班长跳起来，他拖着两腿走到外面，看着小孩子。

少尉吩咐班长：

"叫起两个人来，和我去巡查。"

少尉走进屋里，穿上外套，拿了刀。

小孩子在头前领路，巡察官和两个弟兄随在后面，沙沙的踩着雪，顺着兵营的围墙急急的走去。

雪花舞得很得意，没有风，可是很冷。

虽然是深夜，但是附近的景物都看得清清楚楚，灰色的山和野，黑色的道路和房盖，以及和平的坟墓和脏土堆，全埋在贞洁的雪花下面，污秽的世界，在这自然的不能永久不朽的艺术的创造中，是暂时的美化了。

几间低矮的孤独的草房，相依为命的依靠着，小孩子指着两间蹲在土墙旁边的草房说：

"就是这！"

屋子里点着惨淡的油灯，地下堆着几间破衣服，土坑上睡着一个两三岁的小孩子，披着散乱的头发的妇人，愁苦的闪着眼皮，在她脸上还有泪痕，她一五一十的诉说被抢的经过：

"我正和孩子睡着，听见外面有人叫门，我不敢开，可是他们把门踢开进来了，我想呼喊，已经来不及了，两个人，有一个拿着一把菜刀，另一个握着斧头，对我说：

"有钱快拿出来！"

我几乎骇得不能动了，他们逼我，举起菜刀威吓我，我无论怎样也不说钱放在什么地方。本来，我们家里这么穷，哪里有钱，我说没有钱，他们不信，各处翻。爷，你看，把破衣服全翻出来了，后来翻我身上，也没有翻出钱来，翻到褥子底下。我知道坏了，六角钱全被他们翻了去，临走还威吓我，不叫我声张。这六角钱，是……是他爸爸好容易借来买米的，家里连一粒米也没有了，他们把这钱拿去，我们明天只……只得挨饿……饿了……！"悲惨的泪水滴到下巴颏儿。

她看看地下几件凌乱的破衣服，看看炕上还不知道悲苦的幼儿的睡颜，伤心的油灯放着微光，把巡察官和两个持枪的弟兄的头照低了。

妇人默默的哭着，把衣角遮着脸。

小朋友难受的瞪着眼，在他的肩头上，压着许多痛苦的雪花。

少尉喘口气，问她：

"你丈夫怎么晚上不回来呢？"

"他在外面做工，路远，天太冷了不能回来呀！"

"贼已经跑了，我们来也无用！"

"是……老爷，太对不住，我以为能捉住他们……"

少尉摸摸衣袋，摸出十来个银钱，数着，一，二，三，四，五，六……

"给你吧！"

她抹抹眼睛，惊奇的看着，少尉把钱扔在炕上，哗啷一声响。

妇人跪下了！

"这怎么好……老爷……谢谢您……"

但是扔钱的人已经转身走了，没有看见她下跪。

三个人踏着雪走，少尉把两手插在袋里，两个兄弟在后面，把枪像扁担似的扛着。有一阵风，把雪花的秩序刮乱了。

走了三分钟，少尉停了步，头也不回的问："你俩知道不，谁家能有赌局，现在……"

"可以去找找，能找得着。"一个老总这么说。

"那么，是的，我们去看看。"

他们向东面走走。

这一带，是沉寂的荒野，兵营附近的村落不是密集在一处，这处三家，那处五家，零零碎碎，好像走剩的棋子儿样。

现在，他们走到矿场，远远的有狗叫，他们对着狗叫的方向走去。因为那里的人家比较多些，有许多人家的妇女，秘密的经营着灵肉生涯，还有赌场，有拉线的老婆子。这些人家，几乎每一家的院墙，都是罪恶的石块所筑成的，其中还有几家是贩毒品的。

他们走到家屋附近，有两个黑影悄悄的从对面过来了。少尉忽然摆摆手，两个兄弟停了步，把枪放下。

那两个黑影好像受了惊似的，忽然站住了，但是，停了片刻又前进，脚步踏得很响。

"站住！"少尉轻轻的用力的这样喊。

黑影站住了。

"你们是做什么的？"

"没有什么，去耍耍钱，解解闷，这就回家……"

少尉扯扯一个弟兄的袖子，这个弟兄把枪交给少尉，过去搜查。

其中一个往后退，打算逃跑，少尉举起枪来瞄准，把要跑的人吓住了。

"这是什么？"过去搜查的老总说，"斧头！喂！你藏着这个做什么？"

"这……这，老总……你别误会，这是我打柴用的斧头，实在。"

他们把这两个英雄监视着，押回卫兵所，一柄斧头，一柄菜刀，摆在桌上，可惜六毛钱输光了！

少尉把这两个英雄审问明白了，押进禁闭室。

雪花快乐的飞着，有几片雪花落在卫兵所门口的电灯上，因为感动和觉悟而融化了！

两个巡逻兵把枪放在架上，解下皮带，蹀躞着跳进里屋去睡觉。

带班的班长看看没有事了，坐在原位，他一坐下就开始打盹。

少尉把身体一回转，脱下外套，安然的坐在火炉旁边，加了两铲煤在炉里，掏出书本，放在膝盖上，开始读起来……

站岗的老总打了哈欠，接着跺跺脚，两手把枪向上举起，一上一下的动作着，活动他全身的血……

登了一篇稿的人

李展程君是个中学生。

他有满头细密的黑发，脖子是细长的，上面的头颅似乎有点不牢靠，幸亏肩膀是宽的，所以脖子虽然细点，也显不出怎样难看，他喜欢歪戴着帽子，衣服穿的很整齐，走起路来像奔跑样。

这一天，他到城里图书馆阅报室看报，他一进屋，就急急忙忙的东翻西翻……

嗳，奇怪！怎么他偏爱的一份报纸缺一张呢？而这一张正是他急于看的竟会没有了！

但是，立刻，他就发现这张报，是在一个坐在墙角的地方，戴宽边眼镜的青年手里，正聚精会神的看着，不像会很快就看完的样子。

于是，李展程拿起一张他不大喜欢的报纸，看看题目和广告之类，目的在消磨时间，等着那个青年看完。

阅报室内很清静，许多人全把精神集中在铅字上，只有喘气和翻报的哗啦的声响。他等了好久了，所有的题目和广告差不多都看完，可是那个青年还没有看完，他不耐烦的偷着瞪那青年一眼，另换一张，也是他不喜欢的，极力的耐着性子等待。

忽然他看见那青年放下了报纸。

这，他说不出的欢喜，想过去拿过来，便放下手里的一张，同时清清喉咙。谁知，那个人休息一下，又拿起报纸，喘口粗气，接续看下去了。

李展程失望的坐下，憎恨的揉揉鼻子。

停了五分钟，那青年把报纸放下了。

李展程以为这回一定是看完了，他愉快的挤着眼皮，看那青年的动作。

那一个放下报纸之后，就摘眼镜，从袋里掏出小手巾抖擞一下，开始擦眼镜，擦的时候特别仔细，擦一擦，看一看，好容易擦干净，轻轻的戴上，摇摇头，耸耸眉，拿起报纸……

李展程狠狠的，对那青年，像看仇人一般，苛毒的瞥了两眼，长长的吐口闷气！

这时候，进来两个十五六岁的少年，跳跳跃跃的分头找报纸，一个喊道："组字画在这，来看！"

另一个跑过去，手放在他肩上，笑嘻嘻的看。

李展程很难受的等了一点多钟——实际不过二十分钟——终于得到了那张盼望好久的宝贝。

他两眼放着希望，忧心，忐忑，怀疑的光，两手几乎是抖抖擞擞的打开了这张报纸。

他的名字，在文艺版，在标题《雨夜》之下，清清楚楚的登着。

这，是……是我那篇么？

喂！真给我登出来了么？这是我的么？是……？

他揉揉眼皮，真的，他不相信他的眼睛，深怕看错，所以把报纸举起，举到亮地方，紧靠着鼻子，用了全部的精力看：看了半天——

啊！正是我那篇，这，这是我的，我的作品……

也许有生以来他没有体会过这种快活的味道，他高兴的，瞪大了眼珠，脖子向上拔着，显得格外的瘦细而且抻长了，嘴，不自觉的咧开，甚至连耳朵都异样的竖起！

说不出快意的血，在他体内流淌，他简直在梦境中也找不到这样的欢乐！

他禁不住跺一下脚——这，他自己是不知道的——旁边有个戴瓜皮帽的中年人，惊奇的望望他，可是，他什么也不理会，连他自己也忘记了！

他克服着满肚子热烈的情绪，忍耐着坐下，从头到尾连续看了三遍《雨夜》。

他松快的把眼光向室内每人头上扫一遍，很想告诉大家：

"你们不知道么？我便是这篇《雨夜》的作者，我是一个文艺作家呀！"

他先头还没有想他是个"文艺作家"，这一刻才觉悟到，他这样想，我的作品，登在文艺版里，这我可不是个"文艺作家"是什么呢？

啊！成了一个作家，多么光荣啊！我是人类中最聪明最有天才，最可钦佩的作家了！

可惜，那个戴眼镜的青年已经走了，不然想告诉那青年，自己是一个作家，这篇《雨夜》便是自己的作品。

这时，他有点后悔，先头不该憎厌的偷瞪那青年一眼，那青年一定也是爱好文艺的，而《雨夜》也一定是读过的。如果他知道他所读着的作品的作者，原来就坐在跟前，不知怎样欢喜呢？

此刻，在李展程君，不，在李展程先生，不……在"作家"眼里，这面前的报纸啦，桌子啦，墙壁啦，墙壁上挂着的地图，以及报挂上的吊着的旧报啦……这些，都非常可爱，出奇的表现着美丽的颜色，尤其是——他特意数一数，一共是十一个安静的看报的成人，和两个活泼的小朋友，——都特别可亲可爱！

可是另有一种情绪又来占有了他，这便是自夸的，骄傲的，其实，一个作家，即是人类中出类拔萃的优秀分子，应该骄傲么？

作家闪起骄傲的目光了。

他把眼球翻一翻，把嘴唇闭成弓形，高贵的挤挤眉毛，得意的动动下巴，满意的摇摇细脖子。

当然，他的细脖子，现在看起来，是很有价值的，因为一个作家，五官百骸，必须和"一般人"有些差异之点，那么，他的细脖子便显然是出奇的一部分。

他想，应该回家了。

可是，这张报纸呢？

他看看四周，没有注意他的人，他轻轻的把一张报纸，叠了八下，很敏捷的插进衣袋里。

他出了图书馆的门，回头望望。

啊！这图书馆可爱极了！

他每天——自从《雨夜》寄走之后——两个月来，几乎是风雨无阻，无日不上图书馆，看看他的作品，登了没有？

现在，他终于成功了！啊！这实在是个经过了不知有多大或多少苦楚的成功！而越是遭受的挫折大的成功，其胜利的欢喜也越浓厚。所以，他欢喜到连走路的脚步，都完全变了形的态度，决不是偶然，也不是无因的。街上的人，都稀奇的看着他。

哎哟！这可怪！他们，怎么，这么快就知道我成了一个作家么？

他加快了脚步，赶快往家走。

啊！家里的人，一定也知道我成了作家吧？

他走路，本来就像奔跑，这一加速，更快了！

他急急忙忙走过一条直街，刚一转弯，不小心，和一个骑脚踏车的人撞个对头，幸亏那车子偏了一点，可是噗唧一声摔倒了！

这怨谁？

按"交通哲学"说，走到十字路口，脚踏车必须响铃。辩论的结果，作家完全胜利，而骑车的人，跌破了鼻子和嘴，扯破衣袖，擦痛了胳臂，这是因为他晚上没有做好梦！

李展程毫无损伤，只是受了一惊，扯扯耳朵，叫叫魂就好了！他一进家，就觉异样。

父亲稀奇的看着他，母亲对他的微笑也与往日不同，姐姐，弟弟，妹妹，全尊敬的垂着手，赞美的瞪着眼。

他掏出报纸，往姐姐面前的桌子一拍。

"请看！"

姐姐是个师范生，她有一副古怪女人的面孔，她拿起报纸来看看日子，"今天的报纸么？我看过！"她把报纸扔下。

哦！她早就看见了，那么目前一家人一定是在讨论他，为了自家竟产出一个作家的幸运而赞赏着。

他想知道姐姐的"读后感"便等不得问：

"你说怎样？"

她瞪大了眼睛："什么！"

"嘿，唱的不好，装的好。"他跳在桌上坐着，板起一条腿笑，那眼睛瞪的更大了。"你是说……？"

"当然，"他赶紧说明，"我不是指别的。"

"什么，我不懂！"

本来，她对于文艺也很爱好的，并且很崇拜冰心女士，此刻，竟说不懂，也太客气了。

李展程从桌上跳下来，跳在椅子上坐好，凑近姐姐跟前：

"你说，不客气的说，到底怎样？"

她把头深深的歪着：

"你说的是什么？你说明白呀！"

"还用说么？"

"妈，你看，他叫人多糊涂？"

母亲噘噘嘴，指导他："你说话，要说明白！叫人家没有法答！二二虎虎的……"

他一想，这话有理，成了作家的人，说话应该明了些，不当吞吞吐吐的，于是，直爽的告诉姐姐。

"当然，我是说《雨夜》。"

"什么？于爷？谁？"

他揉揉鼻子，跳起来，把报纸打开，指给姐姐看。

"你真装的像！请看！"

姐姐迷迷糊糊的拿起报纸，皱着眼眉：

"哎哟？雨夜！李展程！这是你作的么？"

"你说还有谁？"

他高兴的在屋中踱来踱去，等着姐姐批评。

"妈！你看，他作了一篇文章登在报上！这！"

父亲扬着眼眉喊：

"是么？拿给我看怎样的文章？"

姐姐把报纸送给父亲，弟弟和妹妹也好奇的跳着跑过去，好像看见好吃的东西一样。

他咧着嘴笑，走来走去，又跳到桌上，抱着后脑壳。

父亲看一看，高兴的笑起来，为自己有这么个争气的儿子，而快活的捋着短胡须。

"在报上登不花钱？"父亲问。

"不呀！"他跳在地下，摇着头说，"一分钱也不要！"

姐姐进一步为父亲解释："按理，投稿应该有酬金呢！"

父亲不懂这道理："那么，报馆指着什么吃呢？"

姐姐答："当然有进钱之道。"

父亲赞美儿子："看，还是儿子，我不是偏向，姑娘总是不行！"

姐姐不服的噘噘嘴，拿起报纸来，睁着嫉妒的眼睛仔细看。

李展程从椅上跳到桌上，又跑到父亲旁边，过会儿，又用一条腿，跳到母亲身旁。弟弟妹妹看哥哥这样高兴，觉得有趣，也模仿着在满屋像小猴子似的跳来跳去。

母亲不耐烦的下命令："咳，别淘气！"

可是孩子们不听女司令官指挥，跳的更欢。

姐姐看完《雨夜》，把报纸一扔：

"哼！也不知是从哪上抄下来的，我觉得看见过，让我想想……"

作家稳不住神了。

"你胡说！"

"你别急，等我去找书来对照一下看！"

姐姐有把握的样子走进里屋——她自己的屋子去——

那一位好像小偷被人发现了一般，慌慌张张的，交叉着两臂沮丧的喘着气……

（一九三六年五月二十七日于锦州）

禁　令

李三爷一回家，就问他的老婆：

"四秃子还没有回来么？"

老婆冷冷落落的答：

"没有。"

他疑惑的看看衣橱上的座钟，捋着胡子。

"这小兔羔子，四点半钟还不回来，一定是跑到什么地方胡闹去了。"

老婆爱儿子心切，这种时候，不能不张嘴辩论：

"四点钟放学，至少也得过十分八分才能走，走到家也得个相当的工夫，如果有勤务，总得五点钟到家。"

老头子生气了，狠狠的瞪老婆一眼：

"胡说八道，你懂得什么？"

老婆深知老头子的脾气，他一强硬起来，就如牛发野性样，很难克服，所以厌恶的，闭着嘴不理他。

李三爷所以时时刻刻挂着四秃子，不消说，这是有原因的。

他的大儿是个瘾君子，把好好的差事打碎，三年来，没有事做，闲在家里，终日摆摆摇摇，吃饭的时候回家，吃饱就走，到晚上回家睡，这便是他的事业。李三爷一看见他就有气，恨不能一巴掌把他打昏，甚至把他打死。可是，实际上却不能这么办，因为这是个二十八九岁的人，有了妻，并且有两个孩子，怎么好动打呢？所以李三爷气在肚里，却不能表示在外面。

二儿是个铁匠，好赌钱，把辛辛苦苦赚的几个血汗钱，全撒在赌博场上，李三爷一说他，他就瞪眼，不单不服从，倒厉声厉气的抵抗，这使李三爷不能忍耐，他发了许多次狠，把这小子，和他娶了将近一年的媳妇，一同赶了出去，他们不得已在别处安家，和家庭完全断绝了关系。

三儿是个木匠，很能赚钱，但是这身强力壮的小伙子，他把钱全数献给了一个妓女。这妓女如铁链似的，紧紧的把他锁在荒唐的箱里，他无论如何也逃不出来。李三爷如果劝他，他就不服的反驳：

"为什么不给我娶媳妇？"

李三爷何尝不想给他娶媳妇呢？可是托了不少媒人提亲，结果全失败。有姑娘的人家，全知他好嫖，所以不敢把姑娘给他。而他因之更加厉害的去逛，闹了一身脏病，花了许多钱，受了不少罪，好容易治好，后来，并没有停止他的嗜好，却尽其所有的精力干去。他越这么干，人家越不给他媳妇，连给他提媒的也没有，而他宁肯不吃不穿，可不能不嫖妓女！

李三爷把这三个儿子的所以不肖，全归罪在老婆身上，他时常指着老婆的鼻子咒骂：

"这些败家的畜生，全是你养的！"

她，不理老头子，因为这种话，她听的太多了！

李三爷很在意四秃子，他千方百计，很想把这个不满十六岁的小子管教成人。起初，他本想送四秃子进私塾，但是所有的私塾，不知什么缘故，全被官家取消了，没有法，只得进洋学堂，这是李三爷最不满的一件事。四秃子读了五年，如今快在高小卒业了，但是，他连写封信都不能，小字写的歪歪扭扭，如鸡扒的一样。李三爷，差不多是失望了！

他虽然讨厌大儿，可是大儿有一手好字笔，而四秃子读了五年多，连读过三年的大儿都赶不上，因之，他对于洋学堂，抱着更大的恶感。

半年以前，老头子想出一个办法。

一间厢房收拾干净，作为四秃子的书斋，一早一晚，叫四秃子在这里面用功，头两天还不错，四秃子规规矩矩用着功。

第三天，老头子悄悄的走到窗前，往里一看，喂！四秃子伏在桌上睡得很香。

老头子气得胡子直抖，他轻轻的推开门进去，咬着下唇，举起右手，狠狠的一巴掌打下去。

四秃子猛一抬头，好像被摔一下的皮球一样，但是老头子接着又一巴掌，连人带凳子全倒了。

以后，老头子规定了两门功课，叫四秃子一早起来写二百小楷，下午放学回来，写二百小楷和五十大楷，如果写不出来，就禁止吃饭。

有一次，四秃子在晚饭前没有做完功课，老头子罚他下一点钟跪。

又有一次，是学校放假的一天——

吃完早饭，老头子对四秃子下命令：

"今天，我进城有事，你必须在我回来以后，离开书房，听见没有？"

四秃子挤挤眼皮，愁苦的答应父亲：

"是……"

老头子走了。

四秃子在小屋里坐着，真闷个发慌，他听见街上有许多同学跑呀，跳呀，玩的很热闹，他肚里合计，进城，最快得下午四点钟回来，现在不过九点钟，我为什么要装傻呢？

他拍拍脑袋，像年轻人把无论谁都知道的事，当做一己的大发现，而得意的欢呼跳跃一般。三步两步跑到街上，和邻居的孩子开始狂热的游玩。

忽然，老头子在墙角的地方出现了。

四秃子正玩热了心，忘记了世界，不知身后是谁抓住了他的领襟，他反身就是一拳，幸亏老头子躲的快，而这时，四秃子已经惊呆了！

老头子抓小鸡似的，紧紧的扯着四秃子的耳朵，拖进自家院里，举起大巴掌就打，头上一下，脸上一下，并且左一脚右一脚，四秃子放声大哭，但是哭也打。

老婆子扭着小脚跑出来拉儿子，老头子大怒之下，狠狠的把老婆推倒，老婆子跌痛了屁股，加上痛儿子，便呜呜的哭起来。儿媳妇出来把她扶起，她一面哭一面骂，这么一来，等如火上加油，老头子满脸青筋，大打特打。四秃子痛极难忍，挣扎开跑了。

这一场风波的结束颇费了一番事。

老头子咬牙切齿，立誓发愿，非把这小子打死不可！他的脸颜变白，眼睛放着怒不可遏的光芒，坐在凳上，肚皮一凸一凸的喘着气，并且咒骂着：

"这小兔羔子，他的翅膀还没有硬，就不服我管束了！她妈个臭腿！

我看看能不能管好你？兔羔子，我得趁早把你收拾老实！"

老头子挂着大棒坐在门口等候，直等到天黑，晚饭也不吃。儿媳妇求了几个邻居劝，但是劝也劝不好，他更加愤怒，痛骂他这几个败家的儿子，把过去许多年以前的事搬出来诉说，加以咒诅，把鼻子气歪，胡子也快气掉了。老婆子，儿媳，在他面前下了跪，央告了半天，他才气呼呼的扔了大棒，走进屋子。

四秃子回来，给父亲叩了两个头，直直的跪到半夜，从这以后，四秃子真正的怕他了。

但是，老头子还不放心，他总觉得四秃子，头上脚下，有许多地方很像他三个哥哥，那说话的声气呀，一举手一抬足呀，和哥哥们几乎全一样。这使他大不高兴，他总想使四秃子和哥哥们全不一致，他想改变四秃子的灵魂！

于是，他的管束加倍的严厉，如果看见四秃子在饭桌上的姿势不正，什么也不说，上去就是一大巴掌，打完之后，再说明惩罚的理由。

有一天，因为四秃子依着门框对他答话，他恼了，扬起一个茶碗就扔过去，把四秃子的头打破了！老婆子愤愤不平的骂了他一句，这，把他的性子燃着了火，他踢了老婆一脚，顺手抓起板凳，把桌上的东西打个粉碎，握着拳头离开了家。

老婆子哭呀，喊呀，骂他，并且把他过去的公德，全盘抛个干净：

"这该死的老头子呀！他怎么会能有好儿子呢？他年轻的时候……又赌又嫖呀！几乎把他爷爷的家产花了一多半呀！他调戏人家女人，花钱买那些婊子，糟蹋了不知有多少，这都是他干的好事呀！他自己缺八辈德，还想管儿子呀！他管也管不好，他决不会有好儿子呀！……他现在老了，他假装正人君子！这该死的老头子呀！他还要打我呀！我有什么错处？全是你的错！你没有好血，没有好品性，你怎么会生好儿子呢？这该死的老头子呀！他不是好东西呀！我说的全是实话呀！一点也不冤屈他呀！他还干过很多很多丧良心的事呀！我不愿说了呀！这该死的老头子！我这么大年纪，孙子都有了呀！他还要打我呀！是好东西，懂得人情世故的人，哪会这么做呀！啊……啊啊……该死的！……"

这一出戏，邻居们传为笑柄，但是，时间一久，人们便忘记了，好像忘记了抛弃的废物样！

此后，老头子管束儿子还是依旧，动不动就爆发的脾气也依旧……

现在，老头子一看时间，学校早放了学，而四秃子还没有回来。

他愤怒的沉默着，等着，一直等到五点半，有点忍不住，他走到街上，看见一个邻家的学生，便打听："嗳，你看没看见我家那淘气东西？"

那学生笑一笑：

"他还在学校，因为后天是运动会，他是选手，这几天加紧的练习，大概……也快回来了……"

老头子皱皱眼眉，回家对老婆子说：

"今天晚上，不准给小兔羔子饭吃！"

老婆子不解的问他：

"又是为了什么？"

"你不用问！"这便是那痛快的回答。

六点过一些，四秃子轻轻的回来了。

好像出穴的老鼠样，他两只小眼睛，惧怯的闪着，悄悄的走进屋子，老头子满脸带杀气，可是，怪，他什么话也不说。

儿媳妇拿饭给四秃子吃，他刚一端饭碗，还没有吃头一口，老头子过去就把饭碗夺下，凶狠的咧着牙齿，冷冷的审问儿子：

"你怎么这时才回来？啊？"

四秃子抖抖擞擞的立起，注意父亲的两手，同时看着外面企图逃跑。

然而父亲并不打他，完全变了态度，他很和蔼的说：

"你先别吃饭，这里……你必须把这些字写出来，写好才能吃饭。"

老头子指指书房，意思是叫四秃子去。

战战兢兢的母亲和嫂子在旁边催他：

"四秃，快去！"

四秃子进了书房。

老头子把多年未动的祖先传下来的老书箱子搬出来，搬到书房，关了门，在外面下了庞大生锈的铁锁，然后喘口粗气，在窗外大声对房里喊：

"等你把这一箱子书全念会，那么，出来吃饭，不然，兔羔子你就在里面！"

（一九三六年十二月六日于承德）

夜学校

"学费一元，带来了么？"

这是少年时代，有一天我到夜学校报名，走到一个柜台前面，一个可笑的胖子张嘴就问钱。

我呆呆的望着他，他有一个尖脑袋，好像一个皮球突出了一个凸包，满脸麻粒，噘着蛤蟆嘴，戴一副铜丝的小眼镜，他的两只老鼠似的眼球，从眼镜下面直直的瞪着我。但这人不是不可憎的，他的神气很滑稽，我想笑，但是忍住了。

"还没有发饷！"

"等发了饷再来！"

他坐下了，低着头去写字，我站在柜台前面发呆，很愁苦，丧失了要笑的勇气，这个使我欢喜的学校令我失望。书，我已经买好，在身后拿着。

怎么办呢？

在我眼前，是个大厅，长凳上坐着许多青年，他们在愉快的谈话，有的手里挂着木杆，他们是在打弹子球。很精致的大形的台子上面，镶着绿绒布，两个红的两个白的明亮的圆球，被撞得各处飞跑，在电灯下面，放着亮光，互相碰击得呼啪的响。

一个尖下巴颏儿，瘦瘦的人，坐在靠墙壁的高凳上，他旁边挂着一个大算盘，他伸着两个指头去移动算盘珠并且颤动着嗓子大声念：

"五——个！"

穿得整齐的小学生们，像猴子似的跳着，他们在热心的打乒乓球，因为努力，脸涨得红红的。

楼上是读外国语的声浪，后屋有风琴的哀音，图书馆的门口，有些人走出走进，我呆呆的不动。

一切都是快活的，只有我不快活，灵魂受苦。

寞寞的走了，低头看着地板，不敢把足踏得太响，轻轻的走，我觉得身后有许多人，可怜的看着我，对我表同情。然而这种同情，我觉得难堪。

我刚一开门，胖子喊：

"嗳！"

我回过头去，他对我点点脑袋，我慢慢的走回去。

"你叫什么名？"

我告诉了他。

"学费几号带来？"

"二十五号。"

"一定么？"

"一定！"

"不会错么？"

"不——能！"

他在本子上写好我的名字。

"随我来！"

我轻松的吐出了一口闷气，随他后面走。

他走路太慢，大概是因为胖的缘故，脚好像是小脚放大的妇人的脚，脚尖向两边迈开，屁股很困难的挪动着。走到后院经过一个黑暗的地方，上楼梯，到了。

学生们正在大声念着，老师拿着木棍，指着黑板上五个奇怪的字，张着大嘴念，好像一群驴叫。

看胖子领我进来，停止了念。

"新学生！"胖子对他说完就走。

"坐在中排，那一个空位子上吧！"

他指示我位置我过去坐下，许多眼睛集中在我身上，有点害羞。和我同桌是个大眼睛，瓜子脸少年，他把书本捧在鼻子前面，对我点头笑笑，我不感到寂寞了。

学了七天，厌烦了，我不愿学历史地理这些干燥的东西。

我走去和胖子商量：

"我要学英文！"

"什——么？"他不耐烦的对我瞪一瞪眼，"你究竟想学什么呢？"

"我——学英文！"

"学英文，学费是一元五呀！"

"我愿意拿！"

"好，你自己去吧！"

我到另一个楼上，自己找位置坐下。

老师是个高鼻梁像山峰似的，下巴长长的人。

他的声音响亮异常。

我开始学"A,B,C,D,E……"

学了两个星期大概多一点，很快的到了二十五号。

我的薪饷是七元，刨去伙食六元多，只剩下几毛钱。

拿不上学费，夜学校只得不去了。

没有钱实在是个难问题，就是想出了自然淘汰，确定了进化论，把人类的陈腐思想推翻了的达尔文，也解决不了这个问题吧？

但是我发现了个大减价的学校，花五毛钱能听半年讲。只是远一点，其实这也不要紧，因为我有两条会跑路的腿。

进去的头一天，我的脑袋就昏了！

讲书的是个大鼻子外国人，他用外国话讲，而且所讲的，非是学习二年以上的外国话的人，恐怕也听不懂，第二天就不敢去了。

钱，好像一条大棒，狠狠的锤着我的灵魂，我垂头丧气对一切失去了兴趣，都失望了。

我羡慕外国人的狗，他们的狗的生活比我优越得多，我呢，一无所有，有的是垂头丧气和失望，我不愿意在英国人的势力圈里生存了，我空想着，奇怪的想着——如果我能够变成一只毛猴，那么，我一定要去和老虎比量比量。

老虎的那三种战斗要诀，是不足一怕的，当它向我扑来的时候，我只消闪开，一跳，跳到它那多毛的脖后，紧紧的抓住它的长毛，轻轻的赏它个耳光，并不重重的打它，只是惹它生气，把它粗野的性子惹上来，我就不慌不忙的跳到树枝上，微笑着看它那愤怒的瞪眼。

我并且想着，我怎样，用不着上学校，自己拼命的用功，成一个有学问的人。

我决心了——自己用功！

但是功还没用——事实上我并不知道用怎样的功。这时候有个无事不懂的同事，他做了我的导师，到伟大的夜学校学习去了。

所谓伟大的夜学校，便是街头，巷尾，娱乐场，容易把人引到堕落的，罪恶的渊薮里去的地方。

"哈！我告诉你，你跟了我走，是决吃不了亏的。"他对我说，"而且，你能得到很多好处，不信么？你跟我走着看吧！"

他说话的时候，露出不整的牙齿，他把头发梳得很亮，衣服穿得极整齐，他有个小脑袋，细脖子，脚很大，我把他的鞋套在脚上，像拖一只舢舨。

跟他走也没有什么了不得的大好处，头一天跟他走，看戏用不着花钱。

查票的人问他：

"有票么？"

他咕哝着说句什么，那卖票的人便点点头不问了。

他到卖食品的摊子上去，在那里停了片刻，回来的时候，拿出花生和糖块来。

"吃吧！"

我奇怪的看着他，莫名其妙。在三层楼上，有许多伶人的家眷，她们住在小屋子里，台上敲着锣鼓，她们在地板上做饭。在我身后有个美好的少女，坐在凳上削土豆皮，我回头看看她，她抬头看看我，她微笑着，脸蛋儿上有一对酒窝，我觉得脸发烧了，心噗噗的跳。她削完土豆送进屋内，回来坐在我旁边，我的身体不能动了，觉得呼吸困难。

这样美貌的姑娘呀——我暗想——我头一次看见。

我的同伴好像认识她似的，弓着腰问她：

"二哥出去了么？"

"出去了。"她笑起来，转脸看着我。

过几分钟，她走了，过一会又回来了，把一块方糖，扔在我怀里，笑着走了。

我的同伴拍拍我的腰部：

"你，好运道！"

"你怎么认识她？"

"告诉你吧，我的熟人多得很！她的二哥，是我的磕头弟兄，我有二十六个义兄弟，你愿意加进来不？"

"让我想想——"

"想吧。"

方糖我没有吃，装进袋里，保存着。

同伴告诉我：

"明天，你自己来吧，坐在这里，查票的人来问，你这样说……"

他告诉我一个人的姓名，这人是戏院的总经理的少爷，也是他的义兄弟之一。这样的夜学校使我欢喜，我兴奋的躺在床上想着这些事。我没有深刻的理解力，不懂事，我只知道一件事，欢喜和愁苦，睡不熟的时候，我把方糖拿出来，看了又看，高兴得忘记了世界上的一切。

第二天，我又去了，独自一人，胆子很大，自信有许多经验，那姑娘出现了，她对我点点头，坐在我旁边：

"我要去了，唱得不好，你别见笑，戏完我就回来。"

坐了一刻钟，她对我这样说，微笑着下了楼。

这真出了奇事，我从来没有这样糊涂过，奇怪的想：

"怎么？唱的不好？莫非说她是？……"

我整个的掉进五里雾去了，闷闷的坐着。

戏园子里，看客渐渐加多，楼下已经坐满，二层楼上还有许多空位，三层楼上很少有人上来的，有些伶人的孩子们，跑来跑去，电灯放着灿烂的亮光。

大概是，我闷坐了一点钟，在戏台上发现了一个非常熟悉的可爱的面孔。

我不懂戏台上表演的故事，之间一个坤角，穿着青色的衣服，和一个拿着马鞭，戴着假的长长的胡须的人轮流着唱。

我只听懂那男的，说了一句什么，"军营里全是官马，哪有私马呀！"

这出戏唱完，那坤角进去了，过了好久，她才回来，可不是她是谁？闹了半天，她还是唱戏的！

一个老婆子出现在我们背后面，喊了一声什么，她走了，很不耐烦的摆着两臂，我觉得寂寞。

我随着同伴各处瞎逛，后来厌倦了。

我偶然的坐在一个图书馆里，随手摸到一本杂志，眼睛盯在上面，被吸引住了。在这里读书，分文不取，我得到了好的夜学校了。

有好久，我每天晚上到这地方来，从书本上学习一切。

眼睛注视着书，脑里显出各种人物在那里活动。我沉思着书中所描写的每个人物的面貌，姿态，说话的声调，这其中有难形容的妙趣，知识欲迫着我，贪食一般的读书。可爱的影子，也曾时常的侵害着我，打散了我的精神，因之读了许多的页数，还不知读些什么，好像在做梦一般。

然而过些日子，这影子也消灭了，永不浮显在我脑里了。自然，这时候是因为我的年龄，还不到需要的时期，方糖放在袋里太久，已经弄得不像一块糖了，扔了。

半年以后，我的薪金加了一元，订了一份报纸。

一个对于女子的事情，很有研究的同事告诉我一个夜学校的所在，他说到这学校，读书很不错。

我找到了。

这学校只是一间小屋，蹲在一个破庙的院子里。一个六十岁的老头子坐在八仙桌正中，七个体格衰弱的学生，坐在别的桌上，他们读书的声音，好像和尚念经一样。

——子曰，学而时习之，不亦乐乎……——他们念的是这个！一个年龄最小的秃脑袋瓜，告诉我一个笑话：

"有文不载，烂于肚腹，鸭子还载三载，何况人乎？"他还说，"炕上有酒壶，地下有尿壶，我们想喝水，没有茶壶！"

我载了两天，墙上的纸条，还总对我瞪眼睛，那上面写的是——至圣先师孔子之神位。

老孔子看出我没有诚意，我自己也知道，在这里读是不合格的。

我进了不少夜学校了，都失败，我很苦恼，最后进的是个"美术研究会"。

门口挂着几幅画，和一张招生广告，把我吸进去了。

老师是个画家，他的专门营业是画像，招了不少学生。他给我一只眼睛——这是用炭墨画在纸上的模型——叫我模仿着画，我拿了一支未经水湿的毛笔，蘸了炭墨，在纸上细心的涂着。

"这样，"他指导我，"从眼角的地方，看！像这样，先画上面的线，轻轻的……就是这样画。"

我集中全副的精力，在他的细长的手指上，他是个体格很弱的人，领带歪结着，眼睛好像上火，不停的用力的挤着；他说话有些口吃，大概是因为营业不兴隆的缘故；他显出一副愁苦的脸，四壁挂着许多画，很难卖出去，好事者进来当消遣似的看看，连嘴也不张的便走了。

讨房金的，要电灯费的，一天来追他数次，他因为焦急和愁苦，眼皮挤得很快。学生们并不怎么用功，一个脸上抹着很厚的雪花膏，头发梳得明亮的学生，穿一件瘦瘦的衫袍，好像女子一样，他坐在凳上拉着胡琴，还有个眼珠像牛一样的学生，嚎着嗓子唱，这些，老师并不干涉，他说：

"年轻人，是用不着管束的，因为他们自己会管束自己。指导下的学习是必要的，但他们的一举一动，用不着监督，有时候，管束不单得不到好结果，而且有害处。所以你们在学习的时候，我有指导的责任和义务，以外大家尽可自由，说也好，笑也好，唱也随便，凭着你们的意志和兴趣去做。"

然而他自己，却不是凭着意志和兴趣去做的，如果是的话，他的眼皮不能那样挤，他也不能表现那样一副可怜的沮丧的神气。

我画完了一只眼，拿给他看。

"这是你画的么？"

“是！”

“你从前学过吧？”

“没有。”

“嗯——？不能，一定学过……”

他夸奖我，说我有“天才”，能成一个很不错的画家。

我——很高兴！

老师不在屋，像女子似的同学叫我：

“你，这面来，有天才的，我教给你拉胡琴。”

我过去了，我不知道他是嘲笑我，那时候，我还不懂得嫉妒。

我诚意的学习的态度，使他感动了，他很快的教会了我，我多一样技能，会拉简易的歌曲。

在这里学习，很合我的性格，我欢喜画，并且欢喜音乐，可惜这里没有钢琴，只有胡琴罢了。

走在街上，我一听商店放送的音乐，就停住了脚步，长久的呆着静听。外国音乐，虽然不懂得，但是我欢喜，十二分的欢喜。一听到那凄切婉转的声音，眼泪就要淌下来，这是很奇怪的，有时，我想跳起跑到那里去，做点什么轰轰烈烈的事业。

有一晚，秋风吹的很紧，我到夜学校去，途中听见一家外国商店放送乐曲，那动人的提琴，真把我的傻情绪激动了。我立在墙根，默默的听着，如醉如痴，后来哭了！

“美术研究会”没有一定上课下课时间，从下午六点到晚上十点钟止，愿意什么时候去，便什么时候去，回去也是一样，随便。但我总是早去迟归，因为我喜欢这个地方。

后来，“美术研究会”总因支持人的经济不充分，倒闭了！

从此，我失掉了好地方，像可怜的猫一样被抛弃在街头上。

还是上图书馆吧？

我开始自己学习了，唯一帮助我的是头上的电灯，它放着光明照我，我在它的光明下面孜孜不倦的读那些厚书。

我最愁苦的是蠢笨，头脑不灵，理解力和记忆力太坏，并且缺少判断力，和学习什么不能一时稍欠的意志。我的基础不好，这也无法，学问的门不是轻易能敲开的，它关得太紧，非拼了性命，用了所有的精神和力量去碰，才能碰开。不能性急，要渐渐的碰。无奈，我的性格太恶劣了，时常被不正当的享乐的观念所拉拢，中止了正当的向上发展的步子。

在灯光的帮助之下，我独自学习着，图书馆是我宝贵的丰富的夜学校了。

有一天，同事告诉我，一个人到我们公司找我，我从楼梯的半路上偷看着，是个胖子，戴着小眼镜，我知道，他是来要学费，我欠了他们的学费还没有清。

我求托这个同事：

"求你一下，你告诉他，就说我早已不在这里了，在哪里，无从知道！谢谢，你这样对他说……去！"

他去说了。

在那以后，我还进了不少的夜学校，最后进的一个夜学校学的是日本语，我学了二年多，一直学到卒业，得了一张卒业文凭，我很高兴……

（一九三七年十二月六日于滦河畔）

欺　骗

我进入二年级的时候，还是和一年级一样，当着五十三名学生的正级长，同学还是旧同学，不过少了两个，是考试不合格，"打坐窝"的。我们的教室变换了，级任老师姓李，名叫基仁，瘦长的面孔，近视眼，头发披散着，眼镜垂到鼻尖上，大声读书的时节，脚尖还在讲台上打拍子，样子很滑稽。我们都真诚的欢喜他，因为他时常给我们讲故事，也不打人。

有一回，他把我的"作文"用图钉按在显明的墙壁上给大家看：

"你们要学习像这样的作！"

他叫我立在讲台上，面对着下面，一手放在我肩头上，夸大其词的称扬我：

"他家里很穷，可是脑筋好，无论什么功课都比你们强！"

说实在话，他这么夸奖，我是很欢喜的，甚至放学之后回家还欢喜。

同学都艳羡的仰着脸蛋儿望我，我得意洋洋，又含着一般羞惭，像当上了政府主席或大总统一般！

李老师高兴的接着讲：

"世界上，不论古今，有本领的人，都是穷家孩子，这是一定的，你们看，他在一年级考第一，在第二年级还是要考第一的，因为他样样功课都比你们好……"

他还讲说了一些别的。

在我身前是金岭高，他比我小一岁，尖尖的头顶，像一个不成熟的枣儿样，眼睛细小有如老鼠，鼻子扁扁的，欢喜出声的笑，他的手总是脏的，不好意思放在身前，害羞的藏在身后面，是个笨学生，无论谁都懂得的很浅近的事情，他还是不了解，有时他撒谎说明白了，但是老师一问他，无疑的，决答不上来，要多笨有多笨，大家都嘲笑他，说他是个笨虫。有时，我觉着他可怜，悄悄的在他身后，趁着老师不留意的机会告诉他，下课以后他就非常感谢我，像小猫似的在我身前身后打转，表示他的亲密的感情。

午间，大家静静的拿出东西来吃，他把镰刀鱼分一多半给我，如果是拿的馒头，便全数的和我的苞米饼子更换。

他家里有钱，在乡间是有名的富户。他是一个独生子，父母很娇惯他，他不愿意洗脸，可是老师并不打他，我们都知道，校长和他家有亲戚，不然，像他这样的笨虫，没有不落第的道理。

他给我东西吃，那目的，不消说是希望我提书给他，帮助他。

我呢，也就是这么样，丝毫不客气，好像是做买卖似的，他给我东西吃，我就提给他，不给就不提，渐渐的，这个办法，在有形和无形之中，成了一种条件。

后来，我在他面前，几乎成了一个专制的魔王，那东西太少，不合我的理想，我便摇摇手，厌恶的看着别处：

"不要！"

这类事，他比读书要聪明几十倍，立刻就领会了我的意思，把东西的分量加多，恭恭敬敬的献上来，这么样，我什么也不说，满足的点点头。

在背地里我和他商量：

"你家里有钱，是不是？"

"我也说不上呀！"

"胡说，你家有钱谁不知道？那么，你母亲什么事都由你对吧？"

"是的，她不管我。"

"你多拿些食物她也不问——我想。"

"我愿意拿多少，就拿多少。"

"那——你怎不多拿些来呢？"

"我不愿意。"

"怎么呀？"

"重呀！"

"你这个懒蛋子，多拿点儿吃的东西，能有多重？"

"你愿意我多拿些来么？"

"你听我说，你们家里有的是钱，多拿出点儿吃的东西不在乎，全仗喂狗，我家里，你知道，我每天把干粮拿来，弟弟饿了没有吃的，你如果多拿一点儿来，我就用不着……"

他急忙举举手，欢欢喜喜的说：

"好，好，你怎不早说，从明天起，我多拿，管保够你的份！"

"可别忘了？"

"不能，不能……"

就是这样，条约定妥，以后我上学不拿干粮。

说起来，干粮这种东西，我从小是很少缺少的。父亲做工，单喝稀粥不扛饿，总得有点干粮垫补，别人是单吃稀粥没有干粮，母亲很艰难的弄两块干粮给我拿，总是算计又算计很费心血。至于弟弟呢，他饿了没有干粮吃，而他成天跑呀，跳呀，无忧无虑，除了吃外什么也不想，像一只小猴似的，因为跑跳，容易饥饿，没有东西吃，他时常哭。

我和金岭高的条约与协定，在他那方面，可以说毫无损伤，而在我这面却有好几种方便。

从这以后，因为吃了他的东西，无论在怎样艰难的景况之下，也得提他书。有一回李老师看见我悄悄的告诉他，非常生气的瞪我一眼，我像老鼠发现了猫样，急忙把耳朵缩进洞里，规规矩矩的低着头，若无其事的看着书本。

手工，图画，这种功课我最欢喜，同时也是最苦恼的功课，因为做手工，须要手工纸，手工刀，以及别的必须花钱才能买到手的东西，画纸是很贵的，至于色笔，我无论如何也买它不起。

在这方面，金岭高也给了我很大的帮助。

上课以前，他就把手工纸给我几张：

"够么？"

为了下次用起见，我总是说：

"再来两张。"

渐渐的，余份的手工纸，在我书包里积多了，我这么做有个目的，有朝一日，万一他和我翻了脸，不再给我了呢？这是第一点。其次是我把手工纸拿回家去，分给弟弟一张颜色鲜艳的，他不知有多么快乐，蹦呀，跳呀，又喊又唱，一直跳到母亲身边，报告他的好运气：

"妈！看，哥哥给我的。"

母亲起初不高兴，她认为这是一种浪费，可是经我说明来源之后，她也无话可说。弟弟时常哀告要一张手工纸，可怜他什么玩具也没有，得了一张手工纸，竟快乐得连睡觉的时候，也拿出来看，他这么欢喜，我也非常高兴，因为我是深深的爱弟弟的呀！

图画纸也是金岭高给我，这贵重东西他也很缺乏，因为是学校贩卖，老师有严格的规定，一回只需买两张。

我必须替他画一个草稿，上颜色的要领，也得帮他忙——我已经说过，他是最蠢笨的孩子——画一个简单的茶碗也画不好，下笔歪歪扭扭，连个茶碗的模型也不像，可以说，用脚画也比他的好。

我一面用橡皮擦去他那歪歪巴巴的线条，一面咒骂他：

"你怎么这样笨呢！老母猪也比你灵巧些！"

挨了骂他并不生气，眼睛闭成一条细缝，鼻子和嘴皱成难看的形状，两手抱着枣头，缩着肩膀呵呵的笑：

"这样……看！"

我不耐烦的指教他：

"画图画不像写字，你那样拿铅笔是不对的，我告诉你把，傻子！"

但是告诉他一百遍，他还是弄不好。

这一天，李老师对大家大声欢喜的发表一个宣言，说是星期日全校去"远足"，要携带好吃的东西。

"顶好是买一毛钱烧饼。"

但是他又补充着说：

"如果没钱买烧饼，拿别的也可以。"

去远足，这不消说，无论谁都携带烧饼或者比这更好吃的东西。

老师走后，同学都欢呼，议论，说不出有多么快活。我的感情受了群众的传染，我也想欢呼，发议论，可是欢笑很难从我肚里发出，我立刻就想到父亲这些日子没有工做，所做的木器没有人买，他挑出去卖过几回，可是怎么挑出去，又怎么挑回来。金钱的来源是不高兴对着穷人的，我们能够不挨饿，对付两碗稀粥吃，已经是侥幸又侥幸，我能够有资格读两天书，这是运气又运气了，远足之类的事……是呀！我怎么办呢！

和父亲要钱么？这等于和他要命！

别说一毛钱，这么可怕的大数目，就是一分钱，也会难住父亲。

放了学，我无精打采的回家，身前身后全是欢呼跳跃的同学，他们都是快乐的，像些活泼的小鸟一样，然而我却无论如何也快乐不起来，好像一只受了伤的野兔。

那低低的天空，板着严厉的灰色的面孔，这是一个阴天，好像要下雨，天空快压下来了似的，把世界显得特别沉闷，空气是不流动的，我仿佛像被锁在狭小黑暗的箱子里，用力推敲，敲不碎这箱子外面有力的钥匙。世界是广大的，然而我却觉得非常渺小，我寂寞，苦闷，想跑到幽静的森林里，坐在和平的坟墓中间，痛痛快快放声大哭一场，把我胸中紧紧压着的最大的苦痛，发泄出去，流露个干干净净。

我的两腿沉重起来，有点儿走不动似的。

谁在后面奔跑着，很快的追上我，一看，是金岭高，他笑嘻嘻的嘴脸，越发使我难受，我看他，讨厌极了，想踢他几脚泄气。

"远足去多好呀？"

他这么一说，我忽然想出一条路，他能不能帮助我？

我这样苦闷的告诉她：

"我不能去！"

"怎么的？"

"没有钱买烧饼。"

"我借给你。"

"有么？"

"你看，我对你撒过谎么？"

我不想到这件事是可以成功的，第二天他果然拿出一毛钱来给我：

"用不着你还，给你！"

我说不出有多么感激他，此刻他在我眼里，已经不是个可厌的笨蛋，而是慷慨豪爽可爱的天使，那不成熟的枣形的头，就如天使的金冠一般！这样，我有资格加进远足的队里了。

谁想欢喜了一天，第二天便来了苦痛。

校长叫我去……

"金岭高给了你一毛钱么？"

我的心很激烈的一跳，想撒谎，然而没有勇气。

"是。"

"你可知道他这钱是偷他母亲的么？"

"不知道！"

"那么，他给你钱你就要么？他为什么要给你钱？"

"不是给，他借给我……"

"不准撒谎，我都明白，他时常给你东西，是么？以外还有什么，都告诉我！"

我觉着面前朦胧，不相信这是人间的事实，我好像是做着恶梦似的，校长的严厉的面孔，别的老师的轻蔑怀疑的眼光，就如无情的刀，向我直刺一样。

我不知自己讲了些什么，迷迷糊糊，校长问了好久，我忘记了都是怎样回答的。

我想大哭，可是哭不出来，两眼昏花，就如浓烟熏眯了眼，我听见一声：

"明白了，去吧！"

我便轻轻的退出，我赶紧奔跑，恨不能一下离开这个学校，这样的痛苦，真够我受……

走回教室，但是我没有勇气进去，好久好久的，我呆呆的，羞惭的立在门口……

（一九三九年四月二十八日于灯下）

路　上

一

是一个阴冷的下午，天空板着灰暗的面孔，太阳苟安的藏在乌云之中。

在荒原栖身的枯草，忍受在西北风残酷无理的压迫之下，悲痛的摇动着身子，它们的泪早已枯干，如今，只有忍耐，苦闷的挨着这寂寞的冬日。

"我们今天晚上吃烧麦吧？"

我的同伴银华这样和我商量——他的马和我的并齐的前进着，他一手持缰，一手插在外套的袋里，嘴角衔着纸烟，轻轻的眍着两眼，好像困乏的牛样。

"我不大欢喜吃烧麦，肉类做馅的东西，我全不欢喜。"

我把这意思告诉他。

他踢踢马肚子，扬扬手：

"快点走！冷！"

我们踢着马快步跑。

从兵营到我们住宿的地方，骑马走得一点钟，我们每天在荒凉的野地走两趟，道路很平坦，马跑起来很稳当，可是有冰冻的地方，必须躲避过去，不然，马会滑倒。

我们跑了三分之一的路程了，马的速度慢了，马是吃力的，但是人很舒服。

二

在前面，在道路的正中，有两个路人，一个是老年人，一个是童子，两个人的肩上都背着口袋，他们听见马蹄声，回头望望，又冷冷寞寞的照常走路。

我们很快的和两个人接近了，他俩躲到路边走，低着头，好像没有看见我们样。

老年人有五十来岁，鼻子下面有一撮黑胡子，脸上有些麻粒，他的棉袍破了不少窟窿，鞋用绳扎着。童子的衣服，比较整齐些，然而人一见，就会知道，这是两个过着乞讨生活的人。

银华好奇的问老年人：

"你们到什么地方去？"

他不慌不忙的吹吹鼻子答：

"啊，进城。"

他的声音是哑的，喉咙里像含块石头，说话的嗓门，就如敲破锣。

我们勒紧缰绳，让马慢点儿走，银华想和这两位旅伴谈一谈，他客气的问：

"你们住在城里么？"

"啊，不错？"

"这孩子是你的……？"

“啊，是我的儿子。”

“噢！你们从哪来？”

他低着头走路，顾虑着脚底下的石头，怕绊倒，一面讲话：

“我们到前虎村去，那地方有家人办喜事，又到后虎村去，那地方有家人办丧事。啊，一共要了二十个铜板。”

银华惊奇的瞪瞪了眼睛，计算着：

“从县城到前虎村，是二十里路，从前虎村到后虎村，也是二十里路，从后虎村到县城，又是二十里路，这三个地方的位置，正如等边三角形，那么你们为了二十个铜板，奔走了六十里路？”

“是呀！”老年人苦笑了一下，“有什么法子呢？唉！”

银华狠狠的抛弃了烟头，喘口粗气。

三

西北风加紧了，先头，藏在乌云中偷懒的太阳，还露出点儿恍惚的淡黄的光，这时，淡黄的光也没有了，乌云的阵容，一刻比一刻巩固，看这气象大概要下雪。

“我看你，”银华不解的问，“不像讨饭吃的人？”

“呜——啊啊啊啊啊……”我的马忽然扬着脖子高兴的大声叫了一声。

有胡子的人点点头，吹口冷气：

“我是做‘洋壶’的，可是这行生意不成，我干了十几年。大前年，我的老婆死了，她一死，我的小生意便糟了，简直连一碗饱饭也混不上，怎么办呢，咳！我一横心，把这倒霉的手艺抛了吧，讨饭吃去。讨饭吃比我做生意强点，运气好，唉，一天能要二十来个铜板，吃的东西总可要到嘴，只要多跑几家，多招呼几声，好歹，能把肚子吃饱。这二十来个铜板，好好攒起来，日子久了，也能弄个小资本，我想做点什么小营业，像卖个花生烟卷什么的，可是，做洋壶可不成。这二年来，啊，我积了不到四十块钱，我很高兴，满打算开始做买卖，谁想到，唉，运气不吉，我一病病了三个月，差一点死了，病倒了，不能讨要了，儿子成天看守着我，归了，把这几个钱花光了！唉！"

他唏嘘的咧着嘴，一阵寒风刮进他嘴里，他难受的咳嗽几声。

银华问他：

"为什么不把你的儿子送到哪里学个手艺？"

"学手艺？"他不满的摇摇帽子，"啊，不成啊！先生，请想想这个年头，学什么手艺能成呢？去年夏天，雇给人家放牲口，东家管吃，管穿鞋，衣服不管，没有工钱，这是讲妥的。我想，这么办也好，总比跟我讨要好，想不到，这点事也不顺利，马把他的脸踢破了！踢破很大一个口子，您看看。"童子把帽子掀掀，转脸给我们看，在眉毛上方，有一道弦月似的伤疤。

"他受了这伤，不能放牲口喽！东家当然不能白养活闲人，把他打发了，他带着伤跟我讨要。唉，这孩子，他的骨头真硬，他痛到发昏，可是没有掉过一滴眼泪。他母亲死的时候，他连哼一声都没有，这小子，是'硬命根子'，无论走多么远路，我累个死去活来，他呢，唉！简直不知道乏，他比我能走。你们看，今天六十里，我歇了五六气，他总是催我，叫我快走。"

这个小朋友有十三四岁年纪，肩头很宽，走起路来脚步迈得很轻快，两臂自然的前后摆动着，如风车似的。

四

灰色的，罩在炊烟下的县城，显出来了——在灰暗的天空下，县城里一排排如石块似的房屋，紧紧的依靠着，弯弯曲曲的城墙，宛如一条大带，从四面把县城包围，如嘴似的城门，把行人吞进或吐出。有一辆拉柴的车，刚从县城里出来，从西面拐过去，那车夫把鞭子在半空挥舞，并且大声呼喊着，咒骂吃苦的老牛。

银华忘记了商量晚饭吃什么，他拍拍马的脖子问：

"你们住在城里什么地方？"

"在基督教堂后身，有一个破庙，那里有不少我们这行人住宿。"

"为什么不住在教堂里呢？那里不是比破庙暖和么？"

"啊，那——人家怎么能许可……"

银华生气的噘着嘴说——他又上了小孩子性——

"教堂是上帝的，为什么不准住呢？"

"唉，人家收拾干干净净，我们进去一住就弄脏了，庙里，我们有位'花子头'，他的规法很严，一天黑，他叫关上庙门，不准谁迈出大门一步，这是怕谁晚上出去偷东西。有一个老婆子，半夜偷着溜出庙去，跑到人家客栈后院偷了一个篮子，和三条草绳，后来，我们'花子头'查出来了，把这老婆子好打，驱她出庙。上月，她住在胡同口，晚上下大雪，冻死了！……"

银华插嘴问他：

"花子头是做什么的……？"

"花子头，是管理花子的。"我简单的告诉他。

"是呀！"有胡子的人同意的讲，"我们这花子头很不错，他一点不偏向，谁要是得个病和灾，他就格外留心，叫大家伙均分出点儿东西给病人吃。去年，我住在胡县，那里的花子头顶缺德，他妈的，我想起来就恨。他知道我一天能讨得二十来个铜板，他天天和我借两个，一共借去了四十多个。我如果不借给他，他就故意挑错，找我的短处，和我作对，我怎么好得罪他呀？我只好借给他，后来，他一个也没有还我。有一次，他出门不在家，来了一个冒充的花子头，和我们大家伙要东西吃，起初我们不知道他是假的，便给了他点儿东西。花子头回来了，听说这一事，把我们好一顿咒骂。第二天，他抓住假头目，把这小子打个半死！以后，他跑到别处去，再也不敢出来冒充了！"

银华是个聪明的青年，然而他不理解这个无形的网，他糊涂的问：

"花子头？哟……我头一次听说！是谁叫他当花子头？"

有胡子人正经的说：

"那——咱可说不上，反正人家是花子头，大家伙都不敢惹他，他说一五是一五，说一十是一十，谁也不敢说他不对，你要犯了规矩，他就赶你出去，轻些，赶你出庙，重的，连你在这城里讨要也不准！"

"规——矩？"银华越发糊涂了！

"做什么也得有个规矩呀，像我们讨饭吃的人，更得讲规矩，第一条是，饿死也不准偷东西；第二，人家骂你，你不准动嘴，人家打你，你不能还手，这也是应该的。和人家讨要，必须忍受些，不讲理，动野蛮，那可不对！"

五

有几片星星的雪花落在我脸上，我四下一看，原来是下起雪来！喂！下雪我都不知道，我的精神，完全陷入沉思的窟窿里了。

讨饭的老哥是个欢喜喋喋不休的人，他还没有讲完要说的话：

"我领着儿子，今天东，明天西，各处跑，跑了不少地方，今年春天，我住在张县，那地方，可真不错，讨一天能够两天吃的，买卖人也很和气，愿意给。不愿给呢，也不说什么。从前，那地方不是这样的，讨饭的人在那县里住，简直得饿死，你若是喊时候多了不走，他们就动打，听说有个讨饭的年轻人——这年轻人很厉害——谁要打他，他就把谁家放火，后来把他捉住打死了！他全是晚上干，他这么一来，那地方人，全害怕花子，所以给的很痛快，如果没有剩饭或零钱，他们一定和和气气的对你说，我在那讨了两个月。后来，讨饭的太多了，满街都是，县里看看不成，把我们赶出县城，一个也没有留。夏天，我又回去看一趟，还没有进县城门，就知道不成，有人在城外把守，你要进去，就得挨打，唉，那地方不成。秋天，我到这县里来，总算不错，混到现在，还没有饿死！……"

雪，大起来了。

银华看看我的鼻子，想说什么，可是没有张嘴。我们的肩头和胸前，以及马的鬃上，落满了雪，这雪，把世界装饰的很美丽。可惜，雪不能常在，太阳一出，晒上几天，地面上的肮脏还是照旧。

银华用力的踢马一下，跑起来了。

我们把路上的旅伴抛在后面，在雪花飞扬之中，跑进城门里，拐弯抹角，到了住宿的地方。

下马之后，我问银华。

"晚上，到底吃什么呢？"

他吐口大气，向我摇摇手。

"只要能吃饱肚子，什么都成！"

我们把马拴在桩子上。

（一九三六年十二月五日于黑山）

破　坏

我到这个小学校来，已经半年多了。

又肥又胖的校长先生，因为不是同乡，又没有什么亲属关系，再加上我的性子不大能够随和的缘故，校长先生看我总有点儿不顺眼，可是说不出，憋在肚里，正因为这样才叫人难受！

和别的同事之间，感情也不十分投缘，那两个自己觉着不错的雌性，更卑陋下贱，娇声娇气，装模作样，人云亦云的，真叫人看着不高兴。总而言之，这学校，没有一件事叫我欢喜，好像处在黑暗的森林，野兽的洞里，不安和恐惧，忧愁和悲愤，又如在沙漠，寂寞得了不得。

放学以后，如果闲暇，我愿意到村庄里散步。这村庄以前是受过几次劫掠，听说头年夏天，村庄附近还出过几回绑票，前年冬季时常三更半夜有匪贼的团体，大胆的进村，拉去牛马抢去金钱，苛毒的伤害过几次人命，一直到去年，有治安军驻防以后才算能够得以安静的喘一口气，可是在偏僻的地方，夜里一有狗叫，人们大概就不能安心的睡觉了。

距这村庄二里路远，是个不大活泼的小镇，有几家粮店和布铺，有空洞的肉床，破败的理发馆，有一家黑沉沉像鼠洞似的书局，往外租借"天宝图"。这小镇的四周，围着灰色的城墙，一个月有四回"集"，乡下人从四面八方赶到"集"上交换东西。

这村庄是独立的坐落在高岗上，它的前面有一条悠悠的昼夜不息，像做梦样奔流着的大河，深的地方比人深，时常有装载货物的舢舨漫漫航行在这河上面，船帆在微风里饮得饱满，人在船上不知是快乐，还是忧郁的唱着歌。

村庄的右侧，是阴暗的树林，散置着几个和平的坟墓，在那里面长眠着的，多半是年高有德，崇拜迷信的枯骨。有一棵老槐树快要躺倒了，林中丛生着杂草，堆积着破砖碎瓦，有一只清瘦的黑狗，时常愿意徘徊在那肮脏的土坑里面。那土坑里，有一湾不愿意干枯的死寂的污水，漂浮着残枝朽叶，还有扔弃的布片，这里是蚊虫的出生地，是不洁的小生物的故乡，林中有一条弯曲的小路，直通市镇，我一走进这树林里，就觉着不大舒服，有点儿恐怖的心理，好像经过狼洞一样。

村庄的左面，是接连不断的田亩，有平坦的沙岗，洁净的凹地，零散的树林，丰美的草原，直通邻村去的道路。村庄的背后，有一座修筑得很完美的庙堂，供奉着至圣先师孔老夫子的木牌，所有的房屋，都任意的散置着，并不互相的依靠，好像谁也不管谁似的，街道不大完整，从来没有人修理它。

男子，多半是城市简朴的农夫，成天到晚刻苦的屈身在田间，也有经营小本生意的，妇女都算是勤快——也有懒惰的家伙——她们主要的任务，是管理家庭，麦秋和大秋的忙碌期间，和男子一样到田间粉身碎骨的劳动，拌嘴吵架的事也常有，全是为了小事。

我还忘记了一桩大事，这村庄的树上有的是蝉儿，天越热叫的越凶，叫声不大好听，老是一个味儿，没有改变，那单调的声音，好像哭一样。

我就在这么一个村庄里，时常的像在公园里散步一样，寂寞当时是很寂寞的，说起来真是了不得的寂寞，如果不这么散步呢？那更是要命的寂寞了。

实在疲乏了我就回宿舍，宿舍——就在学校院里，学校在村庄的西头，距孔庙不到半里路。

有一天散步，出发的时间晚了，散到半截夜色就苍茫，昏黑，走到孔庙东侧的小路上，已经看不见对面的人脸了。

我想赶紧回去，刚一转身，有一个走路的人，急急忙忙的从我旁边穿过去，对着那庙，像箭似的，飞进去了。这个人，我一下就觉察出来，他是我们的校长。

奇怪，那庙里没有人住，这么黑了，去干什么呢？我这个人，好奇心很大，悄悄的，像小偷一样追上去，立在庙门口的树根前，聚精会神的听动静。

正在这个时候，我清清楚楚的听见，有轻轻的踏着草地响的脚步声，由远而近，很快的接近这庙，到庙门口，还担心的四面看看，就在这一瞬，我看明白了，她是女的，是我们的女同事，密斯刘！

哈哈！你们这是幽会！

我一点儿一点的溜进庙门，比小偷还来得机敏，默默的靠墙站着，女的一走进院里，就有人迎出来，在庙门里悄悄的用力的问：

"密斯刘么？"

回答的也是小声，含着无限的"又惊又喜又怕又爱"的声气：

"来啦！"

接着我就听见好像拔开一个紧紧的瓶塞似的亲嘴的响声。

再接着是像有一阵轻风似的，把庙门推开了，他们迅速的进去，把门轻轻的关上。

我的心——啊啊！哪个王八蛋撒谎，跳的很厉害，又羡慕，又嫉妒，内部起了很大的酸素作用，像大洋中的波浪，凶猛的翻滚起来，又如烈火旺盛的烧起。要制服这种野兽的，原始的感情，颇不容易，我决心破坏他们，像狗一样，不能老老实实的，眼巴巴的看着别的狗把屁股靠紧，我要狠毒的下口咬，在他们还没有对准武器开始作战以前。

我先等着，大概等了五分钟，听听没有什么声浪，就拿起一块小石头，用力的扔进去。真想不到那么巧，小石头击破了窗户纸，啪的一声碰在墙上，又落在案头那个盆大的铁钟上，喤啷一声很大的巨响，清脆幽雅的音波，在这么寂静的黑夜，少说传出半里路，连我自己也大大的吓了一跳，好像迎头受了重重的一击，忍耐不住，赶紧的就如身后有狼追着一样，小声的踏着地，迅速的，在那渐渐微弱的音乐没有停止以前，跑出庙门外的树背后藏起来，拾起一块拳头大的石头做防身武器，恐怕那个家伙发现了他不共戴天的大仇敌来拼命。

我听见院的庙门，嘎一声开了，胖身躯在前，马蜂腰在后，急急忙忙的往南奔跑。

我觉着这样就结果了这幕宝贵难得的好戏剧，未免有点儿可惜，把我手里的石头，对准那逃去的黑影，狠狠的打过去，我是打算敲破那胖子的脑袋的，不想到这石头落在女人的身上。

"哎哟妈呀！"

"怎么的，怎么的？"男子吃惊的声音。

"谁——谁扔石头！"

"打着了么？什么地方？"

"腰——"非常的痛楚，好容易说出这个腰字来。

我又发出第二块石头，这第二下却没有击中，空空的，沉沉的落在地下。

第二天，午间我听说密斯刘没有来校上课，是因为有病。校长先生，照旧是那样的肥胖。可是我觉着他的颜色似乎有若干改变，对我的态度照常，他决不会知道，那个幸灾乐祸的犯人就在他面前，很客气的对我说：

"刘先生有病，你给代两课吧？"

"可以。"我觉着有罪，所以不敢抬头。

他又告诉另一位女人：

"劳驾，你也给代两课？"

"成。"

我假装正经的问：

"她是什么病？是感冒吧？"

"大概是感冒——"这就是那回答。

那个可怜的女人，这一病就没有起床，病了两个多月，她家里来人把她接回去了。

又过了半年多一点儿，听说她死了！这件事距现在已经有一年了，我一想起来，就觉着十二万分的抱歉，我不能成全人家的好事，倒反实行奇毒的破坏，并且害死了一个心灵柔弱的女人，我真是一个罪人，可杀不可留的东西！

我朋友马君，对我讲完这段故事，忏悔的喘口粗气，把头低下。

我把茶杯拿到他鼻子底下：

"来，喝碗水吧！"

（一九四〇年夏于河北省武清县）

脾气大的教官
——军阀时代的故事

陈教官从来不和学生讲交情，他的眼光总是冷冷的，石头嘴唇，铁的下巴，声音像骡一样，脾气也像驴。

有一回，我们刚下讲堂，吵吵闹闹的在宿舍里休息，谈话，有个同学忘记了"危险"，把书扔在床上，枕着，两手抱着头，懒懒的伸着腿想躺一下。

这时节，陈教官的冰冷的面孔，在窗外出现了，他狠狠的瞪瞪眼睛，点一下头，坚决的举起手来：

"全副武装，集合！"

谁也不敢踌躇，也没有工夫议论或批评，都像热锅里的蚂蚁似的，急急忙忙的扎皮带，背上杂囊水壶等等，慌慌张张的抓枪在手，争前恐后的往外奔跑。

陈教官瞪着眼睛，站在宿舍前面，不耐烦的大声吼叫：

"赶快！赶快！"

全都集合好之后，他下口令：

"跑步——走！"

他骑上脚踏车，在队伍后面监视着，出了营门之后，他跑到头前领路，大家知道这是怎么一回事，悄悄的传达消息，通报头前的人：

"慢点儿跑……"

陈教官很快的离开队伍，跑到最前面，离开队伍有二百米，从脚踏车上跳下来，摘下军帽，在半空前后摆动两下，这记号的意思是命令快跑。

我们加快了步度，呼呼的喘着奔跑，跑到他附近时，他生气的说起来：

"再快点儿！"

他也不指示目标，只是在头前，顺着马路，不停的蹬着车子，时时刻刻的回过头来查看，有时绕到队伍后尾或道旁，矫正谁的姿势，咒骂着，生气的扬着下巴。

跑了五里来路，大家都像牛似的喘起来，因为速度太快，有几个落伍的人。陈教官对于落伍的人，一点儿不讲客气，他从路边树上，折断一条粗硬的树枝，看谁落伍就追过去抽打。

"饭桶！这么远一点儿路跑不动？滑头……"

树枝像皮鞭一样，抽在背上发出可怕的柔软的声音，这么一来，谁也不敢落伍，有一分力气，使一分力气，就如身后有凶猛的狼群追击似的，只有前进可以救命，落伍是危险的。

我们忍耐着，非常艰难的，鼻孔和嘴像堵住了样，很难喘气，热汗从头上滚滚的流下，湿透了衣服，连腿上也是热汗淋漓，汗汁很痛楚的刺着眼角。

整整跑了十五里路，又向转后走，没有休息一秒钟，跑回来的时节大家几乎发昏了，做体操连腿都抬不动，陈教官毫不理会，他背着两手踱来踱去，沉思的望着每一个因为受苦而变了形的面孔。

"你们知道，为什么罚跑步？"

谁也不回答，悄悄的。

他想一想，伸出一只大圆球形的手掌，指指宿舍的门窗。

以后，在宿舍里，白天不准躺在床上，我不是说过许多回么？完了，解散！……"

疲乏到像被扯得四分五裂似的，大家沉默的把枪放在架上，也不埋怨，也不说一声不平，因为说话的力气是没有了。

有一周，轮到我给他当勤务。

他一早醒来要喝杏仁茶，卖杏仁茶的不到我们校舍附近，我必须跑到老远的，到各处去寻找，好容易发现卖杏仁茶的，逼着挑起担子，到校舍门前，把一碗杏仁茶很小心的端进来。

陈教官已经爬起，披着衣服漱口，他等得不耐烦了，一看见我像见了一条蛇似的，异样的瞪起眼睛，把口水吐在痰桶里，牙刷扔在桌上，拍一拍手，咧咧牙齿，直对着我的鼻子吼叫：

"跑到什么地方去啦？——笨虫！"

我看他，比我高出五丈，神气要多足有多足。

他把杏仁茶端起来，先用鼻子嗅一嗅，似乎怕里面有毒药，不放心的用舌头舔一舔，轻轻的喝一口，瞥我一眼，用力的拍拍桌子：

"打洗脸水！"

他洗脸的方法，是和一般人不一样的，把头浸在水里，两手搓着后脑海，手巾缠在脖子上，动作很快，洗完了就喊：

"拿去！"

毡子给他叠错了，他是不能轻饶的，把毡子抓起来，狠狠的摔在我的脸上，推我一拳：

"好好看着，这么样！"

他这样的对待我，要算是最温和了，给他当勤务的同学，十有九得挨几回打，他说：

"打，不会把你打死！你们现在是享清福。"

他读书的姿势，像鸡寻食物一样，用力的探着脖子，把脸深深的埋在书页里，有时他把书扔开，喝一口水，唱起来，抖动着下巴，因为想把声音弄得动听，就非常出力。

"你懂得么？"

我说："不明白！"

"笨虫！"他仇视的瞥我一眼，"你们这些笨虫，未出娘肚皮，就是笨虫，你们不会变聪明，永远的。"

我心里暗想：咒骂人并不算光荣。

这里很显然的，无论谁他都瞧不起，从校长起，一直到马夫伙夫，没有一个如他意的。

他误会了，他以为我是娇生惯养长大的：

"像哈叭狗那样喂养大起来的人，不能出息好种，你们这些笨虫，能有一个出息的么？"

在他稍稍温和一些的时节，我和他谈话，可以壮起一点胆量来，为了表示我并不是一个笨虫起见，就和他辩论起来。

他的口气总是强硬的：

"你读过几本书？"

我说："读的书很少。"

"那么，你少开口！"

他测量人，把书本当做尺，他是很看重书的，他以为多读书的人，就一定聪明，读书少的人，一定是笨虫。事实上有些人并不如此，然而他，偏见是很深的，他只相信他自己的话，不容纳别人。他的一本书放在桌角上，我弯着腰扫地，没有看见碰掉了。

他跺跺脚：

"什么，瞎子么？"

我赶快把书拾起。

"拿来，我看看弄脏没有……"

书皮上沾了一点尘土，他吹了吹，拍一拍，用衣襟擦一下：

"可恶……"

我小心翼翼的伺候着他，在他面前呼吸是很难的，仿佛，他屋里的空气是窒息性的，呼吸久了会伤坏肺部。但是过了两天，我习惯了。

他的马靴长久的不擦油，刺马针也生了锈，他上街回来带一盒鞋油，扔在桌上：

"擦擦靴子，好好的。"

要"好好的"，就必须多用点油，老半天才擦完，他不看鞋，先看鞋油用去多少。他皱皱眉头，把油盒用力的摔在地板上。

"你怎么弄的，把油吃了么？笨虫！"

拍车上的锈太厚了，他不准用泥土擦，给我一块破布，我磨了半天，破布越发的破了，而锈还是锈，一点儿也没有减少。

他生气的把拍车夺过去，看一看。

"算了，就这样吧！"

开饭晚了，他不归罪伙夫，却把怒气发泄在我身上。

"以后要爽快点儿！"

他吃完饭，叨叨叨叨的讲着：

"可惜，好好的饭，给你们这群笨虫吃，这真是人类的损失！还有……"

他用筷子敲敲饭碗，当当的响：

"还有那些什么也不干，白吃了人类许多饭的畜生们，非……"

他把左手掌直直的立起砍一下桌子：

"非……杀干净不可！"

把眼珠转了一下，吹吹鼻子，喉咙里咕噜一声，因为一口汤喝得太多了。

要明白陈教官究竟是怎样一个性格，是不容易的。他一天到晚总是生气，几乎没有笑的时候，生气已经成了他的习惯。

虽然对我可怕的发怒，不亲切，可是我对他没有什么憎恨的感情。仿佛是在他身上有一部分的力量牵住了我，不是他暴躁的脾气，也不是那固执的谈话，我觉着他的生活缺少平静，没有愉快和安乐，他孤独的在他自己的小圈子里活动着，一出他的屋子，就像好久的苦闷在箱子里的机械忽然得到了解放，活泼的开动了发条，跳着，滚着，嘎嘎的乱响。

在教室里比在操场上，脾气大得很，谁的姿势没有坐正，稍稍歪了一点儿，他如果看见了，什么也不说，过去就是一巴掌。

他质问你每一个名词和意义，你必须仔细的解释，如果弄错了，他先骂你一顿，接着就是巴掌。

有一回，在操场上做完了一节班的战斗教练教育法，大家快活的坐在一起休息，忽然，从操堂的西边有几只狗跑过来，其中有一只黄狗爬在另一只瘦狗背上玩，全身战动着，好像发了疯，大家呵呵的笑，陈教官也笑起来了，这是不常有的笑。

他望望周围的学生，指指那些狗：

"知道么？你们就是这么样生到世上来的，所以你们都很有价值。"

谁也不说话，大家感到这咒骂的难过，而且不能反抗，因为陈教官是正颜厉色说出来的。

他想一想，拾起一块石子扔到狗群里，狗都受了惊。

他对着狗像对人似的说。

"生气么？好——"

他又拾起一块大些的石头，狠狠的打过去，狗都吃惊的跑了。

有个同学大胆的和陈教官开了句玩笑。

"教官打人真痛！"

他异样的眨眼睛，摇摇头悄声说：

"打痛一点儿，比打一点儿不痛好多了，放心，决打不死你们，你们这算什么？这世界对你们是非常优待的，别不知足，我从前……"

他看看手表急忙跳起来：

"都给我滚起来，跑步！"

给他干一星期勤务，如果胸襟太狭小，能愁个半死，我千加小心，万加小心，总算没有弄出大错，到最后的一晚，他瞪我一眼：

"怎么样，你永远忘记不了我吧？滚蛋！"

卒业考试以前，陈教官的脾气越发的暴躁起来，临毕业那天，我们已经捆好了行李，他还收拾一下：

"都给我滚出来！"

大家急忙出去。

我们生着气跑了一点多钟，在操场上像骡推磨似的转圈，他开心的立在中央，背着两手悠闲的眺望风景，几乎把我们这受苦的一群忘记了。

后来他打个哈欠，才想起我们。

"立定！"

他满意的笑一下说：

"这算是临别的纪念！"

狠狠的瞥了大家一眼……

（一九三九年八月六日于灯下）

新战术

建子君是刚从军官学校卒业的。

星期日的早晨，他欢欢喜喜的跑来找我，把新式的美观的军刀摘下来，立在桌子旁边，解开脖底下的衣纽，搓搓两手，笑嘻嘻的望着我：

"今天不出去走走么？"

我说，什么地方也不想去，最舒服的，是坐在窗前眼睛望天，望那天上的云，云里的幻景。

"顶好是睡觉！"

"不错！"我同意他，"没有比睡觉再安静的了。"

从打开的窗子吹进来温和的风，五月的天气还不怎样热，街上，小朋友们，吵吵闹闹的玩得很热闹，两个十六七岁，穿着短裙的女学生，活泼泼的走过，有个卖瓦盆的老头，把担子放在街边坐下，在他跟前懒洋洋的躺着一条黄狗，脑袋弯到腰部。有一种嗡嗡的什么声音，建子君很有确信的说：

"是飞机！"

果然不错，有一架飞机高高的从东面飞过来，往西飞去了。

"现在的飞机不大方便。"

我很奇怪他这个说法，问他：

"怎么的？"

"如果不用人操作，那一定是很好的。"

"用什么操纵呢？"我又问了。

"用无线电。"

"办得到么？"

他把手在大腿上一拍，大声说：

"一定办得到！不信你等着看，再住过十年八年的，就会发明成功，也许已经成功了也说不上。"

"那可好极了！"

"是呀！你想，用无线电操纵该多省事。如果是战斗机，只消绑上炸弹就妥，操纵的人坐在屋子里，或者躺在床上，也像听无线电一样，用小手指按着一定方法一播，飞机马上就飞到敌人阵地里，轰一个痛快。而敌人的高射炮，却打不掉飞机，因为飞机的速度，是比高射炮还迅速，好像闪电一样！"

我明明知道他这话是一种幻想，却不觉着讨厌，觉着这事情也许会实现的，而且关于这一层我也有点意见：

"再好好研究一下，顶好是连飞机也不用。"

"怎么样……？"这回是他问。

"用无线电直接的指挥炸弹，叫他往东他不敢往西，叫他往西他不敢往东，坐在屋子里，或者是躺在床上，从无线电里可以明确的观测敌阵地，可以考究敌军的情况，一切弄明白之后，就发射炮弹，接连二三的打去，不到五分钟，就把敌军埋在土里，用不着他们自己预备棺材……"

"什么也不如'死光'痛快。"

"太简单也没有兴趣，多多少少还是费点儿手续好！你说怎样？"

这个意见他也赞成，谈话的路是合并了。

他高兴的说：

"如果敌军也学会用无线电操纵炸弹的话，我们还得另发明新武器，最有趣的是发明一种炸弹接收器，用这种器具，把敌人的炸弹从中途一个一个的接住，拿回来我们用……"

这个战术可真妙极了，我又想出一个方策：

"倘若敌人把这种发明也学会的话，我们就制造些假炮弹打过去，他们以为是好东西，一个一个的接收，等使用的时候，才发觉是废货，这样会把他们气个仰脚朝天！"

他嘻嘻哈哈的笑了起来，用两手捧着肚子，嘴咧得很大。

他又想出一种新武器。

"我想，如果能够发明出一种睡药，也像瓦斯性质，利用气体，放散过去，他们嗅到之后，马上昏睡起来，然后我们就过去把他们一个一个的绑起来……"

"这也好，再不然，发明一种铁链，像野炮似的发射过去，用不着人工，很巧妙的把他们一个一个像鸡似的捆住，以后，他们一发现铁链，好像老鼠发现了猫样，拼了性命奔跑，而铁链像从空中落下的蛇一样，成千上万，遮住了天空，还稀里哗啦的发出骇人的巨响，开玩笑似的从后面追赶，一直追到他们的老家，他们滚着，爬着，那才有意思呢！"

他又哈哈的笑起来了。这一回却没有用两手捧肚子，而是用脚跺地，一面用手敲着膝盖。

他停住了欢笑，想了一下：

"各种战车也有改革的必要！"

"怎么改呢？"

我很想听他的意见。

"得从头到尾的改，第一是外观，要造成像老虎一模一样的形体，这种武器在没有作战以前，当然得极力的保守秘密，等战斗一开始，把这些老虎放出去，他们以为是真的老虎，还没有考究的时间，老虎已经开到他们阵地的前方，张开大嘴，放射机关枪和炸弹了……"

"要叫我说呀，制造老虎的形体，不如做出大姑娘的模样，他们以为是真的大姑娘了，肚里却是炸药，把他们轰一个全军覆灭。"

"你想到刺刀没有？"

"刺刀怎样用？"

"想发明一种药水涂在皮肤上，不要说刺刀，就是比刺刀再锋利的东西也刺不动，好像刺钢铁一样。"

"啊……"

"把这种药水，再进一步的研究，一定会研究成这步，不要说刺刀，就连炸弹，战车，以及别的重武器，什么也打不透，瓦斯也不成，细菌也失去效力，死光也没有用，总而言之'一切的一切，全没有用'……"

"这么一来……""这么一来，所谓武器这些东西，全没有用了。"

——这都是开玩笑，闲扯扯了半天，感到乏味，他扣上衣纽，立起来说："我得去买条手巾！"

往　事

有一年夏天和秋天，我住在外祖父家里，因为闲呆着难受，时常下地帮他做工，过了两个多月，无忧无虑的生活，在这风景幽美的村庄里，我还有一段觉着脸红的故事呢。

外祖父是个刻苦的农夫，为人亲切和蔼，豪爽慷慨，面孔老是红红的，好像喝醉了酒，鼻孔下的胡须像一堆马莲草，又粗又厚，笑的时候声音很大并且弯着背。"你不怕把衣服弄脏么？算了，你在家里吧……"不管他怎么说，我紧紧的跟在他身后，一块儿到菜园旁边的广场去。

这广场很平坦，是新修的，旁边有一个池，水面上躺着许许多多丰肥的荷叶，美丽的荷花下过雨后就凋谢了，莲蓬从荷叶之间笔直的伸出脖子，默默的望着各处，时常有馋嘴的孩子，从苇塘的背面绕过来偷莲蓬，外祖父看见了就生气的大声喊：

"你们要吃，就大模大样的拿几个去，干么偷偷摸摸的。"

接着是一大串的训话：

"这么大年纪就学偷，几十偷到老啊？给祖先丢脸……"

他在池边掘了一个大坑，翻碎的泥土泡在水里。把上身的衣服脱下来挂在豆架上，挽起裤腿，跳进泥里，动手用铁锹把沉重的湿泥往坑沿上扔。我也学他的样，把衣服脱去，并且挽起裤子，这工作一开始我就知道多么艰巨繁难了。泥土泡在水里的，已经和水融成一片，成了黏性，像浆糊似的，铁锨不容易插进去。用脚踏,我的足掌受不住,用肚子压铁锨的后柄痛的难受,好歹把铁锨对付进泥里,要把湿土运上来,就费事了,我用力的把泥水里的铁锨把子前摇后摇,谁想到越摇越扎实,没有多时,汗珠从脸上滴下来,气喘如牛,好像奔跑了几十里地,裤子上汗水溅满了。外祖父回头一看,哧哧的笑起来。

"算了,到上面休息休息去吧!看看你的裤子!"

我觉着在这老人家面前非常的羞歉。他是个老年人,做起工来,不汗不喘,泰然自若,我正年富力强,和他比较却是差得太远。

我精疲力尽的坐在岸边,身体像被扯得四分五裂一般,伸手一看,手掌里磨出一片水泡,痛得要命,荷叶在微风里轻轻的摇动着,有点儿嘲笑我的意味,一个青蛙跳进水里去,扑通一声,把我吓一跳。

外祖父把湿泥弄上来一大堆,他像个敏捷的少年一样,活泼的往坑沿上一跳,急手急脚的细揉起泥土来,一点儿一点儿把湿泥倒到西面,堆成一个小山,又不停的倒回原处,一共倒了三次,他把铁锨往泥里一竖:

"完事。"

接着他就跳进池塘里弯着上体洗脚。

这个老年人,像这么样,每天每天不停的劳动了五十多年,世上所有的娱乐全不知道,这样的人一生一世简直是沉醉在劳动的诗歌里,那工具的声响,就是动听的音乐。

南面靠树林边的道路上,有一辆拉着七长八短的旧木头的牛车,不慌不忙的往东走去,车夫高高的坐在车前头架起的木料上,任意的摆着鞭梢,大声的唱他那永远唱不完的歌。外祖父把板凳摆好了,沙土堆在空地上,木制的砖套在水里洗干净,用沙土在里面转动一下,放在板凳上。用那两只粗大的黑手掌尖合在一起,像刀一样砍下一堆湿泥,在地下迅速的滚了几滚,成了个鸭蛋形,巧妙的拿起往砖套里用力一摔,然后用那粗铁丝做的弓子,在砖套上扯一下,残余的湿泥分了家,用手掌把它抓起来扔回泥堆里,然后端着砖套送到广场上准确的一扣,这就完成了得意的作品砖头。

这工作进行的顺序,要领和着眼点,我全记在心里,可是实际的一干,不是泥土摔在砖套的外面,就是摔在砖套的里面,而做成的东西往外一铲,多半有缺点，有的裂口，有的缺角，有的粘在砖套里倒不出去，勉强的弄出去，已经四分五散不成样子了。

太阳在半空骄傲的吐出毒热的光，做了一天，我的皮肤整个的变了颜色。但是看看自己捧成的泥砖，一个比一个完整了，并且摆了一大趟在那平场上的事实，说不出有多么高兴。外祖父看着格外的欢喜，到黄昏时分，我才收拾工具，心满意足的回家。

但是走到胡同口，我的心情不自禁的跳起来了。

外祖父蹒跚的走在前面，我远远的离开他一些，故意的，假装落了伍，等他拐了弯，我就放心的迈着步，越接近那棵高大的槐树，心越跳得凶，我不放心的是这件事。

她能在门口么？

如果发现了她静静的立在门口，抱着她嫂嫂的小孩，我的快乐和幸福，简直是没有法形容，我对她点一下头，慢着，她胆怯的四面望望，又惊又喜又怕又爱的笑一笑，这就成了，这门功课，每天总要演一两回。

姥姥一见我回来，不高兴的板起面孔来：

"怎不早点儿回来休息，累坏了怎么办？"

这个老妇人，身体矮矮的，满脸青筋，眼睛像一条线，说话的声音很响，像打架一样。她勤快的提着一把茶壶，放在我面前的石台上，又去搬来一张小桌，最后是搬来一条小板凳。

"你喝水吧，新换来的茶叶，你要白糖不？"

三舅正忙着挑水，两个舅妈还没有做好晚饭，焦急的跑来跑去，切菜呀，烧火呀，洗涮碗碟呀，收拾饭桌呀……几乎一天到晚，没有一刻不忙着这些事，下地的伙计们回来了，疲乏的洗着脸，老狗躺在街门口，司空见惯的它，用明亮的眼珠望着这些熟人，静静的一声不响。

一直到黑天，到星光陈列在满天，到大家散开去休息以后，甚至于在睡中醒来，我还不会忘记那个一到傍晚就出现在门口的异性的微笑。人家都说这姑娘没有母亲了，继母待她不大温和，她嫁了丈夫不到三天，离了婚，说她不是处女——村里的人时常讲说关于她的这段笑话。好像是说，她丈夫发觉她不是处女，声明要离婚的时候，她竟给丈夫跪下，央告求他饶恕过去的错误，无论如何不要休她。可是那丈夫心硬如铁，终于把这个可怜的女人打发了。从这以后，她家里的人，对她的感情不消说，最凶的是她母亲，时常骂她没有羞没有臊，给祖先丢脸，别的人都轻视她，背地里把她当做谈笑的资料，狠狠的咒骂，并且恶毒的糟蹋她的灵魂。

因为我同情她的环境，怜悯她的下场，又爱那副一点儿不丑的面孔的缘故，所以一见她，总极力的甚至于是虚伪的表现出"多情"的眼光，为了报答我这份恩情起见，她就施舍了温柔的微笑，和沉默的安慰，以后我又加上深意的点头，我还是微笑。

像这么样，大概接续了十来天。有一天晚上，她牵着毛驴送到邻家回来经过胡同，我从槐树后面轻轻的走出来。这时候天早就黑了，正好是阴天，一点儿亮光没有，伸手看不见五指，她虽然吓了一跳，马上也就稳住了神。我像个疯子一样，搂住人家亲了不少嘴……

"叫人家看见……我要回家，快点儿……"

以后我虽然时常在黑夜里徘徊期待，总是失望。见面呢？只有偷偷的点头和秘密的微笑。我觉着只有这一点儿，在我，已经是很大的安慰了，不过，说起来我这个人实在太缺德，说实话，我觉着有一种人类的原始的强烈的欲望没有满足呢！

夏季天长，到了夜里很难入睡，我翻来覆去，回忆着过去，盼望着将来。

白天，老老实实的坐着，在这时候的我，简直是一种很大的苦难了。为了消磨难熬的时间，我冒着太阳的毒晒，去和别人，特别是愿意和外祖父一块儿去，汗流浃背的做工。泥砖还没有摔完，我尽力的干，手里抓着湿泥，头上脸上，身上粘着湿泥，浑身上下没有一处干净地方，用力的洗刷木头砖套，弄上细沙，摔满了湿泥，削平，搬起，用力的摔着，来回不停的奔跑。

午间，当太阳最毒热的时间，衣服脱光，跳在池里，晶亮的水珠，在黑热的肉体上，活泼的流动着，水花四溢，池里的水全都活跃起来了，泡够了，到树荫下躺在柔滑的草地上，望着蔚蓝的天空，看一看树林，房屋，田亩，梨园……真是无比的快乐。

当然，快乐的只有我一个人，外祖父坐在树底下，默默的，一言不发，两手抱着膝盖，眼睛笔直的看着地下，我知道他的心思。最近，村里要建筑什么办公处，一亩地拿一块钱，他有四十亩地，得捐四十块钱，正愁这些钱不知道从什么地方出呢。

有时我随着舅父一块儿到草场，把骡子拴在木桩上，我们一面割草一面谈话。丰肥的青草绿油油，蚂蚱在脚底下惊慌的跳着跑，幼小的青蛙不害怕，呆呆的听着，看着。有时从割倒的草丛中，跑出一条马蛇子，脑袋很大，肚子白白的，尾巴细长，跑起来很快，不留心的时候，会吓一跳。深草丛里也有花蛇，大拇指粗，二尺来长，蠕蠕的动着，很难看。

我常到河边去，河边常有停泊的帆船，桅杆直直的，帆布懒洋洋的堆在那下面，挑水的妇女把水桶放倒，水桶张开大口的吸水，吸得饱满就坐直了，不动的等着把它运回去。小孩在岸上奔跑跳跃，叫喊，往河里扔石片，把那些不愁吃不愁穿的鸭子，打得嘎嘎的叫。懒惰的人，大概都愿到河边的树林里躺着昏睡，或者讲东讲西。在这里，我听见一个不快活的新闻，说是那个被离婚的女人有了新主，是一个贪婪的商人，花了三百块钱就买动了她的父母，再住几天必须随着去了，啊！去做小。

也有人说，这是她的福气，有的人却嘲笑和咒骂，狠狠的吐唾沫。

过了几天，果然实现了。一辆小轿车悄悄的把她拉走，她的后娘和嫂子满意的立在门口，望着车后腾起的烟尘，好像从此去了一块病似的得意的笑着。我看见这光景，心里有多难受……实在是忍耐不住，然而我也无可如何，只好把悲酸的泪水吞进肚里。

蝉声已经稀少，炎热的夏季是过去了。村里村外，田地里，道路上，出现了许许多多的贫苦人家的妇女，孩子，背上背着大篓，那里是拾得的谷穗，豆角，苞米以及别的好东西。我在地边"看圈"，为难得了不得。把她们赶走了，一转身她们又回来，像苍蝇一样，集在棒子堆周围，眼睛里是强烈的贪婪的光芒。有的特别勇敢，机会一到甚至于动起抢来！对她们咒骂是无用的，动打又不能，你如果骂得太凶，她们把各处的小单位往一块儿集结了，会成一个很大的团体，肆无忌惮的实行总攻击，你一个人决照顾不了那么些。麦秋的时期，有的人家，一连几亩地的麦子，被这样野蛮的大众抢个净光。

外祖父是加倍的忙起来了，天不亮他就爬起，和那几个短工，赶着牛车下地，掰棒子，装车，往回载。院子里，场上，各样的收获成了山，连好静的老狗也跟着忙起来，他随着大车跑到地里，又跑回家，气喘喘的伸出舌头，好像对谁说：

"我热得难受！"

然而这时候我却发起大懒，成天到晚垂着头，像失了魂的人一样，无精打采，又如痴人做梦。因为我生活里仅有的一点儿"安慰的光"偷偷的溜走了。无声无息，像一个轻轻的蒲公英的种子带着羽毛飞去了。

那常去的河边闹嚷嚷，懒人的团体里列上了我的名字，好人都厌恶我们，妇女们都远远的躲开，好像对待洪水猛兽一样。小孩子也不敢接近，要冒险的接近，回家准挨一顿臭打。

村里，仿佛有这样的评论：说这些懒人都是流氓，让他们住在村里有危险，好像草堆里放进了蛇，应该驱赶出去。

"打那些兔羔子！"

我们的首领是个粗暴大胆的小伙子，他父亲是个吝啬的富农，因为不服从父亲的命令，他时常挨骂挨打，骂和打成了习惯，一天不受申斥他不舒服。我们都叫他驴，一听说我们坏，就愤怒的瞪起牛眼睛，摩拳擦掌，狠狠的叫骂，甚至于跳起来要去寻找打架。

副首领是个小脑袋，细脖子，小腰也是细细的，两条细腿好像麻秆，欢喜出主意：

"顶好是，我们把船偷着摇走。"

"到什么地方去呢？"有人这样的问他。

"随便的走，什么地方都可以。"

"吃什么呢？"

这个问题把他难住了，另外还有三个人发了一些幼稚可笑的意见，接着是沉默了。有人打起鼾声，呼呼的响，好像猪一样！

就在面前，可是看不清楚的河水一声不响，岸上有各类不同，调子不齐，声音不一样的虫的鸣声。谁往河里掷了一块石头，把沉默打破，大家又乱七八糟的讲起来了，全是空中楼阁，没有边际的谎话。

外祖父知道我堕落的倾向以后，像受了伤似的皱起眼眉来：

"再不要和他们在一起了，那些小子的名誉太坏！"

外祖父诚恳的声音里，有很大的力量感动我，不听从他善良的劝解是不对的。于是他把我从另一条路上拖回来，和他一样刻苦的屈身在田间，从艰苦的劳动的汗水里，消灭一切作恶的基础的懒惰的习惯。

但是我所受过的一点儿教育里有毒，终于又把我从劳动的环境里撕开，仍旧回到乌烟瘴气好像地狱似的都会，把自己的纯洁的灵魂在污秽的阴沟里，让它慢慢的腐烂。

离开这幽美的村庄，真像做梦，我不断的回头，难过的望那胡同里槐树底下的小门楼，在那里有过甜蜜的安慰，也有寂寞和悲伤。

然而，这已经是过去许多年以前的事情了，那么我为什么又想起来了呢？这都是记忆呀，记忆实在不是好事，我希望没有记忆才好——怎么能够呢？

唉！我实在苦于这些记忆了……

（一九四二年夏于新京）

一支纸烟

"营长，讲点儿关于您过去所经历的事情给我听吧！"

有一天，我这样对我们年老的营长说。

他满脸轻松的笑了一下，摸摸胡子，放在左膝上的右腿摇动着，马靴后跟的拍车嗒嗒的响——那拍车的刺磨平了，而铁链已经生了锈。

营长是个身经百战，经验丰富，面对于人情世故非常熟悉的人。在他的军服袋里，藏着许多秘密不可告人的和可以公开的，他数十年来所经历的事情。如果把他这些事情斗数出来加以整理，能写成一个几十万字的长篇，而且是一篇惊人的好故事。

他掏出一支烟卷来，我赶紧给他划了一枝火柴——我给他划火柴，不是拍马屁，而是贿赂他的故事，我和他是老朋友，打他一下他也不生气——他伸着脖子把烟卷碰上我的火柴，吸了几口，喷出一缕灰白色的烟雾，我抛弃了残废的火柴。

"营长，讲么？"

"好。"

他微笑着，闭上眼皮，他把思想的仆人打发到回忆的故乡搜取材料去了。我把坐着的椅子欠身往前拖一拖，更靠近了他一些。

这时，屋子里很寂静，只有墙上的八角钟滴答的响，房后的马厩里，有马夫挥着皮鞭的声音，接着有一声马鸣。

十五年秋天，我们的一旅人开到前方去，只剩下我一个人，因为当时我骑马跌伤，摔坏了腿还没有好，所以把我留下了。

虽然是养病，但是旅长又给了我一个命令，叫我监视营房，管理十三个也是因为有病不能出动的弟兄。这几个弟兄，都是老少不堪的人，就是不管理他们，也不至做出什么坏事。那时候，我还不知道做坏事于年纪的老少毫无关系，就是说：年老的人也一样的做坏事，甚至干的更凶。不过，在我留守期中，这几个弟兄却没有干什么坏事。旅长给我的命令上，所以有监视营房等字样，有个原因：

那时候，许多军阀为了私心，连年发生战事，人民的生计发生了很大的困难，在自然的因果律令之下，那些没有科学知识和方法的农人，本来就束手无策，只能听天由命，再加上人祸横行，更叫这些可怜的人们倒霉了。

所以，有田的人不能耕种，无田的人越发受苦，许多丰肥的田亩，变成了野草横生的荒原，农村里，是一片愁苦的气象。

我们兵营附近，有个破败的大村落，这些因为生计无法解决的人，有的到外城去流亡，有的还是死守着，这些人，都是故土难离，情愿死在家乡，不愿到别处去受活罪的人，他们在半死不活的境地里挣扎着。

我们的队伍一走，如果没有人看管房舍，这些人就要拆门打窗，搬到城里去卖，或者当柴烧，这是意料中事，也是以往的例子。我们旅长是聪明人，他有见及此，所以下令叫我注意。我的伤，没有许久就好了。每天我什么事情也没有，好像活神仙，除了吃饭就是睡觉，散散步，看看书，那时候我最爱读的书，是《西厢记》和《三国》，这两本书，不单是我谁也说好，还有《红楼梦》和《水浒》，但是这两部早就看完了。

每天我有几次巡视，顺着营周围的墙根，看看有没有人跳进来偷东西。在四外的路口上，我做了几个木牌，写着告示，那上面的意思是：有盗取营内一草一木的人，决定枪毙。这样满可以吓到那些有歹意的人了。但是，这个并不能发生效果，有几个窗户被偷走了。

我很吃惊，这于我的职责上有很大的关系，我不能不把我的巡视次数加多了。

有一天，我走到墙角的树下面，听见墙外有断断续续走路的脚步声，越走越近，从那杂乱的脚步声上判断，我知道，这来人一定是有用意的。

于是，我悄悄的躲在树下面，把身子掩蔽在树枝和草丛之中，等着动静。

我从杂乱的枝叶间看得很清楚，墙头上放下一只手，接着第二只，慢慢的露出脑顶，眼睛，鼻子。他聚精会神，慌慌张张的查看营内各处，终于把下巴也露出来了。这是个四十开外，形容憔悴的庄稼汉，他看看四下无人，便用力的向上爬着，他的脸因为用力太大，变成酱紫了。他费了好大的气力，好容易爬上墙头，弓着腰，极力的缩小他的姿态。他一跳，很蠢笨的跳在地上，没有立住脚，跌倒了。他很痛苦的赶忙爬起，他刚迈开腿，我便跳出来，把手枪指着他的胸口，他一愣，骇得大惊失色，想逃已逃不了，没有法，他跪了下来，求我饶他。

说实在话，这时我顾不得什么情面，在后面驱赶他，叫他照着我指示的目标走。他起初无论如何也不肯走。

"……你……你老饶了我，放我去吧！我只是，进来……进来看看，放我……"

"胡说八道！快说！"

我威吓着他，他跪下磕头，哀求着，但是我不管。我也不想怎样惩罚他，只想弄他到屋子里，把他捆起，骇他一下罢了。

他看我气势汹汹，没有法，蹀躞着走到我的屋子里去。我吩咐两个弟兄，立刻把他的手脚捆个牢牢实实，让他坐在地上，我怒气冲冲的对两个弟兄说：

"快到南面去，到营前面的空地掘个深坑，再预备几粒子弹！"

他听我这样一说，呀的一声大哭起来。

"啊呀！不要毙了我呀！饶命吧！我……我家里有好几个人张着嘴等着我……可怜我，可怜我一家人吧！饶命……啊！啊！……"

我示意给弟兄，他们出去了，这个人拼命的叫了起来。

"不要毙了我呀！饶命吧！饶命！可怜我一家几口人！"

"你家里有什么人？"

他的眼睛突出着，像一个金鱼，听我这一问，改变了一下颜色，赶紧往前爬了一爬："你老不知道呀！我……有老母亲，老婆，三个孩子，一个是闺女，十九岁，饶了我吧！不要毙了我，可怜我一家人，放了我吧！"

"放了你以后，你还是要来把门窗偷去的，可恶！"

"唉，不能，不能，我没有偷过，一点不撒谎，真的，这是头一次，我再也不敢……开恩！放我回去……"

"你一定不再来么？"

"一定！一定！我对天发誓！决不！放我吧……"

"这里丢了好多门窗，全是你偷去的，今天才把你捉住，决不能放！"

"没有！没有！我的天哪！那真冤死了我！不是我呀！"

"不是你是谁？你说出来！"

"那——我实在不知道呀！真不知道！我对天发誓，我是初次来……"

"撒谎！全是你干的，你这么大胆，竟敢来偷盗营里的东西，非毙了你不可，你老老实实等着吧！住一会就毙你！听见没有？"

"可怜我一家几口人吧！放我回去，你老要什么，我都答应……"

"我什么也不要！我不是胡匪！你看清楚！"

"是呀！是呀！我知道你老是好人，放了我，可怜我一家人，他们快饿死了！"

我威吓了半天，他的脸色变得很苍白，好像一个快死的人，那样子太可怜。

我解开他的绳索，放了他，他千谢万谢，痛苦的拖着两条腿去了。

过了几天，我独自一个，到村庄里去散步，在一个人家的门前停住了。

我看见了他——那一个被我威吓了的人。

他在破落的小院子里做些什么，看见我立刻走出来。

"原来是你老！请到屋里歇息歇息吧！不亏你老放了我，我们一家人真不知道要受多少罪呢！请快屋里去坐坐……"

我被他的殷勤所动，同时有一阵羞耻之念涌上我的心头。我走进他的小屋子去，他的老母亲佝偻着身体坐在炕里边，他的老婆在地下把一些谷糠放在钵里搓，这就是他们的粮食。

他的闺女也在炕上，在缝着什么，是个并不丑的闺女。她们都感谢我的恩德，但是我抬不起头来，因为我觉着对不起他们。我坐了好久才走，以后我时常坐在这屋里，好像亲戚一样！

秋风一天比一天加紧，虫声也一天比一天哭得凄凉，我们营里的东西一天比一天丢得多了。

在一天深黑的夜里，我们听到外面有些什么声音，跑出去一看，什么也没有，贼已经闻声逃跑了。

我想尽各种预防盗贼的对策都不生效。如果部队回来，我的差事简直没有法交代，我的神仙一般的生活过不下去了。我愁苦着这件事，十三个弟兄每天分几班去游动着巡视，然而结果还是丢，我们到村庄里搜查也查不出来，到城里去寻访也访不出来，一点办法没有。我写了一个报告，报告前方的旅长，说明后方这种苦况，住了好久没有回信指示。已经是初冬的天气了，人民被饥寒所迫，顾不得什么利与害，他们成群结队，像一窝蜂飞起似的，顺着西北风刮到营里来了。他们在大白天，竟公然的来拆去门窗，他们说这些东西留着是没有用的，不如给他们拆去烧火。我和十三个弟兄，有什么办法呢？我眼睁睁着他们手忙脚乱，大家疯抢着门窗，板壁，床铺，隔板，都拆了去，他们足有一百五六十人，我们几个人如果抵抗，会被他们打成粉碎，只好随他们去了。

前方传来的消息很不好，后方这点小事，旅长早已置之不理，我也明白这层，所以我把责任弃掉了，不管了，事实上，也不得不弃，没有法管。

十三个弟兄，先后都跑了，最后只剩下我一个人。

营内我已不能住下去，我搬到那位被我威吓了一场的人的家里，因为我还有些钱，所以和他们过了两个月幸福的生活。

形式上说，我是他们的客人，内容呢，我是他们的姑爷。

可惜，只住了两个月，前方来信，把我叫去了。

营长吸完一枝纸烟，同时，也讲完了这段他过去的很平常的小事情。

"这两个月姑爷的生活，很不错吧？"

"老弟！从前，在旧政权压迫之下，人们的生活习惯和风俗礼教，也会因为炮灰的影响而改变的。那时候，假如我不到前方去，也不至受到后来那许多惊慌和危险了！我们一旅人，在第二年春天还没有到，就跑的跑，散的散，现在想起来，我很是后悔，我不如老住在那乡村里，可惜现在我想去看一看都不能。""即使能去看一看的话，也怕是'山河依旧，人事已非'了吧？你的短期间的妻子，大概早嫁别人了？"

"是的，那一定，不过，我有时想，她如果在世，恐怕还是孤独的。"

噢！这时我才想起来，营长所以老是独身，原来是因为这个缘故啊！

他寞寞的不说话，掏出第二支烟，送到嘴唇边去，他自己起身拿了火柴燃着了……

我默默的看着他沉思的喷出一口灰烟……

（一九三七年十一月五日于炉边）

血的色水

哥哥说：

"你快去睡吧，天不早了！"

妹妹看看桌上的小钟，摇摇短短的头发：

"不，哥，你看，还不到十一点。"

哥哥笑一笑：

"你不困么？"

"一点也不，我还有两篇没有看完呢！"

妹妹往桌前凑凑身子，聚精会神的低着头看书。她是一个十五岁的姑娘，和哥哥一样，有一双黝黑的大眼睛，完全受了哥哥的影响，读书成了癖，每天读到深夜还醉心的读着。这时，哥哥是在写字，桌上铺着厚厚一堆白纸，已经写满了六七篇，零乱的扔在桌子右边。她是每天晚上坐在哥哥桌头，总要读到十一点多钟才回房去睡的，她每天晚上会看见哥哥刚一坐下，拿起笔来，开始写作时的那种可笑的样子。

他总是先写好题目，接着像猴似的两手捧着脑袋，有时，捧几分钟，就下笔写起来，写得很顺利，一口气写完一篇。可是，这种运道很少。

他差不多总是表现着苦恼，譬方：写了几个字，他就放下笔，皱起眉头，好像啃了一口酸梨，酸得咬牙咧嘴似的，愤愤的把纸抓起撕碎，转了一转狠狠的摔在地下。

她看见哥哥这样，就觉得很焦急，像看见了马拖不动车辆走出烂泥窝一般，从旁边帮着在心里用气力。她用了半天气力，看哥哥突然把眼珠一瞪，张开要吃人似的大嘴，手在大腿上一拍，抓起笔来就写，好像不喘气似的，用着全副的精力写了一页又一页，写了一页又一页……

她知道，这是把钢铁的写作的城门努力的拥开了，只须吃苦的往里面迈进就可以了。如果这样，她便感到难言的轻松，甚至连呼吸也觉容易些，于是，她欢喜的接着看书。

有一天晚上，哥哥费了很大的气力和事件，好容易写成了十多篇，从头读一遍，觉得不满意似的大摇其头，龇牙咧嘴，非常难堪，握紧拳头来捶他自己的头，打得咯噔咯噔响，把她吓了一跳，赶紧扔下书本，过去拉住哥哥的手："别，为什么要这样呀？……"

她几乎急哭了。

哥哥看看她，嘻嘻的笑起来，他把这些写满字的纸，三下两下撕碎，装在裤袋里。她知道，哥哥所以装在袋里儿不摔在地下，是因为手纸用完，用这做手纸的，哥哥的手纸，全是失败的原稿。

另一次，她看见哥哥坐了五个钟头甚至还多一点，只写成了二十来个字。他抱着脑袋闭眼深思，思了一两点钟，急得眼皮不停的挤，后来跳起在屋子里来回走。

小钟滴滴答答的响，他的脚步也滴滴答答响，一点，两点，三点，四点，时间过得真快，而他急得太可怜，总想不出头绪来。没有法，他开始跳舞，满地跳，跳了半天，还是不成，又满地扭了一阵，像扭秧歌那么扭，把妹妹笑得弯腰捧腹，书本掉在地下。

还有一次，把她吓坏了！——哥哥因为写不出来，而急得眼睛发红，拿起小刀把左手的无名指割出了血。她急忙找了一条白布给哥哥缠上，然而那血，染红了布还是奔流不止，她两手哆嗦着，又加上一条布，这才止住血。她说不出有多么为哥哥难过，她请求哥哥：

"你真吓死人哪！再不要这样吧！"

哥哥看看她，满脸痛苦的苦笑着。

她想一想：

"我唱歌给你听，好不好？"

"好，我吹口琴。"

但是，她正唱了一半，哥哥把口琴扔在桌上，赶紧摇摇手说：

"得，得，得，我想起来了！这一篇，起头就写唱歌吧！"

好像抓住一只出笼的鸟样，急急忙忙动手干起来。

妹妹把口琴擦干净，静静的看书，这一次，她非常高兴，因为她唱的歌，唤起哥哥的灵感。她知道，哥哥不赞成使用灵感，不，赞成是赞成，不过他有个主意，偏在没有灵感的时候练习写，也不知是怎么股子劲头。她伏在哥哥桌头读书，有时是惊慌，有时是大笑。

然而，天长日久，哥哥的瞪眼抓头发呀，捶胸跺足拍桌子呀，龇牙咧嘴喘粗气呀，满地走动带跳舞呀……这些因为写不出来而表演的滑稽动作，她已看习惯，不至于笑得小肚子痛甚至惊慌失措，竟至掉眼泪了。

谁知今天晚上，她无端的又受了一大惊。——

哥哥坐下的时候，是午后五点半钟，静静的，沉思默想到九点，从九点十分开始写，写了十五次，撕碎二十多页稿纸，扔得满地都是。

他气极的样子举手打了他自己一个嘴巴，坚决的对着屋顶发誓：

"今天晚上如果不写成这篇东西，我就上吊！"

这句话，把妹妹吓得抖了一下。

她从来没有听哥哥说过这样可怕的话，所以过了十一点——到了哥哥给她规定的睡眠时间——她还说不困，其实她是不放心，宁愿一夜不睡，读着书监视到哥哥写成的时候。

这时，是十一点半了。

哥哥聚精会神的不停的写着，她稍稍放下点心，她可以看出，按现在这情形，大概不至失败吧？

哥哥也忘了时间，也没有工夫看表，只顾写，连妹妹也忘记，正如忘记他自己的身体一样。妹妹读的，是一本《格林童话集》下册，现在，只剩一篇故事就读完了。

忽然，哥哥把眼睛一瞪，看看表：

"喂！你怎么还不去睡？"

她很后悔，为什么不把小钟藏起来呢？

她照旧的摇头发，说："不困，不困，还有不多，这部书就读完了！"虽说不困，她却连连的打了几个呵欠。

哥哥强硬的逼她：

"不成，快去睡，不听我话么？"

她想了一想，把书放下：

"哥，你什么时候睡？"

"我快完了，用不上一点钟工夫，你快去睡，明天早晨好早早起来做饭。"

她这样合计：

——总不至于上吊了？

她放心的合了书本，轻轻的带了房门去睡。

她又困又乏，到里屋放好被褥躺下。

睡神刚来接近她，忽然有一声什么动静把她惊醒了！

她蒙眬的睁开眼皮，迷惘的爬了起来，急急忙忙披上衣服，轻轻的走到门口，悄悄从门缝里偷看。

她看见哥哥苦恼的放了笔，拿起墨水瓶来端详。自言自语的诅咒着：

"他妈的，真倒霉！眼看要完了，色水没有了！"

——唉呀！这怎么办？她焦急的想，色水还有没有？她记得很清楚，不久以前，哥哥一共卖了三瓶色水，用光了两瓶，这是最后一瓶了！

她忐忑的望着，这样想，并且决定了：

——倘若，他真上吊，我怎么办呢？我一定得大声喊，在他未挂绳子之前，我就得推开门……

她又一想：

——不至于，决不至于……但是她不能放心，悄悄的观察着。

哥哥看了半天色水瓶，摇一摇，一手把瓶子放倒，一手把钢笔伸进去，很费事的蘸了好久，把瓶子翻来覆去滚动，笔尖碰着瓶子，啪咚啪咚响，好容易蘸了一些色水，赶紧在纸上写，好像怕这点色水会飞了似的。

写了四五个字，又蘸色水，这样写了十来分钟，失望的放下笔，悲痛的皱起眉头来。

"他妈的，眼看就完了，色水不帮助我了！唉！"

他颓废的闭上眼皮，又着腰，想什么。

忽然，跳起来了。

——这时候，妹妹的心也随之一跳！

他提起铁茶壶，往色水瓶里倒水。

——妹妹高了兴，她想：哈，这法子不错！

谁知他手没有准，本想少倒一点进去，却弄多了！

他歪着头一看：

"呀，糟糕！"

他伸进钢笔满怀着希望的扰动一下，在旁边的纸上画了一条曲线，缩着脖子看一看。

"看不出来！这哪成！"

把脸埋在手心里，好像哭了，其实没有哭，他又想出别的法子：

他找了一个小盅，放在面前，拿过小刀，狠狠的在手指上一砍，立刻，血如泉涌一般流到小盅里。

他咬着下嘴唇，迅速的写起来……

很快的，他写完这篇末尾的一节，把笔扔下，捏着流血的手指：

"哟，好痛！"

他看看写完的东西，满脸浮着胜利的微笑。

直到此刻，在抖抖索索窃看的妹妹，轻轻的吐出一口闷气，因为她连呼吸都忘了！哥哥裹好手指，收拾纸张，对自己说：

"可完成了！睡吧！"

（一九三七年十二月六日于大虎山）

放大尺

小苏呆呆的立在窗前望着街道。

这条街是肮脏的，不洁的，污秽的尘土堆集在各处，墙角地方的脏土箱只是一种形式，废物早已装满，高高的吐出在上面，把脏土箱埋在底下，看不出脏土箱的面貌了。在那边的厕所门口，尿的流冻结成冰条，在夜天，从这肮脏的厕所里发出的臭味，把全街都包围住，人们呼吸着臭气过生活。然而现在是冬天，抛弃的废物冻结了，恶浊的气味差一点，可是冬天工作缺少，小苏闲了半个多月。

他喘口粗气，低着头看看自己的脚尖，接着又去望街道。有一辆大车从东面过来，走到炒花生窝堡门口，那车夫把车停下，夹着鞭子走进窝堡里去。一只黑狗无精打采的越过街道，往南面奔跑，在这样的冬天，如果有工可做不消说是很好的。

小苏仰起下巴望屋顶。忽然，他跳了起来，抓过板凳，爬上去，从窗户上面，紧接着屋顶，那黑洞洞的楄板上，捧下一个轻松的大纸包，像发现了宝物似的，急急忙忙的拿到靠壁的桌子上，把纸包打开，眼睛盯在这些东西上像僵硬了似的，不动了。这些东西全是他辛辛苦苦一手造成的。

那时候，是过去不久的炎热的夏天，他时常跑到"街里"去给父亲买洋钉或板胶，有一回他经过市场，发现了一种奇怪的生意。

有一群人围在那里聚精会神的看什么，他从人的壁中挤进去，惊住了。

做这生意的是中年人，他伏在桌上画一个女人的面孔，画得非常美妙。小苏仔细去看，他所用的铅笔是插在一个薄薄的，细细的木架端头的窟窿里，这木架是用四条灵巧的木板做成的，像尺样，上面划着分寸，用小巧玲珑的铜钉连在一起，铅笔一动，木架就敏活的动起来。

在木架另一端的下方，有个笔头似的竹尖，正对着一张用圆钉按在桌上的小纸牌，这上面是一个女人的面相。那天才的画家只看着这纸牌，把竹尖在女人的脸的各部分的线条上移动着，右手像掌舵似的把握着的铅笔奇怪的在纸上画出和纸牌上的人脸一模一样，所不同的，只是把纸牌上的人面增大了数倍，这种巧妙的玩意，小苏是有生以来第一次看见。

在画家头上，横架着的扁担上，挂着许多一式的木架，有一张硬纸板，写着：放大尺，两毛钱一个。

在那左面挂着几张画好的人脸。

小苏不理解这所谓的放大尺的原理，他十分惊奇的看着画家的动作，仔细的研究这放大尺的构造。样子是很简单的，但是他不明白这是怎么一回事，他沉心的思索，这也许是个骗局吧？他以为只有那画家所用的一个是正确的，有用的，其余的大概是"假牌"，不见得会把小的画幅放大。

这时候，有个学生，从袋里摸出两毛钱扔在桌上：

"我买一个！"

画家泰然自若的收了钱，吹吹鼻子：

"你要哪一个？"

学生指指桌上，他正使用的一个。

"这个吧！"

画家把按在桌下的图钉拔起来。

"全部都是一样的东西，决不会有错，如果不好使，尽管回来换，你用的时候，要在平坦的桌面上，铅笔拿稳当……"

画家把他正使用的放大尺，给了学生拿走之后，随便的从架上摘下一个来，安置在桌上，轻轻的，接续画起来。小苏对于木料的资本是熟悉的，因为他父亲是木匠，他是一个学徒，这种放大尺，一个卖两毛钱，可以说，利益万倍，这么小的木料，这么简单的构造。

他携着希望，欢喜，惊奇的感情跑回家去。

"爹！"

小苏一进门就喊。

"你给我两毛钱，赶紧的……"

父亲不懂他是什么意思：

"做什么……？"

"我想一门赚钱的生意，先有两毛钱的资本就够。"

"什么生意？"父亲惊奇的瞪着眼。

"不，我现在说你也不明白，我买回来你一看就知道。"

"怎么，啊，这是什么生意？"

"爹！你快给我两毛钱吧，我不撒谎……"

父亲知道他是不撒谎，是诚实，而且知道他是个聪明的孩子，爽快的给了他两毛钱。

天不早了，太阳已经回了老家。走到市场，是八里路，他很焦急的迈着大步，他很怕那街头画家已经收拾了摊子，如果买不到手，以后那画家改变了营业地点，或者此刻已经卖完，怎么办呢？他越焦急，道路越长，蜿蜿蜒蜒长到无边，一节道路渐渐的在他前方缩短了，抛到后面去，但是转一个弯，道路又是无限的长远，像一条大带似的铺在前面。怨恨自己的脚步不能飞起，他如果生一对翅膀，马上可以腾空，他很羡慕从他身旁飞过去的脚踏车，心想他要有一辆脚踏车多好。他急急忙忙的奔跑，走个十里二十里路，在他是不算一回事的，因为小苏的体格强健，不是娇生惯养长大的，他是一个穷孩子，天生聪明，有一种超过了父亲的独创的意识，可惜环境很不好。

来晚了！

他找遍市场，总不见那贩卖放大尺的街头画家，他焦急愁苦的在市场里徘徊，满头热汗还接续往外滚。各个角落，凡是市场区域以内，他全找遍，周围只有杂耍摊。唱大鼓的姑娘咧着大嘴哼哼呀呀，说相声的先生在场中央摇摇摆摆，满嘴喷白沫，卖膏药的大汉放大了咽咙叫喊。胡琴的尖声，铜板的响声，吵吵闹闹的人声，这些……全没有影响他。他一心一意的寻找，跑到市场区域以外，在各个街道搜索那画家的目标——但是，没有。

黄昏已经统治了这时节，他失望的往回走。这一夜，他没有睡好觉，他讲来讲去，父亲总不明白他所说的放大尺是什么东西。当他说用不上筷子大四条木板，再凑上四个铜的螺丝钉，这就卖两毛钱，买的人很多，这不是好生意么？

父亲听到这就懂得了他的宗旨，这么一点点的木料，制造又简单，又赚钱，实在是好生意。

"你怎么会把纸牌上的画放大呢？"

他从炕上爬起来，跳到外屋，拿来四个筷子，架在一起，在桌上模仿着那画家的动作，凭着他的记忆，做样子给父亲看：

"这面是纸牌，右手是铅笔，我一活动这尺，就照样的画出来，一丝一毫不差。"

父亲糊涂：

"这怎么能画出来呢？你——"

小苏很为难，他的嘴不能形容出那放大尺的奥妙。

"好，你明天去买来看看，如果能行……唉，吹灯睡觉。"

第二天一早，他早早的爬起，脸也不洗就跑到市场。

饿着肚子等了一上午，那画家才出现，他忘记了愁苦，急急忙忙的走近画家跟前：

"我买一个！"

画家从架上摘下一个放大尺放在桌头。

他欢欢喜喜拿起放大尺看看，赶紧掏钱。

他的手一伸进袋里：——咦，钱呢？

他想起来了，钱放在枕头底下，忘记带来了！

这糟不糟糕！

可怜的小苏发昏了。

他痛苦的抓着自己的头皮，脸，很可怜并且有点儿可笑的皱起来，他摸摸衣袋，拍拍屁股，跺跺脚，几乎急个半死。

想一想——"我忘记带钱来——我……"

画家嘻嘻的笑着，把放大尺挂回原地方。

小苏肚里是空的，加上痛恨自己的忘性，这苦味像箭一样刺着他的心，他咬着牙齿，难受的奔跑了八里路，好容易，疲乏的到了家。

这天晚上，小苏抱着很大的欢喜的感情坐在灯下，父亲稀奇的坐在旁边看他摆弄放大尺，他没有图钉，用小洋钉把那放大尺关在桌面上，一切的手续准备完之后，他开始画起来。

画出人脸是怪形的。

他很奇怪！

仔细一看是螺丝钉弄错位置，一个按在"五"上，一个按在"六"上。

改过来重画。

这回好些了。

可是画出人脸是扁的，考究的结果，他明白了。

"这桌子不平，中间有点儿凹，不成！"

苦闷的看到这里的父亲，忧愁的喘口大气：

"这多麻烦，桌子不平，怎么办呢？"

父亲动手修整桌面，他抓起刨子来，把突起的两边推平，用铁尺测量表面，老半天工夫才成功：

"这回你看看怎么样？"

画出来的人脸好多了，几乎和纸牌上的人脸一点儿不差。

"就这个东西卖两毛钱一个？"

父亲欢喜的拍拍胸脯。小苏愿意经营这种在他以为是可以致富的事业。整个夏天，他埋头研究，模仿着制造。他采买"顺丝"的薄木板，为搜求适中的螺丝钉，他跑遍了市街，各个铜器店他都问过，买到手的时节，他非常欢喜。一开始他就制造了五十，父亲因为别的工作不能帮助他，造成之后他动手试验。

这是万万想不到的，尺寸完全相同，只是木板稍稍厚点儿，放出来的画奇奇怪怪，一点儿不像。

小苏叫苦了！

他左思右想，一心一意的考究着他自造的放大尺的毛病，究竟在什么地方呢？

父亲的意见是：——

"木板厚，你看看吧！"

重新修改是困难的，很费工夫，他修改了一个，忙了一上午。

父亲劝他：

"算了，算了，这生意门走不通！"

小苏灰心丧气的放弃了这决不会致富，只有没有出息的人才经营的事，以后再也不想干这出力赔本的苦工了。

现在，他看见这些曾煞费苦心制造出来的放大尺，因为不正确成了废物，他很想再加点儿苦工改造一下。他忧闷的坐在凳上，两手抱着头，两眼注视着一堆不中用的放大尺，像一个作家愁苦的看着他失败的作品样，这悲痛是比吃饱了饭无事可做的男女失恋的苦味要高出千万倍的。

好久好久，他抱着头沉思默想。

他跳起来，想一想，很坚决的，把放大尺扔进灶里去，点了火，烧了。

——这不是有出息的人做的事业！

他觉悟到，经营这种小事物，还不如在街头烤地瓜卖好些！

小苏的眉目之间，流露出无限的伤心的气色，他难受的在屋里踱来踱去，想着他的前途。

难道说：学木匠手艺，对于自己能有什么好处？这不会有出路，想干别的，又没有资格，在这挤满了生物的地球上，寻求一条适于自己理想的地位太难了！小苏立在门口，寂寞的望着各处，西风很凉，天空冷清清，温暖的太阳不知躲到什么地方去，好像要下雪似的。

从对面的路上，过来一个妇人，身后有个十二三岁的小姑娘，拖着她的衣襟，缩着肩头，身子抖擞着。妇人张着嘴，她肩头的皮肉露在外面，面孔是青的，头发脏乱，扛着铁筒，棍子挟在腋下，直对着小苏过来了。

"有什么吃的赏点儿吧！"

小苏踌躇了一下，他摸摸衣袋，没有铜板，屋里没有吃的东西。

父亲回来了，背着饱满的米口袋，这是他典当了"套裤"买来的这米，他的胡子上冻结了许多冰块，一闪一闪像露似的放光，小苏赶紧推开门，把米口袋接下。

父亲用力的拍拍衣服，扯一扯，跺跺脚，掏出两个铜板给小苏：

"给她吧！"

这两个铜板使妇人和她的小女儿得到了快乐，满意的说声谢又到别的门去。

小苏望着这两个可怜的人，坚决的咬着嘴唇，眼眉竖起来，在他胸中，凸满了很大的野心。

——世界上有这样可怜的人，我一定要为他们牺牲掉个人平庸的幸福，不追求致富之道，我要去受苦，去为人类创造一些幸福。

从高高的天空，落下了几片雪花……

（一九三九年十二月三日于灯下）

包杂货的纸

王老头问他的老婆子：

"有没有铜板？给我五个！"

她是个聪明的老妇人，知道这老头子又是上了酒瘾，要钱去买酒喝，所以不给他，只说："早晨还有三个铜板，买白菜了！"

老头子有点不舒服，他的儿子是铁匠，很孝敬他，如果和儿子要，没有不给的道理，可是儿子不在家，儿媳妇是吝啬鬼，和她要，决不会给，于是老头子发了愁。他不高兴的拍拍帽头，想到杂货铺去赊一赊看。

他正走到对面屋的窗前，听见里面喊：

"王伯伯！王伯伯！"

他稀奇的停了步，把鼻子靠近窗纸，问：

"你叫我么？"

"是，王伯伯，真对不住你，我想求伯伯一件事，你……能不能进来？"

老王头疑惑的走进屋子一看，青年躺在床上盖着被，头发蓬松，好像一堆乱草，一双大眼睛落了眶，面前放着茶壶和半碗水，还有一瓶药，床上堆着衣服袜子和书本报纸，屋中非常凌乱，好像几年没有收拾了，而且缺少太阳的温暖的光和清新的空气，有一股恶味道。

王老头莫名其妙的瞪着老眼睛，抖抖胡子：

"喂！你这是怎样的，病了么？"

青年皱着眼眉，很难受的回答：

"是，病了，可是不要紧，我想躺两天就会好……"

"那么，"老头子忧心的吹吹鼻子，"你吃饭怎么办？自己能做么？"

"我不饿，……一点不，这里，"他指指面前的纸包，"有点心。"

"哎呀！有病可不是打哈哈，你要谨慎哪！"

"不要紧，我躺两天就会好，我想，伯伯，求你件事……"

"什么事，尽管说。"

青年挣扎着爬起：

"在……"

老头子赶紧摇手阻止他：

"你别……别起来，有什么事！说吧！"

"不……在这里……"青年很费力的从枕头底下掏出一个凸饱饱的大信封："就是这个，我想邮走，可是，伯伯，你现在要上街去么？"

老头子点点头："我上街去，你打算……？"

"我打算邮走，伯伯，你能不能费心，把这个……给我带到邮政局？"

老头子慷慨的答应："这，办得到，拿来吧！"

"好！啊！真对不住你，伯伯，我这里，这是邮费，两毛钱，大概够吧？"

青年感谢的点着头，痛苦的微笑着，老头子清着喉咙，轻轻的走出去，顺手慢慢的关了门。

王老头走到街上，有点纳闷。

这是什么东西呢？信？不像！没有这么大的信，他看看封皮上写的字，也不明白，因为他不识字。

　　他走到杂货铺门口，进去了，掌柜认识他，对他咧咧嘴：

　　"请坐吧！"

　　"唉，我来看看……"掌柜知道他是来喝酒，便指指酒罐子并且掀开盖子告诉他："这酒是新来的，今天多喝点儿吧！"

　　他望望酒坛子，酒的清香直扑入肺腑，他贪馋的动动嘴唇，和气的和掌柜商量：

　　"我没有零钱，赊一次好不好？"

　　掌柜瞪瞪眼说："现在到结账的时候谁家也不赊账啊！"

　　老头子转出一个念头，看看手里紧握着的钱，又看看那腋下夹着的封筒。

　　他一决心，抖抖嘴唇，把钱往桌上一拍：

　　"打酒！"

　　掌柜嘻嘻的笑个满脸："这不得了！"

　　老头子得意的坐在发福财神的供桌前面，交叠着两腿，一手捏着酒壶，一手捏着咸花生仁，泰然自若的过着酒瘾，这时候，他的灵魂完全离开了世界，地球上的事全忘掉了。

　　喝到悠悠忽忽，半醉的时候，他打开封筒，把一厚卷写满了字的白纸，拿出来给掌柜看了：

　　"你……你说，这是什么，信么？"

　　掌柜把这一厚纸卷翻了一翻：

　　"你从哪里拾来的这些废纸？"

　　"这……这是废纸么？不是信么？"

　　"不是废纸是什么？哪一国有这种信，拿来给我包东西吧！"

　　掌柜把这卷厚纸，啪一声扔在放包东西的乱纸的箱里，拍一拍手，好像这些纸脏了他那手样。

　　老头子虽不免心里一动，可是酒已经错乱了他根本就不清醒的理性，他愚蠢的笑着，把一盅酒一口喝下。

掌柜看他旁边放一个大封筒拿过来看看：

"唉，这给我装东西可不错？"

他说着就把封筒，扔在柜台下面乱堆着东西的隔板里。

进来一个梳着俩辫的小姑娘，她要买旱烟，掌柜用去了四张新得的包东西纸，因为这种纸是软的，用一张不结实会破，所以半毛钱旱烟用了四张，这还是由于他包东西的技术优良，不然，六张也不够。

小姑娘两手拿着纸包，跳跳跃跃的去了。

杂货铺门前过来一个卖地瓜的，他一放下担子，就张了大嘴喊：

"热的地瓜！"

掌柜的夫人是个小脚娘，她抱着孩子从后屋扭着屁股出来，那孩子的小脸就如饭后的菜碟，他拍拍妈妈的肩头说：

"妈，要地瓜吃！"

掌柜只有这么一个儿子，所以很爱这孩子，他打开抽屉，拿出两个铜板给女人，女人在卖地瓜的锅里选了两个粗些的，放在卖地瓜的秤盘里称重量。

"正好一斤！"卖地瓜的扬着一只手说。

女人问："没有纸么？"

"热地瓜，买了就吃，用不着纸包！"

"不包怎么拿？"女人回头望望丈夫，"给我点儿纸！"

丈夫拿一张纸给她。

孩子吃完红薯，妇人把这张纸团个球，给孩子擦擦肮脏的鼻子和嘴。

一个小学生来买两斤咸盐，他看见包东西的纸上，写着一行一行很整齐的蓝钢笔字，爱惜得了不得，便和掌柜要：

"这两张给我吧，你再用别的包。"

掌柜给了他，又去拿了几张。

小学生看着这张纸在唇边念：

"父亲有三四天没有回来，母亲的……病，已经好了，并且已经定规我们要到……这，这是什么？到什么，到——什么区，不住在这都市了！……"

掌柜包好了盐，拍一下柜台，惊醒了小学生。

小学生给了钱，把获得的两张纸，叠一叠，装在袋里，拿着纸包，欢欢喜喜的走去。

掌柜的宝贝儿子，吃完红薯要拉屎，女人放下孩子，把孩子的活裆裤子后面掀开，领他到门后去拉。

掌柜不满的对女人说：

"什么东西！人家这里还喝酒，叫孩子在门后拉屎，远点儿去！"

但是孩子已然蹲下，并且立刻拉出来了。

女人笑了起来，献媚的看看丈夫。孩子两手拍着裤子喊：

"妈，拉完啦！"

女人在放包东西的乱纸箱里，拿出两张写满钢笔字的纸搓一搓，在撅着屁股的孩子的屁股上吐口唾沫，然后擦起来，擦完，把纸扔在街上。

王老头喝个心满意足，付了酒钱，还剩下一毛多，他醉醺醺的往回走。

他走路有点儿费力，因为酒的力量，把他的两条老腿的力气减去不少，他摇摇摆摆的走了许多时候才到家。

虽然是喝醉了酒，但是他的心还在跳着，没有死。走到那青年窗前，他有些踌躇，他靠着窗纸停一下，听听里面，好像是睡熟了，什么动静也没有。

他怯怯的离开了窗前，走进自己的屋里。

老婆子一见他，就知道他又喝了酒。

"老头子，你又喝了酒呀！你哪来的钱？"

"我……有钱……不，不是赊账！"

"没有人给你还账！你赊了怎么办？啊？"

"我……我有法子……你用不着挂心！"

"唉！这老头子，越老越糊涂！怎么好！……"

第二天下午，老头子听见对面屋的门响，他掀开门帘一看，那青年披着衣服要出去，对他笑笑：

"王伯伯，谢谢你，可是那邮费够了么？"

老头子急忙回答他：

"够……够，够了！还剩下两分，我昨天想给你，看你睡了，在，在这……"

他弯腰屈背的掏衣服袋。

青年拒绝的摆摆手：

"那，不要了，谢谢你老人家！"

"那么……我就……你病好了么？"

"好多了！好多了！"

这青年在院子里走一趟，回到屋里觉着清醒不少，他支持着病弱的身子，收拾收拾屋子，点起气炉，开始做饭。但是米没有了，他忘记了，于是闭上气炉，扣上帽子上杂货铺买。"掌柜，半毛钱小米！"

掌柜接了钱，转身去称米。

他看看街上，啊，街上似乎变样了，病了三四天，他躺在苦闷的小屋内，真难受得要死！现在看见了街，就如盲目的人忽然睁开眼睛，看见了新的世界一样。

"先生，包好了！"

他回过身去，接了米，快活的耸耸肩头。

气炉又点起，接续烧饭。

这一顿饭他吃的很香。

五分钱的小米，吃了两顿，第二天晌午把剩下的米全下了锅。

气炉呼呼的响着，他坐在凳上。这里是笔，这里是色水，他看看桌上的文具，如别了多年的情人相见一样，亲密的了不得，如果没有病，他哪能三四天不写字呢？

放在桌角上包小米的包纸，忽然抓住了他的视线。

喂！这钢笔字，和我写的一样！

他惊奇的拿起看看，眼睛不动了！

呀！奇怪呀！这不是我写的么？

他跳起来拍拍胸脯，仔细一看，这笔迹，这纸，这上面所写的话，确是他写的，但是，为什么会跑到杂货铺去了呢？

他恐怕弄错，再仔细看一遍，这是包小米的纸么？不是我桌上的么？

也许是装信封那天，因为焦急，一时马虎，遗漏的两张么？

不对！这明明是包小米的，那么……？

他糊涂了！

他用力的挠着头发，抓着胸脯，蹲着脚，可是想不出这是怎么回事！

他忽地拍拍桌子，抓起这两张纸，也忘记了正在燃烧的气炉，和锅里的稀粥，拔腿就往杂货铺狂奔。

"掌柜，你……你们哪里来的这纸？"

"这个，让我想想——"

"你快说，哪里来的？"

"噢，这是别人给的，那王老头，他来喝酒给我的！"

"还有很多吧？在哪里？"

"可倒是不少，不过，大概用完了，我看看吧，你要这做什么？"

他没工夫说话，随着掌柜到放乱纸的箱子旁边查看。

掌柜翻了一翻，找出一张来：

"没有了，全用完了！是最后的两张了，你要这做什么？"

他接过这张纸，一看：

"不错，就是这，别的呢？全用完了？做什么用了？能找到不能？"

"那——上哪找去？全都包了东西，这个三张，那个五张的……"

"是么？哎呀！这！这！这是我一年多的心血所创作出来的一篇……哎呀！这，这……"

掌柜不解的，惊骇的看着这脸色突然变成了死灰的青年！

（一九三八年十二月二十日）

父亲来的时候

那时候，我生活在英国的势力统治之下。

有一天，我们公司里的伙计们，差不多脸上都现着喜气，本来□薪饷一到手，谁不高兴呢？

刨去伙食，我剩下两元六毛二分，这些钱，我谨慎的装在袋里。

下午，我坐在印刷室里，把印完的一百多张稿件，一张一张整齐的叠着，刚刚叠完，门砰一声开了，老刘抱着一堆纸，把头伸进来对我说：

"小杨，你父亲来了。"

他说完就缩回脑袋，重重的关了门。

我赶紧收拾收拾，抛下稿纸从后门出去。

父亲袖着两手，寂寞的立在街边，一听见脚步声，就抬起脸来看我，欢喜的，悲苦的，沉默的微张着嘴。

他脸上，挂着一层尘土，这污秽的人间的尘土——压迫在他脸上，使他显得十分苍老和无力。帽子上，肩上，鞋上也挂着尘土，他几乎被恶浊的泥土包围了，就如一条滚在泥土里的鱼一样。

"你得什么时候下工？"

"快了，还有四十分钟。"

"那么我到你们宿舍去吧。"

"好……"

他蹀躞着往东走，我望着他疲乏的拖起两腿蹒跚的走路的姿势——他走了三十七里路，从乡下到这，这时一定很吃力——当他消失在转弯地方的时候，我觉得……有点儿难受，好像有一阵狂风吹痛了我的眼睛，我低着头跑回楼上，寂寞的望着墙上的挂钟。

现在，一分钟的时间，在我，乃是长期的受苦。街上隆隆的电车，和呜呜的汽车声，把我的灵魂压倒，而室内的电话铃和机械算盘的音响，像坟墓一般把我埋葬了！

我轻轻的蹀到外面，吸着凉气，听见了码头上汽笛的哭声，和面前的马车跑过去时，疲乏的老马的难过的气喘，洋车的喇叭非常的尖锐。在凉风丝丝的呜咽声里，我在街边闷闷的呆了老半天。

下工以前，我有几项必须忙完的事物。

那些大鼻子职员老爷们写好的公文，全堆在铁丝篓里，按照标示明白的地点，从抽屉里找出印好的信封——往外国去的信封，全印着外国文。这，我不懂得，非请教别人不可，我把信装完，正要送走，科长拿来几页信：

"这是巴里的。"

我翻翻信，找出一封信给他。

他一看，皱皱眉头：

"这是巴里么？二虎蛋！"

他把信抽出看看，不满的瞪着眼睛，噘着嘴说：

"你怎么弄的，把巴里的信装进新加坡的信封里？"

他愤怒的把每一封信都拆开检查，结果又发现了两封弄错的，生气了！像狗似的对我狂吠：

"你是故意的么？"

"不……不是，我不认识这个。"

"我知道你不认识，为什么不问别人？"

"问了！"

"那为什么又弄错？"

"把信封全拿过来！"

我乏味的把外国信封全搬在他桌上，他在信封后面一张一张，不慌不忙的注上字。

我望望钟……四点半了！

他注完之后，命令我：

"我把每一种封筒上全写明白了，其余的，你自己照样注上，拿去！"

"现在注么？"我愁苦的问。

"立刻就干，不用推明天！"

一共，大约有六百张信封，我好容易注完了，看看钟六点三十五分，我焦急的收拾收拾，扣上帽子跑。

父亲在宿舍里等我，他的眼睛，因忧愁而落了眶，我迟归一点半钟，他好像比先一刻苍老了十五年！

我跑到厨房，狼吞虎咽的把肚子吃饱，拿了两个馒头装在袋里。一个四十岁的同事，他有一双豆粒似的小眼睛，是英国人教堂里的信徒，看见我装馒头，不高兴的斜着眼睛瞅瞅我，把筷子敲敲饭碗，用着难听的大声质问我：

"你往哪拿？"

"留晚上吃。"

"撒谎！"

"上帝不准撒谎么？"

"当然，天父不许撒谎！"

"耶稣说，有钱的人要进天堂，就如骆驼打算穿过针穴一般难，可是，你为什么攒了许多钱放在外面吃利？还有……"

"住嘴！胡说八道！"

我闭了嘴，把筷子扔在桌上，转身迈过门槛，和他完全隔开——我讨厌这个人，比讨厌蛆还厉害！

我和父亲上街。可怜的父亲只吃了早饭，午饭和晚饭还没有下肚，他无力的迈着脚步，欢喜的扯着我一只手。

他告诉我，母亲病了，病得很厉害。

"病了好久么？"

"病了十二三天，她比头两个月瘦多了，她总是想你，每天黄昏，她伏在窗台上望着外面，两眼，呆呆的看着街门，像做梦似的，恨不能一下盼到你。夜里，常偷偷的掉泪，埋怨我，说我不该叫你出外赚饭吃，咳！我愿意把你送给人家当支使么？"

暮色苍茫的街道，屈服在黄昏的黑影之下。远隔十步的路人，成了一团模糊的黑点子。远远的在十字路口的街灯，放着金黄色的灿烂夺目的希望的光芒，我望着黑暗的远处，看见了母亲，看见她伏在窗台上，泪眼汪汪的望着街门，那街门动也不动，只有门外的树枝在晚风里摇摆，凋残的黄叶已经落尽，憔悴的枯枝轻轻的叹息不已！

"人瘦得太可怜，她时常说，快要死了！你想，她能好么？如果她能活到年底，那要算侥幸了。"

如果母亲现在故去了，妹妹和弟弟怎么办？我愁苦的想。

我们走到一条灯光辉煌的小街，澡堂的玻璃窗被热气罩得昏沉沉，卖零食的摊子在街边密密的排列着。小贩们呼喊着，花子在人群中徘徊，小饭铺门口蹲着一个乞儿，铁桶放在他身旁，一只瘦狗想接近他，他摇摇小黑手：

"呔！"

狗翻翻眼球，不高兴的打个哈欠，摇着肮脏的尾巴走进漆黑的胡同去了。

我们到饭馆里，在两个宽肩膀，眼睛炯炯放光的工人老哥旁边坐下，我把馒头拿出给跑堂的，叫他热热，此外叫了一个一毛五一碗的打卤面。

后屋有铁勺敲打的声音，跑堂的大声喊，在我身后有洗碗的水响。吃东西的人疲乏的喘着气。父亲对我讲些"家事"。

他说做饭和洗衣，完全是我妹妹一个人，她要伺候母亲，要照顾三只不多下蛋的母鸡，还利用闲空和弟弟到附近的树林里拾树叶。她忙得很，活像一头小毛驴，她却把室内收拾得干干净净，她把自己的辫子梳得光光的，啊，这是一个十一岁的小姑娘。

父亲感叹的张着嘴：

"假如没有这个姑娘，你说，我怎么办？唉！她连一双新鞋都没有，要自己做没有布，我想买点儿布带回去。"

打卤面和馒头热气腾腾的端上来了。

父亲吃着馒头就着面，很高兴这顿丰盛的饭。

我付了饭钱，还赏了他们一分小柜，得了一声谢谢。我把所有的薪金装在父亲的钱袋里，我们接着上澡堂。

洗完澡出来，经过教堂，看见里面坐着许多君子。他们穿着道德的外衣，扣着慈善的面具，把他们狡猾的真面目遮蔽着，聚精会神的听讲道。他们一面听讲，一面在心里打算盘，怎样把一个铜板培在土里，让它发芽长叶，生出累累的钱币的果实，以满足他们的欲望。即使他们怎样表演得正经，决不会，也不能，把他们原始的兽性的贪求欲从眉目之间藏得住。

父亲在外面欠欠足，往里看看。

回头叹口气，嘲笑的说：

"如果有吃饭教，信了这种教就有饭吃，那么我立刻就入这教门。"

父亲还不知道，那些立在讲台上讲东说西的人，正是为了吃饭而信教的呀。

我把单薄的行李放好，让父亲睡下。

"你上学去么？"

我告诉父亲，现在我的学校不是从前那一个了，这学校很好，一分钱的学费也不要。

他非常奇怪，在被窝里翻一个身瞪眼看我：

"怎么——不要钱？"

我告诉他，这是个图书馆，我怎样发现了这个知识的宝库。他满意的笑着，我快活的关了房门出去。

十一点半钟，我疲乏的跑回来了。

父亲已经睡熟了。

我用不着脱衣服，很省事，在父亲身旁枕着包袱睡下。大概睡到过半夜，我做梦回家，伏在母亲怀里，她抱着我的头哭，妹妹和弟弟蹲在母亲身后，面孔向着墙，两手捧着脸，寂寞的流泪，我难受的哭醒了。我身上盖着被，喂，这一定是父亲把被盖在我身上，而他盖着他的衣服，这时睡得很甜。

我轻轻的爬起，悄悄的把被盖在父亲身上，因为一点不冷，用不着盖。

第二天清早，父亲的起身把我惊醒，厨师还没有起来，我弄点凉水给父亲洗脸。东西也不吃就走，父亲要到市场去买完木料才吃东西，他走到外面问我：

"这星期日你能请假回家么？"

"能！"

父亲凄切的点点头，蹀躞着走了。

我目送着父亲，一直到看不见了的时候……这时在码头做工的同胞，成群结队踏着无情的地面，迈开强而有力的迅速的步子向前迈进。

我寞寞的回宿舍，再住两点钟才能上工。

厨师起来了，他揉揉眼皮开始做饭。

（一九三八年十二月二十四日）

战　友

这时候，黄昏张开两翼，从渺茫的远方飞来，在半空撒下灰黑的丝网。天空罩上朦胧，山变成了黑色，只有西方的半空没有被网套着，还映着一片浅的金黄色的云霞，把冻冷的河流照得放光。但是黄昏的眼睛很活，它马上看出它的网没有遮牢，还留有一些空隙，于是赶紧把它的网向西面扯扯，那一片最后留着舍不得离开人间的云霞的半个面孔，在灰黑的网后面掩灭了！

风刮了一天，早已刮得精疲力竭，藏于树枝芽间，和房屋的背后，墙穴里，石头底下去休息，待到了明天一早，它的精力一恢复，就要照常的甚至加倍的刮个痛快。

三面全是山，山包围着一个小村落，在冰冷的河旁边寂寞的蹲着，小街上的住民，因为炮火的威胁，全跑到山上，在浓密的森林里躲避。步哨的刺刀在街头巷尾闪着亮光，农民的院落里，背着鞍具的军马在啃草叶，牙齿摩擦的沉重的声音传到远处。一只清瘦的老狗，夹着尾巴顺墙根奔跑，河边有个士兵拿通信旗摇摆，他在和一个站在房上靠着烟囱的士兵用记号联络，巡查将校拖着战刀走向持旗的士兵身后，他大踏着步走，但是走几步停住了，他揉揉鼻子，接着打几个喷嚏，半天才打完，又揉揉鼻子，然后向前走了，他大概是伤风。

我和赛训两个人，刚从房屋走出来，他在后面轻轻的关上草门，手放在脑袋顶摸摸，帽子没有戴好，衣纽刚扣完，手枪还夹在腋下。

"喂！还是很冷！"他走到我身旁，把手插进袋里去。

我默想着，晚上的饭是和大家在一起吃的，吃得很好，有的同事还喝了大量的酒，但是没有喝醉。我不喜欢酒，所以没有喝，我欢喜的就是吃，我的嘴有个馋病，三天不吃点儿好东西就有点儿焦急。

赛训呢，他只要有够吸的烟卷，就知足了。

我想想他，想想我自己，他的身体比我高一些，他是个喜欢喋喋不休，心直口快，而性情非常温顺，并且是个诚实人。他的下巴有点歪斜，眼睛镶在深深的眼眶内，他是戴眼镜的，因为眼镜腿跌断了，没有地方修理，便装在衣袋里，他的衣服放在凳上，一个同事疲乏的坐下去，没有看见他的衣服，他的镜片在笨重的屁股下，粉身碎骨了。

"傻子，你的眼睛生在什么地方？"

他当时发怒了，但是经同事的一番赔罪的笑脸把他的怒气熄灭了。

你如果把他的手指打破，只消道道歉就万事全休，他是这么样一个人。

他在袋里摸着，时时的停下脚步，弓着腰，用力的弯着肩膀。

"唉！烟没有了！"

"我不吸烟，所以从来不忧愁烟的缺乏，噯，你不是说要买只野鸡来吃吃么？这地方野鸡真多，可惜我们不能随便放枪，不然，一定可以过过野鸡瘾。大前天，我看见一个老妇人提着一只野鸡，我问她，多少钱卖？她说：一角五！可惜我连一角钱也没有，给她一角她一定欢喜卖！"

我想起香的野鸡的炖肉，口内冒出唾沫了！

赛训不理我，他还是摸他的衣袋。

"唉，我分明记得还有半截烟头放在袋里的，怎么？……"

他停步不走了，闭起眼睛去沉思默想他的烟卷。

站在房上的士兵，顺着梯子爬下来了，他们在移动位置。

一个立在墙角地方警戒的士兵，对我们这面望着，他的脚冷了，跳着，枪上的刺刀发出不耐烦的锵锵的钢铁声。

"走吧！"我推推他的肩膀一下，"半截烟头算什么要紧？"

他摇摇头："不……不，不成！没有烟了！唉！这怎么办？"

"等一会儿和别人要一枝吧！"

他走了，缩着脖子，挺起胸脯，精神抖擞起来，大踏着步。

"听说这附近的山上有鹿，天大亮以前，就一群群的出现，昨天晚上我听见狼嚎，那声音真难听！"

他看看我的脸：

"鹿跑得真快！没有法追赶。"

"鹿肉好吃么？"

"没有吃过，唉，你怎么竟顾着吃？馋嘴！"

"住两天吧！再住两天发了饷，我多买几只野鸡来。"

"呀！"他把眼珠一瞪，"我想起来了！烟头在后面裤袋里。"

他停了步，去摸烟头，烟头摸到了，但是又没有火柴。

"啊，这怎么好？"他把烟头含在唇边，焦急的说。

忽然，他拔腿往回跑了，跑到士兵立着的墙角。

"报告排长，没有！"士兵大声的答他。

他失望的转了身子走路。

黄昏的网越拉越紧，一刻比一刻浓密，手伸到面前，仅仅能看见一只手的黑影，天色完全黑了。

一排士兵由班长率领，从东面走过来。他们散乱的步子，把路面踏得乱七八糟的响，枪凌乱的扛着，排尾的两个兵落在队后，他们为追赶队伍在蹀躞着一跳一跳耸着肩头跑步。有个士兵蹲下了，他的裹腿布没有缠好，大概是因为集合的时间短。他的动作迟慢。他弓着腰焦急的修正，鼻孔呼呼的喘着气，好像牛，他把枪靠在肩上，像挂拐杖。

赛训想了一想，对我说：

"今天晚上的情况很不好，你看，我有烟头没有火柴，不景气！"

"没有火柴倒并非大事，我们几时吃得着野鸡呢？"

"噢！后天，嗳，不是，是后天发饷吧？是么？"

"大后天！"

到了。

我们在五间草房的街门口停住，木篱紧紧的关着，他上前拍拍门，里面悄声并且很威严的问：

"口令！"

"义！"他回答，同样的用了小声。

门呀的叫了一声，开了，一个士兵夹着枪，在我们身后把门关好，屋子里灯光燦然，蜡烛的绳子跳跃着，人的影子在墙上遮了一团团的黑。

尖脑顶的老冯，躺在炕里边，炖熟的白鱼一样的闭着眼睛。明白天文学的袁丛，屈着一条腿背靠在壁上。打枪拿手的林音，双手抱着膝头坐在地下的凳上，披着外套，嘴里叼着烟卷。赛训走到他跟前，把烟头燃了火，猛力的吸着，吐出长长的烟雾。其余几个人，坐的坐，躺的躺，都不敢睡觉。

街上，有队伍过去了，听那脚步的连续，大概是一个连。

横卧在炕中央的连舒，对我点头，我过去，坐在他旁边。他扯着我的左手，对我嘻嘻的笑。

他是个身躯胖胖的人，有妻子并且是两个孩子的父亲，他是旅长的副官，写一笔漂亮字，能做很不错的文言文，还时常做诗。

这时街上有两三个人奔跑的脚步声，很慌乱的向东面跑去了，喘气的声音都可以听见。

大家面面相觑，沉默了半分钟，谈话又开始了。

街门响了一下，一个勤务兵跑着进来，对连舒恭敬的说：

"报告副官，旅长请！"

他放了我的手，爬起，摇摇胖胖的身躯，穿了外套，拿着刀走了，勤务兵随在他后面。

他刚一出门，有一队长长的队伍跑着步向西面去了，还听见有人锐利的喊：

"快跑！"

脚步更快，更杂乱了。

半天，队伍才过完。

躺着的人全坐起来了，老冯揉揉眼皮，摸摸身边：

"哎，我的枪哪去了呀？"

他的枪在帽子底下压着，他瞪大了眼睛还看不见。

"回去吧？"赛训抛弃了烟头立起对我说，"恐怕有事情，走吧！"

"好！走！"

我们俩到街上，一个士兵呼呼地跑进去了。

走了几步，骑兵过来了，马蹄杂乱的踏着地面，房屋发着抖，好几百多匹马排着，鼻孔吐着粗气，士兵的枪碰在背上，鞍上，呼啪的发响。有匹马叫了一声，声音达入空际，打破了这静寂的黑夜的空际。

我和赛训回到茅屋，冷得很。

他缩着肩头，把外套的领子掀起挡着后脑，在小屋中走来走去。

蜡烛只剩下半截了，外面刮起风。

"弄点火烤烤吧？"他这样提议。

屋角的地方，有一堆干柴，我们携手合作，把干柴燃着。

"蜡烛吹熄了吧，用不着了。"

我吹熄烛火。

烟冒了满屋子，柴火炽盛的烧起，火光照着手脸，肉皮映成赤红的血色，我们拖过破草席在柴火旁边坐下，守着这堆热火，尝着这短时间的温暖的幸福。

远处有枪响了。

赛训爬起，戴好帽子和手套，我把手枪掏出来装好子弹插在腰上，预备着。

他掏出表来看看。

"到时间了么？"我问。

"还有五分钟集合。"

我们相对着坐下，只有五分钟的聚首了。

柴火灼灼的烧着，喷着散乱的金花，干柴哗剥的清脆的响。

他看看我，我看看他，好像发过誓盟的一对情人儿将要永久的分别一样。

"训，我们今天晚上能回来么？"我的嗓子有点发紧。

"这，说不上呀！也许一刻就结局，或者接续三天五天……"

"那么——啊，我盼望赶紧完事，我们好休息一下，这几天真乏了！"

"是呀！赶紧的完事多好呢？但是，现在总得干，要不然老百姓没有太平日子。"

"喂！时间到了！"他突地跳起。

我们握握手，扯着手走出草门，在黑暗的门口分离了。

枪声由疏而密，渐渐的增加，空中是一片子弹的吼声，山上有很大的反响。

我领着一排弟兄把旅部围住，死死的防守着。赛训是到河边警戒去了，他们的一排弟兄是服着各种勤务的。

深黑的夜间没有星和月，风睡到半夜，被枪声惊醒了，它生气了，十二分的生气了！于是，尽力的刮起。立在黑暗中的憔悴的树梢，悲惨的叫起来，叫得呜呜的响，小街两边的茅屋的破窗纸，也格格的叫了起来。

四面，都有枪声了，机关枪像烧热的红豆一样，迅速的连续的爆裂，有一个迫击炮弹落在街上轰炸了！

"喂！他们是白天瞄好了的！"我们之中一个弟兄这样说。

"这些小子们，真要干哪！"有一个人这样说，他的话使大家发笑了。

但是笑声还没有停，又有一个炮弹在河边轰炸，那爆破的声音大得很，震天动地，山也要震倒了。

我的心上压了一块大石头，我默默的祈祷着。

"赛训，你要加小心些！"

一直到东方微明，风停止了以后，我们简直要冰结了的时候，枪炮才停，小街上落了十几发炮弹，有两处房屋炸倒了。

赛训和几个弟兄，被送到后方，他受了很重的伤。

我苦闷的等着消息，消息传来了。

他送到后方病院，第二天下午就断气了。

敌军退却以后，我们的主力仍暂住在小村里。

跑到山中去的农民，陆续的回来。

一个老妇人，他的儿子在山中受了冷和惊慌，病了。

他们住在我的隔壁，我可以听见那老妇人叹气的声音。

这一天，我看见一个强壮的农人，他提着三只野鸡，他们是专门到旷野捕捉野鸡贩卖过活的人，我把他叫住。

"喂，多少钱一个？"

"两角！"

"一角五，卖不卖？都买。"

他想了想走到我跟前，他那饱经忧患的迟钝的目光，呆呆的看着我：

"随便赏吧！多少不要紧！"

我把野鸡拿到隔壁的老人屋里：

"老妈妈，你给做做，我们一块吃好吧？"

她挤挤苍黄的眼皮，看一看我，拿起衣角擦擦脸，半天才对我说话：

"放在那里，我做好给你送过去！"

"不，一块吃，不然，我就不做了，你的儿子好了么？"

"他……快死了！"

我赶紧看看炕上躺着的人，他一动不动的，脸向着上面，嘴唇紧闭，眼睛凹陷，两颊非常消瘦，手规矩的放在身体的两边，腿靠拢着伸得直直的，好像已经死了一样！

老妇人没有眼泪，她的泪和她的情感一样，早已在惊慌中干枯，她像个骷髅一般的消瘦，呆呆的在儿子旁边，愁苦的垂下眼皮。

我摸摸衣袋，领到的薪饷还没有花，我把纸包爽快的掏出来，放在老妇人面前，这是我本月全部的薪金，我现在不需要，因为没有用，然后，我提着三只野鸡跑了。

我跑到冷冻的河边，我想发现赛训倒下的地点，但是不知道是什么地方，我宽宽的对着荒山看了半晌，想了半晌，又回到小屋子。

燃着了干柴，把屋子烤暖，挽起袖子，扯鸡毛，扯得精光，人类的原始的本能，从我的眼睛里发挥出来，我贪馋的看着被扯得精光的鸡体。干柴架起来了，鸡放在上面，火炽盛的烧起，冒着青烟，木柴啪啪的响，金花四溅。

我恍惚看见了赛训，他从外面无声的进来，脸上挂着血，衣服破碎，胸上有血，悲痛的在我对面坐下了。

我酸楚的看着他，想哭，但是哭不出来。

"赛训！"

他摇摇头，仍是不说话，一瞬眼间，他的影子消失了！我加上干柴，让它猛烈的烧起，烈火直向上冲，青烟罩满了小屋，屋里不冷了！

我又恍惚的看见了赛训，他无声的进来，脸上挂着泥和血，衣服破碎，胸前也有血。他把破碎的外套披在肩上，外套的袖子没有了，他的头发散乱，发上也沾着泥和血。我越看越清楚，他的影子分明的立在我面前，他呆呆的，朦胧的立着，两腿有些抖颤。啊！原来他的腿也炸坏了！他的右臂呢？怎么？只剩了一只手，他的面孔青灰，眼睛微闭，脸上遮着发丝，灰紫的嘴唇紧紧的闭着。

干柴猛烈的烧起，青烟缭绕，罩满小屋，野鸡躺在柴火上痛苦的翻着身，肉皮变成黑色，黄的油水流出，难嗅的气味，钻进我的鼻孔，赛训还是呆然的立着，我悲酸的望着他的面孔。

"赛训，你为什么不坐下来呢？"

他轻轻的，无声的坐在对面，破碎的外套拖在地下，他也不管，静静的看着柴火。

"赛训！你受苦了！"

但是他仍然无话，紧闭着嘴唇，我的眼光朦胧，罩上一层湿的薄膜，看不清楚他的发丝下的面孔了。

"赛训！你是到寂静的安然的另一个草原区了，我们立在两个不同的世界，距离并不远，不久，我，以及世界上所有的人，都得过去和你在一处，但是，你在那里可有烟抽么？如果没有，我可以设法去弄一些给你……"

我的眼睛完全昏花，什么也看不见了，再睁开眼时，他早已无声的道别，到寂静的草原，到那美丽的国去了。

存在我心中，留在我面前的，只是他的影子罢了！

干柴的火减低了，我坐着，没有力气立起，没有兴致去拿火柴，眼看着柴火颓然堆倒，冒起无力的青烟。

外面，苦恼的风又刮起来了，它吼叫着，袭着茅屋，然而我，靠着土壁，快睡熟了，柴火已经全灭，只剩下青烟……

第二天晚上我们又和胡子干起来，这一仗，把他们打个稀里哗啦……

（一九三六年十一月七日于吉林）

坍倒的房子

一声巨大的，震人的，好像火药爆发似的骇人的吼声把我惊醒了！

朦朦胧胧的，什么也辨弄不清，我坐起来揉揉眼睛，静静的听着，总想不出刚才的声音是什么。

隔壁屋里的姨妈喊我：

"外甥！是不是谁家的房子倒了？"

这时候，街上有浮动的嚣声，奔跑的脚步声，呼喊的声音，一齐的，像起火似的，乱杂杂的一片。我急急忙忙穿好衣服跑出去。

胡同里有不少大人孩子，睡眼蒙眬的，有的还没有穿好衣服，瞪着恐惧的眼，张着黑魆魆的口腔，像受了狠狠的一击，呆然的不动，有的推开别人往西跑去，我也盲从的跑去了。

和我们只隔一条胡同，有三间住房倒塌了，四周围着不少男男女女，里面有女人尖锐的哭声，小孩子的细细的叫声，不少人拿着铁锹洋镐，或木头棍子，扁担，从各处飞跑过来，推开别人用力的挤进去。警察赶散一群赤身露体的汉子和儿童，指挥那些有力气的大人，协力搬开从半空压下来的屋梁，有个粗暴的个子不高的老头子，用难听的哑嗓子大声喊：

"赶紧的，邻居，快把人弄出来！"

那哭泣的女人，在破砖碎瓦中间跪爬着，用两手乱抓乱扔，脸色灰白，眼睛充血，披散着头发，像一只受伤的野兽，肩头上沾着一大块湿泥。

"他就在这里呀！在这里呀！"

那个粗暴的老头子，在人群里窜来窜去，手忙脚乱的指挥这，指挥那，回头从肩上看看那疯狂似的女人，咕哝着：

"糊涂了，人怎么会在院子里？"

那些手脚勤快的人，已经把屋梁搬开，迅速的搬运那堆积得高高的石头和泥土。

"人在下面么？"

"是呀！"

"几个人？"

"两个人，那女人的丈夫和大儿子……"

大家小声的议论，像怕惊动了谁似的不敢大声，目不转睛的，害怕的，直望着那山堆。

这三间屋是早就应该坍塌的了，墙壁各处都张开口子，门窗像喝醉了酒似的斜斜的歪着，一间是房东的厨房，另一间就是洋车夫的住屋。头两天，昼夜不间断的下了一场大雨就很危险，谁想到这一早晨，那妻子在院子里烧饭，小儿子在她旁边，丈夫和大儿子因为夜里拉车过十二点，还疲乏的熟睡着，谁想到房子竟会忽然的倒坍了呢？

看光景的人，越聚越多，你一言我一语，不断的议论，争抢着往里窜，警察生气的把他们赶散又复聚合，像一群讨厌的苍蝇，那粗暴的老头子弄了满脸的泥土，挥着手："邻居们，往后点儿，不要挡害！"

那房后还没有坍倒的半截砖墙，因为人们用力的摇动，三分之一以上坍倒了。有一个伙计差一点儿受伤，赶紧的跳开，摸摸他自己的屁股。

房盖全都塌下，山墙整个的坍倒，门窗压得粉碎，家具什物都混在泥土里，而泥砖下面还埋葬着两个不幸的人，这光景叫人看着真不高兴。掘了半天，好容易把那两个人弄出来，然而这有什么用呢？早就断气了。

姨母愁苦的端详一下自己的房子：

"这房子也没有大寿命了！"

接着她告诉我关于那洋车夫一家的故事。

"现在，那个媳妇本是拉车的哥哥的媳妇，他哥哥也是拉车，那一年夏天闹传染病死了，唉！你让我算算，这有几年了？——可不是么？我们搬来的第二年，已经七年了！"

哥哥死了以后，兄弟就养活嫂子和侄，两个人很亲近的，像夫妻一样，他娶不起媳妇，寡妇也不能嫁了，成一块有什么不好呢？

于是邻居就说：

"成一块儿吧！没有关系，这最合适也没有，这样的风俗也是有的，你们就成一块儿算了，过日子要紧！……"

当初，他们抹不开，过了半来年，那个大儿子，知道好歹的孩子，称叔叔叫爸爸了，邻居说，这可好了，这孩子真懂事，真会来事。"没有别的话说，你们再要不成一块儿，对不起好心好意的孩子，也对不起邻居了！就这么样吧，用不着请客！"

他们终于成了一块儿，是很好的夫妻，过了一年，养个小姑娘，哪想到，她的命不好，又把丈夫克死了，儿子也断送了，以后怎么样过呀？

姨母，喘口长长的粗气。

这一天我们不断的听见那可怜的女人的悲哀的哭声。

（一九三九年夏于北京）

梨树沟

"快到啦！预备下车吧！"

坐在我对面的刘团副这样对我说，松快的站起来，拍拍屁股去拿圆囊。

火车懒懒的停了半天我们才下完，大家都不慌不忙的，不推也不挤，好像不愿意在这个寂寞的地方下车似的。

车站特别的小，两件陈旧的小板房，窗户像马眼睛一样。玻璃罩灯挂在乌黑的屋顶上，两个人坐在那下面无精打采的写什么。

步兵都站好了队。

"向右看齐！"

住一会儿又——

"报数！"

接着是一二三四五六七八九的数下去，声音不高，调子不齐，含着疲乏和困倦。

骑兵正在什么也看不见的黑暗里，用电棒照着，忙忙碌碌的把车厢里那些不懂事的马匹，连打带骂的往外赶，谁在用破铁似的声音呼喊和咒骂，夹着清脆的皮鞭的响声。

"哒——这个畜生……"

躲开！躲开！瞎眼么？"

"从后面打！"

属于司令部作战科的干部，都住在一个和蔼的青年开的旅馆里，他经营着旅馆并且兼卖杂货，人还不到三十岁，而态度神气却像经验丰富的老年，脸上有不少深思苦虑的皱纹，说话的时候，笔直的伸着脖子，两手深深的插在补了又补的裤袋里。

"你们各位都没有行李吧？"

他悄悄的问我，挤挤眼睛，一只黑猫跑到他腿底下，吐一吐气又跑开了。

他亲密的告诉我，家里倒有几床被，因为我们人多不够，所以没有拿出来。如果花两个钱到别处租几床能办得到，这可得赶紧动手，不然别人租了去就不成了。

过了半点钟，在我们一间房子里住的老爷们，都有了干净的被褥，我们的科长很感谢这房屋的主人。

"谢谢你——你贵姓？"

"姓金……不客气，有什么事尽管说！"

我们都感到舒服，满意快乐而且幸福。

躺在我旁边的孙胖子，拍拍我的大腿：

"老弟，就缺少媳妇啦……"

他这样说的时候，还滑稽的做个怪脸。

我们休息了好久，听见骑兵部队，马蹄和装具的声音，乱杂杂的从外面很快的往东走过去。

这一晚的饭菜很可口，肚子弄饱我们又买了一些点心糖块，一面心满意足的往嘴里填，一面快活的谈话。

"如果我们再前进十里路，这样的好地方就没有了。"

"什么？这四面全是山，等着看吧，要是有危险，这屋子可不可靠，你们看，墙是这样的薄！"

"六天以前，受了包围的不就是这地方么？"

"那时候，他们的兵力太小，这回，你尽管睡舒服觉得啦！"

抱着后脑壳靠在墙上，过去，经历过许许多多危险，从小就入在队伍里，因为聪明伶俐，学会了写读，不知出了多么大的力气，好容易当上干部的一个同僚，用很小的声音说：

"兔子要走运气，枪是打不着的，我们这些人，怕什么？"

这话说的倒很有意思——我想。

第二天一清早，我到厨房找温水漱口，发现老金一家人睡在狭窄的厨房里，用草席铺在地下当床，他的媳妇已经起来蹲在灶下烧火。十二三岁的小姑娘，背上披着破毡子坐在屋里抱着她的小弟，两个清瘦的孩子还躺在草席上甜睡，那只黑猫也在那里蜷着身体睡着，老金刚起来，还没有穿完上身衣服。"你们睡在这里呀！不冷么？"

"不冷，不冷，哎呀，你起的真早。"

他还有点儿昏昏沉沉，张着大嘴打哈欠。

推开前门，是一条不大平坦的街道，两旁的房屋都还没有开门，隔河的山的巨姿，魁梧的蹲在阴影里。有个穿着拖地的长裙的老妇人，头顶上顶着一个罐子，从西面过来，摇摇摆摆的走进一个寂寞的小院里，把罐子放在地下，不知自言自语的说了句什么，顺手拾起一个棍子，走进屋后去了。

我头一回住在这样的村落里，人和物都觉着好奇。

和我的同事老永，骑着马到山里走一趟，在荒草横生的野地里，看见不少野鸡，还没有等我们走到跟前就飞跑了。

山上还有不少的积雪，河里的冰块已经化开，拥拥挤挤的往下流奔跑。

过了两天，我就知道老金一家人并不是富户，他们这旅店是一个在车站上当职员的股东，而贩卖的杂货也全是人家的资本，他赚的是工钱。有时，他妻子，那个体格瘦弱，而做起工来却像男子似的妇人，给人家洗衣服。十三岁的小姑娘总背着她的小弟，有时帮母亲烧火。

后院是成天什么也不干的一对年轻的夫妻，老金悄悄的告诉我，那个女的，一共两个丈夫，每天和她在一起的，不过是挂名，全靠另外的那一个养活。

这个女人我看见了，小腰很细，瓜子脸儿，眼睛水汪汪的，小嘴，脸上的胭脂老新鲜，短小的白绸褂到肚子，欢喜穿红裤，走起路来很快，低着头，眼睛用力的盯着地下，好像丢失了什么东西，喊他的丈夫，用极尖锐的吼声。

他呢，坐在门口吸旱烟，半截眉毛下面的眼睛，小小的，胆怯的，脸上有不少愁苦的皱纹。我看见好几回那个赚钱养活他们的人来的时候，他是怎样泰然自若的躲开，默默的并不说一句话，往往是走到河边，看那些小孩子游戏。从那薄纸的窗里，透出欢乐的哧哧的笑声。不知怎么，我觉着走到河边去的人实在可怜！

但是我的同事孙胖子却有不同的意见：

"老弟，那算什么，只要有吃有喝——如果大哥我有个漂亮媳妇，还愁没零钱花么？"

河东有几家窑子，她们的生意不怎样兴隆，我们时常到那大家认为最好的一家去泡蘑菇。有个年老的姑娘，满脸抹个通红，嘴唇涂得像吃了死孩子一样，喝醉酒东倒西歪，张着大嘴，闭着眼睛，噢噢的唱。那声音就像驴叫一样。全身摇动着，手舞足蹈，脸上表现出受苦和厌恶一切的样子。

有个脾气粗暴的同事，总欢喜和她打闹，他们两个人的感情，好像是很相投，她叫了一阵，疲乏的倒在他怀里，用力的扳着他的脖子。

他也喝醉了，无论怎样没有羞耻的事都做得出来。

另一个美好的，时常穿着西装，好摆出高傲，瞧不起一切的架子，欢喜吹口笛的姑娘生气了，她用脚踢她，打她的脸，骂她。

喝醉酒的姑娘并不抵抗，任凭她打，好像怕她似的，悄悄的爬起来，理理头发，咧嘴一笑，出去了。

每天晚上，在我们的住处，总有许多住在别处的同事来串门，老程时常讲给我许多故事，全是他亲眼看见的。

"那个老头又赢了！"

这个老头是他们的房主人，老程愿意和他赌钱，老头的眼睛看不清，时常弄错了牌，人家把他的钱抓去，他不承认。可是他总是赢，这是大家猜不透的谜。据说这个老头要了一辈子钱，他是靠着赌钱过活的，别人赌输了并不恨他，还愿意和他干，他有一种神秘的引诱人的魔力。

"你还想和他干么？"

"我想跟他学几手，他答应教给我，我已经认他师傅了！"

"认赌博的师傅么？"

"怕什么……"

我们有一帮吃饭的伙伴，大家时常集合到一家饭馆去大吃大喝。

只有一个人是特别的，这是我们同事中年纪最轻的一个，别人都在热心的追求着享乐，而他对于享乐不感到兴趣。他是个书呆子，中了书的毒。清早一醒就在被窝里翻书，屋子里不论怎样的吵闹，说笑，唱，而他根本听不见似的，把脑袋深深的埋在书页里，就是起了火大概也不动。

他的面孔圆圆的，大眼睛，乌黑的，像个媚人的女性，我欢喜接近他，特别愿意听他讲书上那些事："……总而言之，人类必须用智慧和勇敢征服自然！"

看他的神气，好像是，地球是归他管理，他已经掌握住人类生活的运命。

"你就会吹大牛！"

他瞪起眼睛来：

"谁，怎么的？你不明白宇宙的法则！"

我吼着说：

"明不明白都行，我明白这些已经够了，要明白那么些有什么用呢。"

"为的是明天不成野兽，我们是两条腿的活人不是？"

我觉着自己并不比他差，于是就抬起杠来。

结果，总是说到别的地方去，主要的论题反而逃跑了！

孙胖子从我们的谈话之间，笔直的伸着脖子。

"老弟，人生最要紧的是什么？学问么？不是——快乐！这比什么都好，我老孙要是有半打姨太太，此外，什么也不想……"

忽然，大家都把脑袋对着一个方向。后院，发生了大争吵，巴掌响，骂声，什么东西翻倒的声音，女人夹杂在粗暴的咒骂声中的颤巍巍的叫声。我们把后窗推开，看见那个挂名的丈夫，被按在门口，拳打脚踢，他只会挣扎，不反身厮斗。那个男子只穿着一件露胸的汗衫，头上没有戴帽子，凶狠的咬着牙，好像要杀人似的。女人光着脚飞跑出来，张扬着两手，好像挨了火烧一样，全身打颤，咧着小嘴，把能赚钱的丈夫用力的拖进屋里去。这样，骚闹就中止了，胖子反过身来，露齿的一笑：

"这就叫做吃醋争风！"

我抬杠的对手不明白这个道理：

"一个男子驾驭几十个女人能办得到，而一个女子驾驭两个男人却弄

1651

不好……"

孙胖子笑个满脸：

"就是这一点应该研究啊！我要有十个老婆，不愁摆弄不住她们，可是得有钱，你明白不？"

到晚上，那个挨打的可怜虫，照旧蹲在院里殷勤的劈着干柴。

过了十天这样安乐的生活，一天清早，刮着刺骨的西北风，我们忍着寒冷骑马往山里前进。

又过了一天，在黄昏时分，听见前卫部队枪声了。

（一九三六年十一月二日于吉林）

抢　亲

我时常听别人说，在我新租的那间半房后身，在那条狭窄的小胡同里，有一个人家五六口人，全依靠一个十六岁的姑娘生活。这姑娘我时常碰见，身材瘦瘦的，面孔苍白，那一双眼睛圆圆的，乌黑的，像容易受惊的马的眼睛似的，一看见谁在留心的看她，立刻就表现出慌张的形样，好像怕谁杀害她似的，远远的躲着走。她的脚步，倒很敏捷迅速，没有一点儿声音。

过五月节的头两天，在这姑娘的家里，不知因为什么发生了大争吵。

一个身体魁梧，左眼睛有点儿歪的汉子，从那小院里气哼哼的走出来立在门口，瞪眼，咧嘴，跺脚，咒骂，浑身摇动着就如一只疯狗。

"你们简直就不是人！"

凶凶的摇着手，狠狠的往半空吐口唾沫，嘟嘟囔囔的走了。

那姑娘的家里没有一点儿应声，好像老鼠在洞里不敢露头一样。只是，在那汉子走后，那个姑娘的母亲，一个散着褴褛的裤脚，拖着破鞋的妇人，胆怯的出来望望。

五月节这天的下午，吵闹得更凶了。

那个汉子，领来了四五个工人模样的人，把那个连哭带喊的瘦弱的姑娘，用绳子绑起来，放在马车上，不管那可怜的妇人怎样的挣扎，哀号，拿出所有的力气和他们厮斗，他们强硬的把人按在车上，一定要拉着走。

那妇人像疯狂似的披散着乱发，用头去和他们碰，又去拼命的抓着马的缰绳，夺下了车夫的鞭子。

"你们是些胡匪，是些强盗，该死的东西呀！……"

跟前围了一大群人，都袖着手看光景。他们像往屠宰场上弄猪似的，对付那个无力的姑娘，真叫人看不下去，我坚决的过去扯住那汉子的胳膊：

"你们这是干什么？"

"管你什么事？"

"我问一问！"

"问什么？"

"你们为什么要这样，动抢么？"

这个汉子狠狠的瞪我一眼，用力的咬着粗糙的嘴唇：

"这是我们的人！"

他东一句，西一句，讲了老半天，把我讲的一句话也答不上来，眼看着他们把那哭叫的姑娘拉走了。她的母亲坐在泥地里，放声的哀号。

过了好久，我总忘记不了这件事。

那个姑娘，从小就许配了人家，后来，婆家听说她的名声不好，她们一家人全靠她吃饭，于是打算快娶过去。这方面不答应，想和男家离婚，又还不起二百多块钱的身价。时常为了这件事吵闹不休，想不到婆家竟用武力把姑娘娶过去了。

邻邻居居都认为这种事并不算太奇怪，有的竟说应该那样办，"抢亲"也算婚姻的方式之一？

从这个姑娘去了以后，那一家人是怎样的维持生活，谁也不知道，过了八月节，看见那个妇人挎着筐篮在街里要饭，瑟瑟缩缩的立在店铺门口，含着很大的希望的眼光，对着里面：

"发财的东家，可怜可怜吧？"

她最小的儿子，立在她身后，拿着一个小棍也跟着喊：

"开付开付吧！"

这都是在英国统治之下，人们所过的生活……

拼 命

他狠狠的给那个汉子一拳头，打在那汉子的厚下巴上。那又粗又黑的汉子从下排的牙齿里流出鲜血。

这时候，那两个滚在街边上厮打的家伙，在上面的一个呼呼的喘着爬起，用力的踢在那下面挣扎着，帽子滚掉的人一脚，飞快的跑过来，从后面抓住又粗又黑的汉子的衣领，用力的一拖，下面又用腿敏捷的一绊，又粗又黑的汉子，好像从半空掉下来似的，笨重的跌倒了。

所说的那个他，就是先头给汉子一拳的青年。他一看那仇敌仰面朝天的跌倒，赶紧用着全身的气力扑在那汉子身上，用膝盖使劲的压着那汉子的小腹，左一拳，右一拳，两个拳头像下雨似的打在那汉子的头上，脸上，鼻子上，下巴上，胸脯上。那个汉子从下面，用他的两手和脚，拼命的挣扎想爬起来。

掉了帽子的那个，已经跑过来了，他龇牙咧嘴，满脸的杀气，想把他推翻，救那汉子起来。可是先头和他厮打的小伙子，从侧面扯住他的胳膊，他还来不及防御就吃了一巴掌。这一巴掌特别的响亮，正打在眼睛上，那眼睛马上就显出青肿。

街上，看光景的人越聚越多，都瞪着惊骇的眼珠，张着黑魆魆的口腔。有一些人，像看见了死人似的表现一副异样的嘴脸。有一个破草帽快掉落了似的扣在脑后的中年人，不知对谁这样的呼喊：

"唉，唉，别打，快把他们扯开，这还了得，要出人命，唉，唉……"没有人理他，只是望望他罢了。

在下面的汉子，吃了不少的亏，像野兽似的动口咬了。那个青年虽然时刻留心怕他咬着，但终于挨了一下凶猛的咬，那汉子是把头钻进他的腋下，在他肚子上下了口。他忍着痛在那汉子的头上狠狠的一拳，这才把肚子抬开。

"唉唉……各位！"仰戴草帽的中年人大声的嘶喊，一面挥舞着不知怎样指点合适似的两手：

"快把他们拉开！这么打太凶了！各位！劳驾，多来几位……"

他自己先闯进阵里拖那个青年。

"住手！住手，不准打！"

掉落了草帽的那个家伙，抓起一块石头，对着他的敌人走过去了。看光景的人，吃惊的后退，小孩子叫喊着，推倒了别的孩子，从大人的腿底下钻出去。

从看光景的人群里，跳出一个胸脯宽健的男子，把那个家伙手里的石头，在还没扔出去的一瞬间，迅速的夺下去，并且回手推了他一下，推完以后，觉着不对似的往后退了一步：

"住手！"

他这个疾风迅雷的行为，好像有传染性似的，有不少男子跑进战场里来，把拼命争斗的四个人，七手八脚的拖开。

"不准打，有理讲理！"

"上衙门去！"

"报告警察去！报告去！"

"得得，好好说说算了。"

"打呀！"

发起劝架的中年人，在乱杂杂喧噪的人的海洋里，像个猴子似的跳来跳去，挥舞着粗糙的手：

"有地方讲理，先生们，你们这样的闹，太凶了！"

没有一个人不觉着奇怪，那四个打架的人一声不响，好像有什么东西封住了他们的嘴似的，从众人中间推开一条出路，抹着负伤默默的走了。

他们先后走到学校里去，走进职员宿舍里，最后进去的那一个狠狠的把门关上，好像怕外人随着进去看穿他们的秘密似的。

有不少小学生跟到学校的院里，出来一个人，对他们仇恨的摆摆手：

"都滚！"

在街头上，那些看光景的人的群里，集了好几个堆，人的嘴不停的活动着，发出各式各样的声音，像一些苍蝇似的乱嗡嗡，谁在说什么，一点儿听不出来。

但是那个最先劝架的中年人的声音来得比谁都高：

"这些先生，太丢脸了！"

接着是那个胸脯健壮的汉子的声音：

"把他们赶走！是些什么东西？不体面……"

他们乱七八糟的议论起来，好像是说：那四个先生打架完全为吃醋，他们四个恋爱两个女教员，那个我们一开头就写的"他"爱一个姓徐的，动口咬的那个家伙，和他竞争。在街边滚着打，在上面的那个小伙子，和姓单的女士感情不错，而掉了帽子的那个从中捣乱。这不消说是因为那两位女性打算都收拿。这么一收拿不要紧，像这样的争闹，便时常的发生，这一次最凶猛，竟打到街上来了！

"他们分成两伙！"一个瘦子这样发表他的所见。

"刚才，他们一定碰头了！"说这话的人，看不见他的面孔，因为他是立在人群后面的。

忽然，所有的头脸都转向一个方向，有不少人往那个方向跑去了。

"又打起来啦？"

"大概是……"

可不是又打起来！这回是把那宿舍当做武场，老远就可以看得见，那不大的宿舍里，玻璃窗粉碎的声音，桌子板凳推翻的声音，各种的声音一齐的，在那屋子里装不住，传到外面来。

在奔走的人群里，不知谁这样大声的说：

"报衙门去！"

"找村长！"

（一九四〇年夏于河北）

激烈的战斗

一

究竟是多少，实在看不出，好像有几十只马蹄子集在一起，乱杂杂的把冰硬的地踏得非常的响。

弯弯曲曲的道路，躺在路旁的石块，凋残的树枝，还没有显出清楚的形样，就模糊的飞向后面去。

马的腹边，汗淋淋的，看见马的上身从转弯的地方露出，才知道只是一匹马。这时候已经跑进荒凉的村落里，速度慢多了。那骑在马身上屁股一起一落，慌慌张张的老总，还没有等到马停下来，就疲乏的滚下去，把马用力的拖着拴在小树上，担心的弯着腰看那马屁股，血的流一直垂到马腿上，这仅仅是子弹擦破的一点儿轻伤。马，好像还不知道似的，它呆呆的瞪着容易受惊的眼睛，张着泡沫飞扬的厚嘴唇。

老总安心的吐口闷气，跑进院里，一直跑到上屋门口立一个步哨的小屋里去。

"报告！"

从里面："进来！"

"回来了！"

"送到了么？"

"送倒是送到了，回来的时候，差一点儿叫他们围上，幸亏马跑的快……"

二

在这小屋里集合着光秃的头，四方脸，两只胳臂肘下面压着一张乌黑的地图的是连长。一个年老的，满脸都是皱纹，胡子不刮，长长的，可是还显着格外的强壮，而且出名的有战斗经验，对于无论什么紧急的匪情都不觉着奇怪，总是泰然自若，不慌不忙的班长。一个把自来得手枪任意的背在后腰上，身前扎着一大串子弹盒的，也是武艺不错的班长。另外是一个年轻的排长，军服很新鲜，纽扣放着亮光。

他伏在桌上聚精会神的在通信纸的格里写什么，好像忧愁似的抬起尖尖的下巴，端详着刚跑进来还没有压住气喘的老总，用力的小声问：

"有多少？"

"二十来个。"

"徒步么？"

"是！"

"在什么地方遇见的？"

"在半路上，那地方，就是在我们前天去的那个村子不远。过了那条河不是有个桥叫他们烧断了不能走么？——就，就在那东面。我起初什么也没有看见，眼看到眼前了我才看见，他们打了一枪，把马吓毛了！多亏这一毛，我什么也不顾，夹住了马，后面又打了几枪，可是已经跑出来了，就这样，我算没有叫他们抓住……"

那连长高兴的揉揉眼皮，很快的把一片乌黑的地图叠起来，塞进破旧的图囊里去，拍拍自己的肘节：

"营长是怎么说的？"

"营长说，我们这地方不大好，要赶紧的离开才对！"

排长跳起来推推年老的班长：

"快点儿吧！"

三

非常的临近，好像在窗外似的，不吉的枪声起了。

在那立着步哨的小屋对面的窄街上，在堆倒的墙根底下，偷偷的伸出了轻机关枪的黑魆魆的口，贪婪无情的正对着那先头站步哨的屋门，闪烁着活泼的红舌头。

吵吵闹闹，谁在喊什么，一点儿也听不清，乱杂杂的奔跑的脚步在各处响动，步枪的枪口在随处伸出，枪机焦急的拉开，迅速的推上，瞄准了就发射，后院的机关枪像咒骂似的。执拗的突突，用着全力和从后方包围上来的敌人顽强的对抗，小院里有炸弹发的药烟。

在阴沟里两方面碰在一起了，扭住了厮打，扔开武器，野性的，在生与死之间不留一点儿情面，用头凶猛的碰，用牙齿去苛毒的咬。

有两个仇敌像皮球似的拖倒了滚起来，从什么地方跳出来的那个武艺不错的班长，高高的举起枪把，往下放了一枪，正要爬起来和他碰命的那个黑家伙的脑浆崩碎了！飞溅着鲜红的血花……

连长提着手枪东跑西奔的指挥他的部下。

在房屋的后角，发生了人类的大混乱，两方混在一起，用刺刀击刺，用枪把击碎脑颅，立在墙头上抓起石头来打……

有一个在前面跑，一个在后面追，眼看要追上了，那前面的人狡猾的往右飞去，于是，在杂乱的草堆周围互相的追逐，那在前面的人一下跳上了墙，抓住垂下来的枯枝，泥土和石块在脚底下飞滚，他努力的往上爬，后面的人两手抓着枪，咬紧牙齿，瞪起充血的眼睛，挥动了枪刺，笔直的往上刺去。但是代着那爬到墙上的肉身，刺刀深深的穿进泥土里去了。在上面的，趁着这机会抓起大石头爽快的打下来，刺刀还没有拔出，昏迷的跌倒了。上面的还认为不够，又跳下来，拔出那枪狠狠的刺进僵倒在猪圈旁边，什么也弄不清楚了……

四

歪扭着脸的，横卧在沟里的奇形怪状的姿态陈列在各处，下面铺着血的毛毡。

——这全是敌人，敌人的伤或死是不值得痛惜的！

枪声渐渐的远去，一面在用力的跑，一面在不留情的追……

（一九四二年夏于大同公园树下）

谢　罪

——军阀时代的故事

千辛万苦，他们的部队在毒热的太阳下奔走了一天，好容易到了宿营的地方。

这是个很不错的村庄，房屋，街道，都很整齐，家家户户的院里都有一垛柴草。肥美的小鸡成群结队的在园边摇摇摆摆的散步，肥胖的猪舒舒服服的睡在墙角下，一只安安静静的躺在树荫下享清福的黄狗，看见他们的队伍一到，老远的就走开了。

马连长呼喊着：

"找村长！"

他举着马鞭子对司务长说话像骡叫似的，眼珠闪着怒气的光，噘着嘴。

"去！快把村长提出来！犊子的……"

司务长像个老太婆似的，无精打采的挤着眼皮。他屁股后的匣子很不高兴他的样子，吃力的向下垂着头，满脸是汗，泥和汗混在一起从鼻子两边淌下，他答应一声，勉强的拔起两腿往西跑去。

马连长把马鞭子敲着大腿，像对谁发狠似的。

连长当差牵着连长的马，他正愁抓不着遛马的人，忽然看见街东头的胡同里有个挑水的走出来，他急忙大声叫起来：

"嗳，嗳，挑水的！"

挑水的停了步，往这面看看，很踌躇的样子，举着手：

"我把水送回去就来！"

"什么？"连长当差明白这一套，他把马交给满头汗水的号兵，咒诅着追了去，一巴掌把挑水的老哥的破草帽打掉。

"老……老总什么事？尽管说……"

"你往哪跑？"

"没有，我想把水送回去……"

"滚你妈的……快走！"

连长当差说着又踢他两脚。

这挑水老哥的面孔正像一只猫，眼睛炯炯的放着光，有三十来岁年纪，肩膀宽宽的，半截眉毛，满脸劳苦的皱纹，他温顺的放下水桶，拉过连长的马，在街边来往遛着。

队伍已经架好枪，老总们退到枪架后面，有的坐下，有的对着墙撒尿。擦汗的，解皮带的，咳嗽，喘粗气，摘下帽子当扇子摇，吐唾沫，扭鼻涕……

连长在一家门口的石台上，叉着两腿坐下。

"谁去看看，帮司务长找找村长，这个东西……"

刘班长说："我去！"

他摇摆着头颅跑去，这个人有一身作恶的骨头，人做不出来的事，他能做出来，什么利害，全不在乎。

连长休息一会儿，跳起来提着马鞭子各处观望着。

村长叫来了，是个个子小小的人，鼻子尖尖的，脸上稍有些麻粒。他一见连长，急忙摘下帽子，恭恭敬敬的行礼：

"连长你老辛苦，快找地方休息，这真是……我到西头有点儿事，不知道你老到……连长，你老……"连长被安置在一个漂亮的人家上屋，屋子糊着白纸，桌上摆着钟表茶碗，纱窗，很风凉。他的当差给他脱鞋，脱衣服，打洗脸水。屋中的主人是个胖胖的老头，满面红光，胡须白白的，他拄着木杖，指挥伙计烧水做饭。

老总们分五下住。

刘班长很不满意，分配给他的人家，因为这人家房屋少，狭窄，有点儿挤。老总们埋怨着，勉勉强强的把枪支放在炕上，刘班长跑出来把村长抓到：

"你看看，这屋子能住开么？"

村长活泼的点着头，满脸"仁义"的笑：

"班长，您老尽管说，怎么的？住不开吗？那么您老先等等，我再另给找……"

"走？我和你一块儿去！"

刘班长很怕村长逃跑了样紧紧的随在身后。

刘班长是最有经验，最有眼光的，他张眼一看，就知道分配给他的人家，是个不富裕的人家，并不是住不开，他想找一家富裕的人家住下，不消说，对于他有很大的益处。

走了一条街，刘班长全没有看中，在另一条街上，他看中一个人家。

"就在这吧！"

村长踌躇了一下：

"这……"

"不行么？"刘班长气吁吁的说。

"行……哪有不行的？"

"那么就是这。"

刘班长跑回去，把他的部下领来，占了上房的三间屋子，住在上房的人都搬到下屋。刘班长立刻吩咐起来：

"包饺子吃！"

老总们都很欢喜，他们知道这个人家包饺子吃是办得到的。

但是这屋中的主人，是个清瘦的，满脸烟灰的中年人，镶着金牙，手上还戴着金指环，他从头到脚表现着不痛快，他本来想把下屋让给老总住，现在又要吃饺子，他真是非常的不高兴。

于是，刘班长就骂起来：

"包饺子，老总就吃，不包呢，什么也不用做，我们什么也不吃，妈的，看着办！看老总们是人，就拿人待，随便吧……"

他用力的把皮带摔在桌上，很重的一声巨响。

老总们都高兴，他们欢欢喜喜的脱衣解带，都惊叹着说：

"这屋子可真不错。"

"一定是财主！"

"嗳，看见没有？那下屋有好几个小娘们！"

第二班的周班长以下十三位老总，这时已经开始吃饭了，他们吃的是宽心面，这个人家可实在优厚，用不着下命令就敬上这么好的东西，他们把面条放在桌子上，先喝酒。

“来，来，给你一杯！”

“不客气，不客气，你先喝……”

“筷子不够呀！嗳！……”

“是，是，筷子不够，出去借去了，马上就来，老总先等等吧！”

“好，不着急。”

“喝酒，喝酒……”

刘班长的一班，全都洗完了脸，但是等了老半天，连一碗水还没有喝上。他怒气冲冲的叉着腰跨着门槛，狠狠的咬着嘴唇。别的班下的弟兄，都吃饱喝足在街里闲绕，而刘班长还没有看见饭的影子，连做饭的动静还没听见。他跑到下屋去提出主人来：

“怎么，看我们不是人么？”

“怎么回事？老总？着急吃饭么？后院已经做了，眼看就好……”

刘班长不相信的跑到后院去看，在厨房里两个伙计刚动手淘米，淘的是小米，打算做稀粥，还预备了一大捆葱。

刘班长的肚皮快气破了。

他一言不发，默默的走回屋子。

“张得功，你和刘海去杀猪去！后院有猪。王正财，你到后院去杀鸡，有多少杀多少，杀完就下锅。别人，嗳，你们快去，各地搜搜看，你们是管做饭的，什么好做什么，快去！”

猪叫的声音，鸡叫的声音，人的呼声，笑声，闹得震天动地的响。刘班长坐在下屋，眼睛直勾勾的盯着坑里的几个动也不动的女人。

妇女都惊骇的跳起，逃到外面，咒骂着，喊叫着。

这屋中的清瘦的主人，他什么也不说，一头闯进连长的住处。

“连长，”他勇敢的叫道，“你的弟兄怎这么不讲理，我住在这地方，连长你也知道，就是司令他老来，也不肯住在我家里，你的弟兄就这么无礼，走！我们去见司令去！”

连长一见这人的面孔，就感觉有点儿害怕，这面孔是和司令的面孔一模一样的。

他很机灵，急忙跳起来：

"您是？……"

"连长，你大概不知道，司令是我家兄……"

连长的耳朵嗡一声，仿佛像挨了一锤子样。

"怎么的？弟兄……"

"你去看看，这不是造反么？"

连长哆哆嗦嗦的提了鞋，急急忙忙的往外跑。

"司务长呢？司务长……"他喊着。

当差的去喊司务长。

连长的鼻子变了形状，他不知说什么话好。

"都给我滚出来！"

连长一进院就吼起来。

刘班长吓了一跳，赶紧飞出来，给连长举手敬礼。

"都给我滚出来！"

这时候，猪的叫声，鸡的叫声全没有了，因为都已经杀死，正在忙着下锅。

刘班长知道是出了乱子，他惊慌失措的召集弟兄，召集了半天才集合全。

"快滚！"连长吼着，瞪着眼睛，他的额角冒出汗水，老总们都搬出去，司务长给他们安置住处。

司令的兄弟，领连长到后院：

"连长，你看看，这不是造反么？这么侮辱我，就等于侮辱司令，走！连长，我们见司令去讲理……"

连长的额角上的汗水泉一样涌下，他结巴巴的央求着说：

"这怪我，我不知道他们住在你老这里，你老得原谅，赏我饭吃，所有的损失，全由我包赔，你老多原谅……"

村长请来了，连长和和气气的质问他：

"你怎么把他们领到这里？这不是和我……"

村长为难的皱着眉头：

"嘿！老总厉害得很！我没有想领他们在这住，那位班长一定要在这，我如果说不行，他非动打不可。我又一想，都是司令的人，连长到这地方，也像到了家乡一样，弟兄们不至于……谁想到，这也怨我，我太不周到，连长你老请休息，二爷原谅我……"

村长不停的给连长鞠躬，又给二爷——司令的弟弟——鞠躬。

好说歹说，二爷赏了面子，总算让连长过得去。

连长满脸流着汗水，他走回住处，怒气冲冲的喘着气：

"叫刘班长来！……"

连长当差答应一声出来。

刘班长挨了两个大耳光子。

"你给我惹乱子，混蛋！这碗饭吃不吃倒不要紧，万一……"

他吼道：

"滚吧！"

刘班长垂头丧气的退出去。

天黑了，满天星斗，讥笑的看着大地，没有风，很闷热的。

马连长不安的躺在床上，很困，可是睡不下去。

他苦恼的想着：

司令的弟弟，虽然表面上是饶过了，如果他给司令去一封信，轻则打碎饭碗，重呢？少说押起来，再不然……

这么一想，越发的愁苦了。

但是老总们却不在乎这些，他们都猪似的睡得呼呼的响。

第二天一清早，队伍集合好了等着出发。

马连长到司令的弟弟家。

"我来给你老赔罪……"

马连长这么说。

司令的弟弟还没有起休，连长轻轻的双膝跪下，跪在二爷床前。

"这用不着。"二爷爬起来打着呵欠看着连长，懒洋洋的说：

"要走么？"

连长忙鞠一躬：

"是，这就走了，你老开恩吧！赏我碗饭吃，我一生一世不会忘记你老的恩德……"

把连长扶起来："你放心吧！这事已经完了。"

连长鞠了不少躬，讲了无边的好话才出来。

他一出来，觉着浑身轻松不少，像是洗了一个澡一样。

他轻快的上了马，大声说：

"出发！"

赴　任

——军阀时代的故事

很艰难的，我得了一张军官学校的文凭。

这是距今十年前的事情，那时候，灰色的军队在民众间还是很有权势，愿意怎么干就怎么干，就像野兽一样。

我被派到一个权威高大的总司令的卫队营里，住在省城，始终驻扎在总司令近旁，因为护卫呀！

这天是下午，我雇了一辆洋车，拉着一大包军事书籍到卫队营上任，——书籍这东西，我一到时就看出，是一点儿屁用处也没有的。

传达是个个子不高，方脸，眼珠像牛的人，说话的嗓门倒很响亮，有两只大手，我听见他在门口站着一个卫兵的营长室里这样报告：

"是刚从校里毕业出来的，到营来服务，说是想见营长你老……"

"多大岁数？"

"很年轻的，好像，不过十八岁的样子。"

"是上面派来的！不错，一定是他，请进来。"

营长的年岁不高，他桌上摆着三四本《典范令》之类的书籍，我一迈门坎，看见他是现拿过一本书很快的打开假装看，这是为什么呢？表示用功，暗示我一下，他是受过教育，不可轻视的人物吧？我规规矩矩的敬了礼，报告我这个人的来历。

"请坐，请坐……"他伸出一只手来很客气的说："我对于教育上，各种事情上……全没有把握，以后大家不客气的在一块儿研究，好在……"

他说话的时候，嘴咧得特别大，眼睛放着假情假意的光，武装带是上等皮革，中校的肩章，明晃晃的。

"你没有带行李来么？"

"没有。"我客客气气的说。

"那么！嗳，王财！"

王财进来，这是个漂亮小伙子，面孔像女子似的。

"你去告诉军需长，借两床被，两床褥子，挑干净的拿！"

王财答应一声，轻轻的退出去。

我的寝室是在医务室里，一共三个人，一个少尉，一个医务少士。

少尉不是军人出身，没有受过一丝一毫军事教育，大家都称他王副官，是专门在营长公馆里当副官的。他是营长的人，他的少尉阶级，是营长私人委任的，立正稍息都不会，举手敬礼很拙笨，体格很衰弱，面孔苍白像个病夫。

我从他衰弱的眼光里，看出他是不大欢迎我的，然而表面上却假装一团和气。

"老弟，你贵姓？"

他递一支烟卷给我。

我谢谢他，说明不会抽烟。

"老弟贵府是什么地方？"

他问了一大套，我一一的回答他。

医务少士李荣升很欢喜我，他从心灵里欢迎我，他是面孔黑黑的，眼睛像老鼠似的，下巴尖尖的人，说话的声音特别小。

"你得多帮我的忙呀！"

我很快的和他弄熟，他很亲切的和我讲话，他说：

"营部里，全是营长的人，我呢，谁也不亲近，他妈真孤独，您虽然也是孤独的，可是上面派来的，他们都怕你，因为你门子硬，唉！——

他——"

这时候王副官不在屋，他指指王副官的睡铺。

"他——这小子，最坏！纯粹是个混蛋！慢慢儿你总会知道。"

他告诉我，营长是倒痰桶，涮尿壶的出身，在总司令跟前当了十几年听差，于是便升做这个营长，这都是很简单的，因为在这个时代，当差非有门路不可，不然的话，这碗饭你吃不舒服。

我马上就觉得在这里的地位很难，身前身后全是营长的私人，说话都得加小心。

但是李荣升却这样好心好意的指给我一条大路。

"您是'上面'派来的，什么也不怕，这些东西，都是'听钉不听敬'的小子们，您千万别敬他们，一钉就老实！"

这条路我不大敢相信，然而李荣升的小眼睛是那么诚恳，那么亲切，由不得不相信他。

以后，凡是我不熟悉的事，都请他出来当顾问。

晚上，借的被和褥子都拿来了，我把睡觉的位置整顿好，在院子里轻轻的散着步，我见厨房军需处的屋里有几个人说：

"刚出校门，都是那样的……"

第二天一清早，我把步兵操典装在袋里，随在陈营副身后往操场去。

陈营副人很不错，和气，谦虚，身体瘦瘦的，满脸大烟灰，镶着两个金牙，四十岁的人，走起路来好像八十岁的老头子。

他告诉我这上午教练的课目：

"是……是这个，这个射击姿势。"

为了发挥我的学识起见，我就问他：

"有标靶么？"

他停了步，眼睛瞪得圆圆的。

"标靶？什么标靶？"

我说："演练射击姿势用的。"

"什么也没有啊！"他迟迟的说，一面迈开脚步，不住嘴的吸着纸烟。

操场是在靠公园的山坡下面，一片平坦的广场，有两个足球大门，安置在那里，三个连很整齐的立在场中央，营值星官站在最右翼，由他报告全营到操的人数，陈营副把我介绍给他们：

"这……这位，是新从上面派来的……是，是教官，你们无论什么事，都可以和他研究……"

咳嗽一声，接着往下说：

"别说，人家是上面派来的，要不然，能派到营部来么？到这来的，总司令也得同意。……"

并没有讲我什么坏处。

"从今往后，希望大家不客，不客气的在一块讨论研究，还有……"

他夸口说我怎样有学识，"学术科"怎样有拿手。

介绍完了他对我说：

"无论什么动作，有不对的地方你就给改一改，这些事，我，我不大记得了，全都忘了！"

从他的话里，可以知道他也是个四六不懂的糊涂虫！

看了官长们的指挥和士兵的操作，我很轻视这队伍，我一心一意要发挥我肚里的学识，便和陈营副说：

"动作有许多错误！"

他立刻大声喊起来：

"注——意！"

操场上正在喊叫和跪倒爬起的人们，都停止了喧噪，望着陈营副和我这一面。

"大家注意听，你们有些动作错的地方，现……现在……"

他叫我给讲一讲。

因为我是初出校门，总想要"发挥"，就好像一个欢喜卖弄风情的处女一样，挨骂的事实一点儿也没有想到，我不管三七二十一的讲了一大套，过后我才知道这是招嫉的，多余的，愚蠢的举动。

有一天，赵连长请我到他公馆开饭，他说：

"老弟，我这一连弟兄，乱七八糟，真是，管也没法管。你想，连一个伙夫都不听管束，你想开除他的话，得请示营长，十有九是不许可的，升一个班长得和营长太太请求好，无论什么事，只要营长太太一答应，营长是怎样都可以的。喂，老弟，你吃菜呀！看看，这菜快凉了……"

他用银筷子敲着盘子，站起来望望外面，大声喊道：

"嗳，菜怎么样？好了就端！"

当差的忙了一头汗，他把酒壶放在桌上的时候，从酒壶嘴里流出一点儿酒。

连长生起气来：

"你怎么的？瞎了眼睛么？"

这个当差的挨了骂，相反很欢喜的样子，满脸都是喜气。连长的大太太，因为面貌不扬的缘故，从来是不出来见客人的，二太太无论什么时候，都是打扮得花枝招展，从头到脚放散着香水气味。

她扭动着马蜂腰出来看一看：

"你别客气，既然不喝酒，那么多吃一点儿菜呀！"

我感激的对她点点头，可是不知怎样回答好。

这一顿饭菜很讲究，吃饱喝足之后，连长把我让到内室，明晃晃的大烟枪，烟灯，烟盘子，整整齐齐的摆在床上。

"老弟，你请，请，请往里……"

我很为难的摇着手：

"不，我不抽……不会！"

"谁说的，来一口，来一口，来，来，唉，你——"

他转向姨太太说：

"你给烧一烧。"

她微笑着躺在床上，开始烧烟，动作是极其熟练的。

"老弟，你怎么？往里呀！"

他十分诚恳的让了我半天，我觉着过意不去，便撒着谎：

"我想喝茶，连长，你请吧！"

"噢！嗳！茶怎么样？沏好了没有？"

他又跳起来，拍拍脑袋：

"你看，我多什么，茶放在桌上我都看不见……"

我喝着茶，看着连长抽烟。他的二太太给他烧着。那一副粉白的脸孔，在烟灯的金黄色的光里显着越发的美观，但是我说不出多么厌恶这副醉生梦死的图画。

李荣升给我简单的解释说：

"赵连长也不是个好东西，属他连下的空额多，给养金他全给花了，欠人家买卖的钱总不还，人家还不敢和他要，一要他就讲骂。冬天没有柴烧，他把那些卖柴的全部抓了来，说他们有通匪的嫌疑，把那些倒霉的人打一顿，留下柴炭，把他们放走了，你说这小子该多缺德？"

从吃了他一顿饭之后，我心里很不安，他不能无缘无故的请我，一定是有用意，想利用我吧？但是这个不安，不久就消失了。他误会了我，他以为我真是如人们所说，是门子很硬的，却不知道我，瞪着两只眼睛，谁也不认识。

这个卫队营，不单是护卫总司令，在省城里还有种种特殊的任务，譬方"查窑子"，就是特殊的任务之一。

晚上，在街灯的辉煌的光里，时常可以看见有一串托着枪，上着刺刀，有的在背上背着大刀的队伍，由一个拿着棍子的官长在头前指挥，狐假虎威的挺着胸脯，迈着方步，表现出无限的权威。

有一晚，我随着一个负有这样使命的队伍去见习，因为他们怎样查窑子，是我必须熟悉的知识。四分之三的弟兄只留在门外，其余的都进屋里去。

这时候，掌柜是非常亲切的，表现一脸和气。那些女人，都忐忑的看着弟兄们手里的枪和剑，她们的年纪都很大，一点儿也不好看。盘问一阵那些逛道的人就算完事，这要看窑子掌柜的交际手腕如何，如果她得罪了老总，说不定会闹出什么苛毒的手段，这对于她的营业不消说是极不利的。

然而所有的妓院的掌柜都不是傻子，她们那套巧妙的嘴，就会把老总们弄得心满意足。

不久以后，我和一个在连下当连副的人熟悉了。

这个人，有个脾气，你要当面夸他一场，不论叫他做什么他都肯干。他坐在我的睡铺上，一条腿举起，两只手拄着木杖，那两只眼睛总是呆气的挤着，鼻子和嘴的距离似乎远一点儿，头颅是三角形，脖子很细。

"怎么样？"他和我商量，"去走走吧？"

我随他到窑子里，这种地方他是很有经验的，他一进门就跺脚：

"嗳，伙计都死到哪里去了？不理这些人是怎么的啊？"

当时伙计们都在屋子里吃饭，急忙放下筷碗跑出来招待他：

"噢！张爷！真是得罪得罪，快请里面喝茶！"

"睁开眼睛！"他大声的喊着，把棍子用力的捣着地，"这些人还没有蹲底！如果不愿意理这些人就说话！"

许多姑娘惊奇的出来看着，从这些眼睛里我看出一个哀怨，憎厌，畏怯，痛恨的符号。我垂着头，觉着羞耻。如果地下有个窟窿，我就一下子钻进去，然而张爷一点儿不觉得羞耻，就如不在这种情况之下发发威风，就算白活了一世似的！

我说不出有多么痛恨这个人，我觉着和他在一块儿走路是一生洗不净的大耻辱，我想把他打死在黑暗的胡同里，我咬着牙痛责自己瞎眼，为什么和这么个东西弄到一处。

然而我一留心周围，像他这种人还是人品最高尚的人！

无事的时节，我独自一个人跑到旧书摊去，在这里我发现了许多梦想不到的好书，然而书所给我的并不是安慰，是更多，更复杂的烦恼。

然而新的知识又来了。

营长的面孔是铁一般的冷，他在办公室里背着手，走来走去，营副呆坐在他旁边半天不发一言，满脸大烟灰显得更清楚了。就在这时候，秘密的会议决定了！

营长公馆里有个当差的小伙子，在第二天晚上被枪毙了。

这小伙子我见过许多回，大眼睛，高鼻梁，宽肩膀，非常美貌，而且聪明。他在营长公馆里伺候太太们，不知怎么和营长的三姨太太，做下"无耻"的事，营长恼怒了，把他一枪打死了。

这种事情在那种时候并不算奇怪。

冬天很快的到了，我得到一个小屋子，只有我一个人住。在温暖的火炉旁边我时常捧着书本，消磨长长的黑夜。对于人生我不了解，我想从书本里得到帮助，这个希望是不错的，书对于所有的人都不关门，凡是想进来的人，它总是打开门让你进去。不过，书的门不是宽大的，必须忍耐，慢慢的往里挤，虽然我并没有挤进去，可是我能够用眼睛望那里面的情景，这里面的情景，能使我忘记了个人的孤独和寂寞。

李荣升时常坐在火炉对面和我谈话，他把身世很简单的告诉了我。

父亲母亲都故去了，穷苦的哥哥在船上做事，船出了乱子，哥哥也和别的人同样，葬身在海里。嫂子出了嫁，只抛下他一个人。舅舅帮他，打发他在洋铁铺里学徒，这生活他讨厌，后来跑到军队里当兵。

"起初，我很欢喜当兵，我想当了兵，慢慢的升一个排长，再升连长，这不就抖起来了么？唉！现在可不那么想了，张学良这群军阀，我讨厌透了！现在呢，没有法子想干别的，他妈太难！将来，我一点儿一点儿积到一百块钱的时候我就退伍，我想摆个小摊赚饭吃，你说怎样？"

我没有什么意见，因为我自己也不知道自己的将来怎样。

陈营副和我的交情也不坏，虽然是个大烟鬼，可是他脑袋里有许多我所不知道的故事。

他说奉直大战完全是因为一个女人的一句话。

"这女人，你别看她是姨太太，打腰的全是姨太太，那……那一次，没有开仗以前，她极力的怂恿她的丈夫，干！干！和那些不知轻重的东西干！叫他们知道知道我们的厉害！这句话就动了丈夫的心，不，不久，作战开始了！这一仗，好，死的人成堆成山，谁知道，这全是，是，是因为女人一句话……"

他猛力的吸着纸烟，用力的向半空吐去，屋子里罩满了烟雾，仿佛像他所说的"世事"一般，就像这么烟气腾腾。

王军需长进来了。

这是个老练的人，他的绰号是京油子，是我们总司令部参谋长的孩子他二舅，说起话来，手指脚画，嘎嘎的，像鸭子叫一样。

"这天，真冷呀！屋里要没有炉子，简直得冻死！"

他自己搬过椅子坐下。

"怎么样，听说没有？"

"什么事？"陈营副问他。

"营长二太太，不是喝大烟了么？"

"是么？"陈营副惊奇的张着嘴，从他这嘴里可以嗅到大烟气味。

"您瞧！"军需长拍拍手，接着悄悄的讲，"营长大概是骂了她，她今儿早晨就喝了大烟。"

"死了没有？"陈营副很挂心似的。

"没——有！哪——会死，又灌过来了！"

王军需长也曾有过一个美貌的姨太太，听说跟谁跑了。

谁要问他这事，他就：

"唉！别提了！丢脸丢脸，可是您要知道，大丈夫难免子不孝，妻不贤，唉唉！丢脸丢脸。……"

大家都说他每月有一千元以上的进款，他把军费设法装进袋里，可是他决不承认这种事。

"嗳，别说笑话，不信看账，有账为凭，账，账……"

其实用不着看账，只消打开他那钱柜里一大箱的假图章，就知道他所说的账实质上是怎样造出来的。

谈话时常是接续到深夜才散。后来我才知道，凡是大烟鬼是不能早睡的，于是我早些关门，把自己关在寂寞的小屋子里，只有桌上的小钟是自己的伴侣。这种时候，总是怀念死去的童年，追忆着往事，而把现在放开在远远的一遍，这是因为胆怯，不敢面对着现实的缘故。

有时，王副官也找我谈天，我厌恶这个人，但是表面上却十分亲切的对待他，把怒气整个装在肚子里。

"怎么样，老弟，一个人不闷么？"

有一天晚上，陈营副在我的屋里，眼睛里异样的放着光，猛力的吸着烟卷——烟卷是他的灵魂，他的生命，一时一刻也离不开，——他笑嘻嘻的和我说：

"老……老弟，恭喜恭喜！"

"什么事？"

"赵连长求我给你保，保，保媒。"

"保媒？"

"他想把小，小，小姨子嫁给你。"

我觉着脸发烧，我认为这是个大侮辱，我忍着怒气看他那大烟灰的脸。

"这姑娘你……你也见过吧？"

我情不自禁的笑起来，还说是"姑娘？"

"怎……怎么样？"

他歪着脑袋，这脑袋是个糊涂脑袋，不是聪明的。

当然，这婚事是没有人欢喜的，我说，娶媳妇，还得住几年。

"我知道你，你，你不能要！"他说，"赵连长，既然，既然求，求了我，我不能，不能不对你说说……"

好久好久，我没有忘记他这个提议。

这时期，我的生活比起从前来，是容易的，安定的，我极力的躲避着所有的同事。在我看来这些同事对我，是没有好处的，有害的，他们的嘴里有毒菌，传染性很大，一不小心就会堕落下去。

寒冬很顺利的过去了。

这个春天，是不能忘记的春天呀！

有一天，我从操场回来，很疲乏，想快些进屋子休息。刚进大门，看见传达处门口，有个年轻的女子，两手捧着脸哭泣。五六个士兵立在旁边看。营长背着手立在石阶的第一级，狠狠的瞪着眼，眼角里露出微笑。

传达长出来，走到女子旁边笑一笑：

"你回去吧！他一两天不能回来！"

"你撒谎！"那女子哭着说。

营长嗤嗤的笑，我不懂这是怎么回事，问传达长，他笑一笑，没有回答。

停一回儿，营长的另一个当差，一个强壮的小伙子从外面急急忙忙的跑进来。

"在哪？"

他看见女子，惊住了，似乎发了怒：

"嗳，你跑到这做什么？"

女子看见他，哭得更响，大声说：

"你……你没有良心，你撒谎！"

营长嗤嗤的笑。

老总们也嗤嗤的笑。

营长当差过去拖她。

"走！走！你别在这里给我丢脸！"

他用力的把那年轻的女子拖到街上，大家嗤嗤的笑着随着出去看。

在门口我抓住传达长，有点儿生气的问他：

"怎么回事？"

"你不知道么？"

他简单的告诉我，营长的当差认识了这个姑娘，欺骗了她，说是要娶她，但是过后把她抛弃了，像抛弃废物一样！

那女子被拖在街上，还呜呜的哭，她的无情的情人用力的抓着她的肩膀，想把她拖走。

"不，不，我不——你怎么的？……"

营长当差很有力气，他满脸怒气，狠狠的推她的腰：

"快滚！快滚！"

"不，不，你……"

他用力的抱她，把她抱起，夹着她的腰，像拖死狗似的拖着走，但是走了几步，他失去了力气，她一挣扎，从他怀里脱开，噗通一声跌倒在地下。

老总们哧哧的开心的笑着。

当天晚上，这个可怜的女孩子上吊自杀了！

陈营副批评着说：

"这丫头，真，真是傻子！"

过了四天。是一个漆黑的夜，我正睡着，忽然几声清脆的枪声把我惊醒了。

我急忙跳起，听着。

有吵闹的声音，咒骂和喊叫和玻璃打碎的声音，这些闹声在夜里显得特别临近，就如在邻家院里似的。

我摸索着穿衣服，刚点上蜡烛，街门砰砰的响，卫兵大声喊道：

"谁呀？"

"快开门，开门，有事情。"

"你是谁？"

仍然是砰砰的打门，街上有奔跑的声音，枪上的刺刀摇动的声音。

"把门踹开！"

"不行，不行，踹不动！"

"嗳，这面来！"

"用石头打，来来，搬这大石头！"

这是怎么回事呢？

我急手急脚的穿好衣服，吹了灯，跑到外面。墙上有个黑影，想跳进来。但是很踌躇，在寻找容易下来的地点。

卫兵已经不见了，传达处里的老总一个也没有了。

石头打门的声音，越打越猛。

"用力！用力！"

"嗳，从墙上爬进去，快！"

"不行，太高！"

"那么……"

是谁投进一个石头，军需处的窗户，哗啦一声碎了。

门快碎了似的，吱吱嘎嘎的响着，外面的人用力的推，撞，踹。

"用力！用力！踹下面……"

"嗳，快开了！快……"

我踌躇着，应该怎样办呢？

陈营副早已穿起，他装好子弹，拿着枪，从身后推推我的肩膀：

"走吧！"

"是怎么的？……"

"弟兄要拉……拉出去，扯淡！我看……"

一种不幸的预感包围了我，一想起这境况的危急，身上有点儿不自在，像是冻透了似的手脚都麻木了。军需长害怕得像老鼠听了猫叫一样，连耳朵也不敢露出来，他在屋子里哑着嗓子呼喊：

"卫兵呢？卫兵……"

他想从墙上爬出去，但是他那又粗又笨的身体，哪里办得到呀！

这时，爬在墙头的黑影，已经跳进院里，他奔跑着想去开大门。陈营副躲在黑影里，对准了打一枪。

那个黑影像绊了一跤似的，冰硬的摔倒了，这一枪是打穿了脑浆，因为那冒得高高的血可以看出来。

陈营副像猫似的屈着身子，端正了枪，对着大门打了两枪，接着又跳起，惊慌的摇着头。

"不行……"

忽然，好像有谁在背后指示我似的，急急忙忙奔进屋子里，摸索着一条板凳，搬出来放在墙根下，用力的爬上墙，顾不得有多高，跳到邻家院里，脚底是一堆干柴，把我绊倒跌一跤。

陈营副也踏着凳子往墙上爬，但是他缺少力气，也许是犯了瘾，爬了半天也没有爬上墙。

轰一声响，是大门推开了，又砰一声枪响，陈营副滚下去了似的，因为有凳子翻倒的声音。

"你……你们要……"

砰——枪响。

我从那家的后墙出去，跑出一条黑暗狭窄的胡同，几次碰在墙上，碰痛了脸，一口气跑到胡同正面的破龙王庙里。这庙没有门，里面住着些无家可归的饥饿的人，我踏着破砖碎瓦爬上了钟楼，在这里是安全的，好像到了天宫，放心的喘着气等着安静。

就是这样，我算侥幸的逃出一条活命！

（一九三九年八月二十六日于灯下）

1678

骑　功

——军阀时代的故事

"快……快……快跑，快跑，快跑！"

"不行！不行！我的马不能快跑！"

"打！用鞭子打！猛打！用力！"

"我什么法都用尽了！你看！真糟糕！"

两个骑兵顺着树林旁边的道路上没命的飞跑，白马跑一气像是跑不动了的样子，把速度减慢了。骑在青马上的极力催他，他急得手忙脚乱，用鞭子在马屁股上猛抽，可是那马不肯快跑，经他这一番惩罚，却越发慢起来了！喘息着，口喷白沫，全身都是汗水。骑在青马上的回头望望，急得目瞪口呆。他把马用脚一踢，马一溜烟跑去了。剩下白马在后面比牛走得都慢，人急坏了！他打马的脖颈，又打马头，那马不能忍耐，两腿往下跪倒，整个把他跌了下来。他爬起来打，咒骂着，无论如何，马只是不理，倒在那里呻吟。他四面望望，丢下马，慌慌张张的往森林中窜去了。

敌兵追上来，迅速的搜索着前进，他们的枪上都上着明晃晃的刺刀，马听见后面杂乱的步声，挣扎着立起来，摇摇头，摆摆尾，全身抖擞一下，随着主人的逃路跑去了。

"散开！"

敌兵全卧倒了，伏在道路一边的壕沟里，端着枪，等机会。

"向森林里，射击！"这个命令一下，枪声把空中震荡了，他们射了一阵，不见什么动静，踌躇起来，他们又听到森林中的马鸣，惊骇得了不得。

"不好！树林里有埋伏？"

"我眼看着往西逃去了，只有两匹马。"

"那一定是他们的侦探！"

"非藏在这不可，他们有遮蔽，我们倘若一进去，他们就会开火……"

"啊！这怎么办？"

“一点不会错，往西面跑去了，只有两匹马！”

“刚才的马呢？”

“那一定是被抛下的？”

“再不然？……”

“这里一定有敌人的部队……”

他们不知道怎样处置才好，你看看我，我看看你。

“射击！”

他们又射起来。

但是没有回响，他们停止射击，毅然的前进，往浓密的森林中搜索，他们刚走到森林边上，只听得砰！接着又砰！他们一共二十多人之中，仰面朝天跌倒一个，直僵僵的，把枪扔了。其余的不敢直前，都卧倒了。

寂静了好久，他们像死一般卧倒着，森林中也默默的在等待，军官觉得羞耻了，他爬起来喊道：

“干！”

“砰！”当他刚一举腿，跟跟跄跄的蹀躞了几步，转了一圈，倒下去了。胸前的衣服湿了一片红色的东西……

“完了！赶紧的退吧！”

他们振起平生的气力，拔腿往回跑了。

一个骑兵牵着青马从森林中走出来，他小心翼翼的向四面探望，蠢笨的上了马，渡到道路上，不顾性命的跑去了。那马凭空来了气力，跑得很快，他看见远远有一队骑兵，极迅速的向这面飞来，乌黑黑的一大群，看不见马腿，好像一群人坐着云彩。队里冲出一个军官，问道：

“怎样？你没有被拉去呀？”

“报告连长，我把他们全击退了！”

“你一个人击退的么？”

“是！”

“有多少？”

“二百多人。”

“你是怎样击退的？”

"我掩蔽在道路的旁边，在一丛青草的后面，瞄着准，一个军官，首先被我射中了，还有一个家伙，我一发射，他便倒了下去，好像打伤了三个，被他们抬走了。我只有这五粒子弹，不能再射击。我没有法，就上前去冲锋，他们的队伍乱了，我极力追赶，很想把他们一个个活抓过来，无奈他们人数太多，给他们逃走了，战死的尸体还在那里……"

"你太有功劳！"

死尸横倒在草地上，一共两具，连长下马自己查看，所述是实，为表明证据起见，把僵尸驮着回去，连长走着对他说：

"这是很不容易的呀！你所以单人独马战胜他们，是你有勇敢的缘故，在战场上，富于攻击精神，不怕死，虽然装备劣，人员缺乏，也能获得战捷，以寡克众，就是这个道理……"

旧军阀时代，像这类故事，要写起来，实在多得很……

张安的失望
——军阀时代的故事

张安是一个老总，可是他不会托枪，开步走，跪下，卧倒……这些动作。

他给刘营长当差，背着长筒匣子，营长无论走到什么地方，总是带着他。他像一块下雨天的湿泥似的，紧紧的黏在营长的鞋后面。

别的老总很羡慕他的好运。

营长不出门，张安就在"公馆"里帮助厨子端饭菜，或者干别的差事。营长虽然是个严厉的人，可是对他却不十分严厉，但是也并不十分亲切，这本是营长带人的手腕，从前的时代老总的心理根本全是这样，官长如果太温柔，像女性似的那样，老总一定要瞧不起他，说他是笨虫。有几分温和，还有几分硬，这样的官长是有本领的，所以张安也和别的老总一样，觉着营长是有本领的人。

营长的两位太太对他都和蔼，太太虽然没有权力，而张安却不小看她，无论如何，她总是"太太"呀！二太太是有权威的，张安有点儿怕她，如果有什么事情做错了，不论和她有直接关系没有，她一点儿不客气，她的嗓门是尖锐的：

"张安！"

张安一听见喊他，必须赶紧大声答应一声：

"有！"

赶紧跑过去，规规矩矩的立在她面前，静静的听吩咐。

"你上街给我买点儿东西！"

这么说的时候，张安还不能默默不言，也必须马上，痛痛快快的说：

"是！"

"买三斤苹果。"

"是！"

"二斤酸梨！"

"是！"

"要好的，你好好挑一挑，上回买的有一些都坏了！你怎不挑一挑？"

"我是好好挑的，只有那几个了……"

"难道说别家没有卖的么？你不会多走几家么？"

"是，是……"

"还有，再买二斤酸楂片。"

"是！"

"记住了么？"

"是，记住了！"

出了公馆，到了街上，张安的神气马上就改变了！仿佛在他身上有两个张安，这两个张安有两副决不相同的面孔和灵魂。在公馆里的张安，面孔是服从的，灵魂是温顺的。出了公馆的张安，面孔是冰冷的，无情的，灵魂是坚决的，强硬的。天不怕，地不怕，此外还有什么可怕的事情？

张安最欢喜的职务是伺候"老爷""太太"们打牌。

拿烟，倒茶，这面跑来，那面跑去，从天黑到天亮，一夜不眠不休，张安决不会有一丝一毫困盹疲乏的气色。时间越久，他的精力越足。四个八圈打完，或者八个八圈打完，宣言结果了，他才整理牌，收拾桌子，然后去休息。其实用不着休息，他的精力是足的，第二天一清早他就高兴的爬起来做事，因为得到的"头钱"的数目的欢喜是胜过夜里的劳苦的，金钱的叮当之声，也属于他的灵魂之一。

有一天，二太太和营长怄了气，一天没有改变她那生气的面孔，两道细眉毛不愤的皱到一起，一双媚人的大眼睛做梦样的半开着，鼓着嘴巴像箍紧了的皮鼓，脸也不洗，头也不梳，躺着睡觉，饭也不起来吃。

张安小心翼翼的进屋去请她：

"太太，饭好了！"他悄声的温顺的说：

"不吃！"声调很强硬。

"太太，少吃点吧！"他这声音，像乞丐向人乞讨时一样。

"滚！"

他不声不响的轻轻的退出来，并没有一点儿受了侮辱的意思。这种事他是司空见惯的，就是比这更大的侮辱他也不在乎。先天的遗传和后天养成的忍耐性，在他胸中已经生了根。可是，有时候，他的忍耐性不成了，就凶恶的发起脾气来对付，这是对待比他低下的人，譬方对那马夫，他就时常用愤怒去吼他。

张安时常上街办事，和一个烧饼铺掌柜熟识了。这个掌柜的对张安非常客气，他有一副瘦削的面孔，扎着油腻的，脏污的围裙。两只粗糙的手时常藏在围裙下面，好像羞于见人似的。在黑色的墙壁下安置着长案，他就在这上面打烧饼。他的手艺很不错，白面揉好，很快的用木杖荡平，他把木杖在案上敲着花点，砰啪的响，好像闹着玩似的。他的妻坐在高高的凳上帮他烤烧饼。

但是张安最欢喜偷看掌柜的女儿，一个十七八岁，有一双大眼睛，梳着乌黑的粗长的发辫，态度很沉静的姑娘。

从张安的眼里看去，这姑娘是没有缺点的，头上脚下整整齐齐，体格很健美，声音非常好听，她叫母亲的时候，总是用着轻声：

"妈呀！"

这柔嫩的声音好久的在张安的耳边响来响去。

掌柜和张安成了朋友，他把各种事对张安说，好像张安是自己的儿子一样。

"白面眼看着一天比一天贵起来了，如果我手头有钱，我一定多买。"

"得多少钱？"

"有五十块钱就够了，如果谁有，您给费费心，我情愿多纳利息。"

张安想了一想，慷慨的说：

"用不着利息，这几个钱，我借给你，还就还，不还也没有什么！"

张安给营长当差，钱积了不少，五十块钱他是不觉着什么的！然而在掌柜，却是天大的惊奇和欢喜了！他说不出有多感激张安，连他的妻，他的女儿，都深深的感激张安。

其实这些感激张安全不需要。他有一个希望，这希望的力量很大，别说五十块，就是再多一些算什么？

从这以后，张安差不多是天天到烧饼铺串门。不消说，这一家人都热烈的欢迎他，把他看做是最亲近的人。掌柜时常打酒菜招待他，陪着他吃喝，让他坐在炕头上，和他讲各种事，妻和女儿在旁边伺候他。这种时候，张安是无限的快活，他觉着这和自己的家一样。他直爽的想，如果把姑娘给他做媳妇，这不是很好的一家人么？将来营长有不要他那一天，他就跟丈人学习打烧饼的手艺，过着团圆的生活，多好？

多喝了两盅酒，他就更快活了，两眼异样的放着光，他不能仔细的打量一下姑娘，把她看得害起羞来，躲到外屋去，张安觉着这真有意思。

"面还得涨价！"

掌柜和他说：

"如果有本钱，多买一些，决吃不了亏，不信你看着！"

这种事张安不大明白，不过他能够判断，趁着现在贱的机会多办一些，等贵起来的时候就卖，这是容易赚钱的，白面渐渐贵起来的事实张安也知道，他问："如果落了价，怎么办呢？"

掌柜把筷子一拍，瞪圆了眼睛大声喊：

"决……决不会落价，这是一定的，如果你拿出本钱买，可以这么样，赚了钱全归你，如果赔钱算我的，我说了就算！"

掌柜伸出一个指头在张安的鼻子前面：

"用不着多，就一百元钱就可以了，再多了我这屋子也放不下。"

"得，一句话，我借给你吧，赚呀赔的我不管，我借给你，怎么样？"

这还有不成的么？

姑娘害羞的劲头已经过去，她这时立在门口，背靠着门框，很感激的看着张安的鼻尖，——因为喝多了酒发红了——她的母亲推推她：

"你别老是立在这里看，给你大哥……"

她忽然把话停住，很难为情的把话改正了：

"可是，我这嘴多……你去给你叔叔烫酒去！"

张安急忙放下酒盅加以矫正：

"不！别叫我叔叔，还是叫我大哥吧！"

掌柜赞成的指导他的妻：

"不错，我们用不着客气，我的年纪比张安大多了，我就是称他老侄，叫他的名字，他决不会不愿意，她还是叫大哥，这很好！"

这话正中了张安的心意。

他欢喜的了不得，到晚上，他趁着闲空把钱送给他的老朋友。夜里在床上他思索着这件事，这是可能的，一定办得到，他越想越高兴。从床上坐起，瞪着眼睛看着窗户，咧着大嘴笑一阵，又沉思起来，接着又笑，两手拖着头，拍拍胸脯，吐一口唾沫在地下，急忙倒在枕头上，两眼望着屋顶，看见那上面显出一副可爱的面孔，一双大眼睛含着感激的微笑，好久好久的望着他，好像对他说：

"我是你的……"

他出声的笑起来，高高的伸出两手，完全像疯子似的。

以后，张安到烧饼铺里去的回数更多了。他一上街，——不怕一天上八十回街，他也要顺便去串八十回门——他一天就是去二百回，那一个人儿总是欢欢喜喜的招待他，现在，他和姑娘也时常直接的谈话。

她真称起"大哥"了。

"大哥，请坐吧！"

张安对她点点头，笑一笑。

有时，他进去的时节，夫妻俩正忙，没有工夫招呼他，姑娘就代理了父母招呼他，给他倒茶，和他谈话。

可是，除这以外，他想得到些别的。有一回他独自躺在里屋，姑娘进来拿什么东西，他壮起胆量来，想拥抱她。早就看出这毛病似的，没等他伸手就躲出去，她是很伶俐的。

张安有点儿焦急，他等不得了，他想赶紧和她成亲，这想头倒很简单。

这一天，张安厚着脸皮，和他心目中相望的老丈人商量这件事：

"我想娶她，您愿意么？"

"娶谁？"那一个很糊涂，奇怪的看着张安的眼睛。

张安爽快的把心事讲出来——他有点儿，他以为心目中的老丈人，应该早把这件事打算好，闹了半天还装糊涂。

也不能怪他，他是真糊涂。

他吃惊的说：

"这事情……唉！你不知道她早定了婆家么？"

好像一个大棒从半空打下来似的，把他打昏了。

晚上营长告诉他收拾东西，说是营部移防了，明天早晨就出发，两位太太已经在屋里忙着收拾东西，二太太很生气，咒骂他：

"你死到哪里去了？各处找你找不着，快滚过来把箱子钉好！……"

他迷迷糊糊的过去帮忙，像失了魂似的，手脚也麻木了，二太太生气的，不停的骂他：

"怎么的，你没有睡醒么？"

他默默无声的帮着收拾东西，心如乱麻，什么也不感到兴趣，好像死亡临到了头上一样。

（一九三八年九月十日于灯下）

吉排长

——军阀时代的故事

他的两手总是紧紧的握着拳头，眼睛沉思的，留意的望着各处，肩膀端得平平的，挺着宽大的胸脯，无论站在什么地方，两足始终是用力的踏在地下，准备着，防备着，好像是怕有野兽突然的袭击上来扑倒他一样。

在他看来，他的环境简直是个荒凉的大森林，在黑暗的草丛中藏着蛇蝎虎狼，在浓密的枝叶间潜伏着凶恶的飞禽，他必须时时刻刻的防备，就连睡觉的时候，也是防备着怕出什么危险，穿着衣服，鞋放在头前，一旦有动静，他马上可以跳起争斗。因为争斗已经成了他的习惯了，你就是和他有亲密的交情，立在他面前和他温和的谈着话的时节，他也是有意无意的流露出防备你的意思。在他身上，从头到脚，斗争的习性是生了根的，不论什么时候，便不期然而然的显现了出来。你如果仔细的端详他，可以看出他的头活像一个灵敏的猴的脑袋，他的耳朵和马的耳朵一样，极小的一点声音也可以听得出，胳臂是虎的前腿，而腿则是狼的腿，跑起来非常迅速，只是缺少一样，就是尾巴。

他是行伍出身，从小就到过战场，刀枪棍棒是他的伙伴，除了争打这件事之外，别的事情在他，似乎都不放在心上。

从他嘴里，我得到几个片段的故事。我本想多得一些，可是他的嘴不擅长辞令，不欢喜唠唠叨叨的讲说不休，我没有法子剖开他的胸膛，不能把他肚里的，全副故事都挖出来，这在我实在是不满足，而在他却是太多了！

那一年冬天冻死不少人。

派我去抓逃兵，这家伙不吃早饭就跑，点名的时节发现了他不在，知道有变故。

带六个弟兄，都是空手，我在头前率领，搜索了各处地方，结果都不见。后来我们走到庙头，你猜怎么样？这家伙藏在那庙后的墙角地方，他准备和我拼命，可是我哪知道呀！

他两手举着头大的石头，我刚走过去，他对准了我的后脑就打过来。我觉着有什么动静，急忙往旁边闪一下，打算回身看是什么，这块大石头差一毫就打住我。我急忙跳过去，扼住他的脖子，他伏下身去还要抓石头，他看我扼住了他，反身就咬，活像野兽一样。我赶快扳住他的肩膀，把他的胳臂扭向后面：

"唉，你这是做什么？"

我和他说：

"下这样的凶手，不看看和谁？"

他在下面挣扎着咒骂：

"你们来要我的命，婊子养的。"

我对他讲实在的：

"不是来和你过不去，不得不走一趟，你总该明白……"

他后悔了，哭起来，眼泪一滴一滴的落下。

你说这小子多混蛋？多亏他是人生的，还是男子汉……

"那么你们怎样处置了他呢？"我焦急的问。

"如果抓回去，用不着说得枪毙，我们叫他快跑，这傻子，他还讲谢，这是什时候，是应该讲谢的事体么？无论怎样说，这样的蠢人是做不出什么事业来的，他只会搬石头，不问对谁，就是他的母亲去追他，他也会跳过去拼命！"

"那一石头打中我，也许我算是得了幸福，不会有后来那一场罪受了。你想想看，我们饿着肚子，在野地里蹲了六天六宿，草也啃光了，说不出有多么难受，四面受困，逃是没有路逃的，往前去是死，往后去也是死，这么倒霉的境况，有生第一回遇上。谁也不想前进，也不愿后退，也没有走路的力气了。喘气都是发昏，想弄点儿水喝都没有，接续困了八天，后两天简直饿得不能动了，你说这种时候怎么办？我们左右为难，就这么忍耐着，他们上来了我们才算解脱了难关，那些家伙都不错，他们送我们到后方，这样，我才活到现在。"

"有一回也很危险。"

我们占了一个村落，跑进一个大户人家，人都逃走了，我们动手弄东西吃。在房后的地窖里找出米和面，还有新杀的猪肉和咸鸡蛋，这真是好东西，七手八脚的把米扔在锅里，呼呼的烧火，有等不得的就生吃咸鸡蛋，一面吃一面咳嗽。有的懒懒的躺在草窝里想睡觉，可是不闭眼，怕睡熟了捞不着吃的。

猪肉半生不熟的就拿出来，大家争抢着啃，你看见过狼么？这就是一群狼，事实上比狼还凶几倍！

正啃着，嚼着，从窗孔里伸进来许多枪口！外面咒骂着，威吓着，门口已经开了枪，可是不愿意打上，他们的意思是讲和。我们一看，不讲和也不成，眼见非吃亏不可，于是我们让了步，吃的东西两下平分，吃完就各走各的路。到晚上我们又在河边碰上了，把他们打进河里十几个，我们的弟兄有四个贴金的。这一回，我就差一点儿。有个黑小子，他和我在一班，在河边开火，他是和我紧挨着的，他滚了几滚完了，如果往左一尺，就钉在我脑上。他的脑浆碎了，我一扳他的头，血全都淌出来，流了我一脚，在河里洗干净了。

第二天正午，我们又和好了，他们在南岸，我们在北岸，大多数的弟兄都躺在草地上，两面很和气的谈话。问些给养的事，薪饷的事，他们和我们一样，一连半年不发饷了！我从前以为他们的境况是不错的，这么一谈，才知道，狗走到天边也得吃屎。后来我们互相嘲笑起来，骂着，埋怨着，都说自己有理，理在什么地方呢？不错我们比他们少四个，可是多两个少两个不是一码事么？

离这次作战不久，大概过了两个月光景，我们一共是五个人，被他们抓过去，那头子真不得了，架子高得很，他口口声声的说：

"都拉出去枪毙，没有地方收留这些东西！"

事实上确是如此，他们的住处不够，给养金不发，吃的东西又很缺，收留我们实在办不到，手脚都捆结实了，我们想，这回是完结了！

一个班长带十二名弟兄，押着我们往死处去，在路上，我们谈起话来，直谈到地方，他们解开我们的绳索，空放了五枪……"

"没有说声谢谢么？"我笑着问他：

"这倒用不着……从这以后……可是，这都过去了，讲他没有意思，干燥乏味，不如闭住嘴睡觉的好……"

他两手抱着脑袋，眼睛一闭，往后一仰就躺在床上。

听完他的几个片段的故事，我觉着非常的烦恼，我感到旧军阀时代的那种人类的生活故事太黑暗，太惊人了！

烧　鸡

——军阀时代的故事

初秋的一天放假的晚上，因为下雨的缘故，我和程君两个人坐在宿舍里闲谈，说东讲西，但总觉得单调，提不起兴致，他忽然跳起来瞪着眼睛对我说：

"嘿！那一次，差一点我就算完了……这件事，我对你讲过没有？"

"什么事？"

"十四年秋天，我当兵的那件事——是的！我没对你说过。我想起来了！那一年，就是这种季节，我们在前方的一营完全打完了！情况很吃紧，我们被派到前方去，就是这次，我差一点……想起来，也真有个意思！我告诉你……"

程君说到这里，很有趣的笑起来，把椅子往我跟前拖一拖，左腿拿起放在右膝上，弓着上体，脖颈直直的伸着，好像一只鸡一样！

"我是尖兵排派出的。"他开始讲起来了：

你知道，这个差事不是舒服的，我们四个人，——人数少一点。——你想，在紧急的情况下行军，而且距敌人很近，警戒必须严密，顾虑尤需周到。单是我们的排长是个大老粗，不懂什么战术，不论在怎样的状况之下，他总是派四个侦探，多一个也不派，他只想打胜仗，从来不想有吃亏的钉子碰在他头上。

我们四个老总，本知道危险，所以不敢大意。走到一个破败的村落里，我们从村落外面绕着走过去，谁去搜索呀！可是，我们如果在村落里走，也就没有事了！活该冤家路窄，在一条凹地里和敌人的侦探正巧碰个对头。说起来真凑巧，他们也是四个人，正在那里烤一只鸡！我们从远远的地方就看见那里有青烟向半空冒。大家觉得很奇怪，我们的班长主张不从那里走，我们三个人恰恰与他的意见相反，因为我们肚里饿了！并且走得很乏，看见烟雾，便发生一种冲动，班长终于由我们的志愿走去了，我们小心翼翼的接近那凹地。探头一看，这四个家伙，正烤得有滋有味儿，一只肥大的母鸡，已经半熟了！他们虽然一心一意的在烤鸡，但是还没有抛弃了枪，都蹲在那里歪着头等着，舌头舐着嘴唇。

我们悄悄的举起枪来，对准他们的脑颅，一个人瞄准一个，大声叫喊了一声：

"赶紧把枪放下！呔！"

他们骇得一跳，立刻转过脸来，惊慌失措的对着我们看。其中一个笑着向我们点头，那意思，不消说我们是明白的，我们立刻就和好了！好像多年的老友见面一样，不过我们都暗暗的防备着，恐怕上当。

我们围住他们，等着吃东西。

没有几分钟，鸡便烤好了，他们的意思是两方面各分一半，可是狼多肉少，这点东西够谁吃的呢？一个人还不够，何况八个人分，我们把枪用力的向地上挂着响，警告他们要知道进退。

忽然，我们班长跌倒了，一个家伙抱住他的两腿，用力一推，我们的班长就跌个倒栽葱，并且被压在下面。我看得清楚，举起枪就打，但是还没打下去，一个家伙跳起来抱住我，拼命的争斗起来。其余的两对也互相死死的扭住不放。这时我们班长把他的敌人反压在下面，抓起一块石头，手一举，下面的家伙就算完了！抱住我的是个小眼睛宽肩膀的家伙，他的力气很大，他生生的抱住我，我拼命的挣扎，总不能伸出手来打他，幸亏我们班长上前救驾，把这小子摔倒了。我们班长是"拳头硬"出名的，他们俩倒是很相配的一对，滚着滚着，不分上下，我急忙拾起一枝丢掉的枪在手，对准这个小眼睛的后脑海就是一家伙，这回我们是四个对两个了！

但……那两个家伙早已跑掉了，鸡也没有了！大概是他们抢跑的，枪却丢弃不要了！

我的脸腮抓破了！这是小眼睛下的毒手，我们回去两个人报告，把枪支也带了回去。两个负伤的牛呻吟着，一个快死了，这是摔倒我们班长挨了一石头的。他的头角裂开一个大窟窿，血泉涌一般的奔流着，染红了枯黄的草叶，小眼睛是完了。

其余那两个家伙不知跑到哪里，我们也没有追赶，接续搜索着前进。

快走到一个大树林的前面，看见有二十几个骑兵在树林的外端向四周展望，我们赶紧卧倒，掩蔽在土堆后面，偷察他们的行动。

只听得啪啪几声枪响，我们头上有子弹掠过的吼声。子弹逆着风，叫得很尖锐，原来他们已经看见我们几个人了！

我们打算后退，但后面是开阔地，没有好地形利用，左面也没有遮蔽。右面有一道凌线，可是距离太远，跑过去很危险，进退维谷，不知怎样好。我们没有法，只好对准他们射击了。

几枪打过去，对方没有什么动静，抬头仔细一看，他们不知怎么都不见了！我们意识到厄运降临在身上，果然不到五分钟，那一排骑兵从左面迂回着赶上来，从侧面包围我们。

要糟了！我们的腿决不能比他们的马跑得更快些，最后的路只有两条，一是抵抗，一是投降，逃是逃不出去的，这真是想不到的坏运气。——其实我们也想到这种下场了，我们准备后一项办法。

我们坐着等他们过来捉，奇怪！他们从侧面迂回并不是为捉我们，一直往我们后方驰去了！

我们拔腿就跑，向右面远远的村落里。

当我们跑到村落，就听到不断的枪声，这是我们的尖兵排和敌骑兵搜索部队干上了，村落里一个人影也没有，房屋倒塌了不少，连一只狗也没有，景象很是凄惨荒凉，我们躲到庙里去蹲到枪声停止以后才出来。

出来我们就去找队伍，找到了！我们的排长战死了，还随去了六个弟兄。

这一次我们打败了仗，一营人不到半个月，只剩下一百二十几个人，多半都是抛甲丢胄逃之大吉的……

距这次作战一年以后，我在一个小镇上驻防，有个弟兄和我很亲密，他是前次为了分鸡和我们打起来的那四个家伙之一，他跑到我们连里当兵，头一天我就认出了他，两个人时常说起这事觉得很好笑，那只烧鸡是他抢跑的，他一个人把鸡啃着吃光了！这家伙和我在一连干了半年，他后来因为犯过被开除了！……

他结论着说：

"旧军阀时代，简直不像话，一定得完蛋，那是必然的……"

程君讲完了这一段很平常的故事，我觉得还很有兴趣，宿舍里的空气比先头暖和了！

雨接续着下，下得很无聊，这一天假期，我们就这样谈着，或者睡觉，或者哼着唱，稀里糊涂混过去了。

（一九三九年五月五日于灯下）

我们的旅伴
——军阀时代的故事

我们的部队往前方开，披星戴月，辛苦的情形是不消说的。

前进到凹城附近——大概距凹城还有五六里路，在路边上，我们看见一个小孩子坐在那里休息着，他的小样真可怜，好像身上有什么符号似的，无论谁都看见了都难过。

他光着头，头发长长的，至少有三个月没剪，一件长衫只有膝盖长，小脸满是尘土，他团团的一副小脸的两只小眼睛，疲乏的向我们望着，他的身边放一个蓝包袱，我们从他面前经过，大家都回头看他，他垂着头，寞寞的。

距凹城有二里地光景，部队停止休息，那小孩子背着包袱走过来了，他走得很慢，两条小腿很吃力的移动着，好像在路上已经走了几天了，他的鞋大概是母亲给做的，稍见大点儿，而且破得很不像样。

"小孩儿！往哪里去？"

当他走到我跟前的时候，我这样问他，他稍稍停下来，无力的答道：

"回家！"

"从哪里来？"我又一追问。

"张家店！"

他走过去了，我很惊奇。张家店距凹城足有八十多里路，这样一个小孩子，能走八十余里路，可真不容易，坐在我身旁的朋友很感动的说：

"啊！这小孩儿是好样的！"

到凹县宿营，第二天我们仍接续赶路。

在路上我们又看见了这个小孩，他背着小包袱像个小幽灵似的走着，远远的，像一粒黑豆，不用几分钟，我们赶上了他，他寞寞的看着我们走过去。我走到他面前时，拍拍他的肩膀问他：

"你家在什么地方？"

"李村！"

"李村？"我想不起这地方，拿出地图找了半天，有个李村，是个小村落，是我们必经之路。那里标记着有个庙，在村落的东端。我用手指量了量，至少有二十吉罗米，合我们的里顶四十多里。

因为部队走远了，我不能多问他别的话，我回头看他，他一步一步和昨天一样的行着走。

这是很难解释的，我的心里罩上一层奇怪的网。

我们平均走十五里休息一次，时间是十分钟，走三十里大休息一次，时间是一小时，大休息的地点和时间到了，这时已经是正午十二时。

六月里的天气热得很，炽热的太阳像一盆火似的在头顶烤着我们，弟兄全解散在树荫下坐着风凉，我们又看见那小孩子远远的走来了。他没有帽子，手里拿着一根树枝当做旱伞，遮着他出汗的面庞。

"休息一下吧！"我们对他说，他踌躇一下，坐下了，放下小包袱。

"你上张家店做什么去？"我这样问他。

他有些不愿说的样子，想了一想：

"在姑姑家住，住一个多月啦！"

我不相信这话是真的，因为他答话的时候显出踌躇的模样。

"我知道你不是在姑母家里住。"我这样假装很熟悉他似的说。

他寞寞的不出声，捐起包袱走了。

他走后半小时，我们才开始前进，中途又碰见了他，这个小孩子，很可怜的。

到李村，我看着这个萧索的小村落，狗都饿瘦了，我们在这村庄前面休息片刻，这里距前线还有四十里地，有一个前方的骑兵传令来通报我们前方的战斗情况。

大家很忧愁的前进，因为前方很吃紧，我们的阵地有被攻破的危险，于是我们的行军的速度变更了，尽着所有的气力快走。

增加火线的兵力配备完事，已经是夜了，敌军的炮火猛烈的射击着，他们的骑兵部队从侧面迂回过来，好容易被我们派在前方侧面要点的骑兵部队击退，炮声和枪声震耳的响。

我配属在预备队里，在第一线后面隐蔽地带准备着，一有命令我们就马上"增加火线，扩张战果"。我们在这时还要警戒着侧面和背后。

第一夜就是这样平安的过去了，敌军只轰了一阵炮，没有接续攻击，似乎明白了我们的后续部队已到了似的。

第二天午前十点钟，我们的后续部队全到齐了，使我受了一惊。

在路上的那个小孩被绑着。据说他父亲是敌军的间谍。他东奔西跑为的是给父亲探消息，证据是从小孩子的衣服里，系着的布裤腰带里搜了出来的，一张写着我们部队的兵力，装备等等的通信。据说这小孩被痛打得难忍，不得不说出的口供，知道除了他父亲之外，他还有一个二十几岁的姐姐也干这种勾当！

他的姐姐当日下午就被捕了，他的父亲逃走了，没有捉着！

他的姐姐是个体格很健壮的女子，从外表观察，知道她是受过教育的。

姐弟两个人暂时被监视着，手脚用绳索捆得很结实。

小孩子听说要被枪毙的消息，吓得大哭，姐姐不动声色，只是垂着头，短短的乌发披散着。

敌军的骑兵第二时来袭击时，受了很大的损伤，来袭击必经的地点，掩埋着的炸药爆发了，他们逃回去的只有很少数的几个。

我们清清楚楚的听得那巨大的爆炸的吼声，从望远镜里可以看见那些滚爬着的人和马。

敌军的主力开始攻击了，他们的炮火援助着。

我们的山炮初次放列，据观测，第一炮就瞄得很准。他们的后方有些动乱的形状，我们的散兵壕后方落下一个炮弹，轰炸了，有几匹马和牵马的弟兄很不幸，负伤很重，马是立刻就完结了。

这一场战斗，很快的中止了。

但不定时刻，开火不用说还是要开的……

当间谍的女子活埋了。她的小弟弟因为年幼不能治罪，叫他亲眼看着自己的姐姐一点一点埋进土里去，给他在小小的心上留给警戒的印象，教训他将来不要做这种事。

他哭喊得失了声，这个小孩子，完全是疯了，他跳着，直往姐姐那里跑，被拖住，但打他也不老实，他大骂埋他姐姐的人，后来他挨了一巴掌，打得昏了过去，一头跌倒在草地上。他的姐姐就在这一刻踪影全无了！

后世人走到这里，绝不相信那土层里曾埋着一个人。

这个小孩子被释放了。

炮火又开始在怒吼。

（一九三六年九月十五日于狮子沟）

闲　聊

——军阀时代的故事

　　这是大雪纷飞的一天下午，炉子里的煤炭像火车开足了马力似的闪烁的喷着，发出隆隆的声音。办公室暖烘烘的，就如温热的澡堂。几位军官这时有的伏在桌上写字，有的交叉着两手，嘴里含着烟卷，神气很是悠然。年老的张少校拟完了一篇呈文，打开抽屉，翻了几翻，又在裤袋里摸索半天，掏出一盒几乎揉破的烟卷，先拿出一支含在唇里，燃着，吸了几口，喷出一缕长长的灰烟。又拿出一支，从肩上向后传去，并不回头，只是在他身后背向着他，坐在那里看书的郭上尉的臂上触动两下。照着常规，上尉知道这是送来烟卷，用不着回身，也无需道谢便顺手接过去了。

　　看来他俩好像是立定了合同似的，当郭上尉掏出烟卷时，一定要照着张少校刚才的方式传去一支，两个人无言的对着不同的方向，脑里似乎在沉思点什么事的样子，慢慢的吸着烟。但现在是改了习惯，郭上尉接过纸烟之后，并不自己燃着就吸，却立了起来把椅子搬到张少校旁边，靠近了一些。张少校马上觉察到身后骚动的意义，也立了起来把椅子改变方向，把他的右侧面向着郭上尉，同时把他拿烟卷的一只手伸到郭上尉的鼻子附近。郭上尉像小鸡啄米粒似的探着脖颈，对着送来的烟火猛吸两口，并且点一点脑袋。张少校会意的缩回了他的手，可是他望望外面的大雪，叹声长气，郭上尉接着反应一声：“啊！”

　　他俩打算开始谈话了，老安坐在壁角里，忽然伸一个懒腰，也有准备参加谈话的模样。我本来是在描写着战斗经过要图，已经把主要的村落道路画完，只剩标注各部队的符号和山脉的曲线了。工作既已进行了三分之一，按正理当休息一下，老安对我咧嘴一笑，——他这一笑的象征，我也可以明白，就是我们的工作休息时间，总得遵行大家。坐在我对面的老夏，早已把一支烟卷吸剩四分之一了。在这几员大将之中，属我的年龄智识和经验少。

雪花落在玻璃窗上，一点不留痕迹的滑下去了，院子中央的老柏树，在风中泰然自若的屹立着，它饱经风霜的皮肤的一面落满了白雪，好像盖上一层白绒的毡子。

郭上尉喷了几口烟之后，对张少校说：

"那一年也下着这样的大雪，——不！比这雪大多了！风也刮得很凶猛……"

"嗯——"张少校向窗外展望一下，闪闪眼睛。

"我现在还记得很清楚，就在这个时候，大约是下午三点来钟，你们的队伍开到了？"郭上尉说到这里，略停一停，看看张少校的神色，意思是问他说的对不对，待他说了一句"不错"才继续着说下去：

"我们旅长一听这消息，立刻下命令攻击，我们的炮兵队副，绰号叫千里眼的，——这家伙厉害得很——他也不会数学，也用不着计算，只消经他亲自动手，把炮一摆弄，很快的瞄准，第一炮即便打不上去，那么第二炮也够你受的！"

"嘿！"张少校情不自禁的叫起来，"第一炮就把我们毁了！伤了三匹马，一个弟兄，正是我们连里的弟兄，把左腿炸断了，我一看，只得躲开，带着弟兄们跑到山上去……"

"这家伙在我们旅里是出名的，他一动手，弟兄们就须闪开，让他一个人干，当他叫一声'好'的时候，炮弹飞出去，看吧！准准当当，要能躲过去他这前三炮，那真得是八字好，时运不错！有一次，我们一旅人，险些被人家包围，后来多亏他几炮，把敌人打退了！"

"第二炮又伤了我们好几匹马，这时我们正要想移动位置……"

张少校兴奋的瞪着老眼球。

"我带一连弟兄正在城里吃饭，接到旅长的命令集合，连饭都没有吃饱，急忙的攻上去，我眼看着你那一连去占领那个山头，我们散开在城墙上，这地方，展望又好，又好遮蔽……"

张少校无论如何也耐不下去了，急得手里拿着烟卷，趁着郭上尉说话间断的机会，赶快插进去说：

"你以为我没有看见你们？我看得清清楚楚的，你们从西南角上的城，这时我该多么着急，我恨不能一下跑到山上，把你们一个一个轰下去。你在那里指手画脚的我也看见了，只是看不清你的面孔罢了。

我指令几个弟兄，向你身上开火，谁知我一踉跄，老天！一颗子弹从我耳旁飞过来了！差一点碰上我的脸……"

"哈哈！"郭上尉笑了起来，"不但你看见了我，我也看见了你！好家伙，我们几个弟兄拼命的射去，因为干得太慌，你算侥幸罢了，当时我躲在墙垛口后面，我们的炮兵这一次立下很大的功劳，千里眼屡次的得赏，但这一次更加发挥光大，尽了他的职责，达成特殊的任务，收到灿烂的效果，打破了惊人的纪录……"

"唉！"张少校沮丧的说，"这一回真把我毁了，我们一连弟兄和马匹伤了不少！"

窗外的雪花伴着风乱舞，像是刚刚喝醉了酒，炉子还是不减它的热情，并且达到了沸点，炉盖和下半截的炉筒都赤红了，只是肚里的声响已停，皮肤冒着红光。杂役提着一把洋铁壶，放在炉盖上，溢出的凉水滚在炉上，哔哔剥剥的响。

老安提高了喉咙，用批评的口气开心的说：

"原来你们俩从前还是拼命的仇人哪？"

但他们俩决不会因此而怀着怨恨，相反的，他俩是非常的要好，那时他们还不认识，不知临在当前的对敌指挥官是老几，如今是意外的走上同一的战线了，不过"我们"把这种事，早已看做"家常便饭"和"应时小卖"了！

谈话会完了，我们悄悄的办着公……

（一九三六年十二月二十八日于狮子沟）

灰色的群

——军阀时代的故事

一

十三年前我在人民最厌恨的军阀直辖的军队里当一个小官儿。

"不怕死，

不爱钱，

丈夫决不受人怜……"

这是我当时最熟练的一首歌曲。

我们的团部对门是两家三等窑子，到晚上，你可以时时听见尖锐粗哑好像敲破锣似的喊声：

"五号……见……客！"

接着是报名：

"小——红！

翠——喜！

美——玉！

金——花！

香——云！"

还有三个"姑娘"的芳名可惜我现在想不起来了。

我还记得那个美玉姑娘的面孔，她是长脸儿，有一双像宝石似的乌黑闪光的大眼珠，嘴很小，总是默默的闭着，好像静等着谁过去和她亲嘴似的，说话的嗓门很细，会唱二黄。

我们的团副和那个小红很要好，听说小红要跟他从良，他的太太知道了，捶胸跺足的把丈夫大骂一场，又跑到对门去找小红，苛毒的骂她：

"养汉精，真该死！你再接他，我把你的头打破！不信你看着……"

这位腿粗腰圆，满脸肥肉的尊夫人本来是"大炕"出身，绰号叫"母老虎"，很有手腕，把丈夫活活的治住。

早晨起床，大家必须在点名号吹完十五分钟以前在操场集合完毕，各连都静静的等着值星司令到场，第一连王连长，下口令的声音是特别的，他把"向右——看！"喊得非常用力，而"向前看"却出奇的小声，几乎听不见。

二十分钟的跑步像驴推磨似的，在操场一步一步缓缓的绕着圈，各连的值星官怕弟兄的脚步紊乱，时常用力的在嗓门里喊：

"一，一，一二一！"

当值星司令大声的喊道：

"一！二！三！四！"

各连就同时的，复诵着这套歌词。伟大的音量刺破早晨静寂的天空，穿到远处……

二

团部里有一位出名的缮写上士，这位大家称为"师爷"的先生小楷写的才硬呢！

没有一个人不惊服他那"呈为呈请事"写的漂亮！

头一回看见他写的呈文，我以为是石印局印刷的，我真有点儿不大相信人能够写这么整齐美观的字。

这位师爷，长得不高，脑袋是四方形，后脑角有一块光秃，没有头发，眼眉和眼睛的距离很窄，鼻梁扁的出奇，好像一瓣大蒜被踹了一脚，而他那张不轻容易不说话的嘴，一说起话来准惹人发笑，幽默诙谐是他的特征。

他写字的时候，姿势端正，三个指头轻轻的捏着细笔杆，眼睛聚精会神的注视着纸张。

在书记处里还有一位书记上士，这个人就连对猫狗说话也客气，对于他们的书记长，几乎把脑袋伏在地层里，一句话答应八个是。

"把这个戳领写出来吧？"

"是！"

"写完交给我。"

"是！是！"

"一共写两份。"

"是，是，是！"

"应该上军需处去领呈文纸。"

"是，是，是，是，是……"

吃饭的时候，他可一点儿不讲客气，两个拳大的馒头三口五口就光了，他一个人能吃三个人份，早饭晚饭不算，他一个人每天能喝十来壶水，别人剩下的馒头，他全都留心的收起来，用手握一握藏在他自己的行李卷里，晚上拿出来吃，别人讨一个也办不到，他说：

"你不饿，用不着吃，我实在饿的难受，不吃睡不着觉！"

他愿意讲说从前他在县衙门里当差的事情，他赚过很多的钱，差不多到了发财的地步，他把钱全花净了，怎样花净的，却没有一定的说法，有时说是赌钱输的，有时又说叫一个娘们贴去了，有人说这一切全是撒谎。

然而会算卦却是真事，他给我算了一卦，说是半年以内会发生点儿什么危险，这件事竟然实现了。

有一天，我把手枪拿出来拭擦，忘记了枪膛里顶着子弹，一勾引火，砰一声巨响，差一点打在自己的大腿上，把抽屉穿了一个窟窿，吓了我一脑袋头发……

三

张连长是我的同事，并且是知心人，时常问我：

"老弟，你一个人孤单单的不寂寞么？"

我说："寂寞当然免不了寂寞，没有办法呀！"

"我给你保个媒吧？"

"养活不起呀！如果她肯经营点儿副业，贴补家用还能过得去，不然也得当王八。"

我们时常津津有味的说这类笑话。

他为人很和蔼，有巧妙的交际手腕，会奉承人，看你得意什么他说什么，管保把你弄得心满意足，你无论说他什么不好，他在眉目之间，不肯显然的流露出怨恨的模样，决不得罪你。

可是他对待部下，却丝毫不讲情面，赏的机会少，罚的回数多，他连下有三十多名"空额"给养，伙饷，计算到一块儿钱数正经不算少，而每月从士兵身上扣去不少油水。士兵之中如果有一个在背后道他长短，他会马上发觉，有惊人的敏捷和灵感。在他面前卖糖的喽啰很不少，大家都彻底的理解这一层，所以士兵都不敢说他不好。如果不然，不定时刻找出一点儿小错，狠狠的一顿毒打还是轻的，重的就押禁闭室，三天给一顿米粒喝，结局还要开除，这还是从无限的慈悲的心里发出来的最大的恩惠。

有一回，有两个被认为"调皮捣蛋"的弟兄受的惩罚太重了。

他俩秘密的跑到总头目公馆去告状，他发觉了，马上动手收拾，他亲自把这两个弟兄紧紧的绑结实，几乎把棒子打断还不停止。两个挨打的人，屁股全打烂了，许多人把他俩像拖死狗似的拖到宿舍，一个多月，痛苦的躺在床上，不敢翻身。其中一个，两眼塌下，脸色好像泥土，多少弟兄劝他也不吃饭，经过三个月他的伤才好，偷拿了两支枪开了小差。

张连长还有不少好处，我非常佩服他。

譬方，对待女人，他有一种高超的技术统治她们，他两个太太，从来不吵嘴打架，这全是用着美好的"战术"和精神教育把她们弄舒服了的。他自己说，他的战斗力很强，经过一次作战，她们少说得半个月静静的休养才能恢复，炮火的散布又十分平均，她们哪能打架呢？谁都知道张连长的公馆是和和气气的。

我还尊敬他这个特色：

他从来不抱怨，也不发弱者的牢骚，生活的精力足得很，满意他自己的境况，只要每月有空额可吃，便什么也不贪求了。

快乐的思念着他自己的地位，而对于头脑人就如忠实的信徒，在上帝的圣像前老老实实的垂着头一样，把全副的精力尽着职务。这种尽职，当然用不着像农夫屈身在田间那样，聪明人会立刻明白这种生活念到的法则和意义的。他一点儿也不注意什么知识或学问，从来不去追求这些没有用处的东西，并且也没有想这一节，会喊个"立正""稍息"能变换个密集队形，这些，在那种时候是足够用了！还要研究别的干么？

他请我吃过一顿饭。

饭后躺在新换了白罩的床上孜孜不休的鼓着大烟，在浓厚的烟雾里半闭着两眼劝我：

"老弟，你什么地方都好，就是反对抽烟，这一点我不大赞成！"

说着轻轻的把烟枪放下，喝了一口水。

我看他，比我聪明一千倍，他的身体并不魁梧，肩膀窄窄的，胸部很薄，胳臂和腿很细，全身没有一点儿力气，而眼光迟钝，显不出干部应有的威严和活泼，刨去了这些特征不算，他还有一脑袋个人主义和私人观念，然而这个人有一连人的部下，说一句话有多少人服从他，在工作的范围和意义上，也算得是个英雄呢！

从他身上启示给我的知识很不少，我想起古代的那些所谓好家伙，虽然不能说个个都像他这样，总会有相像的地方。我深刻的体会到聪明人治理傻子的时代还没有到，像他这样人指使一连弟兄，去赴汤蹈火再合适也没有，就是从弟兄里突然的拔出一个，干他这类职务也非常合适，起初我很奇怪这类事实，渐渐我什么也不奇怪了！因为——我也有了人生的经验。

四

我和副官处的刘副官亲近，并不是因为他是我们总头目的"人"，可以从他身上得点儿什么好处，我是欢喜从他嘴里长点儿见识。

这个人，说起来也是个人中能手，他给"总头目"当差已经不少年，从打扫屋子提溺桶端茶盛饭的职务慢慢的升做副官，这中间的过程颇不容易。他报效他老，不一定用着温柔和诚实，有时端出傲慢无礼的架子和粗野难当的态度，轻而易举的把他老征服了！

明明是假装正人君子，却说他是坦白豪爽，从头到脚是虚伪，偏说他天生的性格勇敢凶猛，这样，便认为忠实的奴仆，尽着全力提拔他，而他呢，也就老实不客气，在人民的头上装起祖宗来了。

把上司的性格和脾气完全看透，这是那时代每一个当差的人，非具备不可的本领，他这种本领是出类拔萃的，我们总头目的为人谁也摸不彻底，只有他抓得住。

像这类事，他处理得比谁都好，"大老爷"的办公桌上放着二百块钱，一时忘记，没有拿走，他马上装进衣袋里，不发觉就算是他的，发觉了有的是话回答……

"我不装起来，丢了算谁？"

正经的瞪着眼睛，好像真是从身体里说出来的一样！

客人，得看看是怎样的客人，如果吝啬，看钱如命，从他门口经过，打捞不掉，那么，他连一碗白水也不拿。

过后主人责问他，回答的头头是道：

"他在背后骂你老，我凭什么给他水喝？不捶他是看你老的情面，我老想收拾这小子……"

像这样，把好好的差事舍在他手里的很不少呢！

当然，聪明人是不会那样傻的，钱是人赚的，在正当的地方扔几个能吃亏么？

他能用狡猾和奸计万无一失的把主人伺候得舒舒服服，他从人群里努力的往上挤，挤倒了不少人全不顾惜，他从来不忏悔，并且根本也没有想到被踏在脚底下的人如何的痛苦，自己得到好地位，比什么都值得荣幸！

主人不在，他决不伸一伸腰做一点儿事，他知道，这是徒劳，在主人跟前才汗流浃背的劳动。他从来没有到过操场去看一眼，因为他对于托枪开步走没有兴趣，他根本不懂。

我和他相交日子并不久，如果我当时没有硬门子，他决不和我交往，我时常接迎他，和他亲密的谈话。他告诉我，我们总头目的脾气大得很，可是在太太面前什么脾气也没有，屈服得像个小羊一样。他的太太很懂"人情"没有等他张嘴就给他娶进来一房小，而家庭的经济和发号令的权力，却越发的深大了！只要丈夫怕她，此外谁敢惹她！二太太是乡下姑娘，老实，没有心计，大太太正利用了她这一点，不然她也不花钱娶她呢！显见，她的手腕多高妙，至于三姨太太本是她亲自的丫鬟，从小就服从过来的，把她的身价提高是恩惠她，她哪能妄自尊大！有点儿不如意给她两巴掌也得忍受，因为她是这么训练出来的人。

大太太也知道丈夫偷偷的在外面交着一位在师范卒业的女英雄，然而她并不吃醋，她知道阻止不如依他的意来得顺气，然而要娶进来可办不到，她在四面八面巧妙的筑好了坚固的墙壁，你就是生翅膀也飞不进来。

"三姨太太虽然时常挨她打骂，却一点儿不伤心，从来没有哭过……"

"因为她很知足，对不？"

副官大人急忙赞成的点点头，吸一口纸烟，把烟头扔在地下用脚踏灭了。

他讲说这些来得非常得意，好像学着讨论哲理一般。在他那副可爱的像马似的长长的面孔上，发出快乐的油光，我疑心他那双眼睛是近视，看人特别用力，在眼眉有少半截没有毛，脑角有点儿偏，这大概是从小母亲没有给摆弄正。

五

晚上，我时常愿意跑到兵舍里和弟兄们聊天。

起初，他们不大欢喜接近我，出教练休息的时间，我讲了几回笑话，又学了两次猫叫，于是，他们知道我是"可靠的"。我好像听到弟兄们这样的议论，说我没有"官架子"——这个批评我觉着很公正。

老总的宿舍总乱杂杂，嚷得人耳聋，好像雨后青蛙在池塘里吵闹一样。

他们欢喜讨论追求财富的要领，有时批评女人，嘲笑那些廉价出卖灵魂的妓女，夸说他们自己的兽性如何顽强，吹大牛，发牢骚，全是他们的特长。

有个术科成绩很优秀的弟兄，他生了一双猫头鹰眼睛，那副嘴脸也颇像猫头，说话大声吵，好像鬼打架。

这个家伙有个特性，他在服勤务的时节一句话不说，努力的劳动，精疲力尽不埋怨谁。

宿舍里的勤务，如果轮到他，准是干干净净，他弯腰屈背的扫着地，发现了不整齐不合规定的鞋只，便大怒的抓起，不问张三李四，用力的抛到外面，帽子放得不正也抓起扔。

他还没有动手打扫，别的弟兄就留心的收拾自己的铺位，他对于弟兄没有恶感，欢喜唱歌，讲笑话，牺牲了自己的休息时间帮助别人。

我问过他：

"你手里有多少钱？"

"没有！有几个都输光了，还有不少债荒。"

他嬉皮笑脸的抓着头发，傻呆呆的咧着嘴，笑个满脸，把别人惹发了笑，他却板起冷淡的面孔——是这么个家伙。

有个弟兄，非常傻气，时常挨打，绰号叫大傻子。他的头是三角形的平面，鼻子和嘴的距离短小，一双小眼睛像豆粒，偷人家杂货铺两盒烟卷，连长审问他，明明搜出了证据还是不承认。

"你真没有拿么？"

"真的……"

"如果你现在认错就饶你，算你没有罪，不承认就打！"

"不是我……"

"可恶！说实话？"

"实在的……"

于是班长以下四名弟兄派出来了，逼他卧倒在地下。

他哭哭啼啼的哀求着：

"报，报告班连长，真不是我……"

用力按倒了，两个人拉着手，用脚狠狠的踏住腰际，一个人把他的两脚上下叠起，用力的按结实，班长预备好一头红一头黑的哭丧棒。

一声命令：

"打！"

棒子马上举起来，发出沉闷柔软窒息的声音，拼命的哀叫，努力的嚎哭，板子啪啪的响。执刑的人叨叨咕咕像念经似的数着：

"一五，一十，五十五，一百……"

打完伏起，再问他，管保痛快快的答应：

"是……我！"

他是这么一个傻东西！

一般的说，弟兄全是愚昧无智的人，在他们生活里没有温暖和安慰，冷酷无情是最上等的待遇。

然而他们可不是迟钝，说谎来了他们有狡猾去对付，压制来了他们有习惯和忍耐，物质缺乏或精神上的痛苦在他们似乎并不重要，因为他们除了这一条灰色的路之外，没有光明的大门，他们有受苦的顽强的皮肤。

和我特别熟悉的一个名叫刘隆，四方脸，大眼睛，肩膀很宽，有力气，不大愿意说话，入伍的时间少，没有多少经验，一开始就学会把烟袋。

问他：

"你为什么跑出来当兵呢？"

"在家里没有办法。"

"胡说，不是读过二年书么？"

"父亲不错，母亲是后来的，她连饭都不给吃饱，天长日久实在过不下去，不如出来……"

"出来就学坏了！"

你猜他怎样回答？

"学坏了不要紧，人都坏，不坏没有饭吃！"

并不是从书本上学来的，他们是直接的从严苛的生活经验抓到了有力的教训，把这个当做信仰，一生不改变，好像蚯蚓在土里，认为潮湿便是第一等的真理一样！

六

过阴历年的头五天夜里。

我坐在床边，写完了给父亲的平安家信，想着从第二天休假应该怎样消遣自己苦闷的灵魂。

忽然，听见附近有两发枪声。

十分钟以后，部里一个当差的气喘喘的跑回来，我偷看他的神气，好像刚才和谁厮打过似的，然而他并不吃惊，是泰然自若的神气。

我猜透了，吓唬他：

"把钱拿出来！"

他知道不是真逼迫，诚实的把钱全数掏出来，一共是三百五十几元的钞票。

这些钱，用不着细追问，明明是抢来的。

他是在赌钱场瞅的红，一个老伙计牌九赢了，出来的时候他从后面尾随着，到黑暗的胡同，无人的地方，他把枪指着那人的脑袋：

"钱都给我！"

这样，痛痛快快的钱就到了手。对着天空打两枪是表示谢谢的意思！

他自己这样说：

"我不干了，没有法子，非要吃饭不可，趁着现在这种机会，我得弄几个钱……"

我说："去你的吧！"

这时候在书记处，有几位先生不停的写着小楷，在墙上，有两张小纸条，写的是这么两句流行语：

"呈为呈请度岁月，等因奉此过新年。"

发 饷

——军阀时代的故事

忘记是民国多少年了，我可千真万确的记得那是一个冬天。

我们在阴暗潮湿的炊爨场门口，悠闲的晒着太阳谈天。这一天，比较暖和一点儿，出完野外教练回来，太阳殷勤的露出了暖意，两个马夫在草棚里锄草，光头的蹲在那里，另一个，帽子快掉落了似的扣在脑后，像蚂蚱似的跳着。

"今天一定要发么？"

"我看不定规……"

"钱都领来了，队长正在那里打算盘，队长当差说的，不信问问他！"
这个消息，是人就高兴。

晚上点名以前，值星班长对大家大声喊：

"集合——领饷！"

显然的，这个集合比什么集合都值得快乐。

苍白的面孔，乌黑的眉毛，下面镶着一对像女人似的眼睛，铜纽子闪
闪的放着光，神气十足的坐在靠墙的轻椅上的队长，除了那一双红马靴值
钱以外，别的没有什么值钱的地方。他的军服是我们的同学，一个有高超
的献媚手腕的家伙，专会讨好上官的——送给他的。至于他从什么地方弄
来的这套军服，说法没有一定，有的说他父亲从前当过官儿，是他父亲穿
过的，有的说他父亲本是个泥瓦匠，这套军服十成有九成是从什么地方骗
来的，说法没有一定。这些事对于我们并不重要，所以谁也不追究，而我
们现在所一致希望的是赶紧发饷。

一个大字不识，凭着他舅舅的门子装好不错的赵副官已经把票子从纸
口袋里小心翼翼的掏出来了。

"你们排成单行吧！"

我们赶紧把二路横队变成一路侧面纵队，值星班长指挥着。

队长立了起来，两手背在背后：

"好几个月，我们领不到薪饷，大家都知道，我们这个军官教导队没
有经费，给养全是从各方面，好像捐款似的捐来的。这一回这个钱，是队
长请求司令，请了多少回，司令他老爷没有办法，我们连个理发钱都没有，
这是司令他老自己的钱，一个人平均两元，以后一定能有相当的办法……"

沉默了，好像掉进洞里去一样。

转脸对着副官：

"发给他们吧！"

副官沉着脸下命令：

“从前面，一个一个的过来，领完的就回去……”

卖花生，烟卷，橘子，包子，馒头，凡是在我们这条街上所有的小贩都集在门前。厨房里，炉盖上放着小酒壶，马夫都蹲在草窝里大吃大嚼。

刚点名站好队伍，我们看见五个身后背着盒子炮的人，急急忙忙的进来了，有一个对着我们问：

“王国秋是谁？”

送了一套军服给队长的同学，胆怯的答应一声。

“请出来！”

悄悄的出去了，那个人从裤袋里掏出一个铁环，哗啦的抖擞一下。

“对不住，戴上吧……”

其余那四个一直走到队长室，过了五分钟，队长低着头出来了，披着外套，前襟挡住了两手，看不见手上戴没戴什么。

这两人，在那五个人谨慎的监视之下，不知领到什么地方去了。

直到此刻，我们还没有看见队伍后面，立在走廊下阴影里的总司令部的副官长，他身后有个挺着胸脯的马弁，这时候他慢慢的走到队伍前面，清清喉咙：

“从今天起，周队副代理队长的职务，你们，要好好的用功，守住品性……”

以后，再没有说什么，悄悄的，像影子似的去了。

解散跑到宿舍里，大家你一言，我一语，谁也不知道是发生了什么事。

过了十四天，我们听说，那两个人已经枪毙了。

有一天黄昏，我们从公园跑步回来，在一条寂寞的街上看见对面跑过来一辆马车，渐渐和我们接近了。我们看见那上面坐着两个人，靠左面的一个对我们招招手，呀，那不是被带了去后来听说枪毙了的我们的同学么？他旁边坐着一个女的，那又是谁呢？

马车很快，我们跑的也不慢，一转眼就离远了，回头望望，只剩下车轮子渐渐模糊的响声。

以后，再也没有看见他了。

一直到现在，我还不知道那两个人，究竟是死了还是活着……

（一九三七年九月二十四日于大连）

妻的命令

王先生每天下班到家，一定是下午四点半钟。

可是这一天，却晚了二十分钟。

他一进屋，太太就问他：

"怎么这时才回来？"

王先生把帽子轻轻的挂在墙上，看看太太的脸：

"部里有事，所以……"

太太不信，她把嘴唇一噘：

"你用不着说谎，谎话不值钱！"

"对，对……"王先生赶紧道歉，"你说得对！"

太太把一双黝黑动人的眼睛，闭一闭，这，王先生明白是什么意思，他赶紧过去，到太太身旁，伸着两手，接孩子。

是孩子不愿意他抱，把小脸紧靠着母亲的胸。

"你看你？"太太不满的瞪他一眼，"没有抱，孩子就害怕，你抱孩子，预先不引逗他一下，突然就抱，他当然不愿意跟你。"

王先生点点服从的头，对孩子表现一副笑脸：

"哟！哟！真好玩，来，爸爸抱去玩。"

孩子随了他，一只小手摸着他的脸，像小猫似的抓着。

太太开始做饭。

这时候，王先生的任务并不单是抱孩子，帮助烧火也在他任务范围以内。

他左手抱着孩子，右手拿草往灶里填，同时哼哼呀呀唱歌给孩子取乐，因为不这样，孩子会哭，并且太太也要生气，说他无用。

女人的手脚很快，她立刻淘完米，接着去切菜，切菜也费不了许多麻烦，一刻钟就完了。

饭和菜的手续办完，王先生就把孩子交给女司令，他忙着烧火，一直要把锅烧开。

街上，卖豆腐的过来了。

太太打开抽屉，拿出两个铜板：

"买几块豆腐吧？"

王先生答应一声：

"好！"

他拿着盘子到街上，回来的时候，得问问这位女司令：

"放在哪？"

女人把下巴一扬：

"桌上。"

王先生，最欢喜收拾饭菜，饭菜一好，用不着女首领张嘴，他先抹桌子，拿筷子，摆碗碟，然后动手端饭。

不消说，这也属于女指挥官的部署，而她当然不能失掉这指挥的权力，所以在旁边，像老师教小学生似的，这么样，那么样，把收拾饭菜的节目弄的很圆满，这，王先生虽然跑点腿，却高兴的了不得！

饭桌上，因为太太要喂孩子，即使想伺候他也办不到，而王先生既不抱孩子，也不喂孩子，按情理说，该帮帮妻，所以给妻盛饭，也是王先生的使命之一。

吃完饭，王先生抱孩子，妻涮碗碟。

左右四邻的妇女们，没有一个不夸奖王先生是好脾气的，而王太太也得意，——这是值得得意的，因为这是女人的光荣，就如小孩子穿了新衣时的得意一般。

王太太把碗涮完，和王先生商量：

"你上街给买点东西，好不好？"

王先生点点头。

她拿出四毛钱，交给王先生，对他笑笑。

这一笑，他就知道是买什么。

王先生扣上帽子，去了。

他推开药局的玻璃门，伙计过来招待他：

"买什么，先生？"

"那个……保险套一打……"

伙计从玻璃箱里拿出一个四方形的小纸匣，好像烟卷似的，王先生看一看，不错，就是这个。装进袋里。他走到十字路口，刚一转弯，一辆汽车飞过来，差一点就碰了他，幸亏他躲的快，可是正在这时，他身后有一个骑脚踏车的，早就在躲避着他，因为他忽然往左一靠，那脚踏车无处躲避，终于把他撞倒了。他一下摔倒，头碰在道边的石台上，把头跌破了。骑脚踏车的赶紧爬起来看他的车子碰坏没有，他回头看看跌倒的人，想过去拖起，可是他眼珠一瞪，大叫一声：

"哎呀！不好了！"

警察飞似的跑过来，拖拖王先生，大声叫他：

"喂？怎样？不要紧么？"

王先生的头上，血像泉涌一般。

这时候，从四面八方围上来一大群人，挤个风雨不透，有人喊着：

"碰坏人了！"

警察抓住骑车的，怕他逃跑，同时喊住一辆汽车，三个人把王先生抬进车里，警察吩咐司机说：

"赶紧送到医院！"

一小时以后，王先生从医院出来，头上扎着绷带，喊了一辆洋车坐着回家。

王太太一看他这种样子，大惊失色的瞪着眼睛：

"哎呀！你怎么啦？"

他难受的摇摇头，喘口粗气：

"咳！真倒霉！"

她焦急的张着嘴，摇着他的肩膀叫他解释，他简单的说明了这意外的经过。

王太太难受的望着丈夫，很懊悔，如果不叫他去买那东西，哪能这样？差一点丧了命！如今，虽然买回来，现在闹到这个样子，也不能用了！

老 李

如果办得到，我愿意把所有的光阴，整个的，一点儿不留，全消失在老李的家里，因为从这乱七八糟，零零碎碎的东西堆满一屋，而不断的有老婆的叫喊和那些孩子的哭闹声中，可以抓住不少的知识和真理。

脑袋稍微有点儿扁，脸盘子整个的像一个晒干的水瓢，从那一双炯炯的细小的三角眼中间，突出一个高高的紫红色的鼻子，厚嘴唇，不整齐的大牙，两只耳朵又宽又大，弓着腰，不整洁的短褂裂开，露出消瘦的胸膛，笑起来就如驴在半夜里大叫——这就是老李的相片。

说起他的性格，我觉着没有比拿"傻子"这两个字来形容更恰当的了，然而他并不是真傻，他懂得做人的范围，如果狡猾起来，恐怕妖精也精不过他——老李是这样一个人。

我和他认识期间不算短了，从在报纸上认识了他的"文艺"，并且得到了他的通讯处和他开始鱼雁交通起，足有五六个年头。去年夏天，我转职到吉县，于是就和他凑在一块儿。他当了九年半小学教师，而现在还照旧是一个孩子王。

"你为什么不想个别的出路呢？"

"什么出路？"

"饭碗的出路！"

"干什么不是一样？达官贵人活一辈子，贩夫走卒也活一辈子，'人生自古没有一个不死'。老弟，你不是时常说这句话么？有碗粥喝酒满好了！争名夺利的有什么意思？……"

笔直的伸出他那扁形的头，皱着眼眉和眼睛，用力的咬着牙，嘬着嘴唇，做出一切都一点儿瞧不起的样子。

四个孩子，没有一个整整齐齐，在炕上蹦着，跳着，在地下，在泥里，在脏水里，在各种污秽的地方爬，一点儿不讲卫生，可是他们从来不得病，都很强壮，像些小狗崽似的，你说怪不怪？

"老弟呀！你喝水么？"

他的老婆，又肥又胖，屁股滚圆，脚是民装改造的，走起路来一个劲扭，我一看她那满脸的灰尘，就想发笑，我赶紧对她感谢的摆摆手：

"不渴，不渴……"

老李在墙角地方放一张破八仙桌，上面铺几张百孔千疮，肮脏不堪的旧报纸当桌罩。就在这块小地方，不管妻子怎样的闹呼，孩子怎样的哭喊，有时把笔放下，到街上拖回和邻家孩子打嘴架的孩子，回头接续写他的长篇，有时把笔扔开，帮着妻子往灶里加点儿柴，接着再结构他的小说，孩子在他桌底下滚爬，有时去拖拉他的衣襟或脚——就在这种没有一时一刻能够得到安静的环境里，产出不少的"作品"，你说这是容易的么？

他对于我有许多不满意的地方：

"你太性急了！"

更进一步替我解释：

"扯这个决不可以性急，这和去赶火车的性质是不一样的，你总得不慌不忙的来，你总想，自己的锣鼓要敲得比别人响。还有，你不肯好好的医治你自己的文章。稿子非叫它躺下医治不可，你顶好像内科医生那样，先审查它的内容，然后再交给外科施行一回严重的手术，用不着的脓血都痛痛快快的割去，剜去，洗干净，把负伤的部分缠着的破布解去，换上新绷带，这么一来，看看吧，你那仓库里全是好东西了！我告诉你，是这样的……"

他告诉我不少学习写作的经验，一半是从书上得来的，一半是他自己的见解，对我讲话，态度神气一点儿不正经，好像谈家常嗑，甚至是漠不关心的讲笑话一样，激动的时候，跳起来，板凳在他屁股底下摔了一跤，也不马上扶起来，手指脚画的说个溜够才去坐下。

他对我喋喋不休的讲话，意思并不在教导，他以为我肚子里是有点儿什么玩意儿可以和他交换。其实他弄错了这一步棋，我是糊里糊涂，什么也不懂得，懂得一点儿也不深刻，我所知道的完全都没有入门——本来我是这么一个一瓶不满半瓶晃荡的家伙，怎么好对一个忠实的朋友硬装呢？所以他无论说什么我少有意见。

"老弟，用不着客气，无论研究什么，脸皮得厚，你看那些扭扭打打的小奴家有什么大出息？"

这句话是我很好的纪念。

可是他老婆子却不高兴，板起无情的冷面孔对着他：

"谁是小奴家？"

"我没有说你！"

"你说我行么？我没招你没惹你……"

"老弟，你说有什么办法？就是这么一匹驴，一条裤子，她做了好几个月还没有做上，笨的像个牛一样，还时刻发脾气，挑鼻子挑眼……"

女主人尖锐的叫起来：

"我愿意！我愿意！"

接着又补充着说：

"说叫你没娶个摩登的媳妇，活该！活该！……"

在这家庭里，吵闹也是一种最有趣的消遣。

我辞别出来，老李送到门口：

"有工夫来玩儿……"

我欢欢喜喜的点点头：

"明天来，一定！"

现在，和老李儿千里地的分开，已经快三年了，写去好几封信，一封回信也没有，不知是怎么回事，我很挂念他，不知将来能不能有见面的机会……

同　性

说这话，我一点儿也不觉着害羞，我十几岁的时候，就明白恋爱是怎么一回事，到了十八岁这一年——哎呀！这一年要说起来真能笑破肚皮，我仿佛像春夜里的猫，又如一匹强壮的大叫驴一样，一看见异性，简直不能忍耐，恨不能一下就跳过去……你猜怎么样？我跳过去没有别的，真想双膝跪地，来一个响头，咬破一个手指，泪眼汪汪对她说：

"大发慈悲吧！可怜可怜我，救一条命！"

我没有余钱到那些能安慰人的营业的店铺去寻找一个仙女发挥一下天生的兽性，并且也没有勇气，也不愿意把自己的满腔的热情投向冷酷无情的怀抱里去。于是，时常的，和千千万万的年轻人一样，不可制止的犯了那种不害羞的毛病，有时甚至在白天也把自己关在寂寞的屋子里，静静的闭着眼睛，心里头有滋有味的幻想着，我记忆中那些粉红的嘴脸，动人的身段，迷人的腿肚，神秘的背影，还有……喂呀！我这说了些什么？太不像话，我还是"文明"点儿讲吧。

真的，那时候，我觉得身心好像时时刻刻有烈火燃烧着似的，说不出有多么难受，强烈的渴望着温柔甜蜜和幸福，不怕暂时也没有关系，只要能痛痛快快的刺激一下，那么就是牺牲多大的精神也没有关系，必要的时候，抛弃了这不值钱的生命也成，以后的什么痛苦失望全不在乎。

年轻人是多么可笑的生物啊！

在烈火燃烧的这时期，我忽然和一个同学，他是个和我一样，也难受的陷在烦恼的深渊里，不能自拔的同学，这个同学我到现在还深刻的纪念着他，因为他赐给我不少的愉快，我实在感谢他的美意，他在我生活当中，也可以说是我永远不能遗忘的恩人呢？

事情是这样的——

因为年纪相仿，很容易就亲密起来了！

他时常悄悄的对我说：

"你的眼睛真像个女的……"

他是利用我这一点，而我是敏活的利用他的全部，他的脸皮很薄，一动就透出害羞的红色，这是我最欢喜的一个秀美的特征，其次是那乌黑的头发抹上油，好好梳一梳，在我饥渴的眼光里，并不劣于女的。他的鼻梁不高，眼窝很深，细身段，说话的声音柔嫩，就像清脆的鸟鸣。他的性格也十分温和，会体贴人，我简直看不出他有一点儿粗暴的性格，——告诉你，他是这么一个可爱的美少年，我怎么能厌恶他呢？老实不客气说，一开始我就缠住他，好像蛇一样，无论如何也不放他了！

他的来势也很凶猛，走路的时候，一定要紧紧的握着我的手心，把整个的身体都倒向我，几乎压得我不能顺顺当当的迈步，有一回，差点儿摔进沟里去。

后来我们这样亲密的商量：

"我们顶好是搬在一块儿住？"

他住在他父母亲的家里，要搬出来有种种的困难，我寄存在亲戚家，到别处住吃饭不方便，这个计划不能成功，而和他离别几天，那滋味是不好受的，他一和别人接近，我就深深的起醋意，他对于我也有这种感情，真到了如胶似漆难舍难离的地步了！

坐在树林里，互相紧紧的搂着腰。

在寂静的江边散步，亲密的贴在一起，我为他，什么都肯去干。

星期的日子，我到他家里，他一个人在屋的时候，我们的甜蜜别说有多么浓厚了！你要没有这种经验，决想象不出那种真实的味道，我也不愿意写出来，因为——这也是私人秘密，不能发表啊！

过了将近半年这样幸福的生活，对镜子一照，我的脸色太不好看了，他的脸色也不太好，于是我们克服着那如火如荼的情绪，隔绝了太密切的来往。可是不久又照常亲密的贴在一起，像两块湿泥一样！

到现在，我想起那一段神秘的"艳史"还觉着余味不尽呢！

我说的是实话，一点儿不撒谎……

（一九四一年冬于哈尔滨一家旅店内）

行 军

我们的队伍，天不亮就从防地出发，走了两点多钟才到船坞。

雇了两艘帆船，分成两班，我最怕坐在有马匹的船上，谁知八字不吉，我坐的偏是这只船，而且是船尾，正好有三匹马，船还没有开，有匹马就撒了一泡尿，这股味儿真要命！所有的人都堵着鼻子，不敢张嘴，呵呵的笑。

摇橹的一共三个人，前面俩，后面一个，后面是把舵的，并且兼任指挥，他有两道浓厚的眉毛和一双黝黑的放着亮光的眼睛。他们都赤着上体，身体是紫铜色的，有满身健壮的筋骨。

船开不久，热的难受，我们七手八脚把船棚架上，这才凉快了。

溷浊的河水，静静的往西流着，斜坡地方，水流很急，河水张牙喷沫的滚去，并且愤怒的响着，勇敢的冲过石堆，活泼的吐着白沫，呼唤着向前奔流。

河面宽广的地方，水流一定浅，船到浅处走不动，摇橹的人便脱了裤子下水推船。这种工作是吃力的，但是他们很有力气，轻而易举就把船推得迅速的跑，船底擦着沙土哗哗的响，好像沙土受压榨而因之生了气似的。过了浅滩，船的进度快多了，王君和把舵的人开玩笑：

"如果船上有女人，你们也脱裤子么？"

把舵的人张着大嘴笑起来，冷冷寞寞的说：

"那就得穿着裤子下水喽！"

"穿裤子下水很不方便吧？"

"不方便也不能脱呀！"

大家都觉着有趣，嘻嘻的笑。

到了一处河面狭窄，水势很急的地方，前面两个摇橹的人赶紧放下橹，换拿着长大的木杆，在水里熟练的支来支去。这时候，把舵的人表现着紧张的面孔，他大声响亮的呼喊着：

"往左靠！叉呀！再用点儿力！往左往左，哎！轻点儿伙计！往左！叉！叉！叉！用力！"

他的声音大到了两岸的山涧，在远处，他的壮音反响着。他因为呼喊太用力，加上挂虑和焦急，面孔更加发红，他的指挥是合法的，前面两个人很服从他的指导。

我们只能看见前面两个摇橹人的背，这两个人，一个是年纪苍老些的，肩头很宽，胳臂粗硬的人，他一下一下不快不慢的摇橹，紫铜色的筋肉不停的活动着，显得很结实。另一个是动作敏捷的小伙子，他把裤脚挽在膝盖上，腿肚的青筋一条一条现出，两只脚又肥又宽。

天是暖和的，但有许多郁集的白云好像芍药花的花瓣结在一起，亲密的不愿意分开。有几朵云把毒热的太阳遮住。我们把船棚推翻，大家松快的伸着懒腰，高兴的喘着闷气。有的立起，运动着身体。有几个像猫似的蜷曲着身子昏睡的人，这时也睁开了眼睛向四面展望。

两岸是连绵不断的山。紧靠着河岸，有一座刀切似的，直直的，险峻的耸入云端的山峰，这山的高，真高得惊人，我们用力仰着脸才看见山峰，如果倒下来，我们这两船人的身体恐怕连碎粉也没有了。

走过这险峻的山，看见一个萧索的小村落，寂寞的蹲在山谷之间，没有一个人影，就如古书中的风景一样。这一带，几乎全是密密层层的大山，没有广漠的原野，所能见的夜只有天上的碧空。到了晌午，我们拿出干粮吃。摇橹的人腾下一个来，在船尾一处狭下的地方烧饭。

他们的锅灶很简单，一个锈坏的铁片做成的灶炉，上面放好一口小锅，在旁边插上一小截烟筒，从口袋里倒出小米，其中有一半是糠，连淘也不淘，瓢了一桶溷浊的河水，连米带泥混合着弄在锅里开始烧火，把这种像浆糊似的稀粥煮熟，便开始盛在粗糙的瓷碗里喝起来！

这便是他们一日三餐的饭。

我们吃着携带的饼干，就着罐头还觉得不高兴，看到他们吃的东西，啊，我们觉得羞耻！

罗君问他们：

"你们单喝稀粥，不吃点儿干粮，恐怕经不住饿吧？"

请记住他们是怎样诚恳的回答：

"吃干粮？唉！我们时常有这样的粥喝喝，就知足啦！"

这都是胡匪扰乱的结果，要不赶紧把他们剿尽，人民怎么能够过着温饱的日子呢？

在一处有几间房屋的地方船拢了岸，大家下船散步。

我们发现了一个西瓜地，一个老太婆守在窝堡里，我们和她讲了半天价，讲妥了两毛半一个。

大家跑到瓜地里争着挑选，把老太婆急哭了。

她张着没有牙齿的大嘴呼喊：

"唉呀！可了不得，你们人数太多了，把我的西瓜摘光，我一家人得饿死了！"

大家以为她开玩笑，一看，她真的哭起来了！

我们赶紧掏钱给她，安慰她，她见了钱，欢喜了，露出一排不齐的大牙。

摇橹的方法，我很快的学会了。我摇了好久，把手磨破一块皮。摇橹的人夸奖我：

"你摇得很好！"

这一天，我们航行了一半路程。

晚上，我们在一个村庄的附近把船靠近岸，在船上过夜。第二天一早，我们接续奔路，途中看见了一个大村庄，一个瘦小的老人上了船，帮助摇橹。

我们看见了惊人心魂的伟大的劳动！

两个人赤裸着身体，连裤子也不穿，在岸上，背着绳索，头深深的垂着，几乎垂到地面，一步一步很艰难的走。他们的后面，隔有五十米，是一艘吃饱了风的帆船，缓缓的前进着。他们什么也不看，压着呼吸，弓着腰，拖着船，逆流而上。这样艰重吃苦的工作，比背上驮着重载在沙漠上奔走的骆驼还要困难！

只要一看他们的两脚，用力的蹬着松软的沙土，半天迈进一步的那种艰巨的情景，就可以领悟那工作是如何的繁重。绳子是沉长的，他们两手握住绳子，把绳子拉成直直的。那船逆行在河流上，不知有多么笨重，拖船的人，就如拼命的拖一车重载要拖上高坡的马一样，而他们要在赤日炎炎之下，并且一丝不挂，要一直跋涉几百里路！

他们的红黑色的皮肤，在太阳下面放着亮光，好像涂了一层辉煌的油漆一样。

我看着他们渐渐走远，消失在山头的转弯处的沙滩以后，才想起自己的呼吸。

在河边立着一堆雪白的水鸟，看见船和人，并不恐惧的飞走，大胆的伸着红脖子展望。有一道瀑布从山涧淌下来，水沫飞奔着，从半空一直往下冲，响亮的叫着，好像一个冰柱挂在半空一样。水冲到下面的石上，像许多手指似的，水的哗哗的响声传到很远的地方。

打开地图一看，我们知道现在的航路，是来回弯曲着的，船顺着急流向东拐，转过一列山脉，绕道往反对的方向，然后向西急转直下，这才是我们前进的目标。

这河流是一直奔到大海去的，两岸的山越变越稀奇，都高高的像石壁似的立在岸边，有许多人屈着身子睡熟了。

把舵的人毫不困倦，他的精力很足，有用不尽的气力，始终是聚精会神的望着前途，巧妙的握着船柄，有时呼喊着，指示前面摇橹的人安全的航路。

有一次，摇橹的人因为疏心，差一点把船碰在耸在水面的石礁上，船身紧靠着石礁轻轻擦了一下，但是船里受了一下很大的震动，所有昏睡的人都觉醒了。把舵的人咒骂起来：

"睁开眼，傻子！"

看了他强而有力的姿势，会联想到大力士的雕像。

在他有经验的熟练的指挥之下，船平安的前进着，日落时分拿望远镜可以看见灰色的万里长城了。

到了天黑，我们的水路完毕，登了岸向西奔走，半夜里进了长城的一个阴森凄凉的关口，同时听见轰轰的炮声。

（一九三八年十二月十二日于南窗下）

狐　疑

我从小就有一种多疑的毛病，无论怎样也改不好。

譬方我寂寞的坐在屋子里，胡思乱想，不知怎么会忽然间想起了起火，我是看见过几回火灾的，并且我自己也经过两回火烧，一想起火灾，特别害怕，我想，如果现在起了火可怎么办呢？

虽然我并没有一丝一毫的财产，房子不是我的，屋子里也没有值钱的东西，可是在这样的冬天，如果烧光了，事实上非受罪不可呀！

我想象着，火怎样能起呢？

我一眼就看见了炉子，接着就看炉筒，炉筒距顶棚的位置很近，如果把顶棚烤热，烧起来是容易的，顶棚一起火，马上连到房盖，这算一点办法没有，用棍子打不灭，用水泼恐怕来不及。

接着我就想火烧的光景，好像真的起了火一样，房屋变成了一个通红的大火盆，浓黑的烟雾遮住了视线，火魔是不等待的，我恐慌的跳进来跳出去，拼了性命往外抢东西。街上有大声呼喊的声音，无数的人群奔来跑去，他们一面是为的帮助救火，一面看光景解闷。

我一面抢东西，一面顾虑扔在街上的物品，非常的愁苦，怕那些人把我好容易从火窟里抢出来的东西偷走。

想到这里，我觉着筋肉激烈的跳动起来，把板凳踢开，跳起来，惊骇的看着四处，发觉刚才的火灾，不过是一场幻景之后，这才吐口闷气，但是还不能安静的坐下来，舒舒服服的喘气。

因为怕起火，我从来不愿意把书籍摆在桌子上，无论几时总是好好的装在包里，如果起火，我马上可以扔出去，一本也不会损失。

我觉着最宝贵的是桌边的皮包，这里面从来没有间断过保存一些写好的原稿，好像富翁的钱包一样的丰满，我觉着非常欢喜，如果邮走一部分，好像吝啬的人花去了一部积金一样，说不出有多少难受，又如和亲子诀别，肝肠寸断。

有一回，把三个月光景涂成的四十万字的许多短篇分成三集寄走以后，我难受的了不得！

一般的说起来，我是不愿意发表学习写成的东西。但是积得太多了，一来皮包放不开，二来怕起火烧掉，因为这个缘故，我才恋恋不舍的，把这些亲爱的儿女打发走。如果过一个月不刊登，我就挂心了，我怕报馆起火，把我的稿子烧掉。我是觉着自己的稿子高贵么？我好好的想过，我决不是觉着高贵，我十分愤怒的不满意自己写成的东西。因为不满意，愤怒，不知有多少弄成的原稿葬在火炉里，或埋在厕所里。

是的，我刚才说起火还没有说完。一个非常寒冷的冬天，有位远方来的朋友专为看我，好像大姑娘选女婿似的，他把我看了半天，谈了许多话，非常的满意我。我送他到火车站，直等到火车鸣的一声开走，我才无精打采的向后转。

刚出火车站，我忽然想起屋里的火炉还没有灭，一定有危险！越想越害怕，赶紧奔跑，路上有个老太婆差一点儿被我碰倒，我总觉着是起了火，我那几件破衣服已经烧起来，书籍和原稿冒着青烟。

一口气跑到住处，急忙打开房门上的钥匙，炉子里的炭火，还有一星星，眼看灭亡了，摸摸自己的头和脸，热烘烘，快出汗了。

夜晚睡在被窝里很少得到安静，不是怕起火，就怕来小偷，我不怕明抢之强盗，就怕无声无息的小偷。我的睡眠不深，稍稍的有一点儿微声，就会把我惊醒。有一夜，老鼠爬到桌上，不知怎么踏在纸上，发出轻微的音响，我突然惊醒，以为进来了小偷，朦朦胧胧的急忙跳起，在黑暗里把刀摸到手，举起来威吓他。

"快给我滚出去！我这么穷，有什么可偷的，可恶！"

等了半天也不见他回答，扭亮电灯一看，除了自己的滑稽的黑影之外，只有桌上的小钟，笑嘻嘻的瞪着眼睛有趣的看我。

又有一回，我睡到半夜，发觉房门好像有人轻轻的推着似的，用力，又怕别人听见，还不敢出声的敲打，也不敢呼喊我的名字。

我忽然想起，这一定是桃花运降到我头上喽！

事情是这样的，我有个邻居，是住在上屋的，寡妇老太婆守着唯一的宝贝女儿，她，有二十岁年纪，还没有婆家，美貌，风流，欢喜用眼角偷着打量男人，我时常觉着她在背地里观察我，好像很满意我似的？有时候，非常神秘的用一双乌黑动人的双目，安慰我这寂寞的灵魂。

那时候不像现在，我很注重名誉，想风流，又怕人家讲说，怕失掉"老诚"的好名称，并且，没有勇气，胆怯，明明知道很容易，就可以到嘴的东西，却不敢伸手，你说这种性格糟不糟糕？

有几回，我清清楚楚的认清她，那含情并且有几分怨恨的眼光，热烈的射着我，好像是说：

"你这个人，太不成了！"

当然，过后我是很后悔的，为什么不接受她的好意呢？

这一夜听见轻微的推门的声音，我想，这一定是她，一定是关不住的情谊奔放出来了，按情理，我不能拒绝。于是，我悄悄的爬起，披上衣服，又欢喜又害怕，说不出是什么滋味支配着，我轻轻的开了门迎接她。

"咪噢！咪噢！"

这便是进来的客人。

我愤怒的把这只讨厌的黑猫，狠狠的踢出去，用力的关了门，过后想起来真觉着好笑。

看见别的女性——不管认识不——只要多看我一眼，我就觉着她是看中了我，自己在心里坚决的下着结论：

"准是看中了我，一定，一定……"

夏天的下午，太阳落山以后，我欢喜坐在野外的青草地里，在凉爽的微风之中沉思默想，或者拿本书看看，像吃点心一样。

这种时候，很多的是多疑，有时觉着身后的草丛中，蜿蜿蜒蜒的爬过来一条花蛇，直对着我，想爬到我脖上和我开玩笑。

我赶紧跳起来搜索它的行动——其实什么也没有，只是疑心生暗鬼罢了！

如果是坐在河边，就容易疑心发水。

谁都知道，夏天不定什么地方下大雨，倘若在沿河的上流下来大水，我坐在河边是十分危险的，淹死我这么一个人，虽然并不算人类什么大损失，死或活对于地球都是一样的，可是我自己，我是不愿意被水淹死的，如果让我选择死的方法的话，我愿意情死。

在厕所里努力大便的时候，我最惧怕的，是那种不坚固的建筑，我时时刻刻仰着脸，望那厕所的上方能不能坍倒，越是挂念，心里越害怕，简直没有安静的一秒钟。

我想过，为什么我有这么大疑心的毛病呢？是因为身心不健全的缘故么？这或许是也说不上，我非常苦恼这种毛病，我仔细一反省，这种毛病不是从现在才有，是从早先年以前，从你小的时候就有了。

此刻我还记得从小的种种疑心病。

在树林中走路，我总是左顾右盼，我总觉着那树林深处，是潜藏着什么我猜不透的秘密的。时常我把走路的目的忘记了，抱着很大的好奇的热心坐在树底下，等着那秘密出来找我。这秘密的种类是很多很简单的，多半是像童话中所说的老人，或者是会说话的白兔，或者是一只穿着金衣的莺鸟，再不然是一只温和的僧人变成的老虎。

树叶在微风中发出轻微的像耳语似的声音，我觉着是我所盼望的事实快出现了，有一回直等到黄昏，在树林中坐了几个钟头，母亲和姐姐作着伴各处寻找，好容易把我寻到，拖回家里去。

又有一回，在夜里梦见发大水，清早爬起来，衣服还没有穿好，急急忙忙往胡同口奔跑，侦察河水涨了没有。侦察的结果，我觉着那河水是涨多了，急忙跑回家告诉所有的人，父亲因为知道我有这种近于疯狂的毛病，十有九是不信，然而你往往还是信了我的话，随着我各处奔跑半天。

此外还有许多这类愚蠢的行为，我此刻想起来还觉着羞歉，我觉着我的身心不是健全的，一定是，在身体的组织的某一部分里有点儿毛病。现在我虽然知道这是一种愚蠢的毛病，可是完全改好却很不容易。

最使我难受的想起在这世界上，所有的凡是有意志，有精力，能够为人类的将来尽力的人，都是身心健全毫无缺陷，正如一朵完美的花，一座坚固的岩石一样的人，就垂头丧气的把头低下了！

然而现在，我这毛病好多了，请你放心吧，我决不会疑心你在背地里糟蹋我，因为这许多年来，风吹雨打，把我的脸皮弄得特别的厚，好像象皮一样！心呢，硬得像石头似的，摔个一下子两下子是不至于摔碎的，一星半点儿的侮辱和打击不大在乎，譬喻说：从牛身上扯掉一根毛，那个牛能在乎么？

哎呀！话扯得太远了！请看下一篇吧……

回　忆

星期六的晚上。

有两个芳年十九的姑娘来找雪琴，和她商量了些什么事，雪琴小姐到母亲房里：

"妈，我要看电影去。"

她的母亲是个五十岁的老太婆，有一脸和蔼的皱纹，三分之一以上的头发是灰色的，但牙齿还很健康，左手中指上戴着金指环。这时正坐在椅上喝茶，看着满面风光的宝贝女儿，笑嘻嘻的咧着嘴：

"有伴侣吗？"

雪琴赶紧回答：

"我和云芳淑贞一同去。"

雪琴的嫂子从旁边插嘴说：

"我也去！"

雪琴的弟弟伏在桌上做算题，忽然把铅笔一拍，跳了起来：

"妈，让我也去吧！"

母亲想了一想，慷慨的批准他们：

"好，你们都去吧，我看家。"

于是，年轻人又高兴又快活，洗脸的洗脸，搽粉的搽粉，换衣服呀，换鞋呀，对镜子照呀……忙得很！

一刻钟以后，这一群人，如快活的小鸟一般，吱吱嘎嘎离开了家，屋里清静得很，几乎连掉一根针在地上的声音也可以听清楚。

老太婆放下茶杯，闷闷的睁着眼睛，看看窗户，觉得寂寞，说不出的寂寞，桌上的钟，似乎说：

"嘀嘀嗒嗒，嘀嘀嗒嗒，寂寞呀！寂寞呀！"

她咳嗽一下，清清喉咙，想驱逐这寂寞，谁知正当她一张嘴的瞬间，寂寞便乘机钻入她的嘴里，她一吸气，寂寞又潜入她心灵深处。

她深深的吐口粗气，好像要把寂寞吐出去，但是不成，这寂寞在她胸中已经生了根，并且结果了。

她把两手交叠在膝上，想：

唉！人老的真快呀！不知不觉，一转眼，一挤眼皮，就老了！

我年轻的时候，不是和她们一样的快活有趣吗？

然而如今怎么样呢？我是老了啊！头发已然灰白了。

稍微走动，就觉吃苦不已，这不是确确实实老了么？

这幼年到成年，到老年，这距离看着似乎很远，其实近得很呢！现在她想起这一生，浑浑噩噩，就如做了一场梦样，而这梦并不是长的，乃是最短的一个梦，宛如午间小睡所做的梦一样。这梦景，有许多部分，——尤其是细小节目，她全忘得干干净净，只剩些片段，甚至连片段也模糊不清，如影如烟，消失了，她还能记忆些什么呢？

是的，这件事，——只有这件事，——她记得最清楚，因为这是她一生最关切要，简直左右了她的生活，支配了她一生的生命的事件，虽然到了年老，记忆力也随之减退了的她，可是这件事还记得，就像此刻摆在她面前的衣橱，箱子，什么地方放着茶壶，什么地方放着茶碗的情形一样，虽然她的眼花了。

她想着，想着，想出头绪来了。

她在二十五岁时才嫁人，这怨她母亲，这个也看不中，那个也看不中，挑来挑去，挑花了眼，把一个她不十分喜欢的男人选作了女婿。

那时候，不消说，她的父母双全，兄嫂也健在，她父亲是个做官的，很能捞钱，所有的家业全是他一个人赚的。她一生，能够不愁吃，不愁穿，可说全仗父亲给的嫁资。她女婿，是个不中用的人，好吃懒做，赚不上两吊钱，便娶了一个小来家，这是在她结婚二年以后的事。

为了娶这个小，她不知流了多少眼泪，幸亏她父亲的力量，把这个小弄走了，要不然，她的苦恼真是没有尽头。

现在，她想，她的丈夫，有许多地方很像现在的年轻人。

她嫁过去的头一天，她不是亲眼看见了他古怪的脾气么？

礼堂上亲戚朋友挤得满满的，都满面喜气的等着新人拜天地。可是那冤家，他不肯，他不愿跪下他的双膝，他想鞠上三个大躬就算完。

许多人逼他，无论如何他不干。

后来幸亏他父亲，——是个脾气暴躁的老头子，——他愤怒的瞪起眼珠，严厉的咬着下唇，气得胡子直抖，过去就是一巴掌，把他打跪下了。

他在迫不得已的情形之下，勉勉强强叩了头，好歹完了这码终身大事。

晚上，她坐在洞房里，等了好久，似乎有人逼着他，他才进了洞房。

她听见门响，接着便看见了他，——那个不对头的冤家，——没有好气的进了屋，把帽子往桌上一丢，一屁股坐在椅上。

她偷看一眼，喂！老天爷！原来是个美貌小伙，小脸蛋儿又白又嫩，一双大眼睛像女人似的，她不禁暗暗欢喜，感谢上天的造化，同时忐忑不宁，芳心乱跳不已。他一抬头，她赶紧垂下眼皮。他过去坐在她旁边，这一刻，她心忙意乱，说不出是什么滋味儿。

他仔细看着她，看了半天，轻轻一笑，问她：

"你姓什么？"

她又好气又好笑，但是忍住了，她喘喘的对他说：

"你不知道我姓什么？"

他喘口粗气：

"我怎么会知道，婚事全是父母包办，而我一点做不得主，所以，——"

她当时就想，这冤家真是怪透了，婚事不是父母做主，谁做主？难道说是自己做主？真岂有此理！

她转而一想，这冤家一定是和她开玩笑，不答他。

他对她看看，正经的问：

你读过书么？"

"读过。"

"读过什么书？"

她想一想，动动嘴唇：

"女儿经，女子四书，还有……"

他插嘴打断了她的话：

"你懂得婚姻要自由不？"

"什么？我不懂你的话！"

他呵呵的笑，轻蔑而又嘲笑的挤挤眼眉。

她很不痛快，纳闷，莫非说他看不中我么？我，谁都夸奖说我美貌，而这冤家怎么……？

她一阵难受，差一点儿哭起来！

他把手放在她肩头上，这才推翻了她的悲哀，她又惊又喜，又怕又爱，好像发寒症似的，身子抖抖擞擞的，我的天，他要做什么呢？

不久以后，她就发觉丈夫是俯就她，时常，在他目眉之间，流露着露骨的憎厌的神色。

这个人，她无论如何也理解不透。

他所说的话，她全不懂得。

即使懂，她也莫名其妙，她听着，觉得有点儿可怕，他对于各种事全不满意，动不动，就捶胸跺足，甚至痛骂长辈。

他什么事也不做，她父亲为他谋的职业，不干！

然而他成天，东一头，西一头，不知有什么要事，跑来跑去。他父亲时常骂他，说他要发疯，他母亲甚至拿着棍子追着打他，可是他不哭也不赔罪，沮丧的沉默着。

有一次，不知为什么事，官家逮捕了许多人，她的丈夫也在内。

她想，丈夫一定在外面不做好事，不是赌便是嫖，不然怎么会捉去了呢？

多亏她父亲各方担保，把他保了出来，公婆都埋怨她，说她管不住丈夫，没有本事。

她把难言的悲酸，在他面前用哀哭来发泄，用眼泪规劝他，可是这冤家，真是个冤家，眼泪并打不动他，反博得他一场冷笑！什么也不怨，她只怨命不吉，嫁了这么个虽则聪明却不办正事的疯汉。

他把小——一个差不多和他同样疯癫的女子——领到家那天，她几乎气个发昏。

他从怀里掏出一柄刀子，对他父母说：

"你们如果干涉我，我就这么死掉！"

他把刀尖对着喉部。

他是个疯子，父母很爱他，舍不得叫他死，看他完全发了疯，除了伤心也没有别的法。

虽然如此，有时，甚至是时常的，她觉得这冤家有许多可爱的，一般人不及他的美点，这些美点是什么，她也说不出来。

疯女子，终于被赶走了，这是她父亲的手腕。

从此，他忽然改变了态度，不疯不癫，规规矩矩，全家当然高兴，连亲戚朋友也赞美不置。

岳父给他找了好职位，他就了。

她在三年以内，养了一个大胖小子，和一个大胖姑娘，第五年，他逃跑以后，她才生了第二个儿子。

他的逃跑颇使人惊奇。

他骗了父母，骗了岳父，骗了好几位有钱的亲戚大批钱财，不知跑到什么地方做什么去了。他，完全是个疯子，虽然安分守己的过了一时期，那不过是在暗暗的培养他的势力，这一定是疯魔跟定了他。

有明白天地三界十方万灵的人说，这是因为结婚那天，他挨了父亲一巴掌，这一巴掌，把他的红运打掉了，所以恶神趁机袭击了他，把疯魔派出来迷着他的灵魂，他在做些什么，他自己是一点不知道的？

他父亲听到这一说，后悔的了不得，因之十天没有吃饭，得了重病，终于一命鸣呼，去见阎王了！

她守寡，便是从这时间开始的。

她在失望和痛苦之余，抚养着三个孩子，现在，全长大了，并且大儿已娶了媳妇。

这许多年来，她时常，曾有时，是时时刻刻，盼望那冤家卷土归来，然而这个希望，终于成了泡影。

他现在是死是活？她不知道。

她想：如果他是活着，那么胡子已经灰白了……

唉，如今她是个老太婆了！她一生虽然不愁吃穿，然而幸福很少，只有那洞房之夜，那永不会回来的快乐的一瞬。

假如她没有这三个孩子，她老景的孤独凄凉真不堪设想！

她完全沉入回忆的井里去了，外面有脚步声，她都没有听见，直至房门推开，他的大儿子，——一个面孔很像她丈夫的青年，迈脚进来，她才从井里努力跳出，赶紧掀起衣角，擦擦眼角的老泪。

儿子问她：

"妈，她们上哪去了？"

她寞寞的想了半天：

"她们……看电影去了……"

寂寞从她嘴里跳出，跑到墙角的黑暗地方，她觉得松快不少。

儿子伸个懒腰，不知为什么喜事，得意的笑了一声。

她张嘴打个哈欠……

（一九三八年十二月三日于奉天）

在英国人的地下室

距今十九年前的一个冬天，这一个冬天太艰难了！

我蹲在地下室"锅炉"旁边取暖。我的朋友孟林恩，从厨房里偷拿些残剩的白米饭或陈面包给我吃。

这个地下室，是英国人所创设的"食堂"的一部分，有四间房大的屋子，锅炉占去了四分之三的地盘，四分之一的角落堆着漆黑放光的煤炭。

门设在墙角，门口是四层石级，从两块玻璃上透进来的一丝微弱的亮光，便是这屋中的大好光明，太阳的光是永远不会射进来的。

烧锅炉的老刘，有一张木床，放在门旁边，出来进去必须经过他的床头。门开时，有风吹进来，他就生气，因为他一天到晚躺在这床上，他没有一定睡眠时间，半夜，也得跳起抓铁锹，把炉门打开，很熟练的往里扔煤。他的技术很巧妙，铁锹距炉门二尺远，能把一锹碎煤，丝毫不落的送进炉里，这种职务，他干了十三年，他现年三十六岁，清瘦的身材，大脑袋，一双眼睛像牛样，说话的嗓门如乌鸦叫。

老刘很为我忧愁，他说世界上最痛苦的人，便是没有职业，而没有亲近朋友的人。

但是林恩却不为我忧愁，他时常安慰我，鼓励我：

"你不用愁，早晚会找到事情做，你脑筋好，能做阔事！"

他这样说的时候，总是羡慕的向我瞪眼咧嘴。

他是我从前的同事，又是知心的朋友。这个年轻人有老人的阅历，人情世故的经验很丰富，可是脾气暴躁，喜欢挽起袖子，摩拳擦掌来发泄他的愤怒。

在厨房里担任事务的厨师，厨师助手，饭厅里的打杂，扫地人，跑街者，时常跑到地下室来说笑打闹，他们和老刘争床铺，老刘不肯，便动起武来，但是几分钟以后，就和好如初。

一个胖胖的，肚皮突出，脸色很红的人，他是二等厨师，看报乃是他的嗜好。他把报纸插在袍襟里，歪戴着白帽头，跑进地下室，坐在床边上念报。他是这群人中最聪明者，他知道各国的政治，首领和出名的官员的名字，并且能讲述各国的政情，而讲"地方新闻"更是他的拿手。谁家生了奇怪的孩子啦，什么地方大白天出现了一群狼啦，听讲的人，都聚精会神的看他的厚嘴唇，他还能编造故事，譬方那狼群是五十只，他说三百只，并且这三百只狼吃掉了六百多人，实际报纸上并没有记这些。

有时，打杂来喊他，他慌慌忙忙立起，好像受了惊的母鸡样，把报纸一扔就跑，做完事回来，报纸没有了，老刘用报纸包了破鞋。

他东找，西找，没有。

"噯？谁拿去了我的报纸？"

老刘垂着眼皮，对他的两腿说：

"说不上！"

他不信，在老刘的床底下搜查，后来查出来了，便和老刘打起来。他没有力气，结果总是被老刘压倒，骑在肥胖的屁股上，有时，他把报纸叠一叠，交给我：

"老弟，你给我保存一下！"

这种嘱咐，我不能拒绝，因为——这里每一个人，我必须好脸奉承，如小狗在主人的面前样。

可是，报纸也是安慰我的工具，我咀嚼着文艺版的每一份铅印字，那一长串字眼把我压迫的最凶，理论使我非常苦恼，我简直不懂那些新奇的名词的意义。一般的说，政治论文我觉得容易明了些，我看见翻译小说里有英文，就十分憎厌，因为我不认识英文。

如果二等厨师一时上不来，我连广告的每一个字也读完它，旧报纸也是我的宝贝。

晚上，我睡在老刘的床边，林恩给我把破了许多窟窿的凉席铺在地下，他把一个衣包给我当枕头，紧靠着我在左边便是大锅炉，睡在这地方是温暖的，用不着盖被。

早晨，我很早的爬起，走在街上散步。

老刘把洗完的一盆脏水给我，手巾和胰子是林恩借给我的，我洗脸不用胰子，手捧着水，在脸上搓一搓就算。这种情况，我洗脸的勇气是很难振作起来的，林恩却欢喜和我开玩笑：

"你不洗脸也很好看！"

老刘喘口粗气对我说：

"老弟，我要有你那副脸子，到哪里去，总会吃香……"

林恩在早晨头一次进来，便带着吃的东西。

他的白帏巾下面，藏着两块干面包，一小纸包白糖，或者是一片烤牛肉。这些大鼻子吃剩的东西，而对于我，宛如草料的对于牛马一般！

在饭厅里打杂，兼伺候经理夫人的一个少年，也是我的好友之一。他穿着雪白的外套，铜纽子放着光，一顶小白帽很滑稽的扣在脑角上，他有一副苍白，但是很健康的长脸，嘴唇是红的，欢喜手舞足蹈的唱歌。当他欢欢喜喜跑到地下室来时，手里总拿着一把银亮的刀叉，和一个美好的铁盒。他坐在老刘的床上抹擦着刀叉，我愿意帮助他，可惜擦不好。他指教我，把细粉散在刀身上，把布块缠着食指和中指，一转眼工夫就把刀叉擦成明亮亮的。

他掏出半盒牛奶糖，放在我怀里：

"你吃吧！这牛奶糖不是街上卖的那种牛奶糖，你尝尝，好得很！"

不错，这牛奶糖的味道确是特别。

他告诉我，经理夫人待他很好，今年年底给他增薪。

"你现在赚多少钱一个月？"

他伸出五个指头来给我看。

"五元吗？"我问他。

他点点头：

"我才来的时候赚三块钱，一年增一元，你看，这么快，我一转眼快干到三年了！"

李远志是他的名字，他十五岁，人很聪明伶俐，人情世故也懂的不少，他在初小读过二年书，因为家穷，便在这里打杂，二等厨师原来是他的姐夫。

"今年秋天，我姐夫给我定亲了。"他对我讲，"那姑娘的父亲是铁匠，哈，打铁，我看见过她一次，一点不俊，又呆又傻，我真不高兴。以后，我决不娶她，我要自己找好的！"

他把刀叉包在布里，挟在腋下，蹦蹦跶跶的去了。

晚上有六七个伙计到地下室里集合，在老刘的床上推牌九。不论推到什么时候，老刘从来不加干涉，他很欢迎他们来赌钱，因为，他可以得到些收入，头钱。

他们往往干到过半夜，还不停止，这可把我苦了。

我不能放下凉席睡觉，只得蹲在锅炉旁边望他们。困到极点，我便抱着两膝，背靠着黝黑的墙壁，脚蹬着煤块打盹。而他们事后的大声吵闹，把我惊醒，我两眼蒙眬，口流着唾沫打着呵欠，这滋味儿实在不好受。

"头道两毛！"

"五毛两开！"

“抬手！”

“六过，闭十在老末，哈哈，这回非杀你不可！”

天快亮了，他们才吵吵嚷嚷的走散了，老刘高兴的在灰暗的电灯光下数头钱，我疲乏的打开凉席，开始睡觉。

有一次，林恩赌赢了两元六毛钱，领我下馆子，这一顿吃的很考究，两盘蒸饺，一碗三鲜汤，外有一盘炒杂拌。

有一次，二等厨师所讲的一段“新闻”把我惊到了！

他说，有一家油房的锅炉爆炸了，把房子炸坏了一片，并且起了火，烧死不少人……

这一晚，我愁苦的打开凉席，看着面前的大锅炉，好像坐在猛虎跟前一样，担惊受怕，心怦怦的跳个不住。我问老刘：

“这种锅炉怎么会爆炸呢？”

他说：

“那是什么地方出了毛病，假如露一个小空，那尤其危险，还有，烧过了热度，也会出乱子！”

睡到半夜，我忽然惊醒，赶紧爬起揉揉眼皮，看看大锅炉，出了毛病没有，如果，这大锅炉炸了，那么，我是第一个丧命的人，唉！我又愁又怕，直瞪着两眼想到天亮。

在这地下室里栖身，我不能安心了，胆小如鼠的人容易疑心生暗鬼，觉得前是狼，后是虎，我总觉这大锅炉要爆炸，不定哪一刻钟，我的灵魂便要离开阳间！

过了三四天，我才忘记了这恐怖。有一天早晨，我蹲在锅炉旁边啃干面包，门开了，我从肩头上看见一个妇人，她有黄色的头发，碧蓝的眼珠，肩膀宽宽的，臀部很肥，身材很高，这是个英国妇人，她仔仔细细的看着我，又看看老刘，什么也不说，默默的走了。

我放下未啃完的干面包，想，什么事情要发生了呢？她是谁？

我急切的问老刘，这碧眼黄毛妇人来做什么。

他不高兴的向我看：

“是经理夫人，她进来的时候，你应该把面包藏起就好了，她看见了，也许不愿意……"

为什么不愿意？我不明白。

可是，我觉得脸发烧，很羞耻，吃不下去了，我把干面包放在身旁，默默的坐着。从到这地下室来还没有感觉过像这一刻的羞歉难当，就是到世界上以来我也没有过这种悲酸……

林恩进来了，他坐在我旁边，默默无言，沮丧的垂着头。

啊，他的沉默，比骂我还难过，我想赶紧立起，冲出地下室，跑到大街上，跑到外国，跑到天边，跑到地球以外的地方……

但是，我的腿立不起来，我的身体无力，我的四肢像触了电样，一点不能动，我的嘴呢，粘住了，张不开了，眼睛也模糊了，不会转动了！

这时，我盼望面前的大锅炉快些爆炸，赶紧把我炸成碎末，并且烧成灰烬！同时把这个地下室，把食堂，把那些可恨的英国人都炸死！烧成灰烬！

同伴跺跺脚，在老刘床前不到二尺宽的地方来回走，他走了一刻，立定了默想，接着又走，走了好久，又坐下，在我的旁边，看着我身旁未啃完的食物。

他看看我发花的眼睛，动动嘴唇，我知道他要说话了，并且我知道他要说什么话。

两分钟以后，我走出地下室，到了北风凛冽，灰惨惨一望可叹的大街上……

那个给英国经理夫人当小使的少年立在门口默默的望着我，在他手里，拿一条洁白的手巾。

我可怜我自己，也可怜那些比我的环境好不许多的人，我们在英国人的势力底下，给他们当下贱的奴隶，实在太可耻了！我们应该把英国侵略者赶走，我们需要解放……

我一面走一面想，西北风吹着我的脸。

前　哨

一

午前七点钟，他们的先遣部队从革庄出发。

李班长带四个兄弟，在排的先头走，他们的任务是路上斥候。

山脚下的道路很不好走，狼牙石块，每一步都得加小心，一个不留神就会跌倒。

周围的地形是复杂的，山套着山，树林连着树林，浓密的树枝好像手样，亲密的，大家互相牵扯着。

这样的地形给了他们不少愁苦，如果敌兵潜藏在树林里，他们很难发现，而且有被捕获或射杀的危险！不过按着时间和路程计算，还不至有这种事发生。他们走过前面的山岭，到中午时分可以看见村庄，到那里，除了吃东西之外，还有一小时休息的预定计划。

现在，他们的目标就是这个村庄。

他们恨不能一下飞到这个村庄，痛痛快快休息一下。

陈兴的脚磨坏了，他的鞋有毛病，走一步蹶一下，像缠足的妇女似的走得很慢，李班长无论怎样催他，他总是不能走快一些。

磨坏了脚是鞋的毛病，道路的作恶，不能怨他。

然而不快走是不行的，他们不能为了可怜他，或帮助他，停止了或减少了行进速度。

李班长叫他坐下等着排长来到，请求排长许可他，让他随着本队后面的战友一起跟上。

但是他不肯，他一定要忍着痛咬牙干。

这家伙有个怪脾气，无论担任什么勤务，你如果说他不行，他就非常生气，宁肯吃苦累死，——死也不告饶，活像一匹个性强烈的马拖一车重载，明知道拖不上山坡，偏要拼命的爬，即使翻了车，滚掉山谷里把骨头摔碎也不管！

走了一程，李班长回过脑袋从肩头上看看他：

"陈兴，我看你，还是报告排长换一个人来吧？"

他皱着眉头，把枪像扁担似的扛着，那样子又可怜又可笑。

"我能走。"他说：

"你的脚不痛？"

陈兴咧咧嘴：

"痛点……不要紧……"

李班长看看他因为风吹雨晒变成了紫黑色的憔悴的面孔有点难受：

"我说……陈兴，你还是在这里等着排长吧？"

陈兴摇摇头，用袖头抹抹额角流下来的汗珠。

二

走到山坡上，他们觉得非常吃力。

天上的太阳，虽然不像头十天那么吐着猛毒的火焰，然而余威却还没有减，他们的衣服湿透了，汗水流个不停，流进眼角里刺眼痛，流进嘴里味是咸的！

不过，热总见差一程，因为毕竟是秋天，他们所以热，是因为奔走的缘故，到晚上还冷呢。他们走乏了，口也渴了，可是他们水桶里有限的一点水，不能尽量喝，好像穷人的不能随心所欲花钱一样。

一瘸一颠像只鸡走路似的，陈兴虽然磨坏了脚，走路觉得痛苦，可是他不像弱者似的诉苦或告饶，李班长总想劝他坐下，一想起他的固执的性子，只好寞寞的不开口。

路是永远走不尽的，走一程又一程，有时，看着前方似乎没有路可走了，然而转一个弯，路又接续下去，延长下去。

走上了并不怎样的高岗，回头一望，看见了尖兵排，王排长在队伍前头蹀躞着走，摘下了军帽，头上盖一条手巾，一个老总落了伍，在后面奔跑着追赶队伍。

他们盼望着，盼望着，比盼情人还急切，好容易到了预想的村落。

这个村落，不过五六十户人家，许多草房相依为命的挨靠着，寂寞的蹲在山谷间。萧索，荒凉，死气沉沉，是这村落的模型。

有个山神小庙，孤独的伏在村落东端，身后歪歪扭扭干干巴巴一棵高大古老的大树，树上挂着一缕缕的红布条，这是象征着这棵树有些灵气，所以可尊敬吧？

他们真是走乏了，坐在树下的庙台上休息。

陈兴累得张着嘴，露出一排不整齐的牙齿，眼睛周围有道黑圈，他一坐下就闭上眼皮，好像熏熟了的黄花鱼，再也不愿睁开了！

申世明看着陈兴，禁不住笑了起来。

李班长把枪夹在大腿中间，背靠着庙台，唏嘘的喘气，他看看陈兴：

"脱了鞋看看吧？"

陈兴提起了勇气，开始打开裹腿。

有一阵凉风徐徐的吹过来，他们舒服的享受着这休息的美妙的味道。

申世明咧着大嘴，他的鼻子像蒜瓣似的，可是颜色是黑的，是朽坏了的蒜，他有三个人的力气，可惜稍欠敏捷，太笨，除了拉车不能干别的。但是他不论在怎样艰难的景况之下，总能设法快活他自己，他的灵魂，始终穿一套乐观的服装，这种性格是遗传，他妈给他的。

这时，他是第一个高兴的人，他伸个懒腰，拍拍脖子，鼻子一皱，打个哈欠。

三

尖兵排到了。

"立——定！"

他们把枪架上，解下背包。

李班长把陈兴的脚磨坏的事报告了排长。

王排长挤挤眼睛，扬扬眉毛：

"为什么不早告诉我？"

陈兴说：

"不要紧！"

王排长望望累得半死的陈兴，笑笑，对着他和蔼的说：

"这古怪家伙！那么，是的，让他留在后面吧。"

他们在一个好像很不错的人家借锅烧水，这家里有个口吃的伙计，说一句话费半天劲，累得脸红脖子粗。

李班长问他：

"水干净么？"

他先抓抓头发，慢吞吞吃力的答：

"这这这这这……这水，这水……水水水……水干……水干净呀！"

大家听他说话觉得很有趣，都开心的笑了起来，申世明推推他的肩膀，模仿他说话的笨技术问他：

"你你你你你……你贵……贵贵贵……贵姓？"

他知道是逗他解闷，一点也不气的赶紧摇摇头，摆摆手，嗫嗫嘴唇，去了。

尖兵连是在他们还没有烧好水时到的。

他们吃饱了肚子，懒懒的分散开坐在各处休息。

陈兴坐在山神庙前面，他不想睡，因为睡醒了特别难受，而且休息的时间不多，所以想睡也不行。

小庙里一共九位尊神，山神老爷正正当当坐在正中，细细的浓厚的白胡须垂在胸前，肥宽的长袍盖着脚，笑眯眯的。

四

郑国栋补了陈兴的缺，这是个有一个鸭蛋形的脑颅，两只老鼠似的小眼睛，镶在山峰似的鼻子两旁，和申世明正好是一对，一见叫人发笑的人，和这样人在一处是有趣的。

他们在部队出发前十分钟就走了。

到了下午，天气凉快了些。

然而道路坏得很，也不知从哪里来了这么多石头，把路塞满了。他们不能顺顺当当安静的走，只得小心的躲避着。有块人高的粗胖的大石，不偏不歪挡在路中央，这大概是从山上滚下来的，多少年挡在路上，一定有悠久的历史了，这种石头非坚决的设法搬走不可，因为它阻碍了人类的路线，实在是罪大恶极！李班长咒诅了起来：

　　"这个龟犊子！"

　　申世明绊了一脚，他踉踉跄跄蹀躞了几步，差一点摔倒！

　　李班长警告他：

　　"加小心！"

　　"不要紧。"

　　"要紧就晚了，傻子！"

　　郑国栋摸摸鼻子

　　"咳，他摔了一跤两跤不算什么，骨头硬！"

　　不说话便罢，一说话就带着傻气。

　　他们一气走了十几里，前面有个阴森的树林必须搜查。

　　他们分路走，李班长和申世明在一路，郑国栋和风多夫在一路，胡胜勇当联络兵。

　　李班长和申世明窜过山头的凹道，顺着馒头形的坟地，小心翼翼的向树林仔细的展望着跃进。他们有点担心，万一这林中偷偷摸摸藏着敌军斥候，可就麻烦了，而他们又必须从这林中通过，因为别处没有捷便的道路。

　　他们像猫似的灵敏的蜷伏着，慢慢的终于到了树林边。李班长静静的瞪圆眼珠，各处侦察，没有什么动静，他想了一下，拾起块石头向远远的高处扔去。擦一声响，石头迅速的穿过枯叶，击在一棵树干上。嗵！落下了，接着有几只鸟惊愕的飞起。

　　他们放心的，可是防备着走进了树林。

　　刚一进树林，有个东西把李班长骇了一跳，他急忙举枪瞄准，但是仔细一看，原来是白毛兔子，这东西，真捣蛋，简直是和他们开玩笑，他妈的……兔子！

　　他们忐忑的穿过树林，觉得平安了，几个人吐口闷气。

下午四点，到达了王虎村，一百多户人家，老老小小，全胆怯的逃到七十多里地的县城避难去了，只留下拿不动，搬不动的空洞的房屋。

五

"敌军在松树村宿营。

"我团在安柴庄宿营。

"木营为前哨，位置于王虎村，应该警戒右翼的西车村至新良台之线。

"迫击炮连在朱村宿营。

"前兵改为前哨，位置在青牛村，应该警戒右翼罗家村及其东的赵家庄之间，第一连第二排现在柳村警戒，至晚归侯家庄宿营，其余为前哨本队，在王虎村宿营。抵抗线在青牛村之线。

"本晚之给养归大行李供给。预在王虎村前哨本队。……"

这是徐营长所下的命令。

他这时坐在一间冷清的小茅屋里靠土墙的板凳上，拿着一张精确的五万分之一的地图，微微的张着嘴。

他刚才下马，还没有休息半分钟，因为天晚了，所以赶紧下命令，他也忘记了疲乏。

营副官姜上尉，把这篇命令按照顺序，在每行字的顶上加上号码，并且添了日子时间和下令者的所在地，然后呈给营长校阅，他静静的立在屋角低着头等营长盖印。

营长看了一看，点点头，在袋里摸出图章，轻轻的按了一下，喘口气：

"召集各连，口述笔记吧！"

"是！"

六

位置在青牛村的陈连长，是个团脸，宽肩膀，有绝对的服从性格和忍艰耐苦的人。他接到营长的命令，立刻把部下集合在一幢草屋后身的空场上，不到五分钟，就把兵力配置完事，王排长在队伍前面，挤着眼皮在队伍里望望：

"李班长！"

李班长响亮的答应一声

"有——！"

"你出来！"排长和气的说。

李班长摇着上体从队伍后面绕到列前，把足跟在一线上靠拢并齐，两足尖向外离开约六十度，挺着脑袋，两手用力把枪一举，使枪身上下垂直，左手还拍一下在枪身上打个响，对排长看一看，然后把枪放在右足尖前，听排长说话。

"你——带六个弟兄，到右前方小树林前端停止，监视敌方。"

李班长把这话复诵了一遍，立刻把右足向后一拉，用两个足跟把身体从右向后旋转一百八十度，在队里选出六个弟兄排成一串，像群鲫鱼似的向东跑去了。

排长又挤挤眼皮说：

"夏班长，你带六个弟兄，到正前方十字路口停止，监视敌方。"

一个身躯肥健，脸上有麻粒的家伙走出队伍。

"申班长，你带六个弟兄，到左前方坟地……"

眼珠放着光，三角形脑颅的人，答应一声跑出去。

小脑袋尖下巴的吴贵春，带三个弟兄当枪前哨。

其余的老总归薛中士指挥，他们的勤务是在高坡上挖卧射散兵壕。

各班急急忙忙的带开，王排长挤着眼皮向右前方走去。

李班长带着弟兄跑步去，陈兴脚痛不能跑，一蹶一颠在后面跟着，很焦急的挪动着两腿，他们像松鼠一般，跑到小树林里，李班长摇摇手，意思是叫弟兄站下。

他独自一人轻轻的走去，好像走在不巩固的冰上一样，慢慢的走到树林前端，向前方展望。

前面是一片广寰荒冷的草原，衰败的草丛已经褪去了光泽的颜色。最远处，紧接着无垠的天空，与天的交界处是灰色的山，有一个山尖，高高的圆圆的，就如女人的乳房。看着像几块石头似的小村庄，狐独的坐在山麓下，几棵树插在房屋中间。蛇形的道路弯弯曲曲的从小村流淌出来，直通到这面的小树林西侧———直通到青牛村。砚台似的凸着垄沟的田亩，枯黄，青瘦，好像有痨病的人的脸。右前方有条没有溪水的小河。

李班长望着小河西边的凹地特别留心，因为敌军的斥候，如果来侦察，一定要选择那处凹地做遮蔽。他伸着细脖子弯着腰，把前方各种地形看清楚，并且记在心里，他一转身就往回跑。

"申世明，郑国栋！"他悄悄的用力喊，"来！"

小树林前端，突出两棵比较粗些的槐树，他把申世明安置在右面的树下，把郑国栋打发到左面的树下，并且告诉他俩应该主要监视的区域，他指使其余几个人，开始构筑简单的工事。

"陈兴，你的脚怎么样？"李班长问。

"痛……痛一点，不要紧！"

"你不行，不能挖壕，在后面休息吧！"

"不，我能！"

拿着镐头刨泥的一个老总，忽然咒骂起来：

"他奶奶个腿，这地方太硬！"

他把拳头卷个圆筒，往筒里吐口唾沫，用力举起小十字镐，狠狠的刨下去，十字镐的尖端刨进土里，啪一声响，这是土里有石头，很强硬的抵抗住十字镐。他不忿的重新举起镐头，凶猛的干下去，然而这次石头发出的声音更响。

"他妈的……"他愤愤的咧咧嘴，李班长和气的瞪他一眼：

"你不能雅静点儿？"

"有石头呀！"他冤屈似的，"这地方太硬！"

他说话的声音是哑的，嗓子里好像含了块石头，还咕噜咕噜的，他的名字，是周百流。在他旁边正把一圆匙土扔到前崖去的冯多福，噗嗤的笑了一声，打他背一下：

"你不是喜欢硬的么？"

几个人都笑了。

周百流回身翻翻驴似的眼球：

"你姐姐才喜欢硬的……"

李班长咳嗽一下：

"嗳，我说你们悄悄的，这不是在后方！"

确实不是在后方。

他们是在前哨间最前方的军士哨，这任务不算小，一方面要搜索敌情，一方面要防止敌军的奇袭，还要掩护后方休息的部队，让大家有准备战斗和整顿一切的时间，并且须极力的遮蔽后方的情况。担任这种勤务，轻浮是不成的，李班长说的有理。

他们静默了，悄悄的挖着泥土，把积土堆在前面。

周百流把顽强的石块挖出来了，他很欢喜，好像从自己身上割掉了疮一样。

七

荒野里寂静无声，形容枯萎的草在凉风里叹息。

李班长的工作进行的很快，他们的步哨配备大体算完，除了两个监视敌方的人以外，都坐下来休息着。

李班长想了一想：

"胡胜勇，你到后面去，如果排长来了，你就在前面领路。"

"拿枪么？"

"当然，可是你不要走错了路呀！"

胡胜勇气拍拍脑顶的帽子，跺跺脚走去。

交代的时间到了。

这回是冯多福和陈兴。

冯多福的脸像枣粽子似的，有两道浓厚乌黑的眉毛，和两只特别肥大的耳朵，他拿着枪轻轻的走去。陈兴还是一蹶一颠——而且脚痛更加重了，他咬着牙齿左歪右扭的蹒跚走着路，他俩弓着腰走到步哨后面，悄悄的蹲下身子，冯多福拍拍胸脯做记号。

"谁？"郑国栋头也不回的悄悄的质问。

"换班！"

"来吧！"

他们静肃的进行着交代……

太阳每天在老大的空中奔走总不能不乏，这时已经累红了脸，走到西方的山顶上，快到他的家了，他的妻——金黄色的云霞——在山顶笑嘻嘻的迎接他。

王排长提着军刀，轻轻的踏着步走过来，领路的胡胜勇，半闭着一对无精打采的眼睛随在旁边。

李班长把右手向帽檐一举：

"报告排长，步哨配备完了。"

王排长挤挤眼睛——他的眼睛大概是上点儿火，所以老是这么不停的挤着，——他把前方的地形地物看了一遍，嘱咐李班长：

"你是第一军士哨，敌人今晚在松树村宿营，距这里约有二十里，你应该警戒右前方的罗家屯，至左翼的小松树林。"

排长伸出手指，咳嗽一下，挤挤眼睛，接着说：

"前面，那紧靠山根的便是罗家屯，有少数敌人在那里停止，要特别注意，左前方有我们第二十军士哨，要去取联络，晚上去人联络。左面没有步哨，留心些。

"后方三百米处有我排哨。青牛村有我们连哨。前哨本队在王虎村。抵抗线在排哨。

"如果发现敌情赶紧回去报告我，倘若敌人来袭击，由右翼绕着归还排哨抵抗，换班一小时为限……"

八

李班长和几个弟兄，从干粮袋里拿出饼干嚼着充饥，唾沫是咖啡，凉风是茶。

他们决不因为物质上的缺乏而抱悲观，因为简陋的生活已经过惯，即使三天两天不吃东西，他们也能够泰然自若的忍耐，并且照常的接续着勤务，忍艰耐苦，是他们训练就的样子，并不算稀奇。

有的时候，他们的言语举动很是粗野，似乎把横蛮当做温柔，然而他们绝不是天生的坏心肠，那是习惯。

李班长的性质是柔和的，他生气的时候很少，即便是生气了，弟兄们也不憎厌，因为他的生气没有恶意，他和弟兄之间的感情是亲密的，现在，他嚼着饼干歪着下巴微笑着。申世明很快的把饼干啃光了，伸出一双手放在他腿上。

"喂！"李班长看看他，"你这家伙，吃得真快！"

他拿出一包饼干打开，分了一半给申世明，把其余的一半扔在草上：

"嗳，你们谁不够，吃罢！"

他们嘴啃着铁片似的硬饼干，牙齿咯喽咯喽的发声，轻轻的谈着，好像坐在灯光辉煌的夜茶馆里一样。

太阳的后继者是黄昏，太阳到家不久，黄昏就张开了双翼，从山后轻轻的飞出来，飞到半空，拉起黑色的大网，把空中舞台遮蔽了，于是，世界变成了黑暗，唯恐人们讨厌它的职务起见，又去搬弄星和月出来买好。

排哨的位置在一个不容易发现的后面，王排长和弟兄们坐在一起休息，黑暗中什么也看不见，凉风刮过来，和他们作伴，四野有唧唧的虫在私语，它们的管弦乐团，现在正是极盛时代，冬天一到，它们就解散了。

王排长坐着，想着，满天的星斗陈列出来了，但是月亮没有出现，大概是有病正在月宫休养。

秋天的后半夜，凉风很紧，不穿棉衣蹲在荒野里真够受，王排长冷得坐不安立不稳，如果有个大火炉，大家烤着，不知多么好啊！

忽然，有急速的脚步声，渐渐的接近了，排哨前面的一个监视兵举枪问道：

"口令？"

"奋！"

跑来的人在黑暗里答应，并且问：

"排长在哪？"

王排长咳嗽一声，说：

"在这！谁？申世明么？"

"是！"

"什么事？"

"报……报告排长，听见前面有什么声音，在，在第一军士哨前面，但是马上又没有了，听了半……半天，那声音总听不见了，现……现在……"

他因为在路上跑得太快，呼呼喘着，咳嗽着，枪上的刺刀在星光下闪闪的放着冷光。

"现在怎么的？……"王排长焦急的问：

"现……现在……"咳嗽，住了一会，止了气喘：

"我正在监视着……"

"那么，留心，去吧！"

申世明跑了，他的脚步渐渐远，远，远，模糊，听不见了。

王排长喊道：

"秦方！"

"有！"

"你快去，报告连长。"

"是。"

跑了。

"得准备准备。"王排长说："我想，他们打算扑上来？……"

一阵复杂的声音，这是弟兄们整顿装具，排长不放心的蹀到排哨位置左右去巡查。

九

掩蔽在小树林里的监视兵，这时全卧倒在壕沟里，握着枪把，聚精会神的聆听前方的动静。

那轻微的在先一刻只发了一点的声响，好像有许多农夫去拿镰刀割草。其中有一个把刺刀碰在石上，因之他们惊惧了，赶紧停止了脚步，伏下身子，就如这面有老虎会跳出来吃掉他们似的,一声不响,又像甲壳虫似的挨了一下打,无论怎么也不动了!

李排长和弟兄们懂得这是狡猾,所以他们也聪明的卧倒了不动。

然而那声音,突然一间断,再也不接续了。

五分,十分,三十分,五十分……过去了一点多钟,还没有变化。

憔悴的树枝在黑夜里摇摆着,管弦乐团已经无力,风在四野呜咽。满天的星斗,好像王排长似的不断的挤着眼睛。

郑国栋卧在地上,他有点儿忍耐不住这沉默,悄悄和身旁的胡胜勇说:

"暧,怎么回事?"

胡胜勇只轻轻咳嗽一下,打扫了嗓子当做回答。

李班长也有点沉不住气了。

"怎么?"他悄悄说,"莫非说退了?"

陈兴脚痛,他不愿说话。

申世明拍拍地皮:

"一定是侦探,来看看又回去了。"

"瞎说!"李班长悄悄的指导他,"等着看吧!"

在他们的右后方有走路的轻轻的脚步声,不慌不忙,一听就可以判明是自己人。但是李班长不放心,他赶忙跳起,迎上前去,蹲在树后面预备射击。

"口令?"他举枪对着有脚步声的方向问。

"奋!"

他立了起来走过去:

"谁呀?"

"丁其敏。"

"噢……"

李班长告诉他:"没有什么!"

他回头走了,他是属于第二军士哨,身躯肥健,是脸上有麻粒的夏班长一班的。

发生在前方的声音,不像再起的样子了,可是这声音叫他们大不放心,好像平静的池面落了一个石头一样。

他们虽则有过多次的战斗经验，而且前哨勤务也并不只服过这一次，然而恐惧的念头，多多少少总是不能免的，有了经验，不过精神沉着些，处置得当些罢了。

警戒了好久，情况没有变化，李班长把不是步哨班次的弟兄，撤回休息地点待机，只留着两个弟兄，在固定的位置不绝的监视着。陈兴的脚，使他非常痛苦，他抱着枪立在树下面，觉得身上一刻比一刻冷。他越是冷，风越是欢喜和他接近，像故意和他开玩笑似的，他不声不响的摇动着上体，使体内的血液四下奔流，这样，可以暖和些。

勉勉强强走了一天路，脚又磨坏了，他的身体不是机械，疲乏和痛苦包围着他，凉风又要和他开玩笑，这使他非常烦恼，可是他不能扔下枪去睡，他的性子是强的，欢喜别人夸奖他，不爱叫别人讥笑他，所以，他忍耐着困和乏，支持着痛的脚，直熬到申世明来换了班，才高兴的回到休息位置。

冯多福的背靠着郑国栋的。他们全相依为命的，好像小猫一般亲切的依靠着。

同情的血在每人的体内流着，这时，在他们任何一个人心内，没有丝毫的嫉妒和憎厌，只有原谅和博爱，他们唯一的希望，是这一夜便这样安全的过去，其实是盼望冷风稍稍变暖和些。

他们也许怀念着家乡，然而这个，和他们此刻并不发生直接关系，因为他们饿了，一心一意想着吃的，冷了，则渴想着温暖，陈兴贴在郑国栋旁边，恨不能钻进他的怀里，把身子变小一些，藏在他衣服里面。

十

"陈兴！轮到你了！"

陈兴睡熟了，李班长把他叫起来。

他朦朦胧胧的爬起来，这时是什么时候，他不知道，他只知道这时是夜，无边的黑暗的夜，缺少温暖的夜，他一瘸一颠歪歪斜斜拿着枪去站岗……

冷的夜，冷的旷野，冷的前哨区，几个弟兄也是冷的。

他们披星戴月，喝着风，吃着霜，在前哨线死守着。

三点二十分，陈兴对着天空迅速的打了几枪。

敌人很快的摸了上来，陈兴来不及报告，为使后方立刻得到这消息，所以射击了天空几枪，夜里的枪声格外清脆。

子弹尖锐的怒吼着，在半空中呜呜的叫，李班长说：

"射击！快……"

他们全卧倒，把枪顺着地面端平，迅速的装填子弹，一发一发打去。

寂静的夜，变成了动乱的海洋，他们忘记了困，忘记了乏，也顾不得冷，除了勇猛的射击，企图把敌人打退以外，什么也不想，没有工夫想。

敌人也开枪了，确是摸上来了！

邻哨好像撤回去了？

李班长说：

"别着急，把他们打退！"

在战壕上面，有两个木叉，这是白天设置好的，他们摸索着把枪放在这上面，用不着瞄准，对着前方猛射。

敌人快接近了，他们只得退向排哨抵抗。

李班长在前领导，深一脚，浅一脚，很困难的摸索着跑。陈兴在后面跑几步，脚不行，不能跑，他踉踉跄跄的咬着牙跑，忽然跌倒了，他赶紧爬起，但是前面的人已经跑远，他想呼喊，恐怕敌人听见，便悄悄的奔跑，跑了几十米，被石头绊倒了，他又爬起，这时有几声枪响，响得震耳。

李班长呼喊着，把他的归还报告排长。

"你们在右翼！"排长大声说。

派到前方各要点的别的步哨都回来了。

冯多福忽然叫了起来：

"呀！陈兴呢？"

一排枪声把他的声音压倒，他们顾不得别的，赶紧就散兵线，跑到排长指示的位置伏下准备抵抗。

冯多福还在叫：

"李班长！陈兴没有了！"

"啊！"李班长惊骇的说，"一定是落在后面，你们听，那不是他跑来了么？"

他们听一听，不是，等一等，陈兴还没有跑回来。

李班长急了。

十一

排长跑来跑去指挥。

"张班长！那里是不是张班长？"

"有！"

"你们距离太近！"

"是！"

"夏班长？"

"有！"

"你们再往左去，快！"

"是！"

李班长喊起来：

"报告排长……陈兴落在后面……"

"什么？"

"陈……"

一排枪声把他的话压住了。

星光下，看得很清楚，敌军的部队密密的横排着，跳跃着向这面飞跑。

许多黑影前进到阵地的前方，刺刀和装具杂乱的响着，王排长又喊起来：

"射击！"

子弹猛烈的狂吼起来。

"机关枪，快射！"

突突突突突突……机关枪开始扫射。红色的火光冲出枪口，好像魔术家用嘴喷火一样，在远处，机关枪的反响咆哮着，步枪的狂叫掺杂着，天空有只星吓跑了。

敌人的火力也很强，他们想即时把这面克服。有个炸弹投过来了，在阵地前方爆发，泥土崩向半空，石块和草叶同时飞起，浓重的烟雾在半空飘舞，火药的烟味四下散开，像一个妖怪一般，从地里跳出，跳到半空打着转，泥土和石块落下时很沉重，发出郁闷的跌痛的声音。这个炸弹的投手，如果再多用些力气，多掷十米远，就发生了很大的杀伤的效果。

敌人停止了前进，这面的火力把他们压倒了。

轰——又一个炸弹飞了过来。而且爆破了！

突突突突突突……机关枪还账似的连续打去。

敌人又开始跃进。

王排长喊道：

"快放！"

敌人停止前进了。

这面也减低了射击。

这是很使敌人苦恼的。

第三个炸弹投了过来，可惜这一个抛的更糟，一定是投手跑乏了，或者肚子没有吃饱，把好好的炸弹糟蹋了。

从前哨本队来了迫击炮。

迫击炮连长是个老手，他从无数的炮弹中间练成精确的射击技巧，他们很快的把炮架上，把炮弹入膛，把敌人轰散——像蚊子似的退却了。

十二

第二天一清早，东方刚发白，黑夜的大网从半空拉开，因为一夜的辛苦，属于前哨间的警戒兵又困又疲乏，但是还不能抛弃了任务去睡觉。

冯多福两手抱着枪，把半个身子掩在树后面，他的脸色是灰的，鼻子上沾了许多泥土，皱着眼眉，凝视着前方。李班长因为冷，跳来跳去的走。郑国栋坐着打哈欠，他把身子靠在树上，袖着两手。申世明疲乏的伸个懒腰，皱皱蒜头鼻子。

"陈兴要不要紧？"

李班长歪歪脑袋答他：

"胸脯打坏了，决不能好！"

申世明不说话，闭上了嘴唇，他沉思的看着地皮。

头上的干枝，有一片枯叶，摇摇摆摆的落下来了，落在他脚前面，和凋残死灭的衰草躺在一起。风顺着泥土把它们掩埋，永远永远的埋在泥土下面。

李班长跳来跳去的走，忽然把头挺直，转到右面去看，原来是王排长来了，他的眼睛不停的挤着，挤得很厉害。

郑国栋弯腰屈背的从地上爬起，拍拍屁股，摇摇头，伸伸臂，踹踹脚，眼睛里含着受苦的光。

李班长对他自己的脚尖说：

"啊，好冷！"

他们为什么要这样的牺牲呢？这不消说，是为了四千三百万民众。

一九三八年十一月二十日于黑山县

（《老总短篇集》短篇小说集，艺文书房 1942 年版，署名：慈灯）

送　别

这只穿着黑色衣服的蚂蚁，聚精会神的在嘴里咬着一块并不见得是上等的食物，在崎岖的路上努力的奔跑着，有什么意思呢？从前我寂寞的蹲在荒凉的野地里这样幼稚的想过。

这些年我为了饭碗，从东跑到西，又从南跑到北，不是和那只蚂蚁的生活情形一样么？

像那只蚂蚁的蚂蚁在这地球上一定是很多的吧！

像我这样人的人在这世界上也一定是很多的吧！

我觉着那些蚂蚁和我这些人有点儿怪可怜似的，为什么呢？因为不知道有什么意思。

然而我决不悲观，决不伤感，决不因为没有意思就想到死，恰恰相反，我是希望虽然没有意思也要活下去的，不过我不稀里糊涂的活下去，我总是想，正因为没有意思才需要创造出有意思来，倘若想不开这一点，就要列在糊涂虫一类的队里去了！

家会嘟嘟念念的说完了这一大套，把未喝完的红茶一口倒进嘴里，看一看墙上的挂钟赶紧跳了起来：

"时间不早了，快走吧！"

我们从拥挤的人群里走出旧货店的大门。

三月的天气，新京还是这样的寒冷，天是阴的，好像一个愁苦的人的脸。街上，车和人来来往往，不间断的飞滚，像鲫鱼似的，过来一辆十一号巴斯，我们赶紧的跳上去，没有座位立在门口。

"真想不到，我们能大街上遇见，二年多不见面，你改变的太惊人了！我希望你把从前那种埋头苦干的精神拿出来，好好的干一下，不要叫朋友们对你失望，真的，你有丰富的人生经验，你有伟大的创造的想象力，你也有坚毅不拔的志气，可惜，你把这些全抛弃了！走到另一条叫人莫名其妙的路上去了！奇怪，为什么你不像从前那样的不间断的写作了呢？是因为最熟悉的题材已经用尽了的缘故么？我想这不能够，人的生活范围很广，你时时刻刻的改变你的生活，有用不尽的题材，你应该继续努力下去才对！像……"巴斯停一停，把他滔滔不绝的话打断了。

从新京往大连的列车在一定的时间，一分一秒也没有差，很快的开了，开走以后我还听见，在我耳边响着这么一句话："慈灯！努力干吧！再见……"

走出收票口，身心觉着格外的轻松，好像有一块大石头从我身上搬下去一样，一个不大十分了解我的朋友，已经走了，我得赶紧的回住处睡大觉，因为我近来总是把觉当作唯一的功课。

我祈祷我的朋友太平无事……

（《泰东日报》1942年1月13日，署名：慈灯）

知识的女性

有悲观的说，"满洲"的女性知识太落伍，其实不然有不少等一流的女作家，有的是出类拔萃的"□手"。

有数不尽的女演员。

……

我们时常在无线电里可以听见什么什么女士演讲，什么什么小姐朗读，在报纸或杂志上有什么什么女士的访问，什么什么小姐的诗和散文，感想和座谈会……

不单有知识，而且能音能乐，会拉会唱。

不单有知识，而且能写能讲，会访问。

不单有知识，而且能跳能舞，会画会演。

"满洲"的女性，有知识的不消说，有知识又加上有本领的不知有多少。她们能勇敢的在刊物上坦白的对着千万的读者发表，愿意嫁给什么样什么样的丈夫。这要没有什么知识，怎么能办得到呢？不信叫那些三门不出四户，扭扭捏捏的小奴家发表一下看，能行么？大概是不行吧！

像上面所说的那些能音能乐、能写能讲、会访会问、会跳会舞、会画会演……又有高超的交际手腕的"满洲"女性，实在是"满洲"人的一大光荣。因为有这些尊贵的代表，我们可以毫不踌躇的对别的民族夸示我们的女性是多么进步，多么发展。

因为有上面那些可爱的女性做榜样，别的，还没有长大成人的小丫头们，可以拿她们的特征当作优秀的模范，去努力的学习，不断的模仿。这么一来，妇女的前途，必能大放光明，喷出万丈的气焰！

悲观满洲女性知识太落后的人实在是悲观得太没有意思了！

亲爱的朋友们，我的话对不？

（《大同报》1942 年 5 月 2 日，署名：慈灯）

男女交朋友

许多许多年轻的老弟把追随女性当做最大的事业！——当然，女性追逐男子的把戏也多得举不胜举。这好像是实势所趋，不得不如此似的？

不消说，人群之所以能够一代一代不间断的繁殖下去，全靠两性的性趣担当，不然的话，恐怕八百六十年以前地球上就绝灭了人类的种族。我决不是反对两性之间的发生兴趣，正相反，我是希望这种兴趣能够发挥光大下去的。

不过，男女互相的追逐，得合乎逻辑，不可以乱追七八追。

有些男子，根本就把女性当做玩物那样的去追，追一个又一个，追一千一万也不厌烦。有些女子抱着快乐一时是一时的主义，她们的物质欲望并不太高，一双筷子也是好的，二斤豆油也会动心。这么一来，玩乐哲学和现实主义轻轻的一碰就恰到好处，玩乐哲学的男性是心满意足了，现实主义的女子也眉开眼笑了。

名义上说得非常的好听："我们是交朋友！"

实质上并不是交什么朋友，乃是互相的玩弄。

有些男子这样斩金截铁的下结论：

"交个女朋友有意思，也省钱……"

有些女性把贞操问题看得一文小钱不值，她们这样的咬着牙在肚子里立定了志气："什么贞操不贞操，管它呢！"

这个意志一坚决，就大开方便之门，来者不拒，甚至于连本身的厉害也不顾了！男子呢，尝够玩够之后还轻视、□骂，用种种的侮辱报谢她们的恩惠。

像这样的男女交朋友，对于谁有好处呢？

对于旅馆有好处，他们可以收几笔房金。

对于电影院有好处，他们能卖几张票。

对于饭馆子契茶店也有好处，他们能多赚钱。

……

我们决不反对男女交朋友，我们希望把丑恶的男女交朋友的形式和内容改变过来。

怎样改呢?

男子只要不抱着玩弄的心理就行。

女的只要不抱着玩一玩没有关系的心理就行!

（《大同报》1942 年 5 月 11 日，署名：慈灯）

勇

不消说，凡是一个人就得有勇气。

但是，所谓勇，决不是乱勇七八勇，瞎勇一阵是算不上勇的。

从前，不是有一个古国那时候不知道有机关枪大炮这种东西。他们以为用单刀花枪就可以打胜，上阵的时候，这些英雄好汉确实是勇敢百倍。不管敌人的机关枪大炮怎样的突突和怎样的轰，只知道舞着刀枪一直往前闯，还没有闯到敌人的阵地，这些英雄好汉，一个不剩，全呜呼哀哉的躺在地下，拿出来的勇气，结果是乱勇七八勇，瞎勇了一阵。像这样的勇是算不上什么勇的。

倘若那群英雄好汉硬算是勇的话，那么他们是愚蠢的勇。

勇的前面总得有一个智慧的基础才能算得上是真正的勇。

勇的两旁还得伴随着技术才能算得上是完全的勇。

假设把当年的黄天霸请来，他即使会飞檐走壁，会打金标，但是给他一支三八式步枪他不知道怎样往里装子弹，不知道怎样瞄准怎样出发，到了枪林弹雨的战场，单会飞檐走壁，会打金标，恐怕是没有多大用处吧！没有智慧，勇也勇不上来。硬要勇的话一定是乱勇七八勇一阵。

缺少技术，也是一样。

比方说，你不懂得散开的要领，也不会利用地形地物，单知道勇敢的前进，这结果不单于你自己没有好处，于全体也无益，而且有害。所以，你的勇，结果是乱勇七八勇瞎勇一阵！

不想勇便罢，要想勇的话，总得用智做基础再伴随着必要的技术。这样，才是像个样的勇。

（《大同报》1942 年 5 月 21 日，署名：慈灯）

用战斗精神去应付

　　每一个在军队里生活十年八年的人大概都不把难题放在心上，在枪林弹雨的战场，时时刻刻发生着难题，必须随时随地而且要敏捷的征服和消灭它，不然就得大受损伤。——我应该深深地感谢军队生活给我的好影响：把我天生踌躇和胆怯的心理大部分的矫正过来了。

　　但是那还没有矫正好的一部分正是我的弱点和苦恼。

　　有时当我遇到难题的时候，先发一阵大愁，发愁的时候多半是对着镜子做出各种滑稽的表情，欣赏自己难看的嘴脸，接着就会嘲笑自己的幼稚和可怜，愚昧和可笑。于是把所谓难题像破鞋似的扔进垃圾堆里随它去，结果，往往不出我的预料，随它去了！

　　又有时当我遇到难题的时候，蒙上大被睡，睡醒以后，觉得天降的难题也并不值得大惊小怪，把"马马虎虎"的子弹装进"应付"的枪里。"随便"一放就把难题的枪靶打倒了！

　　用"管它娘娘个腿！""没有关系""去他妈的！""不听那一套……"这些炸弹也曾轻易地把难题击的零零碎碎，像这样胜利的点心，不客气的说，我吃的很不少。

　　为容易彻底明白计，让我举个浅近的例子——要求和情人亲嘴，她不干，这可以算是难题吧？

　　你怎么整：

　　第一：跪下。

　　第二：拿出小刀子。

　　第三：刀子对准自己的喉咙。

　　第四：用悲伤声音和坚决的表情对它发表如下的宣言："你要不答应，我非自杀不可！"

她一定大笑，这时候，（说时迟，那时快）你趁着她大笑的机会赶紧扔开小刀，勇敢的展开精锐部队，猛烈地攻击前进，四面包围，用疾风迅雷的动作巧妙的一亲，管饱心满意足，所谓难题也者，便迎刃而解了。

这不过是比方而已，别的事情以"类推"。

总而言之，当我遇到难题的时候，第一是用军队战场生活的经验做准确运用，第二是发愁和照镜子，第三是睡觉和不管三七二十一，最后是用周密的计策和勇敢再加上狡猾去对付，不论怎样的难题一定能够解决。

我吃了这么些年饭，袋里保存的生活经验，虽然不多，用的时间也够，好像富人的钱袋，决不会化光这是实话。

我的心也冻僵了，他发狂似的喊起来："都起来！走！不能睡觉！……"

这些天生忠厚的弟兄都理解我的意思，悄悄的拿起枪枝，互相帮着忙，大家紧拉着彼此的皮带，带着疲乏、困倦、僵硬的身体，每一步都得十分的小心，不然，谁要掉下去是没有法找的。

我们艰难的爬了好久，在一处森林浓密的草丛中转到比较不错的地方，于是就决心在这里"野营"。

燃起营火，温暖我们冰冷的心，有个弟兄精神很不好，好像有病，我痛苦的摸摸他的头，热，在摸摸他的手，也热。

"你是不是不舒服？"

"不要紧！"

他刚强的挺起胸膛，用力的把粗硬的树枝折断，放在燃烧的火上。

看着我们的力量，终于把困难的路程征服，

到达了山顶上，在这里，我们把步哨的位置放宽，安营扎寨。

紧握着是粮食问题把我难住了，带来的干粮只能够三天吃，队伍必须在这山顶上死守一个星期。

把裤袋收紧了，一锅的干粮分成三餐，不足的时候，把洁白的雪花当做米饭，我们想打只野鸡来吃，可惜他们都藏身在比较暖和的山谷里，不愿意飞到寒冷的山顶上来，至于别的野菜，不容易弄到手，想到这，得远跑，而且荒废子弹，……这是我们的生命，不能轻易的消耗它，又怕迷失方向，只好把雪花当做米饭的"代用品"大家可以随便的"野餐"。

一端详弟兄们的脸，又瘦又黑，眼睛深深的落了坑，好像掉进湖里一样，但是他们的精神还有对抗自然的压迫的余力，这一点儿我觉得放心，不放心的只是领不着配给大米。

几乎到了山穷水尽，实在支持不住，眼看要死的地步，我们——你猜怎么样？我们的主力军队到了。

这真是谢天谢地，把我乐的连蹦带跳，欢乐的唱起胜利之歌，我们的连长，带来一大包热气腾腾的水饺，还有不少牛肉包子和馅饼，高兴的拍拍我的肩膀："老弟，吃吧！"

我狼吞虎咽的大吃大喝，我们的弟兄也全有了。

好吃的东西，饥饿的眼光都格外的明亮，苦闷的快乐的叹息，寂寞的安慰的笑声，快乐和悲伤，疲倦和兴奋，各式各样的感情活泼的流动着……

忽然，我一翻身迈进山涧里去，把头摔破了，痛的要命，正在受苦的时候，风刮的凛冽了，刚才的事，原来是一场大梦，你以为是真的么？哪有那种好事？

我把强硬的忍着饥饿和寒冷，每天的"野营"就想着风和云。

感谢"老天的保佑"，我们没有冻死，也没有饿死，一个星期以后，我们舒舒服服的住在了附近的村落里，和我们的连队在一起。

一个人最受苦的时候地方便是他最怀念的地方，我时常想起从前"野营"的荒山和"野营"的水声，心里还有点寒冷和饥饿的滋味，但是，当军人的，是不应该说什么辛苦的，然而我们这决不是诉苦，我不过是忠实的叙述过去的生活故事而已。

和我在一起，"同生死"和"共苦乐"的那些亲密的弟兄早退伍了，现在不知道在什么地方，我盼望他们多得到成就与幸福。

五月二十八日上午

（《麒麟》1942 年 7 月，署名：慈灯）

1765

老 李

如果办得到，我愿意把所有的光阴，整个的，一点儿不留，全消失在老李的家里，因为从这乱七八糟，零零碎碎的东西堆满一屋，而不断的有老婆的叫喊和那些孩子的哭闹声中，可以抓住不少的知识和真理。

脑袋稍微有点儿扁，脸盘子整个的像一个晒干的水瓢，从那一双炯炯的细小的三角眼中间，突出一个高高的紫红色的鼻子，厚嘴唇，不整齐的大牙，两只耳朵又宽又大，躬着腰，不整洁的短褂裂开，露出消瘦的胸膛，笑起来就如驴在半夜里大叫——这就是老李的相片。

说起他的性格，我觉着没有比拿"傻子"这两个字来形容更恰当的了，然而他并不是真傻，他懂得做人的范围，如果狡猾起来，恐怕妖精也精不过他——老李是这样一个人。

我和他认识，其间不算短了，从在报纸上认识了他的"文艺"，并且得到了他的通讯处和他开始鱼雁交通起，足有五六个年头。去年夏天，我转职到吉县，于是就和他凑在一块儿。他当了九年半小学教师，而现在还照旧是一个孩子王。

"你为什么不想个别的出路呢？"

"什么出路？"

"饭碗的出路！"

"干什么不是一样？达官贵人活一辈子，贩夫走卒也活一辈子，'人生自古没有一个不死'。老弟，你不是时常说这句话么？有碗粥喝酒满好了！争名夺利的有什么意思？……"

笔直的伸出他那扁形的头，皱着眼眉和眼睛，用力的咬着牙，嘬着嘴唇，做出一切都一点儿瞧不起的样子。

四个孩子，没有一个整整齐齐，在炕上蹦着，跳着，在地下，在泥里，在脏水里，在各种污秽的地方爬，一点儿不讲卫生，可是他们从来不得病，都很强壮，像些小狗崽似的，你说怪不怪？

"老弟呀！你喝水么？"

他的老婆，又肥又胖，屁股滚圆，脚是民装改造的，走起路来一个劲扭，我一看她那满脸的灰尘，就想发笑，我赶紧对她感谢的摆摆手：

"不渴，不渴……"

老李在墙角地方放一张破八仙桌，上面铺几张百孔千疮，肮脏不堪的旧报纸当桌罩。就在这块小地方，不管妻子怎样的闹呼，孩子怎样的哭喊，有时把笔放下，到街上拖回和邻家孩子打嘴架的孩子，回头接续写他的长篇，有时把笔扔开，帮着妻子往灶里加点儿柴，接着再结构他的小说，孩子在他桌底下滚爬，有时去拖拉他的衣襟或脚——就在这种没有一时一刻能够得到安静的环境里，产出不少的"作品"，你说这是容易的么？

他对于我有许多不满意的地方：

"你太性急了！"

更进一步替我解释：

"扯这个决不可以性急，这和去赶火车的性质是不一样的，你总得不慌不忙的来，你总想，自己的锣鼓要敲得比别人响。还有，你不肯好好的医治你自己的文章。稿子非叫它躺下医治不可，你顶好像内科医生那样，先审查它的内容，然后再交给外科施行一回严重的手术，用不着的脓血都痛痛快快的割去，剜去，洗干净，把负伤的部分缠着的破布解去，换上新绷带，这么一来，看看吧，你那仓库里全是好东西了！我告诉你，是这样的……"

他告诉我不少学习写作的经验，一半是从书上得来的，一半是他自己的见解，对我讲话，态度神气一点儿不正经，好像谈家常嗑，甚至是漠不关心的讲笑话一样，激动的时候，跳起来，板凳在他屁股底下摔了一跤，也不马上扶起来，手指脚画的说个溜够才去坐下。

他对我喋喋不休的讲话，意思并不在教导，他以为我肚子里是有点儿什么玩意儿可以和他交换。其实他弄错了这一步棋，我是糊里糊涂，什么也不懂得，懂得一点儿也不深刻，我所知道的完全都没有入门——本来我是这么一个一瓶不满半瓶晃荡的家伙，怎么好对一个忠实的朋友硬装呢？所以他无论说什么我少有意见。

"老弟，用不着客气，无论研究什么，脸皮得厚，你看那些扭扭打打的小奴家有什么大出息？"

这句话是我很好的纪念。

可是他老婆子却不高兴，板起无情的冷面孔对着他：

"谁是小奴家？"

"我没有说你！"

"你说我行么？我没招你没惹你……"

"老弟，你说有什么办法？就是这么一匹驴，一条裤子，她做了好几个月还没有做上，笨的像个牛一样，还时刻发脾气，挑鼻子挑眼……"

女主人尖锐的叫起来：

"我愿意！我愿意！"

接着又补充着说：

"说叫你没娶个摩登的媳妇，活该！活该！……"

在这家庭里，吵闹也是一种最有趣的消遣。

我辞别出来，老李送到门口：

"有工夫来玩儿……"

我欢欢喜喜的点点头：

"明天来，一定！"

现在，和老李几千里地的分开，已经快三年了，写去好几封信，一封回信也没有，不知是怎么回事，我很挂念他，不知将来能不能有见面的机会……

（《大同报》1942年7月23日，署名：慈灯）

马

夜，和往常一样，又战胜了光明的白昼，骄傲的占领了世界。

纸窗，透出无力的淡黄色的光，高出房脊，在夜的空中，轻轻的在凉风里摇摇摆摆，总是不停，发出疲乏的气喘，又如秘密的在小声私语的是古老的槐树的巨影。

接近到跟前看，纸窗的下半截映出像人的头的黑影，静静不动的往前倾斜，有时稍微的动一下。

这是贫苦的老画家张先生的屋子，他的年纪早就过了七十，满头的白发，满脸的白胡须，在那瘦削的，细长的，没有一点儿血色的脸上，总是勉强的含着快乐，实际上则是无限的愁苦的感情，他那一双迟钝的，已经失去了炯炯放光的眼睛，决不表现出幸福的模样来，他的生活是难以尽说的痛苦啊！

这时候，他正孜孜不休，细细的画那几匹马，这是县城里最有名的富翁，一个胖胖的，挺着大肚皮，满脸红光，说话有点儿口吃的家伙，他因为爱马，于是就叫他画马，张先生那些日子是因为手头太窄，几乎连几升小米都弄不来，他忍不下去再听老妻成天到晚总是长吁短叹的声音，没有办法，不十分用心的抹了一张，而这张画，竟很得到许许多多的人的赞赏，没有一个人不说画的好。接着，那个胖财主又叫他画，愿意多多的给钱，可是他抱定了主义，不干！张先生所以受穷，主要的原因大概就是因为骨头太硬，他一生，总是不大欢喜对别人弯腰。

那个胖财主打发人来了好几回和他诚恳的商量。

他呢，淡淡的摇摇头。

"我画不好！"

人家说：

"你老人家太客气了！上回画的那张马，没有一个人不说好。"

这是实在话，就连这县城里那几个比较出名的画家也都嫉妒的点点头。

来人和他商量了好几回，老妻在背后甚至于流着眼泪求他，没有办法他答应了。

这样，在他巧妙的笔下，一群，沉默的低着头吃草的，欢乐的抬起脑袋对着广大的天空高啸的，躺在温柔的像绒毡的草原上懒懒的打滚的，互相的用强力的牙齿啃痒的，有的则狂欢的高跳，有的淘气的打闹，还有一匹骨头露出，垂头丧气的老马，立在干枯的树底下打盹，有的心满意足的在清澄的泉边饮水！这幅艰巨的骏图是构出来了，此刻还有一匹马没有涂颜色。

蜡烛流着伤心的泪水，和张先生的情绪一样。

忽然，他把笔放下了，深深的喘口粗气，拍拍他自己的腰，又酸，又麻，眼睛也朦胧了。把头放在两只手掌里，休息着。

可是，身体在休息，脑筋是不能休息的，那过去的生活的影子，像走马灯一样迅速的出现了又消灭，消灭了又出现。

三十年以前，明煌煌的金的肩章在肩头上闪烁，行走坐卧，周围总有一些奋勇的人保护他，因为不肯弯腰，上进是不能了，后来是失败了，从这以后就领着老婆孩子各处过颠沛流离，艰难坎坷的生活，没有蓄储，没有别的本领，只好弄几枝笔，干起他年轻时代最欢喜的工作，画画换钱吃饭。

一想起过去的志气和决心，肺脏几乎碎裂了似的使他痛心，再一想，为吃口饭，给那些养尊处优的东西画画开心，这样爆发的愤怒的火，怎么能够压住呢？他咬着嘴唇抬起头来，拍一下桌子，抓起将要完成的图画，用力的撕个粉碎，痛苦的扔在桌底下踹一脚！他这一踹战战兢兢的蜡烛也随着跌倒了。

黑暗了，真正的黑暗。

窗上槐树的影消失了，眼所能见的，笔，颜料，什么都消失了。在这黑漆漆，什么也看不见的屋子里，恍惚像有小声极力压制着怕别人听见，在炸裂的胸中哭泣的声音……

（《大同报》1942 年 7 月 26 日，署名：慈灯）

抢　亲

我是常听别人说，在我新租的半间房后身，在那条狭窄的小胡同里，有一个五六口人家，全依靠一个十六岁的姑娘生活。

这姑娘我时常碰见，身材瘦瘦的，面孔苍白，那双圆圆的乌黑的，像容易受惊的马的眼睛似的，一看见谁在留心的看她，立刻就表现出惊慌的形样，好像怕谁杀害她似的远远的躲着走。她的脚步，倒很敏捷迅速，没有一点儿声音。

过五月节的头两天，在这姑娘的家里，不知因为什么发生了大争吵。一个身体魁梧，左眼睛有点儿歪的汉子从那小院里气呼呼的走出来立在门口，瞪眼、裂嘴、跺脚、咒骂，混身摇动着就如一只疯狗。

"你们简直就不是人。"

凶凶的摇着手，狠狠的往半空吐口唾沫，嘟嘟唸唸的走了。

那姑娘的家里没有一点儿应声，好像老鼠在洞里不敢露头一样。只是，在那汉子走后，那个姑娘的母亲，一个散着褴褛的裤角，拖着破鞋的妇人胆怯的出来望望。

五月节这天的下午，吵闹得更凶了。

那个汉子，领来了四五个工人模样的人，把那个连哭带喊的□□的姑娘用绳子绑起来放在□□上不管那可怜的妇人怎样挣扎，哀号，拿出所有的力量和他们撕扯，他们强硬的把人按在车上，一定要拉着走。

那妇人像疯狂似的披散着乱发，用头去和他们碰，又去拼命的抓着马的缰绳，夺下了车夫的鞭子。

"你们是些胡匪，是些强盗，该死的东西呀！……"

伤天害理的呀！

跟前围了一大群人，都袖着手看光景。他们像往屠宰场上、弄猪似的对付那个无力的姑娘，真叫人看不下去。我坚决的过去扯着那汉子的胳臂：

"你们这是干什么？"

"管你什么事？"

"我问一问！"

"问什么？"

"你们为什么要这样，动枪么？"

这个汉子狠狠的瞪我一眼，用力的咬着粗糙的嘴唇：

"这是我们的人。"

他东一句，西一句，讲了老半天，把我讲的一句话也答不上来，眼看着他们把那哭叫的姑娘拉走了。她的母亲坐在泥地里，放声的哀号。

过了好久，我总忘记不了这件事。

那个姑娘，从小就许配了人家。后来，婆家听说她的名声不好，她们一家人全靠她吃饭，于是就打算快娶过去，这方面不答应，想和男家离婚，又还不起二百多块钱的身债，时常为了这件事吵闹不休，想不到，婆家竟用武力把姑娘娶过去了。

邻邻居居都认为这种事并不算太奇怪，有的竟说应该那样办，"抢亲"也算婚姻的方式之一？

从这个姑娘去了以后，那一家人是怎样的维持生活，谁也不知道，过了八月节，看见那个妇人拐着筐篮在街里要饭，瑟瑟缩缩的立在店铺门口，含着很大的希望的眼光，对着里面——

"发财的东家，可怜可怜吧？"

她最小的儿子，立在她身后，拿着一个小棍也跟着喊：

"开付开付吧！"

（《大同报》1942 年 7 月 28 日，署名：慈灯）

泰林小传

泰林是我的知己，他去世了我不能置之不理。然而我所能尽的义务也不过像这么写几句而已。我没有别的本事，泰林是会原谅我的。

父亲是个优秀的小学教员，唱歌讲笑话最拿手。爱音乐爱到流泪的程度，可惜太穷买不起钢琴。后来他领着老婆孩子到安东县，也是在小学校教书。这时候泰林七岁，是个淘气的小猴子。有一回爬到墙头上好奇的观察蜘蛛网，失足跌下来，把鼻子摔破了。他母亲气的直跺脚，骂他："你这个淘气鬼！怎不跌死你？"

他诙谐的对母亲做一个怪脸，把母亲逗笑了。

他很爱他的小妹妹秦英，还是个天真的小女孩，比他小三岁，老实、听话、从来不闹人，很懂事，像个小大人一个。

父亲有工夫并且快活的时候一定把他拖到跟前热心的教育他：

"这是什么？"

"勇。"

"这个呢？"

"勇。"

"对了，那么这个呢？"

"这是……啊！这是——我不认识！"

"我告诉你，这是豪，英雄豪杰的豪，记住了么？那么，这个呢？"

"这是。"

"瞎说八道！"父亲瞪起眼珠来，拍拍他的肩膀，"这是爽，豪爽的爽，明白么？□字怎么写？"

"□字也有这么四个 ×……"

纸匣里装着许多许多父亲用毛笔写的字块，这时候，他已经认识不少字了。看见锅台后面黑乌乌的墙上灶王爷的对联就大声的叫起来：

"上天言好事，下界保平安？"

接着用力的加上一句：

"一家之主。"

最后是狠狠的吐口唾沫：

"呸！狗屁！"

天生一副好心肠的父亲把他领进学校，插进二年级，他的座位在中间，因为他的个头是不算大也不算小的。

瞧不起他的同学，因为他们太笨了，可是游戏的时候却和别人特别的协力。他总是出主意，愿意当指挥，好像一个总司令一样。

江畔是他最欢喜去的地方。他爱那平静的江水，特别是西下的夕阳把江面照得赤红，还放着奇妙的光彩的图画使他心醉。

岸边的船只笔杆似的秘密的排列着。船上有赤身裸体皮肤像铸造似的强壮的汉子一面忙忙碌碌的做活一面不知是快乐是忧愁的唱着歌。

幼年时代生活的像一条河一样，不停的往前流，小小的障碍虽然免不了，大的阻止却没有。可是，他进了中学的第一年，不幸的命运来苛读的袭击他了。

慈和的母亲多病，就在这一年，她痛苦舍弃了三个亲爱的人，永远的离别了人类的世界静静的逝去了。

这一个时期的泰林，真是如醉如痴，又如痴人说梦，盲人在森林里，生活里没有光，各处受打击。父亲呢兴趣和倾向虽然总是没有间断的改变着，而到了这时改变得特别的厉害。他不像往常那样孜孜不倦的埋头在书页里，也不研究什么音乐了。

好像一头野马，放开了四蹄各处乱跑。有时深夜才疲乏的回家，默默的，一言不发悄悄的睡下去。

泰林的妹妹，除了寂寞是孤独，没有慈母亲密的呼声，没有其他慈悲的亲人照顾。白天上学锁门，回来只有姐妹两个，同心协力的烧一点儿饭，在凄凉的油灯下相对默然。深秋的虫声送来了送来了多么悲哀的调子，到万物凋残死灭的冬季，寒风吹着檐头，雪花敲着窗纸，父亲不在家这种情景该有多么酸楚？一定是很伤心的吧！

这一天，晴朗的上午，学生们都欢天喜地的在操场上玩耍。忽然，他们看见有几个混身是武装的汉子到学校来一直走到职员室，不大的工夫，出来了。泰林的父亲不知犯了什么罪，手上戴着铁环，在他们中间，四面八方被严重的监视着。泰林有点儿不大敢相信他自己的眼睛，以为是做梦。他惊骇的飞跑到跟前去，这不是他唯一的父亲是谁？

妹妹也赶来了，焦急的扯住父亲的衣角，又去抓住父亲的两手，恨不能一下把那铁环扯碎似的。

"爸爸！"

那几个狰狞的人把她拉开又不准泰林近前。他俩恐怖的哭着喊着，一定要跟着去。父亲呢，脸上简直就没有什么表情，毫无异议的随着他们去。泰林像疯狂了似的要把父亲拖回来，校长和几位别的老师把兄妹俩抱进去了。

过了一个月光景，从各处方面传出了确实的消息。泰林的父亲，此外还有不少人，在那万恶滔天的美英的黑势力下，任意的加上污蔑的罪名，终于牺牲了！

校长，是泰林的父亲幼年时代的同学，并且又是心腹人，把泰林和他妹妹收养在他家里。泰林不愿意接续求学，很慌乱的一年冬季在我们部里当书记，从此就和我成了同事。

书记这个光荣的差事，无论谁都知道是没有大出息的。他的野心很大，希望干点儿有出息的事，可是命运决定他暂时的还得将就。

这时候的泰林决不像幼年时代那样的活泼了，体格魁梧的他极肖日本人青年的风度。圆脸、尖下巴颏、鼻梁高高的，老是把拳头握得紧紧，好像要打人似的。我时常躲避他，我觉着他的性质虽然沉默得怕人，然而那是野兽的沉默，不定时刻就要张嘴咬人，是个稀少的可爱的怪物。

"我愿意当兵去。"

他当时这样坚决的说。

"真的么？"我诚恳的问他。

"我一点儿不怕当兵是苦事，我愿意受点儿□性的训练！"

"比方说，你那手掌，因为掌握笔杆，是满够柔软，如果你时常的磨练它，就会硬实。这意思你明白么？"

这时候是桃花盛开的时节，我们在城里散步，他接着说：

"柔嫩的手掌，在现在是没有用处的，你要想活命，最要紧的条件是什么呢？"

"当然是，智慧。"

"你的思想是另一路，我告诉你，书本所教导你的全是旧事，今天和明天的道路并不在书本里。"

当兵的念头完全是泰林劝诱我的，如是我们就一块儿去当兵。从前我们最厌恶的兵营成了精神上的故乡。那些三句话不来就讲打讲骂的人物成了我们灵魂上的弟兄。

去年秋天，泰林开到西面去，我留在后方。听说，他受了炮火的洗礼，灵魂离开了他的去壳，部队开回来的时候只剩下半数。一个受伤的弟兄带一封信给我：

"慈灯：

如果我死了你不要想念我。

我拜求你一桩事情。我妹妹，你是知道她的，你要中意她的话，你就娶了她吧，我已经写信给她叫她嫁给你。因为你是不错的青年，她会相信她的哥哥是不至于骗她的。

再见吧！好友……泰林。"

现在，我已经和兵营生活告别了，两个月以前去访泰林的妹妹，据说，那位慈心的校长给她保的媒，已经嫁给一个做买卖的人当填房了。

想起这些事情，真好像一篇构造的小说一样。

然而事实上，确是一篇向壁虚构的小说呀！

（《大同报》1942 年 7 月 29 日，署名：慈灯）

往　事

　　有一年夏天和秋天，我住在外祖父家里，因为闲呆着难受，时常下地帮他做工，过了两个多月，无忧无虑的生活，在这风景幽美的村庄里，我还有一段觉着脸红的故事呢。

　　外祖父是个刻苦的农夫，为人亲切和蔼，豪爽慷慨，面孔老是红红的，好像喝醉了酒，鼻孔下的胡须像一堆马莲草，又粗又厚，笑的时候声音很大并且弯着背。"你不怕把衣服弄脏么？算了，你在家里吧……"不管他怎么说，我紧紧的跟在他身后，一块儿到菜园旁边的广场去。

　　这广场很平坦，是新修的，旁边有一个池，水面上躺着许许多多丰肥的荷叶，美丽的荷花下过雨后就凋谢了，莲蓬从荷叶之间笔直的伸出脖子，默默的望着各处，时常有馋嘴的孩子，从苇塘的背面绕过来偷莲蓬，外祖父看见了就生气的大声喊：

　　"你们要吃，就大模大样的拿几个去，干么偷偷摸摸的。"

　　接着是一大串的训话：

　　"这么大年纪就学偷，几十偷到老啊？给祖先丢脸……"

　　他在池边掘了一个大坑，翻碎的泥土泡在水里。把上身的衣服脱下来挂在豆架上，挽起裤腿，跳进泥里，动手用铁锹把沉重的湿泥往坑沿上扔。我也学他的样，把衣服脱去，并且挽起裤子，这工作一开始我就知道多么艰巨繁难了。

　　泥土泡在水里的，已经和水融成一片，成了黏性，像浆糊似的，铁铣不容易插进去。用脚踏，我的足掌受不住，用肚子压铁铣的后柄痛的难受，好歹把铁铣对付进泥里，要把湿土运上来，就费事了，我用力的把泥水里的铁铣把子前摇后摇，谁想到越摇越扎实，没有多时，汗珠从脸上滴下来，气喘如牛，好像奔跑了几十里地，裤子上汗水溅满了。外祖父回头一看，哧哧的笑起来。

"算了，到上面休息休息去吧！看看你的裤子！"

我觉着在这老人家面前非常的羞歉。他是个老年人，做起工来，不汗不喘，泰然自若，我正年富力强，和他比较却是差得太远。

我精疲力尽的坐在岸边，身体像被扯得四分五裂一般，伸手一看，手掌里磨出一片水泡，痛得要命，荷叶在微风里轻轻的摇动着，有点儿嘲笑我的意味，一个青蛙跳进水里去，扑通一声，把我吓一跳。

外祖父把湿泥弄上来一大堆，他像个敏捷的少年一样，活泼的往坑沿上一跳，急手急脚的细揉起泥土来，一点儿一点儿把湿泥倒到西面，堆成一个小山，又不停的倒回原处，一共倒了三次，他把铁锨往泥里一竖：

"完事。"

接着他就跳进池塘里弯着上体洗脚。

这个老年人，像这么样，每天每天不停的劳动了五十多年，世上所有的娱乐全不知道，这样的人一生一世简直是沉醉在劳动的诗歌里，那工具的声响，就是动听的音乐。

南面靠树林边的道路上，有一辆拉着七长八短的旧木头的牛车，不慌不忙的往东走去，车夫高高的坐在车前头架起的木料上，任意的摆着鞭梢，大声的唱他那永远唱不完的歌。外祖父把板凳摆好了，沙土堆在空地上，木制的砖套在水里洗干净，用沙土在里面转动一下，放在板凳上。用那两只粗大的黑手掌尖合在一起，像刀一样砍下一堆湿泥，在地下迅速的滚了几滚，成了个鸭蛋形，巧妙的拿起往砖套里用力一摔，然后用那粗铁丝做的弓子，在砖套上扯一下，残余的湿泥分了家，用手掌把它抓起来扔回泥堆里，然后端着砖套送到广场上准确的一扣，这就完成了得意的作品砖头。

这工作进行的顺序，要领和着眼点，我全记在心里，可是实际的一干，不是泥土摔在砖套的外面，就是摔在砖套的里面，而做成的东西往外一铲，多半有缺点，有的裂口，有的缺角，有的粘在砖套里倒不出去，勉强的弄出去，已经四分五散不成样子了。

太阳在半空骄傲的吐出毒热的光，做了一天，我的皮肤整个的变了颜色。但是看看自己摔成的泥砖，一个比一个完整了，并且摆了一大趟在那平场上的事实，说不出有多么高兴。外祖父看着格外的欢喜，到黄昏时分，我才收拾工具，心满意足的回家。

但是走到胡同口，我的心情不自禁的跳起来了。

外祖父蹒跚的走在前面，我远远的离开他一些，故意的，假装落了伍，等他拐了弯，我就放心的迈着步，越接近那棵高大的槐树，心越跳得凶，我不放心的是这件事。

她能在门口么？

如果发现了她静静的立在门口，抱着她嫂嫂的小孩，我的快乐和幸福，简直是没有法形容，我对她点一下头，慢着，她胆怯的四面望望，又惊又喜又怕又爱的笑一笑，这就成了，这门功课，每天总要演一两回。

姥姥一见我回来，不高兴的板起面孔来：

"怎不早点儿回来休息，累坏了怎么办？"

这个老妇人，身体矮矮的，满脸青筋，眼睛像一条线，说话的声音很响，像打架一样。她勤快的提着一把茶壶，放在我面前的石台上，又去搬来一张小桌，最后是搬来一条小板凳。

"你喝水吧，新换来的茶叶，你要白糖不？"

三舅正忙着挑水，两个舅妈还没有做好晚饭，焦急的跑来跑去，切菜呀，烧火呀，洗涮碗碟呀，收拾饭桌呀……几乎一天到晚，没有一刻不忙着这些事，下地的伙计们回来了，疲乏的洗着脸，老狗躺在街门口，司空见惯的它，用明亮的眼珠望着这些熟人，静静的一声不响。

一直到黑天，到星光陈列在满天，到大家散开去休息以后，甚至于在睡中醒来，我还不会忘记那个一到傍晚就出现在门口的异性的微笑。人家都说这姑娘没有母亲了，继母待她不大温和，她嫁了丈夫不到三天，离了婚，说她不是处女——村里的人时常讲说关于她的这段笑话。好像是说，她丈夫发觉她不是处女，声明要离婚的时候，她竟给丈夫跪下，央告求他饶恕过去的错误，无论如何不要休她。可是那丈夫心硬如铁，终于把这个可怜的女人打发了。从这以后，她家里的人，对她的感情不消说，最凶的是她母亲，时常骂她没有羞没有臊，给祖先丢脸，别的人都轻视她，背地里把她当做谈笑的资料，狠狠的咒骂，并且恶毒的糟蹋她的灵魂。

因为我同情她的环境，怜悯她的下场，又爱那副一点儿不丑的面孔的缘故，所以一见她，总极力的甚至于是虚伪的表现出"多情"的眼光，为了报答我这份恩情起见，她就施舍了温柔的微笑，和沉默的安慰，以后我又加上深意的点头，我还是微笑。

像这么样，大概接续了十来天。有一天晚上，她牵着毛驴送到邻家回来经过胡同，我从槐树后面轻轻的走出来。这时候天早就黑了，正好是阴天，一点儿亮光没有，伸手看不见五指，她虽然吓了一跳，马上也就稳住了神。我像个疯子一样，搂住人家亲了不少嘴……

"叫人家看见……我要回家，快点儿……"

以后我虽然时常在黑夜里徘徊期待，总是失望。见面呢？只有偷偷的点头和秘密的微笑。我觉着只有这一点儿，在我，已经是很大的安慰了，不过，说起来我这个人实在太缺德，说实话，我觉着有一种人类的原始的强烈的欲望没有满足呢！

夏季天长，到了夜里很难入睡，我翻来覆去，回忆着过去，盼望着将来。

白天，老老实实的坐着，在这时候的我，简直是一种很大的苦难了。为了消磨难熬的时间，我冒着太阳的毒晒，去和别人，特别是愿意和外祖父一块儿去，汗流浃背的做工。泥砖还没有摔完，我尽力的干，手里抓着湿泥，头上脸上，身上粘着湿泥，浑身上下没有一处干净地方，用力的洗刷木头砖套，弄上细沙，摔满了湿泥，削平，搬起，用力的摔着，来回不停的奔跑。

午间，当太阳最毒热的时间，衣服脱光，跳在池里，晶亮的水珠，在黑热的肉体上，活泼的流动着，水花四溢，池里的水全都活跃起来了，泡够了，到树荫下躺在柔滑的草地上，望着蔚蓝的天空，看一看树林，房屋，田亩，梨园……真是无比的快乐。

当然，快乐的只有我一个人，外祖父坐在树底下，默默的，一言不发，两手抱着膝盖，眼睛笔直的看着地下，我知道他的心思。最近，村里要建筑什么办公处，一亩地拿一块钱，他有四十亩地，得捐四十块钱，正愁这些钱不知道从什么地方出呢。

有时我随着舅父一块儿到草场，把骡子拴在木桩上，我们一面割草一面谈话。丰肥的青草绿油油，蚂蚱在脚底下惊慌的跳着跑，幼小的青蛙不害怕，呆呆的听着，看着。有时从割倒的草丛中，跑出一条马蛇子，脑袋很大，肚子白白的，尾巴细长，跑起来很快，不留心的时候，会吓一跳。深草丛里也有花蛇，大拇指粗，二尺来长，蠕蠕的动着，很难看。

我常到河边去，河边常有停泊的帆船，桅杆直直的，帆布懒洋洋的堆在那下面，挑水的妇女把水桶放倒，水桶张开大口的吸水，吸得饱满就坐直了，不动的等着把它运回去。小孩在岸上奔跑跳跃，叫喊，往河里扔石片，把那些不愁吃不愁穿的鸭子，打得嘎嘎的叫。懒惰的人，大概都愿到河边的树林里躺着昏睡，或者讲东讲西。在这里，我听见一个不快活的新闻，说是那个被离婚的女人有了新主，是一个贪婪的商人，花了三百块钱就买动了她的父母，再住几天必须随着去了，啊！去做小。

也有人说，这是她的福气，有的人却嘲笑和咒骂，狠狠的吐唾沫。

过了几天，果然实现了。一辆小轿车悄悄的把她拉走，她的后娘和嫂子满意的立在门口，望着车后腾起的烟尘，好像从此去了一块病似的得意的笑着。我看见这光景，心里有多难受……实在是忍耐不住，然而我也无可如何，只好把悲酸的泪水吞进肚里。

蝉声已经稀少，炎热的夏季是过去了。村里村外，田地里，道路上，出现了许许多多的贫苦人家的妇女，孩子，背上扛着大篓，那里是拾得的谷穗，豆角，苞米以及别的好东西。我在地边"看圈"，为难得了不得。把她们赶走了，一转身她们又回来，像苍蝇一样，集在棒子堆周围，眼睛里是强烈的贪婪的光芒。有的特别勇敢，机会一到甚至于动起抢来！对她们咒骂是无用的，动打又不能，你如果骂得太凶，她们把各处的小单位往一块儿集结了，会成一个很大的团体，肆无忌惮的实行总攻击，你一个人决照顾不了那么些。麦秋的时期，有的人家，一连几亩地的麦子，被这样野蛮的大众抢个净光。

外祖父是加倍的忙起来了，天不亮他就爬起，和那几个短工，赶着牛车下地，劈棒子，装车，往回载。院子里，场上，各样的收获成了山，连好静的老狗也跟着忙起来，他随着大车跑到地里，又跑回家，气喘喘的伸出舌头，好像对谁说：

"我热得难受！"

然而这时候我却发起大懒，成天到晚垂着头，像失了魂的人一样，无精打采，又如痴人做梦。因为我生活里仅有的一点儿"安慰的光"偷偷的溜走了。无声无息，像一个轻轻的蒲公英的种子带着羽毛飞去了。

　　那常去的河边闹嚷嚷，懒人的团体里列上了我的名字，好人都厌恶我们，妇女们都远远的躲开，好像对待洪水猛兽一样。小孩子也不敢接近，要冒险的接近，回家准挨一顿臭打。

　　村里，仿佛有这样的评论：说这些懒人都是流氓，让他们住在村里有危险，好像草堆里放进了蛇，应该驱赶出去。

　　"打那些兔羔子！"

　　我们的首领是个粗暴大胆的小伙子，他父亲是个吝啬的富农，因为不服从父亲的命令，他时常挨骂挨打，骂和打成了习惯，一天不受申斥他不舒服。我们都叫他驴，一听说我们坏，就愤怒的瞪起牛眼睛，摩拳擦掌，狠狠的叫骂，甚至于跳起来要去寻找打架。

　　副首领是个小脑袋，细脖子，小腰也是细细的，两条细腿好像麻秆，欢喜出主意：

　　"顶好是，我们把船偷着摇走。"

　　"到什么地方去呢？"有人这样的问他。

　　"随便的走，什么地方都可以。"

　　"吃什么呢？"

　　这个问题把他难住了，另外还有三个人发了一些幼稚可笑的意见，接着是沉默了。有人打起鼾声，呼呼的响，好像猪一样！

　　就在面前，可是看不清楚的河水一声不响，岸上有各类不同，调子不齐，声音不一样的虫的鸣声。谁往河里掷了一块石头，把沉默打破，大家又乱七八糟的讲起来了，全是空中楼阁，没有边际的谎话。

　　外祖父知道我堕落的倾向以后，像受了伤似的皱起眼眉来：

　　"再不要和他们在一起了，那些小子的名誉太坏！"

　　外祖父诚恳的声音里，有很大的力量感动我，不听从他善良的劝解是不对的。于是他把我从另一条路上拖回来，和他一样刻苦的屈身在田间，从艰苦的劳动的汗水里，消灭一切作恶的基础的懒惰的习惯。

但是我所受过的一点儿教育里有毒，终于又把我从劳动的环境里撕开，仍旧回到乌烟瘴气好像地狱似的都会，把自己的纯洁的灵魂在污秽的阴沟里，让它慢慢的腐烂。

离开这幽美的村庄，真像做梦，我不断的回头，难过的望那胡同里槐树底下的小门楼，在那里有过甜蜜的安慰，也有寂寞和悲伤。

然而，这已经是过去许多年以前的事情了，那么我为什么又想起来了呢？这都是记忆呀，记忆实在不是好事，我希望没有记忆才好——怎么能够呢？

唉！我实在苦于这些记忆了……

(《大同报》1942 年 7 月 31 日、8 月 1 日，署名：慈灯)

破　坏

我到这个小学校来，已经半年多了。

又肥又胖的校长先生，因为不是同乡，又没有什么亲属关系，再加上我的性子不大能够随和的缘故，校长先生看我总有点儿不顺眼，可是说不出，憋在肚里，正因为这样才叫人难受！

和别的同事之间，感情也不十分投缘，那两个自己觉着不错的雌性，更卑陋下贱，娇声娇气，装模作样，人云亦云的，真叫人看着不高兴。总而言之，这学校，没有一件事叫我欢喜，好像处在黑暗的森林，野兽的洞里，不安和恐惧，忧愁和悲愤，又如在沙漠，寂寞得了不得。

放学以后，如果闲暇，我愿意到村庄里散步，这村庄以前是受过几次劫掠，听说头年夏天，村庄附近还出过几回绑票，前年冬季时常三更半夜有匪贼的团体，大胆的进村，拉去牛马抢去金钱，苛毒的伤害过几次人命，一直到去年，有治安军驻防以后才算能够得以安静的喘一口气，可是在偏僻的地方，夜里一有狗叫，人们大概就不能安心的睡觉了。

距这村庄二里路远，是个不大活泼的小镇，有几家粮店和布铺，有空洞的肉床，破败的理发馆，有一家黑沉沉像鼠洞似的书局，往外租借"天宝图"，这小镇的四周，围着灰色的城墙，一个月有四回"集"，乡下人从四面八方赶到"集"上交换东西。

这村庄是独立的坐落在高岗上，它的前面有一条悠悠的昼夜不息，像做梦样奔流着的大河，深的地方比人深，时常有装载货物的舢舨漫漫航行在这河上面，船帆在微风里饮得饱满，人在船上不知是快乐，还是忧郁的唱着歌。

村庄的右侧，是阴暗的树林，散置着几个和平的坟墓，在那里面长眠着的，多半是年高有德，崇拜迷信的枯骨。有一棵老槐树快要躺倒了，林中丛生着杂草，堆积着破砖碎瓦，有一只清瘦的黑狗，时常愿意徘徊在那肮脏的土坑里面。那土坑里，有一湾不愿意干枯的死寂的污水，漂浮着残枝朽叶，还有扔弃的布片，这里是蚊虫的出生地，是不洁的小生物的故乡，林中有一条弯曲的小路，直通市镇，我一走进这树林里，就觉着不大舒服，有点儿恐怖的心理，好像经过狼洞一样。

村庄的左面，是接连不断的田亩，有平坦的沙岗，洁净的凹地，零散的树林，丰美的草原，直通邻村去的道路。村庄的背后，有一座修筑得很完美的庙堂，供奉着至圣先师孔老夫子的木牌，所有的房屋，都任意的散置着，并不互相的依靠，好像谁也不管谁似的，街道不大完整，从来没有人修理它。

男子，多半是城市简朴的农夫，成天到晚刻苦的屈身在田间，也有经营小本生意的，妇女都算是勤快——也有懒惰的家伙——她们主要的任务，是管理家庭，麦秋和大秋的忙碌期间，和男子一样到田间粉身碎骨的劳动，拌嘴吵架的事也常有，全是为了小事。

我还忘记了一桩大事，这村庄的树上有的是蝉儿，天越热叫的越凶，叫声不大好听，老是一个味儿，没有改变，那单调的声音，好像哭一样。

我就在这么一个村庄里，时常的像在公园里散步一样，寂寞当时是很寂寞的，说起来真是了不得的寂寞，如果不这么散步呢？那更是要命的寂寞了。

实在疲乏了我就回宿舍，宿舍——就在学校院里，学校在村庄的西头，距孔庙不到半里路。

有一天散步，出发的时间晚了，散到半截夜色就苍茫，昏黑，走到孔庙东侧的小路上，已经看不见对面的人脸了。

我想赶紧回去，刚一转身，有一个走路的人，急急忙忙的从我旁边穿过去，对着那庙，像箭似的，飞进去了。这个人，我一下就觉察出来，他是我们的校长。

奇怪，那庙里没有人住，这么黑了，去干什么呢？我这个人，好奇心很大，悄悄的，像小偷一样追上去，立在庙门口的树根前，聚精会神的听动静。

正在这个时候，我清清楚楚的听见，有轻轻的踏着草地响的脚步声，由远而近，很快的接近这庙，到庙门口，还担心的四面看看，就在这一瞬，我看明白了，她是女的，是我们的女同事，密斯刘！

哈哈！你们这是幽会！

我一点儿一点的溜进庙门，比小偷还来得机敏，默默的靠墙站着，女的一走进院里，就有人迎出来，在庙门里悄悄的用力的问：

"密斯刘么？"

回答的也是小声，含着无限的"又惊又喜又怕又爱"的声气：

"来啦！"

接着我就听见好像拔开一个紧紧的瓶塞似的亲嘴的响声。

再接着是像有一阵轻风似的，把庙门推开了，他们迅速的进去，把门轻轻的关上。

我的心——啊啊！哪个王八蛋撒谎，跳的很厉害，又羡慕，又嫉妒，内部起了很大的酸素作用，像大洋中的波浪，凶猛的翻滚起来，又如烈火旺盛的烧起，要制服这种野兽的，原始的感情，颇不容易，我决心破坏他们，像狗一样，不能老老实实的，眼巴巴的看着别的狗把屁股靠紧，我要狠毒的下口咬，在他们还没有对准武器开始作战以前。

我先等着，大概等了五分钟，听听没有什么声浪，就拿起一块小石头，用力的扔进去。真想不到那么巧，小石头击破了窗户纸，啪的一声碰在墙上，又落在案头那个盆大的铁钟上，喤啷一声很大的巨响，清脆幽雅的音波，在这么寂静的黑夜，少说传出半里路，连我自己也大大的吓了一跳，好像迎头受了重重的一击，忍耐不住，赶紧的就如身后有狼追着一样，小声的踏着地，迅速的，在那渐渐微弱的音乐没有停止以前，跑出庙门外的树背后藏起来，拾起一块拳头大的石头做防身武器，恐怕那个家伙发现了他不共戴天的大仇敌来拼命。

我听见院的庙门，嘎一声开了，胖身躯在前，马蜂腰在后，急急忙忙的往南奔跑。

我觉着这样就结果了这幕宝贵难得的好戏剧，未免有点儿可惜，把我手里的石头，对准那逃去的黑影，狠狠的打过去，我是打算敲破那胖子的脑袋的，不想到这石头落在女人的身上。

"唉哟妈呀！"

"怎么的，怎么的？"男子吃惊的声音。

"谁——谁扔石头！"

"打着了么？什么地方？"

"腰——"非常的痛楚，好容易说出这个腰字来。

我又发出第二块石头，这第二下却没有击中，空空的，沉沉的落在地下。

第二天，午间我听说密斯刘没有来校上课，是因为有病。校长先生，照旧是那样的肥胖。可是我觉着他的颜色似乎有若干改变，对我的态度照常，他决不会知道，那个幸灾乐祸的犯人就在他面前，很客气的对我说：

"刘先生有病，你给代两课吧？"

"可以。"我觉着有罪，所以不敢抬头。

他又告诉另一位女人：

"劳驾，你也给代两课？"

"成。"

我假装正经的问：

"她是什么病？是感冒吧？"

"大概是感冒——"这就是那回答。

那个可怜的女人，这一病就没有起床，病了两个多月，她家里来人把她接回去了。

又过了半年多一点儿，听说她死了！这件事距现在已经有一年了，我一想起来，就觉着十二万分的抱歉，我不能成全人家的好事，倒反实行苛毒的破坏，并且害死了一个心灵柔弱的女人，我真是一个罪人，可杀不可留的东西！

我朋友马君，对我讲完这段故事，忏悔的喘口粗气，把头低下。

我把茶杯拿到他鼻子底下：

"来，喝碗水吧！"

（《泰东日报》1942 年 8 月 7 日，署名：慈灯）

精神病

我怕猫，我怕那沉默的对我窥视的眼睛，我总觉得他不懂的蹲在墙头上是在仇恨的合计我，也许要趁着我不留心的时候狠狠的抓破我的脸，使我受苦。也许要抓破我的喉咙使我流血而死。他一定在那里不停的计算着，不是要毁坏，就是要把我伤害。他的生存对于我有极大的不利，也是我生活的大仇敌，他存在的一天，我决不会好好的在这世界上好好的喘气。我们之间，或者我，或者是他，总得有一个忽然的爆死在路边，或者是慢慢的死在屋子里。总而言之，非死一个不可。

我讨厌那些公鸡和母鸡，我对于他们决不会发生调和的感情。他们的性质是另一路，他们也讨厌我厌弃我，一看见我从什么地方出现，马上远远的避开。我觉着他们这种举动等于咒骂我、侮辱我，就像用无情的铁棍敲我的灵魂一样。我总看不出他们对我一丝一毫的亲密的意思，我从来没有对他们有一星一点野蛮的举动，也不懂他们，也不惹他们，而他们竟时时刻刻的提防着我，好像我是洪水猛兽，将要淹他们，吃它们一样。他们那样的对我无理轻视，真不能忍耐！

我讨厌桌上的钟表，不管我悄悄的读书或者是孜孜不倦的写字，他总是满不理会的滴滴答答的响个不住，明明是故意的，用他那顽固不变的□声扰乱我的思想。如果我白白的把头埋在书页里，结果是毫无所得。辛辛苦苦的写了又写，结果是失败和痛苦。他看着就无限的高兴，像哈哈大答的越发响起他那滴滴答答讽刺的声音。这东西，简直不希望我有什么长进，恨不能盼望我一下堕落到倒霉的深渊。

我真想跳起来大骂而特骂那些邻家的大人和孩子，他们从一早起就不断吵闹，一直喧哗到深夜还不安静。那些男人，像讨厌的骡子似的张着大嘴唱那难听的刺耳的调子。那些妇人像工厂放尖锐的汽笛一样，说话总是用极高的嗓门，为一个鸡蛋贵了一分钱的小事也噢噢的讲说不休，东西屋全出来了，不约而同的集合在院子里，在我的窗外。她们那乱杂杂的吼叫震动了我的屋子，一个一个，讲了又讲，说了又说，总是没有个完。现在不信你听吧，她们又像狗打架似的吵起来了。

"白菜又贵了，赶紧的买吧，要不然过几天更贵了。"

"谁说不是呢，我早就想多买一些放在家里，他爸爸说用不着，现在后悔也来不及了，过几天更贵怎么办呢，现在想买又没钱……"

"我洗了两双袜子不知怎么丢了，怪不怪？"

"电灯费又到日子，各处都要钱，这日子怎么过呢？"

"米也没有，柴也没有，简直得等着死了！"

那些孩子们吵得更凶，大声的喊，大声的唱，大声的打闹，这些不休不息的烦躁的吵闹一时一刻也不停止。这都叫我厌恶，叫我难受，叫我痛苦的原因。我真想在他们的饭碗里偷偷的下上一种灵药，他们吃下之后完全变成哑巴，再不然就痛快的死掉！

我非常厌恶我自己脑袋上的这些该死的毛发，剪去了怕不久又长了。我是多么怯那长牢狱似的理发馆，老老实实的坐在那里，让那些愚蠢的东西随便摆弄，不管我着不着急，那剪子不慌不忙的在我头上抹来抹去，花费许许多多的时间，坐在那里只将着面前的镜子端详自己的丑相，这有多么无聊。这都是人类生活中，多余的没有用的事。为什么那些废寝忘食研究武器的发明家不做出一种机械的剪子呢？把脑袋往里一伸，用不上三十秒满头的毛发全剪干净了，再加上一洗，不过二十秒，有多么痛快。

我欢喜凶猛的狮子或老虎他们一口把我吞掉什么也不埋怨。而那些贪婪无厌的臭虫和蚊子真叫人气愤，他们狡猾的藏在墙窟窿里，在那些难于发现的角落里，并不一下结果我这匹不值钱的生物，却一点儿一点儿在我生活里撒下不安的种子。如果是英雄豪杰，不妨一刀一枪试试看，只会在暗地里偷偷的割我的皮肉，喝我的血水，拿我的身体当做生活的泉源，哪有比这更卑陋下贱的行为。

但是，但是——

多少年来，我从娘肚皮爬出来直到现在，各种的打激或伤害已经不少了，我活了半辈子，也就是死了半辈子，还有半辈子没有死，脑袋掉了也不过碗大个疤，此外还有什么值得顾虑的呢？

我现在是悄悄的躺在病院里，医生恳切的嘱咐我好好的静养，并且告诉我不要说些糊涂话。

"我是什么病？"我急忙爬起来扭住他的衣袖大声问他。

他不答，笑一笑算完事。

这小子，我在什么地方见过他，好像是朋友，可是他没有朋友义气。这样的东西都列在人类的队里，真该死……我生气的骂了几句，又一想去他妈的吧，算了！

（《大同报》1942年8月12日，署名：慈灯）

有志气的士兵

好久以前，我在一个卫队本部里服务。这个卫队是属于一个警备司令部的。统辖着步、骑、机三个装备完整的连，本部正位置在这三个连中间，办公室是租住人民的家屋。

从骑兵连派出来一个弟兄在本部当勤务，他是个美貌的，面孔像女性似的青年，一双大眼睛放着魅人的亮光，鼻梁高高的，在这下面镶着一个不大不小的嘴，肩膀宽宽的，用力的扎着皮带，把腰箍得很细，说话的时候嗓门很响，笔直的挺着胸脯。

他第一天就做了许许多多的工作，屋子里无论什么地方都收拾得有条不紊，从来没有人动一下的桌子横木和板凳腿的灰尘也细心的擦得干干净净。到晚上没有什么事做的时候，拿出一个小本子来好好的放在桌边，聚精会神的伏在不大明亮的油灯下练习写字。

天成日久我和他弄熟了。

他的家是在交通不变的偏僻的乡间，父亲是小本生意的主人，前妻死了，娶了填房。这个女人的肚量很吝啬、嫉妒，看着前妻的儿子总不顺眼，像仇敌一样，时常在背地里装腔作势的对丈夫煞有介事的捏造儿子许多坏话，千方百计的伤害他。他受不住后娘的气，忍着难言的悲哀离开家庭，毅然决然的跑到城里入了军队，当了兵。

"你以为当兵是有出息的么？"我这样问他。

那时候，和目前的情势是不同的，一般人认为当兵是堕落到深渊里，不可救药的事，我那样问他绝不是无因的，我想探探他的口气。

出于我的意料之外，他的答很有力的刺了我一下：

"古年，有不少做大事的人，是当兵出身，我也想试试看！"

他的话和我说话时诚恳热烈的态度把我深深的感动了，我相信他确实是一个意志坚决的青年。因为他的服务成绩和他利用闲暇的时间孜孜不倦的用功的情形便是铁的证据。

他坦白、豪爽、谦虚、不撒谎、不吹牛、不偷懒，他担当的勤务用不着别人张嘴，全都做得周到圆满。有的许多别人想不到的事情他能想得出，做得周密。然而他绝不是献殷勤，他的工作是出于本心，在他的血脉里似乎有一种燃烧的劳动的热，他不能袖着两手闲荡，悠闲与他简直是无聊和痛苦，他忍受不了这种无聊和痛苦。

别人的活计他也愿意帮助，只要须他帮助，他比做什么都快乐。他认为帮助别人是一种精神上无限的快慰的散文。

我们时常听见别的勤务兵对他喊：

"嗳！帮我打打马靴呀！"

他总是没有条件的快乐的去。

他最爱惜的是纸张，积得多了便钉成一个本子，很快的便在本子里写满了。

我经常在他闲暇的时候告诉他一些我所知道的半通不通的科学知识，特别是把古今那些成功的伟人从艰苦里挣扎奋斗的故事，夸大的对他宣传。他听着这些话的时候，全部的精神都彻底的集中了，眼睛像做梦似的望着远处，坐在那里像用钉子钉住了一块木头似的动也不动。

他受了我宣传的影响，从这以后，用起功来加倍的积极。可惜，他的用功不得法，他不懂得学习的经验性，也没有系统，在这方面，我尽可能的帮助他，我认为他是一个可造就的人才。

"地球是怎样的转呢？"

"为什么要下雨呢？"

"下雪是怎么回事呢？"

这类问题他都能回答。

他进步的很快，不久以后初步的战术原则理解了不少。这时候，我忽然转了职，从这以后，永远没有看见他。

一年以后，我听说他在战斗失利的山林里被敌人撸去了。他在敌人面前，毫不畏怯，骂他们，往他们脸上吐唾沫，用脚踢他们……

敌人生了气，用绳子把他绑起来。他还是像钢铁一样的强硬，一丝一毫也没有在眉目间流露出畏怯的神色，胡子很佩服他的勇气，打算收留他，他不干，于是把枪对准了他的脑门，对他说：

"那么，毙了你！"

他声色不动，憎恨的说道：

"要毙就赶快，不必说废话！"

后来他的结果，没有人知道，跑回来的人只说，胡子威胁他，他还不屈服，胡子头很中意他，把他领走了。又有人说，他是牺牲了！——说法不是一样的，这个，我们可以不必追究，活也好，死也没有关系，因为军人是决不能把死当一桩什么大不了的事的。我们认为这是一个聪明的、有志气的、可爱的、有希望的青年，他服务的热心、孜孜不倦的用功、伟人的亲切和蔼和义气、百折不回的勇气，实在值得佩服，值得学习。

（《大同报》1942 年 8 月 21 日，署名：慈灯）

梦

我醒着，我醒着躺在床上等着天亮。

鸡已经叫了不少次了，可是无论叫了多少次，天还不亮，也不像要亮的模样。

我闭上眼皮想，这一夜，我睡的特别舒服，并且做了许许多多的梦，都是有趣儿的梦。这些梦我都记得清清楚楚，你不信，我一点儿不费事的就可以讲出来。

我的第一个梦是梦见，请往下看：

好像是一个坍塌不堪的废屋，在乱石堆或残砖碎瓦底下没有人注意它，我一下就发觉这个废屋不是个寻常的废屋，于是我决心掘它。

找了一把十字镐，把衣服脱下抛开，在拳头里吐口唾沫，毫不踌躇的开始干起来。

刨了老半天，看见那埋在土里地洞的石板了，把这块平滑的石板用着全力往旁边一搬，漆黑的大地洞马上就现出来。

我摸索着往里爬，一起头那地洞是狭窄的，越走越宽，像地道一样，上下左右全是石头垒成的，工程很惊人。转弯抹角的走了半天，看见一个铁门用力一拉，发出一声沉闷的响声。那里面，阴气森森的有刺鼻的潮湿气味儿。我刚迈腿进去，一个什么东西，堂塔一声倒在我身上，把我吓了一身冷汗。我一看，是个死尸，我的妈呀！可把我吓死啦！我想往回跑，可是死尸已经从我身上滑下去挡住了那门，我再一细看，所谓死尸，不过只剩下一身骨架，脑瓜骨还挂在脖骨上，堂塔一声是从手里扔掉了一把生锈的铜叉。我一想，这一定是把守这宝库的人，因为老是不吃东西，所以饿死在这里面，直到我拉开了门，这才扔开他的铜叉，放弃了他的职务。

我鼓起勇气来往里走。

这是一条很窄的狭道，转了两个弯，是一间大屋，有一张石桌，四条石凳，那四周——我仔细一看，原来是一堆干瘪的骷髅，单是脑颅就有三四十个，把往里去的狭道塞满了。

　　打算往里去，必须搬开这些脑颅。

　　因为害怕，我的两手不住的大战，两条腿一屈一伸，几乎要倒。我鼓起很大的胆子搬开这些脑颅。

　　搬完一多半，发觉一个脑颅还没有朽完，眼眶里有不少血肉，嘴唇还好好的，我拿起来一看赶紧的扔开，他噗嗤的摔在别的脑颅上，还"唉！"的喘了一口粗气。

　　这一下把我吓的，从头凉到脚，头发竖起来，脑袋里嗡嗡的响。

　　好歹把路清开，能往里走了。

　　所有的钱都放在一个造个非常坚固的石屋里，一箱一箱，有各式各样的票子，有种种不同的银币，还有不少的金条。

　　把我乐的又蹦又跳，不知怎样才好。

　　接着我就往袋里装，浑身上下都带满了。又一想，所带的全是银币，太重，不能走路，把这些拿出来又装票子，尽量的往衣服里塞，装着装着，在身后的□角里啪的一声，把我吓的一屁股坐在钱堆里。聚精会神一看，从那角落里跳出来一个披散着长发的怪物，他手里握着一把明亮的短刀，对我比试了一下。

　　"可恶！你好大的胆？"

　　我战战兢兢的往后爬着退却，他不慌不忙的对着我前进，举起短刀，对准我的脑门，我连滚带爬的往回跑，钱都掉出来了。我一面跑一面拾取落下的钱，跑到那一堆骷髅跟前，他三步两步追到了。我只觉着嗖的一声，还来不及回头看，肩上挨了一刀，痛的要命，我大声呼喊，可是没有援助。——这样我就醒了。醒过来还觉着肩头痛，摸一摸，是本书压在肩头底下。

　　什么地方鸡又叫了，可是天还不见亮，大概是不到天亮的时候吧。

　　我的第二个梦也很有意思。仿佛是在公园里，坐在芳香的花圃旁边的木椅上，身后房里有好听的鸟叫，头上是摇摇摆摆的柳叶，从枝叶的孔里可以看见蔚蓝的天。

从对面过来一大群像天仙似的姑娘，没有一个不可爱，都是粉红的小脸蛋儿，把我□的不知怎样好，好像喝醉了一样。

从我跟前，说说笑笑的过去，最后尾有一个特别特别的可爱，她和前面那些距离稍稍的远一点，一面轻盈的迈着步，一面看着盛开的鲜花。

我战战兢兢的跑过去，跪下就是三个响头。

她吃惊，后退，奇怪的看我，害羞的用两只小手堵着嘴笑。我一想，她要跑，这可不成，我赶紧跳起来，扯住她轻飘飘的衣襟，流着泉涌的眼泪哀求她：

"你，你，千万别走，救我一命，你要不答应做我的情人，我立刻就一头碰死！"

这样我就把她征服了。

"好，我答应你，请起来吧，别人笑话！"

从四面围上来不少男男女女，都笑歪鼻子看着我这个丑角。

"你们笑什么？"我大声的对他们说，"你们，认为这是羞耻么？哼！这才是男子汉大丈夫的本色，一个雄性动物，要没有这样旺盛的攻击精神，能算个什么雄性呢？"

她说，很赞成我这种勇气。她最爱坦白、豪爽、勇敢、说做就做的男性。

可把我乐坏了！我说不出有多么感激她。

我们亲密的扯着手在公园里走了老半天，越谈越合适，就如多年的老朋友一样。她还是最爱文艺的人，可以说是个"文艺女性"，决不是一双袜子也是好的，二斤豆油也会动心那样的女性。

"你最爱看谁的小说？"

她低头想了一下：

"哈代的小说最合我的口味。"

"英国的哈代么？"

"是的。"

"哈代是个宿命论，他的小说，全是灰色的，悲惨的把人生解释得太没有个滋味儿！"

"我不那样想。"她和气的微笑着说，"对于文艺作品，不能像三加二等于五那样的去估价，哈代所选的题材，多半是悲哀的故事，像他的短篇《儿子的禁令》如果说他这是解释人生的没有意义是不正确的。我觉着这篇题材是讽刺那些英国绅士阶级的顽固不化的卑陋思想怕丢自己的体面，连生身的母亲的自由也不给她，这不是有伟大的教训的意义么？我以为他的作品，全是对于人生的教训，决不是什么宿命论……"

像这样聪明的女性，你就是打着灯笼满街找也找不着。

最后我就悄悄的向她提议：

"我们找一个幽静的地方谈一谈好么？"

在旅馆里还没有坐下休息进来查店的：

"你们，是做什么的？"

我结结巴巴的说：

"朋……朋友！"

"有'朋友证明书'么？"

我长这么大，头一回听说"朋友证明书"。

闹了半天，越问越糟糕，结局是要把我带走□□呢？明亮的泪珠像雨似的滚下，好像刀刺的一样，我真难受的要命，抱头大哭，哭了好久，要带我去的人感动了，又不带我去了。答应饶我们这一回，下回可决不轻饶。我掏出两块钱给他，算是谢礼。

正在我非常高年甜蜜的情节，外面喊：

"失火了！"

这真是"好事多磨"旅馆不知怎么忽然着了火，想往外跑，楼梯已经烧断了，地板也冒起黑烟，整个的楼房都发生了动摇。那火魔是不等待的，地板烧穿了，火舌无情的光顾楼上的门窗，浓浓的烟雾罩满了，什么也看不见。房顶嘎巴嘎巴的响，我拖着她东一头西一头各处乱碰，她的头发被火烤得卷起，衣襟着了火，吓的失了魂，疯狂的叫喊，用力的抓住我。

"怎么办？怎么办？"

刚要从楼里往外跳，脚底下地板轰一声坍塌了，我们也随着冒火的桌椅，随着腾腾的黑烟，和着一切的杂音滚下去，葬火窟里，在疼痛的火烧里，我还没有忘记顾虑她。可是不成了，在火堆里滚着爬着，越烧越难受——这样就醒了。

睁开眼睛一看，头上的电灯烤人，赶紧把它闭上。

真么地方鸡又叫了，然而鸡无论怎样的叫，天还是不亮，我的第三个梦也有点儿意思，真的——

好像是我当上了十万大军的总司令。

仿佛是在办公室里，我的总参谋长和不少的幕僚，坐在两旁，大家都静静的听我说话。

我说：

"战胜之道，在综合有形与无形上的各种战斗要素，以优越于敌人的威力，集中在要点而发挥之。所以，各级指挥官，必须常常以优势和旺盛的志气，适时地将敌压倒，这最要紧。

"这本来是各位刚当干部的时候就明白的战术原则，这一回正好用得上了……"

我还讲了不少别的，可惜记不清了。

接着我发现我是在平坦的广场上阅兵。

各兵种排得整整齐齐，一队一队从我面前经过，行着敬礼。

在阵地的后方，总参谋长指着地图的每一条曲线说明现在战斗进展状况。我一看，作战指导的方针和要领发生冲突。

而这时，步骑炮，辎重，各种机械部队都开到前线去了。航空部队正轰轰的响着一队一队的从头上经过，要改变那指导是不容易的，必须另想办法。

办法没有想出来，第一线阵地的炮兵已经放列了，用望远镜可以看得见的战车在山脚下一齐的往敌阵地猛进。步兵部队节节的往前运动，骑兵的纵队动手迂回，战斗机已经起头轰炸了。

这写了这么一封信给敌军的总指挥官：

亲爱的敌人：

你看见没有？老子的大军已经发展到胜利的阶段了！如果要投降，现在还来得及，不然的话，你们全军覆没，恐怕后悔也来不及了吧？

回信到了：

"你小子无须吹大牛，用不到晚上就把你们打个落花流水，一败涂地……"

我又写封信给他：

"你这个混蛋真是睁眼做梦，你也不想想，拿一个鸡蛋来碰石头，再过一天，你们后方的人民，有的是娶寡妇的，请闭死眼皮想想，死后还得当王八，大概在九泉之下也不好受吧？呸哦！"

谁想到，打来打去，越弄越糟，他们在前线上配置了好几万姑娘媳妇，搽粉抹脂，一个个打扮得花枝招展，我的部下，本来全是独身小伙子，平常在兵营，一概不准外出，都是一些看见老母猪叫大姐，看见骆驼叫绒长脸的货，一和那些雌性接近，马上都变成上不去锅台的黄天霸，成百成千的被那些小妖精引诱去了，把枪交给人家，全都投了降。

他们还写了一些传单，我的部下一读就失去了战斗的勇气，扔了武器逃跑了。

我的总参谋长拍案叫苦了。

"老弟，三十六着，走为上，快走吧！"

他信了我的话，夹着尾巴跑了。

我随后也逃之大吉。从这时起，我这份总司令的戏也不能唱了。这以后的情节我记不大清楚，恍惚像在窑子里当大茶壶似的，有个惹不起的人物，因为我没有好好的招待他，狠狠的打了我两巴掌，我一伤心辞去了这光荣的职务，跑到大山上去修道。可这修道太苦了，第一是我不能过那寂寞的生活。有一回看见一个长头发，我咬着牙追了二里地，他一回头，原来是个同行，我大失所望，回到苦闷的庙里，决心逃跑。这回跑到什么地方去做了些什么可记不大清楚了，大概，也是这类把戏的梦吧！

什么地方鸡又叫了，这是最后的一次鸡叫，

窗户纸渐渐的白了，这回天可亮了！可是我却上来困劲，眼睛一闭，什么也不想了。

（《大同报》1942 年 8 月 22 日、23 日，署名：慈灯）

没有月亮的晚上

部队在山脚下孤独的小村落里住下了。

村落前方有一处稀疏的树林，在这漆黑的没有月亮的晚上，河流的噪音来得特别的响亮。

连长关心的到河边看看步哨配置的状况："要特别注意南边那片坟地。"连长小声用力的答道："是！"

连长走回他住的一间瘦小的屋里的时候，还是放心不下，像有什么事情没有做完，把那一双锐利的明亮的眼睛，对着破碎的纸窗望一望，面孔黑红的刘排长伏在灯下写着什么，半明半暗的油灯照着他半个脸，墙上的影子动也不动，好像钉住了一样。

连长从挂在黑墙上的图囊里摸出一张揉皱的地图铺在刘排长的旁边，刘排长把笔轻轻的放下和连长细心的研究那黑乌乌的地图的每一条线或每一个黑点。

忽然，街上有吵闹的说话声和杂乱的脚步声，好像打架。

"快走！"

"应该把他绑起来，别叫他跑了！"

"快报告连长，赶紧去！"

连长把用力低着的头抬起来和排长的眼睛打一个对照。

"什么事？"

四五个士兵推着一个青年农民进来了。

"报告连长……。"

打头的士兵还没有压下捕捉时的兴奋，瞪大了明亮的眼珠，张着黑黢黢的口腔用断续的口气报告连长：

"他是密探，来探我们，我们正做饭，他进了里屋要偷枪，我看见了，赶紧抓住他，他要跑……"

那青年农民穿一件褴褛的短衫，领口撕破了，胸襟上有些泥污，光着脚，穿一双笨重的只有农民才穿的鞋，空着两手，他的态度倒很安静。

"你承认么？"

这类的密探连长是见过的，他知道，只消一问就行了。

青年农民诚实的点点头，表示承认的意思。

一个活泼的士兵找来一条绳子把他的双手绑在后面，往前推一推：

"你大点声说呀！"

外面是无边无际的黑暗，有一群飞虫大胆的飞进来，在灯光周围跳着舞，其中有一只肥胖的蚊子快活的吹着笛。

门口出现了几个好奇的士兵的面孔。

"好吧，你们把他带去，交给张排长！"

半小时以后，张排长急急忙忙的进来了，在连长和刘排长的跟前悄悄的说着话，他的声音太小，好像怕窗外有人听见似的，只听见他最后大声的说了这几句话：

"我们应该马上就……"

连长把多虑的眼光对着黑暗的屋顶深思一下，会心的看看张排长，又端详一下刘排长。好像头一次和他见面似的。

"不错，我们得马上离开……那么，快集合吧！"

张排长先出去了，接着是刘排长，其次是连长，最后是传令，他在连长没有吩咐以前就把手枪背在身上。

黑漆漆的空中不单没有月连半个星光都没有，好像用一面厚厚的黑布把天空挡上了一样。

在村落的各处，有杂乱的，极力压制着的脚步声在混合着，然而总压制不住装具的音响，远处有向人暗透不祥消息的狗的浮动的吠声。

部队还没有好好的休息就离开这村庄，爬到附近的山上，把舒服的家屋难舍难离的抛开了，像离开有情人的温暖的安乐窝一样。

这山并不怎样高，它骑在小村落的头上，那不停的骚闹着，像一个碎嘴，在叨叨咕咕的讲着始终讲不完的话的河流越发响亮了，听着就像在耳朵底下似的。

这一夜决定在山上露营，身底下铺的是天然褥子——柔软的青草，枕的是自然的枕头——石头，身上盖的是什么也看不见的黑暗的天空。

放着好好的村落的家屋不住到山顶上来受清风，这不消说是有原因的，不得已的，这个原因和不得已在几小时后就证实了。

正在大家睡意深厚的时候，惊人的枪声一声两声的响了，接着越响越密，越临近，军士哨抵抗了几枪，按着预定的计划，顺着熟悉的，迂回的道路爬上山顶，加入队里，于是大家的枪口，都对准了村落前方有声音与响的方向。

整个部队在山顶上，这件事是对方预知不到的事实，他们打算趁着黎明之前来袭击这个企图一起头就失败了。

尽可能的对着有音与响的方向猛烈的射击，很轻易的把他们打退了。

临近的枪声渐渐的远去，稀少，终于一切的声音全消失，只剩无边无际的黑夜浓重的弥漫着。

从地上轻松的爬起来舒服的坐下休息的时候，东方的天际已经吐出微弱之亮光，这是说，黑夜的大队已经开始从四面八方撤退，离光明的白昼不远了。

（《大同报》1942 年 8 月 24 日，署名：慈灯）

行　军

　　几百双没有忧，没有喜，什么表情也没有的明亮的眼睛，直直的望着前面的道路。

　　这道路是弯弯曲曲，像蛇一样，又像一条大带似的无尽无休的接连下去。

　　路上的泥土和石块在火热的太阳下面蒸发出烤人的热气。轻浮的尘埃在几千只不停的活动着的脚底下滚滚的腾起乱舞，飞扬到后面，吹进张着的黑越越的口腔里去。脚步声是没有一瞬间间断过的，沉闷杂乱的响着。

　　两旁的山岳静静的不动，头上的云也静静的不动。

　　驼载重机关枪的马，眼皮沾着泥土，脖子和腹边是许多汗水构成的河流，嘴角流着白沫，沉重的机关枪穿着外套，懒洋洋的躺在他的背上困倦的打着盹。用不着鞭打，用不着威吓，他目不旁视的低着出汗的头，专心一致的迈着腿。

　　他的腿好像因为走得太多忘记了怎样才会停住似的，机械的前进着。

　　步兵的脚和驼载的蹄声连成一阵。

　　一队队的人和一串串的马好像中间缝着一条线似的，没有一个人和一匹马愿意离开这无形的连系。

　　最前最前，在排头的几个人因为走上骑兵的道路步度不平均，有时像停住了似的。大家好奇的望着前面的情形，但是一转眼的工夫，队伍又活动起来，而且加快了速度，好像停在站上的火车挂上新的车厢一样前后还撞击一下。

　　最后最后，在队伍后面的行李车上有几个弟兄热得好像被扯得四分五裂，又如煮熟了的鱼一样仰面躺在车上。那拉车的马从鼻腔里吐出疲乏的气息，深深的垂着热汗淋漓的头。他一走慢，持鞭的弟兄便毫不踌躇的高高的举起鞭子坚决的抽下去。马是聪明的，有灵性的动物，他用不着回头细看，会感觉得出那鞭子是举起了，于是不等那惩罚降到身上便迅速的加紧脚步。

汗流满面的弟兄并不伸手抹抹脸上的汗水，他们并不是没有力气伸手，因为汗水是不会间断的，抹也抹不尽已经成了习惯。

头上的太阳像火盆似的，用它那执拗的凶猛的烈火烧着他们的身体。在前面，在正对着排头，高高的耸立在空中的山峰看着好像非常的临近，眼看到了鼻子前面似的。然而队伍一拐弯，断绝的道路一连接，一延伸，那高高的山峰又改变了清楚的面目，退远了，模糊不清了。队伍里，说话的人是很少的，谁也不愿意张嘴，热和疲乏已经使他们失去了说话的兴致，只剩下顽强的忍耐好坚固的沉默。

孤独的蹲在高岗上的小树默默的坐在山坡上，崩坏的岩石，都在猛毒的太阳光下闷闷的喘着气。

只有在古庙旁边，在山脚下凉爽的阴影里从山涧流下来的活泼的溪水一点儿也不怕热似的，轻轻的发出吵吵闹闹的声音。

派遣在部队的前面独立的行动着的个兄弟走到这里，突然欢欣鼓舞的跳起来，争前恐后的跑到碧澄的泉边互相的砰互相的挤，还没有蹲在水边就像鸭子似的身长脖子，不顾跌痛的跪在石堆上，用两只乌黑的手掌当杯勇猛的往肚子里灌了灌。有的全身整个的卧倒，把脸和鼻子伸进水里，贪婪的拼命似的，大口小口的痛饮，累得上气不接下气，实在喘不上气的时候，瞬间的休息一下，接着在低下头去。

恨不能把所有的泉水都贪欲的饮个干干净净，满足了以后还不肯赶快的舍去，身后焦急的等着的人必须用着全力把他们拖开。有的等不得，一面笑着一面用拳打脚踢，甚至于欢乐的咒骂起来。

一个一个都心满意足的饮个饱满，携带的水壶里也彻底的装足了。

人的饮渴的欲望满足以后，还有饮渴的欲望更大的马匹。

在队伍的旁边，骑在一匹鼠色的走马上的营长看看手表，问身后也是骑在同样皮毛马上的副官：

"休息的时间到了没有？"

“差十分。”

“传给前面，休息吧！”

副官用拍车踢踢马的肚子屁股在鞍上一起一落的跑着往前面去了。

队伍停止了，枪支全整齐的架在路边，面孔黑红的弟兄们分散的坐下静静的休息。

休息的时间一完，在无尽无休的延伸的路上又是几百双没有表情的眼睛望着前面，几千只杂乱的脚踢起轻浮的尘土。

毒热的火球搬到西方去了，天气一刻比一刻的凉爽，但是老总们的脸上，和身上流不尽的汗水还是依旧，他们忍耐着，坚决的，顽强的忍耐着，不断的迈着两腿，默默的前进前进……

（《大同报》1942 年 8 月 25 日，署名：慈灯）

大 水

乡间，从早到晚，老是雅雅静静的，到晚上，更雅静了。

我们吃饱肚子以后，心满意足的坐在平坦干净的院子里闲谈，忽然，谈到前年的大水。

三哥把坐在小板凳上的身体直起来，咳嗽一声，又吐口唾沫，这是表示他要讲话了。

"我如果晚回来半点钟，在路上，一定叫大水流去了。那时候，我正走到刘庄，刚过河，听见河水轰轰的响，那水势来得真快，好像从天上下来的一样。一转眼的工夫，河边的树林子只剩下树梢上面，大树到半腰，致于小刘，连树尖也看不见了，简直就一片汪洋大海。除了水以外，你什么也看不见，等我跑到家，下坡全进了水，你说多危险？爸爸正忧愁飞立在门口往各处探望，多我说：'这可怎么好，你大嫂子在刘庄，准叫拖走！'

爸爸想雇一只船到刘庄去接大嫂子，不到二里地，要十块钱，爸爸说多少没有关系，把人救回要紧。可是爸爸还没有雇好船……"

大嫂子接着说。

"我回来了！"

她是头一天下午回娘家去的，大河开口子的头半点钟她正帮着兄弟媳妇把□在场上的棒子，翻好，接着洗好手脸就要回婆家。这时候他娘家兄弟急急忙忙的跑回来像和谁打了一架似的高声喊叫。

"了不得！河开口子了！"

大嫂却满不理会，她说一定是别处下来大雨，河水涨了，没有什么要紧，可是别人不让她走，说是过不去，她偏要走，刚走出小街一层赶着一层很快的进了街的那澎澎湃湃放声吼叫的是什么东西呢？这不是大水么？

她惊慌失措，不知往什么地方逃走才安全，正在这工夫，看见庄里熟人的船，载着不少人过河。一个人两块钱，少一个铜板也不成。大嫂也爬上去了一看，摇船的是和娘家有交情的熟人，没有和她要钱，太太平平的回来了。

　　"我们在船上，眼看着，有一辆大车在路上叫大水拖去了，赶车的爬在车上，可是那车身翻了底，底车的在水里用手乱抓河水。想爬到牛身上，水太急了，只差几步远他就爬不过去，那只老牛只剩下一个头，因为有车绑在他身上，不能好好的游水。骡子和驴早不见影了，赶车的呢，我们眼看着他灭了顶，咳，看那光景，真不好受！"

　　好像这情景此刻还摆在她眼前似的，她哀伤的叹息着。

　　爸爸老半天没有张嘴了，他仰着下巴眺望满天明亮的星光，用低沉的声音怨恨的说：

　　"那一场大水，有不少发财的，王庄有个人，得了一块厚棺材盖，他就拿这个做起买卖来，把人骑在棺材盖上，他用棍子撑过了岸就是一块钱，有的是人争抢着上，他这只不用资本的船，送过几个人，他看这买卖有利益马上涨到一块五一个人，后来又涨到两块，大家都说，他用一块棺材净赚了不少钱。"

　　爸爸休息了一下又说，大水把那些从来没有人过问的坟墓扒开了，棺材像花船一样在水上漂荡。从棺材里滚出来的流尸体挂在树枝之间，水下去以后大家以为那是躲避水爬到树上去的人，弄下来一看，一点儿肉也没有只剩下骨头了！

　　发大水那天，三嫂在宝庄她亲眼看见从城里去了四个青年人骑着自行车到乡间逛景，刚把自行车放在河边坐下休息，大水轰的一声滚过来把这四个有福的人拉到龙宫去了。

　　"老张家一家七口人，淹死了三口，一个儿媳妇，一个小姑，她俩不敢爬梯子上房，水到了腰上，他想上房也来不及了。在房上的人眼瞧着她俩在水里立不住，东一头，西一头，后来抱住了树。水是一刻比一刻的深，把她俩漂起来，房上的人就大声喊。"

　　"抱住那树呀！不要松手呀！往上爬呀！抓住树枝……"

那个媳妇，有了五个月的孕，她那有那么大的力气，在树上抱了半夜，力气用尽了，又哭又喊。

"救人哪！救人哪！"

她的丈夫在房上照顾两个孩子，眼看着他媳妇在树上拼命的挣扎，叫苦连天，可她下不来，心里像到绞，可是没有能力救她。天快要亮了她才松了手，随着大水去了。小姑喊起来：

"不好啦！嫂子掉下去啦！"

这个小姑呢，也不见了，那个慈心的老太太，大河一开口子她就上香、扣头、祷告，神佛到老没有来保佑她。她淹死在屋子里，大水退去以后，那个媳妇的尸首是在土坑里寻到的，埋在树枝地下，有一只死狗躺在她旁边。小姑的尸身是在庙后的某密□里发现的。这一个好好的人家这死的死，亡的亡，说呀真可怜！

三嫂说完她的故事喘了好几口粗气。

爸爸又讲说他的不平。

"那些官家来的船，明说是救人，其实是做生意。一个人四块钱，要没有钱，就是一个铜板也不准你上船，眼瞧着你的房屋坍塌，瞪着眼睛看人淹死，理也不理。拿不出钱的人和别人一块儿挤着上了船，他们抓住了先毒打一顿，然后推进水里，怕他们再上来，还往水里狠狠的的抽他几棍。那一天我就看不少没有钱上了船的人，给他们跪下磕头，苦苦的央告，可是，全都推进水里。有人哀求他们，说是四块钱一个人太贵，倘若是穷人，一家少说五口人的话，就得二十块钱，他们一年也不见得能积下二十块钱，随赚随吃，哪有余钱，和他们讲价，求他们少要钱。可是他们毫不让，这是些什么东西呢？"

爸爸愤怒的吹着胡子，狠狠的咒骂一阵。

他还讲了不少这类万人痛恨的事实，那些打着义勇救济的美名的旗号的善良的份子原来都是些害人的魔鬼。如果没有他们，灾民可以另谋活路，他们的出现乃是凭空的增加了死伤的数目，在浩荡的水面上点缀了不少痛苦的血腥！

有一只救难的船，单救年轻没毛的妇女。年老的，衰弱的，丑陋的妇女一概不管。这是什么意思呢？后来有人得到确实的消息了，说是，他们把那些骇昏了。

东西南北都认不清的妇女弄到他们的住处，一个不剩全给糟蹋了，有一个坚贞的姑娘因此上了吊，这就是尊严的官向对无辜的老百姓尽的义务……

爸爸在肚子里装满了这类不平的愤恨，好像这一晚就要把所知道的黑暗全盘的吐尽，因此就会消气似的。可是他，醒悟了，他想起这些不平和愤恨是永远不会吐尽的。

假设旧的真能吐尽，而新的还要接着来，愤恨是没有完的。

于是，他沉默在黑暗里，仍旧仰起下巴望天，好久没有说话，好像掉进洞里一样。

□暗的夜在头上浓重的流着，我过去大水的惨景在每一个人的记忆里陈列出来。

三哥提起精神：

"我把前院那几棵杆子绑起来，上面铺上板子，想用这个当筏出来救救河西那几家人。因为，他们立在房上，那些不结实的房子快倒了。他们爬在树上，树也快没顶了。他们不停地放开了喉咙叫喊：爸爸休息了一下又说，大水把那些从来没有人过问的坟墓屠开了，棺材像花船一样在水上漂荡。从棺材里滚出来的流尸体挂在树枝之间，水下去以后大家以为那是躲避水爬到树上去的人，弄下来一看，一点儿肉也没有只剩下骨头了！

"救人啊！"

"救命啊！"

"这喊声，听见了实在不好受。我把筏做好，可是搬不出去，因为门是窄的，这木筏太宽了。从墙头顺出去，到了外面绳子断了。我一看这不成，如果把人弄在这上面，到了水里散了架子，这不等于害人么？如果有一只船，我能救不少人。一分钱也不要，日后见面一定是亲亲热热的，他们一辈子也不会忘记我……"

母亲讲说些难民，因为她肚子里的话太多，不知从什么地方起头说好，东一句，西一句，很难清理出一条次序来。

那些难民，没有淹死，从大水的魔口里逃出性命来的人们，男的女的，老的少的，面孔憔悴、困倦、疲劳，被扯得四分五裂的状态，多数是赤着脚，衣不整。不分昼夜，断断续续的，在路上拉着一条长舌的阵，摇摇摆摆，强打着精神，从远地方走来。没有东西吃，挨着饥饿，还要往远地方去。

在这乱杂杂，不停的前进的褴褛的队伍里，有许许多多的妓女，披散着头发，面黄肌瘦，有的只穿着不整的短外褂，无力的眼睛窥视着远远的，看着很近，而越走越远，总是遥遥后退的地平线，拖着笨重的腿，□□□□的走过去。后面还有的是，紧跟着接连不断的各种人……

这灾难时发生在前年的六月，在那头一年，是普遍了数省的饥荒，紧接着这场洪水，把人民的生命整个的吞去了。

多多少少还有一点儿粮食的人家只能勉强的维持一个短小的时期，至于那什么也没有的小户，连买糠吃的钱都没有。那么他们吃什么东西呢？

田里剩下的菜根是难得的好食品，从根刨出来煮着或生吃。棒子核弄碎了当米煮稀粥喝，就连这些东西也是缺乏的。

"你这个姑娘才十二岁哪值一百块钱？"

"不！再少了，宁肯留着……"

"我对你实说，你留着受罪，跟我们去，有好吃好穿的，享福多了，过二年就能寄钱给你。"

这是大水以后，二十世纪的人类进行的商业。三哥接着说，有一个人家，把守寡的儿媳妇卖了二十块钱，这还是顶大的价钱，因为那媳妇是很美貌的。

从去年，"风调雨顺"，收成算是不坏，乡间的农民都眉笑眼开认为这是天老爷惠赐的恩典。今年的大秋，又看八成，这就是说，老百姓可以过快乐的生活了。

过去不久的那灾难，痛苦，现在成了模糊的印象，谁也不高兴想他了。

"人们追求的是忘却的和安慰，而不是真理"这话是有意义的。

谈话停止了，因为夜深了，爸爸头一个先起来，拍拍他的后腰，打个哈欠：

"休息吧！明天拨豆子。"

（《大同报》1942 年 8 月 27 日、28 日、29 日，署名：慈灯）

战 斗

天空阴沉沉的，好像一个生了气的人板着冰冷的面孔。

"大概谁要下雨吧？"

杨连长瞪着多虑的眼光望着光大无边的天空自言自语。

面孔黑红的弟兄们正忙忙碌碌的跑出来集合。身体魁梧的丁排长和蔼的大声喊：

"赶□□"

他们是接到了营长的命令应该迅速的到王家沟附近堵击敌人，营的主力已经和敌军的一个装备不错的支队接触了两次，敌军非常的狡猾，他们稍稍的受一点儿损伤就小心的后退，打算避免正面的冲突，想偷偷摸摸的来一回袭击。这个企图并没有叫他们成功，这一回，营的主力是改变作战的要领了，是希望在他们退却的时候，出其不意的，给他一个严重的打击。

部队已经集合好了，杨连长不紧不慢的走到第三排的背面，关心的摸摸一个士兵的水壶又轻轻的拍拍，用力的握着壶底摇一摇。

"你的水壶里怎么没有装满呢？"

又去摇动这个士兵的邻兵的水壶：

"喂，你也没有装满！"

于是，伸长了脖子用着大声对全连的弟兄说：

"水壶没有装满的快去装来！"

有十几个弟兄把枪支交给别人，抱歉的摇摆着身体跑进屋里去了。房屋全是草和土造的，狭窄、阴暗，好像一些鼠洞，说不出有多么沉闷。然而住在那里面的老百姓却没有觉着沉闷的样子。

几个衣衫不整的老年人和青年人立在部队的边旁好奇的看着，有两只瘦弱的狗也列在观众的群里。

杨连长微笑着走进一个梳小头辫，面孔像松树皮，小眼睛像火似的放着光的老年人，对他客客气气的点点头：

"对不起，我们在这里给您添许多麻烦，实在谢谢！"

"连长真客气！这真是……"

部队出发了，官长和士兵的精神都很饱满，他们踏着有力的脚步快活的前进。

深秋的山谷，浓绿的服装已经脱去，满山满岭是黄色的衣裳。

头上是紧压的乌云，脚底下是潮湿的沙土，这山谷长得很深很深。

部队的先头一拐弯，像蛇似的一串人群就渐渐的缩短，像钻进洞里去一样。在另一面，蛇的头露出了，很快的现出身子，又现出尾巴，整个的身体全现出来，弯弯曲曲的在山谷活动着，从远处看实实在在像一条蛇。

杨连长和丁排长走在队伍的最后尾。

"这回，我们得出点儿力量……"

"连长说的不错，上回，很好的机会，我们错过了！"

"我们要早到十分钟，决不能放过他们。"

"专在那种时候机关枪出故障，气不气人？"

"有的时候，胜利眼看就算到手了，因为太兴奋，太急，做错了事，让胜利溜走了，这种事情是常有的。最要紧的是，不管胜利和失败要用力的抓住自己的精神和动作。譬如我们上回。"

他们上回是应该极敏捷的抢上山头，在敌军没有退走以前，把所有的机关枪和兵力适宜的配置在隘路口的高岗上。当敌人惊慌的，散乱的退过来的时候，勇猛的集中了一切的火力，这么一来无论有多少，都逃不出这死的火网，会一个不剩，全永眠在山谷里。

部队不停的顺着狭窄的山谷前进，这时候已经全连的走上高岗了，连长和两个传令兵爬到就近的山顶，拿出望远镜来仔细的侦查前方的地形，和地图对照。实际的地形是有点差异的。

他们刚刚把兵力周密的配备完事，派到前方的斥候来了报告：

"赵庄有卅几个人……"

"在干什么？"

"老百姓说在那里休息。"

"什么时候去的？"

"去不久……"

"不确实！"连长不满意的摇摇头，拿出暴躁的脾气来，"再去一趟，要亲自探一下，看个究竟，不要单听从老百姓的话就算数，记住了没有？"

"记住了！"

"那么快去！"

斥候用袖头抹抹额角的汗珠，挤挤眼睛，轻轻的提起枪来，默默的转过身子很快的走去了。

时间过去的很快，远处的枪声很清楚的传过来，连长挺着胸脯立在阵地的前面，对着全连的弟兄用着大声：

"没有命令放枪，谁也不准动一下，千万不要像上回那样子，刚看见影子就动手，那是不行的，要沉着，不要发慌……"

他又关心的嘱咐排长。

然而那枪声又远去了，好像移动了方向。正在莫名其妙的时候，前方的斥候热汗淋漓的跑回来了。

"报告连长，第一营在赵庄的南头正在和他们打……"

"有所少？"

"四五百呢！也许还要多……"

连长像一部机械开了坚硬的发条似的不能忍耐的跳起来了：

"我们快去吧！帮他们一下……"

在赵庄——一个寂寞荒凉的小村落，这时候起着很大的混乱，几乎分不开我军和敌军的在那里激烈的打着机关枪像咒骂似的：

"突突突突突突突突——哒哒哒哒哒哒哒哒……"

震人的吼声是不间断的。

而在山山岳岳之间则是一连串的沉闷的回声。

步枪断断续续的叫着，子弹从头上飞过去的时候发出一声异样的怪叫。

身材细长，面孔紫红的营长，手里提着"匣子"只领着七个士兵藏身在一堆石头后面和四面八方围上来的敌人苦斗着。这恶劣的遭遇是两方面都没有预想到的事情，营长直属的第二连这时候从三面包围着小村落，想打进来救出被困住的营长。有敌人从中间阻隔着，很难打进来。敌人是企图打通一条安全的道路全队窜出去的，而包围着他们又绝不肯轻易的放开。这么一来就陷于很困苦的混乱的状态里了。

有十几个敌人拿把炸弹跑近了石堆，其中有一个很准确的把一颗手榴弹扔在营长的身旁，但是他这颗炸弹扔得稍早了一些，营长的当差的，一个眼疾手快的小伙子，他迅速的把手榴弹稳实的拾起来正确的扔回原处。这回才炸了，轰的一声巨响，滚滚的烟药混着沙土，他们有三个负伤，有一个伤得特别重，好像是炸破了肚子，在地下像挨了一脚似的难受的爬着，想爬起来总未能如愿。另一个老伙计想扶他起来，营长很准确的打去一枪，正好打在那老伙计的脑门上。营长的第二枪是击中了一个退却的敌人的背，他像个蛤蟆似的张扬着手和脚扑倒在石堆上了。

距营长仅仅不过四十来步远，有一挺机枪，班长很忧虑营长这一面，几次想把机关枪拿到营长的跟前，总得不到一点儿机会，敌人的五十来人伏在墙头后面，屡次想冒着危险过来抢这挺机关枪，被猛烈的扫射打回去。如果机关枪生出一点儿故障，那么，危险是必然的了。

营长也看出班长的为难的，他时时焦急的摆手指示他，不叫他过去，叫他原位不动的抵抗。

我们应该在这里介绍一下那个班长，他是个个头不高，身体又粗又圆的有力气的汉子，眼睛滚圆，瞪起来的时候像牛的眼睛一样，是个打仗的老手。他把"匣子"交给那伏在地下的兄弟，亲自把机关枪压在自己的肩头上。

他迅速而且正的把子弹装好了，并不射击，好像发生了故障似的，老老实实的等着。

埋伏在墙头后面的敌人有三分之二以上果敢的跳出来了，有的非常大胆，赤手空拳的飞跑过来，机关枪眼看到他们手里了。

营长急得眼睛充血，几乎叫起来！

黑呼呼一大群敌人张牙舞爪的对着机关枪班扑过去了。

班长身旁和身后的弟兄急得目瞪口呆，有的立起，好像要逃，有的大声警告班长：

"班长，快打呀！"

"再不打就……"

班长像聋了似的——不管弟兄们怎样的焦急，甚至于愤怒或恐慌，连理也不理，直等到敌人的群接近过来，还差得十来步，他用力的把枪身摇动起来了。

枪口的火星闪烁的喷着，发出山倒的昏人的吼声，突突突突突突……

而在村落背后的山岗上，回声像答话一般：

"哒哒哒哒哒……"

敌人像草的被割倒，成列的被打倒，死在血的流里。

负伤的就在机关枪的前面滚着爬着呻吟。

侥幸的，没有领受血腥的礼物的拼命的往回逃跑，又被机关枪的子弹迅速的追上，打进了脑或背，像无形中有一只很大的妖魔的手把他们狠狠的按倒，抓住身体跑出的鲜血。

敌人放弃了阻止包围的部队，像一窝蜂似的，对着营长和机关枪的这一面凶猛的扑过来，他们是想赤手空拳来厮斗的。

就在这危险的时机，杨连长的一连跑到，占领了营长死守的石堆一带的坏线和机关枪一齐的，用不着指挥的，在村落前面的路上尽了一道血的河流。

敌人的尸身在各处奇形怪状的陈列着，张着牙齿的，吐出舌头来的，把牙齿啃着泥土的，两手抓住石头的，歪扭着脸的，衣服破碎的，头发上滚满了污泥和血的……

然而这是敌人的伤和死，无论伤多少，死多少，用不着可惜，他们死的越多，我们的功劳越大。

败残的敌人支撑不住了，他们解体了，分散了，个人领个人的，在场和死的堆里寻找着唯一的救济。

逃得快的逃出去了，逃得慢的，在伤和死的堆里加上数目。

最可惜的是，经历了次数数不尽的战斗，受过难以尽说的艰难和重重样样危险的营长受了重伤，在几点钟以后逝去了！

夜来临，各处盖上黑布，枪声已经停止，寂静。第二天早晨，太阳照旧从东方出来，温和的照着大地，在赵庄激烈的战斗过的部队，全集合在一起开走了。营长战死的地方恭敬的立着一个木桩，写着这么几个子；"张营长名□战死之地……"

八月二十一日于值宿室

（《大同报》1942 年 8 月 30 日、9 月 5 日，署名：慈灯）

我想当演员

那一年我十七岁，在轮船上服务。

有一天傍晚，我闲着无事坐在甲板上看电影杂志，一个要好的伙伴抚着我的肩膀很亲密的对我说：

"你要想当演员，我有个门路……"

"真的么？"

"谁要撒谎是王八蛋！"

他诚恳的告诉我，有个上海开照相馆的亲戚认识明星公司的导演张石川，如果我愿意的话，介绍一下就成了。

我用力的搂着他的脖子快活的跳了半天。我相信他，我以为明星的光芒已经从我头上，像西下的夕阳那么样，光辉灿烂的普照全世界了！

船到上海停泊三天，头一天我就告假，随着我的伙伴兴高采烈的到一条最热闹的街上，在一家很不错的照相馆的后屋坐下了。

女主人是个体胖腰圆的肥娘们，她不耐烦的说……

"掌柜的不在家，晚上来吧！"

第三天我独自一个人，勇敢百倍的跑到明星公司拜访张石川先生。

"啥事情呀？"

一个穿白洋服，没有领带的中年人这样问我。

我撒起慌来，我说张石川先生是我的亲戚，特意来拜望他的。

他半信半疑的把我领进一间并不怎样漂亮的客厅，一进屋我就看见在一张沙发上坐着一个浅灰色长衫的人，在那里聚精会神的翻一个小账本。

"就是他！"

领我进来的人用粗手指点我的鼻子。

我把开照相馆那位经理先生的尊姓大名先说出来，结论是吞吞吐吐的这么一句：

"他说，求您在这里给我找事情做……"

他翻一翻眼珠，上下打量我一下，好像量布似的。我心里非常纳闷，这个人就是张石川么？我看他，并不像个艺术家，好像是个绸缎庄的老板似的。

"过些日子再来吧！"

这就是回答。

我失望的坐着"黄包车"回到码头，扶着栏杆对着暮色苍茫的汪洋大海喘了老半天大气。

轮船离开上海的时候，我恋恋不舍的望着那些渐渐模糊的建筑。

以后我又改变方针，打算去投考军官学校。然而当电影明星的梦，好久以后才消逝。

假设我"过些日子"再去，真收容了我，那么我现在也许是个出名的明星了？

我现在想起那时候的事还觉着好笑。

——你也觉着好笑么？

（《大同报》1942 年 9 月 18 日，署名：悬灯）

模　仿

有些人反对模仿。

我以为初学写作的人应该模仿。

所谓"模仿"决不是"剽窃"和"抄袭""改头换面"，完全无关。

正大光明的模仿是和蜜蜂采蜜一样，他到各种心爱的花上采取理想的资料，拿回去创造他自己的东西，造出来的东西纯粹是他自己的作品。这样的作品是好的！

我们敢这样的说，古往今来，世界上没有一个作家不模仿别人的作品。

所谓作家，当然不是从天上掉下来的，也不是从地底下钻出来的，他有先天的才能，也得克苦的努力的学习。他必须努力的读书，书会给他很大的影响。特别是他最心爱的书，当他写作的时候，会不觉的受那书的影响，模仿那技术和形式。

那些文学巨匠，无论他的风格怎样的特殊，奇怪，决不是他自己单一的独创，或多或少，总在技术和形式上模仿别的更巨的巨匠。

大概是托尔斯泰说过这样的话：

"我们都是从果戈里的外套钻出来的。"

这是很坦白的承认他们都不是从天上掉下来的，也不是从地下钻出来的。

反对模仿的人也许还没有认清模仿的伟大的意义。

连世界名著的文豪们都模仿，像我们在家庭里还没有著名的初学作的小卒为什么不模仿呢？

再加上几句：

正确的模仿是模仿那优秀的技术和形式，和剽窃，改头换面完全无关。

初学写作的人要怯怕模仿，那他永远不会在著作这种艰巨的事业上有什么希望……

（《大同报》1942 年 9 月 19 日，署名：慈灯）

题　材

有一大些写作的人说：

"哥哥妹妹那些事是不值得写的！"

有许多聪明的读者也跟着喊：

"不错，不错，我们不须要那种无聊的东西！"

歌德的《少年维特的烦恼》这部世界名著，写的却都是"哥哥妹妹"！而小仲马的《茶花女》这本书也是"哥哥妹妹"做题材。

要知道，在我们人类所居住的这地球上，不论是惊天动地的战争，或者是谁也不惊动的老婆孩子的身边琐事，甚至连一只小猫，一直不大容易看清的小虫，一个茶碗，一粒灰尘……都是作者的伟大的题材。恋爱，是无论谁，只要不是生理变态的畸形人，都是须要的。不要说人，就连不会读书不会写字的别的生物，都须要异性，这本来是谁都知道的事。恋爱，是人类生活的一部分。有的人，把恋爱当作一生一世的大事业去拼命的□□，这种事实，谁也不能否认吧。

有一大些作者所以说不值得写，多半是因为写不好伟大的恋爱的题材的缘故，只是夸示："他多么热烈的爱我呀！""她是如何的温柔，如何的美呀……"，没有把恋爱的题材的的最伟大的意义，……社会的意义……写出来。但是撒谎，掩饰夸示，不消说，是没有意思的作品。

然而问题决不是"不值得写"，是"写不好"。

因为作者写不好，所以读者要厌恶的摇头，这是自然的。

老婆孩子的身边琐事，也是伟大的题材，我们只要一翻写实的主义大师左拉先生那些不朽的丛书就明白了。左拉那些大作，写的不是老婆孩子的身边琐事么？

总而言之，我们不写则已，要写的话，必须坚毅不拔的立好正确的"文艺信仰"，不管一股人怎么说，我们尽管仅着自己的能力顽强的写下去。

"哥哥妹妹"也好，"老婆孩子"也好，全是写作的大的题材。处理的好更是伟大的作品。弄糟了便是无聊的东西。

同样一条龙，巨匠三笔两笔抹出来价值一万元，不会画的人涂了十万笔不值半分钱。

同样一个胡琴，名家拉出来便婉转动人，不会拉的人，吱吱嘎嘎特别难听。

我们写作处理题材也是这样的呀。

（《大同报》1942 年 9 月 23 日，署名：慈灯）

爱的故事

我近来时常愿意在吃饱了肚子没有事情做的时候去悠闲自得的压马路。我觉着在街上看看那些来来往往的女性，比闷闷的坐在家里读书或写什么狗屁文章有趣多了。

你往哪里去？

有一天我正在大马路上慢慢的迈着步，有个人从身后把我的胳臂拖住，吓了我一跳。我赶紧回头看他，原来是我的老朋友周君。

我闲走，你呢？

他笑嘻嘻的说："我也是。"

于是我们不约而同的在一起走了。他好像腰包里很有几块钱似的，老提议上契茶店去。

"好，去吧！"我赞成的点点头。

契茶店里人很少，除了我们俩以外，再就是女招待。年纪大的一个静静的靠墙坐着沉思，像做梦样的半闭着眼睛。年纪小身体很瘦弱的那个伏在桌上玩弄一张纸条。管钱的小伙计在柜台上聚精会神的打着算盘。

把两只胳臂肘放在边上聚精会神的看着他的脸，有不少日子没有见面。我看你——好像瘦了一点儿。

他愁苦的摸摸脸：

"你可知道我这些日跑到什么地方去了？"

"不知道。"

"哎！"他轻轻的拍一下桌子，说："说起来真丢脸，可是我不怕你，让我从头到尾的告诉你吧……"

那个伏在桌上玩弄纸条的姑娘站起来望望外面，进来一个中年的胖子，后面随着满身是肉的肥娘们，进里屋去了。

我咽口唾沫，聚精会神的听我的老朋友讲故事。

"去年冬天时候我在一起的那个女子你不是见过么"

在我的记忆里浮起一双乌黑的大眼睛和剪得短短的头发，笑的时候露出一排雪白的牙齿，非常动人的姿态。

"她死了。"

"什么？"我不干相信我的耳朵了。那么天真，活泼而且健壮的女子怎么会死了呢？

"不单是你觉奇怪，我最初听到这个消息的时候也不相信，我特意跑到哈尔滨，到她的家里去打听，一点儿也不错，她母亲对我说，她已经死去两个多月了。"

"是病死的么？"

"是的……"

"什么病？"

"这可不详细。"

"你特意跑到哈尔滨去了一回，为什么不打听彻底呢？"

"因为我当时从她母亲嘴里得到她确实死去的消息的时候，好像有一把刺刀刺进我心里一样，我没有勇气详细的问下去……"

在他的眉目之间流露出难以克服的悲苦的模样。

"我们在一起的时候，我并不知道她是爱我的，我以为她时常和冯君来往，是很爱冯君的。所以我极力的躲避和她接近，那时候我非常的恨她。我认为她想同时玩弄两个男性。有时，我想当面质问她或骂她一顿。"

"渐渐的，她也看出我是讨厌她，恨她，但是她并不改变那玩弄男人的心肠，还是照旧的打电话约会我。再不然就去找我，找不着我的时候就写信。我一封信也没有回过她。"

"有一回因为我不愿意和她一块去看电影，她竟落着眼泪走了。从那以后她不再像从前那样殷勤的找我了。"

"今年春天她突然的离开新京，回家去了。老冯很不满意我，有好久没有和我说话。只有一回，我们谈起话来，他厌恨的指指我的鼻子说：

你这个人太狠心了。

为什么？

她是那样的爱你，而你却连理也不理，可不是狠心是什么？

你们俩是很要好的，难道我不知道么？我怎么好夺你的情人？你简直太不讲理了！

他的气更大，混身动摇着像一只疯狗一样，用震人的声音对我疯吼：

你这个傻子，你真傻到家了，她是我的叔辈妹妹，我们怎么能够相爱呢，她要是我的情人，我为什么要给你介绍。我为什么要极力的替你拉拢，你真是一个天下少有的混人。

那么你们为什么要时常来往呢？

来往有来往的事情，怎么你还不知道么？她是从小父母给订过婚的人，为了这件事时常找我，叫我替她出主意，想一个圆满的解决办法。你竟怀了疑，以为我们是什么关系，真是活见鬼！

他把门砰的一声用力的关上，不见了！

我知道我是错了，等我知道我是错误的时候已经晚了，她已经回老家，和她不相识的人结婚了。结婚以后，她的生活并没有一点儿幸福可说，她的婆母小姑时常和她打架，她的丈夫对她也没有情没有义，说她在娘家的时候不好好读书，跑到新京去交野汉子……用种种的谣言和无情的手段侮辱和压迫她。她在这种悲惨的状况里怎么会有快乐呢？她只有失望和悲哀，悔恨和伤心。

谁更想到她死去了呢"

我的老朋友这段平庸的故事很有点儿动了我的心。

"你怎么得到了她死的消息呢？"

"老冯告诉我的……"

"她没有在临死以前写信给你么？"

"没有……"

"那么，她是默默含着无限的悲痛死去的，她在临断气的一瞬间眼前还浮现着你模糊可爱的面孔……"

"得，别开玩笑了！"

年纪大的那个女招待过来把空空如也的牛奶碗拿走了。我伸个懒腰立起来！

"走吧！"我说。

他呢，无精打采的，好像掉了魂一样……

（《大同报》1942 年 9 月 29 日，署名：慈灯）

我们的剧团

好几年以前，我在一个说不出有多么寂寞的生城里住。

这城里有一家报馆，在这报纸副刊上投的全是一些"之乎者也"的先生们。有一个放送局，每天所广播的多半是"西皮二黄"之类。有一家电影院，三五个月不演一场电影，平常总是演唱"洛子打鼓"。刨去这些以外，什么也没有。新的艺术的空气是一点儿也呼吸不着。

吃饱了饭没有事情做的时候我就在心里核计：成立个话剧团能不能行呢？

我有个脾气，想到就得做，不做决不会舒服。

前一天晚上想的事，第二天早晨就写计划，不到一上午，应该报告的机关都在我的计划书上盖好批准的图章，第二步我才寻找演员。

当然，我得从朋友的队里寻找喽。不到半点钟，在电话里决定了五个男演员，我觉着最困难的是女演员。当时，除了本屋的打字员以外一个也不熟识。于是我先和这位打字员女士商量。

她说：

"我很愿意参加，不过……"

"不过什么呢？"我等不到的问他。

"下班以后，我不能离开家，因为孩子没人照管。"

我这才想起她是有了小孩儿的人。我垂头丧气的抓了一阵头发，忽然我抓出一个意见：

"你上班的时候，孩子不是有他奶奶给照管么？我们并不是天天干，不定多少日子演一回。"

好话说了三千，她总算开面子，答应了。

接着我又想起一件大事。

"你得另外给介绍几位女演员呐！"

"好吧！"

男演员全是各机关的青年职员（他们为了帮我寻找女演员实在费了不少的苦心，总算不错，老天保佑我们，请到四位小姐。）

我的同事大哥和多数的朋友们众口同声的说：

"决不会成功，不信你办办看！"

我悄悄的不说话，默默的进行着我理想的大事业。

报纸的本地版用第一号的大铅字把我们话剧团成立的消息登出去了。——这段新闻记事是我自己写的，大吹大擂，尽可能的多用动人的字眼儿，发生的效果很大，有不少青年老弟写信给我，愿加入剧团。我全部一一的回了信，欢迎他们参加。

是一个冷得要命的夜里，我孜孜不倦的伏在灯下写放送本，——第一次我决定放送——剧本写好，打字员热心的给我打出来，勤务兵很高兴的给我印出来，把我乐的手舞足蹈。我想，我努力的成绩是不会错的。

把决定出演的演员招集在一起，剧本交给他们，大家活泼的研究着。

有个女演员读完剧本以后像挨了一巴掌似的，生气的小嘴噘起来：

"我可不演这个角色！"

她斩金截铁的说，反派角色她无论如何也不干。

这个强硬的宣言好像在我头上狠狠的打了一棒子一样把我打迷糊了。

迷糊了半天我才醒过来，真是又好气又好笑。但是我极力的忍住，用特别温和的口气对她解释。用一百二十万分客气的声调劝慰她。

"我不干！"

这个丫头的脾气真大，无论怎样的商量也不成，我真想一巴掌把她打哭了算完事。

后来，把这个反派的角色按在另一位志愿的女演员身上。

一共训练了四回。

这期间我和放送局那方面早就联络好在没有正式放送的头一天还到放送局去实际的对着麦克风预行练习一次。因为我们这些男女演员从降生到世界上以来，这个把戏还是头一次耍。

没有放送以前，我又写了一篇宣传文章在报上冠冕堂皇的大吹大擂了一场。

第一次放送的成绩，据各方面的批评，说是不大离。不消说，我是欢天喜地的，好像小孩子得到一匣子糖果一样。

在冻得手指发木的夜里，我又聚精会神的伏在灯下不眠不休的写起剧本来了。说实在话，我只是读过一些剧本，从来没有编剧的经验，至于放送或登台表演的事我简直是一窍不通的门外汉。可是我不管什么经验不经验，我以为所谓有经验正是从没有经验的经验里脱胎的，地球上还没有一个从天上掉下来或者是从地底下蹦出来的有经验的人，全是时常干，干出经验来的。我这样想着。

话说我们要实行第二次放送的时候，难题一重又一重的逼着来了。

第一，又是女演员出岔子。有个小姐哭哭啼啼的说，不知是谁，写了一封求爱的信给她，叫她爸爸接到了，把她好一顿骂，禁止她以后再放送什么话剧，不然的话要打断她的腿！

我的脑袋上好像浇了一盆凉水。

我们失去了一个比较聪明而且有希望的台柱。后来，费了九牛二虎之力，好容易又找到一个勉勉强强愿意干的女演员补上空缺的位置。马上，我们又实施第二回放送。这回，比头一次的成绩能强一点儿。

紧接着又绞心熬血的编第三回的放送剧本。并且，接连不断的写起剧本来了。一个月之内，写了二十来种，差不多每一天都完成一种。每天晚上写到过半夜，累得头迷眼花，腰酸腿麻，那股劲头现在想起来还有点儿吃惊。

我们放松了好几回。有一回，一个女演员，她在应该哭的情节却嘻嘻的笑起来差点儿把我的肚子气破了。

因为置备不起应有的道具，到老也没有让我们的男女明星登台显显身手。有一回，我把写好的剧本送给一个女子国高，校长和别的老师赞成我的运动，决定叫学生在一个国家的纪念日登台表演。因为须要警察的服装，我汗流浃背的跑到警察应去借。须要宪兵的服装，我又气喘如牛的跑到宪兵团去借。

出演的全是女学生，男子角色也由女的包办了。但是这回出演，观众鼓了不少掌。可见，演的成绩是不坏的。我们的话剧团呢，并没有间断的往前发展，可惜，后来□了。

事情是这样的：

我在这篇文字的一起头就说到的那个省城里的人大多数的脑筋在那时候还不开通，好像石头似的顽固不化，偏见又有很深。女演员的家庭和环境不许可她们在大庭广众之间出头露面，他们还抱着男女授受不亲的旧观念认为好人家的姑娘是不能登台演什么话剧的。又加上几位女演员缺少坚毅不拔的志气和对于艺术的认识和信仰，一个走开两个解散，终于像秋风中的落叶一般全部悄悄的飘散了。

男演员是有始有终，一直坚持到底的。他们有的功劳很大，有大书特书的价值。

在一个寂寞的夜里，我把没有问世的一堆剧本原稿，一页一页的撕碎，轻轻的扔进火炉里，默默的看着那无力的火光和摇摇不定的轻烟。

然而弄话剧的机会我还想试一试。

（《大同报》1942 年 10 月 1 日，署名：慈灯）

好人和坏人

大家时常斩金截铁的说："这个人是好人！""那个人是坏人！"。其实，什么样人是好人，什么样人是坏人，决不能像选择木头那么容易一下就把他分别出来。

我们认为"好人"的人，未必就是什么真正的好人。有一种人，天生一副眉开眼笑的嘴脸，你得意什么，他说什么，能把你说得舒舒服服，迷迷糊糊。于是你认为他是好人，赞美他，宣扬他，恨不能一下捧之上天。这样人实在多得很，多半是被列在好人的队里，没有想到，列错了！

有的人，先天给他遗传一种强烈的血统，他不会人云亦云，不肯仰人鼻息，缺少愚蠢的感情，富于理智、粗率、豪爽、有话就说，把别人弄生气得罪了人家还一点儿不知道。这类家伙十有九是叫人厌恶，要无情的把他列在坏人的队里的。可惜，这也列错了！

一句话，大多数人是把好人和坏人弄颠倒了的。

特别是男女之间最容易弄错，尤其是一双袜子也是好的，二斤豆油也会动心的人们，你只要假装温柔和多情，体贴和慷慨，他们就承认你是天下最优美的仁人君子。你倘若不顺从他们，更坏的是你如果在口头，或文字上，说到他们的毛病，他们会对你瞪起狰狞的眼珠并且露出牙齿出来。这类人是好人还是坏人呢？

我说，不是好人，也不是坏人。因为，有点儿不大十分像人似的。

（《大同报》1942 年 10 月 7 日，署名：慈灯）

明朗性的文章

从今往后，我一定要写“明朗性的文章”——我这样的下了决心。

因为今天发饷，我领了一百多块钱，特别的高兴，所以决心就下得特别的坚决，而且马上铺开稿纸，抓过笔来，要动手写了。

但是，左思右想，想不出来。

街上，不知是谁家的女人好像打架似的，用尖锐震人的嗓音叫喊：

“□□崽子，你看你，把□□弄的多脏？快滚回家去！”

我忽然想起一个滑稽故事。这是在小报上看见的，有个老公公，看中了儿媳，五更半夜偷着溜进儿媳妇房里。他没有想到，他的大女儿在媳妇房里作伴，他正好楼主了自己的女儿，女儿生气极了，打了他几个打耳光……要把这个故事写出来一定有趣。可是，不知道算不算明朗性的文章。想打个电话问问报馆，可惜家里没有电话，邻居们也缺少这东西。

怎么办呢？

我的尊夫人进来了：

“把房租钱送去吧，省着叫人家张嘴。”

我赶紧数二十块钱给她。

“借老侯家的那三十块钱不给人家么？”

我又数了三十块钱给她。我盼望她快点儿拿着走，别打扰我写明朗性的文章。

她把钱紧紧的握在手里翻弄着眼珠，端详着我，好像十年前还没有结婚头一回和我见面似的，可是嘴脸的颜色有点不同，好像要干架似的，把小嘴高高的噘着。

“电灯费呢？”

“多少钱？”

"三块六。"

给她四张单元的新国币。

"报费也到日子了，两个一元五，一共三元。"

给她三元。

"无线电听受费"

"多少？"

"一元"

"还有什么？"

"水钱两块五。"

"再没有别的啦吧？"

"我想买双皮鞋……"

"什么，买皮鞋？"

我赶紧把笔放下，严声历气的教育她："买双皮鞋，顶不及得四五十块，我想做军服钱还不够呢！你真想个宽……"

她碰了一个大钉子，好像脑袋上挨了一棒子似的，半天没有说话。

我闷闷的喘出一口粗气，拿起笔来，接续想着明朗性的文章。

"给我钱哪！"

她在我身边大声的叫起来。

"什么钱？"

"报费、听取费、水钱、还有明天配给米、米钱、这个月的菜钱，可是，老王家娶媳妇，我们不随个份子么？"

我实在忍耐不住了，把饷包里所有的钱都掏出来，两只手捧着，恭恭敬敬的献给这位女士，我只求她快点儿走开，被打扰我写明朗性的文章。

然而她还是不走，一五一十的数着钱，曲折手指计算着，又找一枝铅笔在纸上写着计算起来，算得非常的热心，好像学生在考场里一样。

我想起头几天在街头看见两只狗屁股对着屁股的光景，不知能不能够得上明朗性的题材。

"不够！"女的又说话了。

"怎么不够呢？"

"你忘了么？我兄弟昨天来信说生了小孩儿，你不是说应该寄二十块钱给他们吗？这几个钱，怎么会够呢？"

她把铅笔和纸和钱全都放在我的稿纸上。

"请作家先生算一算吧！"

我真想把钱摔在地下，又一想，我现在要写明朗性的文章。不可以生气。一生气写不出什么明朗性的文章了。

于是我忍耐着满肚子的不耐烦，把钱推给她，用温柔体贴的口气和她商量：

"不够的话，过两天想别的法子吧！"

我只求她走开，别打扰我。因为我的决心下得非常坚决，非写明朗性的文章不可。可是她还不走开，又提出严重的问题来：

"你有什么法子？"

"书局也许能给我一点儿稿费。"

"给多少？"

"还没有一定……"

"那没有把握呀！"

"那么，你写信和你父亲借几个。"

"你说的真容易，老和人家借钱，多不体面。"

"你们回家，我就好办了……"

"我们回家，你好和别的女人胡扯呀，扯起来方便啦是不是？"

我悄悄的不说话，我最害怕她搅起这一类事情，一提起来就叨叨咕咕的没有个完。果然，她又叨咕起来了，把我过去那些荒唐的事，像讲平词似的，从头到尾的讲起来。

我赶紧把稿纸收拾，扣上帽子，急急忙忙跑到大街上在来来往往的车辆的闹声之中，我觉着耳边似乎还有叨叨咕咕的声音：

"我们回家，你好和别的女人胡扯呀？"

连我自己也不知道什么时候坐在一辆破马车上，在吵吵闹闹的大街上奔跑着，我不知道要往什么地方去……

（《大同报》1942年10月9日，署名：慈灯）

军队生活的影响

我在军队里生活，已经有十来年的历史了。

我应该"感谢"军队生活给我的影响。因为我在没有入军队以前的性格是软弱的，踌躇的，入了军队以后，变成刚强的，坚定的了。

当我还是一个上等兵的时候，我是多么害怕在夜里站步哨啊！是的，那是我第一次站步哨的光景。

我们的班长，是个身材不高，面孔远远的，说话的的声音很响亮的青年，他领着我们几个去换班的人走过积雪庭院。当时，是隆冬三九天的深夜，大片的雪花正在飘扬，树皮上像开着花朵，房盖上好像戴着白帽，地下铺着厚厚的白雪。我们踏着雪地，脚底下发出沙沙的声音。

卫兵所的灯光朦朦胧胧的好像蒙着一层布罩，附近的马厩里，马的吃草的声音在寂静的夜里格外的响亮。

走到胡同的黑影里的时候，班长用坏蛋的口气问我："你头一次站岗，不害怕么？"

我很有自信的回答他：

"不怕！"

其实，我一点儿自信力没有，所说的不怕是真实的撒谎，我是不好意思说害怕罢了。

走到房屋倒塌的空地，班长叫我们立定了。

"你就在这里。"

他指指我的鼻尖，用力的踩踩脚去了。我望着他们渐渐模糊的影子，听着渐渐消失的声音，再一看面前的废墟，坍塌的房屋，像一个巨兽躺在雪地里一样。那墙角的影里，我总觉着有敌人蔽在那里，在所有黑暗的角落，我以为一定有什么可怕的野兽，甚至于在我身后的树上也像有什么妖怪似的。我几乎连呼吸都不敢了。

一直到听见了来换班的人的脚步渐渐的和我接近，这才从紧张和恐怯的空气里把我开放，我能舒服的呼吸了。

这第一次给我的经验怎么也难忘。

我刚入队的时候，很怕远距离的跑步。我记得有一回跑得太远，其实那是并不怎么样远的距离——我排在队伍的后尾，跑了还不到十分之二的路程，累得上气不接下气，我觉着肩头上的三八式步枪的重量一刻比一刻增加，腰上的刺刀和子弹盒太也累赘，皮靴头也好像多分量，裹腿也觉着不合适，混身像有一块千斤重的石头压住或用铁链绑住了似的，什么地方都觉着不合适。

我恐怕前排的人跑得太快了，好像故意把我扔下似的。我在转弯的时候看见前排的人迈着大步，甚至于一步比一步大起来的姿态，我几乎哭起来。

因为我的性质天生顽强，几乎累得要倒的地步，还忍耐的咬着牙，头上的汗水滚滚流下，嗓子里又干又紧，好容易听见一声开恩的口令，我这才挺胸脯来对着广大无边的天空吐出一口长长的闷气。

不仅是站岗、跑步，我赶不上别人那样的泰然自若，连早晨听见起床号以后穿衣服、吃饭……每一个动作都落伍。

一个人的身与心本来是离不开的。我在生活上处处赶不上别人，当然，我的精神也随之退步了。

但是军队生活的自然的力量不断的推进我走到强壮和有力的路上，我的脑量尖尖的大了，我的脚力也渐渐的大了。我在早晨起床的时候和别人一样快的着好装，收拾妥被褥，一样快的跑到窗外静等着点名。在吃饭的时候，我能和别人一样迅速的运用着筷碗。别的动作，也和别人一样，发展到相等的水准。于是我的性格活泼起来了，坚定得多了。

时间一秒一秒的过去，日子一天一天的逝去，我的性质也一天比一天的强硬，多走几里地是不在乎的，少吃几顿也忍耐了。

更大的经验是，震人的枪声尽管在头上穿过去，山倒似的炮声尽管在附近轰击，我不至于魂附体，战战兢兢，好像秋风中的草叶了。

我欢喜骑一匹烈性的快马在重重叠叠的障碍上飞奔。我愿意把剑道的护具紧紧的绑在头上身上成天的比赛下去。我嗜好卧在泥地里正确的对标把一枪一枪的打去。我高兴□着营和团在一定的计划里取着演习的姿势。我决不推辞参加讨伐部队驻防在寂寞的乡村里，因为这样的生活是许多年来养成习惯了的。

军队生活给我的影响，除了身体像牛似的强壮，性格比从前刚强以外，还有举不胜举的好处。

我有许多文艺家朋友，在我的眼里，他们的多数是胆怯，遇事踌躇寡断，忸忸怩怩，不直率，不豪爽，不能有话就说有屁就放，不能马上裁决和处置一种繁巨的事务。不客气说，他们的一举一动我都觉着不大顺眼。于是，我时常这样想：

没有军队生活经验的人实在是大不幸！

（《大同报》1942 年 10 月 11 日，署名：慈灯）

园　边

有一只年轻的，聪明的公鸡，时常到他的邻家去约会。一只美丽多情的母鸡在小胡同里一块儿散步，这只母鸡是浅黄色的，浑身上下的羽毛像丝绒一样，又结实又明亮。

但是这只母鸡小姐和人间的妇女是不同的，她最厌恶雪花膏、扑粉、口红、香水那类的东西。她时常说，人间的妇女认为使用雪花膏和扑粉是极光荣的事，其实那是最卑下贱不过的行为，没有比这种举动更劣等的了！

"你的见解是不错的，我很佩服你。"

公鸡青年用感叹的口气这样说。

但是母鸡小姐决不因为情投意合的朋友赞美她而流露出得意或骄傲的嘴脸。从这一点儿看，的确是和人间的妇女有差别的。

"怎么样，这些日子你们家里的主妇还因为你不下蛋的事而生着气么？"

母鸡小姐在墙边寻到了一条瘦小的潮湿虫，欢喜的吞进肚里以后就热心的回答朋友的话。

"是的，她还生着气，在她以为凡是一只母鸡就应该给她多多的下一些蛋，她不知道，下蛋的事我是不高兴的……"

这位母鸡小姐不仅和人间的妇女两样，和别的母鸡也全然不同，她认为下蛋是没有意义的事。于是，立定坚毅不拔的志气不下蛋，成天逍遥自在，各处游戏，说不出的舒服和太平，快乐和适宜。

（《大同报》1942 年 10 月 13 日，署名：慈灯）

别

　　我们在窗外完成了一个凉棚，是用两个木椿埋在地里，上面钉两条细木棍，另一头牵在房檐下，上面盖着两张从发东家借来的破席，就在这里面父亲教给我做木匠活。

　　五凤六月的天气，残酷的太阳非常毒烈，石墙冒出火星，瘦狗躺在墙角地方的树荫下难受的吐出舌头，吃得能住得舒服的人都到海上去洗澡或者到别的适宜的地方去乘凉，可是我们没有这种清福，为了肚皮不得不劳动。

　　父亲赤光着上体，他有一身强健的筋肉，这是劳动了一生的记号，他的两眼深沉的，好像在黑夜里露出的两点火星，干起活来，手脚是迅速的，把全部的精神集中在工作上，好像所有的声音都完全听不见似的。

　　我顶厌恶房东那个贪婪无厌，好像臭虫一样可恨的老头子，他追究房租比什么都厉害。到午间，他从外面回来，含着短烟袋，靠近我侧坐在凉棚下的木板上，摘下草帽当扇子摇：

　　"老木匠师夫不歇晌么"这句话我每天都听见得。

　　而父亲的回话也总是一样：

　　"晌午不敢睡觉，不然到晚上难受睡不好……"

　　把十多间房子全租在外面吃房租，每年的秋天有成堆的粮食从四面八方恭恭敬敬的进来，这样他还不知足，连一文小钱也要抬出来吃利。

　　说话的时候，十分得意的摇着三角形的脑瓜，不抽烟也把烟袋含在嘴里，这已经成了他的习惯，和老婆吵嘴也是他的习惯，好像家常便饭一样。

　　他们的吵嘴有时接续到深更半夜：

　　"你这个老养汉精，你下了这么些狗儿子你，应该去吊死你呀……"

　　她的年纪倒快到五十了，宽大的脸扁扁的，好像刚揉的好面换了一掌似的，那双红肿的眼睛成天到晚半闭着，像睡熟了一样，一点儿也不服气的她无论老头子来的怎样的凶猛，她总是勇敢的满退去：

"你——你老糊了，你不说儿子全是你惯坏的，到现在你埋怨我……"

他们争吵的原因大家是了解的，四个成年儿子全不成器，大儿子好赌，二儿子好嫖，三儿子把赚的钱全打扮在他自己身上，四儿子年纪小还读着书，可是呆笨如牛，考试落地，常挨老师手板。

在他们争吵的时节，我们并不停止正在进行的工作，早晨因为凉快活计干的多，午间虽然天热闷？一点儿，可是天长日久惯了也不在乎。

这时候，我觉着自己的气力很足，在父亲面前我竟不能也不应该并且从心里不愿意私藏着自己的气力，我的体格不算弱，脑筋也不算太笨，凡是经过父亲子？心好意指点给我的伙计，大部分能够照他的意思做出来。

不过我最苦恼使用　，大材料时常用　伐砍，这个艰难的家伙我试验了几回总不敢运用，我怕危险砍掉自己的脚面。

房东家的争吵我觉着是一种很好的消遣，在争吵的时节男人、女人，都现出人类本来的面目，像野兽似的表现出狰狞的面目，用那怨恨愁苦的眼睛望着对方，因为生气的缘故呼吸紧张，手脚挥来挥去，把饭碗摔碎，把桌子推翻，原始破坏的兽性完全发挥出来了。

还有个事实我也觉着欢喜。争吵，往往是在吃饱肚子以后，他们虽然有很多的物质享受，而精神上却缺乏快乐自由的阳光，为了很小的一件琐事竟互相的咒骂，甚至野蛮的动打。为什么他们不能安安静静的过活呢？他们都确实的羡慕贫苦无告的我们这孤独的一家。

"人家老木匠师傅，爷俩多和气……"

这是房东老头子时常开诚布公的对邻人说的一句话。

在铁厂做工的陈春仁要算是妇女们最理想的丈夫了，他天生生就一副和蔼可亲的面孔，晚上从工厂回来，第一件是把油污的黑衣裤脱去换上干净的白裤子，第二件事是洗那乌黑的脸，好像从烟囱里爬来的一样，他那手脸，因为在工厂里做了一天工，全部变成黑的了，一洗完脸就变成另一个人。他的妻——一个沉默寡言的寡妇，因为贫苦的缘故便嫁给他，是个节俭、勤劳、会过日子的好妇人——她在旁边伺候着他，把小桌放在门前吃饭一面和和气气的小声的谈着话，我很羡慕这夫妻俩。

陈春仁是读过书的人，懂得事理，他不知道我为什么不愿意做别的职业偏要学习木匠手艺。

"你做木匠，我看有点儿可惜呀！"

很凉爽的一天没有星月的晚上，我们坐在院子里谈话，为了好听我就这么回答：

"我不愿意离开父亲！"

事实上确是这样，父亲是孤独的，我如果走了，没有人和他谈话，他将会无限的寂寞。陈春仁不大赞成这种意思，因为他是很有点儿理智的人。

可是，工作渐渐的少了，钱是难赚的，我们的菜碗里本来就烧油水，肥胖很难，瘦损倒容易，为了冬天不饿死，找一个适宜的位置是很必要的，于是我就把小行李卷捆起来。

"你出去看看，如果不行就赶紧回来……"

父亲那愁苦的声音里含着极的悲哀：

"饿死，我们就饿死在一块儿吧！"

他忽然想起，抓抓头发："你那两本书呢？"

"在行李里面，我没有忘。"

晚上的秋风带着无情的杀气，满天的星星离开我们远去了。在这一刻我觉着周围的人都是可爱的，房东家的争吵是可怜的，也有几分可爱的性质，陈春仁那副每天晚上从工厂带回来的黑面孔以及他妻子亲密的嘴脸，这时竟有很大的力量抓住我的灵魂，我觉着爱他们有点儿爱到心痛的地步，为什么我有这种傻气，这是很难解释的。

第二天一早，父亲送我到街头，悲哀的重压已经使他忘记了说话，默默的对面停了一会儿，呆了老半天我？走了。

在路上，我像做梦一样，悠悠忽忽不知道自己要走到什么地方去，想起自己以及别人的没有意义的气喘，觉着本身非常空虚，幻想点什么也并不？底，我看见在路上的人都没有显明的表情，不知道他们是快活还是悲哀，我爱着他们那是愚蠢的，从来不想他们自己生活有没有什么意思。

但是，当天下午我住在一个肮脏杂乱的工人的宿舍里，和那些无论什么时候都嬉皮笑脸的老哥在一起，这益处是很大的，不久我也变成快活的人了。同时，我也得到一部分弃之可惜保存又不值得的智慧之果。

这样，我就起声发愿和这些亲密大哥在一起永远不分别。

（《大同报》1942年10月9日、13日，署名：慈灯）

也是谈写作

读过塞翁君的"写作"以后，我也有几句话要说。

周作人氏来满洲对坚矢兄所说的：

"在这过渡时期，青年应该专心的研究，多读书，不产生文学作品也不要紧。在这时期可以蓄材料，这未尝不是很好的准备时期……"

这话，我又一点儿不大赞成。

第一、我认为办不到的是多读书。别人说不上，我自己说起来实在可怜，手里头什么书也没有，到所有的书店里去看，多半是言情和剑侠。虽然有一小部分文艺书，但却是另一路，不合口味。

我想，像我这样想多读却没有书可读的青年并不只几百几千吧？

在北京的时候，听朋友说周作人氏的书橱里，存书不下几万部。像周作人真么好的环境，"要专心的研究，多读书……"当然是很好的啦！然而像我这一类青年哪有那么好的运气呀！

再说，像我们初学写作的人，要遵守"文章指导家"们的命令，恐怕永远爬不进写作的门里去。不管什么过渡期不过度期，我以为要想学习写作，就得今天写，明天写，天天写，养成顽强的劳动习惯。若说"不产生文艺作品也不要紧，在这个时期可以蓄材料……"，这是不合学习写作原则的。

比方说，我们学打篮球，不下场去打也不要紧，可以蓄精力，这么一来，他将来下场，一定是个废物。学习写作也是如此，你要不时常学习写，等到材料蓄好，到了时期再写，你的笔一定生锈，什么也写不出来。

我所说的"初学写作的人第一得脸皮厚"是希望初学写作的朋友要有勇气的意思，决不是叫他们去"挤脑筋"，去"无病呻吟"！

至于"文学作品在质不在量"这些事，大家早就知道了。我觉着最要紧的不是什么质和量，是"专心研究"和"多读书"，但恐怕办不到这件事。

最后，我记起鲁迅先生说过这样的话：

"孩子初学迈步的第一步，在成人看来，的确是危险、幼稚，甚至于是可笑的。然而无论怎样的愚妇人，决不能因为他的走法幼稚或怕阻碍了'阔人'的路线，便逼死他或禁他在床上，一直等到飞跑时才下地。因为她知道，如果那么一来，那个孩子，恐怕一辈子也不会走路……"

不消说。这是对于文艺界的意见。

我以为这样的意见才是真正的好意见。

（《大同报》1942 年 10 月 17 日，署名：慈灯）

夜间勤务兵

懒洋洋的雪花悄悄的从黑暗的上空落下，房盖上，树枝上，地下，像铺着洁白的被单一样。

卫兵所门口的电灯朦胧的眨着微亮的眼睛，好像还好没有睡醒似的。火炉里的火很旺盛，可是不大暖和，刺刀的亮光在窗外闪了一下就不见了，谁在里屋从梦中发出奇怪的声音：

"啊……噢噢噢噢……呜。"

黄班长拍拍桌子跳起来，疲乏的伸个懒腰，像上了发条的机械似的围着炉子活泼的绕了两圈又静静的坐下，把两条腿在桌子旁笔直的一伸，自言自语的：

"还有两分钟。"

他说的是换班的时间。

坐在他对面的刘少兵轻轻的立起来，把皮带扎紧，在枪上装好刺刀，又精心的摸摸保险机，握着枪轻轻的走到外面去了，寒冷的风像小刀子似的削着他的鼻尖。

从卫兵所通到兵舍有很长的一段路程，雪花铺得厚厚的，靠墙边的槐树像盛开着花一般，房屋、门窗、所有的东西在雪的村落里有盲目的狗的吠声。

马厩里，马在响着牙齿吃草，声音来得特别的响亮，还有节奏。一个马号勤务的士兵披着皮袄蹲在草堆里闭着眼睛，像一只温和的猫，容易受惊的马听见他渐渐邻近的沙沙的脚步声好奇的竖起耳朵，敏感的瞪着猜疑的眼光，一看清楚是亲爱的伙伴，放心的低着头接续吃草了。

刘少兵对着那个马号勤务认真的用着力的小声焦急的喊道：

"哎！睡着了么？"

像用锥子刺了他一下似的，他难受的睁开困倦的眼睛，急忙的跳起来，拍拍胸脯，挺着腰把重量的皮袄往前拉一拉，威吓一匹正在用鼻尖把草弄到槽外的马。

刘少兵醉心的立在木槽前面看看看马吃草，问那位战友：

"冷不冷？"

马号勤务还没有认清来巡察的是谁，好像头一回见面似的，仔仔细细的打量他一下：

"噢！是你呀！"

他用袖揉揉眼皮又坐草堆上，像坐在柔软的沙发上一样的舒服。

从马厩的房角转过弯去是荒凉的广场，在远远的墙角的黑影里有个什么东西蹲在那里，好像怪物，把他吓了一跳，仔细一看，再一想，原来是秃顶的小松树，枝上压着一条破麻袋，像一个人蹲在那里窥探着一样。

轻狂的雪花落了他一身。

他很羡慕宿舍里的温暖和适宜，酣睡的幸福。这时候老总们正睡得又香又甜，他从没有冻满的玻璃窗望进去，看见几副在昏暗的灯光下怪样的嘴脸，一个"不寝番"在屋子里，小心翼翼的迈着步，两只脚轻轻的踏着，就像走在不结婚的冰上怕掉进去一样。他悄悄的把门推开，不使出一点儿声音，"不寝番"小声的对他说：

"辛苦，辛苦……"

"有什么异状？"

"没有。"

他走到外面一看，气候比先前似乎暖和了一些了，他精神百倍的顺着营庭笔直的对着卫兵所明亮的灯光走去。他的巡察任务完结了，应该回去休息。

雪花，照旧的舞着……

（《大同报》1942 年 10 月 24 日，署名：慈灯）

老画家

你如果看见这个烈性的老头子，你一定很厌恶他。

他是好久以前搬进我们这个吵吵闹闹的大杂院里来的，邻居都说他靠卖画生活。他的家族是：一个将近五十的老婆子，头上披着散乱的灰发。一对乌黑的小眼睛，没有牙。一个二十六岁还没有婆家的姑娘，四方脸，尖下巴，鼻子是扁的，大脚。一个十三岁的小子，是过房的，圆脸大眼睛，非常的淘气。这几个人全靠老头子的两只手吃饭。

他的年纪少说有六十了，戴一顶瘦小的黑色瓜皮帽，又肥又大的长衫就像和尚的道袍，一双像鹰似的炯炯的慧眼，在斩齐的眉下放着高傲的光，好像无论什么都看不起似的，还有苛薄的嘴唇，顽强的固执的胡须，个子倒不小，走路的时候很魁梧的样子，拖着两只笨重的脚。

谁也不信，这样一个老家伙会画什么画！

他的老伴，那个没有牙，好像妖怪的老婆子时常和他吵闹："你什么时候吃饭哪？顿顿吃饭和你怄气，怄一辈子……"

我们可以清清楚楚看见他老老实实地伏在明亮的玻璃窗前，手里握着粗笔杆，沉思的，轻轻的在纸上点着，抹着。忽然，把笔放下了，用力的把拳头在桌上打几下子，回过头去对着老婆像发狂似的大声吼叫：

"饭好你们就吃！偏来捣蛋！混东西……"

像这样的吵闹，一天大概总会表演几回。

他的老婆时常对别人叨咕：这个老头子，年轻的时候就特别的古怪，越老脾气越大，好像要发疯似的。

早晨天不亮就爬起来，像房东家那只衰弱的老狗一样，在院子里无精打采的走来走去，又故意似的把脚在石台上蹬得特别的响，往往把别人惊醒他自己都不知道，天一黑就昏昏的睡去，人家稍稍的用一点儿大声说话他也不高兴，小孩子的哭声他更烦恼了，说是打扰了他的睡眠。

有一回，我和几个寂寞单调的光棍子朋友借来一个手风琴，一个胡琴，一个口琴，在星期的晚上连吹带拉，打算把这个苦闷的夜改变得有趣一点儿。想不到那个老头子像幽灵似的，悄悄的进来了，对我们厌恶的摆摆手，好像对谁下命令似的，叫我们停止这种喧吵：

"各位……对不起，别闹了，你们这样吵闹我睡不着觉！"

没有人理他，连一句话也不愿意和他讲。他走后，我们的音乐会来得更热闹。胡琴像顽皮似的发出尖锐的刺耳的叫声，口琴奏出活泼轻快的调子，手风琴淘气的哼呀呀，歌声像噪驴，加上用力的跺脚和拍手，房子就几乎震塌了！

这一夜，那个脾气古怪的老头子差一点儿气死。

我们躺下以后，还听见他不住的哼着，因为失眠的痛苦，像狼似的长噪，那噪声含着无限的悲酸，我们有点儿后悔，不应该残酷无情的侮辱一个快要进土的老年人。

但是过后就忘记了，因为我们都不愿意在我们的生活里让良心的顾问来裁判，我们这些人，只要有快乐可寻，别人的血和眼泪一概不管。一到夜里我们这个光棍子宿舍，该拉的拉，该唱的唱，不会拉的不会唱的用筷子敲打饭碗。

老头子从我们屋前经过的时候，总是仇恨的用眼角往我们屋里看，好像我们这屋里有他不共戴天的大仇敌一样！

"这个老家伙真骄傲！"

"哪天他进来干涉我们，应该给他几拳头！"

"再来就捶他！"

我们这样野蛮的决定了。

他的女儿和他也不大和气：

"爸爸，你再不吃饭，饭凉没有人管！……"

"什——么？"他咆哮的跳起来，像一匹因为斗争而筋疲力尽的野兽，哀愁的，愤怒的瞪着那一对充血的眼睛：

"你说什么？没有人管？你们都死尽了么？兔羔子！给我滚出去！滚

蛋！”

接着是用力的拍桌子，嘭嘭的跺脚和凶狠的咒骂。

十回有九回的吵闹总是为吃饭。

起初，和别人一样，我也盲目的厌恶他，像厌恶苍蝇一样。但是到后来，很羞耻而且悔恨的从我心里把厌恶他的感情矫正了。

每天，从可爱的太阳出来到落下，他不动的伏在屋前的长案上，外面不论有什么动静决不理，不停的在纸上抹来抹去，有时到了暮色苍茫的黄昏，他还聚精会神的伏在那里，头愈发的垂深了，沉思着，像做梦一样，这幅艰巨，黑暗，痛苦的创作的图画深刻的动了我的心。

我因诚实的忏悔和亲密的感情渐渐的和他接近，终于成了情投意合的朋友。

他从前在旧军阀时代当过团长，参加过直奉血战，差一点儿送了命。因为脾气特别，常和上司别扭，后来打了差事，于是就决心画画度过这一生。因为他从小学过，当差的时候也是不断的学习，很有根底。但是在这方面虽然是顽强的努力，却没有一点儿成就，没有人知道世界上有这么一个刻苦的画家。现在，他一张绞神熬血的山水即使走运气不过卖十块钱，有些富人爱他的画却不肯多出钱，我对于画是门外汉，不明白他的作品好坏，我只是觉着他出了一生的血力，没有人理解他，这似乎太凄凉了！

“唉！我没有天才，我是个笨人，不适于干这个……”

他这样对我说的时候，还悲哀的喘口闷气，用两只清瘦的手默默的捧着脸。他的女儿送一杯水给他，因为撒出一点儿在桌上，湿了他的画纸，他生气了，吹起胡子来：

“你不睁开眼睛么？”

大姑娘噘着嘴唇去了半天没有回来，他更加生气，像牛似的大声狂叫：

“兔羔子！把桌子擦擦呀！”

有一天，又因为吃饭和他的老妻吵起来了。

“你到底什么时候吃呀？”

“不用管我！”

老婆子气呼呼的把门用力的关上，在屋外嘟嘟念念的咒骂：

"这个老东西，越老越古怪……"

他听见了，暂时的不说话，沉默的接续着他繁重的工作，把重要的几笔涂完，便跳起来和可怜的老伴算账。

"怎么他妈顿顿吃饭老惹我生气？"

"谁叫你好了不吃？人家一等就是半天！"

"你们必得等么？我不是告诉你们先吃么？偏要找我别扭？"

一桌子碗碟被抛个好远，碗碟破碎的响声，院里的家家户户都听见了。

过年的头几天，他买了几条鱼自己炸，炉子没有放稳，一小锅翻开的油全扣在手上。

从这一天起，他天天喊着，叫着，苦闷的咳嗽着，像一切负伤的野兽在荒凉的森林里悲惨的哀号。时常在寂寞的深夜因为疼痛不能入睡，伤心失意的哭着，那哀痛的哭声把我弄醒，好像有刀似的刺进了我的心。

大家都说："这个老头子快死了！"

不知怎么，我觉着他如果死去了好像人间有什么损失似的，默默的盼望他能够一下子好起来，精神百倍的从床上轻快的爬起，在院里悠闲的散步，像往常一样的埋头工作。

狂风大雪的夜里，忽然听到他的老伴和女儿的哭声，我的心扑嗵的一跳，觉着像有块大石头把我的胸口压住。

可怜，这个没有成名的老画家寂寞的逝去了。

出殡的一天，我默默的随着到了荒凉的坟地，看见他的棺材在黑黄的土里渐渐的消失了，他的妻女坐在旁边哭。

这时候，正落着散乱的雪花。

（《新满洲》第 4 卷第 11 号 1942 年 11 月）